全新譯校 經典新版世界名著 36

Записки охотника

# 獵人日記

〔俄〕屠格涅夫 著

張曉林 譯

# 經典新版　世界名著

閱讀經典名著確實是不一樣的宴饗。人們對於經典名著，不會只說「我讀過」，而是說「我又讀了」。事實上，我每次去讀它，都會讀出新的東西，新的精神。

——當代義大利名作家、後設小說大師卡爾維諾（Italo Calvino）

真正的光明，絕不是永遠沒有黑暗的時候，只是永不被黑暗掩沒罷了。真正的英雄，絕不是永遠沒有卑下的情欲，只是永不被卑下的情欲所征服罷了。閱讀經典名著，永遠可以使人自我昇華，不陷於猥瑣。

——法國名作家、諾貝爾文學獎得主羅曼羅蘭（Romain Rolland）

閱讀文學經典、世界名著，能夠滋潤現代人的心靈，使人對世事、愛情與人性重新有一番體悟。

——美國現代名作家、諾貝爾文學獎得主海明威（Ernest Hemingway）

台灣曾出版的世界名著與文學經典可謂汗牛充棟，然而，細察譯文品質與內容，大多是三十至五十年代大陸譯者的手筆，其行文用語的方式與風格，早已與當代讀者的閱讀習慣、閱讀趣味脱節，以致不再能喚起讀者的關注。這一套「經典新版　世界名著」是全新譯本，行文清晰、流暢、優雅，用語力求充分符合當代人的品味。故而，是「後真相時代」中尋求心靈滋養者最適切的選擇。

# 目錄

Contents

# 譯者序

《獵人日記》作者屠格涅夫，是俄國近代最偉大的現實主義作家之一，對歐洲乃至全世界的文學都產生了極大的影響，該書是其成名作。這位偉大的作家全名伊凡・謝爾蓋耶維奇・屠格涅夫，生於西曆一八一八年十一月九日，卒於一八八三年九月三日，是俄國現實主義小說家、詩人和劇作家。

一八一八年，屠格涅夫出生於世襲貴族之家，父親是一個騎兵團團長，母親卻是獨斷專橫的農奴主，擁有五千多個農奴，經常打罵自己的孩子，他親身體驗了由他母親主持的農奴主教育方式的野蠻，同時也目睹了農奴主摧殘農奴的種種暴行，因而屠格涅夫從幼年時就產生了對農奴制的反感。這種反感後來形成了他精神世界中的人道主義和民主主義的因素，使他在十七世紀四〇年代中後期到五〇年代初期跟革命民主派的批評家們站在了一起。

就是這樣一個富有的地主之家深深影響了屠格涅夫，他的父母非常關心兒子的教育，聘請了最好的老師培養他，使他在十五歲時就以優異的成績考入了俄國最好的大學莫斯科大學，並於三年後以優異的成績完成了大學的學業。後來他又到德國留學深造。在歐洲學習期間，屠格涅夫見到了更加現代化的社會制度，形成了他的西歐派觀點，主張俄國學習西方，廢除包括農奴制在內的封建制度，也主張對俄國社會實行漸進的改革，不贊成以革命的方式解決俄國的社會問題。

一八四三年春，屠格涅夫發表敘事長詩《巴拉莎》受到別林斯基的好評，二人建立了深厚友誼。十九世紀四〇年代末發表《獵人日記》。五十至七十年代是屠格涅夫創作的旺盛時期，他陸續發表了長篇小說：《羅亭》（一八五六）、《貴族之家》（一八五九）、《前夜》（一八六〇）、《父與子》（一八六二）、《煙》（一八六七）、《處女地》（一八五九）。其中《羅亭》是他的第一部長篇小說，塑造了繼奧涅金、皮卻林之後又一個「多餘的人」形象，所不同的是，羅亭死於一八四八年六月的巴黎巷戰中。

一八六二年創作的《父與子》更是屠格涅夫的代表作。它反映了代表不同社會階級力量的「父與子」的關係，描寫親英派自由主義貴族代表基爾沙諾夫的「老朽」，塑造了一代新人代表——平民知識分子巴札羅夫。但巴札羅夫身上也充滿矛盾，他是舊制度的叛逆者，一個「虛無主義者」，否認一切舊傳統、舊觀念，他宣稱要戰鬥，但卻沒有行動。小說問世後在文學界引起激烈爭論。從六〇年代起，屠格涅夫大部分時間在西歐度過，結交了許多著名作家、藝術家，如左拉、莫泊桑、都德、龔古爾等。參加了在巴黎舉行的「國際文學大會」，被選為副主席（主席為維克多・雨果）。屠格涅夫對俄羅斯文學和歐洲文學的溝通交流起到了橋梁作用。屠格涅夫是一位有獨特藝術風格的作家，他既擅長細膩的心理描寫，又長於抒情。小說結構嚴整，情節緊湊，人物形象生動，尤其善於細緻雕琢女性藝術形象，而他對旖旎的大自然的描寫也充滿詩情畫意。

《獵人日記》出版於一八五二年，這部作品使他進入俄國傑出作家的行列。作品中鮮明的人道主義和民主主義傾向引起了沙皇當局的極大關注，並且他被藉故拘留，後又被流放近兩年。

《獵人日記》作為一部隨筆性的紀實文學作品，通過一個獵人出獵路途上的見聞，真實記錄了沙皇專制統治下農奴主和農奴的生存狀態。全書包括二十五個短篇故事，描寫了鄉村山川風貌、生活習俗，刻畫農民形象的同時，深刻揭露了地主表面上文明仁慈，實際上醜惡殘暴的本性，充滿了對備受欺凌的勞動人民的同情，寫出了他們的聰明智慧和良好品德。所寫的眾多人物，主要可分為截然對立的兩大類：一類是作者以「從以前沒有任何人這樣接近過的」視角去描寫的農民形象，比如《霍里和卡利內奇》中的兩位主人公、《美麗的梅恰河畔的卡奇揚》中被人們認為是瘋子的農奴哲學家卡奇揚等；另一類則是作者懷著憎惡之情加以刻畫的地主形象，比如《葉爾莫萊和磨坊主婦》中，地位顯赫的茲維爾科夫夥同他那個俗不可耐的臭婆娘、《彼得・彼得洛維奇・卡拉塔耶夫》中那對刁蠻兇狠的姊妹地主婆。通過對兩類人物的不同態度和評價，清楚顯示了作者的人道主義和民主主義的思想傾向。

作品中對大自然富有詩意的描寫和敘述中的抒情筆調，增添了它的藝術魅力，其中關於森林、沼澤和天氣的描寫，使人對於俄羅斯的田野產生一種親切感，作品所展示的美麗自然風光，是烘托主題不可缺少的重要內容。

# 霍里和卡利內奇

對奧加爾省與卡魯伽省兩地居民，無論長相和神態，不管是何人，只要去過泊爾霍夫縣和茲拉德縣，都一定會因很明顯的差異而吃驚。奧加爾省的農民個子很矮，腰背彎得像一張弓，一直以來顯得都很不高興，眼睛裡充滿了憂鬱。他們食不果腹，衣不蔽體，戶不擋雨，還要服沉重的勞役。而卡魯伽省的代役租農夫身材高大，面色紅潤，眼神自信。他們都做些關於奶油和松焦油的生意，平時穿得都很整潔，他們在節日裡興高采烈地穿上長筒靴，住在高大舒適的松木做成的房屋裡，生活幸福。

除了居民特徵的差異，在居住環境方面也有著顯著的差異。奧加爾省的農村周圍都是耕地或是縱橫交錯的現已變成臭水溝和爛泥塘的溝壑，除了偶爾有幾株可以任人砍伐的爆柳和兩三株很細根本不會長大成材的白樺樹外，在周圍一俄里[1]的面積之內，連一株小樹也不會看到的。他們的房屋挨得很是稠密，屋頂上蓋著日久都已腐爛泛黑的麥秸……這一切都顯示著這裡的破敗。

而在卡魯伽省則是另外一種風景，一切都是如此的生機勃勃，村子周圍環繞著枝葉繁茂的樹

1 一俄里相當於一點零六七公里。

木，遠處看去村莊在樹木的掩映下若隱若現。走進村莊，你會發現這裡的房舍建設得井然有序、很是整齊，屋頂覆蓋著木板，大門都加門上鎖，柵欄籬笆排列得很是整齊，過往的豬狗想隨意進出遊蕩是非常困難的，所以對於放豬的人而言，在卡魯伽省也就更放心。在奧加爾省，五六年都用不了，那些可憐的僅存的一些瘦弱的樹林和灌木叢也會消失得無處可尋，就連沼澤地也會有如此結果；在卡魯伽省，茂密繁盛的防護林，一直延伸了好幾百俄里，沼澤地也延伸出數十俄里，就連瀕臨滅絕的黑琴鳥、很溫柔的沙錐鳥也在這裡生活繁殖後代，連走路有時都會驚動了繁忙勞動著的山鶉，噗啦啦地全飛了起來，把獵人和獵犬都喜歡得不得了。

有那麼一天，我到茲拉德縣去打獵，在一片荒蕪的田地裡意外遇到了一位熱愛打獵甚至成癖的卡魯伽省的一個小地主，名字叫作波魯迪金。他在打獵方面可算技術精湛，對待別人的態度也很友好和善。可令人遺憾的是：他以前向省裡所有的有錢人家的小姐求過婚，不僅被人家拒絕，而且還被禁止再次登門，這讓他非常難過。他懷著沉痛的心情，向他所有的親朋好友訴說自己的苦悶，可是還會把自己園子裡的果子摘下來，送給那些把他趕出家門的姑娘們的父母。

他總是一遍又一遍地重複一個他自己認為很搞笑的但是從沒有逗笑過別人的笑話。他對阿基姆・納希莫夫的作品和小說《賓娜》，那可真是推崇得很啊！他給自己的一條狗起名字叫「天文學家」，不知道他為什麼給牠起這樣一個名字。

他說話結結巴巴的還帶有鄉音，很惹人發笑，在家裡使用法國式的做飯方法，據他家的廚師說，法式烹飪方法的秘訣是把每種食品的原來的味道都徹底改變。這名高明的廚師做出的肉有魚腥味，做的魚則帶有蘑菇味，最讓人稱奇的是通心粉——全是火藥的味道，真不知道他們是怎麼做出這些奇怪的食品來的。然而，除了這些微小的不足之外，波魯迪金先生確實可以稱得上是本地的翹楚了。

我和波魯迪金認識的時間才只有一天，他就盛情邀請我到他家去住宿。

「這裡離我家有五六俄里的樣子，」他說道：「徒步走太遠了，我們還是先到霍里家去休息休息吧。」

「霍里是誰呀？」我問。

「我的一個雇農……他家離這兒不是很遠。」他幽幽地答道。

我們就一路聊著向霍里家走去。

霍里的家獨自建設在林中的一片收拾得非常平整的空地上。院子由好幾棟松木的房舍組成一圈，由籬笆圍起來。一根細柱子搭建的涼棚坐落在正屋的前面。我們倆人直接就走進了院子裡，一個個子很高、模樣漂亮的二十多歲的小夥子出來迎接我們。

「啊，菲加！霍里在家嗎？」波魯迪金先生高聲地問他。

「他進城裡去了，沒有在家。」小夥子露出一排雪白的牙齒，笑咪咪地回答道。接著又問道：「需要我來準備馬車嗎，先生？」

「是的，小夥子，要一輛馬車。再給我弄些克瓦斯[2]過來。」

我們走到乾乾淨淨的，甚至沒有掛此地常見的蘇茲達爾木版畫[3]的由圓木壘成牆的屋子裡去了。

2 一種自製的清涼飲料。

3 蘇茲達爾為知名的木版畫產地，一般的農戶都會在家中貼這種畫片。

一尊帶有銀質衣飾的巨大聖像在屋角處，聖像的面前點著一盞神燈。屋裡擺放著一張菩提木的桌子，明亮如鏡。無論是在圓木中間還是窗框上，都沒有普魯士甲蟲，也沒有藏著狡猾的蟑螂。

那個小夥子很快就回來了，熱情地招待我們，他端來了一杯非常好喝的克瓦斯，以及一個裝著一大塊白麵包和十幾條醃黃瓜的小木盆，他把這些食品在桌子上擺好，自己就靠著門框站著，常常歪過頭來微笑著看看我們。

我們很開心地吃著這些佳餚，這時一輛馬車來到臺階前，走出屋一看，車夫是個有著一頭漂亮捲髮的男孩子，看模樣只有十四五歲，正在賣力地勒著一匹很是強壯的花斑馬。五六個高大健壯的小夥子圍站在馬車邊上，都和菲加長得一模一樣。

「都是霍里的兒子！」波魯迪金說道。

「都是小霍里，」陪著我們走到臺階上的菲加接過話來，「就這還沒有來全呢，波塔普到樹林子裡去了，西多爾跟老霍里進城去了……小心點兒，瓦夏，」他把身子轉過來，對那個趕車的孩子囑咐說：「你要把車趕得舒適快捷，車上坐的可是老爺。如果路上有坎坷的溝坎，孩子，別走得太快，否則，咱們不怕把車子顛壞了，你要是把老爺的肚子顛疼了，那可不得了！」

聽到菲加的俏皮話，其他幾個小霍里都笑得嘻嘻哈哈的。

波魯迪金先生精神十足地喊道：「把『天文學家』也放到車上！」

菲加高高興興地把搖頭擺尾的狗放進馬車裡。

這時，瓦夏輕抖了一下韁繩，我們的馬車便像小船划過水面一樣平穩地向前駛去。

走了一段路，波魯迪金先生猛然指著一所低矮的房子，自豪地對我說：「那是我的辦公室，怎麼樣，去看看吧？」

「聽你的吩咐好了。」他一面下車，一面說：「雖然現在我已經不在這兒辦公了，不過還是值得一看的。」

這幢小房有兩個房間，現在都空空如也。看房子的是個獨眼的老頭，聽見響聲，正從後院急急忙忙地跑過來。

「你好，米尼奇！」波魯迪金對他說：「給我們端點水過來吧！」

獨眼老頭應了一聲轉身進屋，不大一會兒的工夫就拿來了一瓶裝得滿滿的水和兩個擦洗得乾淨的玻璃杯子。

「請品嘗一下吧，」波魯迪金對我說：「這是我們這兒的泉水，特別好喝。」

我們兩人各喝了一杯，清洌的泉水頓時就把一路的疲憊掃了個乾淨，我們交口稱讚泉水的好並對獨眼老頭表示感謝，獨眼老頭向我們深深鞠了一躬表示還禮。

「好，我們現在應該能夠出發了吧？」我這位新認識的朋友說：「我在這兒做了一筆很賺錢的交易，賣給阿里盧耶夫四俄畝的樹林，開的價錢很好。」

我們重又上了馬車，一路上讚賞著山裡迷人的風景，談論著美好的生活，半個小時後，來到了波魯迪金的宅院。

「請問，」吃晚飯的時候，我問波魯迪金：「您的那個霍里為什麼不和其他雇農住在一起，反要自己一個人住啊？」

「因為他非常能幹，人也長得精明，大約在二十五年前，他家的住房在一場大火中被燒光了，他走投無路來懇求我的父親：『尼庫拉・庫茨米契老爺，請您開恩，你讓我搬到你家樹林邊的沼澤地上住吧！我可以給你交役租，租金可以高一些。』『你為什麼要搬到那個地方住啊？』『我願意去那裡住啊。但是，尼庫拉・庫茨米契老爺，您不要再給我派別的活幹了，租金的事情你隨便要好了。』『那就每年交給我五十盧布吧！』『好，就這樣決定了。』『你是不能夠欠我租金的！』『放心吧，決不會！』就這樣，他去沼澤上一直住到現在，從那個時候開始，霍里就成了他的綽號。」

「這麼說，他發財了？」我一邊吃著晚餐，一邊漫不經心地問道。

「發財了。現在他向我交一百盧布的租金，我還要向他要更多呢！我已經好幾次對他說：『你幹嘛不贖身呀，霍里，喂，你贖身不挺好！』可是這個老滑頭卻推說自己沒有贖身的錢……哼！他在耍滑頭！」

翌日，天氣不錯，我們一起喝過早茶後，就馬上出發去打獵。

從村子穿過的時候，波魯迪金讓馬車夫把車停在一幢低矮的房子前，衝院內大聲喊道：「卡利內奇！」

「馬上就來，老爺，馬上就來，」院子裡馬上有人熱切地回應著，「我繫好樹皮鞋就來。」

我們的馬車開始慢慢向前行進，剛走到村頭，一個四十來歲的人就追了上來。他高高瘦瘦的，向後仰著一顆小腦袋瓜，這就是卡利內奇。他那張曬黑的臉上有著幾顆麻子，人看上去倒很和善，很是讓我喜歡。

卡利內奇（後來我才知道）每天都和主人一起去打獵，幫主人背獵袋，有時還背獵槍，探尋何處有飛禽，甚至還得弄水、採草莓、支帳篷、找馬車等，若是沒有他，波魯迪金先生真的會寸步難行。

卡利內奇性格活潑，脾氣和順，是個樂天派，總是不停地哼著小曲兒。他的眼睛不斷四處張望，說話帶點鼻音，微笑時總是瞇起水藍色的眼睛，經常撫弄他那稀疏的山羊鬍子。他走路不快，步幅卻很大，拄著一根細長的棍子做拐杖。這一天我們交談了好幾次，服侍我的時候，他絲毫沒有奴僕的卑躬屈膝相，伺候主人就像是在照顧小孩子一樣。

中午時分烈日炎炎，酷熱逼迫我們找個陰涼的地方避一避，卡利內奇便領我們來到密林深處，那兒有他們的一個養蜂場。他將我們引進一間四壁掛滿了芬芳的乾草的小屋，他安頓我們在新鮮的乾草上休息，自己把一個有小網眼的袋狀東西戴在頭上，拿起刀子、罐子和一塊燃燒的木片，到蜂房去為我們割蜜。我們喝著攪拌了蜂蜜的濕潤透明、芳香甜美的泉水，便在蜜蜂單調的嗡嗡聲和樹葉沙沙的低語中進入了夢鄉……

一陣微風喚醒了我，睜開眼睛，看到卡利內奇坐在門檻上，門半開著，他正專心致志地用小刀又雕又挖，好像在忙著做一柄木頭勺子。他一臉的燦爛陽光，我靜靜地注視了好長時間。

這時波魯迪金先生也睡醒了，但是我們並沒有馬上起身，仍留戀著這樣的美好。我們都知道長時間的步行勞累加上甜美安靜的熟睡之後，靜靜地躺在乾草上，是多麼舒服的一件事：全身都鬆散了，只有懶洋洋的舒適，熱氣輕柔地撲面而來，那種甜蜜的倦怠之意叫人不願睜眼，但我們還是慵懶地爬了起來，出去呼吸點清新空氣，悠閒漫步直到天邊映出紅霞。

晚飯時，我談起了霍里和卡利內奇。

「卡利內奇是個善良的農夫，」波魯迪金先生對我說道：「他很勤快並樂於助人，但由於我打獵總是找他做伴，他也就不能踏實地幹農活了。他被我拖住了，每天都要陪我出去，您想想，哪兒還有時間去幹活。」

我點點頭，閒聊了一會兒，我就睡覺了。

第二天一早，波魯迪金先生就進城和鄰居比秋科夫打官司去了。比秋科夫強行耕種他的田地，而且還在地裡鞭打了他的一個女雇農。他不在，我只好自個兒出去打獵，太陽落山的時候，我順路拐到了霍里家。

在他家門口，我遇到一個禿頂的老頭兒，此人肩寬背闊，體格健壯——這個老頭兒正是霍里。我強烈的好奇心讓我將霍里認真地端詳了一番。他酷似古希臘哲學家蘇格拉底[4]，高高的額頭滿是疙瘩，小眼睛，翹鼻子，還有點兒翻鼻孔。

我們一起走進了房間。招待我的還是前天見到的那個菲加，他送來了牛奶和黑麵包。霍里坐在一條長凳上，一邊撫弄著他那彎彎曲曲的長鬍子，一邊同我聊了起來。他彷彿自視很高，說起話來悠然自得，動作也很穩健，有時還會從長長的鬍髭下面露出些許笑容。

我們聊種地，聊穀物收成，也聊了鄉下過日子的一些事……他彷彿認同我的所有話，我說什麼他都點頭稱是，從不表示異議。只是後來我自己倒覺得過意不去了，因為我有些話說得實在不是很得體，我們的談話似乎也出現了不和諧的調子。霍里有時說話很令人費解，可能是因為他太過拘謹了吧，下面我舉一段對話做例子：

「我不明白，霍里，」我問他：「你幹嘛不願意贖身呢？」

4 西元前四六九至前三九九間在世的著名古希臘哲學家。

「我幹嘛要贖身？現在我和東家相處融洽，我也能如數交租……而且我的東家是個好人。」

「可是能成為一個自由人該多好啊！」我說道。

霍里斜看了我一眼。

「當然很好。」他說道。

「那你說說，你幹嘛不想贖身呢？」

霍里不以為然地搖了搖頭。

「可是老爺，你說我拿什麼來贖身呢？」

「嘿，得了吧，你這個老頭兒……」

「霍里要是自由了，」他似乎是在自言自語，「那些嘴上沒毛的傢伙就該都來欺壓霍里嘍。」

「那你乾脆也把鬍子剃光得了。」

「鬍子算不得什麼，鬍子是草，想割就可以割。」

「那你幹嘛不割掉呀？」

「啊，霍里也許還要經商呢，商人的日子會舒坦一些，而且還能留鬍子。」

「你不是已經在那兒做生意了嗎？」我又問他。

「那不過是些奶油和焦油的小買賣罷了，怎麼樣，老爺，現在要不要套車？」

我心想：「真是個精明的老頭，說話如此小心。」但我卻只是順口答道：「不必了，我不要車，明天我打算在你家周圍溜達溜達，如果方便的話，我今夜想借住到你的乾草房裡去。」

「非常歡迎。可是讓您在乾草房裡過夜，我會過意不去的啊，那裡肯定會不舒服的，我還是吩咐老婆子給您準備上床單和枕頭吧。喂，老婆子！」他一邊站起來，一邊大喊道：「老婆子，這兒來！菲加，你和她們一塊。老婆子都是些蠢貨，你都要告訴她們要幹些什麼。」

大約一刻鐘之後，菲加提著燈把我送到了乾草房裡。我躺在馨香撲鼻的乾草上，有一種溫馨舒適的愉悅感，整個人都沉醉在乾草的芳香裡，狗蜷縮在我的腳旁。菲加向我道了聲晚安，就關上門離開了。

我躺了很久，卻一直都睡不著。這時，一頭母牛走到了門口，猛然呼哧呼哧喘了兩口氣，相當的粗魯，彷彿並沒有意識到牠那愚蠢的行為已經打擾到了客人的清夢，此時狗惡狠狠地衝著母牛狂吠起來。一頭豬也從門口經過，還不斷地哼哧著。附近有匹馬嚼著乾草，不時打著響鼻，周圍的一切都變得令人煩躁……這是又一個不讓人好好休息的夜晚！

我無奈地翻來覆去，卻始終無法平靜下來輕鬆地入眠，或許說，現在的我真是煩透了。您一定可以體會到這種想入眠的急切心情和那失眠的無奈。……最後我終於睡著了。

天亮了，菲加把我喚醒。我特別喜歡這個快樂活潑的小夥子，他總能給人帶來輕鬆。據我觀察，老霍里也很喜歡這個兒子，這一老一少還經常在一起說笑逗趣。這時老頭兒出來招呼我。可能是我在他家待過一段時間的緣故吧，今天霍里對我比昨天熱情得多。

「已經為您準備好了茶，」他笑著對我說：「一起喝茶去吧。」

我們坐下後，霍里的一個兒媳婦，一個體格強壯的年輕女人，又端來了一罐牛奶。他的兒子們，一個接一個地也走進了屋。

「你真福氣，兒孫滿堂啊！」

「是啊，」他嚼著一小塊糖，開心地說道：「他們對我和老婆子都很好，沒什麼好抱怨的。」

「他們都和你住在一起嗎？」

「都住在一起，他們也都願意一起住。」

「都結婚了嗎？」

「只有這個調皮鬼還沒成親，」他指著菲加說，這個小夥子又習慣性地靠在了門框上，「還有瓦夏[5]，他還小，過幾年再說吧。」

「我幹嘛要結婚？」菲加反駁他，「我現在這樣不是挺好的嘛，娶老婆幹啥？找來鬥嘴啊？」

「哼，說得倒好聽，鬼東西……我知道你的鬼主意！戴個銀戒指到處逍遙，拈花惹草……成天跟些丫頭一起胡鬧，『好了，不要臉的討厭鬼！』」老頭子學著丫頭們的腔調說：「就你那些鬼主意，只顧自個兒尋開心！」

「娶老婆到底有什麼好的？」

「老婆是勞力，」霍里嚴肅地說：「老婆會侍候男人，能幹活，聽從使喚。」

「可我要勞力幹嘛？」

「你不就是只顧自己圖清閒嗎？我早就明白你的鬼主意。」

「好，要你這麼說，你就給我討個老婆吧。咦，怎麼啦？這回該沒話說了吧，說話呀！」

「唉，算了，算了，你這個調皮鬼，也不怕吵得老爺心煩。放心，我會給你討個老婆的……

5 瓦夏為瓦西里的暱稱。

唉，老爺，您可別見怪，這孩子還小，不明事理規矩。」

菲加卻毫不在乎地直搖頭……。

「霍里在家嗎？」一個熟悉的聲音從門外傳來，話音未落，卡利內奇已走進屋來。他手捧野草莓，是專門採來送給自己的鐵哥們霍里的。老頭子親熱地歡迎他。我很驚奇地望著他，想不到一個莊稼漢竟也會這樣「溫柔多情」。

這一天我們大概比平時晚三四個鐘頭才出去打獵。此後三天，我一直住在霍里家裡。兩位新相識讓我很高興。他們無拘無束地和我談天說地，我也饒有興味地聽著他們講話。

我發現他們之間沒有任何共同之處：霍里善於思考、做事認真務實，擅長經營管理，是個純理性主義者；而卡利內奇則相反，他是個理想家、一個浪漫主義者，對一切都有著滿腔的熱情，而且還是個好幻想的人。霍里做事講究實效，因此他建房起屋，積攢錢財，並同主人和其他權勢者和睦相處；卡利內奇則不然，穿樹皮鞋，生活僅能勉強糊口。霍里子孫滿堂，一大家子人和和氣氣，幸福美滿。卡利內奇曾經娶妻成家，但卻是妻管嚴，無兒無女，結果成了孤家寡人。

霍里摸透了主人波魯迪金的秉性和為人，相處輕鬆愉快；而卡利內奇對自己的主人肅然起敬，言聽計從。霍里很喜歡卡利內奇，時時都想著庇護他；卡利內奇也喜歡霍里，對他很是敬重。霍里不善言談，做事總是很相信自己，胸有成竹；卡利內奇雖然健談，卻能伶牙俐齒地說些奉承話……但卡利內奇也有很多特長，就連霍里也對他心悅誠服。比如，他能用念咒來止血，治好驚風和狂犬病，還能打掉蛔蟲。他也善於養蜂，有著一雙無所不能的手。因此，當霍里請卡利內奇幫忙把新買的一匹馬牽進馬房，卡利內奇就真心誠意來完成好朋友的要求以解除他的疑心。

卡利內奇喜愛親近自然，霍里則更接近人和社會；卡利內奇不善思考，純樸自然；霍里則目光遠大，甚至以玩世不恭的態度來對待生活，他久經人世，見多識廣，我從他那裡學到了很多東西。例如：從他的述說中瞭解到，每年夏天，開鐮割草之前，各個村子都必定會來一種式樣別致的小四輪馬車，這是專程來賣大鐮刀的。如果付現錢買，價格是一個盧布二十五戈比到一個半盧布；如果賒帳，就要三個盧布紙幣或一個銀盧布。當然，莊稼人買鐮刀都是賒帳，但兩三個星期後便須付帳，因為燕麥一收割，莊稼人便會有錢了。他們和賣鐮刀的一起到附近的酒店把帳結算明白。但有些地主想乘機撈上一筆，就用現金把鐮刀都買下，然後再賒給莊稼人，這樣來賺取差價。

莊稼人並不買這個帳，因為賒地主的鐮刀很沒意思，他們沒法用指頭彈著鐮刀聽聲音了，也不能把鐮刀拿在手中翻來覆去細細觀看，也無法再同狡猾的鐮刀販子砍價了。

「喂，怎麼樣，老兄，這次的貨可不怎麼樣啊，再便宜點吧？」在買鐮刀時，他們也是玩同樣的把戲，但不同的是，女人們也會摻和進來，有時鐮刀販子被惹火了，就會動手打她們。這下就糟了——捅了馬蜂窩了，老娘兒們可不幹了，小商販只好壓價錢。

但老娘兒們有時候也會吃大虧。那是在做另一宗買賣時發生的事。某造紙廠將採購原料的事委託給了一些破布販子來幹，在某些縣裡，這類人有個綽號叫作「鷹」。這些「鷹」拿到兩三百盧布後，便出門到處尋找獵物，但是，這些人和那種捕獵高超的鳥可是迥然不同的，他們不是公然大膽地去進攻和捕獲，而是耍一些陰謀詭計。「鷹」把他們的車子藏在村莊附近的樹林子或灌木叢中，然後隻身來到農戶人家的後院或後門口晃蕩，佯裝過路旅客或者閒散漫步之人。

農戶的老娘兒們憑感覺就可以猜出他們是幹什麼的，便偷偷地跑去同他們會面，匆忙進行交易。為了能賣到幾個小錢，有些老娘兒們不光是把家裡所有的廢棄破布賣給「鷹」，甚至把老公的襯衫、自己的裙子也都賣給了他。

最近老娘兒們又有了新花招，那就是偷偷摸摸地把自己家裡的大麻及布料都偷出來，以同樣的方法賣出去。這麼一來，「鷹」的收購範圍就擴大了許多，而且還有了新的「生財之道」！

但經過這麼多次，農戶人家的老公們也學鬼了，稍有一絲風吹草動，在「鷹」來到的可疑之處，他們就馬上採取戒備和防範的對策。

坦白說這個丟人嗎？賣大麻本是老爺們兒分內的事，而且他們的確也在做這份生意，但不是到城裡去賣，因為進城非常不容易，與其自己運到城裡去，倒不如賣給外來的小販子，這樣更方便些。但這些小販子不帶秤，交易時就按四十把作為一普特[6]。可是讀者們應該知道，一把意味著什麼，俄羅斯人的手掌是什麼樣的，尤其是在手掌要發揮「精誠效力」的時候！諸如此類之事，對我這個不諳人世奧秘又對農村生活瞭解甚少的人（正如我們奧加爾省人所說的）來說，真是大長見識。

不過，在我們閒聊過程中，霍里不光自己說個不停，他也問了我很多問題。當他聽到我曾經到過國外時，好奇心更濃了，問的事情也就更多了……卡利內奇的好奇心則更勝於他。但是，卡利內奇的主要興趣在我講述的自然美景、高山大川、瀑布奇觀，以及新奇的建築物和繁華都市。霍里則不同，他對行政管理和國家體制方面更感興趣，總是很有條理地進行分析和詢問：「這些事在他們那裡跟我們這兒一樣，還是有什麼不同？」「喂，老爺，說一說到底是怎麼樣的。」卡利內奇聽我解說

6普特為俄制重量單位，一普特約合一六點三八公斤。

的時候，只是不斷驚奇地嘆道：「啊！天哪，竟有這種事！」霍里一聲不吭地聽著，雙眉緊皺，陷入沉思，只是偶爾說道：「我們這裡可沒法這麼做，要能這樣該有多好，也才符合情理。」

請各位讀者見諒，我無法向你們轉述他提出的全部問題，而且也沒有這個必要，但我卻從我們的交談中得到一個觀念，讀者無論如何都猜不到，這個觀念就是：彼得大帝真正體現出了俄羅斯的精神氣質，而這正是由他的革新精神而來。俄羅斯人對自己的力量和勇毅有十分的自信，寧願受苦也要進行變革，他們很少沉湎於自己的過去，而是勇於面對自己的未來。凡是好的和先進的東西，他們都喜歡；凡是合理的東西，他們都能愉快地接受。至於它們來自何方，他們並不關心。他們喜歡嘲笑德國人呆板和沒有感情的理性。但是在霍里看來，德國人是一個富有充滿好奇心而又未開化的小民族，他樂於學習他們。

出於特殊地位和事實上的獨立性，霍里跟我講的許多話，別的農夫是講不出來的，即使是用撬棍也撬不出來，用磨也磨不出來的。霍里確實很明白自己的地位。只是在和霍里交談的時候，我第一次聽到了俄羅斯農民那種淳樸而機智的語言。就霍里的身分而言，他的知識還是很豐富的，但卻是個不識字的文盲，卡利內奇卻認識很多字。

霍里常常說：「這個浪蕩鬼還識字，他養的蜜蜂存活率很高，從來都不會莫名其妙地死去。」

「你讓孩子們念書了嗎？」

霍里好半天沒吭聲。

「菲加識字。」

「那另外幾個孩子呢？」

「都不識字。」

「為什麼呢？」

老頭兒沒有回答，並把話題扯開了，看來不管他多麼精明，某些方面他還是有偏見又固執己見，甚至冥頑不化。比如說，他打心底裡輕視婦女，心情好的時候，就拿她們開心取樂或者搞惡作劇嘲弄她們。

他的老伴是個吵鬧又囉嗦的老太婆，一天到晚待在炕上喋喋不休地咒罵，兒子們無奈就不搭理她，可是媳婦們都被她治得百依百順，很是怕她，每天對她如供奉神靈一般。難怪在一支俄羅斯民歌中，婆婆這樣唱道：「你不打新媳婦，你不打老婆，算什麼成家的男子漢，算什麼兒子盡孝心……」

有一次我想為媳婦們打抱不平，試圖喚起霍里的憐憫心，想不到的是霍里竟神色自若地駁斥道：「何勞你費心……芝麻綠豆的小事兒，她們愛怎麼吵就吵去吧……要是勸解，她們反而會更來勁，再說，也犯不著自找煩惱。」

有時這兇婆子爬下炕來，把看家狗叫來，對牠嚷道：「過來，過來，狗崽子！」兇狠地掄起燒火棍朝瘦巴巴的狗脊背一頓好打，或者站在敞棚下，和過路人「罵街解悶」（按霍里的說法）。可她卻很怕丈夫，只要他一句話，她就會乖乖地爬到炕上去。

但是，更有趣的還是聽卡利內奇和霍里之間的爭吵，特別是牽涉波魯迪金先生的就更有意思了。卡利內奇說：「霍里，你不要在我面前對他說三道四的，尊重點。」霍里則反唇相譏：「你對他這麼好，那他為啥連一雙靴子也不給你做呀？」「嗨，靴子，看你說的，我要靴子幹嘛呀？我是個莊稼漢，用不著。」「我也是個莊稼漢，可是你看……」說到這兒，霍里抬起腳，把他那雙毛象[7]皮做的靴子伸給卡利內奇看。卡利內奇回答道：「哎呀，誰比得上你呀？」「那麼，至少他也該給你點錢買樹皮鞋呀，你整天陪他打獵，大概一雙樹皮鞋穿不到第二天吧？」「他給過我買樹皮鞋的錢的。」「是的，賞錢真多，去年一年也不過給了你一枚十戈比小銀幣。」卡利內奇氣惱地別過臉去，不再說話了。霍里卻朗聲大笑，這時，他那雙小眼睛瞇成了兩條細縫。

卡利內奇是個好歌手，他彈了一會兒三弦琴[8]。霍里聽著聽著，突發興致地晃著腦袋哀傷地唱了起來。他很喜歡唱《我的命運啊，命運！》這首歌。這個時候，菲加便趁機拿他的老爹打趣：「老人家，有什麼傷心事啊？」但霍里仍舊用手托著面頰，雙眼微閉，感嘆命運的不公……可是，在平時再沒有比他更勤快的人了：他那雙手總是閒不住——不是修馬車，就是修整柵欄、查看馬具等等。

但他不太講究乾淨，有一次我和他提到這一點，他卻回答說：「屋子裡應該有住人的味道。」

「那你去看看，」我反駁他說：「卡利內奇的蜂房裡可是非常乾淨。」

「老爺，蜂房如果不乾淨，蜜蜂可就不肯住了。」他長嘆一聲。

「請問，」有一回他問我，「你有世襲領地嗎？」

「有啊。」

「離這兒多遠？」

「大約一百俄里。」

---

7 即猛獁象，其實已經滅絕。

8 俄羅斯民間的一種樂器，呈三角形，有三根弦。

「那麼，老爺，請問你住在自己的領地上嗎？」
「是的。」
「估計你也經常打獵消遣吧？」
「確實這樣。」
「這樣很好，老爺，你就放心打松雞吧，可是要記住村長要經常更換。」
第四天薄暮時分，波魯迪金先生派人來接我。和霍里告別時，我還真有些捨不得。我與卡利內奇一塊兒上了馬車。
「好，別了，霍里，萬事如意。」臨別時我說道：「別了，菲加。」
「別了，老爺，再會吧，可別忘了我們啊。」
我們的車啟動了，晚霞剛剛映出紅光。
「明天準是陽光普照。」我望著晴朗的天空說。
「不，要下雨了。」卡利內奇不同意，「看，鴨子在一個勁兒撥水，而且青草的味兒也重。」
馬車駛進了樹林裡，駕車台上，卡利內奇隨著車身一起顛簸著，我輕聲哼起歌來，還不停地望著晚霞……
第二天，我便離開了波魯迪金先生熱情的領地。

一八四七年

# 葉爾莫萊和磨坊主婦

薄暮，我與獵人葉爾莫萊一起「狩獵伏擊」。大概諸位讀者並不完全明白狩獵伏擊是怎麼一回事，那麼就請聽我說一說吧。

春色正好，在夕陽餘暈的映襯中，您背上獵槍，不帶獵犬，去找一片樹林，在樹林邊上選個合適的地方，認真察看一番四周，再檢查獵槍的引火帽，然後再和同伴對個眼神。一刻多鐘以後，太陽落山了，但樹林裡還很明亮，清新的空氣，動聽的鳥鳴，嫩綠的小草，這些都使你感到無比清爽……此時您就靜心等候吧！

樹林裡光線逐漸地暗了下來，晚霞給樹木塗上了一層薄薄的紅光，從樹根到樹幹緩緩地塗抹著，越塗越高，從低處似乎快要生發出春枝新綠的樹幹，悄悄地移向靜默地做夢的樹梢……少頃，樹梢也變暗了，豔紅色的天空緩慢地變藍。樹林裡青草的氣息逐漸濃烈起來，散發著令人溫馨的潮潤，輕柔的風也停下了腳步陪伴著您。鳥兒開始入夢——當然不是所有的鳥。鳥的種類繁多，習性各異，入眠時間也各不相同：最早入夢的是燕雀，稍後便是紅胸鴝，遲遲不睡的是黃鸝。樹林裡面愈發暗了，樹木也隱入黑暗之中，匯成一團漆黑的龐然大物，藍色的天空中星星羞怯而頑皮地眨著眼睛，鳥兒幾乎全部酣然入夢，只有紅尾鴝和小啄木鳥還無精打采地低鳴著……又過了片刻，牠們也悄然無聲了，於是，柳鶯再一次在您的頭上清脆悅耳地歌唱，黃鶯躲在夜色中淒婉地哀泣，最後夜鶯也出來啼鳴婉轉。

正當您等得焦急地按捺不住時，猛然——這種感覺只有獵人才能體會得到，靜謐之中傳來了一種奇特的呱呱和嘶嘶聲，然後你就會聽到有節奏的翅膀扇動聲——這是山鷸發出來的聲響，牠們優雅地彎著長喙，從昏暗的白樺樹後面輕盈地飛出，落到您為牠們布下的子彈的筵席。

諸君可否聽明白了，這就是所謂的「狩獵伏擊」。

這回我和葉爾莫萊就是去狩獵伏擊。不過，我還得先向大家介紹一番葉爾莫萊。

這個人四十五歲左右，瘦高個兒，尖長的鼻子，窄腦門，一雙不大的灰眼睛，亂蓬蓬的頭髮像是灌木叢，厚嘴唇上常掛著一絲嘲笑。這個人一年四季總是穿著一件黃色的德國樣式的土布上衣，腰裡繫著一條帶子，下身是藍色的燈籠褲，頭上戴著某個破落地主一時高興賞給他的一頂羊皮帽，腰帶上總繫著兩個口袋，身前的一個一分兩半，分別裝著火藥與霰彈，身後的那個是用來裝獵物的，至於引火的棉絮，葉爾莫萊總放在他那頂魔術師般的皮帽子裡。

他賣獵物的錢完全可以為自己買一個不錯的彈藥囊和大背包，但他卻好像從來不曾想過要買。他總照老樣子裝他的槍，而且從來都不會把火藥和霰彈撒落出來，或因混在一起而出現危險，他那乾脆巧妙的手法，常令旁觀者驚奇不已。他那支單向的獵槍裝著火燧石，具有強烈的後座力。長期使用這桿槍使得葉爾莫萊右邊面頰要比左半邊肥大。那他是怎麼用這樣蹩腳的槍擊中獵物的呢？就是最精明的人也想像不出來，但他卻總是百發百中。

葉爾莫萊有一條出色的獵犬，叫瓦特列卡，一個很奇怪的傢伙，葉爾莫萊從來不餵牠食物。

「我才不餵狗呢，」他堅定地說道：「狗有靈性，牠自己會找食吃的。」

沒錯，儘管瓦特列卡瘦到了連過路人看到了都痛心的地步，但牠仍活得很健康。不論遇到什麼危難，牠都不會臨陣脫逃，從來都沒有背叛過主人。

牠也有一次失足，那是在牠年輕的時候，因為愛上了一條小母狗，離家在外面遊蕩了兩天，此後，再沒有這麼犯傻過。

瓦特列卡最令人稱讚的是：世上的一切事物對牠而言，都無所謂可以冷漠對待。如果現在談論的不是狗，「悲觀」這個詞完全可以來形容牠。牠一般都是蹲著的，短尾巴捲在身子下面，眉頭緊皺，全身不時哆嗦幾下，從未笑過（眾所周知，狗特別愛笑，而且笑起來很可愛）。瓦特列卡很醜，那些僕人一閒下來總是惡毒地嘲弄牠的尊容，但無論嘲弄還是毆打，瓦特列卡都能默默地忍受。牠倒是能惹得廚子們不開心，牠和所有的狗一樣有個弱點，常常會偷偷跑到飯香撲鼻的廚房裡，這時廚子們就會馬上丟下手中的活兒，大聲喊罵著來驅趕牠。

每次出獵，瓦特列卡都能優秀地展現出牠那持久的耐力和靈敏的嗅覺。然而，若是偶爾追到一隻中彈受傷的兔子，牠就會一口叼住，遠遠地躲開主人，就是被主人發現，牠也根本不理會咒罵聲，只顧鑽進綠樹叢中，有滋有味地享用這頓盛宴，直到把整隻兔子吃得一乾二淨才出來。

葉爾莫萊是我鄰村一個老派地主的家僕。老派地主不喜歡「鷸鳥」一類的野味，而愛吃家禽。只有在有特殊意義的日子裡，譬如生日、命名日和選舉日，老派地主的廚子才烹燒長嘴鳥。因為俄羅斯人向來有這個癖好：越是不知道怎麼做，做的勁頭越大。這股狂熱勁兒能讓他們想出最奇特的調製方法，結果大部分客人只是瞪大眼睛，充滿好奇地望著餐桌上的美味佳餚出神，卻沒有勇氣去品嘗。正如俗話所說，只敢飽眼福，卻對不起肚子。

葉爾莫萊按主人的規定，每月送兩對松雞和山鶉到廚房裡來，至於他棲身何處，如何度日，完全憑他自己。人們不喜歡和他交往，也都不向他尋求幫助，認為他是個一無是處的人，用我們奧加爾人的話說，就是個「廢物」。火藥和霰彈也一點都不發給他，這就叫以其人之道還治其人之身，因為他從來都不餵狗。

葉爾莫萊是個怪傢伙，自在逍遙、無憂無慮的，總喜歡聊天閒扯，看起來又懶又笨。他還好酒貪杯，走到哪住到哪，拖著兩條腿搖搖晃晃的——就這樣拖拖拉拉地走，一晝夜卻可以走五六十俄里。

他平生經歷過無數的冒險事：在沼地裡、大樹上、屋頂上、橋洞下睡覺，猶如家常便飯；多次被關在閣樓裡、地窖裡、棚子裡；槍也丟了，狗也不見了，衣服也沒了，遭到長時間的毆打——然而，沒過多久，他又齊齊整整地回來了，還背著獵槍，帶著那條狗。雖然說他總是一副心情不錯的樣子，但是卻不能說他是個無憂神仙似的人，一言以蔽之：他是個怪傢伙。

他很愛和體面人聊天，尤其是在喝酒的時候，但從來不是喋喋不休，而是適可而止，聊上一會兒就會起身走人。

「喂，你這鬼東西，到哪裡去呀？黑咕隆咚的。」

「去恰普林諾村。」

「去那兒幹什麼？恰普林諾村離這十幾俄里遠呢。」

「去那個村的莊稼漢索夫隆家裡去住一晚上。」

「那麼遠，你就在這兒過夜得啦。」

「不，不在這兒。」於是，葉爾莫萊帶著他的獵犬瓦特列卡消失在黑魆魆的夜幕裡面，穿過一片叢林，蹚過一汪汪水窪，趕往恰普林諾村。而那個莊稼漢索夫隆很可能將他拒之門外，甚至會給他兩巴掌，或許會破口大罵：「三更半夜的，別來打擾我們一人家的清夢。」

然而，葉爾莫萊有些特殊本領，大概無人能及：春汛期間，他可是一個捕魚高手，空手就能捉蝦，單憑感覺就能找到野味，會招鵪鶉，還會馴養獵鷹，最絕的是捕捉那些會唱「魔笛」「杜鵑飛渡」的夜鶯[1]……但是他不會訓練獵犬，因為他在這件事上是個急性子，太缺乏耐性。

葉爾莫萊每個星期回家一次。他妻子住在一間歪歪斜斜幾近倒塌的小屋裡，孤苦伶仃地過著吃了上頓沒有下頓的可憐日子，就差沒餓死了，她從未享過一天清福，真是苦不堪言。葉爾莫萊雖心地善良，但對自己的老婆卻粗暴而冷酷，在家裡他總是盛氣凌人、飛揚跋扈——對老婆張口就罵，伸手就打，所以這個可憐的婆娘在他面前總是低眉順眼的，不知如何才能討他的歡心，一看到他那副兇神惡煞的樣子，便全身發抖，手足無措。她常掏出最後一個銅子兒買酒侍奉他，當他作威作福夠了在炕上呼呼大睡時，她總是關懷備至而又心驚膽戰地給他蓋上自己的皮襖或是別的什麼，並且小心謹慎地在身旁守候著他，隨時聽他驅使。

他那副兇狠殘暴的樣子在我面前不止一次地暴露過，我尤其不願意看到他咬死被打傷的野禽時的那副兇巴巴的樣子。但葉爾莫萊在家裡待不過一天，就又出外遊蕩，這時，他就變成較乖順的「耶爾莫爾卡」[2]了——方圓百里的人們都喜歡這樣稱呼他，他自己似乎也很喜歡這個卑稱，因為有的

1 喜歡夜鶯的人一定熟悉這些名字：這些是夜鶯所唱的最動聽的「唱段」。——作者原注。
2 葉爾莫萊的謙稱。

時候，他也這樣稱呼自己。最為卑下的奴僕在這個流浪漢面前，也會充滿優越感，也許正因如此，他們才不嫌他，還表現得十分親熱。

許多莊稼漢起初也都愛捉弄他，追逐他就像追逐兔子一樣，捉住以後逗弄夠了，然後再放掉他。後來知道他是個怪東西，他們就不會再理他了，也不再跟他過不去了，甚至還會給他麵包吃，談天說地好不親熱。我找來做獵師的就是這樣一個傢伙，和他結伴到伊斯塔河畔一片很大的樺樹林去「狩獵伏擊」。

在遼闊的俄羅斯大地上，有許多同伏爾加河一樣的河流，一邊是起伏的山巒，另一邊是如茵的草地，伊斯塔河也是如此。這條窄窄的小河蜿蜒流淌，猶如一條蛇，整條河流連半俄里直道都找不到，站在陡壁峭岩上，望得見十幾俄里流域內的河堤、池塘、磨坊、一片片爆竹林圈做籬笆的菜園和果園。伊斯塔河盛產各種魚，尤其是圓鰭雅羅魚（大熱天裡，莊稼漢們在灌木叢下隨便一伸手就能夠捉到），一些小巧的沙鑽鳥，咕咕低鳴，在清涼泉水潺潺湧流的河岸陡峭山崖上來回飛舞。一群群野鴨子游到水塘中間，警惕地環顧四周。峭壁陰影庇護下的蒼鷺，悠然自得地在河灣中婷立。

我們耐心地等待著，大約一個多小時以後，總算打到了兩對山鶉。我們打算在日出之前，再碰碰運氣（早晨也能打伏擊），因此決定到附近的一家磨坊裡借宿一夜。我們穿過樹林，走下山岡。看到暗藍色的波浪在河裡翻滾，空氣中瀰漫著夜的濕漉漉的氣息，逐漸形成籠罩在萬物之上的霧靄。我們走到磨坊院門前，舉手敲敲大門，院子裡立即傳來了狗的叫聲。

「誰呀？」一個睡意朦朧而又沙啞的聲音問道。

「過路的獵人，我們是來借宿的。」

沒有得到回答。

「給錢可以吧？」我們又問道。

「我得問問主人……噓，該死的狗！……別叫喚了，滾一邊去！」我們聽見這個雇工走回屋去了，沒過多久，他又回到了大門口。「不行，主人說了，不許你們進來。」

「為什麼不讓進？」

「他害怕，他說你們是獵人，都帶著火藥，萬一引起火來，會燒光整座磨坊的。」

「胡扯！」

「真的，前年我們的磨坊就失過一次大火，那是一群牲口販子來過夜，也不知他們都幹了些什麼，就著起火來了……」

「可是，夥計，我們總不能在露天裡過夜呀！」

「那是你們的事……」只聽見他邊說著，邊往回走，拖著的靴子還啪嗒作響。

葉爾莫萊氣壞了，怒氣之下用各種髒話罵著他們，最後卻也只能無奈地說：「咱們還是到村裡去吧。」說著又長嘆了一口氣。

但我們知道村子在兩俄里開外，現在走去也晚了……

「咱們就在這裡，在外面過夜好了，」我說道：「今天夜裡還算暖和，就在外面應付一晚吧，給他們一點錢，求磨坊老闆弄點麥秸給我們就好了。」

葉爾莫萊沒有別的更好的辦法，也就只好同意了我的想法，於是我們就硬著頭皮再次去敲門。

「你們到底想怎樣，怎麼又來敲門？」那個雇工在門裡說：「不是都說過了嗎，不行！」

我們告訴他，我們只是想要點麥秸，雇工又回屋跟主人商量去了，不一會兒，主人也走到了大門邊。這回還算不錯，吱呀一聲，旁邊的小門開了。磨坊老闆出現在了我們面前，這是一個大塊頭兒，身材高大，一身肥肉，後頸就像公牛一樣肉乎乎的，挺著一個圓滾滾的大肚子。

這次他答應得倒是乾脆。在離磨坊大約百步的地方，有一個四面透風的小敞棚，他們抱來麥秸和乾草鋪在棚下，那個雇工把茶炊放在河畔草地上，蹲在那兒用管子使勁地吹氣生火，倒顯得很熱心……

炭火很快燃了起來，閃耀著火光，這時我才看明白他的臉，是個年輕後生。磨坊老闆跑去叫醒了他的妻子，折騰了好久後，竟提出要我們到屋裡去過夜。我喜歡露宿，婉言謝絕了他的好意。磨坊夫婦用牛奶、雞蛋、土豆和麵包來招待我們，茶炊不一會兒就沸騰了，我們就又喝起茶來。

河面上霧氣氤氳，彌漫在空中，好像已沉沉入夢，風兒也沉寂了。秧雞此時的啼鳴打破了周遭的靜謐，有輕微聲響從磨坊水車輪子旁邊傳來，那是水點從輪翼上往下滴落的聲音，水從堤壩的閘門往外滲流在作響。我們生起了一小堆火，葉爾莫萊在火上烤土豆，我便趁這會兒工夫打起瞌睡來……那細碎的低語聲儘管很低，還是驚擾了我的酣夢。

我抬頭看看四周，磨坊女主人正坐在一個木桶上，和我的獵師葉爾莫萊閒聊。我從她的衣著舉止和說話口音，判斷出她是地主家的女僕——而非農婦或者小市民的女兒。這時我也看清了她的模樣，三十歲的樣子，臉龐雖然清癯蒼白，卻風韻猶存，特別是那雙憂鬱的大眼睛，勾人心魄。此刻，她正把兩肘支在膝頭，手托著臉。葉爾莫萊背對著我坐著，正往火裡添加柴火。

「熱爾圖赫村又鬧牲畜瘟疫了，」磨坊女主人說道：「伊凡神父家的兩頭母牛都染上疫病了……

但願上帝保佑我們！」

「你家的幾頭豬怎麼樣啊？」葉爾莫萊沉默了片刻，問道。

「現在全都好好的呢。」

「給我一頭小豬崽子該多好啊。」

女主人沒有回答，只是長嘆了一口氣。

「誰和您一塊兒來的啊？」她問道。

「科斯托馬羅村的一位老爺。」

葉爾莫萊又抓了幾根樹枝，投入火中，樹枝馬上劈啪作響，濃濃的白煙直衝向他的臉。

「你丈夫為啥不准我們進屋啊？」

「他害怕唄。」

「嗨，這個胖子，大肚皮……親愛的，阿琳娜·季莫費耶芙娜，給我弄些酒來暖暖身子吧！」

磨坊女主人馬上站起身，消失在了黑魆魆的夜幕中。

葉爾莫萊小聲地哼起歌來：「為了尋找心愛的姑娘，我到處流浪，靴底磨光……」

阿琳娜帶回一小瓶酒和一個杯子，葉爾莫萊起身表示感謝，他畫了個十字，然後一小瓶酒一飲而盡，「好酒啊！」他滿意地誇道。

阿琳娜又坐到木桶上。

「怎麼樣，阿琳娜，現在你還常常感覺不舒服嗎？」

「是啊，總鬧難受。」

「具體怎麼個難受法？」

「一到夜裡就開始咳個不停，根本沒法睡覺，難受死了。」

「老爺大概睡著了，」葉爾莫萊說道：「你可別看醫生，阿琳娜，要不然會更難受的。」

「我沒去呀。」

「來我家散散心就好啦。」

阿琳娜低下頭去，並不作答。

「要是你來，我就把家裡那個婆娘趕跑，」葉爾莫萊接著說：「真的把她趕跑。」

「你叫醒老爺吧，葉爾莫萊，您看，土豆已烤熟了。」

「讓他多睡一會兒好了，」我忠實的僕人心平氣和地說道：「他太累啦，現在應該睡得正香呢。」

我在乾草上翻了個身，葉爾莫萊馬上走到我身邊。

「土豆烤好了，起來吃點吧。」

磨坊女主人見我出了敞棚，馬上從桶上站起身，想要離去。我便主動和她說話。

「你們租這座磨坊很久了吧？」

「去年聖靈降臨節[3]時租的，已經兩年啦。」

「你丈夫是哪裡人？」

阿琳娜沒聽明白我的問話。

3 宗教節日，在六月份。

「老爺問你，丈夫是哪裡人？」葉爾莫萊大聲重複了一遍。

「別廖夫人，別廖夫城裡的。」

「那你也是別廖夫人嗎？」

「不，我是地主老爺家的僕人……」

「哪個地主老爺家？」

「茲維爾柯夫老爺家的。曾經是，我現在是自由人。」

「哪一個茲維爾柯夫？」

「亞歷山大・西雷契。」

「你給他太太當過婢女吧？」

「你怎麼知道的？——是當過。」

我懷著異乎尋常的同情看著阿琳娜。

「我認識您家老爺。」我補充了一句。

「您認識他？」她低聲問道，並低下了頭。

說到這裡，我倒是應該告訴諸位讀者，我為什麼如此同情阿琳娜。當年我在彼得堡時，一個偶然的機會結識了這位茲維爾柯夫先生。此人身居要職，社會地位顯赫，是一位知識淵博而又精明能幹的社會名流。他的夫人胖得出奇，多愁善感到神經過敏，而且兇悍異常——是一個俗氣而又乖張怪僻的女人。他有個寶貝公子，是個驕橫無賴而又愚不可及的浪蕩子。茲維爾柯夫先生的模樣實在奇特，一張寬得幾乎成了方形的大臉盤，耗子般的小眼睛總是賊溜溜地亂轉，一個鼻孔朝天尖尖地向上翹著的大鼻子，額頭上溝壑縱橫，剪短了的花白頭髮像刺蝟的箭刺一樣朝天支稜著，兩片薄嘴唇總是說個不停，再看那副裝出來的笑容，簡直令人毛骨悚然。而茲維爾柯夫先生的站相，實在令人難以恭維：兩條大腿劈開，兩隻肥胖的手插在衣兜裡。

有一回，我和此人一同坐著馬車出城，一路閒聊。茲維爾柯夫真算得上老江湖，見多識廣，他熱心地給我指點，教導我怎樣走「人生之路」。

「請原諒我直言不諱，」他那尖嗓子滔滔不絕地講了開來，「你們年輕人，所有的都一樣，對一切事物的判斷和解釋，都太草率無知而盲目自信，你們對生養自己的祖國幾乎一無所知。先生們，你們並不熟悉俄羅斯，您對我談這個談那個，嗯，關於奴僕的問題……很好，我不願和您爭論，這一切，您談得都很動聽，但是對他們您根本就不瞭解，不明白他們到底是哪路貨色。（茲維爾柯夫先生大聲地擤擤鼻涕，又嗅了嗅鼻煙。）那好，我來給您講一件搞笑的事，沒準您會感興趣。」（茲維爾柯夫習慣地咳嗽兩聲，清清嗓子。）

「想必您很明白我太太的人品，恐怕再也找不到比她心腸更好的女人了。您一定會承認這一點吧？她的女僕們過的可不是普通人的生活，她們簡直是在伊甸園……但是我太太有一條原則：不用出嫁了的女子做侍女！這樣做確實很有道理，您想啊，要是生了孩子，拉拉雜雜的事一大堆，這個女子哪還顧得上照料和侍候好主人的衣食起居呢？她又無分身術。人都會這樣的嘛。

「哦，有那麼一次，我們兩夫妻坐車路過自己的村子，這可是許多年前的事了，讓我想想，啊，估計有十五六年了。我倆看到村長家裡有個小姑娘，是他的閨女，模樣兒俊俏，言談舉止也很是討人喜歡，於是，我太太就和我說：『柯柯，』——您知道嗎，她平時總這麼親暱地叫我——『咱們帶這個小姑娘去彼得堡吧，我挺中意她的，柯柯。』我便說道：『那好，我們就帶她走吧。』不說您也能想到，村長對我們感恩戴德，您可知道，這種天上掉餡餅的事兒，他就是連做夢也不敢想。可是那個小姑娘聽了，竟然哭起來了。這也好理解，一下子就離開父母，心裡難過嘛……一句話，這也是人之常情。

「後來，這孩子和我們處得很不錯，起初分派她到侍女室，當然先得調教調教了。您猜如何！這小姑娘聰明得令人驚奇，我的太太對她特別偏愛，事事都離不開她。後來就不要別的丫頭服侍，破格提升她為貼身婢女了。這可不是鬧著玩的呀！真該替她說句公道話，我的太太從未用過這麼好的丫頭，可以說從未有過！這個小姑娘手腳勤快，很有主見，穩重大方，對主人百依百順──樣樣都讓您稱心。可是，說心裡話，我的太太過於嬌寵她了，給她穿好衣服；主人吃什麼，她跟著吃什麼；主人喝什麼，她跟著喝什麼……真的，待她委實不薄！她就這樣侍候了我太太十年。結果猛然有一天，讓您想都想不到，阿琳娜──對，那侍女名叫阿琳娜──沒有稟告一聲就闖進了我的書房，撲通一聲就跪下了……這件事，說老實話，真是讓人難以容忍。一個下人，無論何時都不能忘記自己的身分，是吧？」

「『你想怎樣？』『亞歷山大・西雷契老爺，求您開恩了。』『到底怎麼啦？』『請准許我出嫁。』說老實話，當時我真是吃驚不小，『你這個愚蠢的丫頭，難道你不知道，太太身邊沒有別的丫頭了嗎？』『我會和以前一樣侍候太太的。』『胡扯，胡扯！你不知道太太從來就不用出了嫁的丫頭嗎？』『瑪拉妮婭可以頂替我呀。』『少做美夢了！』『那就聽任您發落了……』老實說，我當時真給氣糊塗了。坦率地告訴您，我這個人哪，生平最不能容忍的就是忘恩負義。至於我的太太，不用囉嗦，您已經知道她有多麼好——簡直是菩薩下凡，人世間再也沒有比她更善良的人了，連心眼最壞的人她都施以善心。我把阿琳娜趕出書房以後，心中暗想：沒準兒她會回心轉意的。要知道我真不相信一個人會不講良心，會忘恩負義。但是，您猜怎樣？過了半天，阿琳娜再一次來求我，還是要去嫁人。」

「不瞞你說，這一次我真是生氣了，一怒之下把她攆了出去，對她說了幾句狠話，還警告她說：我要把這件事告訴太太。我真不知道該怎樣發洩我的滿腔怒氣。呵，好戲還在後頭呢，還有更令人驚奇的事呢。幾天後，我的太太氣沖沖地來到我這兒，淚流滿面，嚇得我手足無措。我忙安慰她，焦急地問道：『到底出什麼事啦？』『阿琳娜……』這件事我都不好意思說。『哪會有這種事！……是哪個人啊？』『是聽差的彼得盧什卡！』這還得了！我聽了很是惱火。我這個人呢，一向辦事認真，來不得半點的含糊！彼得盧什卡雖然沒有過錯，但是懲罰他也沒什麼難的，可是他是無罪的呀，也怨不得他。至於阿琳娜嘛……哼，就怪她，哼，哼，她活該，那就沒什麼好客氣的了！當然嘍，我當即吩咐下人剪光她的頭髮，剃了個大光頭，給她穿上粗布衣服，趕到鄉下去了！

「我的太太失掉了一個稱心的好丫頭，這也是讓她逼得沒辦法了，只好這樣，難道還因為她一個人而把家裡弄得雞飛狗跳嗎？還是長痛不如短痛，一刀割掉這塊爛肉為好！唉，唉，現在您想想，我太太，這，這……那真是個活菩薩啊！她真的是捨不得阿琳娜走，阿琳娜也很明白這一點，但她竟然連臉都不要了。啊？不，您說說看……不是這樣嗎？還能怎樣待她呢？到頭來，這也是被逼無奈呀，又不是我們對她不好！就因為這丫頭無情無義，弄得我是既傷心難過，又上火氣惱，好久都緩不過氣來。這種人就是沒良心，不講情義！真是像狼一樣，不管你怎麼養，牠終歸要跑回野林子裡去的。這也是一個教訓，今後做事再不能這麼當好人了，不過，我這也是想向您吐吐苦水罷了……」

茲維爾柯夫沒有再說下去，他扭過頭，使勁兒地壓著那腔怒火，用斗篷緊緊地裹住氣得發抖的身子。說到這兒，我想諸位應該明白了，為什麼我對阿琳娜會有一種特殊的同情了。

「你嫁給磨坊老闆很久了嗎？」

「兩年了。」

「怎麼，老爺最後准許了嗎？」

「花錢贖的身。」

「誰花的錢呀？」

「是薩維里・阿列克謝耶維奇。」

「是你什麼人？」

「我丈夫。（葉爾莫萊不動聲色地笑了笑）怎麼，老爺對您提起過我吧？」阿琳娜沉默了一會兒，然後問我。

我真不知道該如何回答她。

「阿琳娜！」磨坊老闆遠遠地喊道，她便像鳥一樣歡快地跑了過去。

「她丈夫人好嗎？」我問葉爾莫萊。

「還可以。」

「他們有孩子嗎？」

「有過一個，但後來死了。」

「那麼，是磨坊老闆看中了她，還是因為別的？……他贖她出來，應該花了很多錢吧？」

「這我就不明白了。她識字對於幹他們這一行的是很有幫助的，可能就是因為這，他才相中她的吧。」

「你們認識很久了嗎？」

「很久啦，我以前常到她主人家裡去，他們的莊園離這兒很近。」

「那你也認識那個聽差彼得盧什卡吧？」

「彼得・瓦希利耶維奇嗎？當然認識。」

「那他如今在哪兒呢？」

「聽說後來當兵去了。」

我們都沉默了一會兒。

「看樣子，她的身體不怎麼好吧？」

「糟透了！……哦，明天一大早狩獵伏擊會很好，您最好還是先睡上一會兒，養足精神。」

一群野鴨子呱呱叫著從我們頭頂上飛過，落到了不遠處的河面上，彷彿等待著我們明天的狩獵，這真是上帝對我們最好的恩賜！天越來越黑，也越來越冷了，樹林開始濕氣密佈，最終一切都會被這潮氣所籠罩或說是庇護，庇佑著夜間出沒的動物的日常行動和白晝動物的常規休息。夜鶯在樹林裡高聲歌唱著，是為夜的來臨專門創作的獨唱歌曲。夜鶯並不孤獨，牠沉醉在自己的歌聲中，那悠揚的歌聲是把我們帶入美夢的天使，我們鑽進乾草堆，很快便進入了夢境。

# 草莓泉

八月初的天氣通常是酷熱難耐的，在這種天氣的中午十二點到下午三點之間，即使是最瘋狂的打獵迷也不會選擇外出打獵，這個時候，最忠誠的狗也只是緊緊跟在主人的後面，牠們熱得吐長著舌頭哈巴哈巴地直喘氣，眼睛緊瞇。不管主人怎麼斥罵，牠也只是可憐而又委屈地搖著尾巴，決不肯跑到主人前面或是獨自去尋覓。

有一天，我就是在這樣烈日當空的天氣裡出去打獵的。一路上又熱又累，真想找個陰涼之處躺下去休息哪怕是片刻的工夫，但是我還是竭力支撐著、忍受著。我那條不知疲倦的狗不停地在灌木叢中來回跑動尋覓著，雖然牠明白自己只是徒勞。悶熱讓我知道：不能再這樣毫無意義地撐下去了，要設法保存體力。

我掙扎著來到讀者們已經熟悉的伊斯塔河邊，走下陡峭的斜坡，然後踏著濕漉漉的黃沙，走向這一帶小有名氣的「草莓泉」。清泉是從岸邊的一條裂縫裡湧出來的，日久天長，裂縫逐漸成了一條窄小深邃的峽谷。在離此處二十幾步遠的地方，泉水源源不斷地流進河裡，清澈的水流發出歡快的潺潺聲，峽谷兩邊的斜坡佈滿了茂密的橡樹林，泉水周圍綠草如茵，草莓長得不高，有如平展的天鵝絨。這裡幾乎從來都照不到陽光。我快步走到泉水旁，草地上放著一個樺樹皮製成的水瓢，這是過路的農夫為了方便大家飲水而留下的。

我痛飲一番後，便找了個陰涼地躺下來休息，同時環顧了一下四周。在泉水與河水交匯之處形成了一個水灣，水面上總是波光粼粼的。水灣旁邊，有兩個老頭兒背對著我坐著，其中一人身材壯實，穿著一件墨綠色的上衣，戴著一頂絨線便帽，蹲在那兒釣魚，另一個則身材瘦小，穿著一件打補丁的皺外衣，膝上放著裝魚餌的小罐，不時撫摸一下滿頭白髮，好像是擔心曬得太過頭了，我又認真的看了一下，認出來他來了，原來是舒米欣諾村的斯焦普什卡。

請允許我向諸位介紹一下此人吧。

舒米欣諾村是個很大的村子，距我的村子數俄里遠，那裡有一座為聖科齊馬和聖達米安建造的石頭教堂。教堂的對面曾經有一座盛極一時的地主豪宅，周圍分佈著各種建築物：房屋、棚舍、雜用間、馬廄、作坊、地窖、車棚、澡堂、臨時廚房、客房、溫室、民眾遊藝場和其他一些用途各異的房舍。起初是個大財主住在這裡，日子過得安樂舒適，可是忽然有天凌晨，一場大火吞噬了一切，大財主一家被迫遷往別處去了，這座豪宅也就廢棄了。

這一大片廢墟被耕作成菜園，有些地方至今還能看見殘缺不全的地基。人們用沒有燒掉的圓木馬馬虎虎地搭建起一間小屋，用十年前為了建造哥德式涼亭而置辦的船板蓋了屋頂，撥給園丁米特羅方和他老婆阿克西妮婭和七個子女居住，指派米特羅方在這裡種植蔬菜，以供給遠在一百五十俄里外的主人一家享用。另外還把一頭提羅爾種的奶牛分派給阿克西妮婭飼養，這頭奶牛是專程從莫斯科買來的，價格很高，可惜的是牠失掉了產奶能力，買來之後，牠就從來沒有產過奶。同時阿克西妮婭還照看著一隻深褐色的鳳頭公雞——這是唯一的一隻「老爺家的」家禽。一群孩子因為太小，沒有分派到什麼活幹，因而這群小傢伙個個都變成了小懶蟲。

我曾在這個園丁家裡住過兩次，途經此地時經常向他買些黃瓜，但是不知道什麼原因，這些黃瓜在夏季就已長得很大，皮又黃又厚，可是卻淡而無味。就是在他家裡，我第一次看到斯焦普什卡。除了米特羅方一家之外，這裡還有寄住著獨眼寡婦屋裡的老格拉姆，他是一個年高耳背的教會長老，此外，再沒一個僕人留在舒米欣諾村了。

因為我要介紹給諸君的這個斯焦普什卡，不能把他看作一個正常人，特別是不能把他當作僕人。人生在世，每人都得有一定的社會關係和人際交往，當僕人也好，即便不領工錢，至少也得有份所謂的「口糧」，然而斯焦普什卡卻從未得到過補助，他無親無故，彷彿是從石頭縫裡蹦出來的，無人知道他的存在。這個人來歷不明，沒有人瞭解他或提到他，人口普查恐怕也查不到他頭上。有一種謠傳，說他當過某某人的僕從，然而，他究竟是什麼人，從什麼地方來的，是什麼人的兒子，怎麼會住在舒米欣諾村，從哪兒搞來的那件皺巴巴的外衣，而且是一年到頭靠這一件過活，他居住在什麼地方，靠什麼度日——對於這麼多問題，任何人都無從知曉，而且，說實在的，也無人對此感興趣。特羅費梅奇老爺對所有僕從的家譜都瞭若指掌，還能一直上溯到第四代，也只有一次談到斯焦普什卡：記得已故老爺阿列克謝・羅馬納契旅長出征回來時，用輜重車帶回一個土耳其女人，她是斯焦普什卡的親戚。

在逢年過節時，按照古老的俄羅斯風俗，要用蕎麥餡餅和綠酒款待所有人家——即使是在這種時候，斯焦普什卡也從來不上餐桌，不走近酒桶，不鞠躬行禮表示祝賀或謝意，也不去吻老爺的手，更不會為了祝賀老爺的健康，而將管家用胖胖的手斟滿的酒在老爺面前一飲而盡。因此，只有哪個好心人從他身邊經過才會賞給他一塊吃剩的餡餅。

復活節時，他也不來參加接吻禮，但是也從不捲起滿是油垢的袖子，也不把他的紅雞蛋從自己身後的衣兜裡拿出，也不喘著粗氣、眨著眼睛，把紅雞蛋獻給少爺或太太。夏天，他就住在雞窩後面的儲藏室中；冬天，就住在澡堂更衣室裡，天氣太冷的時候，他就在乾草棚裡過夜。人們對他已經視若不見了，有時還隨意地踢他一腳，但是卻沒有誰同他搭話，更別提聊天。那麼他自己呢？好像平生就從未開過口。

那場火災之後，這個無人關照而又一無是處的人，就在看園子的米特羅方家裡住下了，或者像奧加爾人所說的，在這個園丁家裡「賴著」不走了。園丁米特羅方從不和他說話，也沒有說過：「你住我家裡吧」，但是也沒有趕過他走。

斯焦普什卡其實不住在園丁的房子裡，而是在菜園子裡混日子。他做什麼事情都是一聲不吭。打噴嚏或咳嗽時，都是小心翼翼的趕緊捂住嘴。他忙碌得就像螞蟻一樣，但是默不作聲，他忙忙碌碌地生存著，就是為了討一口飯吃，把肚子填飽。確實，他若不是一天到晚為填飽肚子而操勞，為了能活命，我的斯焦普什卡早就死掉了。每天早晨一睜眼，就不知道早上能吃些什麼，他活得是多麼艱難和痛苦啊！有的時候，你看斯焦普什卡在牆根下蹲著大口大口地啃蘿蔔，或者捧著髒不溜秋的捲心菜在吃。有時又提著一桶水不知去哪裡。有時又在一隻鍋子下生起火，從懷裡摸索出幾塊黑東西放到鍋裡去。有時又在自己的小窩棚裡對著幾塊木頭敲來敲去的，然後又用釘子把它們都釘在一起，做成一個麵包架子。

他做這些的時候，都是背著人做的，唯恐有人看到，偶爾誰要是看了他一眼，他就馬上躲起來。有時，他又出門兩三天，當然，照例不會有人注意他的留去，什麼時候他又猛然出現了，在牆根下偷偷架鍋生火。他那張臉很小，眼睛泛黃無神，頭髮不長不短地垂落到肩膀上。我在伊斯塔河岸上遇到的，正是這個斯焦普什卡，還有另外一個老頭兒。尖尖的鼻子，耳朵很大，就如蝙蝠的耳朵一樣，鬍子看樣子應該已有半個月沒剃了。

我過去和他們打過招呼，然後同他們並排坐下。我這時發現，斯焦普什卡的同伴原來我也認識，名叫哈米伊洛・薩維里耶夫，是彼得・伊利契伯爵家中已贖了身的家奴，綽號「霧」。他住在泊爾霍夫一個患肺病的小市民家裡，那也是我經常投宿的一家旅店。經過奧加爾大道的人們（裹在花條羽毛被子裡的商人是看不到這一切的）至今還能看到，在離特羅伊茨基大村子不遠處的路邊，有一座廢棄的木質二層樓房，屋頂已經坍塌，孤零零地矗立著，窗子也被釘死了。在陽光燦爛的中午時分，這座廢棄的樓房顯得更加淒涼了。

彼得・伊利契伯爵當年曾住在這裡，他是一位好客的大富翁。有時候，全省的富豪和知名紳士都會到他家裡做客，他們在家庭樂隊那激情的樂聲中放聲歌唱，在花炮和焰火的劈啪聲中縱情狂歡。如今，路經這座荒廢的貴族邸宅的老婦，會為已逝的韶光嗟嘆不已，恐怕每個人看到這都會感慨和嘆息。這位伯爵日復一日地大開筵席，年復一年地在諂媚的賓客中間周旋。然而再多的家產也不夠他揮霍，最後傾家蕩產，無奈到彼得堡去謀求一官半職，但卻一無所獲，窮困潦倒地死在一家旅店裡，結局竟是如此的可悲。

「霧」正是在他家當過管家，不過在伯爵生前就成了自由之身。他現在已經七十多歲了，相貌堂堂，有一張討人喜歡的臉。「霧」總是笑瞇瞇的，很和善，如今，只有在葉卡捷琳娜[1]時代生活過的人才會有這樣的笑容。他說話時總是很從容自信，緩慢地開閉著嘴唇，親切地瞇縫起眼睛，說話帶點兒鼻音，他就連擤鼻子、嗅鼻煙也都像完成一件重要事情。

「喂，怎樣，哈米伊洛・薩維里耶夫，今天收穫不小了吧？」我問他。

「請您瞧瞧魚簍子吧，已經釣到了兩條鱸魚，還有五六條大頭鯤……斯焦普什卡，快拿來瞧瞧。」

斯焦普什卡把魚簍子遞給了我。

「斯焦普什卡，近來日子過得怎樣，有什麼困難嗎？」我又問道。

「沒……沒……沒……沒什麼困難，老爺，湊合吧。」斯焦普什卡結結巴巴。

「米特羅方的身體好嗎？」

「好，可……可不是，老爺。」

這個可憐的人回答完，便扭過了頭，不再吭聲了。

「魚不怎喜歡咬鉤啊，」「霧」說起話來，「天太熱，估計魚都躲到涼快地方去了。斯焦普什卡，給我把魚餌上上吧，（斯焦普什卡捏出一條蚯蚓，在手掌上啪啪地拍了兩下，上到魚鉤上，還吐了兩口唾沫，然後就遞給了「霧」。）謝謝，斯焦普什卡……哦，老爺，」他又問我道：「您是出來打獵的吧？」

「是的。」

1 俄國女皇，一七六二年至一七九六年間在位。

「噢，請問您的獵犬是英國種，還是芬蘭種？」

這個老頭兒總喜歡顯示自己的聰明，好像是說：「嘿，我們也見過世面的！」

「牠是什麼種我也不明白，但是牠確實非常不錯。」

「啊……您還有別的獵犬嗎？」

「我有兩群獵犬呢。」

「霧」笑了笑，又搖了搖頭說：

「確實如此，有的人愛狗勝過愛自己，但有的人就是白送都不會要的。依照我這麼點見識，養狗的人，可以說，主要是為了講排場，顯擺闊氣……幹什麼都要講究個氣派，就連看狗的人也一樣。已故的伯爵——願他的靈魂上天堂！——其實根本就不懂得打獵，但他為了趕時髦也養狗，每年也都去打獵。身穿金色絲條鑲邊紅外套的看狗人在院子裡整齊得像軍隊一樣集合，吹起號角，準備出獵。伯爵大人神氣得像個將軍一樣出門，僕人馬上把他那匹良種馬牽過來。伯爵大人上馬後，狩獵主管把他的腳放進馬鐙，然後摘下帽子，把轡繩放進去，雙手捧著呈給他。伯爵大人的鞭子一響，看狗人就齊聲吆喝著浩浩蕩蕩地走出院子，那個排場簡直就像是皇帝出巡。馬夫騎著馬，用綢帶牽著老爺最寵愛的兩條獵犬緊跟在伯爵大人身後，馬夫紅光滿面地高騎在戈薩克馬鞍上，一雙大眼睛骨碌碌亂轉——當然啦，這種場合還會有眾多來賓或貴客來捧場湊熱鬧，很是氣派……哎呀，脫鉤了，真是奇怪！」他忽然一抬釣竿，說道。

「聽說伯爵一生一世都很瀟灑氣派，有這回事嗎？」我問他。

老頭兒衝魚餌上吐了兩口唾沫，把魚鉤拋出去。

「那是當然的了，他是一位富貴達人嘛，常常會有從彼得堡來的人，可以說，都是地位顯赫的大人物來拜訪他的，他們都佩藍色綬帶吃飯。再說了，伯爵也很會招呼客人，還常常交代我說：『明天一定要叫人送來幾條活鱘魚，明白了嗎？』『明白，大人。』伯爵家裡那些個繡花外套，假髮、手杖、頭等香水，還有鼻煙壺、巨型油畫，全是專門從巴黎訂購來的。伯爵一舉辦宴會——那可了不得！漫天焰火飛舞，家裡客人來得很多！有時甚至還要鳴炮，光那支一個德國人指揮的家庭樂隊就有四十多人。當然，什麼事情都要經過老爺的吩咐和同意。通常都是通宵跳舞，跳的都是拉科塞斯和馬特拉杜爾……好……好……好……上鉤了！好傢伙！（老頭兒從水裡拉上一條小鱸魚。）斯焦普什卡，拿過去。老爺說到底終究還是老爺，是得要有老爺的派頭的。」

老頭兒把釣鉤重新拋進水以後，又接著說：「他的心地也很善良，偶爾生氣會打打你，可是很快就會忘掉的。只有一件不好，養姘頭。唉，這些姘頭，全不是些好東西！就是這些臭婊子弄得他傾家蕩產。要知道，這些姘頭都是挑自下人。按理說，她們心滿意足的，但是你就是把全歐洲的寶物都給了她們，她們也還不會知足！可也是，幹嘛不隨心所欲地揮霍享福呢？——這本來是老爺的家事，我們不該多說的，但是破產總是不對的嘛，尤其是有一個名字叫阿庫琳娜的姘頭……現在也死了——願她上天堂！她本是西陀夫甲長的閨女，一個普通人家的丫頭，但是卻成了一個凶得很的潑婦！鬧起來竟敢打伯爵的耳光。可是伯爵完全迷上了這個狐狸精，我的侄子不小心灑了一點可可在她的新衣服上，就被她送去當了兵……唉，送去當兵的可不止他一個。唉，總的來說，那真是個好時候！」

老頭兒長嘆了一口氣，又最後補充了一句，就低下頭不再說話了。

「依我看，你家老爺一定很嚴厲吧？」我打破片刻的沉默又問道。

「那個時候就是這麼辦的啊，老爺。」老頭兒搖頭反駁道。

「現在可不興這麼辦了。」我注視著他說。

他瞟了我一眼。「如今當然好些了。」他含糊地說了這麼一句，把釣鉤遠遠地拋出。

我們坐在樹蔭下，天很悶熱，沒有一絲的風，火辣辣的面孔渴盼著迎面清風，但卻沒有一絲兒。藍天黯淡下去了，太陽毒火四射。在我們正對面的岸上，有一片金黃的燕麥田，有些地方只是長滿了野草。在低窪些的地方，有一匹農家的馬站在齊膝深的河裡，慵懶地搖動著濕漉漉的尾巴。時不時地會有一條大魚從低矮的灌木叢下浮上來，蟈蟈在發黃的草叢裡歌唱，鵪鶉慵懶而又無奈地叫著，鷂鷹平穩地滑過田野上空，在一個地方稍事停留又很快展翅翱翔了。

我們一動也不想動難受極了，呆呆地坐在那裡。忽然一陣腳步聲從我們身後的河谷裡傳來，有人正朝著草莓泉走來，回頭一看，是個農夫，大約五十歲，灰塵滿面又汗流浹背，身穿一件衫衣，足蹬樹皮鞋，背著一個背簍肩搭一件上衣。他快步走到泉水旁邊，喝飽了水，然後才站起身。

「啊，是弗拉斯吧？」「霧」看了他一眼，喊道。

「你好哇，老夥計，什麼風把你吹來的呀？」

「你好啊，哈米伊洛•薩維里耶夫，」那個農夫邊說邊向我們走來，「從大老遠的地方來。」

「你去哪兒了？」「霧」問。

「去莫斯科拜見老爺了。」

「去幹什麼？」

「去求他。」

「求他些什麼事情呀？」

「求他減少一點代役租，要不換為勞役租，或者就讓我挪個地……我兒子沒了，現在我自個兒很難繼續下去啦。」

「你兒子去世了？」

「是啊。」那個農夫沉默了片刻說道：「從前他在莫斯科當馬車夫是替我繳代役租。」

「怎麼，難道你們如今還得繳代役租呀？」

「是的。」

「那麼，你家老爺說啥啦？」

「老爺說什麼啦？他讓我滾啦！他吼著說：『竟敢徑直闖到我這兒來！真是吃了熊心豹子膽啦！管家哪裡去了？』他說：『你首先得報告管家，再說，我又能把你換到什麼地方去呢？』他又說：『先還清欠的代役租再說。』他簡直氣得一定會死啦。」

「怎麼，你就這樣無功而返了？」

「是啊，回來了。我本來還想問我兒子死後留了什麼，可是沒問明白。我對兒子的東家說：『我是菲力浦的父親。』可他卻說：『我怎麼知道你是他爹？再說，你兒子啥也沒留下，他還欠我的債呢！』就這樣，我沒辦法，只得回來了。」

這個農夫笑著跟我們說這些事，好像是在說陌生的人，但是他那雙小眼睛裡卻滿含淚水，嘴唇抽搐著。

「那你現在做什麼，回家嗎？」

「還能去別的地方嗎？當然回家，我的老婆子沒準兒現在還在餓肚子。」

「那你最好還是……那個……」斯焦普什卡忽然說道，可是馬上就不好意思了，於是他不再說話，開始在魚餌罐裡翻找。

「那你幹嘛不去找管家！」「霧」有些驚奇地看看斯焦普什卡，說道。

「我找他做什麼？我還欠著租錢，可我現在不怎擔心了，反正從我身上榨不出什麼了……哼，老兄，不管他想出什麼招數，反正都沒用，我都不問了，反正我是豁出去了！（農夫大笑起來）不管使出什麼招式，總管金齊良・謝苗內奇，反正……」農夫弗拉斯又笑了起來。

「怎樣？這件事可不太好啊，弗拉斯老弟。」「霧」慢騰騰地說。

「怎麼了？不……（弗拉斯不說了）真熱！」他用手擦擦臉，又說道。

「誰是你的東家啊？」我又問他。

「瓦列里安・彼得洛維奇伯爵。」

「是彼得・伊利契的兒子嗎？」

「是彼得・伊利契的兒子，」「霧」說：「彼得・伊利契早就把弗拉斯那個村子分給他了。」

「他怎麼樣，還好嗎？」

「很健康，感謝上帝，」弗拉斯答道：「紅光滿面，精神得很。」

「啊，老爺，」「霧」轉身對我說：「要是被分派在莫斯科就好了，那就不用繳代役租。」

「一份地要交多少租金？」

「九十五盧布。」弗拉斯回答。

「再說了，耕地也很少，都是些東家的樹林子。」

「好像樹林子也給賣掉了。」農夫補充道。

「看，你聽聽！……喂，斯焦普什卡，給我上魚餌。斯焦普什卡，喂？睡著了嗎？」

斯焦普什卡提了下精神，那個農夫在我面前坐下。我們又都不說話了。對岸有人唱起了淒哀的歌……可憐的弗拉斯在愁苦之中難以自拔……

半個小時以後，我們各奔東西了。

一八四八年

# 縣城裡的醫生

這是秋天發生的事情。有一天我從野外打獵回來，不想在路上著了涼，渾身不舒坦，看樣子是要生病。幸好發燒時，我已經趕到了縣城住進了一家旅館。我派人去請了醫生，城裡來的醫生身材瘦小，滿頭黑髮。他給我吃了常用的發汗藥，然後貼上了芥末膏，迅速地拿起一張五盧布的鈔票，塞進了翻捲過來的袖口中。

他嘶啞地咳嗽了一聲，打量了一下周圍，正打算回去，可是不知為何又和我攀談了起來，於是就暫時留下。我還在發燒，正愁沒法打發時間，而且擔心今夜睡不好，因此很高興能有一個人和我說說話，也許有助於緩解病情。於是吩咐上茶，我和醫生便談了開來。此人倒也伶俐機智，言語幽默。

世上的事情總是琢磨不定的，有些人和你長期交往共事，關係密切，你卻從來不曾和他傾心交談，有的人和你剛結識，卻好像很久以前就認識了的，彼此就像做懺悔一樣，交換埋藏在心底的一切秘密。不知道為什麼，我竟博得了我這位新相識的信任，他居然「毫無隱諱」地把一件稀奇的事情說給我聽。現在，我就把他講給我的故事轉達給忠實的讀者，我儘量保留這位醫生的原話。

「不知道您是否認識。」他有氣無力地用顫抖著的聲音說道（很明顯是因為吸多了列別索夫煙草所致）：「您也許知道本縣有個法官帕維爾・盧基奇・梅洛夫吧？……不知道……啊，這不要緊。（他清清嗓子，擦擦眼睛。）我給您認真講講，這件事嘛——讓我再好好想想——就是在大齋期[1]發生的，當時正在解凍。我正好在他家，也就是說在這位法官家裡，幾個人在那鬥牌玩。我們這位法官人很好，但是嗜玩紙牌。猛然（我的醫生很喜歡用「猛然」這個詞）有人告訴我：『有人找您。』我便問：『誰呀？什麼事啊？』那人又說道：『有人送來了一張字條——也許是病人家裡送來的吧。』『把字條給我拿過來。』一看，果真是病人家裡送來的，噢，很好，您可知道，我就靠給人看病為生。

「原來是這樣的，字條是一個守寡的女地主寫給我的。她寫道：『我的女兒病重垂危，請看在上帝的面上，來給我的女兒看看病吧，若能出診，我馬上就派馬車接您。』嗯，出診倒沒什麼，可是她的家離城二十多里，而且又是午夜，路也很不好走！何況她家也不很殷實，能拿到兩盧布以上的出診費就不錯了，或許拿到一些粗麻布或一些衣物就已經不錯了。可是您也明白，治病救人才是最重要的——病人危在旦夕了！我沒多想，就把牌給了常任委員卡利奧賓，跑回家裡取出診器械，坐上了一輛裝飾簡單、早已停在臺階前面的馬車。」

「馬是農用馬匹，鼓鼓的肚子，毛像氈子一樣貼在身上，馬車夫有意摘掉帽子坐在那裡以表示敬意。嘿，我心裡琢磨：看這寒酸相，夥計，你的主人一定不是什麼大富豪。不怕您見笑，說實話，像我們這樣無錢無勢之人，做什麼事都要思慮再三啊，假如馬車夫在那兒神氣得像個公爵，帽子也不摘，如果再加上一點陰裡怪氣的冷笑，還不斷地搖著馬鞭子，那您準能掙到兩張大票子！但這一回我看明白了，別做美夢了。不過，我又一想，錢倒沒有那麼重要，最要緊的還是治病救人

1 春分滿月後的第一個星期日為復活節，通常在俄曆的四月下旬、五月上旬。復活節前的四十天為大齋期，其間教徒不得婚配，不可以娛樂，食素。

啊！我帶上必備藥品，就登車出發了。不由您不信，那條路壞透了，一路泥濘，還有水坑。走著，走著，又遇到一道決了口的堤壩——唉，一路上麻煩極了，難走極了！」

「我們最終還是來到了病人的家，屋頂用麥秸鋪成的一個不大的房子，屋裡還亮著燈，大概是在等我呢。一位莊重的老夫人出來焦急地說道：『救救命吧，病得很危險呀！』

「『請您放心，千萬別著急……病人在哪兒呢？』我安慰她說。

「『請，請這邊走。』

「我走進一間很小的房間，整潔屋子一角燃著一盞神燈，在昏暗的燈光下，一位大概二十歲的姑娘臉色蒼白地躺在床上，四肢直挺挺的，已經失去了知覺。她發著高燒，呼吸困難——患的是熱病。房間裡還有她的兩個姐妹，都嚇得不知如何是好了，眼睛哭得又紅又腫，像田野裡熟透了的番茄，面色慘白而驚恐，彷彿遇到了災難一般，想必他們自出生到現在，都未曾經歷過如此重大的事情。

「她們的表情十分僵硬，可能是嚇怕了，也可能是夜以繼日的照料已經讓她們麻木了。她們倆一起回答說：『昨天還好好的，有說有笑，進食都很正常。今天早晨卻喊頭疼，到了晚上就成這個樣子了。』我用那句話安慰她們：『請放心，千萬別著急。』」

「您知道，作為醫生，我只能這麼說，這是我的責任，於是，我開始檢查病人。我先給她放了點血，叫人給她敷上了芥末膏，又開了一副合劑。這個過程裡，我的目光一直不曾離開過病人，看了又看，說實在的，我生平還不曾看到過如此美貌的姑娘——總之一句話，是一位美麗佳人！看著她病成這樣，憐愛之情油然而生。她生得十分迷人可愛，還有那雙眼睛……太好了，謝天謝地，此刻她的病情穩定一些了，出了一身汗，彷彿清醒些了，她望了望四周，笑了，還抬起手摸了摸面龐。……兩個姐妹趕緊向她俯下身輕聲詢問道：『怎麼樣？舒服些了嗎？』『沒什麼，似乎好一點兒了。』她說完，就別過了臉。」

「我認真檢查了一下，她已睡著了。我就叮囑大家：好了，病人現在需要安靜，讓她好好休息。於是我們大家都躡手躡腳地出去了，只留一個侍女在床前。客廳的桌子上放著已經燒好了的茶飲，還擺著牙買加甜酒——醫生來給人看病，這種酒是主人必備的。母女三人給我敬過茶，請我在那裡暫住一夜，我答應得很爽快。夜已深沉，何況也無處可去！老太太愁嘆連連。我便安慰她：『一定會好的，您不必如此擔心和憂傷，還是先去休息吧，都深夜一點多鐘了，上年紀的人不宜過度操勞。』『要是有什麼事的話，您就叫人來喚醒我，好嗎？』我隨口答應道：『好，好，有事一定叫您，您儘管放心好了。』聽了這話，老太太和兩個女兒就各回房間休息去了。」

「她們在客廳裡為我準備好了一張床，我隨即也躺下。真奇怪！我好像疲不可支，可是總是輾轉反側——心裡卻總是惦記著我的病人。我實在忍不住，坐了起來，心想，我還是去看看我的病人現在到底怎樣了？她的臥室緊挨著客廳。我下了床，心兒怦怦直跳著悄悄地打開了她的房門。我進屋一看，那個侍女睡得正香，這個懶東西，還張著嘴打呼嚕呢！病人臉衝著我躺在床上，伸著兩隻手，樣子可憐兮兮的！我輕輕地走了過去，她猛然張開眼，定定地看著我！」

「『您是什麼人，來這幹什麼？』她有氣無力地問道。『小姐，我是您的醫生，來看看您現在怎樣，請別害怕。』我有些難為情地答道。『您是我的醫生？』『是的，我是您家派人把我從城裡接來的醫生，醫生……我給您放過血了，小姐，現在您就安心靜養吧，過兩三天，您就康復了，願上帝保佑。』『啊，是的是的，醫生，您千萬要治好我，我不能死啊！求求您多費心，求求您了！』『您怎麼了，千萬別急，萬能的上帝一定會保佑您的！』」

「我給她把了把脈，她果然不出所料又燒起來了。她盯著我，猛然抓住我的手，哀求：『我要告訴您，我為啥不想死，我要告訴您，告訴您……這會兒只有我們倆。只求您一點，別告訴其他的人，您聽我說……』我彎腰下去，她的雙唇幾乎都貼上了我的耳朵，她的頭髮碰到了我的臉——坦白告訴您實話，當時我精神恍惚了——她開始低聲傾訴……唉，可是我什麼也沒聽明白。啊，她是燒糊塗了胡亂說話的吧？她說了又說，而且說話的速度愈來愈快，似乎不是在說俄語。她終於說完了，頭枕在枕頭上，全身簌簌發抖，還嚴肅地伸出一個指頭警告我：『您記住，醫生，千萬不能告訴任何人！』」

「我費了很多精力來安撫她，我給她喝了點兒水，把她身邊的侍女叫醒才離開了她的房間。」醫生停了片刻又猛勁地嗅嗅鼻煙，呆呆地愣了一會兒。

「然而，」醫生又繼續說了下去：「第二天，病人並沒有好轉的徵兆，這讓我很意外。我經過一番思考後決意留下來，儘管還有別的病人在等著我……您明白，對病家不能隨意推脫或怠慢，這樣醫德不好。然而，第一，這兒的病人的確是危在旦夕；第二，老實說來，我對這個病人已有好感了，雖然母女三人不是什麼豪富之家，可這一家人都對我很好，她們個個都很有教養。她們的父親是一位學識淵博的學者，很明顯的事實是他因貧困而死，但生前已讓自己的女兒們受過極好的教育，死後還留給她們豐富的藏書。不知是由於我全身心地護理病人，還是出於別的什麼，總之，我敢說待我她們就像對待親人一樣。更何況，道路泥濘，根本無法通行，可以說，交通全斷了，沒法子去到城裡抓藥了。」

「病人一直都不見好，一天又一天這麼過去，讓人心裡很是著急！但是，這樣一來，您猜……（醫生又不說話了，呆呆地坐了一會兒。）我接著說下去會臉紅的，而且也不知道如何是好（他又嗅了嗅鼻煙，咳嗽了兩聲，喝了一口茶。），實話告訴您吧，我的病人……怎麼說好呢……直說了吧，她，那個我的美麗的病人愛上我了。或許不是這樣的……不過……確實難以啟齒……」

醫生沒說完就很不好意思地低下了頭，面紅耳赤。

「不，不，」醫生激動地接著說：「你說她怎麼可以愛上了我呢！一個人應該有自知之明，不該忘掉自己是誰。我的病人聰慧好學而又知識淵博，非常有教養，可是我連拉丁文都差不多忘得一乾二淨。至於我的個人條件（醫生苦笑著打量了自己一番），好像沒有什麼能引以為傲的。可上帝並沒有讓我成為一個傻瓜：我不會胡亂說話，我也很通情達理的。可以這樣說，我心裡明白，我的病人亞歷山卓・安德列耶芙娜對我不是產生了愛情，不過是表示友好和尊敬，我自己怎麼能胡亂猜想呢？儘管她自己在這方面出了岔子，可是她那時是怎樣的情況，您很輕易地就能明白。但是……」

醫生顯得有些慌張，雖然斷斷續續，卻是一口氣說完了這一番話，然後又加上一句：「我好像有些口不擇言，這樣說您什麼也沒聽懂……那就讓我慢慢地對您說吧！」

他一口喝掉茶杯裡的茶，情緒較為平靜地繼續說：

「嗯，嗯，是這樣。我病人的病情一天比一天壞。先生，因為您是不會知道我們醫生怎麼想的，尤其是當我們最初推測出自己面對病魔無能為力時的那種心情，病人已經無藥可救了，那時自信心就全沒啦！你猛然間膽子就變小得不可想像。你覺得你已經把自己的醫術全都忘掉了，病人開始不相信你，不敢再相信你了。別人也發覺你心裡沒有把握了，不情願向你訴說病情，用不信任的目光看著你，議論紛紛……唉，糟透啦！你心中一直思考一定會有專治這種病的特效藥啊，只要能弄到就成啊！對啊，這種藥嗎？是我們要找的嗎？快試試吧，不行，不是！還沒有等到藥力生效呢，自己就先亂了陣腳，胡亂開始用藥。急得沒轍，又趕緊去翻閱醫書。心想就是這種藥，就在這兒呢！」

「說實話，有時是隨意亂翻，想讓上帝指點迷津，沒準恰巧碰上呢。但是，這時病人已經快沒救了。急中生智，忽然想到，也許別的醫生會治此病。於是你就提議會診。——我一個人哪負得起這個責呀！這種時候你變成了一個蠢貨！可是，後來也就習慣了，也就不覺得有什麼於心不安。人死了，那也不怨你，因為你是按規矩辦事。但是，有比這個還叫人難受的，那就是你自己早就知道救不了病人的命，但人家還盲目地信任你，那時心裡該多麼悲傷啊！「亞歷山卓・安德列耶芙娜的一家人就是這樣的啊，她們一家就是這樣地信任我，相信我有回天有術，根本就忘記了她們的病人已經病入膏肓。可我自己呢？只能說些無關的話來安慰她們，其實我自己早就六神無主！已經是山窮水盡。偏偏路又不能走，派車夫去買藥，幾天都回不來，真是禍不單行，倒楣事都讓我攤上了，我還能怎麼辦？只得天天守候在病人床邊，寸步不離。只能給她講故事，說笑話，逗她開心，或者和她玩紙牌。老太太感激得淚流滿面，但是我心裡焦急得卻像熱鍋上的螞蟻。憑良心說，有什麼可謝的啊！」

「我實話實說吧，我已經被我的病人迷住了——事到如今，我也不好再隱瞞什麼了——我愛上了我的病人。亞歷山卓・安德列耶芙娜對我也一往情深，除了我不許任何人進她的房間。她和我很談得來，一會兒問我家住何處，日子過得怎樣，一會兒又問我還有什麼親人，平時與誰交往。

有時，怕她累著，覺得她不應該說那麼多的話，便勸阻她不要再說。可是我沒有辦法勸住她。我時常雙手抱頭，苦思冥想，自責道：『你這是幹什麼呀？你這是在欺騙人家啊！』可她卻一直不肯放開，緊緊拉著的我的手，那雙眼睛總是凝望著我，看呀，看呀，一看就是很久，專心致志地看個不夠。有時又轉過頭去，長嘆道：『您真是個大好人呢！』她的手燒得發燙，眼睛大而無神，讓人看了柔腸寸斷。她又說道：『嗯，您真好，您是個大好人，您完全不像我的左鄰右舍……真的，您和他們不一樣，和他們真的是不一樣的啊……我從前怎麼沒有認識您呢？我們為什麼沒早些認識呢？』我趕緊說：『亞歷山卓・安德列耶芙娜，別多想了，您此時應該安下心靜養……真的，我覺得我配不上您，沒有哪一點值得您垂愛……看在上帝的分上，養病是頭等大事，您還是安心靜養為好……一切都會好的，您一定能恢復健康的。』」

說到這兒，醫生略微欠了欠身子，揚揚眉毛，接著說道：

「她們和鄰人都不怎麼來往，因為地位低的人配不上她們，有著強烈自尊心的他們，對富人又不肯攀附。我這麼跟您說吧，她們這一家很有教養——所以，您知道，我也很樂意跟她們交往。說到我的病人，她只讓我一個人看護她，否則都就用不吃藥來表示抗議……可憐的姑娘，非得要我攙扶著她，勉強才吃得下藥，然後兩隻眼睛就總看著我，怎麼也看不夠——我心如鹿撞。但是她病痾日沉，我看著心疼不已，心裡總在想，她一定會死了，她一定難逃鬼門關。您相信嗎，我真的滿心酸楚，哪怕讓我替她去死，只要她能好好的，讓我進棺材我都心甘情願！但是，她的母親和姐妹也一直看著我，盯著我，逐漸地不像以前那樣信任我了。『怎麼樣？好些了嗎？』『不要緊，不要緊』，什麼叫不要緊啊，都已昏迷不醒了，還說什麼不要緊！」

「一天深夜，我獨自守候在美麗的病人的身邊。侍女正在那兒酣睡……說來也難怪，這個侍女也夠可憐的了，大概是勞累過度。每到晚上亞歷山卓・安德列耶芙娜都很難受，發著高燒，徹夜難眠。輾轉反側地折騰到半夜，最後好像睡著了。屋角裡聖像前亮著一盞神燈，照耀著她蒼白的面孔。我動也不動地坐在那兒，低垂著頭，滿心的憂愁，為我的病人擔心，坐得睏極了，也打起了瞌睡。猛然，我的腰似乎被人推了一下，我立馬轉過頭去。哎呀，天哪！我的病人亞歷山卓・安德列耶芙娜瞪圓了她那雙漂亮而憂鬱的大眼睛，死死地盯著我。嘴張開，俏麗的小臉燒得通紅。」

「『您覺得如何？』我關切地問，她那甜美的嗓音因為憂傷而讓人心碎地說：『醫生，我是不是沒多久活頭了？』『哪兒的話！』我的眼睛游離著說。『不，醫生，不，我求求您了，求求您了，不要只安慰我……如果您知道我沒希望了，不要總說我會痊癒……您聽我說，看在上帝的面上，您就行行好，請不要騙我了！』她異常激動地說。『亞歷山卓・安德列耶芙娜，您可別這麼想！』我的心都快要碎了。『您聽我說，我根本就沒睡著，我看您很久了……看在上帝分上……我很相信您，您是一個老實忠厚善人，為了這世上神聖的一切，我真心懇求您——不要瞞我了，對我說實話吧！您要知道，這對我有多麼重要啊。醫生，行行好吧，實話告訴我吧，我是不是完了？』她的話語裡充滿了絕望。『這可叫我怎麼跟您說才好呢？亞歷山卓・安德列耶芙娜，您可別這樣想。』我的眼淚快要流出來了。」

「『看在上帝的面上，可憐可憐我，我懇求您了！』她那雙清澈如同泉水的眼睛看著我懇求道。『我不能騙您，亞歷山卓・安德列耶芙娜，您病得很重，可上帝有一顆仁慈的心……』」我說不下去了。」

「『我一定會死了，我真的一定會死了……』她似乎有些亢奮，表現得很高興。我有些驚慌失措了。不知道這個美麗的姑娘為什麼對死這樣渴望。

「『您別慌張，不要慌張，有什麼好怕的呢？我一點兒也不怕死。』非常平靜的語氣，她猛然掙扎起身，還用一隻胳膊支撐著。『這會兒……好，這會兒我可以向您傾訴一切了。我誠心誠意地感謝您，您是一個善良的好人，我愛您……』她那春水一樣的眼睛含情脈脈地看著我說，我有些驚呆地望著她，我心裡很害怕。」

「『您聽到了嗎？我愛您！』她的話語讓人無法平靜，『亞歷山卓・安德列耶芙娜，我可不配得到您的愛。』我高興而又羞怯地說，『不，不，您不瞭解我，不瞭解我……』她忽然伸出雙手，抱住我的頭親吻著。我的心就像是漲潮的海水，我想我得臉肯定紅得像熟透的柿子了，告訴您吧，我幾乎叫出聲了。我猛然跪了下來，把頭埋在她的枕頭裡，淚水如同決了口的洪水，她沉默不語了，用手顫抖地撫弄著我的頭髮。」

「她的溫柔就像初春的陽光把雪融化，我聽到她的哭泣聲，我心愛的姑娘的啜泣讓我心疼不已，於是，我就盡我所能安慰她，叫她保持心境平和——說心裡話，此時我真不知道怎樣對她說才好——我說道：『別把侍女吵醒了，亞歷山卓・安德列耶芙娜。我非常地感謝您，發自內心地感謝你，請您相信我，安靜地睡一會兒吧。』『行了，別說了，別說了，』她反覆念叨，『怎麼樣都無所謂。哼，醒了也好，哼，有人進來也好，什麼都管不得了，反正我快死了……可是，您怕什麼？您顧慮什麼呀？把頭抬起來看著我，您是不愛我嗎？可能是我弄錯了……如果真是這樣，那就請您原諒我吧。』她有些語無倫次地說道。『亞歷山卓・安德列耶芙娜，您為什麼這麼說呢？我愛您，亞歷山卓・安德列耶芙娜。』她直直望著我的眼睛，那雙明澈的眸子因為興奮而泛著神采，她像鳥一樣伸開雙臂，嬌羞地說道：『那你就擁抱我呀！』」

「我跟您說實話，我的心都碎了。我察覺我的病人是在活生生地折磨自己。我也看得出來，她已經心神不寧了。啊，那時我似乎懂得，如果她不是因為知道自己將不久於人世了，她怎麼會想到我呢？會愛上我呢？想像一下，一個姑娘，活了二十五歲，還不曾體味到愛情的快樂就要離開人間，就一定會死去，真是讓人難過！正因為如此，她痛苦萬分，所以在絕望之餘，就把我當作救命稻草，想和我體味愛的甜蜜——您現在該明白了吧？」

「她緊緊抱住我，把我勒得快要喘不過氣來，她少女的體香讓我神魂顛倒了，她的手怎麼也不肯放開。我再三求她：『亞歷山卓・安德列耶芙娜，您體諒我一下吧，您更應該愛惜您自己的身體呀！』她卻說道：『還愛惜什麼呀？還有什麼值得去憐惜的呀？反正我是一定會死的……』她一直重複著這句話。『如果能治好我，繼續活下去，那我一定還要做個古典賢淑的姑娘，那我才真的會難為情，真的要難為情了……可是現在還有什麼要緊的？』她絕望地說道。」

「『是誰和您說，您一定會死了？』我心疼而又無奈地說道，我知道我在撒謊，我的眼睛不敢看她，『唉，算了，別說了，你騙不了我，你不會說謊話，瞧瞧你自己吧，都不會自圓其說！』她略帶幾分嘲笑地說。『您會康復的，亞歷山卓・安德列耶芙娜，您別著急，我一定會治好您，我們會求到您母親的允許，請她祝福我們。我要明媒正娶你，我們一定會有幸福的生活。』我盯著她的眼睛顫抖地說道。」

「『好，好，你答應我了，我應該死了……你同意了……你對我說過了……』她有幾分滿足地說，我聽了以後感到很痛苦，很多緣由使我痛苦。想想吧，的確有時一些小事，看似無關緊要，卻讓人痛苦萬分。這時，她忽然問我的名字是什麼，不是問我的姓，而是問我的名。尷尬的是，我的名字俗氣到了家了，叫作得利豐[2]。嗯，嗯，叫得利豐，叫得利豐，父名伊凡內奇。在她家裡時，全家人都稱我醫生。我實在沒有辦法了，只好說：『我叫得利豐，小姐。』她瞇起眼睛輕輕地搖了搖頭，還用法語低聲說了幾句——唉，估計不是什麼好話吧——然後很不自然地笑了一下。」

「我就這樣跟她在一起過了幾乎整整一夜，猶如入魔了一般。喝過下午茶之後，我進了她的房間不禁大吃一驚！我的天哪！她已經脫相了——比殯葬時棺材裡的屍體還要難看，除了還有那麼一口氣。我向您發誓，我到現在還沒弄明白——完全沒弄明白，我當時是怎樣挺過來的。我那苟延殘喘了三天三夜的病人已經奄奄一息了——這是多麼難熬的一段時間啊！她又對我都說了些什麼呀！——最後一夜，您無論如何也想像不出來當時那種情況——我心裡默禱著坐在她身邊，只有一個心願——祈禱上帝：讓我們一起死掉吧！」

「猛然，她的老母親闖進了房間……我昨天把病人已經無藥可救的消息告訴了這位母親，應該去請牧師了。病人看到母親來了，馬上說：『啊，很好，你來了，快來看看我們倆相愛了，我們已經彼此向天地盟誓訂婚了。』『她這是怎麼了，醫生，她怎麼了？』她母親的問話讓我驚恐萬狀，魂不附體，語無倫次地說：『她燒昏了頭在說胡話……』可病人馬上搶著說：『得了，得了，你剛才和我說你愛我，要娶我！你都已經接受了我的訂婚戒指。……你為什麼要說謊作假呢？我母親會寬恕我們

---

2得利豐為一個很俗氣的名字，一般只有下層社會男子才使用此名。

的，她是個善良人，她，她會理解的，我馬上就會死了──我幹嘛要說假話呢？快把手給我……』我一下子跳起來，跑出了房間。這些都瞞不過老太太的眼睛。」

「我不想再打擾您了，真的，說實在的，我一想起這些就肝腸寸斷，我的病人第二天就故去了。願她早升天堂！（醫生長嘆了一口氣急匆匆地說）她臨終前要求家裡人都出去，只讓我一個人陪著她。她異常痛苦地說道：『請原諒我吧！也許我對不住您，病啊……可是您一定要相信，我從未愛過任何人像愛您那樣深，……請別忘掉我……要好好保存我的戒指。』」

醫生傷心地扭過了臉，我同情地握著他的手。

「唉！」醫生有些害羞地說道：「咱們聊點兒別的好了，或者玩些輸贏不太大的紙牌。說心裡話，我們這種人不配為這種高尚的情感而痛苦，我們這種人，只求結婚過安穩的日子，家人溫飽無憂。後來我曾正式結婚娶妻……可不是嘛……娶了個名叫阿庫琳娜[3]的商人的女兒做老婆，還得到了七千盧布的陪嫁。她，也是個粗俗的名字，和我的名字得利豐很般配。實話告訴您，她是個很刁潑的女人，幸好成天就愛睡懶覺……怎麼樣，玩玩紙牌吧？」

於是，我們就開始玩起每局只有一戈比的輸贏紙牌來。醫生得利豐・伊凡內奇贏去了我兩個半盧布。他贏這麼多，也該心滿意足了，很晚了，我們盡興而歸。

一八四七年

3 阿庫琳娜也為一個俗氣的女子名，一般只有下層社會女子才使用此名。

# 我的鄰居拉吉洛夫

秋天，丘鷸常聚集在古老的菩提樹園子裡，成群結夥的。奧加爾省這種古老的菩提樹，園子真是數也數不清。我們的祖先在選擇定居地時，有個慣例——一定要選出兩三俄畝的好地建造果園，還要有菩提樹的林蔭道。可是，五十年或者七十年後，這些所謂的「貴族安樂窩」就逐漸消失得無影無蹤了。不是年久傾圮，就是拆毀變賣了，包括附設的附屬磚石瓦屋也都化作了一堆廢墟。蘋果樹都枯死了，被伐做木柴，而那些柵欄和籬笆早就沒有了蹤影。只有這些歷經歲月風霜的菩提樹，枝葉依然繁茂，樹幹依然挺拔，它們威嚴地挺立於四周的耕地之中，向我們這些不肖子孫講述著早已長眠於九泉之下的父輩的創業史。

最無情的俄羅斯農民也不捨得揮起斧頭砍伐這樣的老菩提樹，它的葉子很小，可是樹枝卻異常茁壯，強勁有力地向四周伸去，形成一片巨大的傘一樣的綠蔭，坐在樹下乘涼令人神清氣爽，舒服極了。

一次我和葉爾莫萊一起到野外去打鷓鴣，在打獵途中發現了這麼一座廢棄的園子。我們倆朝園子走去，一進樹林，就有一隻丘鷸從灌木叢中撲啦啦地飛起來，於是，我就放了一槍。就在此刻，從離我幾步遠的地方傳來一聲尖叫，我順著聲音望去，一個姑娘把頭伸出來滿面驚慌地張望了一下，就很快消失不見了。

葉爾莫萊飛快跑到我身旁驚慌地說道：「您怎麼能在這兒開槍啊，這兒住著一位地主。」

我還沒來得及回答他的話，我的獵犬也沒來得及歡跳地跑去叼回我打死的獵物，就聽到了一陣急促而雜亂的腳步聲由遠及近，從樹林中急匆匆地跑出一個蓄著小鬍子的怒容滿面高個兒男子。我忙不迭地向他道歉，通報了自己的姓名，並表示把在他的領地上打到的獵物奉還給他以表示歉意。

「好吧，」他開心地笑著對我說道：「我收下您的野味，可是請您在我的家裡用餐。」

我實在推辭不掉他的邀請，便只好接受了。

「我是這裡的主人，當盡地主之誼。我是您的鄰居拉吉洛夫，您早聽說過了吧，」我的新相識接著說：「今天是星期六，寒舍的飯菜還算豐盛，要不然我就不會貿然相邀的了。」

我們寒暄幾句就一起走了。我們沿著剛打掃過的小徑走出菩提樹林，然後走進一個菜園。一棵棵圓圓的淺綠色的捲心菜長在一片老蘋果樹和繁茂的醋栗叢間，蛇醉草呈螺旋形攀援而上，菜畦裡還插滿了纏繞著乾枯的豌豆藤的密密麻麻的乾樹枝，南瓜一個個又大又圓，彷彿在地上打滾，又高又大的蕁麻依傍在籬笆旁，在微風中不停搖曳著，一條條等著採摘的熟透了的黃瓜在佈滿灰塵的多角葉子下面，有兩三處花草叢生：韃靼金銀花、接骨木、野薔薇——那是往日「花壇」的遺跡。池水有點發紅和發黏的小魚池旁邊有一口四周水窪遍佈的井。一隻隻鴨子在井邊的水窪中不住地拍著翅膀，蹣跚而行，一條狗正在草地上專心地啃著骨頭，全身顫抖，瞇著眼睛，一頭花母牛懶洋洋地吃著草，不時地用尾巴抽打著瘦骨嶙峋的脊背，驅趕著牛蠅。

走著，走著，小徑轉了個彎，穿過一片長著粗大的爆竹柳和一株株筆直的白樺樹的樹林，便可以看到一幢木板頂的老式房子，房子是灰色的，在陽光的照耀下，光亮、白皙，如同鏡子一樣，屋頂呆呆矗立著的煙囪，等待著、靜候著某時某刻徐徐而升的嫋嫋炊煙，確實這就是它們的任務。門前的臺階歪歪斜斜，臺階的裂縫裡長滿了翠綠的小草，它們生長得頑強而怡然自得，臺階是整潔的，一看就是有熟人經常關照。走到房前，拉吉洛夫停了下來。

他友善地看著我的臉說：「不過，我此刻細細考慮了一下，也許您並不十分高興光臨寒舍，若是果真如此……」

不等他說完，我便真誠地告訴他：恰恰相反，我很樂意到他府上去用餐。

「好，請吧！」他十分誠懇地邀請我說道。

我們一起走進房間。一個小夥子穿著又長又厚的藍色呢大衣，從臺階上走下歡迎我們的到來。拉吉洛夫馬上吩咐僕人拿白酒給葉爾莫萊喝，我的獵人向著這慷慨大方的主人恭恭敬敬地鞠了一躬。我們穿過了前室，那裡貼著美麗的圖畫，還掛著許多鳥籠，走進一個不大的房間——拉吉洛夫的書房。我把獵槍放在屋角裡。

這時，那個身穿長大衣的小夥子匆忙走來，麻利地幫我撣著灰塵。

「好了，請進客廳吧，」拉吉洛夫親切地對我說：「請您來見見家母。」

我們走進客廳一看，擺在房間中央長沙發上坐著一位身材不高的老太太，她身穿褐色連衣裙，頭戴白色便帽，面孔和善但清瘦，眼中流露著憂傷和膽怯的神情。

「哦，母親，我介紹一下，這位先生是我們的鄰居某某。」

老太太欠欠身子，以表施禮歡迎，一個袋子一樣的粗毛線織的手提包被她那枯瘦的雙手拿著。

「您已經來我家很久了嗎？」她眨著眼睛問我，聲音柔弱輕微。

「不，才來。」

「打算在這裡長住嗎？」

「我想住到冬天。」

老太太不再說話了，只是默默地坐著。

拉吉洛夫又指著一個高高瘦瘦的人向我介紹說（我剛才走進房間時沒有看到此人）：「這位是菲多爾・米海伊奇。……喂，菲多爾，快給客人展示你的藝術才能吧，幹嘛要扭捏呢？」

菲多爾・米海伊奇馬上從椅子上站起身，伸手從窗臺上拿過來一把看起來很不怎麼樣的小提琴，拿起琴弓，很個性地握著弓子的中部。把小提琴支在胸前，閉上雙眼，然後伴著吱吱嘎嘎的琴聲，哼唱著跳起舞來。

這個人看上去七十來歲，瘦骨嶙峋，那件又長又肥的外套，在他的身上悲哀地搖晃著。他跳得很賣勁，那顆小小的禿腦袋有節奏地擺動著，青筋突露的脖子伸得很長。他踏著舞步，相當費勁兒地跳著，他那沒有牙齒的嘴巴發出破鑼一樣的歌聲。

拉吉洛夫也許是從我的表情上覺察，菲多爾那所謂的「藝術才能」並沒給我帶來多少愉悅。

「啊，很好，老人家，夠了，」主人說：「你可以去『犒勞』自己一番了。」

菲多爾・米海伊奇馬上把小提琴放回原處，先向我鞠了個躬，然後依次又向老太太和拉吉洛夫鞠了躬，退了出去。

「他原本也是個地主，」我的新朋友接著說道：「而且還家財萬貫，可是偌大個家產被他揮霍光了，家境敗落了就只好寄居在我這兒。想當年，他可算得上是全省頭號的風流浪子，搶了兩個別人的妻子，家裡還養著歌手，他自己也擅長歌舞。……你要喝點白酒嗎？飯菜已經準備好了。」

一個正值豆蔻年華的姑娘走進房間，就是先前我在園裡看到的那個被我的槍聲嚇得驚慌失措的姑娘。

「這位是奧莉雅！」拉吉洛夫略微轉一下頭，「請多關照……好了，我們開始就餐吧。」

我們走進了餐廳，分賓主落座。此刻，那位受到「犒賞」的菲多爾・米海伊奇老頭興奮異常，兩眼放光，鼻子泛紅，唱起了《勝利的雷炸響吧》[1]。在屋角他們單獨為他設了一張小桌，沒鋪桌布，但擺著餐具。因為這是個不太注重衛生的可憐老頭，因此主人讓他和大家保持一定的距離。在飯前他先畫了個十字，嘆了口氣，然後就狼吞虎嚥起來。

飯菜確實很好。因為是星期六，理所當然地又端上抖動著的果子凍和「西班牙風味」的甜點心。剛一落座進餐，這位在陸軍兵團服役十幾年並且到過土耳其的拉吉洛夫，便天南海北、口若懸河地聊了起來。我一邊安靜地聽著，一邊悄悄端詳著奧莉雅。

奧莉雅不算是個出眾的美人，但確實也有吸引人的魅力。她的臉上透著嫻靜而又堅定的神情，前額寬闊白淨，滿頭濃密的秀髮，那雙褐色的眼睛，雖然不很大，卻是水汪汪般的清澈，顯得聰穎又富有朝氣。無論是誰，處在我今天這種境地，都會魂不守舍。她似乎非常專注地聽著拉吉洛夫的每一個詞、每一句話。她臉上所表現出的神情，不僅僅是興致勃勃，更深深地充滿好奇。

---

1 沙皇俄國的國歌。

就年齡而言，拉吉洛夫可以當奧莉雅的父親，但他稱呼她用「你」，這裡似乎很不合情理，於是我就猜出她並非他的女兒。談話中，當說到他妻子之時，他便指著奧莉雅補充道：「她的姐姐」，奧莉雅馬上羞紅了臉，垂下了眼睛。見此，拉吉洛夫略微沉默了一下，就轉換了話題。

老太太吃飯時一直默默無語，她似乎什麼也沒吃，也沒有向我這個客人敬酒勸餐。她那飽經風霜的面孔上總是隱隱露著怯懦和失望的期待，有著令人心酸的垂暮的哀愁。

將要散席之際，菲多爾·米海伊奇本想為主人和客人們唱支祝頌歌的，但是拉吉洛夫望了我一眼，便給他示意不必唱了。老頭兒摸了一下嘴唇，眨眨眼睛，鞠了一躬之後，用半個屁股重新坐下，餐後，我跟著拉吉洛夫來到他的書房。

凡是魂牽夢繞於一種思緒或者沉溺於一種強烈願望的人，在言談舉止方面一定有一種共同點，無論這些人在品格、才能、社會地位與教養方面的差異如何大，表面上也會有某些相似之處。我越是認真觀察拉吉洛夫，就越覺得他屬於這一類人物。他聊天時，海闊天空無所不談。他既談論經濟問題、收成、割草，也談論戰爭、縣城裡的流言，以及即將舉行的選舉。他談論這些時，隨口說出就向親身經歷一樣，總是那麼興致勃勃、意趣盎然。可聊著聊著卻又一下癱倒在安樂椅裡，連聲長嘆，就好像經過了繁重勞動筋疲力盡了一樣，有氣無力地撫摸著面孔。他那顆彷彿充滿了善良和溫馨的心，洋溢著火熱和真誠。

尤其令人驚奇的是，我怎麼也摸不透他對下述事情為什麼會有熱情：無論是對飲食、對狩獵、對庫爾斯克的夜鶯、對患有癲癇病的鴿子，還是對俄國文學、對同步馬、對匈牙利式的驃騎兵外衣，抑或對玩紙牌和打桌球；無論是對省城和都會的旅行、對造紙廠和糖廠、對巧奪天工的亭臺樓閣、對驕橫的拉幫套的馬匹，甚至對肥胖得把腰帶繫在腋下的馬車夫，以及那些不知道為何動不動就做怒目而視狀的馬車夫……對這類東西全都提不起來興致。

「他到底是怎樣的一個地主呢？」我心裡想。可是他絕非那種故作憂鬱，對自己命運怨天尤人之人。恰恰相反，他從不過分要求別人，而是十分殷勤熱情，並且總願謙卑地親近和結交每一個人，不管他對自己怎樣。確實，您還能覺察到，他不會和任何人成為知心朋友，或者和任何人真正地親近，因為他過於內向所以他不需要和別人交往，把自己的全部經歷都深埋於心。

我細心觀察著拉吉洛夫，無論如何也想像不出，他什麼時期是個無憂無慮之人。他長得不是很帥氣，但他的目光、他的微笑，乃至他的全身，都有著異常吸引人的魅力，且深藏不露。如此一來，我就想進一步地瞭解他，更加喜歡他。當然，有時他也顯露出地主和鄉下人的粗俗來，但他畢竟是一個討人喜歡的好人。

此刻，我們正談論著新近上任的縣長，門口忽然傳來奧莉雅的聲音：「茶已準備好了。」我們便回到了客廳。菲多爾・米海伊奇仍坐在原來的角落裡，謙卑地縮著兩腳。拉吉洛夫的老母親正在織襪子，一陣陣秋的涼爽和著蘋果的芬芳的風，穿過敞開的窗戶從園中飄進了客廳。

奧莉雅正忙著倒茶，我乘機更加認真地觀察了她。她不多說話，同所有城裡姑娘一樣，至少我看得出她不是個無聊時會覺得苦悶，同時又想說些中聽悅耳之話的人。她神情淡定而從容，舉止自然而隨和，就像一個經歷了大喜大悲而心境隨緣的人。她儀態萬方，惹人喜愛。

我又與拉吉洛夫聊了起來。我已經回憶不起來，當時不知怎麼就談到一個人所共知的觀點，那些驚天動地的重大事件往往沒有一些最不值一提的小事更能給人留下的印象深刻。

「是的，」拉吉洛夫說：「對此我深有體會。您知道，我結過婚成過家，但那是個短暫的婚姻……剛三年，我的妻子死於難產。當時我想，我無法獨自活下去。我非常難過，悲痛欲絕卻又欲哭無淚——就好似丟了魂一樣。我們給她穿好壽衣，停放在靈桌上，就在這個房間裡。來了幾個教堂執事和一個牧師，他們唱安魂曲、祈禱、焚香祭拜。我在地上叩頭跪拜，卻沒流一滴眼淚。我整個人好像變成了石頭——異常沉重。第一天就這麼熬過去了。您會相信嗎？到了夜裡我竟還睡得著！第二天清晨我走到我妻子遺體那兒。太陽從她的腳一直照到頭，她的遺體閃閃發光，我猛然間看到……（拉吉洛夫說到這裡，不由得打了個冷戰。）您猜怎麼啦？她的一隻眼睛沒有完全閉合，上面爬著一隻蒼蠅……我一下子昏倒在地，等到蘇醒過來，我便不停地號啕大哭——自己再也控制不住了……」

拉吉洛夫沉默了。我看看他，又看看奧莉雅。她的表情我一輩子也忘不了。老太太把襪子放在膝上，從手提包中取出手帕，悄悄地抹眼淚。菲多爾•米海伊奇忽然站起身，拿過他的小提琴，嗓子沙啞生硬地唱了起來。他也許想讓我開心，但我們一聽他唱，都不由地哆嗦起來。拉吉洛夫見狀，立即不讓他再唱了。

「但是，」他接著說：「過去的事情終究過去了，一去不回，而且畢竟……世上一切都會好起來的——伏爾泰說的吧？」他趕緊補充道。

「是的，」我答道：「是這樣的，一切不幸都是可以忍受的，天底下沒有過不了的坎。」

「您是這麼想的嗎？」拉吉洛夫問：「嗯，您的話或許有道理。還記得我在土耳其時，有一次我得了創傷熱，只剩一口氣了，在軍隊醫院裡躺著，認為自己一定會死掉了。唉，我們住的那家醫院的條件實在太差了——當然，戰時能住進醫院，就該感謝上天了！忽然又送來了大批傷患，往哪裡安排他們呢？因為找不到空床位，醫生急得四處亂轉。後來他們走到我床前，問助手：『還活著嗎？』那人回答說：『早上還活著。』醫生彎下腰聽了聽我還有氣。這位醫生大老爺不耐煩了。『這傢伙快死了，』他說：『馬上就會死了，肯定活不了啦，還在這受罪幹嘛，只是拖延時間，浪費著有限的床位。』『唉，』我心想，『完了，倒楣了，米海伊洛．米海伊雷奇……』但我還是僥倖活了下來，而且康復了，直到今天還活得非常好，正像您看到的一樣，可見您的話是對的。」

「不管怎樣，我的話都是對的，即便那時您真的不幸去世，依然是闖過了難關，解脫了困境。」

「當然，當然，」他隨聲附和著，使勁拍了下桌子，「在難關和困境中只要橫下心就會有好處的，及早解脫了才好。」

奧莉雅聽到這裡，迅速起身走到園子裡去了。

「喂，菲多爾，跳個舞吧！」拉吉洛夫大聲吩咐。菲多爾應聲而起，踏著輕盈明快的獨特舞步，在房間裡跳起來了，他那笨拙的舞姿就如同眾所周知的「山羊」在馴服的狗熊身旁表演一樣。他一邊跳一邊唱道：「在我們家的大門旁……」

一輛馬車奔跑的聲音從門外傳來，一會兒，一個高大的老人走進房間，他肩寬背闊，身體看起來十分健康，這就是獨院地主[2]奧夫謝科夫。因為奧夫謝科夫是一位不同凡響的獨特人物，因此我請讀者允許我在另外一篇中再詳細地談他。

---

2 俄國農奴時代低級官員家庭出身的小地主，土地少，可以蓄奴，但和農民一樣需要繳納賦稅。

此刻，在這裡我要再補充幾句。第二天一大早，我和葉爾莫萊出發打獵。之後我就回去了。一個星期以後，我再次去拜訪拉吉洛夫，但他和奧莉雅都不在。又過了兩個星期，我聽說拉吉洛夫突然神秘失蹤了，撇下了年邁的母親，帶著他的小姨子失蹤了，此事在全省鬧得沸沸揚揚，處處議論紛紛。直到這時，我才恍然大悟，明白了當拉吉洛夫談到他妻子時，奧莉雅為什麼會流露那種表情，不僅僅是憐憫，而且還有醋意。

離開鄉村之前，我抽時間去探望了拉吉洛夫的老母親。我在客廳裡見到了這位老婦人，她正和菲多爾・米海伊奇用紙牌玩「捉傻瓜」。

「有您兒子的音訊了嗎？」我最後無奈才問老太太。老太太頓時老淚橫流。從那以後，我就再也沒同她提起有關拉吉洛夫的事了。

一八四七年

# 獨院地主奧夫謝科夫

親愛的讀者，我要介紹一位年過七旬的老翁，他的身材很是高大，體態也非常壯碩，容貌略似科萊洛夫[1]，一雙神采奕奕的眼睛在低垂的長眉之下閃爍著智慧的光芒，他很有精神，說話從容不迫，走起路來遲緩而穩健，這就是奧夫謝科夫。一件肥大的藍色長禮服總是穿在他的身上，長長的袖子，鈕扣總是扣得整整齊齊，頸上總是圍著一條淺紫色的綢料的圍巾，腳蹬一雙擦得油光晶亮的長筒皮靴，還帶著流蘇，猛地看上去，很像是一個富商。

奧夫謝科夫的兩隻手柔軟白嫩，非常漂亮，在同人交談時，常常用手撫弄著長禮服的衣扣。他的威嚴和鎮定、機智和慵懶、剛直和固執，彷彿彼得大帝時代的貴族王公……要是他再穿上古代的無領長袍，那就更像了。他是舊時代的遺老遺少。

鄉鄰們都十分敬重他，都樂於和他交往。同時代的獨院地主們也都十分崇拜他，很遠看到他便畢恭畢敬地脫帽致意，並且把他視為典範。一般說來，在我們這裡，到目前為止，很難說明白獨院地主與普通農民的區別。他們的家業跟農民的幾乎差不多，或者說還比不上農民，小牛犢還沒有蕎

1 又作克雷洛夫，為十八、十九世紀俄國著名寓言作家。

麥高，幾匹半死不活的瘦馬配的馬具都是繩索做的。

可是，奧夫謝科夫卻與眾不同，雖然他不算是富翁。他和他的妻子同居一間雖然狹小但很舒適整潔的房間，家裡僕人也沒有幾個，他給他們都穿俄羅斯民族服裝，稱他們為雇工。他們也給他耕地種田。他為人低調，他從不曾像人們所說的那樣「忘乎所以」地擺譜。初次被邀請入席時，他絕不馬上落座，他一定會起立歡迎新客人到來，但他的神態莊重可親卻又不乏威儀，使人肅然起敬，把腰彎得更低向他鞠躬施禮。

奧夫謝科夫這種謹遵古風是出於習慣的緣故。這就如同他認為坐帶有彈簧座的馬車不舒服，但是他很喜歡乘坐賽跑馬車，或是乘坐帶皮墊子又式樣別致的小馬車，他特別喜歡親自駕駛他那匹棗紅色的良種馬（他養的馬全是棗紅色的）。他的馬車夫是個剪著圓弧形的頭髮，穿著一件淺藍色外衣，頭戴矮頂羊皮帽，腰裡束著一條皮帶，恭恭敬敬地與他並排坐著的紅面頰的小夥子。

奧夫謝科夫總是睡午覺，每星期六洗個澡，讀的書一律是宗教書（讀書的時候，總是鄭重地把一副圓形的銀框眼鏡架到鼻子上），生活很有規律，早睡早起。他的鬍子總是刮得乾乾淨淨，頭髮理成德國式。他款待客人時非常熱情、誠懇，卻從不向他們鞠深躬、行大禮，總是不卑不亢；也從不讓自己顯得過於殷勤，他認為用乾果和醃製的東西招待客人是不禮貌的。

「太太！」他從容不迫地說道，依然坐著，只是把頭略微轉向他的妻子，「拿些好吃的東西來款待我們尊貴的客人吧。」

他認為糟蹋糧食是一種罪過，因為糧食是上帝的恩賜。

一八四〇年的饑荒，糧食奇缺。他在糧價飛漲之時，把家中全部的存糧分發給鄰近的地主以賑濟農民。到了第二年，那些受他恩惠的人紛紛帶著實物滿懷感激來報答他的救濟。鄉鄰們如果有什麼疑難和紛爭，也會經常跑來請奧夫謝科夫為他們評理調解以求解決，他們幾乎都聽從他的忠告，服從他的評判，很多地界紛爭問題就是因他的幫助而解決的。但是在兩三次調解女地主間的爭端之後，他便鄭重地向眾位鄉鄰聲明：從此再也不為女人之間的爭端調解。他討厭慌亂，討厭婆娘們之間的扯皮和無聊鬥嘴。

有一次他家著了火，一個雇工慌張地跑進他的房間，大喊大叫：「著火了！著火了！」

「哎，你幹嘛大嚷大叫？」奧夫謝科夫不慌不忙地說道：「給我帽子和手杖……」

他喜歡親自馴馬。

有一次，一匹還有野性的比丘柯烈馬[2]拉著他順著山坡飛奔而下，一直衝向山谷。

「哎，好了，好了，會摔死你的，你這乳臭未乾的小馬駒！」奧夫謝科夫以溫和的口氣對牠說。剎那間，他和車上的孩子一起飛也似的翻進了山谷。真是不幸中的萬幸，谷底有大片的沙堆。老天保佑！人員平安，只是那匹比丘柯烈馬的一條腿脫了臼。

「你看見了吧，」奧夫謝科夫從地上爬起身，依舊用平靜的口氣對那匹馬說道：「我不是提醒過你嗎？」

他有一位賢妻，與他很是般配——達吉亞尼·伊里尼奇娜·奧夫謝科娃。她是一位身材修長，端莊高雅、沉默寡言的女性，頭上總是圍著一條棕色的綢圍巾。雖然她平時看上去有些冷漠，但沒人

---

2 產於俄國沃羅涅日省的一種名馬，因比丘柯河而得名，身材高大，擅長拉載重物。

抱怨她嚴苛無情，正好相反，很多窮人都稱她為好媽媽和大恩人。她的臉龐端正清秀，一雙烏黑的大眼睛，兩片薄薄的嘴唇，風韻猶存，足以證明她當年是位百裡挑一的美女。遺憾的是，這一對老夫婦膝下無子。

親愛的讀者，諸位已經知道，我是在拉吉洛夫家和這位老人認識的，幾天之後，我就去拜訪了他，他恰好在家。當時他正坐在一把皮製安樂椅上讀著《經文月刊》。一隻灰貓在他的肩上打瞌睡。他依照自己獨有的習慣，親切而又莊重地接待了我。我們兩人便聊了起來。

「盧卡・彼得洛維奇，」我順便問：「從前，您的時代是否比現在好一些？」

「我可以這樣告訴您，那個時候確實更好一些，」奧夫謝科夫回答，「我們生活得更安定，也更富足，確實不錯……不過，歸根到底還是現在要好。等到您的孩子長大成人了，一定會更好些的。」

「盧卡・彼得洛維奇，我還以為您會向我稱讚舊時代會好些呢。」

「不是的，我認為舊時代並沒有什麼特別值得炫耀之處。舉例來說，您現在是地主，是和您那位已去世的祖父一樣的地主，可您卻沒有他那樣的威風和勢力了！再說，你本來就不是那種人，我們如今也受別的地主的欺凌，但這種事是在所難免的。唉，俗話常說，麥子磨過後終會變成麵粉的——意思就是說，熬來熬去，明天會更好過一些的。是啊，我年輕時見慣了的東西，如今再也看不到了。」

「您舉個例子來說說都是些什麼事吧。」

「要舉例子，那就再來聊聊您的祖父好了。這位老太爺當年可是個威風凜凜的人物！他常欺壓我們這些兄弟。您也許知道吧——自己的田畝怎麼會不知道呢——從切普雷金到馬利寧諾有那麼一塊地——現在是你們家的燕麥地——要知道，這塊地原來是我們家的，確確實實是我們家的。但您的祖父卻硬從我們家裡搶去了，他騎著高頭大馬出來，隨隨便便用手一指說道：『這是我的領地。』這塊地就隨著這句話變成了他的財產。先父（祝他早升天堂）是一個性情剛烈、脊梁骨很硬的人，他咽不下這口氣。有誰願意把自己的土地白白捨棄呢？於是他就向法院起訴了。但只有他一個去告狀，因為別人都怕你們這位老太爺，所以都沒跟去。甚至還有人跑去向您祖父告密，說彼得・奧夫謝科夫告了他的黑狀，告他霸佔良田。您的祖父聽了大發雷霆，馬上派他的獵師帕烏什帶了一夥家丁闖進我們家，不由分說就抓走我父親，帶到你們家的世襲領地上。

「那時我還是一個小孩子，光著腳跟著去看了。您猜怎樣？這夥人把我父親拖到你家的窗戶底下，掄起棍棒就是一頓揍，真是兇狠極了！您的祖父站在陽臺上看熱鬧，您的祖母也在場。我父親就大聲疾呼：『大娘，瑪麗婭・瓦希利耶芙娜，求您憐憫我，為我說說情吧！』可是她好像沒有聽見一樣，呼喊聲反倒讓她挺直了身子，她根本就無動於衷。他們硬逼我父親交出這塊田畝，還強迫他要為饒他不死而對他們感恩戴德，於是這塊田就成了你們家的了。過分得很！您去打聽打聽你們那些莊戶人家，人們會一起回答叫這塊地為『棍棒地』，因為它是用棍棒奪來的。正因如此，我們這些無權勢的小人物對從前，沒有什麼好懷戀的。」

我真不知道該如何回答奧夫謝科夫，也不敢抬眼正視他的臉。

這位老人依然心平氣和地侃侃而談，他繼續說：

「那時我們還有一位鄉鄰，他姓科莫夫，名叫斯潘傑，父名尼克托波利昂內奇。他可把我父親害慘了，真是絞盡腦汁來折磨人。這個人是個酒鬼，還喜歡大擺酒席、宴請賓客，幾杯白酒下肚，就開始耍酒瘋，用法語說『這很好』[3]，舔舔嘴唇——就鬧個天翻地覆！他派人去『請』所有的鄰居都到他的家裡來。他把馬車都備好了，就在你家的門口等著。要是你膽敢不去，哼，他立馬就親自闖進你家裡——這可真是個大怪物！

「他清醒時是個正人君子，可是一喝起酒可就沒譜了，胡吹亂侃起來：說他在彼得堡噴泉街有三棟房子——一棟有一個煙囪，是紅色的；另一棟有兩個煙囪，是黃色的；第三棟沒有煙囪，是藍色的。又胡吹他有三個兒子（其實當時他還是個光棍，壓根就沒結過婚）：老大在步兵隊伍裡當差，老二在騎兵隊伍裡服役，老么在家還沒出去幹事……又說，三個兒子每人都有一棟房子，大兒子家的客人都是海軍將領，老二家裡拜訪的常是將軍們，老三家裡來的全是美國客人！說到這裡，他就站起來說道：『為我的大兒子乾杯，祝他健康，他最孝順我！』說著就痛哭流涕。這時要是有人膽敢不跟著舉杯祝賀，那他就倒楣了。他就會大罵：『我一槍斃了你！』還揚言：『讓你暴屍街頭，不許埋葬……』」

「有時來了興致，他猛然跳起來叫道：『上帝的恭順奴僕們，快來跳舞，讓我們大家一起開心！』他讓你跳，你就得跳，還得玩命地跳。他把自己家裡農奴的女兒們可折騰苦了。讓她們通宵達旦地合唱，一直唱到旭日東昇。誰唱得最賣勁，嗓門最高，就會得到獎賞。要是唱得嗓子啞了，沒力氣了，他就用手托著下巴，傷心地嘆起氣來：『唉，我這無人疼愛的孤兒呀！無依無靠，誰都不可憐我這個可憐兒！』每到此時，馬車夫便立馬跑過來給姑娘們加油鼓勁兒。」

3 原文為法語：C'est bon.

「不知為何，他喜歡上了我的父親，真沒辦法！他差點把我父親給折騰死，本來會把我父親逼死的，但老天有眼，他自己先完了。是他大醉時瞎折騰，從鴿子棚上跌下來摔死的……看，這就是我們的鄉鄰中的一些寶貝！」

「滄海桑田——世道大變了！」我感嘆道。

「對呀，對呀，」奧夫謝科夫隨聲贊同地說道：「真可以這樣說：在過去歷朝歷代，貴族們生活得太過奢侈了。至於達官貴人，就更沒法說了，這號人物我在莫斯科見得太多了。聽說，如今那裡就沒有這樣的人物了。」

「您去過莫斯科嘍？」

「去過，那是老早以前了。我今年七十三歲，去莫斯科那年才十六歲。」奧夫謝科夫感觸很深地嘆了一口氣。

「您都見到過什麼人，在哪兒？」

「看到過很多達官貴人，各色人等，他們的生活得奢華至極，可謂是一擲千金，真叫人驚嘆不已。但是這些人都無法和已故伯爵阿列克謝・格雷高利耶維奇・奧爾洛夫——切斯明斯基[4]相比。因為我的叔父是他府上的管家，所以我能常見到阿列克謝・格雷高利耶維奇。伯爵的府邸位於卡魯伽門附近的沙波洛夫卡大街。他才是一位真正的達官貴人！他的神采氣度，難以言表。他身材高大，儀表威嚴，神采奕奕。雙目炯炯有神，光彩逼人！你沒結識他，沒有接觸他時，他彷彿令你害怕，望

4 阿列克謝・格雷高利耶維奇・奧爾洛夫為十八世紀俄國著名海軍上將，在一七六八至一七七四年的俄土戰爭中指揮軍隊取勝，得到了切斯明斯基的封號。

而卻步。等到你一接觸他，他就會讓你感到溫暖得如同冬日的太陽一樣，渾身舒坦。他對人一視同仁，無論是誰，他都親自接見。他性情爽朗，愛好廣泛。賽馬時跟什麼人比賽都行，而且總是親自披掛上陣。他不難為對手，也不讓人灰心，只是到了最後才趕到最前面。他從不洋洋自得或仗勢欺人，比賽之後，總是親切和藹地安慰對手，還連聲稱讚對方的馬匹好。」

「他餵養的翻筋斗的鴿子都是最好的。他常坐在院子裡的安樂椅上散心，吩咐把鴿子放出來。四周的房頂上站著很多手握獵槍提防鷹鷲來捕獵僕人。伯爵腳前放著個大銀盆，裡面盛滿了水，他就從水裡看漫天飛舞的鴿子。有無數窮人和乞丐得到過他的救濟，靠著他的恩賜得以活命……他一擲千金！可是他要是發起脾氣來，那可真有些雷霆萬鈞，讓人驚恐萬狀。可是這種時候，你也不必驚慌：用不了多少工夫，他就會轉怒為喜，很快露出笑容。他大宴賓客時，幾乎能醉倒全莫斯科的人！他機智過人打敗過土耳其人。」

「他啊，還喜歡角鬥，他把全國各地的大力士都請到他家裡來：有從圖拉來的，也有從哈爾科夫和唐波夫來的。他把誰摔倒了，就獎賞誰；如果有人把他摔倒，他不僅給那人豐厚的獎賞，而且還要親吻……還有，當我在莫斯科逗留時，他發起了一場俄國空前盛大的獵犬比賽：他把全國的狩獵高手都請到他家，規定了具體的比賽日期，還給了三個月準備期。全國各地的狩獵高手蜂擁而至。來了很多獵犬和獵犬師——哈，一支浩浩蕩蕩的大軍！首先是大開筵席，然後『大隊人馬』就開拔到城郊去比賽。看熱鬧的人像潮水般從四周湧來，那真是人山人海，壯觀非凡啊！……您猜怎樣？……您祖父的那條獵犬真叫棒，勝過了所有前來參賽的獵犬！」

「是那條米洛維特卡嗎？」我問道。

「是！正是米洛維特卡，是米洛維特卡。伯爵於是就請求您的祖父：『把你這條獵犬賣給我吧，多少錢都行。』您祖父卻斷然拒絕說：『不，伯爵，我不是狗販子，也不是商人，就是我窮到衣衫襤褸，我也不會賣。可是為了向您表示敬意，即使是要在下的荊妻，我也可以拱手相讓，就是米洛維特卡不能賣。……我寧可去做俘虜、當人質。』阿列克謝・格雷高利耶維奇聽了以後，連連佩服。於是，您的祖父便用馬車把這隻米洛維特卡帶回家去。後來米洛維特卡死時，您祖父奏著哀樂把自己的愛犬葬在了花園裡，還在墳前立了刻有銘文的墓碑。」

「如此看來，阿列克謝・格雷高利耶維奇不會欺負任何人了。」我說道。

「是啊，俗話說得好！閻王好見，小鬼難纏呢！[5]」

「那個帕烏什又是個什麼樣的人呢？」沉默一會兒，我又問道。

「怎麼，您知道米洛維特卡的故事，卻不知道帕烏什是何許人？他是您祖父的獵師頭頭，也是專管獵犬的人。您祖父喜歡他，就像喜愛米洛維特卡一樣。他是個敢作敢為的傢伙，不管您祖父叫他幹什麼，只要一聲吩咐，他就馬上去辦，哪怕是上刀山下火海也在所不辭。他一叫起獵犬來，那聲音簡直就像獅子吼叫一樣使森林都為之一震。可一旦他的倔勁兒上來，什麼也不管，跳下馬背，往地上一躺。那可糟了，獵犬聽不到他的呼叫聲，看到獵物的新鮮足跡，哪怕是再好的獵物也不去追蹤，即便近在咫尺也不去搜捕。嘿，您的祖父見此情景，馬上怒不可遏！『不絞死你這壞小子，我就枉為人！我要抽你的筋、剝你的皮！我要把你這惡棍大卸八塊！』可是罵到最後還是得派人去問他

5 原文的直譯為：只有不會游水的人才會拉別人下水。

要幹什麼，怎麼不吆喝獵犬去追捕獵物。帕烏什在這種情況下就是要酒喝。等灌完了酒，便從地上爬起來，又不要命地去吆喝獵犬了。」

「這樣說來，您也很喜歡打獵吧？盧卡・彼得洛維奇。」

「喜歡倒是喜歡……確實，但不是現在，現在我施展抱負的好年華已經過去了，那時青春年少……不過您要知道，身分的差別也是很麻煩的，幹起來並不輕鬆。我們這種人沒必要跟在貴族老爺屁股後面忙活。確實，在我們這種人當中也有些酒鬼，整天遊手好閒，跟著那些貴族老爺逍遙，可是這又有什麼可高興的呢？只不過是自討沒趣！有時他們一高興，拿你尋開心。給你一匹差勁的劣馬，走路一瘸一拐的；動不動就隨手掀走你的帽子，然後往地上一丟；有時又用鞭子來輕輕抽你幾下，就像打馬一樣。可是你呢，自始至終都要陪著一張笑臉，讓人家開心取樂。不，告訴您，身分越是卑微，就越要有骨氣，不然就只能是自取其辱。」

「是啊，」奧夫謝科夫感嘆一聲，接著又說道：「自我立身處世以來，流年似水。如今世事滄海桑田，尤其是在大貴族之間，我也看到了很多變化。那些領地少的人，或者做官，或者背井離鄉。而那些領地多的人呢，也是今非昔比，這些大地主，劃分地界時的落魄樣子，我可是見得多了。值得告訴您的是，現在一見他們，我心裡就高興，因為他們不像從前那樣作威作福，也不像從前那樣飛揚跋扈，而是變得斯文隨和了。而且有一點讓我驚奇不解的是，他們個個學富五車，說起話來引經據典，叫人佩服得五體投地。可是對實際問題卻一竅不通，連自身利益是否受害也都搞不明白，因而連他們的農奴管家都可以隨便地戲弄和哄騙他們，就像玩弄馬軛一樣。」

「您大概認識亞歷山大・弗拉基米洛維奇・柯洛遼夫吧？這可是一個頭面貴族，英俊超群，卓爾不凡，家財萬貫。上過大學，好像還遊歷過外國。言辭伶俐，舉止文雅，為人謙遜，見到我們都要握手致意。您知道這個人嗎？……那我就和您說說。上個禮拜，我們應經紀人尼基福・伊利契之邀，去別遼佐夫村聚會。經紀人尼基福・伊利契對我們說：『諸位先生，現在必須劃分地界了，其他一些地區比我們走得快，這是很惹人笑話的。我們現在就開始幹吧。』於是和往常一樣就開始了劃分地界的工作：商討起來，爭論不休，我們的代理人之間鬧起了彆扭。第一個吵起來的卻是波爾菲里・奧夫欽尼科夫，這個人為什麼會爭吵呢？他身無立足之田，原來是他哥哥委託他來辦理這件事的。」

「他扯著嗓門兒嚷起來：『沒門！你們別想騙我！沒門，我可不會像白癡一樣上當受騙。快把地圖拿來！還有土地測量員，你們以為我會馬上交底嗎？——做夢！你們還是拿地圖來，有圖為證，只能這樣！』他一邊說，一邊拍著地圖。還把瑪爾法・德米特列芙娜罵了個狗血淋頭。她大聲嚷道：『你膽敢踐踏我的名譽？』他便反唇相譏：『把你的名譽給我的栗色馬都不要。』最後給他喝了瑪德拉酒，才算堵上他的嘴，不再鬧了。剛剛安撫了他，卻緊跟著眾人吵吵嚷嚷鬧得不可開交。」

「我那可愛的亞歷山大・弗拉基米洛維奇坐在屋角裡，咬著手杖柄，無奈地搖著頭。我覺得十分尷尬，真想跑走躲開。他會怎麼想我們呢？回頭一看，亞歷山大・弗拉基米洛維奇示意要講話站起身來。經紀人趕緊說道：『諸位，諸位，亞歷山大・弗拉基米洛維奇要講話。』貴族終究是貴族，是通情達理的，全體在場者馬上就鴉雀無聲了。於是亞歷山大・弗拉基米洛維奇開始講話，他說：『我們似乎不記得我們為何要到這裡來聚會了。』又說道：『表面看來必須這麼做，劃分地界對領主有利，但實際上究竟為了什麼呢？——是為了減輕農民負擔，讓他們的耕作更方便一些，讓他們有更多的時間和精力來應付賦稅和勞役。不然像現在這樣，實在太麻煩了。他都不知道自己的地在何處，得跑到五六里遠的地方去耕作，而且也沒辦法處罰。』亞歷山大・弗拉基米洛維奇還說：『對農民的福利無動於衷，那是地主的罪過。』又說：『歸根結底，如果考慮周全，就會明白，其實農民的利益和我們的利益是一致的，我們的好日子是和農民的好日子聯繫在一起的……所以說，為了芝麻綠豆的一點小事就吵個沒完，是一種罪過，是不划算的愚蠢行為……』他慷慨激昂地說了又說，這些話要多精彩有多精彩！而且句句都扣人心弦。」

「那些貴族一個個都被說得羞得低下了頭，我感動得熱淚盈眶。說真的，連古書也沒講得這麼深刻呀！結果是他自己的那四俄畝荒草叢生的沼澤地死活都不肯賣。他還腆著臉說：『我會吩咐家丁去把這塊沼澤地的水排走弄乾，然後在這塊地上建一座改良的製呢廠。』他又振振有詞地說：『我早就選中了這裡，事情我早就計畫好了……』若是真的，也算情有可原，可因為亞歷山大・弗拉基米洛維奇・柯洛遼夫的鄰居安東・卡拉西科夫不捨得給柯洛遼夫的管家一百盧布的酬金罷了。最終我們也只得不歡而散。直到今天，亞歷山大・弗拉基米洛維奇還認為自己沒錯，還常常恬不知恥地談論那個製呢廠，但到現在，他也沒讓人去把那塊沼澤地排水弄乾。」

「那他是怎麼治理自己的領地呢？」

「全套新方法，農民們都很不滿意，卻又沒有辦法。亞歷山大・弗拉基米洛維奇弄得還挺好。」

「原來如此，盧卡・彼得洛維奇，剛才我還以為您是保守派呢。」

「我嘛，我既不是貴族，也不是地主。我那點產業又算什麼呢？我又沒有本事升官發財，立身處世只求光明磊落、行為坦蕩，這就感謝上帝了！年輕的先生們都不喜歡過去的一套，我很讚賞他們……現在應該聰明一些了。只是有一點不是太好，年輕的先生們自以為是，做事虛浮。他們像玩木偶一樣耍弄農民，瞎折騰一陣子，玩壞了，就丟開不要了。於是，農民重又落到農奴出身的管家或者德國管事的手心裡受折磨了。最好是能有一個出眾的年輕先生站出來做個榜樣，讓大家明白：就應該這樣幹！結果到底怎麼樣呢？難道我就這樣死去，真的就看不到新局面了嗎？老的一套都過時了，新的一套卻又這麼難誕生！」

我真不知如何回答奧夫謝科夫是好。

他回頭看看，走到我身邊小聲地說：「您聽說過關於瓦希利・尼庫拉伊奇的事情嗎？」

「沒有，我沒有聽說過。」

「請您給我看看，這事兒多麼奇怪！真是讓我想不明白。這是從他那些莊稼漢嘴裡傳出來的，但我聽了以後卻弄不明白是怎麼一回事。您知道，他年紀輕輕，剛剛繼承了母親的遺產。於是就跑到自己的世襲領地。莊稼漢們都充滿好奇地跑來看自己的主人。他們一看，驚奇得不得了！這位老爺竟穿著一條棉絨褲子，活像個車夫，腳上一雙滾邊靴子，身穿一件紅色襯衣，上衣也像趕大車的，一臉大鬍子，頭戴一頂奇形怪狀的帽子，長相也怪怪的——好像是喝醉了，但又不像真的醉了，有點神經。『你們好啊！』他問候大家，『兄弟們！願上帝保佑你們。』莊稼漢們都給他鞠躬行禮，可是都默不作聲，您知道，因為他們都害怕。他自己彷彿也很害怕。於是他就對這些人說：『咱們都是俄羅斯人。我愛俄羅斯的一切，我有一顆俄羅斯之心，我身上流的也是俄羅斯的鮮血……』說著，他猛然命令道：『來，夥計們，大家一起唱一支俄羅斯的民歌吧！』」

「莊稼漢們一聽，全都嚇得魂不附體，兩腿直抖，有個膽子大點的也只唱了半句，馬上就蹲下身去，藏到別人後面去了。唉，怪就怪在這裡，我們那裡也有這樣的地主，都是些出名的浪蕩子，一個個膽大妄為。確實如此，穿著打扮和馬車夫別無二致，自己也跳舞，還彈六弦琴，整天跟僕人們廝混在一起，唱啊，吃啊，喝啊，也跟莊稼漢在一起大吃大喝。但這位瓦希利・尼庫拉伊奇卻像個大戶人家的千金小姐，只知道讀書作文，要不就朗誦讚美詩什麼的，不和任何人交往，見到生人就遠遠躲開，總是獨自在花園裡散步，一副愁腸百結，落寞無聊的樣子。」

「他家的那個管家起初沒弄清主子的底細，總是忐忑不安，害怕得要死，還沒等瓦希利・尼庫拉伊奇來呢，他就在農戶家亂走，見到所有人都鞠躬施禮，就像一隻饞嘴的貓偷吃人家的東西一樣，心裡有鬼！莊稼人一看，心中可樂開了花，心裡暗暗地解恨：『哼，不要裝樣子了！夥計，走著瞧吧，到時就和你算帳！』『親愛的，馬上你就要倒楣了，看你還神氣幾天，你這個混蛋！』可是到頭來還是那麼一回事——讓我怎麼跟您說呢？連上帝也不明白是怎麼回事！瓦希利・尼庫拉伊奇叫來管家，還沒對他說什麼呢，自己倒先弄了個大紅臉，連呼吸都急促了：『你為我辦事不准仗勢欺人，一定要秉公守信，明白了嗎？』但從此以後他就再沒召見過管家。他逍遙自在地住在自己的領地裡，好像跟他的農戶沒有任何關係似的。如此一來，那個管家就平安無事了，可是那些莊稼漢誰也不敢去瓦希利・尼庫拉伊奇那裡，因為他們害怕。這還不算奇怪，還有更奇怪的事呢：這位老爺還給他的農戶鞠躬行禮，和藹地望著他們，他們反而嚇得不知所措。您說這事多怪，先生……也許因為我老糊塗了？到底怎麼回事呢？——真是搞不明白！」

我對奧夫謝科夫說，這位瓦希利・尼庫拉伊奇先生真是病態吧。

「有病？算啦！你看他長得膀大腰圓，年輕力壯……天知道是什麼毛病！」奧夫謝科夫長嘆了一聲。

「好了，我們不談這些了。」我急忙說道：「您還是給我講講關於獨院地主的趣聞吧，盧卡．彼得洛維奇，行不？」

「那又有可講的呢？算了吧……」他推辭道：「好吧……有些事也可以說給您聽，可說什麼好呢？還是不說了吧！（奧夫謝科夫揮揮手）咱們還是去喝茶吧。……和莊稼漢一個樣，就是莊稼漢嘛。老實說來，我們這些人不還是這樣嗎？」

他說完就不說話了。

茶端上來了。這時，他的妻子達吉亞尼．伊里尼奇娜起身，走到我們身邊坐下。那天晚上，她有好幾次靜悄悄地走出去，又靜悄悄地走了回來。房間裡寂然無聲。奧夫謝科夫表情嚴肅地喝著茶，從容不迫地一杯接著一杯地喝。

達吉亞尼．伊里尼奇娜低聲說道：「今天米嘉來過一次了。」

奧夫謝科夫馬上緊皺眉頭：「他來幹什麼？」

「是來賠禮道歉的。」

奧夫謝科夫搖搖頭，顯得很不耐煩。

「唉，您說說，」他把臉轉向我說：「這些親戚，我該怎樣來應付他們呢？不搭理又不合適……這不，老天幹嘛賞給我這麼個寶貝侄子。論聰明，這小子沒得說，辦事也機靈，學識也很好，不過，照我看來，這孩子沒有什麼前途。他本來是給公家做事，後來說不幹就辭職不幹，說什麼沒有好前程。他又不是個貴族！就算他真是貴族，那也不能立馬就當上將軍哪！好，現在倒不錯，在家裡無所事事。……這也沒什麼大不了的，可是誰想他當上訟棍了！專替那些莊稼漢寫狀子、寫呈子，給鄉警們出鬼點子，揭土地丈量員的老底，出出進進，成了酒店的常客，結交一些狐朋狗友，還經常和旅館裡打雜的一起鬼混。這不明擺著是自找麻煩嗎？區裡和縣裡的警察局局長都警告他好幾次了。多虧他那張嘴能說善道，把他們逗得樂不可支才沒有得罪他們，但後來還是給人家添了很多麻煩。……算了，不提了，他還等在那間小屋裡嗎？」他扭過頭來對他的老伴說：「我還不瞭解你嗎，總是發善心護著他。」

達吉亞尼・伊里尼奇娜急忙走到門口，叫了一聲：「米嘉！」

米嘉應聲走了進來，他二十八九歲的樣子，身材高高的，體形勻稱，一頭捲髮梳理得油光。他一看我在，就在門口站住了。他穿了一身德國式的衣服，但是一看肩上那大得很不相稱的皺褶，就知道出自俄國裁縫之手，做工也是俄羅斯式的。

「喂，過來吧，過來，」這位老人說：「害什麼臊呀？要感謝你的伯母，她替你說過好話，求過情了。……哎，先生，我來和你介紹一下，」他指著米嘉對我說道：「這是我的親侄子，但是我沒辦法管好他！朽木不可雕了！（我和米嘉相互鞠了躬。）你說說看，你在那邊又惹出什麼亂子，他們為什麼告你？給我們說說。」

米嘉很不樂意當著我的面來談這件事。

「以後再說吧，伯父。」他低聲請求。

「不行，為什麼要等以後再說，現在就說明白吧。」老人一定要他說：「你呀，又耍什麼花招，我還不瞭解你嗎？是以為在這位地主先生面前難以啟齒？那倒不錯，那就洗心革面吧。現在你就說，說吧，你倒是說呀，我們都等著聽呢。」

「我有什麼難以啟齒的呢？」米嘉面無愧色大搖大擺地申辯道：「伯父明斷。列舍濟洛夫的幾個院地主來找我說：『老弟，幫幫忙吧。』我便問道：『怎麼回事啊？』『是這麼一回事：我們的糧倉是很好的，也就是說，真是好到家了，可是忽然來了個當官的，說是奉命到我們來檢查我們這裡的糧倉。檢查之後，這個當官的說，『你們的糧倉管理很混亂，糟糕透頂，我一定要彙報上級。』我們聽後就問道：『哪裡管理不善呢？』他卻說：『這個問題嘛，我自己有數……』於是我們就聚在一起，想出一個解決的辦法——塞些錢給那個當官的，這叫花錢買平安。但那個普羅霍雷奇老頭卻不同意，他說：『這樣只能使他們這號人更貪婪，更肆無忌憚地勒索了。這樣不成，難道我們就沒有地兒說理啦？』我們聽他說得合情合理，就照他說的辦——不給錢。結果把那個當官的惹惱了，提起訴訟，遞上呈子。這會兒就傳我們到庭打官司。』我接過話問道：『那麼，你們的糧倉是否一點毛病也沒有呢？』『上帝做證，確實無可挑剔，儲糧的數量也是法定的。』我又說：『那你們擔心什麼呀！』於是我幫他們寫了狀子。現在不明白雙方誰能勝訴呢。……因為這件事情，有人到您這來誣告我，來搬弄是非，那不是明擺著的嗎，是誰都應該向著自家的人嘛。」

「是誰都一樣，可是你呢，就不是！」老頭兒低聲、嚴厲地說：「那你就再說說，你和舒托洛莫夫的農夫們又在胡鬧什麼？」

「您是怎知道的？」

「我反正就是知道了。」

「那我就攤開說好了，這件事我也沒錯，請您明察。舒托洛莫夫農夫們的鄉鄰別斯潘金租種了他們四俄畝地。可他硬說：『那是我的四畝地。』舒托洛莫夫的農夫們在服代役租，他們的地主又在國外。您想這種情況下，有誰會為他們主持公道！但那塊地確實是地主租給他們的，所以就來找我幫忙，求我說：『給我們寫一張狀子吧。』我就給他們寫了。但讓別斯潘金知道了，就威脅我，揚言：『我要把米嘉這小子的後胯骨從大腿裡剝出來，要不我就把他的腦袋從肩膀上砍下來……』那咱們就走著瞧好了，看他怎麼砍，我的腦袋不還長得好好的嗎？」

「哼，先不要忘乎所以，你遲早得把你那顆腦袋弄丟了。」老頭兒又擔心又生氣地說：「你真的是瘋掉了！」

「哎，伯父，你親口對我說過……」

「我就猜到你要和我說這些。」奧夫謝科夫打斷了他的話，「不錯，我說過，做人要光明磊落，應該樂於助人，有時甚至要犧牲自己的一切。但是你一直都這麼做嗎？不是總有人請你下館子喝酒吃飯嗎，他們給你鞠躬施禮，還說：『德米特里・阿列克謝伊奇，好心的先生，幫幫忙吧，我們感謝你的好處。』於是他們就悄悄塞給你一個盧布或者五盧布的鈔票。你說，是不是？有這種不可告人的事吧？你給我說明白，到底有沒有？」

「這種事兒我確實做錯了，」米嘉低著頭不好意思地說道：「但我從來都沒拿過窮人的錢，從來沒做虧心事。」

「現在你沒拿，等你有難處了，就會毫不猶豫地伸手了。不做虧心事？……哼，你呀，好像你一直是正義的完美守護者！但你卻忘了鮑爾卡・別列霍多夫這傢伙嗎？是誰為他東奔西跑賣命奔波的呢？是誰包庇了他？你說呀！」

「別列霍多夫那是他自找的……」

「他挪用公款……是芝麻小事嗎？開什麼玩笑！」

「但是，伯父，您要知道，他窮得叮噹響，老婆孩子還一大堆……」

「他很窮，很窮……窮什麼！他是個酒徒，是個賭棍無賴——這麼把他自己折騰窮的！」

「他是因為心裡難受，他想借酒澆愁。」米嘉低聲辯解。

「因為心裡難受！得，你心腸這麼好啊，你應該做點實在的事情去幫助他，而不是跟他一起去酒店喝酒。他就會信口編造謊言，而你倒真信他的鬼話！」

「他確實是個大好人……」

「在你眼裡誰都是好人！……看，怎麼樣，」奧夫謝科夫把身子轉過來對他老伴說道：「給他送去了嗎？……哦，就在那，你知道……」

達吉亞尼·伊里尼奇娜點點頭。

「這些天你都去哪了？」老頭兒又問米嘉。

「在城裡。」

「一定又是在那裡打桌球，喝閒茶，再不就是彈吉他，要不跑衙門，坐在後屋裡寫狀子，再不就跟那些商人的子弟們瞎胡鬧，是這麼一回事吧？沒有說錯！」

「就算如此吧，」米嘉滿不在乎地答道：「哎呀，差點忘了，您周日還得到安東·巴爾菲內奇·馮濟科夫家赴宴呢。」

「我才不到這個大肚子家裡去呢。招待你吃的魚那麼貴，一百多盧布，可是味道卻那麼怪。一輩子也不想搭理他！」

「啊，我還碰到了菲多茜婭・哈米伊洛芙娜。」

「是哪一個菲多茜婭？」

「就是那個買下了米庫利諾村產業的地主加爾賓欽科家的。菲多茜婭原來是米庫利諾村人。她在莫斯科做了女裁縫，出了代役租，向來按時繳納租金，每年一百二十八個半盧布……經營裁縫店可是頂呱呱的，在莫斯科很多人找她做衣服。但這個加爾賓欽科寫信叫她回來，還不讓她走，卻又不給她分派什麼活。她走投無路，很想贖身，而且也跟主人說過這件事，但加爾賓欽科就是不答應。伯父，您和加爾賓欽科很熟，麻煩您給她說說情吧！菲多茜婭為了贖身，不在乎錢的多少。」

「不是讓你破費吧？是嗎？啊，那麼好吧，我去說說，我去給她說說情。但是，我不敢擔保一定就能說成。」老人不情願地說道：「這個加爾賓欽科，天曉得，是十里八鄉有名的吝嗇鬼，為人苛刻。他專門倒賣期票，放高利貸，競買土地……是誰弄這個寶貝到我們這兒來的呀！唉，我討厭這些外來人！他們每個人都很難對付，所以這件事也不是那麼容易。不過，還是試試看吧。」

「伯父，請您幫幫忙吧。」

「好，我就幫這個忙。但是你可要當心啦，千萬要小心！好了，好了，不要解釋了。算了，算了！只是以後要多小心，要不然，米嘉，你沒有清閒的一天，真的，弄不好你要倒楣的。我總不能老是幫你解圍呀……我又不是一個高官達貴。好了，現在你去吧。」

米嘉和達吉亞尼・伊里尼奇娜都出去了。

「給他弄點茶點吧，好心的太太，」奧夫謝科夫望著她的背影大聲說道：「這孩子很聰明，」他繼續說：「他心地也不錯，我放心不下他。……啊，實在抱歉，總是這些家庭瑣事耽誤您半天工夫。」

話音剛落，通往前室的門開了，走進來一個花白頭髮，身穿一件天鵝絨大衣的矮子。

「啊，弗蘭茨・伊凡內奇！」奧夫謝科夫高興地說道：「您好！近來可順心？」

親愛的讀者，請允許我介紹這位先生吧。

這位弗蘭茨・伊凡內奇・布萊恩是我的鄰居，一個奧加爾省的地主，費了好大勁才獲得俄羅斯的榮譽稱號。他生在奧爾良，父母均為法國人，他是拿破崙的侵略軍的鼓手。剛進俄國時，一切都還順利，於是我們這位法國佬也雄赳赳氣昂昂地入侵了莫斯科。但在潰敗回國的路上，這個可憐的布萊恩先生卻幾乎被凍僵，狼狽不堪，戰鼓不知去向了，結果被斯摩棱斯克的莊稼漢給活捉了。莊稼漢們把他關在一個停產的羽絨廠裡過了一夜，第二天清晨，把他帶到堤壩旁邊的一個冰窟窿邊上，讓這位大軍的鼓手賞臉鑽到冰下面去。

布萊恩先生嚇得半死，實在接受不了他們的一片盛情，就用法語哀求斯摩棱斯克的莊稼漢們放他回奧爾良。他說：『諸位先生，那兒有我親愛的母親。』但莊稼漢們大概不知道奧爾良城在哪兒，因此沒聽這一套，還是要把他丟進彎彎曲曲的格尼洛捷爾河，到河裡旅行一番。就在這夥人忙亂地抓著他的脊背往下推的時候，忽然一陣馬鈴聲從遠處傳來。布萊恩聽了高興壞了，好像看到了救星。只見堤壩上駛來一輛大的帶篷雪橇，高高的後座，還鋪著美麗的毛毯，駕套的是三匹黃褐色的維亞特卡馬。雪橇上坐著一個肥胖的地主，身穿狼皮大衣，紅光滿面，神氣十足。

「你們在那兒幹什麼呢？」他問莊稼漢們。

「我們要把這個法國佬丟進河裡去，老爺。」

「哦。」地主淡淡地應了一聲，扭過頭就要走。

「先生！先生！救救命吧！[6]」可憐的法國佬哀求起來。

「哼，哼！叫什麼叫！」穿狼皮大衣的地主生氣地責罵道：「可惡的東西，跟著拿破崙糾集了十二個民族來侵略俄國，放火燒了莫斯科不說，還把伊凡大帝鐘樓上的十字架盜走了，罪不可赦！這會兒卻叫起先生來了。當年的威風哪裡去了？這會兒夾著尾巴喊救命了！倒楣活該，報應！……咱們走，費爾卡！」馬拉著雪橇又走了。

「喂，慢點兒，停停！」地主問話了，「喂，你這個法國佬，懂音樂嗎？」

「救救我，救救我吧，慈悲的先生！[7]」布萊恩一遍遍哀求著說。

「你瞧這個野蠻的民族！居然沒有一個人懂俄語！繆澤克，繆澤克。薩威……繆齊克……唔？薩威？（音樂，音樂，你懂嗎？）哎，你說呀！坎普勒內？薩威，繆澤克，唔？（聽懂了沒有，你懂音樂嗎？）波亞諾……茹艾……薩威？（鋼琴，你會彈嗎？）」

布萊恩終於明白地主的問話，立即點頭示意他懂。「是的。先生，是的，我懂，我是個音樂家，什麼樂器我都懂！是的。先生……救救我吧，先生！[8]」

「嘿，算你走運，」地主感嘆地回答，「鄉親們，饒了他吧，賞你們二十戈比酒錢。」

「謝謝，老爺，謝謝。您把他帶走吧。」

6 原文為法語。
7 原文為法語。
8 原文為法語。

布萊恩被吩咐上了雪橇。他高興壞了，感激得痛哭流涕，全身發抖，一個勁兒給這位地主、車夫以及那群莊稼漢道謝，千恩萬謝。他只穿了一件有粉紅色帶子的綠色絨衣，在凜冽的冬日裡都快凍僵了。地主看看他那凍僵的臉孔，便默默地把他裹進自己的皮大衣裡，就這樣把他給帶回了家裡。

僕人看了，全跑了過來，慌亂地忙著給這個法國佬取暖，暖和過來以後，讓他飽餐一頓，又給他換了身衣服。然後，地主便帶他去見自己的女兒們。

「喂，寶貝兒們，」地主對女兒們說：「我給你們找來了一位教師。你們不是總纏著我找一個人來教你們音樂和法語嗎？看，我現在就給你們請到了一位法國人，他還會彈鋼琴……來吧，先生，」他說著，指著一架五年前從賣香水的猶太人那裡買來的鋼琴，「給我們表演表演你彈鋼琴的技巧，彈吧，彈吧！」

布萊恩心驚膽戰地坐到椅子上，因為他平生從未碰過鋼琴，更別說彈了。

「彈吧，彈吧！」地主不停催促著。這個可憐蟲嚇得魂不附體地敲擊著琴鍵，就像敲鼓一樣，胡彈了一會兒……

「當時我心裡一直犯嘀咕，」他後來和別人講起這件事時說：「我的救命恩人肯定會一把揪住我的領子，攆我出去。」

然而出人意料的是，這位被迫即興表演的音樂家彈完了，竟平安無事，讓他驚喜萬分！因為那位地主老爺聽了一會兒，竟還很讚賞，還很友好地拍拍他的肩膀。「很好，很好，」地主說：「看來你還真懂點音樂。好了，現在休息一下吧。」

兩個星期之後，布萊恩就從這個地主家轉到了另一個地主家。那個地主富有且學識淵博，他很喜歡布萊恩那種活潑而溫良的性格，就把養女嫁給了他。從此他便時來運轉，不僅找到滿意的工作，還搖身一變成了貴族。後來布萊恩又把自己的女兒嫁給了奧加爾地主洛貝薩爾耶夫——一個會寫詩的退役龍騎兵，於是他也跟著遷到奧加爾定居。

就是這個布萊恩，或者像現在這樣，被人叫作弗蘭茨·伊凡內奇，也就是剛剛走進奧夫謝科夫房間裡的那個矮子，他們兩個是知己。

但是，估計讀者諸君聽得有些厭倦了，我確實和獨院地主奧夫謝科夫聊得太久，因此我就不再嘮叨個沒完了。

一八四七年

# 里戈甫村

「去里戈甫村吧，」一次，各位讀者早已熟悉的葉爾莫萊對我說：「我們可以在那裡打到許多的野鴨。」

儘管真正的獵人並不特別熱衷於射獵野鴨，但暫時還沒有別的野物可以捕獵，倒可以靠射獵野鴨子聊為消遣（正值九月上旬，丘鷸還沒有飛來，我已經厭倦在野地裡去追捕那些鷓鴣），我於是接受了獵師的建議，就到里戈甫村去了。

里戈甫村是草原上一個大村子，村裡有一座古時候的石砌圓頂教堂。另外還有兩個磨坊建在沼澤地上的羅棱塔小河邊。

這條小河流到距里戈甫村五俄里不遠處，就形成一個寬闊的大池塘，池塘的一些地方蘆葦很多，奧加爾人稱它為「馬伊爾」。就在這片池塘裡，在水灣處，或在蘆葦叢中的幽靜處，棲息著許多種類各異的野鴨子：綠頭鴨、半綠頭鴨、針尾鴨、小水鴨、潛鴨等，種類和數目多得不計其數。一小群一小群的野鴨經常在水面凫上游或貼著水面飛翔，一聽到槍響，鴨群便會像烏雲一樣飛得鋪天蓋地，令獵人不由得握住帽子，還會拖長了聲音發出這樣的感慨：「哎呀——呀！」

我同葉爾莫萊沿著塘邊一路搜尋，卻一無所獲。原因有兩點，第一，野鴨極其膽小而又異常機靈，很少在岸邊的水塘裡鳧游；第二，即使有離群掉隊的，或者是不知凶險傻不拉嘰的小水鴨，被我們射中丟了性命，我們也只好無奈地搖頭嘆息，因為我們的獵犬無法在茂密的蘆葦叢中將之找到並叼回來。雖然我們的獵犬擁有高尚的犧牲精神，但是牠既不會游泳又不會潛水，只能白白地讓尖利的蘆葦葉把寶貴的鼻子劃得滿是傷口。

「不行啊，」葉爾莫萊終於明白地說道：「可不能這麼辦，得設法弄一條小船來才行……我們還是先回到里戈甫村吧。」

於是我們只好回去了——先去里戈甫村。可是沒走幾步，一條難看的狗就鑽出繁茂的爆竹柳叢迎著我們跑了過來。

狗的身後跟著一個個子不高的男人，他身穿破舊的藍上衣和黃背心，下身穿著一條灰不拉嘰的褲子，褲腿隨隨便便地塞進破爛的長筒靴裡，一條紅圍巾圍在脖上，背著一支單筒獵槍。

這兩條狗相遇以後，便照狗的習性相互嗅聞著交際起來，但那位新夥伴看來十分膽怯，耷拉下尾巴，豎起耳朵，齜牙咧嘴地挺直了四條腿，全身顫抖地打著轉。

兩條狗正忙著交際，那個陌生人走到我們面前，恭恭敬敬地鞠了一躬。此人看上去大約二十六歲，淺棕色的長髮散發著一股濃濃的克瓦斯氣味[1]像波浪一樣直立著，一對棕色的小眼睛友好地眨著，大概因為牙疼，臉上還繫了塊黑手帕，滿面堆著甜膩膩的笑容。

「請允我自我介紹，」他用柔和的聲音說：「我是本地獵人弗拉基米爾，聽說您大駕光臨，榮幸

1 俄國農民經常將克瓦斯塗抹在頭髮上。

之至，如蒙不棄，願效犬馬之勞。」

獵人弗拉基米爾說起話來拿腔捏調的，活像扮演情人的地方青年演員。我接受了他的一番好意，並且在去里戈甫的途中，知道了他的過去。

他是一個贖身的家奴，年少時曾學過音樂，後來又當過侍從，能寫會算。從他的言談舉止中，我可以推斷出，他一定讀過一些閒雜無聊的書籍，而現在呢，就像大多數俄羅斯人一樣渾渾噩噩，一無所有，是個無業遊民，衣食無著。他說話故作高雅，由此可見，他是個愛拈花惹草的浪蕩公子，而且追逐女性時，大都能出手不凡、手到擒來，因為俄羅斯姑娘都喜歡伶牙俐齒、口若懸河之人。

此外，我還從他的言談中察覺出他經常遊蕩：有時走訪左右的鄉鄰和地主，有時去城裡拜訪朋友。他還會玩紙牌，在省城裡也認識很多人。

他很擅長耍笑臉，笑起來的那副樣子真是千變萬化。他最會佯裝的笑臉，是當他專心聽別人講話時，嘴角流露出的那種謙順的微笑。他認真聆聽你的講話，他對你表現出絕對的贊同，但是又絕對不失尊嚴，似乎要告訴你，倘若有機會，他也會發表自己的高明見解。

葉爾莫萊沒有受過教育，更談不上「溫文爾雅」了，對他就不必講什麼交際禮儀而直呼他為「你」了。我也發現了，弗拉基米爾對葉爾莫萊稱呼「先生您……」的時候，神情中帶著一種讓人琢磨的嘲弄。

「您為何要繫一塊手帕？」我問弗拉基米爾道：「牙疼嗎？」

「哦，不是，」他回答，「這是一不小心導致的惡果。我有個朋友，一個大好人，但根本就不會打獵，是他誤傷的，這也沒什麼奇怪的。有一天他跟我說：『親愛的朋友，帶我去打打獵吧，我想感受一下打獵的味道。』我當然不願讓他失望，因此就給他一支獵槍，帶他一起去打獵。我們打了好久，累了，想休息一會兒，我就坐在一棵樹下，他卻一直擺弄著獵槍，練習開槍射擊的動作，還開玩笑地把槍口對準了我。我叫他別再弄了，可是他沒有經驗，不聽我的勸告。結果隨著『砰』的一聲槍響，我的下巴和右手食指就無影無蹤了。」

我們來到里戈甫村。弗拉基米爾和葉爾莫萊一致認為，沒有小船就無法打獵。

這時弗拉基米爾便說：「蘇契卡有一條平底船[2]，但就是不知道他把船藏在哪兒，還得先找到他才行。」

「去找誰呀？」我問道。

「找一個綽號叫『小樹枝兒』的人。」

弗拉基米爾便帶著葉爾莫萊找蘇契卡去了。我跟他們約定好了，在教堂邊上等他們。我在墓地上信步，隨便看看，忽然看到一塊發黑的方形墓飾，四面銘刻著碑文。一面用法文刻著：勃蘭士伯爵德奧費爾・亨利之墓[3]；在碑的另一面刻著：法國臣民勃蘭士伯爵遺骸安葬於此石下，生於一七三七年，卒於一七九九年，享年六十二歲；石碑的第三面刻著：願逝者安息；第四面刻著這樣的文字：此石下安眠著法國僑民，他出身高貴，智慧超人；他痛悼妻子和親友遇難，逃離暴君，家國難見；棲身俄羅斯尋求安寧，年老時得到了禮遇和供奉；教養兒孫，敬奉雙親，願上帝保佑他永遠安眠。

2 使用舊的駁船船底製造的平底小木船。
3 原文為法語。

葉爾莫萊和弗拉基米爾以及那個有著奇怪外號的蘇契卡一起回來了，打斷了我的沉思。那個名叫蘇契卡的人大約六十歲，打著赤腳，衣衫襤褸，髒兮兮的，一看便知以前的他是個家奴。

「你有小船嗎？」我問他。

「船倒是有，」他低聲回答，語調卻戰戰兢兢的，「就是破得不像樣。」

「能用嗎？」

「恐怕不能用了……全都脫了膠，木楔子也都從槽眼裡掉出來了。」

「這有什麼關係，能湊合著用吧！」葉爾莫萊接過話，「可以用碎麻堵一堵。」

「當然可以堵，應該能用的。」蘇契卡表示同意。

「你是做什麼營生的？」

「我靠給地主家打魚過活。」

「你既是打魚的，那你的船怎麼會舊成這樣呢？」

「我們的河裡根本就沒有魚。」

「因為池塘有帶鐵銹味的漂浮物，魚活不了。」我的獵師在行地解釋。

「既然如此，」我對葉爾莫萊說道：「快點去搞些碎麻來堵一堵船的槽眼吧！」

葉爾莫萊去出發找碎麻了。

「弄不好，我們都會沉到水裡去！」我對弗拉基米爾說道。

「沉不了，」他答道：「不管沉不沉，池塘好像都不怎麼深。」

「是的，池塘不怎麼深，」蘇契卡應和著說。他說話的樣子有些怪，睡眼惺忪的。「塘底都是水藻和水草，塘裡也長滿了草。但是在一些地方也有深坑[4]。」

「但是，要是水草太多了，」弗拉基米爾接著說：「船就不太好划了吧！」

「平底船是不能划的，要撐篙才可以，我還是和你一起去吧，我那兒有篙，要不，用鍬也可以啊。」

「用鍬不太好吧，有些地方水太深，可能搆不到底。」弗拉基米爾說。

「這倒也是，恐怕不可以的。」

我坐在墓石上等葉爾莫萊回來，弗拉基米爾出於禮貌，在離我不遠處陪我坐了下來。蘇契卡壓根不懂這一套，仍舊站在原處，低著頭沉默不語，習慣地反背著兩隻手。

「請你說說，」我衝著蘇契卡問道：「你在這兒給主人打魚多長時間了？」

「七年了。」他回答，猛然打了個冷戰。

「你以前是幹什麼的呀？」

「我趕馬車。」

「你為什麼不再趕馬車了呢？」

「新的女主人不讓了。」

「哪個女主人呀？」

「就是把我買來的那個，您不知道，就是那個阿瘳娜・季菲耶芙娜，長得很豐滿，年紀很大了。」

4 湖泊、水塘或河中較深的地方。

「那她為什麼分派你去打魚呢？」

「我不明白，她離開了自己唐波夫的領地，千里迢迢來到我們這兒，召集起家裡所有的奴僕，就出來接見我們。最初，我們逐個吻了她的手表示禮貌，她倒還沒說什麼，也沒發脾氣，後來就逐個問我們這些話：幹什麼的？負責什麼活計？輪到我時，她問：『你是幹什麼的呀？』我回答說：『趕馬車的。』『趕馬車？哼，你怎麼能去趕馬車呀？瞧瞧你那德行，哪兒配趕馬車！你就給我當漁夫吧，把鬍子刮乾淨了。無論何時到我這兒來，都要送上鮮魚！聽明白了嗎？』從此我就當上漁夫了。她還吩咐：『你要當心，要把池塘管得水清魚多的。』只有老天才知道我是不能把池塘管理得水清魚多的！」

「你以前的主人是誰啊？」

「是謝爾蓋・謝爾蓋伊奇・別赫捷遼夫家的，我是他繼承下來的家奴。可是他沒幹多久，總共才六年多。我就是一直給他趕馬車，可不是在城裡——他在城裡還有別的馬車夫，我是在鄉下的。」

「你從年輕的時候就開始趕馬車嗎？」

「不是這樣的！我是在謝爾蓋・謝爾蓋伊奇家裡才趕馬車的，從前我是鄉下的廚子。」

「那你又是在誰家做的廚子呢？」

「給以前的主人阿法納西・涅費德奇當廚子，他是謝爾蓋・謝爾蓋伊奇的伯父。里戈甫村就是他買下的，就是阿法納西・涅費德奇買下的，謝爾蓋・謝爾蓋伊奇擁有了這份產業。」

「誰賣給他的呢？」

「塔季雅娜・瓦希利耶芙娜那兒賣給他的。」

「哪一個塔季雅娜・瓦希利耶芙娜呀？」

「就是五年前死掉的那一位，在泊爾霍夫近旁，……不，是在卡拉契夫近旁，是個老處女，一直待在閨中。您不認識她嗎？我們就是從她父親瓦希利・謝苗內奇手中轉到她手下的，我們在她手下的年頭很長時間……有二十多年了。」

「你在她那兒也做廚子嗎？」

「起初當廚子，後來又做了個弄咖啡的差事[5]。」

「做什麼呀？」

「弄咖啡的差役。」

「這種差事是幹什麼的呀？」

「我也不明白，老爺。是在飯廳裡打雜，還另外起了個名字叫安東，不再叫庫茲馬了，只能照辦女主人吩咐的。」

「這麼說你原來名叫庫茲馬了？」

「是，叫庫茲馬。」

「你就一直當咖啡師嗎？」

「不，除了這個差事以外，還當戲子。」

5 指當時大地主家專門負責煮咖啡、泡茶或炮製其他飲料的人。

「是這樣的嗎？」

「當然是真的，還上臺演過戲呢！我們的女主人還在自己的宅院裡有個戲園。」

「你都扮演什麼角色？」

「我沒聽明白您說什麼。」

「我問你在戲臺上都做什麼？」

「您不知道嗎？他們硬把我拉去，打扮了打扮，我就上了台，時而站著，時而坐著，到底是站著還是坐著，那就要看情況而定了，他們叫我說什麼，我就說什麼，叫我怎麼說，我就怎麼說。有一回我還喬裝成一個瞎子。他們還在我的兩隻眼皮下面各放了一粒豌豆。可不是嘛！」

「那以後你又幹過什麼差事呢？」

「我又當上了廚子。」

「為什麼又讓你去當廚子呢？」

「因為我的兄弟逃跑了。」

「啊，以前在第一個女主人的父親手下都做什麼了？」

「很多種差事，開始當小廝，當車夫，當園丁，後來又馴過獵犬。」

「是不是還帶著獵犬騎馬？」

「可不是嘛，帶著獵犬騎馬摔得可狠了，連人帶馬一起摔倒，馬也摔傷了。我們的老主人真叫一個厲害，叫人狠揍了我一頓後，就打發我到莫斯科去給一個皮匠當學徒。」

「去當學徒！難道你當獵犬師時還是個孩子？」

「不是什麼孩子，當時我都二十了。」

「二十歲怎麼還能當學徒啊？」

「不敢不服從主人的命令啊！他說能當，大概就能唄。幸好沒過多久他就死了，他們又把我叫回了鄉下。」

「你怎麼學的廚師手藝呢？」

蘇契卡抬起枯瘦的黃臉，苦笑了一下。「這玩意兒還用學嗎？難道老娘兒們不是天生會做飯嗎？」

「原來如此，」我又說道：「庫茲馬，你這一輩子閱歷豐富啊！可是，既然這兒沒有魚，你怎麼還在這兒打魚呢？」

「老爺，我認為這樣挺好的，沒什麼好抱怨的，幹這活計我還求之不得呢，真要感謝老天開恩。還有一個跟我一樣的老頭子——安德列・普貝爾——女主人分派了他一個不好的差事：到造紙廠汲水。她說：『白吃飯是罪過……』普貝爾還希望女主人有朝一日開恩，他的一個表侄在女主人的事務所做事，答應為他向女主人求情。求什麼情呀！可我倒親眼看見普貝爾給他的表侄磕頭了。」

「你成過家嗎？家裡還有什麼人？」

「老爺，沒成過家，已故的塔季雅娜・瓦希利耶芙娜——願她升天堂！——不許家裡任何一個僕人成親。絕對不許！她總是說：『我沒嫁人，日子不是過得也很好嗎？為何要結婚？荒唐！』」

「那你如今怎麼過活？發工錢嗎？」

「不發，老爺，發什麼工錢呀，不餓肚子，就算老天保佑了！我知足常樂，上帝保佑我們的女主人長壽！」

著他。

這時，葉爾莫萊回來了。

「船修好了，」他嚴肅地說：「快去拿篙子吧你！」

蘇契卡急匆匆跑去拿篙子，我跟這可憐老頭兒聊天時，獵人葉爾莫萊回來了，他一直輕蔑地看著他。

「這個人有點傻，」蘇契卡走了以後，他說道：「一個很沒教養的傢伙，只不過是個鄉巴佬，還夠不上家僕的資格，他一張口就會鬼扯。他怎麼演得了戲，您倒想想！跟他聊天，那才是白費工夫！」

十幾分鐘以後，我們就登上了蘇契卡的平底船了。（我把獵犬留在一間小屋中，讓馬車夫葉古基爾照看。）我在船上覺得有點難受，但是打獵的人一向很能將就，不怎麼講究。

蘇契卡站在船尾撐船，我和弗拉基米爾坐在船上搭著的一塊橫板上，葉爾莫萊坐在船頭。破船雖然用碎麻堵上了，但我們腳下很快就冒出水來了，幸虧天氣風和日麗，池塘彷彿是在沉沉入睡。我們的小船簡直像爬行一樣游動。老頭子蘇契卡每一次都費好大力氣才能從爛泥中把篙拔出來，還纏上了很多水草絲，睡蓮那密實而繁盛的葉子也給船的遊動增加了很多困難。

我們終於抵達了蘆葦叢，這下子可熱鬧起來了。野鴨看到我們猛然入侵牠們的領地，驚慌失措地從池塘裡一哄而起，貼著水面飛翔，我們立馬舉槍射擊。隨著砰砰槍響，看著這些短尾巴飛禽在空中翻著筋斗，然後一頭倒栽入水，那種心情真不錯。當然，我們無法撿回中彈的全部野鴨子，因為一下子鑽進水裡去了都是受輕傷的，有些被打死的又都掉到幽深茂密的蘆葦叢中。連葉爾莫萊那銳利的眼睛也找不到牠們的蹤影，只好乾望著蘆葦叢興嘆了！儘管這樣，我們的小船上到了吃午飯的時候已經盛滿了野鴨子，滿載而歸！

令葉爾莫萊非常高興的是，弗拉基米爾的槍法實在不敢恭維，他每次都射不中。他不僅表示十分驚奇，而且還要吹一吹槍膛檢查一次槍，然後做出一副百思不得其解的樣子，並且一再解釋他為什麼擊不中。葉爾莫萊和平時一樣，百發百中，彈無虛發，我一直都打不準，這次也不例外。蘇契卡用那種從小效勞主人的眼神看著我們，有時還大聲嚷嚷：「那邊，那邊還有一隻鴨子！」他還不停地在背上撓癢癢，但不是用手，而是扭動肩胛來止癢。

天氣特別好，朵朵白雲在湛藍如洗的碧空中，輕舒漫捲，緩緩地飄遊而過，水中清晰地映出倒影，真是令人賞心悅目！輕風池塘四周的蘆葦搖動得簌簌作響，絢爛的陽光照射著寬闊的水面，有些地方泛著像鋼鐵一樣的光芒。河邊叢生的蘆葦也猛然靜謐了起來，不再有野鴨穿梭的聲響。想必是被我們嚇破了膽，不敢輕易地探頭出來躲藏在哪個隱秘的角落。但這一切不是死灰般的讓人害怕的安靜，而且一種愉悅狩獵後心情舒爽的快樂的寧靜。這一刻什麼都是神清氣爽。我可愛的上帝啊！待我們真是不薄呢！……

就在我們興致勃勃準備回村的時候，一件很掃興的事情突然發生了。其實我們早發現小船開始漏水，而且船裡的水越來越多，於是，我們就分派弗拉基米爾用瓢往外舀水，幸虧我的獵師有先見之明，從一個粗心大意的農婦那裡偷拿了一只瓢。他本意是以備萬一，這會兒可派上用場了。

在弗拉基米爾尚未瀆職之際（即一直忙著舀水），一切都還好。可是到了狩獵完畢滿載而歸的時候，那些野鴨子彷彿有意跟我們鬧著玩，一大群一大群地飛起來與我們告別，使我們十分繁忙，當我們正忙著射擊的時候，卻忘了小船漏水的情況。猛然，由於葉爾莫萊的一個過於猛烈的動作（他拼命想從水面上撿回一隻打死了的鴨子，致使他全身都壓向了船的一側），我們這只小破船一歪，灌進來許多水，小船刹那間就沉沒了，萬幸的是在水淺的地方。

我們同時驚呼起來，但已經晚了，一個個都成了落湯雞——我們都站在了齊喉嚨深的水裡。四周的水面上漂浮著船上的死鴨子，就是現在想來也還害怕，更何況當時呢！

我的同伴們一個個都嚇得不得了（我當然也不例外，臉色恐怕好看不到哪兒去，絕對不是紅潤的），事後又覺得十分的好笑。說實在，當時根本沒覺得好笑，光是膽戰心驚了。我們都把槍舉在頭頂，蘇契卡可能已經習慣了模仿主人的動作，也把長篙高舉過頭（這才叫真正好笑呢）。

還是葉爾莫萊更為老練，首先打破這沉默而狼狽的局面，他開口了。

「呸，倒楣透啦！」他往水裡吐了一口唾沫，很生氣地責罵道：「怎麼會出這種事！都怪你，」他把氣都撒到蘇契卡身上，「你這叫什麼破船啊！」

「對不起，都怨我……」蘇契卡老頭兒忙不迭地賠著不是。

「你的本事也夠大了，」葉爾莫萊沒好氣地轉過身來罵弗拉基米爾，「你怎麼回事？你怎麼不舀水呢？你，你，你……」

此時弗拉基米爾已經沒有力氣為自己辯解，只見他全身抖得像篩糠似的，冷得牙齒咯咯打戰，不知所措地苦笑著。他的伶牙俐齒，附庸風雅，自命清高，此刻全都跑到九霄雲外了！

那條倒楣的小船在我們腳下輕輕搖晃著，當小船剛沉入水時，我們驟然間覺得水冰涼徹骨，但一會兒也就不覺得那麼涼了，剛沉船時的那種驚慌失措過去之後，我眺望了一下周圍。十幾米之外全是蘆葦蕩，順著蘆葦叢中向遠方望去，能夠看到池塘岸邊。

「這下子可糟了！」我心裡想。

「我們怎麼辦呢？」我又驚恐地問葉爾莫萊。

「得想個辦法離開，總不能在這過夜呀！」他回答，「喂，拿著這支槍。」他吩咐弗拉基米爾道。弗拉基米爾十分聽話地接過了槍。

「我去找水淺的地方。」葉爾莫萊很自信地說道，就彷彿所有的池塘都會有淺灘──他握著蘇契卡的篙子，慢慢地試著水的深淺，向岸邊蹚了過去。

「你會不會游泳啊？」我問葉爾莫萊。

「我不會游。」蘆葦蕩中傳來他的聲音。

「哎，這可危險，弄不好會淹死的。」蘇契卡擔心地嘀咕著。他其實不怕會有什麼危險，而是怕我生氣責備他。過了一會兒，他似乎放心了，只是有時呼哧呼哧地喘兩口粗氣，表現出悠閒的神情，他認為即使這樣做了，我們幾個人也無法擺脫當時的困境。

「這不明擺著是白白送死嗎？」弗拉基米爾既為他擔心，又認為沒有必要冒這個險，因此說出了這句喪氣話。

一個鐘頭過去，還不見葉爾莫萊的影子。這一個鐘頭對於我們是何等漫長又難熬呀！起初我們還和他相互親熱地招呼，但到後來，他對我們的回應逐漸變少了，最後竟然徹底沒有回應。

村裡傳來了晚禱的鐘聲，綿長的鐘聲更加重了我們的焦慮和憂愁，我們都不說話了，彼此盡可能避免對視。野鴨子在我們面前地來回飛著，有些想落在我們身旁，但不知為何又猛然飛走，還驚慌地嘎嘎叫著，發麻、發僵，寒冷、饑餓、疲憊和焦慮交織在我們身上。蘇契卡懶洋洋地眨著眼睛，似乎快要睡著了。

等啊，等啊，終於把葉爾莫萊盼來了！我們三個的精神都為之一振，心中真有說不出的高興。

「喂，怎麼樣，快說說！」我們搶著問。

「找到路了，我一直蹚到岸邊。我們快走吧。」

我們真想插翅飛走，但是葉爾莫萊卻從浸在水裡的衣兜裡掏出一條繩子，把我們打的水鴨子的腿逐個拴起來，又用牙把繩子兩端咬結實了，然後才向前慢慢走去。我們四人便魚貫而行，弗拉基米爾跟著葉爾莫萊，我跟著弗拉基米爾，蘇契卡老頭兒在最後。

在離岸邊還有二百多米的時候，葉爾莫萊放心大膽地走了起來，而且一步不停地向前走去（我非常佩服他，路線爛熟於胸），只是不時高聲提醒「向左走，右邊有個大坑」或者又喊「向右走，左邊會陷下去」。有些地方，水都淹到了我的脖子，蘇契卡因為他比我們個子都矮，可就慘了，有兩次還嗆了水，被水灌得直吐白沫。

葉爾莫萊兇神惡煞般地對他一個勁兒吼道：「喂，喂，喂！」蘇契卡聽了拼命地掙扎，使勁蹬著兩條腿地往上躥，終於跋涉到了水淺的地方。即便是在最危險的情況下，他也沒敢拉我大衣的後襟。我們四個終於脫險了，費了好大勁兒才到達岸邊，個個精疲力竭，像群泥猴似的，真成了名副其實的「落湯雞」！

約莫兩個小時之後，我們坐在一間寬敞的乾草棚裡，還設法弄乾了衣服，準備吃晚飯了。馬車夫葉古基爾是個動作遲緩、反應遲鈍的人，又總是小心翼翼、唯命是從，一副沒睡醒的樣子。他站在大門口，盛情邀請蘇契卡抽煙（我發現俄國的馬車夫見面都自來熟），蘇契卡一個勁兒抽著，結果弄得又咳嗽，又吐痰，噁心起來，看來抽得過癮而痛快。弗拉基米爾已累得不成人形，歪著頭，話也不想說了。葉爾莫萊卻聚精會神地替我擦槍。

幾條狗在周圍搖著尾巴，焦急地等著吃香噴噴的燕麥粥。馬在屋簷下揚腿跺蹄地嘶鳴。太陽快落山了，餘暉染紅了天空，映著晚霞的雲朵變成了金黃色的，在天空中飄著，愈發稀薄，縷縷雲絲猶如被梳理的金色羊毛。

這時，從村子裡傳來動聽的歌聲……

一八四七年

# 白氏草場[1]

這是七月裡的一個豔陽天，這樣的好天氣，只有在氣候長期穩定的時候才會有。從早晨起，天空就是晴朗的。朝霞泛著柔和的紅暈，不是像火一樣烈焰噴射。太陽既不像酷熱乾旱時那樣火紅，也不暗淡如暴風雨前那樣，而是清淨明麗而又燦爛宜人——從一片狹長的雲朵下冉冉升起，放射出清麗嬌豔的光芒，隨即又融進淡淡的雲團中。太陽給舒卷的雲朵鑲上了亮閃閃的細邊，那種光彩就像剛出熔爐的白銀……但是，快看，那奪目的光芒迸射出來，於是，一輪巨大的圓形發光體，歡樂地、壯觀地、騰空而起。中午時分，經常會出現許多又高又圓的雲朵，灰色中閃耀著金黃，邊緣處鑲著軟綿綿、柔呼呼的白邊兒，好像是無數隻小鳥散佈在波瀾壯闊的河流上，四周環繞著條條清澈湛藍的支流。

這些雲朵幾乎一動不動地懸掛在高高的天空中。在遙遠的天際，雲朵又互相吸引靠近，甚至擁抱融合在一起，再也看不到散落在雲朵之間的藍天了。但是那些融合在一起的雲朵，也逐漸地稀薄起來，因為它們都滲透了光和熱，後來就像雪兒一樣融化了，天空又是碧藍碧藍的了。天邊的顏色

1 根據傳說，這片草地原來屬於德國的一個白氏家族，所以一般翻譯為白氏草場。

是朦朧的淡紫，整整一天都不曾變化，而且周圍都是如此，沒有一處顯得陰沉灰暗有雷雨的預兆，只是有些地方飄蕩著淺藍色帶子，那便是很難發現的細雨飄灑的標誌。到了傍晚時分，這些雲朵便沒影兒了。

那最後的一批雲朵，略顯黑色，像煙霧一樣飄浮不定，在夕陽餘暉的映照下，如同在天邊綻出朵朵的黑玫瑰。夕陽逐漸沉了下去，嫣紅的光輝在夜幕漸進的大地上空短暫停留之時，金星已經在天邊展現出容顏，就像有人小心地端著的蠟燭一樣，輕輕閃爍著顫動著。

在這樣的日子裡，一切色彩都顯得柔和而清澈，一切都使人覺得親切而安詳。這樣的日子裡，在田野的坡地上就像置身於蒸籠裡一樣燥熱。但陣陣微風會吹散積蓄起來的熱氣，而那股驟然拔地而起的旋風——天氣穩定時必然會出現的徵候——捲起數條擎天柱一樣的白色氣流，沿著大路和片片耕地呼嘯著飛馳而過。乾爽的空氣中飄蕩著苦艾、收割了的黑麥和蕎麥的氣味，甚至在入夜前一個小時還感覺不到任何濕氣，這種風和日麗的天氣，是莊稼人企盼的收穫的好天氣。

在這樣晴朗的日子裡，有一次，我去圖拉省契倫縣射獵松雞。這次可是大豐收，我找到並射獵到了很多野味，獵袋撐得滿滿的，背起來把肩部勒得生疼，但是我一直興致勃勃，等我決定回去的時候，晚霞已經消失在天際，寒冷開始變得濃重了，儘管夕陽餘暉中的天空還很明亮。

我加快了腳步，匆匆忙忙地穿過一大片高高的灌木叢，爬上一座小山坡，看到的卻不是我意料之中的那片熟稔的平原，而是我完全陌生的地方，腳下是一條伸向遠方的狹長山谷，正對面茂密的山楊樹林像一面峭壁高聳著。我驚疑地收住了腳步，環顧四周，「唉！」我心想，「糟了，我完全走錯路了，迷失了方向，太偏右了。」

我對自己迷失方向很是吃驚，於是匆忙走下了山坡。令人不開心的凝固不動的潮氣馬上籠罩了我，猶如走進了冰窖一樣。谷底的野草長得又密又高，全都濕漉漉的，白茫茫的一片彷彿平展著的臺布，走在上面令人心驚膽戰。我立即走向另一邊，向左轉彎，順著山楊樹林走去。蝙蝠已經出來了，在早已入夢的山楊樹冠上神秘地來回飛和顫動著。高空中一隻遲歸的鷂鷹急匆匆地飛回自己的巢。

「對了，我只要走到那一頭，」我尋思著，「馬上就會有路了，唉，我已白白走了一俄里多，真夠冤枉的！」

我終於走到樹林的那頭，卻還是無路可走。我面前是大片大片未曾採伐過的低矮的灌木叢，穿過灌木叢遠眺，是一片空曠而寂涼的原野。我又停下步來沉思起來。

「真奇怪，怎麼搞的？我這是來到了哪兒？」我回想著這一天，「哈！原來這是巴拉辛灌木林！」我最後驚叫起來，「是的，沒錯兒！那邊一定就是辛捷耶夫小樹林了……見鬼，我怎麼走到這兒來了？竟還走了這麼遠！真奇怪了！現在又得折向右了。」於是我轉向右，穿過了一片灌木林。

夜色鋪天蓋地壓了下來，越來越近，越來越濃，好像濃霧一般，黑暗也從四周湧來，從高空中傾瀉下來。我發現了一條崎嶇不平、雜草叢生的小路，就沿著這條小路走下去，認真注視著前方。周圍景物很快全都黝黑一片，一片死寂，偶爾傳來鵪鶉的幾聲啼鳴。一隻小型的夜鳥伸展開柔軟的翅膀，靜默地低低地飛著，差點兒就撞到我身上，但立即驚慌失措地飛向一旁。我出了灌木林，沿著田埂走去。此時我已經不能辨別稍遠一點的東西了，四周的田野朦朧一片。再望向遠處，黑壓壓的夜幕逐漸地包圍過來，愈發近了。我的腳步聲在凝滯不動的空氣中低沉地迴響，黯淡的夜空呈現出夜晚的藍色，星星在夜空中閃爍著，好似羞怯的孩子調皮地眨著眼睛。

我剛才以為的那片小樹林，原來是一座黝黑的圓形山岡。

「我到底是在哪兒啊？」我又問了自己一次，並且第三次止步下來，我用目光探詢地看了看我那條英國種黃斑獵犬季安卡，所有的四條腿動物中，狗是最有靈性和最通人性的。但是這條四腿動物中的精英也只是搖著尾巴，有氣無力地眨著疲憊的眼睛，沒有給我任何有用的提示。我看著狗不由得慚愧萬分，於是便義無反顧地向前闖去。

忽然我豁然開朗，當即明白了該往哪裡走。我繞過一座小山岡，走到一片周圍都耕作過的並不很深的凹地裡，一種奇怪的感覺立即向我襲來。這片凹地很像一隻標準的圓形大鍋，邊緣向底部緩緩地傾斜，底部矗立著幾塊巨大的白石頭——它們彷彿是爬到這裡來秘密約會一樣——這裡異常寂靜荒僻，天空淒涼地高懸在頭頂，我的心不由得抑鬱起來。

這時一隻小野獸微弱而悲哀的慘叫猛然從巨石中傳來，我趕忙回身爬上了山岡。之前，我一直對找到歸路滿懷希望，此刻我才不得不承認，我完全迷失了方向，便完全放棄了尋找歸路的希望，周圍根本就辨認不出路徑，已經被黑暗所統治，我只好硬著頭皮跌跌撞撞地向前走，借著微弱的星光，走到哪兒算哪兒，走吧……

我費勁地拖著雙腿，就這樣又跋涉了半個多鐘頭。如此荒涼之地我平生從未到過，無論望向哪裡都沒一點兒亮光，萬籟俱寂，只聽到自己的腳步聲，田野一片又接著另一片，緩坡的山岡一個接著一個好像沒有盡頭，而且又猛然冒出一片片灌木叢，枝枝杈杈幾乎刮傷我的鼻子。我走著，心裡琢磨著：乾脆找個地方躺下休息，等天亮再說吧。就這樣走著，來到懸崖邊上，腳下就是萬丈深淵，真是太可怕了！

我急忙收回已經抬起的一隻腳，透過幽暗的夜幕，看到不遠的地方有一片大平原，一條寬闊的呈扇形流向遠方的大河環繞著這片平原，彷彿給平原鑲上了一道銀邊兒。河面上隱約閃耀著表明河水奔瀉的方向金屬般的光芒。我所在的山岡猛然筆直向下，形成了一個陡峭的山崖。在蒼茫夜空中有如突兀而起的黑魆魆的怪物的龐大高聳的輪廓。就在我眼前，在這突兀而起的懸崖和平原交切成的角落裡，一面黑色鏡子似的地方出現在河流彷彿靜止了的地方。在峭崖底部，有兩堆噴著紅彤彤的火苗的相鄰的篝火，篝火上方煙霧彌漫，篝火周圍晃動著幾個人影，時而明白地映出一個小小的捲髮在火前飄動人頭……

我終於知道自己是走到何處了，這片草原就是我們這兒有名的淡褐色草場。現在趕回家去已經不可能了，再說還是在這樣黑暗的夜裡，更何況我的兩條腿已經累得站不住了，但是我仍堅持走到篝火那裡，跟那些我誤認作牲畜販子的人在一起，先挨到天亮再說。

我較為順利地走下了山岡，但還未顧得上放開手中拉扯著的最後一根樹枝，就有兩條大狗猛撲向我，抖著全身蓬鬆的白毛，惡狠狠地叫著。就在這一瞬間，從火堆那裡傳來清脆的吆喝聲，有兩三個半大小子噌地一下子從地上站了起來，我回答了他們的大聲詢問。他們飛快地跑到我面前，叫回了那兩條狗，牠們對我的獵犬季安卡的出現驚奇萬分。我跟著他們走到篝火前面。

我本以為是牲口販子坐在篝火前，其實他們是鄰近村子的農戶孩童，深夜時分在這裡看守馬群。在我們這兒，盛暑炎夏之時，因為白天蒼蠅和牛虻成群，攪擾得牠們不得安寧，人們常常在夜裡把馬趕到野外吃草。因此天黑之前，人們都把馬群趕出去，到日出之前再把牠們趕回來——農家孩子都將其視為一大樂事，愛這麼幹。他們都光著頭，穿著舊皮襖子，騎著歡蹦亂跳的馬興高采烈地呼喊著到處遊耍，在馬背上顛簸，手舞足蹈地歡笑。沿著大路飛奔，揚起一團團黃色塵霧。幽遠寧靜的夜空震盪著馬蹄聲，馬兒都豎著耳朵揚蹄飛奔。跑在最前頭的是一匹棗紅色的長鬃烈馬，尾巴豎著，四蹄飛快，凌亂的鬃毛上掛著許多牛蒡種子。

我對孩子們說，我迷了路才走到這裡，他們問我從哪兒來，然後沉默了片刻，便在篝火前給我讓出一個座位。我們聊了片刻，我就躺在一叢被啃光了枝葉的灌木叢下面，抬起眼睛張望四周奇妙而誘人的景象。篝火四周有一個鮮紅的圓形光圈在顫動，彷彿被黑暗的夜幕囚禁在那裡一樣。篝火偶爾迸出光圈熊熊燃燒著。細長的火舌向上冒著，彷彿要舔舔柳樹的禿枝條，奔突到一定高度又消失不見了。當火勢弱了以後，那又尖又長的黑影就像怪物一樣撲過來，有時甚至直闖到篝火餘燼上，在這裡黑暗與光明搏鬥和廝殺。有時，當火勢減弱、光圈變小，隨著擁上來的黑影，猛然現出一個生著彎曲白鼻梁的棗紅馬的馬頭，或是一個純白毛色的怯懦而遲鈍地呆望著我們的馬頭，接著低下頭，急急忙忙地嚼著高高的野草，嚼著嚼著，一會兒就不見了。只是經常傳來牠那不間斷的咀嚼聲和響鼻聲。

光亮處很難看明白夜幕中的景象，周圍的景物都好像被一層黑幕遮了起來。但是眺望遠方，在天地相連之處，還能模糊地看出丘陵和樹木長長的黑影。晴朗的夜空神秘地高懸在我們的頭頂，莊嚴肅穆，氣勢磅礴而又雄渾壯觀。呼吸著這種奇異而醉人的清新氣息──這是俄羅斯夏夜所獨有的氣息──令人神清氣爽，多麼好啊！四周一切都酣然入夢，萬籟俱寂。只是有時從附近的河流中傳來大魚躍出水面浪花飛濺的聲響，岸邊的蘆葦被湧動的波浪輕輕地衝擊著，瑟瑟作響，兩堆篝火劈劈啪啪地演奏著單調枯燥的小夜曲。

孩子們圍繞著篝火坐著。曾想把我吞下肚的那兩條狗也蹲在篝火旁，牠們有好長一段時間對我坐在這兒十分不滿。狗睡意朦朧地瞇著眼睛，斜睨著篝火，有時又霸氣十足地吠叫幾聲，先是大聲吠叫，後來就變成低沉的哀鳴，好像在為願望的破滅而惋惜。孩子一共有五個：費嘉、巴甫魯沙、伊莉莎、柯斯嘉和凡尼亞。（我是從他們的談話中得知了他們名字的。）現在我就把他們一一介紹給諸位讀者認識。

第一個，也就是年長的那個，叫費嘉，看樣子大概有十四歲，這個孩子身材勻稱，模樣很俊俏，五官清秀而略顯小巧，生著一頭淺黃色的捲髮，眼睛閃閃發亮，總是笑瞇瞇的，愉快和漫不經心各占一半。從衣著和舉止等方面來看，他一定是家境殷實子弟，到野外來不是為了生計，而是為了找樂子。他身著一件鑲有黃邊的印花布襯衣，披一件有點瘦小的新外套，微微掛在他瘦削的肩膀上。一把小梳子掛在他淺藍色腰帶上。穿著一雙合腳的矮腰皮靴，一看便知一定是他自己的，不是他父親的。

第二個孩子是巴甫魯沙，一頭亂糟糟的黑髮，一雙灰眼睛很是機靈，顴骨略寬，臉色蒼白，還有一些稀疏的麻子，端正的大嘴巴，大腦殼。身材正如人們所說的，像個啤酒桶一樣矮矮胖胖。這孩子並不漂亮——這一點用不著多說！——可我卻對他很有好感，我喜歡他的機靈和豪爽，而且說話很有勁，有點男子漢的氣概。他穿著樸素，只不過是普普通通的麻布襯衣和打補丁的褲子。

第三個小男孩是伊莉莎，長相一般，鷹鉤鼻，長臉，流露出一種遲緩而憂愁的神情，顯得有點兒病懨懨的。雙唇抿得緊緊的，不怎麼說話，總是雙眉緊皺，眼睛微瞇，彷彿害怕火光似的。他的頭髮黃得幾乎發白，一綹綹從小氈帽底下鑽出來，他常用兩手把小氈帽往耳朵上拉。他腳蹬一雙新樹皮鞋，還裹著包腳布，腰繫一條繞了三圈的粗繩子，緊緊捆著他那件整潔的黑色長袍。看模樣，他和巴甫魯沙都不超過十二歲。

第四個小男孩是柯斯嘉，十歲左右，他的身材矮小而虛弱，衣著破舊。他那一副滿腹心事的樣子，以及悲涼的目光，引起了我的好奇心。他的臉龐十分瘦小，還有很多雀斑，尖尖的下巴就像松鼠一樣，小小的嘴，薄薄的嘴唇，但是卻有一雙水汪汪的烏溜溜的眼睛，顯得大而有神，給人一種奇妙的感覺，這雙眼能表達出語言表達不出來的心意。

最後一個孩子是凡尼亞，一開始的時候我竟沒有在意他。他席地而臥，蜷作一團，身上蓋著一張皺巴巴的舊席子，安安靜靜地不說一句話，只是偶爾伸出頭來，一頭淺棕色的捲髮。看起來最多不超過七歲。

一直躺在篝火旁的灌木叢下的我，專心地注目端詳著這五個小男孩。在一處篝火上吊著個小鐵鍋裡煮著土豆。巴甫魯沙在那兒看著，他跪在地上，用一塊長木片往沸騰的水裡扎，看看土豆是否熟了。費嘉用一隻胳膊支著頭躺在篝火邊，上衣的衣襟敞著。伊莉莎坐在柯斯嘉身旁，依舊使勁瞇著眼睛，柯斯嘉兩眼卻一直望向遠方稍稍低著頭。席子下仍然老老實實地躺著凡尼亞。

我假裝睡著了，幾個孩子又逐漸地聊了起來。起初他們海闊天空無所不談，說完明天要幹的活，又談到了馬匹，但是費嘉猛然轉問伊莉莎，好像重又聊起中斷的話題，問道：「喂，你說說看，你真的見過家神嗎？」

「沒有，我沒有見過，再說家神是不能看見的，」伊莉莎用沒有精神而又沙啞的聲音回答，這種聲音和他的表情真是十分地般配，「但是我卻親耳聽到過……而且不只我一個。」

「從哪裡聽到的呢？」巴甫魯沙追問道。

「在原來的打漿房[2]裡。」

「你們常去造紙廠，是嗎？」

「當然了，經常去。我和我哥哥阿甫久什卡還是那裡的磨紙工[3]呢。」

「哦，那你們還當過工人嘍！」

「好，你說說看，你是怎麼聽到的？」費嘉充滿好奇地問。

「是這樣的，有一次我和我哥哥阿甫久什卡、秘海耶夫村的菲多爾、斜眼睛依凡施卡和紅岡的另一個依凡施卡，另幾個夥伴兒和蘇霍盧科夫家的依凡施卡都在那兒，一共有十幾個人——全班的人都來了。那天監工納扎羅夫讓我們在打漿房裡過夜，他說：『夥計們，你們幹嘛要回家？明天還有很多活今天就不用回去了。』於是我們就在打漿房裡過夜了，這時阿甫久什卡卻問：『哎，弟兄們，要是家神來了，我們該怎麼辦啊？』就在這時，猛然聽到有人在我們的頭上來回走動，我們躺在下面，他在水輪子的旁邊我們的上面來回地走。我們聽到他把木板踩得顫悠悠的吱吱亂響。當他再次從我們頭頂走過時，水就嘩嘩地流得亂響了，沖得輪子軋軋地轉動起來。水閘明明是關得好好的，水是從哪裡流出來的呢？這讓我們很是奇怪，水是怎樣流出來的呢？但是輪子轉了一會兒，又轉了幾下後就不再轉了。

「那個神秘的傢伙又上去走向門口，又從樓梯門口不慌不忙地走了出去。樓梯板讓他踩得嘎吱

2 造紙廠裡的建築物，是工人從房內大桶裡提出紙漿的地方。
3 在造紙廠中負責將紙張表面磨光、掛光的工種。

嘎吱的，要多響有多響……啊！他走到我們的門口了，站了一會兒，再一會兒，猛然門砰的一聲打開了。我們嚇得不得了，偷眼看去什麼都沒有。忽然一個大桶上的格子框[4]活動了起來，騰在空中如同有人刷洗一般。接著，另一個大桶上的鉤子脫開了釘子，又鉤在了釘子上。後來好像又有人走到門口，還猛然大聲咳嗽起來，像羊的大聲咳嗽……我們嚇得擠成一團，互相鑽到對方的身子下面……當時我們幾乎嚇得魂飛魄散了！」

「真有這回事嗎！」巴甫魯沙說：「不知道他為什麼要咳嗽？」

「是著涼了吧？」

沒人再說話了。

「喂，看看，」費嘉打破沉默，問道：「土豆該熟了吧！」

巴甫魯沙又用木片捅了捅。

「沒熟，還生著呢……聽，拍水聲，」他轉過臉向著河流，接著說：「大概是梭魚吧……看，流星。」

「夥計們聽我的故事，」柯斯嘉用清脆的聲音說：「你們可要注意聽啊，這是前幾天我爸爸講的。」

「嗯，你講吧。」費嘉鼓勵他。

「你們都知道鎮上那個木匠加甫里拉吧？」

「知道啊。」

4 用來盛紙漿的篩子。——作者原注。

「那你們知不知道他為什麼總是不高興呢？我爸爸說，有一天他到樹林子裡摘胡桃，迷了路，不知道走到哪兒去了。怎麼都找不到歸途，這時天已經黑透了，沒有辦法，他只好坐在一棵樹下，心裡尋思，先挨到天亮吧。他剛一坐下，就睡著了。正睡得香呢，聽到有人叫他。他驚醒來卻沒有發現一個人，他剛合上眼睛就又聽見有人叫他。他這時就看見一個美人魚在一棵樹上晃動著身子叫他過去。那個美人魚在笑，笑得可厲害啦。月亮很明亮、亮堂堂的，天際一片光明——兄弟們啊，啥都看得到，一條石紋魚或者鱸魚，要不就是一條鯽魚的美人魚在樹枝上坐著繼續叫他，全身又白又亮，閃著銀光。木匠加甫里拉被嚇傻了，那個美人魚妖媚地笑著勾引著他的腳步向前去。加甫里拉已經站起來了，正打算走過去，這是上帝的靈光在他的身上閃現，他畫了個十字架……弟兄們啊，他費力地畫完這個十字架後，弟兄們啊，那個妖媚的美人魚放聲大哭，美人魚哭啊哭啊，簡直停不住啦，還用頭髮擦自己的眼睛，她的頭髮如同大麻的綠色。加甫里拉望了望她，還問她：『美人魚，你為什麼哭了？』美人魚就對木匠說：『你不該畫這個十字架啊，你我本該恩愛夫妻。我哭了，我很傷心，因為你畫了十字架。這樣一來，你我都要鬱鬱終生。』說完，弟兄們啊，她就沒影了，加甫里拉馬上就醒悟了過來，意識清醒了，找到了歸途。但是從那時起，他就再也沒有開心過了。」

「哎呀！」大家都不作聲了。

沉默片刻之後，費嘉說：「那個美人魚怎會傷害一個虔誠的基督徒的心，他不是沒有被那個美人魚勾引走嗎？」

「算啦！」柯斯嘉說：「木匠加甫里拉自己都說，她的聲音難聽又悲哀，如同癩蛤蟆的叫聲。」

「是你爸爸親口說的嗎？」費嘉又問道。

「沒錯，他親口說的，我躺在高腳床上，十分完整地聽到了。」

「那就怪啦！木匠為什麼總是不開心呢？美人魚喚他，說明喜歡他呀。」

「哼，還喜歡他呢！」伊莉莎接過話，「說什麼呀！她是想撓他的癢癢，她想幹的就是這個，她們這些美人魚就是這樣無聊。」

「這裡會不會也有美人魚？」費嘉說。

「沒有，」柯斯嘉答道：「這裡可是個福地，而且又很開闊，不會有什麼鬼神的，只不過就是離河太近了。」

大家都不再說話了。這時遠方傳來一聲悠長的、響亮的、如同呻吟的聲音，這是一種神秘的夜間啼鳴，在寂靜之時常會有的一種聲音。這種聲音響起來，升到空中，還不停地震盪，慢慢消散在天地之間，最後再也聽不到了，又歸於死寂。這時，你再認真地聽一聽，似乎什麼也沒有，可是還有餘音繚繞。如同天際有人叫喊，樹林裡彷彿又有一個人與他相呼應，發出尖厲的狂笑，接著，河面上也掠過一陣微弱的嘶嘶聲。孩子們都被嚇壞了……

「上帝保佑我們！」伊莉莎膽怯地禱告。

「嗨，你們這些膽小鬼！」巴甫魯沙喊了起來，「有什麼好怕的呢，快看，土豆熟了。（孩子們都擠過來吃熱騰騰的土豆了。只有凡尼亞依然在席子下面躺著，一動也不動。）你怎麼了？」巴甫魯沙好奇地問道。

凡尼亞仍舊躺著不動，土豆很快就被孩子們吃光了。

「夥計們，」伊莉莎又說：「你們知道嗎，我們的瓦爾納威茨前些天出了一件奇事？」

「你說的是發生在堤壩上那件事吧？」費嘉問道。

「對，對，是在堤壩上，就是在那條被水沖壞的堤壩上。那個地方很不祥瑞，周圍又很荒涼偏僻。」

「噢，你快講來聽聽是怎麼一回事……」

「是這樣的，費嘉，你應該知道的吧，我們那兒埋了一個淹死的人，這個人是在池塘還很深的時候被淹死的，他的墳還在那兒，只是不怎麼顯眼了，只剩一個小土堆。就在前不久，管家把看獵犬的耶爾米爾叫去，對他說：『耶爾米爾，你去一趟郵局吧。』我們這個耶爾米爾經常去郵局。狗在他的手上全都短命，沒多久就會被他訓練死的，被他折騰死，不過，他倒是一個很出色的馴犬師，訓練狗很有一套，聽到總管的交代，他就騎馬進城去了，他在城裡混了大醉才回來。這天夜裡皓月當空，耶爾米爾騎著馬過堤壩，他一定得經過這條路。這個馴犬師騎馬正走著，忽然看到那個淹死鬼的墳上有一隻小山羊不停地轉來轉去，一身白色鬈毛，樣子很惹人愛。耶爾米爾尋思：『送到門前了就把牠逮回去好了。』於是他跳下馬來，把羊逮住，摟在懷裡，那隻羊乖巧地躺在他的懷裡。耶爾米爾抱著羊朝馬走了過去，誰知那匹馬一看，就嚇得連連後退還打著響鼻。但耶爾米爾喝住馬，並且抱著羊騎上了馬，策馬繼續向前。他把羊放在自己身前，看著那隻羊，羊也直愣愣地看著他。忽然耶爾米爾心裡害怕啦，想，哪有死盯著人看的羊啊。他壯壯膽兒，心想這也沒什麼好怕的，他溫存地撫摸著羊，嘴裡還發出咩咩的聲音，那隻羊忽然齜著牙，也對著他叫：『咩，咩！』」

故事還沒有講完，那兩條狗忽然站起來，全身顫抖著，叫喊著，飛快地從篝火旁跑走了，消失在夜幕後面，把這群孩子嚇壞了。凡尼亞也掀開席子噌地跳了起來。巴甫魯沙嚷著去追那兩條狗。狗吠聲逐漸地遠了，只聽到馬群受驚而狂亂的奔跑聲，巴甫魯沙大聲呼喊著：「阿灰！阿毛！」過了一會兒，聽不到狗吠聲了，巴甫魯沙的叫聲也逐漸地遠了。又過了一會兒，孩子們都迷惑不解地望著彼此，彷彿在等著什麼事發生一樣。猛然傳來了一匹馬奔跑的蹄聲，這匹馬猛地停在篝火旁，巴甫魯沙抓著馬鬃，飛身下馬，兩條狗猛地衝進火光的亮圈裡，馬上蹲下，吐著血紅的舌頭。

「那邊怎麼了？出什麼事了？」孩子們一起回答地問。

「沒什麼，」巴甫魯沙揮著手回答，「也許是狗嗅到了什麼，我認為是狼吧。」他喘著粗氣，不慌不忙地補充道。

我不由得讚賞起了巴甫魯沙。此時這孩子顯得很可愛。他那張本不漂亮的面孔，由於騎馬疾馳了一會兒，顯得很有朝氣，充滿勇敢剛強的男子漢氣概。他手裡連一根棍棒也沒有，深夜裡赤手空拳，不假思索地去追狼。我望著他，心想：「多好的孩子！」

「你們看見過狼嗎？」膽小的柯斯嘉問。

「這裡時常有狼出沒，而且很多呢，」巴甫魯沙回答，「不過只有在冬天，狼才找人的麻煩。」

巴甫魯沙又坐到了篝火前，坐下時，還把一隻手放到一條狗毛茸茸的腦袋上。這隻受寵若驚的動物以一種感激和得意的神情望著巴甫魯沙，很久不肯轉過頭去。凡尼亞又鑽到席子下邊去了。

「伊莉莎，你講的故事真讓人害怕。」費嘉說。他家是個家境殷實的農戶，因此總是帶頭說話（但他的話並不多，好像怕言多語失有損身分）。「真是奇怪，這兩條狗又在叫了。是啊，我聽說，你們那兒不怎麼好。」

「你是在說瓦爾納威茨嗎？誰說不是！可不好了！聽說，有人不止一次地在那兒看到從前的老爺——已死的老爺，看見他穿著長外套，總是長吁短嘆，一個勁兒在地上找東西。一天，特羅費梅奇老爺爺遇見他，就問：『伊凡・伊凡內奇老爺，您在地上找啥呀？』」

「老爺爺問他嗎？」費嘉十分驚奇地接話問道。

「是的，是在問他。」

「啊，特羅費梅奇真有膽量……哎，那個老爺怎麼說？」

「他說：『我在找斷鎖草[5]……斷鎖草』，聲音很低的，『伊凡・伊凡內奇老爺，你要斷鎖草幹嘛？』他說：『在墳墓裡憋得慌，特羅費梅奇，我想出來，太想出來了……』」

「真有這種事嗎？」費嘉說：「這麼說來，他不想死哇。」

「太奇怪了！」柯斯嘉說：「我還以為只有在祭奠亡靈的星期六才能看得到死人呢。」

「死人不管何時都看得到，」伊莉莎十分相信地接著說。在我看來，這個孩子比別人更明白鄉下的一切迷信傳說。「但是在祭奠亡靈的星期六，你能看到這一年一定會死的那個活人。只要在那天晚上坐在教堂門口的臺階上，專心致志地向著大路上望就能看得到。有誰走過你面前的大路，就註定這一年一定會死，去年我們那裡的烏麗雅娜老奶奶就到禮拜堂的臺階上看過。」

「啊，那她看到誰了嗎？」柯斯嘉充滿好奇地問道。

「可不是嘛！起初她坐了好久，沒有看到也沒有聽到什麼。只聽到好像有一條老狗在什麼地方嚎叫，叫個不停。猛然間，她看到一個只穿襯衣的小男孩順著大路走過來。她仔細一看，那是菲多謝耶夫家的依凡施卡走來的。」

5 俄羅斯民間故事中可以開啟有魔力的山洞和藏寶箱的神草。

「就是春天死去的那個孩子嗎？」費嘉插嘴問道。

「就是他。他連頭也不抬一下地走著——烏麗雅娜認出來是他——後來她再一看，一個老太婆走了過來，她又認真看看，哎呀，天哪！——是她自己在走，是烏麗雅娜她自己。」

「真的是她自己呀？」費嘉好奇問道。

「真的，真的就是她自己。」

「那是怎麼回事呢，她不是還沒死嗎？」

「這不是還不到一年嘛，你看看她病成那個樣子，都快死掉了。」

孩子們又都不說話了。巴甫魯沙把幾根乾樹枝丟進火裡，頓時騰起一團火焰，樹枝馬上變黑變紅，劈啪作響，火上濃煙升騰。小樹枝逐漸地彎曲了，燒著的一頭翹了起來。火舌猛烈地顫抖著、飛舞著，火光射向四周圍，尤其是猛躥向上。猛然，不知從什麼地方飛來一隻白鴿，一直飛進圈裡，全身都映照著明亮的火光，牠驚恐地在上方來回飛了幾圈，就扇動翅膀飛走了。像是在嘗試了很多遍後，失望地逃跑似的。

沒有了鴿子，周圍又陷入了安靜中，或許平時的日子，這種安靜是讓人高興的，但在一連串談話之後的寧靜，卻不能讓人快樂起來。沒有生命的寧靜，毫無生氣的一切都製造出一種特殊神秘的氣氛，或許這是我們內心在作祟，或許本來就如此，總之，在這樣特殊的時刻，真是壞透了。

「鴿子一定是迷失了方向啦。」巴甫魯沙說道：「現在只能亂飛，飛呀，飛呀，飛到哪算哪，就在那等到早晨唄。」

「喂，巴甫魯沙，」柯斯嘉問道：「這是不是一個虔誠的靈魂飛向天堂，難道不是嗎？」

巴甫魯沙沒有馬上作答，只是又往火裡丟了一把枯枝敗葉。

「也許是。」巴甫魯沙最終開口說道。

「巴甫魯沙，我問你，」費嘉說：「在你們夏拉莫沃也看到過『天兆』[6]嗎？」

「就是說太陽猛然沒有了，對吧？當然看見過。」

「你們可能都嚇壞了吧？」

「不僅僅我們害怕。我們老爺，雖然很早以前就告訴過我們：『你們要看到天兆了，別害怕！』可是等到天昏地暗的時候，他自己也嚇得要死。在傭人的屋子裡，女廚子一看到天黑了，你猜怎麼樣？她立刻掄起燒火棍把爐灶上的鍋碗瓢盆全打碎了。還嚷嚷著：『世界末日來啦，現在誰還顧得上吃飯呀！』這麼一折騰，湯全都流掉了。小哥，我們村裡還有這樣的傳說，如果白狼到處跑，人都得被吃到肚子裡去，猛禽要飛來，那個托蒂什科[7]就要到了。」

「這個托蒂什科是什麼人？」柯斯嘉問道。

「連這你都不知道啊？」伊莉莎搶著說：「喂，兄弟，你怎搞的，托蒂什科都不知道？你們村的人都是傻瓜，全都是傻瓜！托蒂什科可是夠神通廣大的了，他就要來了。他特別有能耐，他如果來了，誰也抓不住他，對他毫無辦法。比如說吧，莊稼漢都想抓住他，拿著棍棒去追他，把他團團圍住，但他會用障眼法——他一使障眼法，包圍他的人就會自相廝打。再比如說，如果把他關進牢房裡，他就要求給他一瓢水喝，等到把水瓢給他端來，他就一頭扎進水瓢，一下就無影無蹤了；如果

6 我們那的農民將日食稱為「天兆」。——作者原注
7 托蒂什科為迷信傳說中的人物，大概和反基督的故事相關。——作者原注。

給他戴上鐐銬，只要他雙手一使勁兒，鐐銬就掉到地上了。哎，就是這個托蒂什科要來了，他在城鄉到處遊蕩，這個托蒂什科可是有神秘莫測的本領，專事引誘基督徒……唉，誰都奈何不了他，一點辦法也沒有……他可是有能耐，厲害得很……」

「唉，是啊，」巴甫魯沙從容地接著說：「托蒂什科就是這麼個人，我們那裡的人都在等他來呢。老一輩的人早就說過啦，天兆一出現，托蒂什科就要來了。後來天兆真的出現了，全村的人都跑到街道上，野地裡，等著看要發生什麼事。你們都知道，我們那兒地方開闊，坦蕩如砥，一望無垠。大家都乾瞪著兩眼，看呀看呀，忽然就從鎮上走來一個人，已經在下坡，模樣要多奇怪有多奇怪，腦袋大得讓人害怕……所有人都驚叫起來：『哎呀，托蒂什科來了！哎呀，托蒂什科來了！』大家都不要命地四散奔逃！我們村長嚇得鑽進溝裡。村長老婆的身子卡在了大門底下，死命地號著，把自己的看家狗嚇得連蹦帶跳地狂叫，掙開狗鏈，跳過籬笆，不要命地向樹林裡跑。還有庫茲卡的老爹道羅費奇，也嚇得鑽進了燕麥地裡，蹲下來，急中生智地學鵪鶉叫，他說：『殺人魔可能會可憐鳥兒。』所有的人都被嚇得不要命啦！沒想到來人原來是我們的木工師傅瓦維拉，他買了個大桶，頂在了腦袋上。」

孩子們聽完都笑得東倒西歪，接著又都默不作聲了，這種情況對在曠野裡聊天的人是常有的事。我環顧了一下四周，夜色深沉，薄暮時潮濕的涼氣被午夜乾爽暖和的氣息所替代了，暖和的夜氣還要持續很長時間，它像軟布幔一樣籠罩著沉睡的田野。還要等上相當長的時間，才能傳來早晨的第一陣沙沙聲、簌簌聲和颯颯聲，才能看見凌晨時分初降的露珠。天空中沒有月光，這些日子，月亮要到很晚才會露出皎潔的面容，無數金色的星星好像是一雙雙頑皮孩子那晶瑩的眼睛，競相眨動著、閃爍著。的確是這樣，你仰望著星空，好像隱約覺得地球在飛快運行，忽然河面上先後兩次傳來奇怪、刺耳而又哀傷的叫聲，片刻之後，那種叫聲在遠處迴響著……

柯斯嘉打了個寒戰，說：「這是什麼聲音？」

「是蒼鷺的叫聲。」巴甫魯沙鎮定地答道。

「是蒼鷺，」柯斯嘉跟著重複著，「巴甫魯沙，我昨晚聽到的是什麼聲音呢，」他停了一小會兒，又問道：「你可能也知道……」

「你到底聽到了什麼？」

「我遇到了這麼一回事，我從石嶺走出來，一直朝著沙什基村走去。一開始是走在我們的榛樹林裡，後來就到了一片草地——你知道嗎，就在那兒，就在山谷大轉彎的地方——那裡不是有個大水塘嗎？你知道的，水塘裡蘆葦叢生，我就從塘邊上走了過去。弟兄們啊，我忽然聽見有人在水塘裡呻吟，哼哼唧唧的，痛苦萬分。唉……唉……哎呀……唉呀呀！真把我嚇了個半死，弟兄們啊！天色很晚了，呻吟聲又那麼慘，我聽了以後，也難過得快要哭了……這究竟怎麼一回事呀？哎！」

「前年夏天，一夥強盜把守林人阿金害死在水塘裡了。」巴甫魯沙說：「可能是他的冤魂在哭訴吧。」

「原來是這麼回事啊，兄弟們啊，」柯斯嘉瞪圓了本來就很大的眼睛，「我原來壓根兒就不知道阿金淹死在這個水塘裡。幸虧不知道，要不然非嚇個半死。」

「但是，聽說有些剛出來的小青蛙，」巴甫魯沙接著說：「叫起來聲音也很難聽的。」

「青蛙？那不是青蛙叫……不可能的……（這時，蒼鷺在河上又叫了幾聲）哎，對了，是這個傢伙叫的！」柯斯嘉好像茅塞頓開，「好像是林妖大叫。」

「林妖壓根就是啞巴，不會叫，」伊莉莎搶先說：「林妖只會拍手劈啪作響……」

「這麼說來，你看見過林妖了？」費嘉嘲笑地打斷他的話。

「沒有，沒看見過，千萬可別讓我看到！但有人看到過。前幾天，我們那兒就有一個人讓林妖給迷惑了。林妖領著他走呀走，總是在樹林裡走，但是總在原地走來走去……一直轉到早晨，費了好一番周折才跑回家。」

「他看見過林妖了？」

「看見了，他說，林妖很是高大，全身黑乎乎一片，身上還裹著啥，彷彿躲在大樹後面，看不太清，像是要避開月光似的，瞪著一雙大眼睛四處亂看，還不停地眨著……」

「哎呀！」費嘉嚇得渾身顫抖了一下，聳聳肩膀，大聲喊叫，「呸！」

「為什麼世上會有這種不好的東西呢？」巴甫魯沙說：「真是的！」

「別罵，留點神，林妖會聽見的。」伊莉莎忙說。

孩子們又都緘默不語了。

「看呀，快看呀，夥伴們，」凡尼亞突然用清脆的童聲說：「快看天上的星星，如同一窩窩蜜蜂一樣！」

他一邊說，一邊抬起那張稚嫩的小臉，用小拳頭支著腦袋，緩緩抬起他那雙柔和的大眼睛。幾個孩子也都抬眼望著天空，靜靜地望了好久，不知道他們的小腦袋瓜裡想些什麼。

「喂，凡尼亞，」費嘉滿是關心地問道：「怎麼樣，你姐姐安妞特卡身體可好？」

「挺好的。」凡尼亞回答，他的發音有點模糊不清。

「你給她說，叫她來玩。」

「好，我一定告訴她。」

「你轉告她，我有件小禮物要送給她。」

「那送不送給我呢？」

「也送給你。」

凡尼亞輕鬆地舒了口氣。

「算了，不用給我。你還是送給她吧，她可是咱們的好夥伴。」凡尼亞又在原地躺下，淡淡地說道。

巴甫魯沙站了身，端起那個空鍋。

「你要去哪？」費嘉問。

「去河邊打些水，我口渴了。」

兩條狗也站起來跟他一道去了。

「小心點，別掉到河裡啦！」伊莉莎望著他的背影喊道。

「怎麼會掉進河裡呢？」費嘉說道：「他會當心的。」

「對，他會當心的。可是有的事兒也說不一定，正當他彎下身打水的時候，沒準兒水怪會拽住他的手，把他拖去。以後人家就會說，這個孩子是自己不小心落水……其實哪是自己掉下去的呀？」伊莉莎側耳認真聽了一聽，又說：「聽，他已經鑽進蘆葦叢了。」

蘆葦真的向兩邊擺動，並且窸窸窣窣地作響。

「聽說傻婆娘阿庫琳娜自從掉到水裡以後，就瘋瘋癲癲的了，有這回事嗎？」柯斯嘉問道。

「是的，自從掉到水裡以後，她就變成現在那副可憐樣子！聽說，從前她還是個大美人呢，是水怪把她毀了，水怪沒料想會有人很快救她上來，就在水下把她給毀掉了。」

（我好幾次碰到這個阿庫琳娜。她衣衫襤褸，瘦得讓人害怕，不乾淨的臉像炭一樣黑，兩眼毫無生氣，如同沒睡醒似的，總是齜牙咧嘴的，並且一連好幾個小時在路上遊來蕩去，或者在同一個地方打轉轉，把兩隻瘦巴巴的手緊抱在胸前，如同囚在籠中的野獸一樣，倒換著兩腳打轉。不管你和她說什麼，她都不懂，只是經常瘋狂地哈哈傻笑。）

「聽說，」柯斯嘉接著又說：「阿庫琳娜是因為被情人欺騙了，才投河自殺的。」

「就是因為這件事。」

「你還記得瓦夏嗎？」柯斯嘉又難過地問。

「你說的是哪一個瓦夏呀？」費嘉問道。

「就是溺水身亡的那個瓦夏呀，」柯斯嘉答道：「就是溺水身亡在這條河裡。多好的一個孩子呀！唉，那個孩子真好！他媽菲克麗斯塔十分喜愛他，可疼瓦夏了！菲克麗斯塔彷彿早就預料到小兒子會在水裡遭難，每到夏天的時候，瓦夏跟我們這群小夥伴偶爾到河裡玩耍和洗澡，她就會嚇得膽戰心驚，全身抖個不停。人家的媽媽都不在意，只管拿著洗衣盆大搖大擺地從河邊走過去。菲克麗斯塔一看可不得了啦，趕忙把洗衣盆放在地上，驚叫著：『回來，快回來，我的寶貝兒！啊，回來，快回來，我的心肝寶貝！』唉，天曉得他怎麼溺水身亡的。一天，他在河邊玩兒，他媽媽也在，忙著弄乾草，突然聽到彷彿有人在水裡吐水泡兒的聲音，一看，就只看到瓦夏的帽子在水面上漂。

從此，菲克麗斯塔神經就不正常了，她常到瓦夏溺水身亡的地方去，就在那兒躺著。真讓人可憐呀！她一躺在那兒，就唱起歌來——你們還記得嗎，就是瓦夏唱的那支歌——她唱的就是這支歌，邊唱邊哭，哭呀，哭得可難過啦，哭著向上帝傾訴……」

「看，巴甫魯沙回來了。」費嘉說。

巴甫魯沙端回滿滿的一鍋水，走到篝火旁。

「夥伴們，」他沉默了片刻，說道：「有點兒不對頭。」

「怎麼一回事？你怎麼了？」柯斯嘉急忙問道。

「我聽到了瓦夏的聲音。」

幾個孩子都嚇得面容失色。

「你沒事吧？你沒怎麼樣吧？」柯斯嘉聲音顫抖地問道。

「唉，是真的。我正彎腰去打水，就聽見瓦夏喚我的名字，千真萬確，彷彿是從水下傳來的：『巴甫魯沙，巴甫魯沙，喂，來這裡啊。』我嚇得倒退幾步，可水究竟還是打上來了。」

「哎呀，天哪！哎呀呀，天哪！」幾個孩子都畫著十字祈禱。

「這是水怪叫你呀，巴甫魯沙，」費嘉說：「我們剛剛還在說他呢，就是談論這個瓦夏。」

「哎呀，這可不是個好的徵兆。」伊莉莎有些不安地說道。

「啊，沒什麼，不必管它！」巴甫魯沙滿不在乎地說，平靜了下來，「是福不是禍，是禍躲不過，只能聽天由命了。」

孩子們都沒說什麼，很明顯是巴甫魯沙的話令他們感觸頗深。幾個孩子都在篝火旁躺下，看來要休息了。

「這是什麼聲音？」柯斯嘉突然抬起頭來問道。

巴甫魯沙認真聽了一小會兒，然後說道：

「這是丘鷸飛過時發出的叫聲。」

「牠們飛到哪裡去呀。」

「聽說是飛向溫暖的地方。」

「這樣的地方真的有嗎？」

「是的，有。」

「距這兒很遠嗎？」

「很遠，很遠，飛過溫暖的大海就到了。」

柯斯嘉長出了一口氣，閉上了眼睛。

我來到孩子們身邊已經有三個多小時了，月亮最終懶洋洋地爬上了天穹。但我們卻沒有馬上發現它，因為它還是又細又彎的月牙兒。在這沒有明亮月光照耀的夜晚，如同先前那樣美好壯觀。剛才還高懸在天上的那些星星，已經快要落到黝黑的天際去了。此刻萬籟俱寂，正像以往天將破曉時一樣，萬物尚在沉睡，空氣中濃烈的氣味正逐漸地消失，潮氣又慢慢擴散開來。夏夜多麼短啊！……孩子們都沉默了，睡著了，篝火也滅了，狗也打起瞌睡來了。在微弱而又黯淡的星光下，我看見牠們趴在地上，垂著頭也在打瞌睡。我也有點睡意朦朧，很快也進入了夢鄉。

一陣清風吹過我的臉龐。我睜開雙目，天已破曉。雖然明麗的朝霞還未露出嫣紅的臉龐，但是東方已現出魚肚白，環顧周圍，一切景物都能看得見了，只是還有點模糊。灰白的天空逐漸地明亮了，逐漸地蔚藍了起來，凌晨的寒氣還有些涼涼的，星星時而微弱地眨下眼睛，時而躲了起來。地上越來越潮濕了，樹葉懷抱著晶瑩的露珠。有的地方已經傳來了人的話語、牲畜的喧鬧，凌晨的微風在大地上輕舞裙袖。

我的身體在微風的吹拂下，輕輕顫動。我為之一振，爬起身來，走到孩子們身邊。幾個孩子圍著餘燼尚在的篝火，仍然香甜地睡著，只有巴甫魯沙抬起上半身，專心致志地看地看看我。

我向他點頭致意，沿著氤氳著霧氣的河邊走上歸途。我剛走出不到兩俄里，在我的四周，在廣闊的捧著露珠的草地上，在前面那些嫩綠的山岡上，從一片樹林到另一片樹林，在一片片露珠閃亮、朝霞染紅的灌木叢上，在逐漸褪去的晨霧籠罩下羞答答泛著藍光的水面上，到處都映照著那溫暖明媚的晨光，起初是鮮紅的，然後是正紅的，金黃的……萬物復蘇，都活躍了起來，唱歌了，歡笑了，忙碌了。大顆大顆晶瑩剔透的露珠映著朝霞閃耀著紅光，恰似那澄澈明亮的鑽石。清新悅耳的鐘聲迎面傳來，彷彿被朝露洗濯過一般純淨悠揚。一群駿馬精神抖擻地從我身旁疾馳而過，趕馬的正是我認識的那幾個孩子……

可惜的是，我必須補充一句：巴甫魯沙就在這一年夭折了。他不是溺水身亡的，而是墜馬身亡的。這個乖巧的孩子的死讓人十分惋惜！

一八五一年

# 美麗的梅恰河畔的卡奇揚

我們坐著一輛運貨馬車打獵歸來，一路上顛顛簸簸很不舒服，陰霾彌漫，使這夏日的天氣更加窒悶難挨（大家都知道，這種天氣，通常比大晴天更熱得難以忍受，尤其是一絲風都沒有的時候）。我覺得很不舒服，一路上睡意朦朧，身子搖搖晃晃，也只能鬱鬱寡歡地忍耐著。坎坷道路上揚起的白灰撒了我一身，聽著乾裂的車輪子吱嘎作響，心中更加煩躁。

突然，我車夫驚慌失措的動作，引起了我的注意，原來此前他也在打瞌睡，甚至比我睡得更熟。他接連勒了好幾次馬韁，在駕駛座上慌亂地折騰起來，嘴裡不停地吆喝著馬，又經常張望。

我環顧四周，我們的馬車正在一片耕種過的廣闊平原上前進。與鄰近幾個不高的，耕種過的小丘，成波狀緩坡伸向平原，一片五俄里長的空曠荒野盡收眼底，遠處是一片片的小白樺林，只有它們那圓形或齒形的樹冠，隔斷了幾近筆直的地平線。一條條小路在原野上蜿蜒曲折，縱橫交錯，有的延伸到窪地就不見了，有的又曲曲彎彎地爬上小丘，其中一條在我們前面五六百步處和我們正走著的大路相交。

我在那條小路上看見一隊人馬，就是我的車夫一直觀望的那一隊。

那是出殯的隊伍。前邊慢悠悠地走著一輛套著單馬的車，車上坐著一位牧師，一名教堂執事在他身旁趕著車。馬車後面跟著四個農民，沒戴帽子，抬著一口蒙蓋著白布的棺材，棺材後面跟著兩個農婦。突然，其中一個農婦悲傷欲絕地尖聲哭號起來，我側耳細聽，她的哭號裡混雜著訴說。這單調乏味、撕心裂肺而悲愴欲絕的哭號，在空曠的原野中震盪著，迴旋著，顯得淒慘異常。

我的車夫拼命地揮鞭催馬，他想超越那隊送葬的人馬。當地習俗在路上遇到送葬的或者死者，是個凶兆。車夫果然在送葬的隊伍還沒到大路的時候，就超越他們疾馳而過。但我們的車還沒走出百步，突然猛地一震，一下子就歪倒了，差點兒翻車，車夫用力勒住疾馳的馬兒，揮了一揮，啐了一口。

「出什麼事啦？」我急忙問他。

車夫沒有回答我，只是一聲不吭，從容地爬下車。

「究竟出什麼事啦？」我焦急地問。

「車軸斷了……全爛掉了。」他憂鬱地回答，並氣急敗壞地整理一下拉套的馬的套皮，使得那匹馬直歪向一邊，後來才站住了。馬打了個響鼻，抖擻了一下，竟自由自在地用牙齒在前腿的小腿上蹭起癢來。

我走下車，在路上站了片刻，突然生發出一種莫名的困惑。右面的車輪幾乎全被壓到車底下了，無可奈何地把輪轂向上頂著。

「現在可怎麼辦？」我情不自禁地問道。

「就怪那個倒楣的死鬼！」我的車夫怒氣衝衝地說，用鞭子指了指出殯的人馬，那隊人馬已經拐上了大路，正向著我們這邊走來。「我一直都留神這種事兒，」他接著說：「碰到死人，必定倒楣……

果然應驗了。」

他又去折騰那匹拉套的馬，這匹馬看見他神色不對惱火的樣子，便倔強地動也不動，只是有時表情嚴肅地搖搖尾巴。我圍著馬車前後轉悠了幾圈，最後站在輪子前面。

這時出殯的隊伍追趕上了我們，我們的車擋在路上，這夥悲傷的人群只得從大路拐到草地上去，繞過我們的馬車。我和車夫都摘下帽子，給牧師點頭鞠躬致意，和抬棺的人對視了一下。他們費勁地走著，寬寬而健壯的胸脯一高一低地起伏著。棺材後面走著的那兩個女人，有一個上了年紀，面色慘白。但她那張呆滯和因悲傷過度而幾乎變形的臉，仍保持著莊重肅穆的神情。她默默地走著，有時抬起那枯瘦的手，擦擦她那薄薄的凹陷的雙唇。另一個女人是一個大概二十五六歲的少婦，眼睛哭得通紅，熱淚長流，臉都哭腫了。她經過我們面前的時候，暫時停止了號哭，並用衣袖擋住了臉。但是當棺木剛剛繞過我們，折回大路的時候，她又萬分傷心、撕心裂肺地號啕起來。

我的車夫一言不發地目送著均勻顫抖著的棺材。看棺材過去之後，他扭頭對我說道：

「這是給木工師傅瑪律丹出殯，就是利雅波沃那個木工師傅。」

「你怎麼知道呀？」

「我一看這兩個女人就知道了，那個老太太是他的母親，那個年輕的是他老婆。」

「他是病死的嗎？」

「是病死的，害了熱病。前天管家還派人請醫生了，真不巧，醫生沒在家。這個木工師傅是個大好人，十分喜愛喝點兒酒，可木工師傅活是頂呱呱的。看，他的老婆多難過呀……但是，誰都明白，女人的眼淚最不值錢，女人的眼淚和水一個樣……真的一點兒不假。」他彎下身，從馬韁下爬過去，雙手握住馬軛。

「可是，」我說：「我們究竟該怎麼辦？」

我的車夫費力而又十分認真地擺正轅鞍，然後又從馬轡下爬回來，順手推了一下馬的腦袋，便走到車輪旁邊。他在那兒邊盯著車輪，邊慢悠悠地從懷裡掏出一個扁扁的樺樹皮製的鼻煙盒，扯住皮帶揭開盒蓋，將兩個胖乎乎的手指頭伸進盒裡（這兩個指頭伸進去還不怎麼容易），把鼻煙揉了一揉，歪歪鼻子，便從容不迫地聞了起來，每聞一下，總要長長呼哧一聲，而且不舒服地瞇著淚汪汪的眼睛，沉思起來。

「喂，怎麼樣？」我有些著急地問道。

我的車夫認真地將鼻煙盒裝進衣兜，動動頭皮，讓帽子扣到眼眉上，便滿懷心事地爬上駕駛座。

「你要去哪兒呀？」我有些驚訝地問。

「請您上車吧。」他好像沒事地回答，同時拿起韁繩。

「我們的車還能走嗎？」

「您儘管放心，能走！」

「可是車軸……」我猶豫地說。

「放心上車吧。」

「車軸斷是斷了，但我們還能勉強走到移民村……也就是說，慢慢湊合著走吧。那邊有一片樹林，林子後邊，靠右面有一個移民村，叫尤金村。」

「照你看，我們的車啥時候能到啊？」

我的車夫沒有回答。

「我還是自己走路吧。」我說。

「請便吧……」

於是他揮揮馬鞭，車就開動了。

儘管車子的右邊前輪差不多就掉了下來，而且轉動起來要多奇怪有多奇怪，但我們還真湊合著走到了那個移民新村。在一個小山坡上，那個輪子差一點就飛了出去，但是我的車夫兇狠地大吼一聲，我們的馬車竟平安地下了小山坡。

整個尤金村只有六幢低矮的東倒西歪的農舍，儘管村子剛建起來沒多久，有些院落的籬笆還沒有圈好。我們的馬車進村後，沒有碰見一個人，街上連一隻雞也沒見到，也沒聽見狗叫聲。只是當我們的車走到一個乾裂開來的洗衣槽旁邊時，從裡面跳出來一條短尾巴黑狗，卻馬上驚慌失措地從大門下鑽了進去。

那條狗一定口渴極了，因而才鑽進洗衣槽裡面去的。我們走進了第一座農舍，推開過道的門，呼喚這家主人，卻沒有人答應。我又喚了一次，只聽見另一扇門裡傳來貓的饑腸轆轆的叫聲，於是我踢開門，一隻枯瘦的貓在黑暗中閃了閃綠瑩瑩的眼睛，靜悄悄地從我身邊溜走了。我把頭伸進屋子觀望，裡面漆黑一片，一個人也沒有。我回到院裡，仍沒碰到一個人。牛棚裡有頭牛仔哞哞叫喚了幾聲，一隻跛腳的大鵝一瘸一拐走向旁邊。我又走進第二家農舍，屋子裡仍然沒有人……

在日光明媚的院中央，就是所謂的太陽地裡，躺著一個人，不，準確說來，是趴著一個人，上衣蒙著頭，我推斷那是個小男孩。離他幾步開外的草棚下，有一輛運貨的舊馬車，馬車旁邊站著一匹套著破舊馬具的瘦馬。陽光通過破舊棚頂的窟洞射進來，馬蓬鬆的棗紅色鬃毛上便添了許多斑駁的光點。旁邊一隻高掛著的鳥籠子裡，椋鳥歡叫著從牠們那半空中的巢穴裡充滿好奇地向下觀望。我走到那睡在太陽地的人的身旁，呼喚著他……

他抬起頭，一看見我，立刻站了起來，「什麼，你要什麼？有事嗎？」他睡眼惺忪地問著。

我沒有立刻回答，因為他的相貌嚇了我一大跳，原來他是個五十多歲的矮個子，一張佈滿皺紋的黑黝黝的臉，尖尖的鼻子，一雙小得差不多看不見的棕色小眼睛，腦袋上濃密的黑色捲髮，像個蘑菇扣在頭上。他的身軀顯得孱弱又瘦削，眼神怪異到無法形容的地步。

「你有什麼事嗎？」他又問我們。

我跟他說明緣由。他緩緩眨著眼睛，一直盯著我，聽我說完。

「就是說，你能給我們搞一根新車軸嗎？」我迫切地問道：「我可以付錢。」

「可是你們是幹什麼的？獵人嗎？」他細細打量了我一番，然後問道。

「是獵人。」我有點不耐煩地說道。

「你們肯定是打天上的鳥……和林子裡的野獸吧？你們殘害上帝的生靈，讓無辜的鳥獸流血，難道沒罪過嗎？」

這個奇怪的小老頭說話時拖著很長的聲調，他的聲音裡沒有一點衰老的味道，反而甜蜜動聽，活力洋溢，如同女人的聲音那麼溫柔，這種聲音令我很驚疑。

「我可沒有現成的車軸，」他沉默了片刻，又說：「這上邊的軸又不合適（他指了指他那輛小運貨馬車），你們的馬車肯定是大的吧？」

「在村子裡能找得到嗎?」

「這也算村子!這裡沒什麼人有車軸……而且誰家都沒人,全都幹活去了,你還是走吧。」他突然這麼說,然後重又躺在地上。

這令我猝不及防。

「喂,老人家,聽我說吧,」我拍拍他的肩膀說:「麻煩了,請幫忙忙吧。」

「你快走吧!我快累死了,今天去了趟城裡。」他對我說,竟把衣服蒙在了腦袋上。

「麻煩了啦,」我接著說:「我……我會付給你錢。」

「我不要你的錢。」他乾脆地說,彷彿受到了侮辱。

「請幫幫忙吧,老人家……」我懇求道。

他抬起上半身,盤著雙腿坐在那兒。

「我帶你去樹林採伐地吧[8],可能會有辦法。有幾個商人在那裡買了一片林子——真是造孽,他們砍掉了樹林子,蓋了個事務所,真是造孽。你可以在他們那定制一個車軸,或者買個現成的。」他幽幽地說道。

「那真是太好了!」我真的十分高興地喊道:「太好了!……我們現在就出發吧。」

「橡木車軸可是好車軸。」他接著說,卻沒有站起來。

「離伐木的地方遠不遠啊?」

8 樹林裡被砍伐過的地方。——作者原注。

「大概三俄里。」

「很近的一個地方，我們坐你的馬車去都行。」

「這個不行……」

「那麼我們就走著去吧！我的車夫還在街上等著呢。」

老頭兒很不情願地站了起來，跟我一道來到街上。我的車夫正在生氣，他要飲馬，但是井裡的水很少，味道也不好，根據車夫們的說法，這可是要緊事，可一看到那個老頭，就咧嘴笑了，點頭致意，喊道：「啊，卡奇揚！你好呀！」

「你好，耶羅費，你這個直腸子！」卡奇揚不怎麼熱情地答道。

我立刻把卡奇揚的主意告訴了車夫，耶羅費表示同意，就將馬車趕進院子。當他利索地忙著卸套之際，卡奇揚用肩膀靠著大門站在那兒，鬱鬱寡歡地看看他，又鬱鬱寡歡地看看我。他彷彿有點惶惑不安，據我觀察，他不太喜愛我們這兩個不速之客。

「怎麼，把你也給遷來了？」卸馬軛的時候，耶羅費突然問卡奇揚。

「我也被遷來了。」

「唉！」我的車夫透過牙縫，模糊不清地說：「你可明白，木工師傅瑪律丹……你認識利雅波沃的那個瑪律丹嗎？」

「認識。」

「唉，他死了，我們剛剛碰見給他送殯的棺材。」

卡奇揚渾身顫抖了一下。

「死了？」他說完，就低下頭，神情看起來很憂傷。

「真的死了，你為什麼不好好給他治治呢？大家都說你會治病，說你是醫生。」顯然地，我的車夫是開這個老頭兒的玩笑，嘲弄他。

「怎麼，這是你的馬車嗎？」我的車夫接著說，並向著馬車聳聳肩膀。

「是我的。」

「唉，車呀……車呀！」他重複了兩遍，抓住車轅，好不容易把車給翻過去，「車呀！你坐什麼去伐木地呢？我們的馬套不進這樣的車轅子，我們的馬高高大大，可是你這算什麼呀？」

「我可不明白，」卡奇揚答道：「不明白用什麼拉你們去，要不就用這頭畜生吧。」他又長吁短嘆地補充了一句。

「就用這頭牲口？」耶羅費接著說，然後就走到那匹駑馬前，十分看不起地用右手中指戳了戳馬脖子。「看，」他嘲笑地說：「都睡著了，沒用的東西！」

我讓耶羅費急忙套上馬，我想親自跟卡奇揚去採伐地，因為那裡的松雞常常出沒，等套好那輛小馬車，我便帶著我的狗坐上車，車身是用樹皮做的，凹凸不平的車，坐在上面很不舒服。卡奇揚依舊愁眉不展地拉著長臉縮成一團，坐到前面的欄板上。

這時，耶羅費走到我面前，神秘而低聲地對我說：「老爺，您跟他一起去，那就有意思了。您不明白他有多怪異，是個真正的瘋子，要不然綽號怎麼叫跳蚤呢，我不明白您是怎麼看他的……」

我本打算告訴耶羅費，到現在為止，我認為他是一個正常人，懂得人情世故，可我的車夫沒等我說完，又以同樣的口氣接著說：「您可留點兒神，看他是否帶您去那個地方，而且您得親自挑選車軸，要挑根結實些的……喂，怎麼樣，跳蚤，」他又大聲說：「你們這能弄到點麵包吃嗎？」

「你自己去找吧，可能能找到。」卡奇揚說完，拉拉韁繩，我們就出發了。

讓我想不到的是，他的馬跑起來倒還不錯。卡奇揚一路都沒吱聲，我問他什麼，他都不大願意回答，即便回答也是模糊不清。我們很快就到了採伐地，又在那兒找到了事務所——一座高大的木房，孤獨地矗立在河流邊上，那條河只用一道堤壩湊合著攔住，成了一個池塘。

我在事務所裡見到了兩個牙齒都雪白發亮的年輕夥計。他們的眼睛水靈靈的，說話也甜蜜親切，而且口齒伶俐，笑容甜美，但卻顯得有些狡黠。我向他們買了一根車軸，就回到了採伐地。我本以為卡奇揚會在停車處等我，不想他卻突然走到我的面前。

「怎麼，你想去打鳥嗎？」他問：「想去嗎？」

「要是能找到當然去了。」

「我想和你一起去，行嗎？」

「可以，可以。」我開心地說。

我們就出發去狩獵飛禽，砍掉的樹木共有一俄里長。

坦白說來，我留意觀察卡奇揚的時間，比看我的狗的時間還多。他還真像一隻跳蚤。他那個烏黑烏黑的、沒有遮蓋的小腦袋（可他那頭濃髮代替得了任何一種帽子）在灌木叢中時隱時現。他走起路來十分輕快，蹦蹦跳跳的，還經常彎下身，將一些草揣進懷中，自言自語嘟噥幾句，用一種迷茫而充滿好奇的目光，不住打量我和我的狗。在低矮的灌木中，在採伐地上，常常有一些灰色的小鳥在飛舞，從這棵樹飛上那一棵樹，啾啾地忽高忽低地鳴著。卡奇揚模仿著鳥叫，和牠們呼應著。一隻小鶺鴒吱吱啾啾地唱著，一隻雲雀飛下來，在他頭頂扇動翅膀來回飛，大聲歌唱著，卡奇揚也隨著雲雀一起唱，他不和我搭腔……

天氣晴朗，比剛才更好了，可依然那麼炎熱。在澄澈透明的天空中，大片的稀疏的雲朵慢悠悠地飄著，像在花園裡閒適地散步的姑娘，白如春天遲融的積雪，又像伸展著翅膀的風帆，又扁又長。邊緣如同蓬鬆柔軟的棉花，每一個瞬間都在緩緩地，但又顯然地變幻著，這些雲朵正在消融，因此沒有留下陰影。

我和卡奇揚在採伐地上走了很長時間，一個個低矮的樹墩子，都有些發黑了，周圍新生的枝條密密麻麻的不是很長。樹墩上邊還生著很多海綿狀的一個個圓圓的、還鑲著灰邊的木瘤，火絨就是用這種木瘤熬製出來的，草莓也在上面伸展著粉紅色的捲鬚，上面還生著一簇簇蘑菇，密密麻麻的彷彿趕集一樣。

我的雙腳常被曬熱了的長草給絆住，樹上到處是微微泛紅的閃爍著金屬般的光澤嫩葉，使人眼花繚亂，隨處可見的一串串淺藍色的野豌豆，一朵朵金黃色的毛莨花，半紫半黃的蝴蝶蘭，令人目不暇接。一些湮沒於乾荒草叢中的小路上，佈滿了紅色的小草，它們呈帶狀分佈，勾勒出昔日車轍，就像一個偉大的畫家在大地上畫的圖畫一樣，清晰，簡約，明瞭。就在這些小路邊上，堆放著一俄丈[9]見方的木柴，一垛一垛數不清，天長日久雨打風吹，柴垛已經變得黑乎乎的，像是一堆堆的煤，也像蹲在那裡的一個個披著緇衣的老頭。

9 一俄丈約合零點七米。

這些柴垛投下一片片斜方的陰影，淡淡的一點暗影如同蟬翼一樣的灰——除此之外再沒有別的陰影了。微風鼓蕩，時而強風驟起，彷彿要狂風大作，周圍一切都活躍了，歡呼起來，左搖右晃地擺動著，連羊齒植物那柔軟的枝梢也嫵媚地跳起舞來。你正想享受一下涼風送爽呢，可誰知風一下又消逝無蹤了，像個頑皮的孩子一樣躲了個無影無蹤，一切又都靜寂下來了。只有蟈蟈彷彿生氣般吱吱地叫了起來——這種曲子就像催眠一樣，這種惱人的叫聲倒很稱中午的烈日炎炎，這聲音彷彿是炎炎烈日曬出來的，彷彿是曬燙了的大地呻吟出來。

一路上，我們連一群鳥也沒有碰見，雙手空空地來到了另一片採伐地。在這兒，一株株剛被伐下的白楊壓著小草淒涼地躺在那裡，其中有幾株樹上的葉子還是綠的，但卻已經蔫了，死氣沉沉地吊在枝頭，另外一些白楊的葉子已經枯萎了，捲曲了。在濕漉漉的發亮的樹墩邊上堆著很多新砍下來的木片，金黃色的，還散發著奇特的味道——異常好聞的苦味兒。在遠處，鄰近樹林的地方，響著沉悶的斧頭聲，過了片刻，就有一株茂盛的大樹緩緩倒下來，就彷彿在伸展著臂膀莊重而紓緩地鞠躬致意……

我轉悠了許久，一隻野禽也沒有找到。最後，終於一隻秧雞從長著一大片苦艾的橡樹叢中飛出來，我舉槍射擊，一槍命中，只見那隻秧雞在空中翻轉了一下，便倒栽蔥似的跌了下來。卡奇揚聽到了槍聲，立刻擋住眼睛，呆呆地站立不動，直等到我裝好槍撿起那隻秧雞為止。等我接著走向前，他才走到被打死的秧雞掉落的地方，彎腰去看濺在草地上的血滴，難過地搖搖頭，驚恐地朝我望了一眼……後來我聽到他很低的聲音：「這真是罪孽啊！」

烈日似火，我們最終被逼進樹林，我迫不及待地跪倒在一片高大的榛樹叢下面，樹叢上方有一棵新長出來的槭樹，挺拔秀頎，透著勃勃的生機，伸展著它的翠枝碧葉。卡奇揚在一株被伐倒的白樺樹的樹幹上坐下，我盯著他，樹葉在高處輕輕地搖動，投下了淺綠色陰影，在他那用深色上衣湊合著裹著的虛弱的身體上，還有他那張瘦小的面龐上緩緩地移動著。

他一直低垂著頭顱，始終不聲不響，使我感到索然無味，便仰躺在地，自找樂趣了，我便開始讚賞那些交錯縱橫的枝葉，在明朗的高空中靜靜地嬉戲和奇妙地變幻，仰臥在樹林裡眺望天空，是一件難以形容的有趣之事！你會覺得自己彷彿是在眺望浩瀚的大海，這片無邊無際的大海彷彿就在你身下，你覺得樹木不是從地面往天上生長，而是一些巨大的植物根系從上面垂落下來，直落到玻璃一樣明淨的水面之中。樹上的葉子時而有如綠寶石一樣玲瓏剔透，時而濃重起來，變成金黃的墨綠色。在遙遠的某處，細細的樹梢有一片葉子，靜靜地映現在一片湛藍透明的天空中，旁邊有另一片葉子輕輕搖動，就彷彿魚兒在水中擺動著尾巴，樹葉的這種動作是自發的，而不是由於風的吹拂，一朵朵白雲有如一座水下仙山異境，靜靜漂遊過來，又靜靜漂遊過去。

突然之間，這片大海在這奪目閃光的空中，這些沐浴著陽光的濃枝密葉，全都像水一樣波動起來，有如閃爍的光芒顫動起來，接著就發出一陣清新的簌簌聲，恰似突然湧來的微波那潺緩而細碎的絮語聲。你靜靜地，紋絲不動地凝聽，心中溢滿了無限的喜悅，多麼甘美，多麼恬靜啊。你望著，望著，明淨的藍天在你雙唇上綻開一朵微笑，這朵笑容也像藍天一樣純潔無瑕，於是，一件接一件的幸福往事，如同天穹中的行雲一樣湧現在你眼前，又像那一朵朵飄浮的白雲，輕柔徐緩地從你的心頭飄過，而且你會覺得你的目光愈看愈遠，直到進入那靜謐而光明的神秘高深的境界中去，你已無法離開這至高至遠之地……

「老爺，喂，老爺！」卡奇揚突然用高亢的聲音呼喚我。

我欠起身，驚疑萬分。因為此前他就連回答我的問話都很被動，這時卻突然主動和我搭話。

「什麼事？」我詫異地問。

「請問，你為什麼要打死這隻鳥？」他的眼睛直直盯著我，充滿了哀傷。

「什麼為什麼？……秧雞——這是一種野味，可以吃的。」我莫名怪異他的問話。

「老爺，你不是為了吃才打死牠，你才不會吃牠呢！你是為了找樂子才打死牠的。」他有些憤怒地說道。

「要明白，你自己不也吃鵝肉或雞肉嗎？」我帶著幾分譏嘲的口氣反問。

「那些是上帝規定給人的食品，但秧雞卻是森林中自由翱翔的鳥兒，不單是秧雞，還有許多其他的生物。所有森林裡、田野裡和河流裡的生物；還有沼澤地中和草地上的；天上飛的、地上跑的生物——殘害牠們都是罪過，要讓牠們在世間自由生存，自然死去。人有他們定好了的食物，人吃的喝的是別的一些東西：糧食——上帝的賜予——和上天降下的甘霖，還有從祖先那兒傳下來的家畜和家禽。」他的話語有些激動。

我驚疑地望著卡奇揚，他說話流暢自如，每句話都不假思索，平和而有分量、莊重而又親切，說到高興之處還滿足地閉上眼睛。

「那麼，照你看來，捕魚也是罪過了？」我不解地反問。

「魚是冷血動物，」他堅定地答道：「魚是無聲的生物，魚不明白恐懼，也不明白歡樂，魚是一種不會說話的生物，魚無知無覺，牠的血也不是活的……」他略停了一小會兒，接著說道：「血，血是神聖的東西！不能在光天化日之下出現的……讓血見光，那可是天大的罪過，天大的罪過，沒有比這更可怕的事情……唉，天大的罪過呀！」他的神情充滿了哀戚。

他嘆了口氣，就低下頭來不作聲了。

說實在的，我莫名怪異地看了看這個怪異的小老頭，他的話真不像是農夫之言，一般的老百姓是講不出這一番大道理的，一般善辯之士也講不出這番話，這是深思熟慮之後說出來的莊重又獨特的話——我平生從未聽過這種話。

「卡奇揚，請告訴我，」我開始問，視線卻一直停留在他那激動得略微泛紅的臉上，「你是幹哪一行的？」

他沒有立刻回答我。他的眼睛惶惑地轉了一小會兒。

「我遵照上帝的旨意過活，」他最終答道，像是經過了許久的思索，「至於說幹的是哪一行嘛——不，我哪一行都沒幹。我這個人身無長物，從小就是這樣，能幹點什麼就幹點什麼，我什麼都幹得不是十分優秀，我不是有本事的人！我身體不怎麼樣，手腳又不靈敏。譬如說吧，每到春日，我就去捉夜鶯。」

「捉夜鶯？你不是說過嗎，不論是森林裡的還是田野裡的，不管是天上飛的還是地上跑的生物，都是不可以傷害嗎？」我有些嘲笑地反問。

「說得對，是不該殘害牠們。死亡是必然的，到了該死的那一天，必然會死，看看木工師傅瑪律丹吧。木工師傅瑪律丹本來活得不錯，可是卻短命，他的老婆又為丈夫哭泣，又為幼子落淚……萬物生靈皆有一死，無人可逃……但是我並不是把夜鶯殺死，我決不會傷害牠！我捉夜鶯，不是讓牠們遭罪受，不為了害牠們的性命，是為了讓人們高興，是為了讓人們開心取樂。」他急切地辯解道。

「你是去庫爾斯克捉夜鶯的嗎？」

「去庫爾斯克，有時候也去一些遠的地方，我常在沼澤地上，在森林裡過夜，一個人在原野裡，在荒郊過夜。在那些地方可以聽到丘鷸啁啾，兔子吱吱叫，還有野鴨呱呱的聲響……晚上我注意傾聽，早晨我認真傾聽，天剛發亮，我就在灌木叢上布下網……有的夜鶯唱得那麼悲哀，那麼讓人可憐……美妙的歌聲，好聽極了。就是太讓人可憐了，太悲哀了。」

「你也賣夜鶯嗎？」

「嗯，但是都賣給善良的人。」

「除此之外你還做些什麼事？」

「什麼意思啊？」

「就是還做什麼活維持生計呀？」

老頭兒好久沒言語。「我什麼也不做……我什麼也幹不好，可是我認字。」

「你認字嗎？」我有些驚詫地問。

「感謝上帝和一些善人的幫助，我認識一些字的。」

「你有妻兒嗎？」

「沒有，家裡就我一個人。」

「這是怎麼回事啊？」

「不，壓根就沒結過婚。我一生運氣不好，這一切全是上帝的安排，我們都照著上帝的旨意過活。可是人生在世必須做一個正直的人——這才是頂重要的！也就是說，要合上帝的心願。」

「你還有其他的親戚嗎？」

「有……不過……就那樣……」他的語氣有些無可奈何的哀傷。

老頭兒結結巴巴，不肯再說了。

「請問，」我又說道：「我聽見我的車夫剛才問你，為什麼不治好瑪律丹。這麼說，你真懂醫術了？」

「你的車夫是個正直的人，」卡奇揚若有所思地答道：「也不是十全十美的人，他說我是醫生，可我算什麼醫生呢，又有誰能治病呢？還不是依著上帝的安排，有一些……草呀，花呀，的確是這樣很靈光。就拿鬼針草來說，就是一種對人很有用的草，車前草也一樣。說說這些草，也沒什麼寒磣的，因為這都是些聖潔的草，是上帝的恩賜。可另外一些草就不一樣了，它們雖然也能治病，有靈驗，但卻是有罪的草，我們必須一面做祈禱一面說起他們……當然，有一些咒語……誰若是相信，誰就能得救。」他壓低了聲音說道。

「瑪律丹沒有吃過你的藥嗎？」

「我明白的時候已經遲了，」老頭兒答道：「可是這又有啥關係呢！生死在天，本來木工師傅瑪律丹就不是長壽之人，因而他在世上是活不久的，果真如此。是啊，凡是在世上活不久的人，連太陽都不肯給他同樣的溫暖，每天吃飯也沒什麼用，彷彿命中註定了，他要去另一個世界……啊，願上帝讓他的靈魂安息吧！」他有些超脫地說。

「你們遷到我們這裡很長時間了嗎？」沉默一小會兒之後，我問道。

「不，沒多久，可能四年了。老主人還在世時，我們一直住在舊地方，可是，現在的監護人就把我們遷到這裡了。我們的老主人心地善良、與人為善——願他早日升上天堂！但是監護人也不很好，看來，只有這樣做才可以。」

「以前你們住在哪裡啊？」

「在美麗的梅恰河邊。」

「從這裡到那個地方有多遠？」

「可能一百俄里吧。」

「啊，那裡比這裡應該好些的吧？」

「比這兒好……比這兒好。那裡幅員遼闊，到處是河川，是我們美麗的故鄉。可是，這個地方貧瘠而乾旱……我們在這兒太過孤獨冷清。在我們那兒，在美麗的梅恰河邊，你可以爬上小山坡，一看，天哪，這裡簡直是人間天堂，多美啊！啊，又有河流，又有草地，又有森林，還有一座教堂，再過去又是草地。你能看到很遠的地方……你看吧，看吧，哎呀，實在太美了！這兒呢，土地的確是這樣更好，是種莊稼的好土，莊稼人都這麼說，是很好的土壤，的確，每年都能夠豐收。」

「喂，老人家，老實說，你肯定很想回家鄉去看看吧？」

「是啊，要是能回去一趟該多好啊，但是，每處都不錯。我沒有家室拖累，十分喜愛到處跑跑，說實在的，整天待在家裡很沒有意思的，所以應該出去走走看看，」他提高聲音接著說：「能夠使人神清氣爽的，太陽溫和地照耀在你身上，上帝看你也看得更清晰，唱起歌來也更加甜蜜。你到處看看，會看見一種草，你看明白了，就採一些吧。那兒還有水流動不止，比如說泉水吧，那是聖水，你就放開肚皮隨便喝吧——你要記住。

「天上有鳥兒無憂無慮地飛翔，無憂無慮地歌唱……庫爾斯克周邊是一片片遼闊無邊的草原，多美呀！看了後，令人驚疑而喜悅。那是上帝的恩賜！據說，這兒的草原一直延伸到溫暖的大海邊去，那兒有一隻聲音美妙的鳥兒名喚『格瑪雲』，樹上的葉子四季常青，金色的蘋果掛滿在銀樹枝頭，所有的人都過著富足、平等而又滿意的生活……我要是能去那兒該有多好啊……我去過的地方的確很多！我去過羅姆內，去過辛比爾斯克——那是一座十分美麗的城市，也去過莫斯科——那裡的圓頂教堂金光耀眼，我去過『奶娘奧卡河』，去過『親愛的茨納河』，也去過『母親伏爾加河』。我看到過許多的人，許多虔誠的教徒，也遊歷過許多豪華闊綽的城市，因此，我很想到那邊去，而且……不僅僅是我一個有罪之人……有很多其他穿過皮鞋的人，一路要飯，也去追尋真諦……是啊！要不整天窩在家裡很沒有意思的，不是嗎？人世間沒有正義……」

說這最後幾句話時，卡奇揚的語速很快，差不多這就是事實讓人聽個明白，後來他又說了幾句什麼，我根本就聽不清了，他臉上那種怪異的表情，叫我不由得想起「瘋子」。後來他咳嗽了幾聲，清了清嗓子，彷彿才醒過神來。

「多好的太陽啊，」他輕聲說道：「上帝帶給我們溫暖！」

他聳聳肩膀，又沉默了一小會兒，漫不經心地環顧四周，便低聲哼起歌來，我聽不明白他那拖著長調的歌曲的兩句歌詞：「我的名字叫卡奇揚，有個綽號是跳蚤……」

「噢！」我想，「這肯定是他自編自唱的曲兒。」

突然他渾身顫抖了一下，直盯著樹林深處，歌聲也止住了。我回頭一看，一個七八歲的農家小女孩，穿著一件藍色無袖長衫，頭包一道格子頭巾，一隻曬得黝黑的胳膊挎著一個籃子。她可能沒有想到會碰見我們，如同一般所說的突然「撞上」了我們，因此便呆愣在青翠而茂密的榛樹叢中的草地上，驚慌失措地站在樹陰下面看著我們，兩隻眼睛烏溜溜的，我剛來得及看明白她，她就飛快躲到樹後面去了。

「安妮什卡！安妮什卡！到我這兒來，別害怕。」老頭兒親切地呼喚。

「我怕。」尖聲尖氣的聲音傳來。

「別怕，別怕，到我這兒來。」

安妮什卡默默離開她的藏身之處，靜悄悄地繞了個圈子——她那雙小腳走在茂密的草地上無聲無息——從老頭兒身邊的樹叢中走出來。可是這小女孩並不像我方才根據她矮小身材推斷的那樣只有七八歲，而是一個十三四歲的小姑娘了。她雖然又瘦又小，但是身材卻很勻稱，相貌秀美伶俐，那張好看的小臉蛋兒很像卡奇揚的臉，儘管卡奇揚的樣子並不好看。兩個都是尖臉盤，同樣怪異的眼睛，調皮而真摯、深沉而敏銳，舉止也一樣……卡奇揚認真打量了她一番，她就站在他身旁。

「怎麼，採蘑菇呢？」

「是的，採蘑菇。」她羞答答地微笑著答道。

「採得多嗎？」

「很多。」她很快看了他一眼，又笑一笑。

「有白的嗎？」

「也有白的。」

「讓我看一看，讓我看一看……」小姑娘放下挎著的籃子，並把一片蓋在蘑菇上的大牛蒡葉子掀開一半。

「哎！」卡奇揚彎下腰，又說：「採的多好啊！安妮什卡真能幹！」

安妮什卡的面龐上微微泛起了紅雲。

「怎麼，卡奇揚，這是你的女兒？」我問道。

「不是，哦，是親戚。」卡奇揚有意做出一副漫不經心的樣子。「哦，安妮什卡，你走吧，」他立即又補充道：「你回去吧，要當心點兒……」

「幹嘛讓她走回去呢？」我打斷他的話，「讓她和我們一起坐車回去吧……」

安妮什卡的小臉紅得有如罌粟花一樣漂亮。她雙手抓起籃子上的繩子，不安地看了看老頭兒。

「不用了，讓她自己走回去吧，」他仍舊懶惰又冷漠地說道：「沒事兒，她自己可以走回去……你走吧。」

安妮什卡很快消失在林子裡了。卡奇揚向她的背影看了一小會兒，然後低下頭，微笑了。在這悠長的微笑中，在他和安妮什卡簡短的交談中，還有在他與她說話時的語調中，蘊含一種只可意會的深沉慈愛和溫柔親切。他再次向著她走去的方向看了又看，又會心地笑笑，摸著自己的臉，點了幾下頭。

「你為什麼這麼快把她打發走了呢？」我問他，「我還想買她的蘑菇呢……」

「如果您真要買，等回到我家裡也可以。」他答道。這是他頭一回稱呼我「您」。

「真是個十分討人喜愛的小姑娘。」

「不……哪裡……哦……」他彷彿不很情願地答道，而且從這時起又像起初那樣沉默了。

我看得出來，不論我如何想法子讓他再開口，也是不可能，於是我只好走向採伐地。這時已經不怎麼熱了，可我此次打獵不利，或者如同人們常說的那樣，這是晦氣，或者倒楣，於是我只得帶著一隻秧雞以及新買的車軸回移民村去了。

馬車走進院子時，卡奇揚突然轉身對我說：「老爺，真對不起，是我念了咒，讓所有的野禽都躲開你。」

「你用什麼辦法讓牠們躲開我呢？」

「我自有一套。你的狗再好再機靈，可是什麼用場也派不上。人呀，看上去什麼都能幹，不是嗎？可是對野物不也毫無辦法嗎？」

我本想勸說卡奇揚，要他別相信「念咒」能驅散野物，恐怕也是枉費心機，因此我沒有再對他說什麼。況且這時我們的馬車一轉彎，就進了大門。

安妮什卡不在家，她回來過了，因為她已經把一籃蘑菇放進了屋子。耶羅費一看到新車軸，便橫挑鼻子豎挑眼了一番，然後才安上它。一小時之後，我們就上路了。臨走時，我留下一些錢給卡奇揚，起初他無論如何也不肯要，可是後來想了想，把錢在手裡拿了片刻，就揣進衣兜了。在這一小時裡，他一言不發。他依然靠在大門上，也不理我的車夫的責備，極冷漠地同我告別。

我們剛往回走時，我發現我的耶羅費坐在那裡鬱鬱寡歡的，可能是他在村子裡什麼吃的也沒有找到，飲馬水槽也特別不好的原因吧。我們就這樣立刻上路了，他帶著不情願的神情坐在駕馭座上，從背後都可以看出他的彆扭勁兒。他很想和我聊上幾句，卻一定得等著我先開口，而在等待之際，他只是自己小聲地嘮叨抱怨，拿馬出氣，毫無意義而又惡毒地咒罵。

「村子！」他喃喃自語，「這也算是個村子！想弄點克瓦斯解解口渴，連克瓦斯都沒有。……嘿，我的天哪！水呀，糟透了！（他使勁地啐了一口。）黃瓜、克瓦斯，全都沒有，什麼都沒有！哼，你呀，」他對右邊拉套的馬大聲吆喝，「我可看透你啦，你這個狡猾鬼！你可能只想偷懶耍滑頭！（使勁抽了牠一馬鞭。）這匹馬滑頭起來了，從前這畜生有多聽話呀……哼，哼，我看你敢回頭！」

「耶羅費，我問你，」我開始說話，「卡奇揚究竟是個什麼樣的人物呀？」

耶羅費沒有立刻作答，他一直是一個不輕易亂說的人，但是我立即猜透了他的心思，我的問題令他心滿意足。

「跳蚤嗎？」他拉拉韁繩，最終開口了，「是個怪人，簡直是瘋子，真是世上獨有。他就跟，哦，就跟我們這匹不安守本分的黃灰馬一個樣……就是說，耍滑頭，不好好幹。不過，當然了，他身體太弱了，幹活也好不到哪兒去，不過，總是不大好……他從小就這副德行。最初跟他的叔伯們一起趕車送貨——他們都是車老闆，趕的是三駕馬車。幹了一陣之後，他可能是厭煩了，就不幹了。於是就閒在家裡，可是時間長了他又待不住了，他就是這麼不安分——活像一個跳來蹦去的跳蚤。多虧碰見了一位善良的主人，不強求他幹活，隨他自己怎麼混，從此他就無憂無慮了，到處遊來蕩去的，活像一隻無人管的山羊。他這個人古怪極了，天曉得是怎麼回事兒。有時候像個樹樁子一樣——整天木訥，毫不言語；有時候突然說起話來，可是天曉得，他說的是些什麼。有這種人嗎？真沒有看見過。他就是這麼一個乖僻的人，總是怪怪的。可他卻很會唱歌，而且唱得呱呱叫。」

「他真會治病嗎？」

「治什麼病啊！……哼，他這種人怎麼能治病呢！他哪裡會治病！可我的瘰鬁病倒是讓他給治好了。」他沉默了片刻，又說道：「他哪裡會治病呀！整個一個不折不扣的大傻瓜。」

「你很早以前就認識他了嗎？」

「很早以前就認識。我倆當年都住在基喬夫村，我們是鄰居，都住在漂亮的梅恰河畔。」

「那麼，安妮什卡是他的什麼人？就是我們在樹林子裡碰見的那個小女孩，他的親戚嗎？」

耶羅費回頭望我一眼，咧開滿口黃牙，笑了一笑。

「嘿！……是的，是他的親屬，這孩子是個孤女，沒有媽媽，而且也不明白她的媽媽是誰。唉，就算是他的親屬吧，因為這孩子跟他長得實在太像了……她就住在他家裡。這個女孩子很是伶俐，十分討人喜愛，不用多說，是個好姑娘，卡奇揚疼她疼得簡直不得了，這個孩子可真好。而且他，您可能不信，他還想教安妮什卡認字呢。真的，他真的會教她認字，他就是這麼一個人，讓人捉摸不透的怪人。他這個人做什麼都反覆無常，是個不知深淺的人……咦，咦，咦！」

我的車夫突然不說話了，勒住馬，把身子彎向一邊，聞到空氣裡的一種什麼味道。他說：「彷彿有一種焦糊味兒？一點兒也不錯！新車軸就是不中用……我彷彿上過油了……好，再去弄些水來吧，這裡正好有一個池塘。」

耶羅費從容地爬下車，解下水桶，到池水塘裡打水去了。他回來往車軸上澆水，聽到輪轂遇水吱吱作響的時候，便高興起來了……在不到十俄里的路上，耶羅費往發燙的車軸上澆水澆了六七次。等我們到家裡時，天已經黑透了。

一八五一年

# 莊園

有一個青年地主與我認識甚久，他的名字和父稱是埃爾卡季・巴伯雷奇，姓是比諾奇金，他的院落距我的領地約有十五俄里，他是個退役的近衛軍軍官。在他的領地上，有各種各樣的野生飛禽。他的莊園巧奪天工，出自一位法國建築師的手筆，家裡僕從的衣著是清一色的英國式樣。此人在膳食方面很是講究，又殷勤好客。可不知為何，人們都不怎麼十分喜愛走訪他家。他處事圓融豁達，為人正派，受過良好教育，頗有貴族風範，也擔任過公職，曾在上流社會混過一番，目前正在經理產業，幹得也很好。

這位埃爾卡季・巴伯雷奇正如經常自誇的那樣，他處事嚴明果斷而又鐵面無私，對手下人關懷備至，連處罰也是為他們著想，為他們好，「對他們就該像對孩子一樣。」每當談到這一點，他總是不厭其煩地自誇：「他們都是愚蠢之徒，我親愛的，必須考慮到這一點。」在碰見不快的事情，難免要發火時，他總是能節制自己，儘量避免粗暴的行為，總是能壓小聲音地竭力平心靜氣地指著那個人說道：「怎搞的，老兄，難道我沒有提醒過你嗎？」或是：「你怎麼了？我的朋友，可要想明白了！」他從不大吼大叫，只是輕輕咬咬牙、撇撇嘴。

他身材不高，卻風度翩翩，容貌也好，一雙手保養得白嫩潔淨，指甲也修剪得整齊，雙唇紅潤，面容端正，天庭飽滿，給人一種陽剛之氣。笑聲爽朗而歡快，笑起來的時候，總瞇起那雙神采奕奕的褐色眼睛，顯得和藹可親。他衣著講究，著裝時尚。他訂閱了許多法國書刊、報紙和畫冊，然而卻不太喜愛讀書。一本《終生流浪的猶太人》[1]費了好長時間才勉強讀完。但他卻擅長玩紙牌。縱觀此公言談舉止，可算本省最有教養的貴族和最令人豔羨的候選佳婿之一，上流社會的女士們都對他芳心暗許，尤其迷戀他那風流倜儻的神采。

他為人處世很是精明，安身立命謹慎得像貓一樣小心翼翼。他自涉世以來，從不招惹是非，雖然有時也十分喜愛自我表現、恃強凌弱。他憎惡不正當的交際——唯恐有損自己的名聲。可在得意忘形之時，他常標榜自己是伊壁鳩魯[2]的信徒，雖然他一直對哲學無甚好感，稱哲學為德國智者想入非非的食糧，甚至還稱之為妄言。他也十分喜愛音樂，玩紙牌時會聲情並茂地小聲地哼唱，還能哼幾句《路西河》[3]和《松納普拉》[4]，但不知為何唱起來卻有些刺耳，令人不敢恭維。他每年總是到彼得堡過冬。家裡陳設十分整潔，連馬車夫也受到他的薰陶，每天都洗馬軛、刷上衣。但埃爾卡季・巴伯雷奇家的僕人一個個都鬱鬱寡歡。不過，在我們俄羅斯，愁眉苦臉與睡眼惺忪是沒有人介意的，本來就難以分辨。

埃爾卡季・巴伯雷奇說話時，語調柔和而悅耳，很講究抑揚頓挫，彷彿每個字都很得意地從他

1 十九世紀法國作家歐仁・蘇的一部長篇小說。
2 西元前三世紀前後的古希臘哲學家，主張人生應當避免痛苦，平和身心，怡然自得。在俄國他的思想被理解為享樂主義。
3 十九世紀義大利作曲家唐尼采蒂所作的歌劇。
4 十九世紀義大利作曲家貝利尼所作的歌劇。

那灑滿香水的好看鬍鬚中跳躍出來。聊起天來還常夾雜著幾句法語，譬如：「妙不可言」「當然囉！」

由於上述種種，我並不情願與他交往，如果不是為到他那兒去打松雞和鷓鴣的話，我可能會跟他斷絕往來。在他家裡做客，總讓你感覺到一種莫名的不自在。即使周圍一切都很舒適，你也無法開心起來！尤其是每天晚上，一個滿頭捲髮的僕人出現在你面前，看著他身穿一件帶紋章鈕扣的淺色外衣，恭恭恭敬而又小聲地下氣地為你脫靴子的時候，你必定會覺得：倘若把這個面色蒼白、身體瘦弱的僕人，突然換成一個寬顴骨、偏鼻子，身體強壯的小夥子——此人像是剛被主人從地裡叫回來似的，穿著一件不久前賞給他的土布外衣，而且已有十多處開線裂口了——你必定會很開心，甘心去冒險。哪怕讓他在脫靴子時連你的小腿一起給拉掉……

縱然我對埃爾卡季・巴伯雷奇沒什麼好感，可有那麼一回，我還是在他家裡過了一夜。次日早晨，我就吩咐車夫套好我的四輪馬車要走，但是主人卻不放我，堅持要我用過他的英國式早餐再走。盛情難卻，我只好留下，於是，他便把我請進他的書房。早點除了茶以外，還有肉餅、煮得很嫩的雞蛋、奶油、蜂蜜、乾酪等。都戴著雪白手套的兩個侍僕，恭恭敬敬地站在那裡，侍候周到。我們坐在波斯式的長沙發上用餐。埃爾卡季・巴伯雷奇身穿著一條肥大的綢褲，黑色絲絨上衣，頭戴一頂非斯卡帽，足蹬一雙黃色的中國拖鞋。他品著茶，經常笑出聲，讚賞著自己的指甲，吸著煙，腰部還靠著一個坐墊，總而言之，他看上去神采奕奕，心情極好。早餐讓他很滿意，吃飽喝足後，他心滿意足地給自己倒了一杯紅酒，把酒杯拿到唇邊，突然緊皺雙眉。

「怎麼沒熱一熱酒呢？」他用一種很是粗魯尖銳的聲音問一個僕從。

那名僕從驚慌失措，嚇得面色蒼白。

「我在問你話呢，夥計！」埃爾卡季・巴伯雷奇面無表情地接著說道，眼睛卻死死地瞪著他。讓人可憐的僕從不知所措地站著，倒換著雙腳，手擰著餐巾，無言以對。埃爾卡季・巴伯雷奇低下頭，若有所思地鎖住眉頭，斜睨了他一眼。

「請別見怪，親愛的朋友，」他突然又春風滿面地說道，同時又親熱地捅捅我的膝蓋，然後又瞪著那個僕從。「好了，去吧！」稍停一小會兒，他又這麼吩咐了一句，然後揚起眉毛，按響了鈴。

於是一個黑胖的人走了進來，他滿頭黑髮，低額頭，一對腫眼泡。「菲多爾的錯誤……你去處理吧。」埃爾卡季・巴伯雷奇低聲地發號施令。

「遵命。」胖子答應一聲便出去了。

「您看看，這就是鄉村生活帶給人的不快，我親愛的朋友。」埃爾卡季・巴伯雷奇興致盎然地評論，「哎，您著急要去哪兒？先別走，坐下來歇息片刻吧。」

「不坐了，」我答道：「我該走了。」

「就知道打獵！唉，對你們這些打獵迷，我可毫無辦法！那麼您現在要去哪呢？」

「去利雅波沃，離這兒四十多俄里。」

「去利雅波沃？哈，太好了！這麼說我肯定得陪你一趟了。利雅波沃離我的領地什比洛夫卡沒多遠，最多不到五俄里，我已經有很久沒去什比洛夫卡了，總是沒空，這回正好！太巧了！您先去利雅波沃打獵，晚上就去我的領地什比洛夫卡，那該多妙啊！我們又可以共用晚餐了，咱們要帶一個廚師，您就在我那裡過夜。妙！妙！」他沒等我答話，立刻又說：「一切都會安排好的……喂，誰在那兒？叫人快點給我們把車套好，快點兒！您沒去過什比洛夫卡吧？我實在不好意思請您在我管家的小屋裡過夜，不過，我明白您不會放在心上，您不怎麼計較這些，到了利雅波沃，沒準兒要在乾草棚裡過夜……好，那咱們就走吧，快點！」

一邊走著，埃爾卡季・巴伯雷奇還唱起了一支法國浪漫曲。

「可能您不太明白，」他晃著雙腿，接著對我說：「在我那裡還有繳納代役租的農戶呢，如今一切都按憲法辦事，又有什麼法子呢？不過，他們倒能按照規定的時間向我繳納代役租。說實在話，我很早以前就想讓他們改繳勞役租，問題是沒那麼多土地呀！就這樣，令我怪異的是，到頭來，他們怎麼對付得了呢？不過，這就是他們的事了。我那塊領土的總管倒是個能幹的傢伙，精明強幹，是個棟梁之才！到了那兒您就能親眼看到。……說實話，真是天賜英才呀！」

毫無辦法！本來上午九點就該上路的，結果這麼一折騰，一直拖到下午兩點。只有獵人才能理解我此時的焦急。可是埃爾卡季・巴伯雷奇卻很從容。正如他自己說的，他想趁機好好地消遣遊樂一番，因此，他帶了一大堆東西，所需之物有內衣、食品、飲料、香水、軟墊，還有令人目不暇接的梳妝盒，這麼多東西，足夠勤儉持家的德國人消費一年的了。

一路上，每當馬車下坡之時，埃爾卡季・巴伯雷奇總是不厭其煩地向車夫囑咐一句簡潔而又必須執行的話，因此，我可以斷定他是一個實實在在的膽小鬼。不過，這趟旅行卻一帆風順，只是駛過一座剛修過的小橋時，廚師乘坐的那輛馬車翻車了，後車輪壓著了廚師的肚子。

一看到自己專用的卡雷姆[5]摔到車底下，埃爾卡季・巴伯雷奇十分吃驚，立刻派人去問，摔傷

5 一個著名的法國廚師之名，此處指代廚藝高超的廚師。

了手沒有？聽到平安無事的答覆後，這才放下心來。由於此類的事，我們在路上耽擱了很長時間。我同埃爾卡季・巴伯雷奇乘坐一輛馬車，等到這次旅行即將抵達終點時，我已經覺得苦悶難熬了，特別是在這幾個小時的行程中，我的這位朋友可以說是原形畢露。我們最終到達了目的地，但不是利雅波沃，而是直接來到什比洛夫卡。其實我的原定計劃並非如此，既然都這樣了，還有什麼辦法呢。反正今天打獵算是泡湯了，只得靜下心來聽從安排。

廚師比我們早到了一會兒，看來是早就安排好的，我們的馬車剛到村寨門口，村長（總管的兒子）就已經在那裡恭候了。這是一個彪形大漢，一頭褐色頭髮，見到我們後立刻脫帽致敬，身穿一件新上衣，卻沒有繫扣子。

「索夫隆怎麼沒來？」埃爾卡季・巴伯雷奇問道。

村長跳下馬背，先向東家深深地鞠一躬，接著恭恭敬敬地說：「您好，埃爾卡季・巴伯雷奇老爺。」隨後稍微抬起頭，整整身子，緊接著答道主人的問話：「索夫隆到彼得羅夫去了，已經派人去叫了。」

「好，那你就跟我們來吧！」埃爾卡季・巴伯雷奇吩咐道。

為表示敬意，村長把馬拉到邊上，然後躍上馬背，讓馬小步跟在車後，手中拿著帽子。

我們的馬車在村子裡行進，碰見幾個農民坐在一輛空的貨車上，看樣子，他們剛從農場回來，一路上歌聲不斷，搭著兩條腿坐在車幫上，全身不停地顫動，搖來擺去。但是一看到我們的馬車和村長，立刻緘默不語了，趕緊都起身肅立，脫帽致敬（夏天還戴著棉帽子），彷彿在靜候命令。埃爾卡季・巴伯雷奇威嚴而又和藹向他們點點頭。

一看就明白，由於我們的到來，整個村子都緊張了起來，身穿花格裙子的農婦投擲木片轟趕著那遲鈍而又專愛湊熱鬧的狗；一個瘸腿老頭兒，滿臉鬍子正好蓋住眼睛，更是慌張，趕緊從井邊水槽拉開一匹尚未飲飽的馬，還莫名其妙地打了馬肚子一下，隨後立刻鞠躬致意施禮；身穿長衫的小男孩哭喊著奔向屋裡，把肚子趴到高門檻上，低著頭，蹺著腳，趕緊連滾帶爬地鑽到門裡去，躲進漆黑一片的前室，再也沒敢探個頭；就連母雞也驚慌失措地鑽進大門下；只有一隻大公雞無所畏懼地站在大路上，彷彿穿著一件緞子背心一般，黑油油的，一條不正常的紅尾巴大到都快碰見雞冠子了，正打算引頸啼鳴呢，但一見這種陣勢，也不知所措地逃走了。

總管的院落不和村民的房舍擠在一道兒，而是在繁盛的綠色大麻田中獨自矗立，我們把車停在他家的大門口。比諾奇金先生以一種高貴的姿態脫下了斗篷，走出馬車，得意洋洋地掃視了一下四周。總管的老婆殷勤備至地接待了我們，深深鞠了一躬，然後又上前來吻主人的手。埃爾卡季・巴伯雷奇特意讓她受寵若驚地吻了個夠，然後才走上臺階。在前屋黑乎乎的角落裡，村長老婆也畢恭畢敬地侍立著，她有鞠躬致意施禮的膽量，但沒敢過來吻主人的手。

在冬天沒有取暖設備的涼房裡——在前屋右邊——另外兩個婦女已經在那兒忙碌開來。她們清理走了各種各樣的廢物、空罐子、硬梆梆的皮襖、油缽，還把一個不乾淨的舊搖籃也搬了出去，裡面還放著一堆破布，然後又用浴室裡的掃帚打掃灰塵。埃爾卡季・巴伯雷奇把她們轟走，坐在聖像下面的一條板凳上。馬車夫們緊接著便把隨車帶來的各式的箱籠和其他應用物品搬進屋，每個人都小心翼翼，走起路來也輕手輕腳，不讓笨重的皮靴發出大的響聲。

趁著這會兒，埃爾卡季・巴伯雷奇詢問村長關於收成、耕作以及其他農活的情況。村長的回答他覺得不盡如人意。村長有些精神不振，回答問題也有些吞吞吐吐，就彷彿在用凍僵了的手指頭去扣外衣鈕扣。他站在門邊，總是膽戰心驚地來回張望著，給來去匆匆的侍從們讓路。我從他那寬闊的肩背向後望去，正好看到總管的老婆在前屋裡偷偷毆打一個女僕。突然傳來了馬車聲，在臺階前停了下來，總管隨即走進屋來。

埃爾卡季・巴伯雷奇稱之為棟梁之才的這位，個頭不高，背闊肩寬，雖然已經滿頭白髮，但卻體格結實。一個紅紅的鼻子，一雙藍色的小眼睛，蓄著扇形鬍子。此公的面容，使我不得不順便說兩句：自俄羅斯強大以來，國內還從未看見過哪位達官貴人不留著大鬍子的，有的人本來臉上只有稀稀落落的幾根，突然就變出一臉大鬍子，如同光輪一樣，不知這些毛打哪兒鑽出來的！估計這個總管是在彼得羅夫被灌醉了，臉漲得就彷彿浮腫了一樣，而且全身泛著濃烈的酒氣。

「哎呀，您啊，我們的衣食父母，我們的大恩人，」他裝腔作勢地獻媚邀寵，臉上現出一副受寵若驚的神情，差不多快要感激涕零，「盼到您蒞臨本村，真難得啊！……請伸出您的手，老爺，伸出您的手。」他一邊說著，一邊已經噘起嘴唇了。埃爾卡季・巴伯雷奇慷慨大方地讓他的心願得到了滿足。

「喂，索夫隆老夥計，你一切都好吧？」他親熱地問道。

「啊，您啊，我們的衣食父母！」索夫隆大聲答道：「怎麼能不好呢！您瞧，我們的衣食父母，我們的大恩人，您的蒞臨可讓我們這個小村子蓬蓽生輝！給我們帶來一輩子都享不盡的福分！上帝保佑您，埃爾卡季・巴伯雷奇，上帝保佑您，托您的福，諸事順心。」

說到這兒，索夫隆停了片刻，不聲不響地看了看主人，隨後感情立刻又上來了（同時酒勁也在發作），再次要求吻手，說起話來更加拿腔捏調的了。

「哎呀，您啊，我們的衣食父母，我們的大恩人啊……咳，真是的！我真高興得不知如何是好！……我看到您蒞臨簡直是不敢相信……啊，您啊，我們的衣食父母！」

埃爾卡季・巴伯雷奇看看我，開心地笑了笑，感慨地說道：「太感動人了，是不是？[6]」

「啊，老爺呀，埃爾卡季・巴伯雷奇，」總管又在嘮叨，「您這是怎麼啦？突然就大駕光臨，您簡直都急死我了，老爺，您預先並沒告訴我您要光臨呀？今天晚上在哪兒住宿呢？瞧這個地方多髒啊，到處是灰……」

「不要緊，索夫隆，不要緊，」埃爾卡季・巴伯雷奇微笑著說道：「這兒挺好。」

「啊呀，這裡還算挺好的？我們的衣食父母，這怎麼說呀，這種地方只配給我們莊稼人住！可您……啊，您啊，我的大恩人，我的衣食父母，啊，您啊，我的衣食父母呀！……請饒恕我這個沒用的奴才吧，我真的傻了，我真是瘋掉了，真的，太不知好歹了！」

晚餐已經擺好了，埃爾卡季・巴伯雷奇開始用餐。

總管把他喘氣太重的兒子攆了出去。

「喂，老人家，地界分得怎樣？」比諾奇金先生問道，還故意學著莊稼人的說話腔調，同時朝我擠眉弄眼的。

「地界全都分好了，全都托您的洪福，老爺。清單前天就已經列好了。赫列諾夫的人一開始說什麼也不答應……好老爺啊，真的，他們死活不答應。他們三天兩頭改來變去，片刻要這樣，片刻

6 原文為法語。

又要那樣……鬼才明白他們究竟想怎麼樣！簡直是一群徹頭徹尾的大傻瓜，老爺，都是些不知好歹的蠢貨。可我們呢，老爺啊，全遵照您的吩咐，老爺，您怎麼吩咐我們就怎麼照辦，全都經過葉戈爾・德米特利奇的同意。」

「葉戈爾已經向我報告過了，」埃爾卡季・巴伯雷奇煞有介事而又神氣十足地說道。

「那是當然的，老爺，葉戈爾・德米特利奇理應該向您報告。」

「這樣說來，你們皆大歡喜了？」

索夫隆等的就是這一句話。「哎呀，我們的衣食父母，我們的大恩人哪！」他重新拉長了這種諂媚的腔調，「那還用說嗎？我們的衣食父母，我們時時刻刻不在為您向上帝祈福。……土地嘛，當然是少了一點兒……」

比諾奇金打斷了他的話：「啊，好了，好了，索夫隆，我明白，您可是我最忠實的僕人。……那麼，再說說，糧食打得怎麼樣了？」

索夫隆深深地嘆息了一聲。

「哎呀，我們的衣食父母，糧食打得可不怎樣。是這樣，埃爾卡季・巴伯雷奇老爺，讓我向您詳細報告，出了一件事兒，（說到這裡，他把雙手一攤，湊到比諾奇金先生跟前，彎腰探身，一隻眼睛瞇著。）在我們的地裡發現了一具死屍。」

「這究竟是怎麼一回事兒呢？」

「我也不明白，我們的衣食父母，老爺，不用猜，準是冤家搗的鬼，所幸我們早發現，而且還是在靠近別人地界的地方，不過，實話說來，死屍的確是這樣在我們的地裡，我趁著還沒人發現，立刻叫人把死屍弄到別人的地裡去了，還派人專門守在那兒，我還預先囑咐了自己的人，叮囑他們千萬別聲張和傳揚出去。為防萬一，先下手為強，我立刻去找警察局局長說明此事與我們一概無干係，而且還給他酬謝請他喝了茶。……老爺，您看處理合適嗎？反正這件事算在別人頭上了，不然的話，即使兩百盧布也不好辦一具死屍啊。」比諾奇金先生聽到自己的總管滿腹陰謀詭計，笑個不停，而且不止一次地向我點頭誇讚：「多精明強幹啊，是不是？」

我們進完晚餐，夜幕已經來臨。埃爾卡季・巴伯雷奇吩咐收拾餐桌，又讓人抱來乾草。侍僕為我們在乾草上鋪好床單，擺好枕頭，侍候我們就寢。索夫隆領到了次日的安排之後，就回到自己屋裡去了，埃爾卡季・巴伯雷奇臨睡前，和我又聊了片刻和俄羅斯農民良好品質有關的話題，同時還告訴我，自打索夫隆掌管這片產業，什比洛夫卡的農戶從未拖欠過一個子兒的租稅……不久傳來了更夫敲梆子的聲音，又聽到某個房間裡一個嬰兒啼哭了起來，很顯然，他還未養成怕打擾我們入睡的自我犧牲精神……我們在哭聲中進入了夢鄉。

第二天清晨，我們起了個大早。我本來打算去利雅波沃村，可埃爾卡季・巴伯雷奇堅持留我去參觀他的領地。恭敬不如從命，我也正想去見識見識索夫隆這位棟梁之才的豐功偉績，順便也可以找找樂子。

總管來了。今天他身穿藍色外衣，繫著一條紅腰帶。說話不像昨天那樣嘮叨了，一雙眼睛炯炯有神，時刻對老爺察言觀色，回答老爺的問話也是條理清晰，顯得很是精明強幹。他先陪我們去了打穀場，索夫隆的兒子也跟在我們的身後，這個村長身材高大粗壯，言談舉止卻都顯得愚不可及。地保費道謝伊奇也跟著我們一起來了，他是一個退伍士兵，留著密密的口髭，總是一臉怪異的表情，就彷彿很久以前受了什麼驚嚇。

我們參觀了打穀場、乾燥棚、烘乾房、庫房、風車、家畜圈、秧苗、大麻田，這些東西的確是這樣安排得井然有序。只是農民一個個鬱鬱寡歡的樣子，令我疑惑不解。參觀所到之處，索夫隆除了講求實效，還顧及到了美觀。所有的溝渠兩旁都種著爆竹柳，在打穀場上的禾堆中間還留出供通行的小路，上面鋪著沙子，風車上還裝上了風信子，活像一隻張大嘴吐著紅舌頭的狗熊，還砌了一個希臘式牆頭在磚砌家畜圈上，牆頭下面有白粉題字：「此乃家畜圈。西元一千八百四十年建於什比洛夫卡村。」

埃爾卡季・巴伯雷奇開心極了，誇耀地用法語向我講述代役租制的種種妙處，但是他又說，勞役租制對地主更有利——但也無須和他計較這些，他愛怎麼說都行！……他還時常開導總管，為他出主意，怎樣調理家畜飼料，怎樣種馬鈴薯等等。

索夫隆洗耳恭聽主人的訓示，有時也提出兩句異議，但是一直沒有讚頌埃爾卡季・巴伯雷奇是衣食父母、大恩人了，只是一直強調，他們的地太少，最好再買一些。埃爾卡季・巴伯雷奇聽了，大方地答道：「這有什麼難的，買就買吧，就以我的名義買吧，我同意。」索夫隆聽了這番話，不再說話，只是捋捋鬍子。

「那我們現在去樹林子裡轉一轉吧。」埃爾卡季・巴伯雷奇又說。於是立刻有人給我們牽來坐騎，我們便紛紛上馬向樹林直奔而去，或者像我們常說的，去「禁區」遊覽一番。在這片「禁區」裡，我們看到一派荒涼景象。埃爾卡季・巴伯雷奇對此很是滿意，連聲誇讚他的總管治理有方，還親熱地拍拍他的肩膀。比諾奇金先生對於造林所持的觀點，和俄羅斯人的見解一樣，因而乘此機會給我講了一個在他看來很有意思的逸聞：有一個風趣幽默的地主在開導他的護林人時說：「把他的鬍鬚拔掉一半，用來證明過度砍伐無法讓樹林繁茂起來……」可是，在其他方面，索夫隆和埃爾卡季・巴伯雷奇都同意新辦法。

回到村子後，索夫隆又陪我們去看他不久前從莫斯科訂購的一台簸穀機。這的確是台好的機器，但是，假如索夫隆明白在後來的遊覽途中，他們和他的主人會碰見極其不快的事情，他就絕對不會和我們一起待在他家裡了。

原來出了這麼一件事，我們剛出庫房，便看到一齣鬧劇：有一個髒水坑就在離房門不遠處，三隻鴨子正在其中逍遙自在地遊嬉，水坑旁邊卻跪著兩個農民，一個是大概六十歲的老頭兒，另一個小夥子二十上下，兩個都身穿破舊的麻布衫，腰上都繫著繩子，打著赤腳。地保費道謝伊奇在那兒和他們賣勁周旋著，如果我們在庫房裡多待片刻，他可能就勸走了他們。很不巧，正在此時，兩個農夫看到了我們，於是便挺直了身子呆立在那兒，村長一見就張大了嘴，不知所措地握緊了雙拳，也呆立不動了，埃爾卡季・巴伯雷奇咬著嘴唇緊皺雙眉，邁步走到兩個請願者前邊，兩個農夫還沒開口說話便跪下來給他叩頭。

「你們為什麼非要見我不可？」他用嚴厲而帶鼻音的語調發問。（這一老一少兩個農夫互相看了一眼，沒敢出聲，只是瞇縫起眼睛，彷彿要躲避陽光似的，就連呼吸也急促起來。）

「喂，怎麼啦，你們究竟要幹什麼？」埃爾卡季・巴伯雷奇又追問不捨，突然轉過身問索夫隆：「他們是誰家的？」

「是托波列耶夫家的。」

「喂，你們究竟要幹什麼？」比諾奇金先生又問道：「你們難道沒有舌頭嗎？你說說，你有什麼要求？」他衝那個老頭兒點了點頭，又說道：「蠢貨別害怕。」

老頭兒壯壯膽，把自己那黑乎乎、皺巴巴的脖子伸伸，撇著青紫的嘴唇，聲音嘶啞地說：「老爺，請你主持公道！」說著，又趴在地上叩了個響頭。那個小夥子也跟著叩了個頭。

埃爾卡季・巴伯雷奇傲慢地瞥了一眼他們的後腦勺，高仰著頭，兩隻腳叉開站著。

「主持什麼公道？你想控告哪個？」

「老爺，可憐可憐我們吧，為我們主持公道吧。……我們都快被活活折磨死了……」老頭兒氣呼呼地說道。

「哪個折磨你了？」

「是索夫隆・雅科夫雷奇呀，老爺。」

埃爾卡季・巴伯雷奇沉默一小會兒，又問道：

「你叫什麼？」

「安季波，老爺。」

「這是什麼人？」

「我的小兒子，老爺。」

埃爾卡季・巴伯雷奇撫弄了一下鬍子，沉默了片刻。

「唔，他怎麼折磨你了？」他問，透過小鬍子看著跪著的老頭兒。

「老爺，我的家生生被他給拆散了。老爺，我的兩個兒子還沒有輪到服兵役的時候，就讓他給拉去了，如今又硬逼著我的第三個兒子去當兵。老爺，昨天他搶走了我們家的最後一頭母牛，又兇狠地打了我的老伴兒——看，就是這位先生。」（他指了指村長。）

「哼。」埃爾卡季・巴伯雷奇哼了一聲，十分的不滿意。

「恩人哪，不要讓他毀了我們一家人！」

比諾奇金先生緊皺了眉頭。

「這究竟是怎麼回事？」他氣惱地低聲地問總管。

「稟告老爺，這是個酒鬼，」總管用最為恭敬的語調答道：「老爺容稟，他是個浪蕩漢，都已經欠了五年的地租啦。」

「索夫隆・雅科夫雷奇替我繳了欠租，老爺，」老頭兒接著哭訴，「已經繳了五年，繳完租之後，他就讓我做牛做馬[7]，老爺，還有……」

「那你為啥要欠租呢？」比諾奇金先生大聲喝問（老頭兒膽怯地低下頭）：「是不是總愛喝酒，整天在酒館泡著？（老頭兒想張嘴說話）我可看透了你們這些酒鬼！」埃爾卡季・巴伯雷奇怒氣衝衝地吼道：「你們整天就知道喝酒，懶洋洋地躺在炕上，指望著老實傢伙替你們賣力氣。」

「他是個胡攪蠻纏的無賴！」總管添油加醋。

「嗯，這還用說嗎？肯定是這麼回事，我就不止一次親眼看見過。一年到頭，就知道閒遊，到現在才知道磕頭求饒！」

7 舊時俄國規定欠債者在還清債務前，其人身屬於債權人，如果債務到期仍無法償還，欠債者便成為債權人的終身奴僕。

「老爺，埃爾卡季・巴伯雷奇，」老頭兒心碎地哀求著，「請您大發慈悲，救救我們吧，我怎麼會是那種人！我無法忍受啦！我向上帝起誓！索夫隆・雅科夫雷奇就是故意找我們的彆扭，為什麼呢——讓上帝來評判吧！我們一家人就這樣被他活活拆散了，老爺。……連這最後一個兒子……連這個……（老頭兒已經泣不成聲了。）發發慈悲吧，為我們做主啊……」

「還不止我們一家子。」那個小夥子也開口了。

埃爾卡季・巴伯雷奇突然發火地說：「問你了嗎！啊！多嘴！……竟敢隨便插嘴！不許你插嘴，聽到了嗎？把嘴閉上！……哎呀，天哪！這還了得，反了你了。不像話！老弟，在我這兒可別想造反……在我這兒……」

埃爾卡季・巴伯雷奇前跨一步，但是可能顧及我在場，便扭過臉，把手插進褲兜。

「請原諒，親愛的先生。[8]」他有意勉強笑了一下，顯然壓低了聲音。「榮譽的背面不怎麼光彩[9]……喂，夠啦，夠啦，」他的眼睛看著遠方，急躁地說：「哎，我會吩咐下去的……夠啦，你們走吧！（跪在地上的父子二人沒有動身。）哎，我不是已經告訴你們了嗎……夠啦！滾，我會吩咐下去的，聽到了嗎？」他不耐煩地說。

埃爾卡季・巴伯雷奇轉身背對著他們。「貪心！」他生氣地從牙縫裡擠出這幾個字之後，就快步回去了。索夫隆緊跟在主子身後，驚恐地瞪著眼睛，似乎想乘機溜之大吉。村長把氣撒在鴨子身上，把牠們從水坑裡趕了出去。請願的一老一少起身呆立了片刻，向對方無可奈何地互相看看，垂

8 原文為法語。
9 原文為法語。

頭喪氣地回去了，連頭也沒回。

大約兩個鐘頭以後，我們已經到了利雅波沃，而且同我認識的農民安巴基斯特一道兒準備去打獵了。在我離開什比洛夫卡之前，埃爾卡季・巴伯雷奇對索夫隆一直吹鬍子瞪眼的。

我同安巴基斯特聊起了什比洛夫卡的農民們，談到了比諾奇金先生，我也問他是不是認識那裡的總管。

「是索夫隆・雅科夫雷奇嗎？……噢，他呀！」

「他怎麼樣啊？」

「是一條狗，畜生！這樣的狗，連庫爾斯克也找不到。」

「怎麼了？」

「什比洛夫卡村名義上是那個……他究竟姓什麼來著？喏，就是那個比諾奇金的產業，但掌管產業的並不是他，而是索夫隆說了算，是他掌握實權。」

「真的嗎？」

「那還有錯！他統治這個村子如同治理自己的產業一樣，那邊的農民人人欠他的債，每一個人都像奴隸一樣，為他累死累活，把手下的人使喚得團團轉，可把人折騰苦了！」

「好像他家的田畝很少呀？」

「少？單從赫列諾夫一家人那裡，他就租了八十畝，在我們這裡，他也租了一百二十畝，還有他自己的一百五十畝的一大片地。而且他還倒賣馬匹、牲口，還有柏油、牛酪，外加大麻，凡是能賺錢的事兒，他都幹了！……這傢伙是個機靈鬼，聰明過了頭！這個鬼東西，發大財了！最可恨的是，他蛇蠍心腸，經常打罵人。是個徹頭徹尾的畜生！壓根就不是人！大家都說他是一條狗，是條見人就咬的瘋狗！」

「那他們為什麼不去政府告發他呢？」

「哎呀！老爺們是不會去過問這些事情的！只要沒有人欠租，樂得清閒，他才不操那份閒心呢，他還管啥呢？嗯，你去告他，試試看，」安巴基斯特停了一小會兒，又說道：「哼，他就會把你……嗯，你去試試……沒用！你會倒楣的……」

這時我想起安季波父子的請願，就跟他說了一下當時親眼所見的情況。

「等著瞧吧，好戲還在後頭呢！」安巴基斯特自信地說：「這下他不剝去安季波的三層皮才怪，準得把他整個吞下去。說不定，這會兒村長正在揍他。你說，這個讓人可憐的老頭這下可倒楣了！他憑什麼要受這份罪呢。你可能不明白，他在村民會上跟他爭吵過，就是那個總管，安季波準無法忍受了。這種吵嘴都是些無關痛癢的小事！但是總管卻記恨，想方設法來報復他，於是就開始整安季波，現在把這個老頭整得死去活來！這個總管是一條狗，是一條瘋狗！——上帝寬恕我詛咒他——這個傢伙就是揀軟柿子捏，狡猾透了。誰家要是有錢，人口又多，他連碰都不敢碰一下呢。這個禿鬼！但是這一次對安季波就太過分了，太飛揚跋扈了，就是欺負人家太老實了，還沒輪上他兒子去服兵役，就硬給拉去當兵了，真是太欺負人，真是一條真正的瘋狗——上帝饒恕我詛咒他。」

看，他們是對狼狽為奸的主僕！我們聊完後，就出發打獵去了。

一八四七年

# 事務所

秋天，我碰見了這麼一件事。

我背著獵槍在野地裡折騰好幾個小時了，庫爾斯克大道旁有一家旅店，我的三套馬車就停在那兒等我。冷冷的細雨從一大早就下個不停，活像個老處女一樣嘮叨個不停，真是煩死人，實在無可奈何，我只好在旁邊找個躲雨的地方——哪怕能避上片刻也好。

我停下來向四處張望，突然看到豌豆地邊上有一個矮小的草棚，我便邁步走過去，草棚簷下有一個極瘦弱的老頭兒，他立即令我想起了魯濱遜在他所滯留的孤島上的一個情景：他在山洞裡發現了一隻奄奄一息的山羊。老頭兒蹲在地上，瞇著那對黯淡無光的小眼睛，如同兔子一樣蜷縮在那裡。這個讓人可憐的人的牙齒掉完了，膽怯地嚼著又乾又硬的豌豆粒，他只顧嚼嘴裡的東西，竟絲毫沒發覺我走到了他身邊。

「老大爺！喂，老大爺！」我呼喚著他。

他嘴巴停住不動了，高揚眉毛，費勁地睜大了眼睛。

「你說什麼？」他的聲音沙啞又含混不清。

「這兒旁邊有村子嗎？」我問。

老人又咀嚼了起來，很顯然他沒聽明白我的問話，因此我便提高嗓門大聲地重複了我的問話。

「你要找村子幹什麼呀？」

「避雨。」

「什麼？」

「避雨。」

「哦！」他撓了撓那曬黑了的後腦勺。「嗯，你呀，嗯，這樣走，」他突然模糊不清地說，一面手舞足蹈的比劃，「哪……哪，你就沿著林子走，走吧，一直向前走，前面能看到一條路。你別走上這條路，不要走這條路，要一直向右，一直走，一直走啊，一直走……哪，穿過阿納尼耶沃村就可以到西托夫卡村。」

因為老頭兒說話斷斷續續……我聽起來很賣勁，彷彿他的鬍子礙著他說話，而且舌頭也不靈光。

「你是什麼地方的人？」我問。

「什麼？」

「你家是哪裡的？」

「阿納尼耶沃村的人。」

「來這做什麼？」

「什麼？」

「你幹什麼呢，在這裡？」

「看地。」

「你在看地裡的啥呀？」

「豌豆。」

我感覺到太滑稽了。

「算啦，你很大年紀了吧！」

「老天明白。」

「你的眼睛還好使嗎？」

「什麼？」

「眼神好嗎？」

「不好，不行了。」

「你還看豌豆？開玩笑的啦！」

「問管事的啦。」

「管事的！」我心裡尋思，看著這個讓人可憐的老頭兒，不由得憐憫起來。老頭兒在懷裡摸索了片刻，掏出一道硬硬的麵包，如同小孩一樣啃了起來，一個勁兒把本來就塌陷了的兩頰往裡縮。

我朝樹林子走去，照老人指點的方向，向右，一直走，一直走，最終進了一個大村子。村子裡有一座石砌教堂，是新式的帶廊柱的，還看見一座高大寬敞的地主院落。透過濛濛細雨，我很遠就看到了一幢木板頂的房子，屋頂上還豎著兩個煙囪，僵硬而呆板。它高過了別的房子，可能是村長的住宅。當然，只有地位稍微高的人才得享受優厚的待遇，但同時，這樣必會使人一眼認出來誰是這裡的尊貴者，於是，我就走向那幢房子，希望能在那兒找到茶炊，喝上加糖的熱茶，最好還有不太酸的鮮奶油。現在的我對這些食物是那樣的渴望，一種從未有過的發自內心的狂熱需求。以我的判斷，我希望在那裡能得到想要的來滿足我強烈的欲望。

我帶著那條被雨淋得渾身打戰個不停的狗登上臺階，推開門一看，屋裡的陳設和一般人家的確不同，只看到幾張堆滿了辦公用紙的桌子，兩個紅色櫃櫥，不乾淨的墨水瓶，很重的錫質吸水砂盒、細長的鵝毛筆。一個二十多歲的小夥子在一張桌子旁邊坐著，帶著病容的臉有點兒浮腫，小眼睛，前額圓鼓鼓的，鬢髮又濃又長，他身穿一件灰色的土布外套，顯得很整齊，但是領口和前襟都油光光的。

「有何貴幹？」他突然抬頭問我，那神情如同一匹被人拉著頂毛而仰起頭的馬。

「這裡是管家的住宅？……」

「這裡是領主的總事務所。」他打斷我的話，「我正在值班……您難道沒有看見牌子嗎？我們釘的有牌子。」

「這裡有地方可以烤衣服的嗎？村子裡哪一家有茶炊？」

「怎麼沒有茶飲呢，」這個身穿灰外套的小夥子一本正經地答道：「您可以到季莫菲神父那兒，或者是僕人的屋子，要不就去找納薩爾・塔拉塞奇，也可以找看家禽的阿格拉菲娜。」

「你跟誰聊呢，蠢貨？攪得讓人沒法歇息，蠢貨！」從隔壁房間裡傳出怒沖沖的呵斥聲。

「來了位先生，問哪兒可以烘烤乾他的衣服。」

「先生？什麼樣的？」

「我不認識，有獵槍和獵犬。」

隔壁的床鋪響得很是厲害。一個人開門走出來，此人五十來歲，身材矮胖，脖子粗得像公牛，鼓眼泡，一張圓滾滾的油光滿面的臉。

「幹什麼的？」他問我。

「烘烤衣服。」

「這裡不能烘烤衣服。」

「我明白這裡是辦事處，但是我可以付錢……」

「這麼說來，這兒或許能烤，」胖子立刻答道：「好，請這邊來。（他領我到另一個房間，而非他方才走出的那間。）你在這個房間吧。」

「好……給我弄點兒茶和奶油，行嗎？」

「可以，立刻送來。您先脫下衣服，歇息一下，茶片刻就能送來。」

「誰是這裡的主人？」

「葉蓮娜·尼庫拉耶芙娜·洛斯尼雅科娃。」他說完就出去了。

我觀察了一下這個房間。這個房間與事務所僅隔一道板壁，緊挨著這道板壁擺著一張又大又長的皮沙發，兩把皮的靠背椅，椅背高大的，擺在唯一一扇朝著街道的窗子兩邊。牆上糊著粉色花紋綠牆紙，上邊還掛著三幅大油畫，一幅畫著一條戴藍色鏈子的獵犬，上面還有題字：「我的開心。」狗腳旁一條河流過，河對岸的松樹下，蹲著一隻大得不成比例的只是豎著一隻耳朵的兔子。另一幅畫著吃西瓜的兩個老頭，西瓜後面的遠處，看得到希臘式的廊柱，上面也有題字：「逍遙宮」。第三幅畫著一個躺著的半裸美女，很有立體感，膝蓋紅潤，腳後跟胖乎乎的。我的獵犬立刻相中了這個長沙發，賣力地爬了上去，可能由於沙發底下灰塵太多，牠一個勁地打著噴嚏。

我信步走到窗前，看到從領主的院落到事務所間穿過街道，歪歪斜斜地鋪了許多木板。這實在是個好的辦法，這樣路就好走多了，因為這一帶是黑土地，外加經常下雨，到處是泥漿滿地的路。

這座地主院落背朝街道，它和附近的院落很相似，姑娘們都穿著褪色的印花衣服，匆忙走著；男僕們在爛泥巴里忙活，看樣子走得很賣勁，因而經常停下，又心事重重地撓撓後背；一匹馬拴在那裡，無精打采地搖著尾巴，高仰著頭啃著柵欄；一群母雞咯咯直叫；火雞像患了肺病似的叫喚個沒完……一間昏暗的破舊小屋子，可能是澡堂吧，在低矮的臺階上，坐著個健壯的小夥子，彈著六弦琴，正扯著嗓子高唱一支著名的情歌：

「唉——我就要流浪到荒涼的遠方，就要離開這迷人的溫柔鄉……」

矮胖子在這個時候走進了房間。

「給您送茶來了。」他一臉的微笑。

穿灰外套的值班員，端進一大堆東西：有一個茶炊、一把茶壺、放在破茶碟裡的茶杯，還有一罐鮮奶油和一串硬得像石頭的泊爾霍夫麵包圈。他把這些東西都擺到了一張用來玩牌的舊桌上。矮胖子料理好這一切就離開了房間。

「他是管家嗎？」我問值班的小夥子。

「不是，他以前是會計主辦，現在升為事務所主任了。」

「你們沒有管家嗎？」

「只有一個總管，叫米海納・維庫羅奇，但卻沒有管家。」

「有執事嗎？」

「有。是個德國人，叫卡爾·卡雷奇·林達曼道爾，他只是個空職。」

「那麼你們這兒究竟誰說了算？」

「女主人自己說了算。」

「噢，這樣啊！……你們事務所裡有幾個人辦公？」

小夥子稍微微思索了下。「六個人。」

「都有哪些人啊？」我又問他。

「哦，有這些人：會計主辦，瓦希利·尼克拉耶維奇；四個辦事員：彼得、彼得的弟弟伊凡，還有一個也叫伊凡，還有柯斯凱金·納爾季佐夫，算我一個，還有別的人不能全數出來。」

「你們的女主人可能有很多家僕吧？」

「不，不是很多……」

「那究竟有多少？」

「總共可能有一百五十個吧。」

我們兩人都沉默了片刻。

「喂，你寫字肯定很好看吧？」我又問。

小夥子聽了笑嘻嘻地點了點頭，很高興，去事務所拿來了一張寫滿字的紙。

「這是我寫的。」他笑著說道。

那是一張灰色的四開紙，上面的字跡粗狂而雋秀：

通告

第二百〇九號阿娜尼耶沃村領主莊園事務所主任通令總管米海納・維庫羅奇

接到該通令後立刻查明：誰昨夜醉入英國式花園，大肆唱淫蕩的曲子，驚擾了法籍家庭女教師安瑞妮女士的安眠？何人守夜在園中而放任此等浪蕩之為？守夜人職責何在？上述一切，當遵令查明並迅速呈報本事務所。

事務所主任尼庫拉・赫沃斯托夫

一個大大的帶家徽的圖章蓋在通告上面：「阿娜尼耶沃村領主莊園總事務所之印」，下款還有一行批文：「嚴肅處理。葉蓮娜・洛斯尼雅科娃。」

「嗯，是女主人親手批的啦？」我問。

「當然是她親手批的了，她總是親自批閱，要不然就是一紙空文，沒有用的。」

「啊，那你們要下達這道命令給總管？」

「不，他自己來看，也就是說，是念給他聽，他是個文盲。（值班的小夥子又沉默了一會。）您看怎樣？」他又笑嘻嘻地問道：「寫得很好看吧？」

「不錯。」

「但內容可不是我寫的，是柯斯凱金起草的，他是行家高手。」

「怎麼？……這要打草稿啊？」

「對！只有打了草稿才能寫得明白。」

「你有多少薪水？」我接著問。

「三十五盧布，外加五盧布買靴子。」

「夠開銷得嗎？」

「夠了，在我們的事務所工作可沒那麼容易，進來很難得的。說實在的，我是碰見好運氣了，我叔叔是派工頭。」

「你的日子舒心嗎？」

「還好，不過，說實在的，」他嘆了口氣接著說：「做我們這種工作的，比如說，要是跟著商人，日子就會更好過。是的，和商人在一起做事會好些的，昨晚有一個商人從維尼奧夫來我們這兒了，他的一個雇工就是這樣對我說的……好得很啊，真的，好得很啊。」他有些感慨地說道。

「怎麼，難道說商人會給更多的薪水？」我稍微帶點詫異的問。

「才不是呢！你問他要薪水，他就會掐著你的脖子掃地出門。不過，你在商人那兒做事就得講信用，還要擔風險。那他就供你吃喝穿用，什麼都會給你，只要讓他十分喜愛，他會給你更多……沒有必要要薪水了！根本就用不著，而且商人的生活隨便，跟我們一樣是俄羅斯式的。跟他出門辦事，你和他同吃同喝。商人……怎麼說呢，商人和地主老爺可不一樣，商人平易近人，他要是生了氣，揍你兩下，就沒事了，不會記仇，也不會罵你。跟著地主老爺那才是倒大楣了！很難侍候的。你端茶給他，或者吃的什麼，他就會挑三揀四，『哎呀，茶不對味呀！哎呀，吃的東西都臭了！』那你端出去，在門外站上片刻，然後再端去給他。這回他說：『哦，這下好了，哦，好了。』至於那些地主婆，告訴您吧，地主婆更能把你活活折磨死！……就更甭提那些小姐了！」他說得滿嘴的無可奈何。

「費久什卡！」胖子吼叫著。

值班的小夥子立刻跑出去了。我喝了一杯茶，就躺在沙發上睡著了，睡了大概兩個小時。一覺醒來，還有些懶洋洋的，我便又閉上眼睛，想再睡一小會兒，但又睡不著了。

這時事務所裡的人在低聲地談話，我不由得側耳細聽。

「是的，是的，尼庫拉・耶列梅伊奇，」有人說：「是的，是的，這一點不能不考慮，的確是這樣不能不考慮……咳！」（說話的人咳嗽了一聲。）

「您可要相信我，加夫里拉・安東納奇，」是胖子的說話聲，「難道我還不明白這裡的規矩嗎，您自己好好想想吧。」話語裡有幾分的威脅。

「尼庫拉・耶列梅伊奇，要是連您都不明白，還會有誰明白？您在這兒，可以說是第一號人物，那麼，這件事你看該怎麼辦？」那個我所不熟悉的聲音接著問道：「那麼，咱們究竟怎麼定呢，尼庫拉・耶列梅伊奇？很想聽聽您的見解。」

「算啦，加夫里拉・安東納奇，這麼說吧，這事兒全聽您怎麼定奪——您似乎對這不大感興趣吧。」

「可不能這麼說，尼庫拉・耶列梅伊奇，不能這麼說話啊！我們是在談生意、做買賣，我們就是要買貨。尼庫拉・耶列梅伊奇，我們就吃這碗飯的。」

「八盧布。」胖子一字一頓地說，語氣不容置疑。

一聲深深的嘆息傳來。「尼庫拉・耶列梅伊奇，您這是獅子大開口，太多了！」

「不能再少了，加夫里拉・安東納奇，憑良心說，真的不能再少了。」

兩個人都不言語了。

我靜悄悄欠欠身子，透過板壁縫向那邊張望，胖子背朝我坐著。一個商人坐在他的對面，大概四十歲，枯瘦的身材，面色白中帶青，病歪歪的樣子，只見他不停地撫弄著鬍子，兩眼珠賊溜溜的，撇著嘴唇。

「今年秋天的秧苗長勢喜人，」商人又說：「我一路上都在認真觀察。從沃羅涅日朝這邊走，地裡的秧苗都很好。」

「秧苗的確是很好，」事務所主任應聲說道：「但是，您也明白，加夫里拉・安東納奇，別看秋天長勢好，春天可說不準。」

「的確如此，尼庫拉・耶列梅伊奇一切都聽從上帝安排，您說得完全對。……你們的客人可能該醒了吧？」

胖子轉過身，認真聽了一聽……

「沒醒，還在睡著呢，不過，可能……」

他又到我的門口仔細聽聽。

「沒醒，還睡著呢。」他重複說，就又回到了原來坐的地方。

「喂，聽你的，尼庫拉・耶列梅伊奇？」商人又說話了，「這樁小生意總能成交吧。……那就這樣吧，尼庫拉・耶列梅伊奇，那就這麼辦吧，」他機靈地眨著眼睛，「給您老送上辛苦費，兩張灰的和一張白的，[1]那邊呢（他朝著主人院落點點頭）六個半盧布，做個手勢吧，怎麼樣？」

「四張灰的。」事務所主任答道。

「那麼，三張！」

「四張灰的！」

「三張！尼庫拉・耶列梅伊奇。」

「三張半，少一個戈比都不行。」

「三張！」

「好啦，加夫里拉・安東納奇。」

「您太不好說話了，」商人咕咕噥噥地說著：「那我還不如直接去跟女主人談好了。」

「請便了，」胖子毫不客氣地說：「早怎麼不去呀，何必到我這兒來自找麻煩呢？自己直接去談好了！」

「唉，算啦，算啦，尼庫拉・耶列梅伊奇。您還真生氣了！我只是隨便說說而已！」

「哼，隨便說說，究竟願不願意……」

「得了吧，我都說過了，剛才只是開開玩笑而已，何必真往心上去呢？好了，就三張半吧，服了你啦。」

「要四張更好呢，我真是個大傻瓜，何必這麼急呢。」胖子有點兒後悔地說道：「女主人那邊，是六個半，尼庫拉・耶列梅伊奇，——糧食六個半盧布行嗎？」

1 當時的俄羅斯紙幣為灰白兩色，灰色為五十盧布面值，白色為二十五盧布面值。

「六個半盧布，對，約好了的。」

「那麼，擊掌為證吧，尼庫拉・耶列梅伊奇（商人伸開手指拍了事務所主任的手掌一下）。上帝保佑您！（商人站起身。）那麼，尼庫拉・耶列梅伊奇老兄，我去求見女主人了，並且對她說，尼庫拉・耶列梅伊奇已經跟我講好了是六個半盧布。」

「加夫里拉・安東納奇，您就這麼著吧。」

「那麼就請您現在笑納吧。」

商人遞了一小遝票據給事務所主任，聳聳肩膀，身體呈波浪形動了一下，鞠了一躬，搖搖頭，用兩個手指頭優雅地捏起帽子，很有禮貌地走出了房間，靴子咯吱作響。

尼庫拉・耶列梅伊奇走到牆角，我能看得出，他是在認真數著商人交給他的票據。這時，從門口伸進來一個火紅頭髮，滿臉絡腮鬍子的腦袋。

「喂，怎麼樣？」那人問道：「全都談好了吧？」

「談好了。」

「多少？」

胖子不耐煩地擺擺手，指了指我待的那個房間以示意。

「哦，那好吧！」話音未落，人已經不見了。

胖子走到桌子旁邊，坐了下來，打開了帳簿，拿過算盤，劈劈啪啪地撥著算珠。他不用右手食指撥弄，而用中指，這就顯得更有派頭。

值班的小夥子走進房間。

「有事？」

「西多爾從戈洛普廖克來了。」

「啊！好，叫他進來。稍等一下，稍等一下……你先去看一下，那位先生是不是還在睡，還是已經醒了？」

值班的小夥子悄悄走進了我的房間。

我頭枕在獵袋上，閉上了雙目。

「還沒醒呢。」值班的小夥子回到事務所，低聲地說道。

胖子煩躁地咕噥了幾句。

「好，叫西多爾進來吧。」他最終吩咐道。

我又欠起了身。

這時走進來一個高個子農民，三十來歲，膀大腰圓，紅光滿面，一頭棕髮，捲曲的短鬍子。他在聖像前禱告了一小會兒，然後向事務所主任鞠了個躬，雙手拿著帽子，恭恭敬敬地站在那兒。

「你好，西多爾。」胖子一邊撥著算珠，一邊打招呼。

「您好，尼庫拉・耶列梅伊奇。」

「喂，一路順風嗎？」

「還行，就是有些泥濘。」（那個農民說話很慢，聲音也低。）

「你老婆好嗎？」

「她還行！」

那個農民嘆了口氣，一條腿向前伸了一下。尼庫拉・耶列梅伊奇把筆夾在耳朵上，擤擤鼻子。

「哦，你有什麼事嗎？」他接著問，一邊把格子手帕放回衣袋。

「是這樣，尼庫拉・耶列梅伊奇，聽說是向我們要木工師傅。」

「怎麼，你們那兒難道沒有木工師傅？」

「我們怎麼沒有木工師傅呢，尼庫拉・耶列梅伊奇，我們那是林區——誰都明白的，只是，現在正是最忙的時候啊，尼庫拉・耶列梅伊奇。」

「最忙的時候！是這樣，你們願意給別人做工而不願意給女主人做工……其實都是一樣的。」

「活計都還一樣，沒有不好，尼庫拉・耶列梅伊奇……只是……」

「只是什麼？」

「工錢太……那個……」欲言又止的樣子卻又含義明確。

「這又怎麼啦！看，你們也太自以為是了！還敢挑挑揀揀的，少來這一套！」有些憤怒的語調。

「那也得把事說明白，本來一個星期能幹完的活，總要拖一個月，一會兒木料不夠了，一會兒又派你到花園裡去掃路了。」有點不滿地訴說。

「這又怎麼啦？這是女主人親自吩咐的，誰敢不聽？我犯不著和你磨嘴皮子！」硬梆梆地甩出這些夾帶著憤怒和命令的話。

西多爾沒敢再言語，只是在那兒無可奈何地來回倒換著兩隻腳。

尼庫拉・耶列梅伊奇歪過頭，專心撥弄起算珠。

「我們那兒的……農民……尼庫拉・耶列梅伊奇……」西多爾終於說話，結結巴巴的，「讓我給您老人家……這個……就在這兒。」

他那粗糙的大手伸進懷中，掏出一個帶紅條的手巾包。

「什麼意思，這是幹嘛，蠢貨，你瘋了嗎？」胖子立刻打斷了他的話，「去吧，快去我家吧，」他說著，一邊硬把驚慌失措的西多爾往門外推，「你先去問問我老婆……她會請你喝茶，我立刻就到，你先去吧。可別害怕！聽見了嗎？快去吧。」他說話的樣子生怕別人明白了似的。

西多爾走了出去。

「冒冒失失的……笨得像熊！」事務所主任望著他的背影，咕噥著，搖搖頭，重又撥拉起算盤。

街上突然吵吵嚷嚷的——「庫普里揚！庫普里揚！庫普里揚可不能惹了！」這喊聲越來越近，傳到了臺階上，一小會兒之後，一個身材矮小，像得了肺病似的人走進了事務所。

這個人長鼻子，大而有神的眼睛，顯得精神抖擻，他身穿一件破舊的長禮服，有著布里斯絨領子，扣子很小，背著一捆柴，有五六個人七嘴八舌地聚在他周圍，嚷嚷著：「庫普里揚！庫普里揚神氣起來了！庫普里揚當大夫了！當大夫了！」

但身穿布里斯絨衣領禮服的人卻不理會同伴們的瞎起鬨，看樣子滿不在乎，他邁著穩健的步子走到爐子邊，彎腰放下柴捆，然後直起身，從後面的兜裡掏出鼻煙盒，瞪大眼睛，開始往鼻孔裡塞摻灰的草木樨子。

這一群亂哄哄的人擁進屋子時，胖子皺著眉頭，從坐位上站起來；但是他知道了是怎麼一回事之後，就笑了笑，並且吩咐他們不要太大聲，因為隔壁有位獵人正在歇息。

「什麼獵人？」兩個人搶著問。

「一位地主。」

「這樣啊！」

「隨他們瞎嚷嚷好了，」庫普里揚雙手一攤說道：「這事和我無關，我才不管這一套呢！只是可別惹我！我當上大夫了……」

「當大夫了！當大夫了！」那夥人又一起興奮地吵鬧著。

「這是遵照女主人的命令嘛。」庫普里揚聳聳肩膀接著說：「你們就等著看好戲吧，還要叫你們去養豬呢。我原本是個裁縫，是在莫斯科頭等師傅那兒出師的一個很好的裁縫，還給將軍做過衣服……我這種本領沒有人比得上。但你們有什麼本事值得驕傲？有什麼值得驕傲的呢？你們又怎麼樣，還不是聽女主人使喚？除了吃白食就什麼也不幹！都是些好吃懶做的飯桶！要是放我走，我能自食其力，也不會走投無路。只要發給我身分證，我就會按照規定的時間繳代役租，使主人滿意。但你們會怎麼樣呢？你們就會徹底完蛋，像蒼蠅一樣死掉，立刻玩完！」

「胡扯！」一個小夥子立刻打斷他的話，他生了一臉麻子，一頭淺黃色頭髮，打著一條紅領帶，衣袖的肘部都磨破了。「你帶著公民證出去混過，結果主人連半戈比的代役租都沒收到，自己也沒賺到一分錢，只好勉強拖著兩條腿回到家裡，統共就剩一件破褂子，竟還有臉吹牛皮！」有幾分譏嘲地說道。

「沒有辦法了，康斯坦東・涅爾澤奇！」庫普里揚厚著臉皮說：「一個人一旦談上了戀愛，就倒大楣了，就完蛋了。等你活到我這把年紀時，再來對我指手畫腳吧！」

「你算是愛上誰啦！簡直是個醜八怪！」

「不，你不能胡說，康斯坦東・涅爾澤奇。」

「鬼才信你這一套！去年在莫斯科，我看到過她，親眼見到的。」

「是的，去年她的確不那麼好看。」庫普里揚說。

「不說這個了，各位，」一個滿臉粉刺的人（可能是僕從吧）用輕蔑的語調說，他高高瘦瘦的，一頭捲髮梳得油光光的。「叫庫普里揚・阿法納西奇給我們唱一唱那支小曲兒。喂，來吧，快唱吧，庫普里揚・阿法納西奇！」

「好啊，好啊！」大家都附和道：「亞歷山卓真厲害！給庫普里揚出了個大難題，沒什麼可說的了。快唱吧，庫普里揚！亞歷山卓，真有你的！」

「這兒是事務所，可不是唱歌的地方。」庫普里揚堅決不唱。

「事務所關你什麼事，或許你也想當辦事員了吧！」康斯坦東粗俗地取笑他說：「準保是這麼回事！」

「全聽從主人安排。」這個讓人可憐的人信口答道。

「瞧吧，瞧吧，他想得多美呀，瞧吧，瞧他那副相貌！嘿！嘿！哈！」

在場的所有人都大笑起來，一個十五六歲的男孩子的笑聲最大，東倒西歪，他可能是僕役中有權勢之人的兒子。他身穿一件帶銅鈕扣的背心，繫著一條淺紫色的領帶，肚皮圓鼓鼓的。

「喂，庫普里揚，說真的，」看樣子尼庫拉・耶列梅伊奇也被逼得來了興致，便連吼帶笑地問道：「當大夫可能也沒那麼自在吧？恐怕很沒趣吧？」

「那又怎麼啦，尼庫拉・耶列梅伊奇，」庫普里揚說道：「的確是這樣，您現在榮升我們事務所主任，這無可爭辯，可您也走過背字兒呀！您不是也住過莊稼人的小茅屋嗎？」話語裡有幾分嘲笑。

「在我面前，你可要當心點，不要猖狂！」胖子氣呼呼地打斷他的話，「你這個蠢貨，人家拿你尋開心，沒有聽出來嗎？人家願意搭理你，你該感謝人家才像話。」

「我是隨口胡說，尼庫拉・耶列梅伊奇，對不起，請別放在心上，千萬別往心裡去……」

「信口開河啊，那倒也沒什麼。」

門開了，一個小夥計跑進來。「尼庫拉・耶列梅伊奇，女主人吩咐你去她那兒。」

「誰在女主人那兒？」他問了小夥計一句。

「阿克西妮婭・尼基季什娜和一位從維涅奧夫來的商人。」

「我現在就去。喂，夥計們，」他用堅決的語調說：「最好和這位剛當上大夫的人一道離開這裡，那個德國佬萬一跑來碰見了，又要去告狀了。」

胖子整理一下自己的頭髮，用那隻差不多全被衣袖遮住的手捂著嘴，咳嗽了一聲，繫好衣扣，然後大步流星奔向女主人那裡。很快，這一夥人和庫普里揚也都跟他走了。

事務所裡，只剩下我和那個已認識的值班小夥子，他開始削鵝毛筆，削著削著，就趴在那兒睡著了。幾隻蒼蠅趁機紛紛爬上他的嘴巴，一隻蚊子落在他頭上，擺著架子從容地把刺刺進他軟乎的肉裡，先前來過的那個紅頭髮、絡腮鬍子的腦袋又伸進門，張望了一小會兒後，便扭著他那奇醜無比的身軀走進了事務所。

「費久什卡！喂，費久什卡！就愛歇息！」火紅頭髮的腦袋喊道。

那個值班的小夥子驚醒了。

「尼庫拉・耶列梅伊奇到女主人那兒去了嗎？」

「已經去了，瓦希利・尼克拉耶維奇。」

「哦！哦！」我心想，「看來他就是會計主任。」

會計主任在屋子裡一直走動，但是，他走路的姿勢十分好笑，溜來溜去地活像一隻肥貓。他肩上晃蕩著一件後襟極狹的黑色舊燕尾服；他的一隻手放在胸前，另一隻手不斷地去拉他那馬毛做的又高又窄的領帶，緊張地把頭轉來轉去，他的靴子是山羊皮製的，走路很輕柔，沒有嘎吱嘎吱的聲音。

「今天有一位雅古什金來的地主過來打聽過您。」值班的小夥子對他說。

「啊，他來找過我，都說啥了？」

「他說，他晚上在丘秋列夫那兒等您，還說：『我有一件事要和瓦希利・尼克拉耶維奇商量！』但他沒說究竟是什麼事。他說您明白的。」

「嗯！」會計主任應了一聲，走到窗前。

「喂，尼庫拉・耶列梅伊奇在事務所嗎？」一個人在過道裡大聲問。話音未落，一個很是高大的人闖了進來，看樣子正在發脾氣，不是十分的英俊，很有氣魄，穿著整潔。

「他不在這嗎？」來人掃視了一下屋子問道。

「他到女主人那兒去了，」會計主任答道：「您有什麼事就和我說吧，巴維爾・安德列伊奇。您告訴我找他幹什麼？」

「我要幹什麼？您想明白我要幹什麼嗎？（會計主任有些神經質地點了點頭。）我要教訓他一頓，這個卑鄙下流的大肚子，專會搬弄是非的卑鄙小人，讓他搬弄是非吧，我要教訓教訓他！」來人有些氣惱地說。

巴維爾怒氣衝衝地坐在椅子上。

「您怎麼啦？巴維爾・安德列伊奇，您怎麼啦？不要生氣啦！消消火吧……您不害臊嗎？您可別忘了您說的是誰，巴維爾・安德列伊奇！」會計主任小聲嘀咕地勸說著。

「說的是誰？他升任了事務所主任又怎麼樣，關我什麼事情啊！嘿，誰能評評理呀，非要選拔這麼一個傢伙！這不等於引狼入室嗎？」

「算了吧，算了吧，巴維爾・安德列伊奇，算啦！別提了，沒有關係啦……這種小事兒不值一提！」勸解道。

「哼，老狐狸[2]，搖尾巴討好去了！我就是不走，就是要等他回來。」巴維爾越說越來氣，用力拍了一下桌子。「呵，大駕光臨了，」他望著窗外說道：「我們正恭候大駕呢！真是說曹操曹操就到。」

（他站了起來。）

尼庫拉・耶列梅伊奇滿面春風地走進事務所，但一看到巴維爾，就有些慌亂。

「您好，尼庫拉・耶列梅伊奇，」巴維爾慢騰騰地迎上前，意味深長地諷刺說：「您好。」

事務所主任沒說話。

商人在門口出現了。

「你怎麼不說話呢？」巴維爾逼迫他，「啊，不……不，」他又接著說：「這可不成，有理講理，吵吵嚷嚷都不可能！不，你還是自己坦白好了，尼庫拉・耶列梅伊奇，你為什麼非要把我毀了不可呢？你為什麼總是坑害我呢？哎，你說說看，你倒是說呀！」

2 指俄羅斯民間故事裡的狐狸大嫂。

「這兒可不是和你爭吵的地方，」事務所主任有點心虛地說：「而且也不是時候，只是說實在的，有一點讓我莫名其妙，你說我想坑害你，有何證據？況且，我又怎麼能迫害到你頭上呢？你又不在我這個事務所裡做事。」

「你別裝糊塗了！」巴維爾生氣地說：「果真那樣就更倒楣了！你何必自欺欺人裝模作樣呢？尼庫拉・耶列梅伊奇……別再裝糊塗了，我說什麼，你心裡明白！」

「不，我就是不明白。」

「不，你很明白！」

「不，我向上帝發誓，我真不明白。」

「你還敢向上帝發誓！既然這樣，那我問你，你就不怕上帝的懲罰嗎？啊，你為啥一定得把那個讓人可憐的姑娘逼上絕路呢？說呀，你究竟想讓她怎麼樣？」

「你究竟在說誰呀？巴維爾・安德列伊奇。」胖子故作驚訝地問。

「嘿呀！你這不是明知故問嗎？我說的是塔季雅娜！你應該懼怕上帝的懲罰——你說說看，你為啥要報復？你就不感到羞恥？你都是有家室的人了，你的兒子都快有我高了。我也是個堂堂正正的男子漢，我也要成家立業……我要娶她，我這樣做也在情在理呀。」

「這件事也怪不到我頭上呀，巴維爾・安德列伊奇，是女主人不許你結婚，這是女主人的吩咐！關我什麼事？」推卸責任的辯解裡有幾分抵賴的成分。

「關你什麼事？你跟那個老妖婆，跟那個女管家不是一丘之貉嗎？難道不是你嚼舌頭說不好的話的嗎？唉，你說呀，難道不是你編排各種各樣的瞎話來陷害這個無依無靠的姑娘嗎？就是因為你搞鬼，她才從一個洗衣工淪落為洗盤子的，不是全仰仗你的恩德嗎？她不是挨打就是挨罵，穿粗布短衫，不也要感謝你的仁慈和憐憫嗎？捫心自問，你對得起自己的良心嗎？真無恥，真無恥，你這個老不死的鬼東西！你會因造孽而中風死掉……看你究竟怎樣向上帝懺悔。」憤怒的話語裡有著秋風掃落葉的詛咒。「你就罵吧，巴維爾・安德列伊奇，您就罵吧……讓您罵個夠！」威脅地說。

巴維爾更加怒不可遏。「什麼？你想嚇唬我？」他火冒三丈地說道：「你以為我真怕你呀？哼！夥計，你找錯人了！我有什麼可怕的？此處不留爺，自有留爺處——我到哪兒都可以自食其力，到哪兒都有飯吃。你呢？你就不行了！你只能在這兒混幾頓飯，無事生非，貪小便宜……」說著說著，越來越激動了。

「看，他越說越猖狂啦，」辦事處主任打斷他的話，實在忍不下去了，「一個跑江湖的，實實在在的江湖騙子，屁也不懂，還硬充什麼醫生！你們都來聽聽——呸！倒像個大人物似的！」憤怒地譏嘲。

「哼，江湖醫生，如果沒我這個江湖醫生的話，你這位大老爺早就完了，早就爛在墳裡了……我真後悔，幹嘛治好你的病呢？」他氣沖沖地補充。

「你治好了我的病？……得了吧，你是想毒死我，你給我吃蘆薈。」事務所主任強詞奪理地說道。

「但是除了蘆薈，別的藥對你都不管用啊，那又怎麼辦呢？」來人的話語裡有些堅定的無可奈何。

「衛生局嚴禁使用蘆薈！」辦事處主任緊咬不放，「我要控告你！你真想害死我——一點兒沒錯！但是上帝阻止了你的陰謀！」

「算了吧你們，都別吵了，二位……」會計主任開口勸解。

「你別管！」事務所主任大喊，「聽明白了嗎？他就是想毒死我！」

「我幹嘛要毒死你？……聽我說，尼庫拉・耶列梅伊奇，」巴維爾氣鼓鼓地說：「我最後一次請求你……你實在把她逼得走投無路了——我無法再忍受下去了。你可別逼我們了，聽見沒有？我可以告訴你，要不，我們倆中間總有一個要遭報應，我向上帝發誓，你可聽明白啦！」

胖子暴跳如雷。「我才不怕你呢！」他吼了起來，「你給我老實聽著，你這乳臭未乾的毛小子！我收服了你老爹，把他搞得一敗塗地！他就是你的樣板，你給我放聰明些！」兇狠地說道。

「別跟我提我父親，尼庫拉・耶列梅伊奇，別提他。」

「滾開！我才不聽你這一套！」

「別再提這件事！我提醒你。」

「我提醒你吧，你別太囂張了！……你以為女主人真的缺你不可呀，如果要從咱們倆裡面挑一個，保證沒有你的份，誰都不准胡鬧！老弟！（巴維爾氣得全身發抖。）至於塔季雅娜這個姑娘嘛，她活該！不信你就等著瞧吧，她受罪的日子還在後頭呢！」

巴維爾抬起雙手撲向前去，事務所主任重重地栽倒在地板上。

「把他抓起來，銬上……」尼庫拉・耶列梅伊奇哼哼呀呀地叫起來……

當天我就回家了。

一星期之後，我聽說女主人辭掉了塔季雅娜，而把巴維爾和尼庫拉兩人都留下來侍奉她。很顯然，這是卸磨殺驢呀！

一八四七年

# 孤狼

我狩獵歸來時已近傍晚，乘坐的是一輛輕便馬車，離家還有七俄里路。我那匹訓練有素的馬在大路上神氣地奔馳，揚起滾滾煙塵，時而打打響鼻，還悄悄搖一搖耳朵。那條狗雖已疲不可支，但仍寸步不離地緊跟著馬車跑，如同被拴在車後一樣。

暴風雨即將來臨。前方一大片淺紫色的陰雲，從樹林後面緩緩升起，放眼望去，一條很長的灰色雨雲，正鋪天蓋地地迎面壓來。爆竹柳好似受到驚嚇一樣搖曳不停，發出聲聲哀怨。悶熱的天氣頓時變得濕冷濕冷的，周圍也昏暗起來。

我揮韁打馬，向河谷疾奔而去，穿過一條生滿柳樹毛子的乾涸的小河道，爬上了河岸，又鑽進一片樹林。此時我面前出現了一條掩映在濃密的灌木叢中彎彎曲曲的路，暮色蒼茫，走起路來就更艱難了，無可奈何只好放慢馬車奔跑的速度。一株株百年老橡樹和椴樹的根鬚四展，橫豎不等地在深深的車轍裡交錯，馬車在這裡顛簸碾壓過去，使我的馬直打趔趄，路走起來很艱難。

突然狂風大作，地上的林木也狂嘯起來，豆大的雨點猛烈地抽打著繁密的枝葉。電閃雷鳴中，傾盆大雨從天而降。我的車子緩慢而又艱難地前行，但是沒走幾步，就被迫停了下來，我的馬陷進了爛泥。而此時天已變得黑漆漆的，伸手不見五指，我用盡全力才躲進一片樹叢，彎下身子，擋住了臉，毫無辦法地等待著暴風雨過去。突然間劃過一道閃電，我看見了一個高大的身影。我驚訝地打量著，這個高大的身影突然從我的馬車旁邊鑽了出來。

「你是什麼人？」這個人悶聲悶氣地問道。

「那你又是什麼人？」

「我是這兒的護林人。」

我也說了自己的姓名。

「啊，久仰久仰！您這是回府吧？」

「是呀，但是您看，碰見了大風雨……」

「可不是怎的，好大的雨呀。」那個人答道。

一道閃電的白光照亮了護林人的全身，緊接著一個霹雷轟隆一聲炸響，大雨接著傾瀉著。

「雨短時間內不會停的。」護林人又說。

「那可怎麼辦呢？」

「要不然，我帶您到我的小屋裡避避雨，您看如何？」他有點猶豫而又熱情地說。

「那就麻煩您了。」

「請您坐穩。」

於是，他走向馬頭，抓住籠頭把馬拉了出來，我們賣勁地走向前。我的馬車如同一葉孤舟在大海裡搖盪，我一面緊緊抓住車墊子，一面喚著我的狗，那匹讓人可憐的母馬賣勁地跋涉在泥濘之中，一步三滑，艱難行走。護林人在車轅前左右搖晃，如同一個鬼魂。我們就這樣一步一滑地走了好半天，最後我的嚮導最終停下了腳步。

「咱們到家了，老爺。」他平靜地說。

吱嘎一聲，籬笆做的門被打開了，幾條小狗崽子狂叫起來。我借著閃電的光芒，抬頭一看，一個籬笆大院中有一幢小房，昏暗的燈光從窗戶裡射出，護林人把馬拉到臺階旁，然後敲門。

「就來，就來！」一個清脆的聲音響起來，接著是光腳走路的聲音。匡一聲，門閂打開了。一個穿著一件舊短衫，腰繫布條，手裡提著一盞燈的十一二歲的女孩子出現在門檻上。

「快為這位老爺照路，」護林人對小女孩說，又對我說：「你的馬我給你帶到馬棚去。」

小女孩看了看我，提著燈為我照亮，很快進了屋子，我隨後跟著。

護林人只有一個又小又矮、空空如也的房間，由於煙薰火燎而顯得黑乎乎的，沒有一點擺設，空空如也，一件破皮襖掛在牆上，長板凳上有一枝單筒獵槍，屋角是一堆雜亂的破布，爐旁有兩個大瓦罐，桌上點著松明，閃著昏黃的光，屋子中間有一根長竿子，一頭掛著個搖籃。小女孩熄了燈，坐到一張小板凳上，右手悠晃著搖籃，又用左手去調理著松明。

我看了看周圍，滿心的淒涼。深夜造訪農舍，太不痛快了。搖籃中一個嬰兒急促而又沉重地呼吸著。

「你一個人嗎？」我問小女孩。

「是的，就我自己。」她用低得幾乎聽不到的聲音答道。

「你可能是護林人的女兒吧？」

「我是他的女兒。」她仍低聲答道。

門吱呀響了一聲，護林人的頭低著走進屋裡。他順手提起吊燈，走到桌邊，把吊燈又點著了。

「您可能不習慣點松明吧？」他隨著話音抖抖滿頭的捲髮。

我看了看他。我平生從未看見過如此魁偉強壯的人。他高大的個子，肩寬背闊，十分強悍。淋得濕漉漉的麻布襯衫把全身的肌肉繃得鼓鼓的，彎曲的黑色絡腮鬍子把那堅毅而嚴肅的臉遮住了一半，兩道濃眉連在了一起，一雙褐色眼睛雖不很大但卻炯炯有神，顯出一種陽剛之氣。他雙手輕鬆地叉在腰間，站在我的面前。

我先向他道了謝，然後問他的名字。

「我名叫福馬，」他應聲答道：「有個綽號叫孤狼[1]。」

「啊，孤狼就是你啊？」

我十分驚疑地又打量了他一番。我早就不止一次地從葉爾莫萊和其他人那兒聽到過關於護林人孤狼的傳聞了，周圍的農民怕他如同怕火一樣，據他們說，走遍天下，再也找不到一個人像他這樣精明強幹而又富有責任感了，誰也別想拿走一把樹枝，真要是拿走了，無論何時，哪怕半夜三更，他也會突然出現在你面前。你也甭想反抗，他力大無比，又如同魔鬼一樣機智靈敏……任憑什麼辦法別想打動他。請他喝酒，用錢收買，都是枉費心機，他是軟硬不吃的。甚至連一些善良人也不止一次地想幹掉他，但是都無法得逞！」

人們就是這樣評價孤狼的。

1在奧爾良省，人們把獨身而且性格陰鬱的人稱為孤狼。——作者原注。

「原來你就是孤狼啊，」我重複了一次，「老弟，久聞大名，你辦事真是鐵面無私。」

「我只是盡職盡責而已，」他陰鬱地答道：「總不能白吃主人的麵包不做事呀。」

他從腰間抽出一把斧頭，坐在地上，劈起松明來。

「你的妻子呢？」我問他。

「沒有。」他答道，用力劈著松明。

「死了嗎？」

「不……是的……是死了。」他說完，扭過臉去，似乎不願提起一件哀傷的事。

我很久沒有說話，他抬眼看了看我。

「私奔了。」他辛酸地一笑。

小女孩低下頭，這時嬰兒突然醒來，哭了，小女孩立刻奔向搖籃。

「唉，把這個給他，」孤狼說，一邊把一個不乾淨的奶瓶遞給小女孩。「扔下他。」他指了指可憐的嬰兒。

他說完，起身走到門口，突然又轉過身。

「老爺，您可能，」他問：「吃不慣我們的麵包吧？但我家裡除了麵包……」

「我不餓。」我感激地說道，悄悄微笑了一下。

「好，隨便了，我本應給您生上茶炊，卻沒有茶葉。……我去照應一下您的馬吧。」

他走出屋去，隨手帶上門。我又環顧了一下周圍，覺得這間屋子比剛進來時顯得更淒涼了。松明熄滅，散發著一種令人窒息的苦澀味，感覺很不舒服。小女孩仍一動不動地坐在那裡，低垂著眼睛，經常伸手晃一下搖籃，拉了拉滑下的衣服，一雙光腳老老實實地耷拉著，一動也不動。

我從沒經歷過如此不舒服的環境，我知道我並不討厭這裡，此刻的我心中充滿了好奇感，是一種急切的探求我想要的答案的衝動，但是我的想法卻被此刻的冷漠打破了，我有些失望，心中一片茫然，於是，我得設法擺脫這個局面。

「你叫什麼？」我打破沉默問她。

「鄔麗塔。」她那張淒苦的小臉垂得更低了。

護林人進屋坐到板凳上。

「暴雨就快過去了，」他靜靜地坐了一小會兒後，對我說：「您要是想回家，我就送您出林子。」

我於是起了身。孤狼順手拿起獵槍，查看了一下火藥。

「帶槍幹嘛啊？」我問。

「有人偷林中的樹木。」他說這一句，是為了解答我那迷惑不解的目光。

「你怎麼知道的？」

「在院裡聽到的。」

我們一同走出屋子。雨住了，遠方還聚著一大團一大團黑沉沉的烏雲，偶爾還劃過一道道很長的閃電，但在我們頭上已經能看見深藍的天空，星星也在稀薄的流雲後邊閃閃發光，黑暗中依稀可見被淋得濕透搖晃的樹影。

我們認真聆聽著。護林人摘下了帽子，低下頭。

「聽……聽，」他突然說，並且伸出一隻手指著，「瞧，他們專門挑這樣的夜晚來幹不好的事。」

但是除了樹葉的響聲外，我什麼都沒有聽到。

孤狼從敞棚下把馬牽出去了。他擔心地說：「如果我送您去，恐怕他們會乘機逃走了。」

「我們一起，怎樣？」

「好，就這麼辦！」他答應了我的提議，又把馬牽回去，「咱們先逮住他，然後我再送您出發。」

孤狼走在前面，我跟著他，他對路徑很是熟悉，一路上腳不停步，時而會停下來辨聽斧頭的響聲的方位。

走著，走著，他低聲地問道：「怎樣，聽見了嗎？聽見了嗎？」

「在哪兒呀？」

孤狼無可奈何地聳聳肩膀，我們走進河谷，風彷彿一下子停住了，砍樹的聲音傳進了我的耳朵，一聲聲，聽得很清楚。穿過濕淋淋的雜草和蕁麻，我們急匆匆地奔向前，砍樹的聲音愈來愈近了。

「砍倒了……」孤狼自言自語。

此時的天空越發明淨了，樹林裡也更明亮了一點。我們最終跋涉出了河谷。

「請您先在這兒等上一小會兒。」護林人靜悄悄對我說，他貓著腰，端著槍，鑽進了樹叢。

我有些緊張地傾聽著，在持續的風中，從不遠處傳來了輕微響聲——用斧頭小心砍斷樹枝的聲音，馬車輪子的響聲，馬打著聲音很低的響鼻……

「哪裡去？站住！」狐狼威嚴地命令。

另一個人像兔子一樣苦苦哀求。……廝打了起來。孤狼氣喘吁吁地罵道：「壞蛋，你跑不了……」

我立刻跌跌撞撞地跑向廝打和吵嚷的地方，護林人正在砍倒的樹旁忙碌著：他用力把那個偷樹的人按倒在地，正用腰帶反綁著那個人的雙手。我跑了過去，孤狼已經取得了完全的勝利，並把那個偷樹的人拉了起來，我看到一個衣著襤褸的農民，渾身濕透，滿臉亂蓬蓬的長鬍子。一輛貨車，邊上站著一匹枯瘦的馬，半身蓋著凹凸不平的席子。

護林人一言不發，那個農民也不言語，只是不停搖著頭。

「把他放了吧，」我求情道：「這棵樹我來賠。」

孤狼沒有回覆我的話，伸出左手抓住馬鬃，右手則揪著偷樹人的腰帶。他厲聲喝道：「哼，你這個蠢貨，有什麼花樣都使出來吧！」

「把斧頭撿起來，行嗎？」偷樹人苦苦哀求著。

「當然啦，不能丟掉斧頭的。」護林人說著，一面撿起斧頭。我們就一起走了，我走在最後。

零星的雨點又從天上掉下來，片刻又下起了傾盆大雨，我們風雨兼程，費了好大周折才回到了小屋。孤狼把那匹抓回來的瘦馬拴在院子裡，把偷樹的人帶進屋子，鬆了鬆捆著他的腰帶，推他去了屋角。那個小女孩本來正在爐邊歇息，被進來的人給嚇醒了。她驚恐地跳起來，十分害怕地看著我們，沒敢言語。我在板凳上坐下來。

「哎呀，這雨真夠大的，」護林人說：「現在可沒法走，等片刻再說吧，您是不是要躺下歇息片刻？」

「不用了，謝謝。」

「因為您在這裡，我才沒把他關進貯藏室，」他指指那個農民，「可那個門閂……」

「讓他在這裡吧。」我打斷了孤狼的話。

那個農民愁苦地望著我，我暗暗發誓，一定要想辦法放了這個讓人可憐的人。他老老實實坐在板凳上，燈光下，我還能看清他那張皺紋叢生憔悴的臉，黃眉毛向下耷拉著，眼睛流露出驚恐不安的神情，瘦得讓人可憐。

小女孩躺在地板上，就在這個農民腳邊上，又睡著了。孤狼坐在桌邊，雙手托著頭，屋角裡的蟋蟀叫了起來……雨劈劈啪啪地敲打著屋頂，又順著窗戶嘩啦啦地流下來……三個人誰也沒言語。

「福馬・庫茨米契，」偷樹的人突然開口，聲音沙啞，又有些打顫，「啊，福馬・庫茨米契。」

「幹什麼？」

「求你放了我吧。」

孤狼沒理他。

「放了我吧……餓得實在沒辦法啦……放了我吧！」

「你們這號人難道我還不明白嗎？」護林人用陰冷的語調駁斥道：「你們那裡的人都一樣，不是賊，就是小偷。」

「放了我吧，」那個農民一直哀求，「管家……把我一家人都坑苦了，都逼上絕路了，我沒騙你……放了我吧！」

「逼上梁山！……不能做賊啊！」

「放了我吧，福馬・庫茨米契……請你開恩，別斷送了我的性命。你也明白，你的主人肯定會打死我的，真的！」

孤狼不去理會他。那人全身痙攣地顫抖著，如同在鬧熱病，連腦袋也抖個不停，呼吸也變得十分急促了。

「放了我吧，」他的話語裡滿是絕望，「放了我吧，求你發發慈悲吧，放了我吧！我賠錢還不行嗎？真的，可憐可憐我吧，我餓得實在受不了了……孩子們餓得直哭，你明白，我被逼得走投無路了。」

「那你也不該做賊呀！」話語裡有幾分的同情。

「就把我那匹馬，」農民接著懇求道：「就用那匹馬作賠吧，我只有這頭牲口了……放了我吧！」

「不行！不用廢話了，這事兒我也沒法做主。要是放了你的話，東家非責罰我不可，再說，也不能縱容你們呀。」很堅決地語氣。

「放了我吧！我實在窮得受不了了，福馬・庫茨米契，我實在窮得沒辦法了……放了我吧！」

「少來，我早就看穿你們了！」有些煩躁地說。

「放了我吧！」苦苦地哀求。

「哼，我才不跟你廢話呢！給我老實坐著，要不然我可毫不客氣了……你可要識相點！沒看到老爺在這兒歇腳嗎？」粗聲地責備。

那個可憐人無可奈何地低下頭……孤狼打了個呵欠，頭伏在桌上。雨仍然下個不停，我耐心等待著，看這件事究竟怎麼收場。

農民突然挺直了身子，滿臉的憤怒。「哼，好哇，你乾脆吃了我好啦，不怕噎死，你就來吃吧！」他瞇起眼睛，撇著嘴，怒氣衝衝地咒罵，「好哇，來吧，你這個魔鬼，屠夫！來喝基督的血吧！喝吧！」

護林人背過身去。

「百般的求你，你這無情的壞蛋，吸血鬼，你聽見了嗎？」

「你醉了吧，怎麼罵人呢？」護林人十分驚疑地責問，「怎麼，你發瘋了嗎？」

「關你什麼事……又不是花你的錢，你這屠夫，你是野獸，野獸，野獸！」

「你再敢逞凶……我就要收拾你了！」幾分憤怒幾分威脅，也有幾分同情的語氣。

「我怕什麼？反正一樣是死；沒有了馬，叫我到哪裡去？你殺了我吧，反正都是死。餓死，被你殺死，都一樣，全都死絕了吧！全都死絕了！……但是你呀，走著瞧吧，你遲早要遭報應的！上天會懲罰你的！」

孤狼猛地起身。

「打吧，你打吧，」農民發瘋般地叫著，「打吧，來，來，你就打吧……」

小女孩嚇壞了，兩眼直直地注視著他。

「打吧，打吧！」

「閉嘴！」護林人大喝一聲，向前跨了兩步。

「算了，算了，福馬，大人不記小人過，」我大聲勸解道：「放他走吧，你就放了他……」

「我就是要說！」那個倒楣的人仍然罵個不停，「不就是死嘛，有什麼大不了的！你這殺人犯，你這魔鬼，野獸，你這個挨千刀的，不得好死！……走著瞧吧，你狂不了幾天了！總會有人和你算帳的，等著上天懲罰你吧！」

孤狼突然抓住他的肩膀。我立刻衝過去搭救那個農民。

「請住手，老爺！」護林人衝著我喊。

我才不在乎呢，而且手已經伸了出來。可接下來的事令我很是驚疑。不想他一下解開了捆著那個人的腰帶，揪著他的衣領子，把帽子扯到他的眼睛上，猛地把他推到了門外。

「滾吧！」護林人望著他的背影大吼，「給我當心點，下次我可不……」

他回到屋裡，不明白在屋角裡折磨些什麼。

「喂，孤狼，」最後我誇獎地說：「你真叫我佩服，夠仗義，我看得出來，你真是個有情有義的好人。」

「唉，別誇了，老爺，」他懊惱地打斷我的話，「你保密就好，我就十分地感激不盡了，還是讓我送您走吧，」接著又說：「您可明白，這種雨停不了，不必等了……」

從院裡傳來了那個農民馬車走動的響聲。

「聽，他走了，」他低聲說：「下次我可不會放過他……」

半個鐘頭後，他一直把我送出林子，然後各奔東西。

一八四八年

# 兩個地主

承蒙讀者的深情厚誼，我曾有幸地向諸位介紹了住在我旁邊我的幾位紳士。現在請容許我再次趁機（對我們這些作家來說，一切都是趁機說說）介紹兩位地主給諸君。這是兩位很值得尊重的人物，贏得了周邊幾個縣的敬重，我經常去他們那裡打獵。

那麼，就讓我先向諸君介紹一下退伍陸軍少將維雅切斯拉夫・伊拉利昂諾維奇・赫倫斯基。

此人高大的個子，莊嚴威武的身材如今有些發胖了，但是絲毫不顯得老態龍鍾，甚至不能說是一個上年紀的老翁，而是正值精力鼎盛之年，即所謂的年富力強。的確是這樣，當年他相貌很是標準、端正，但曾經討人十分喜愛的相貌已經有些變形了，雙頰鬆弛下來，眼角皺紋密佈，如同光線一樣向外放射著，還有寥寥幾顆牙齒，正如普希金引用的薩迪的詩句所說的：「有的已離開人世」[1]。從前可能是淡褐色的濃密華髮，現在剩下的幾根稀疏的頭髮的全都變成了淡紫色，這是羅姆奈市場買來的一種洗髮劑造成的，是從一個偽裝成亞美尼亞人的猶太人那兒買來的。但是，維雅切斯拉夫・伊拉利昂諾維奇依然步履穩健，笑聲爽朗，走路時馬叮噹作響，還神氣十足地捻著髭鬚，一再

1 普希金在《巴赫奇薩拉伊淚泉》的題辭和《葉甫蓋尼・奧涅金》第八章中引用過波斯詩人薩迪的這個詩句。

聲稱自己是個老牌騎兵。

實際上大家都明白，真正上了年紀的人，從不說自己已老了。他平時總穿一件鈕扣一直繫到脖頸下的長禮服，帶著領帶，結也打得很往上，衣領漿得很硬，穿著一條上面還帶著花點兒軍裝式的褲子，帽子蓋住了額頭，露著整個後腦勺。

他心地很好，但是有些見解和習慣不同於一般人，說來有些古怪。比如，對於那些錢不多地位也不高的貴族，他對待人是有區別的。他總喜歡把半個腮幫子緊緊貼在空白的硬領子上，歪著頭斜著眼睛看著他們說話，或者突然用明亮而呆滯的目光瞥他們一眼，默不作聲，頭髮下的全部頭皮都動起來；甚至說話時的腔調和用的字眼也不一樣。比如，他從不客氣地說「謝謝您，巴維爾・瓦希利伊奇」，或者「請您到這兒邊來，好吧，哈米伊洛・伊凡內奇」，而是用很隨便的語氣說「謝了，巴爾・阿西里奇」，或是「請這邊來，米哈爾・瓦內奇」。而對那些生活在社會底層的人，他的態度怪異和傲慢得讓人受不了，對他們更是冷淡得要命。有時候碰見他們也裝作不認識他們，告訴他們自己的意見，或下達命令之前，總是用懷疑的語氣連續地問道：「你叫什麼？……你叫什麼？」他很強調第一個詞，其餘的詞卻快得差不多聽不清，因此聽他說話很費勁。

他整天不知道在忙些什麼？為人又十分小氣吝嗇，愛財如命，根本不知道怎樣管理家務。他雇用一個傻乎乎的從前做過騎兵司務長小俄羅斯人當管家。只是，說真的，經管產業的事，上彼得堡的達官貴人比我們這裡的人強很多。他從管家的報告中發覺，他的領地的烤禾房常常失火，給糧食造成了損失。因為這個，他下了一個十分嚴厲的命令：「今後，烤禾房裡的火只有徹底地熄滅了，才可以放置穀物。」

這位顯貴又想在他的全部田畝裡都種上罌粟，很明顯的原因：罌粟比黑麥更賺錢，因此種罌粟更容易發財。他還命令他的女農奴都戴上按照彼得堡寄來的樣式製作的頭飾。女農奴們的確遵命照辦，直到今天，他的領地裡的女農奴們都還戴著這種頭飾，只是現在都戴在帽子上面了……

不說囉嗦話了，再接著說一說維雅切斯拉夫・伊拉利昂諾維奇吧。

他這個人是一個大色鬼。即便是在路上碰見稍有姿色的女人，他都會垂涎三尺地立刻跟隨而去，骨頭都酥得走不動路了，那副醜惡的嘴臉讓人很是憎惡。他還玩牌成癖，但是只找比他身分低的、稱他為「大人」的人玩。這樣一來他就可以肆無忌憚地斥罵人家。但是等到他和省長或是其他什麼大員打牌的時候，就完全不是這個樣子啦。滿臉堆著諂媚的笑，謙卑地一直低頭稱是，善於對這些大人物察言觀色——全身上下都諂媚得像一條狗……即使輸了，也硬裝出一副佩服得五體投地的相貌，哪裡敢有半句怨言！

維雅切斯拉夫・伊拉利昂諾維奇還不學無術，一旦拿起書本，便眉毛鬍子一起像波浪般動起來，並且還是從下頦開始向上波動，完全一副令人作嘔的樣子。特別是偶爾（當然是在客人面前）閱讀《評論報》時，那相貌讓人看了直想作嘔。

選舉時，他雖是風流人物，但是捨不得花錢，所以拒絕接受首席貴族的榮譽。

「各位先生，」他常常和推舉他的貴族們說：「十分感謝各位的抬舉，但是我決意無憂無慮地度過後半生。」語氣十分謙恭但是又異常自傲。這番辭令說完後，他把頭左右搖晃幾下，然後把下頦和兩個腮幫子緊貼在硬梆梆的衣領上。

他年輕的時候給一個大人物當過副官，對這位大人物總是言聽計從，他稱呼他時不只叫名字，還得加上父稱以表示十分的尊重[2]。據說他不只是給他當副官，譬如，他還曾穿著全套儀仗禮服，領鉤鈕扣都弄得齊齊整整，在浴室裡給自己的上司搓背——這只是傳聞，不可全信。但是，說來也怪，這位赫倫斯基少將對自己的軍旅生活諱莫如深，如同未曾經歷過一樣。

赫倫斯基將軍十分喜愛一個人住在一所不大的宅子裡，他一輩子都不曾領略過夫妻生活的魚水之歡，因此還是一個鑽石王老五。只是，他家有個三十五六歲，有著烏黑的眼睛，烏黑的睫毛，身材豐滿誘人，嬌豔多姿的女管家，但美中不足的是卻有唇髭，平常穿衣服都是漿得平平整整的，每到周日就罩上細紗做的護袖。

這位獨身將軍維雅切斯拉夫・伊拉利昂諾維奇也有春風得意之時，那就是在地主富人們宴請省長和其他大員的盛宴上，他的表演十分精彩。在這種場合下，他要麼坐在省長大人右側，要麼在他不遠處。在宴會剛開始的時候，他還很矜持持重，但是等到接近散席的時候，他便活躍起來，向周圍的每一個人都微笑點頭致意（宴會一開始他就一直頻頻向省長微笑），有時還舉杯祝酒，建議為女士們，或者用他的話來說，為「地球的精華」而乾杯。

除此之外，赫倫斯基將軍在一切隆重的儀式和公開的典禮上、在考場上、在教會儀式上、在公眾集會和展覽會上都表現不俗，在接受祝福時也很引人注目。不僅他自己，連他的奴僕的表現都是讓人嘆為觀止：在岔路口、渡口，或在其他人多雜亂之處，他們都表現得十分的紳士，從不高聲說話，更不要說大聲地吵鬧了，只有在人們擋了他們的路時，才以好聽悅耳的腔調說「請原諒，請原

2在俄國，用名字和父稱稱呼對方是尊敬的表示。

諒，請讓赫倫斯基將軍先行一步」，或者說「麻煩了，讓赫倫斯基將軍的馬車……」十分有禮貌，他的馬車舊得可以進博物館了，隨從們的服飾也很陳舊古老（不用細說，都是那種帶紅邊的灰色號衣。）那匹馬的歲數也夠大，差不多給他拉了一輩子的車了。但是，赫倫斯基歷來崇尚節儉，還認為擺闊氣有失身分。

赫倫斯基不是十分能言善辯，可能還沒有恰當的機會讓他展示才華吧。因為他不十分喜愛無聊的爭論，而且根本不願去耍嘴皮子爭吵，他總是有意沉悶地長時間地談話，特別是和年輕人在一起的時候。他這樣做的確很有道理，不然如今這些人就更不好應付了，他們不聽你那一套，甚至對你十分沒有禮貌。當他在比他地位高的人的面前，赫倫斯基總是保持緘默。但是對那些比他身分低的人，在那些他平時泛泛之交的人的面前，他就換了另一副嘴臉，說起話來簡潔毫無人情味，他常常這樣說：「但是，您說的話無甚意義」，或是「閣下，我還是不得不警告您」，或是「但是，您該明白，您是在和什麼人打交道」，總是這樣。那些郵政局長、常任議員還有驛站長們都對他毫無辦法而又敬畏有加。他沒有在家宴請賓客的先例，是一個真正的吝嗇鬼、老財迷。

儘管有這些缺點，但他還是一個很不錯的地主，鄉鄰們一致評論他是「一個老派軍人，一個慷慨大方之人，一個安守本分之人，一個愛發牢騷之人。」只有一個省檢察官，當人們談論起赫倫斯基將軍的良好品質和可褒之處時，他突然冷笑起來——可能是由於嫉妒吧……

關於赫倫斯基將軍的逸聞就講到這裡吧，下面咱們來聊聊另一個地方的故事吧。

瑪律達利・阿波羅內奇・斯傑古諾夫比起赫倫斯基，則是截然相反的另一種人物，他可能從未在任何地方任過公職，歷來也沒人把他看作一個美男子。瑪律達利・阿波羅內奇是個矮個兒小老頭，圓滾滾的身子，雙下巴，禿頂，一雙手肉乎乎的，挺著個大肚子。他嗜好交際，殷勤好客，談笑風生。正如人們所說的那樣，他活得很是如意。他一年到頭總是身穿一件條紋長袍。有一點倒是和赫倫斯基將軍相同：兩人都是光棍。

瑪律達利・阿波羅內奇手下有五百多個農奴，在管理自己的產業上，他只是流於形式，譬如，為了追逐潮流，十年前就從莫斯科的布傑諾普公司買進一台打穀機，但是卻鎖進倉房完事。只是在晴朗夏天的日子裡，他才坐上一輛競走馬車，到原野上去遊玩一番，看看莊稼，就乘興而歸了。

瑪律達利・阿波羅內奇十分好古，生活各方面都古板得讓人受不了，就連住宅也是老式建築。他的前屋裡瀰漫著一種克瓦斯、動物脂油、蠟燭和皮革的味兒；房間右面擺著一個餐具櫃，裡面有煙斗毛巾之類的東西；餐室裡陳列著一大盆天竺葵和一架老掉了牙的鋼琴，掛著列祖列宗的肖像，還有蒼蠅在飛舞；客廳裡擺著三張長沙發和三張桌子、掛著兩面鏡子以及一架琺瑯已經發黑、聲音沙啞的有兩個雕花的青銅指針自鳴鐘，房間裡有一張上面亂糟糟地堆著一些紙張的書桌；中間立著一個藍色屏風，胡亂地貼著從上世紀的各種各樣的書刊中剪下來的插圖；有幾個裡面的書都散發著霉味的書櫃，掛著蜘蛛網，還蓋滿灰塵，有一把寬大的安樂椅，一扇義大利式樣的窗戶，一扇原本通往花園的堵死了的門，如此而已……總而言之，陳設傢俱都十分齊全。

瑪律達利・阿波羅內奇有許多奴僕，一律老式裝扮：高領的藍色長外套，不顯眼的深色褲子和標誌著身分的黃色背心。他們把客人全稱為「老爺」。一個農奴出身的大鬍子給他經營產業。管家務的是個總是包著一條褐色頭巾、臉皺紋的吝嗇的老太婆。瑪律達利・阿波羅內奇的馬廄裡餵著三十多匹馬，毛色和品種五花八門。他出門訪友時，總是乘坐一輛自選的四輪馬車，有一百五十普特左右重。

他十分喜歡交際，接待客人殷勤備至，款待得十分周到，也就是說，因為俄式酒宴容易使人大醉，因此一開場就是馬拉松式的，常常是一邊吃一邊玩紙牌，遲遲不肯散席或撤席，一折磨就是一整夜。他還是個逍遙自在之人，不僅從不做事，甚至連占卜書也很少看。

大家都明白，此類地主在我們俄羅斯多得不計其數。或許有人會問：我為什麼要說起他來，為什麼非要提到這麼一個人物呢？……那就有勞各位，聽聽有一次我去拜訪瑪律達利・阿波羅內奇有趣的故事吧。

那是夏天的一個晚上，七點多鐘的樣子，我去他家拜訪。他家剛剛做過晚禱，一個年輕的牧師正坐在客廳門口的一把椅子上，看上來還很拘束，可能剛從神學院畢業沒多久。瑪律達利・阿波羅內奇見我來訪，同平常一樣熱情招待我。他對每個來訪客人都很真誠，這是因為此人心地善良，而且熱心。

這個小牧師看到我來了，便起身告辭。

「請稍等，牧師，」瑪律達利・阿波羅內奇還拉著我的手，說道：「別急著走……我已經打發人去給你拿白酒了。」

「多謝，我不會喝酒。」牧師難為情地低聲推辭道，臉弄得通紅。

「胡說！幹你們這行的人都會喝酒的！」瑪律達利・阿波羅內奇懷疑地說道：「尤卡什！尤卡什！拿酒來給牧師！」

尤卡什是個老頭子，大概八十歲，長得又高又瘦的。只見他端著一個帶肉色斑點的放著一杯白酒的黑漆托盤走進來。

牧師連忙一直推辭。

「乾了吧，牧師，這樣推來讓去的，多不好啊。」

恭敬不如從命——年輕牧師推辭不下，只好一口氣喝完。

「好，牧師，請便吧。」

牧師鞠了一躬便告辭了。

「啊，好了，好了，你走吧……真是個大好人。」瑪律達利・阿波羅內奇目送著他，還不住地誇讚，「他這個人很好，就是太年輕了。死抱著清規戒律不放，連酒都不敢喝。哎，您還好嗎，我的先生？我們去涼臺上聊聊吧——瞧，多美妙的晚上呀！」

我們二人便來到涼臺，坐下聊了起來。瑪律達利・阿波羅內奇向下看了看，突然像挨了一槍似的殺豬般嚎叫起來。

「這是誰家的雞？誰家的雞，啊？」他大叫起來，「哪裡來的雞跑我們家的菜園裡來了？……尤卡什！尤卡什！快去看看，這是誰家的雞跑到咱家花園裡來了？……是誰家的雞？我說過很多遍了！」話語裡滿是責備。

尤卡什急匆匆地跑去了。

「胡鬧！」瑪律達利・阿波羅內奇一直吵嚷，「太不像話了！」

雞們的厄運降臨了！直到今天我也沒有忘記，有兩隻蘆花雞和一隻白色鳳頭雞，正悠然自得地在蘋果樹下遊蕩，而且經常長長地咯咯叫上幾聲，抒發當時的歡悅，誰知突然就大難臨頭。光著頭的尤卡什揮舞著大棍飛奔過來，另外還有三個粗壯的僕人，一齊撲向這幾隻雞。開演了一齣鬧劇，那幾隻雞嚇得拼命拍打著翅膀，連飛帶跳地奔逃，咯咯亂叫。幾個僕人的表演更惹人發笑了，左堵右截去抓呀、捉呀，連滾帶爬，一無所獲。

這位地主老爺在涼臺上大聲地號叫：「抓住！抓住！抓住！快抓住！快抓住！快抓住呀！快抓住呀！……這是誰家的雞？誰家的雞？真討厭！」幾個僕人折磨得大汗淋漓，最終把那隻鳳頭雞逮住了。

這場鬧劇剛落下帷幕，一個十一二歲的小姑娘從籬笆牆上跳進了花園，披散著頭髮，臉彷彿很長時間都沒有洗過，手裡攥著一根樹條。

「啊，她家的雞啊！」瑪律達利・阿波羅內奇十分得意地說：「是車夫葉爾美爾家的雞！看，他家的娜塔爾卡來弄雞來了……他怎麼不派帕拉莎來呢。」他又低聲說了一句，同時又狡猾地一笑。「喂，尤卡什，好了騰出手來，快把娜塔爾卡給我抓來。」

但是，氣喘吁吁的尤卡什還沒跑到驚恐不安的小姑娘那兒，女管家幽靈似的冒了出來，揪住她的胳膊，狠狠地打著她的嘴巴……

「打得好！對，就這樣打！」地主又兇狠狠地叫起來，「該打，讓你長長記性，該打，叫你記住！叫你記住，記住！……」

接著他又叫道：「把雞沒收，阿芙多季婭。」然後轉過臉來精神煥發地對我說：「先生，這次打獵收穫還好吧？您看，我都弄得一身大汗了。」

說完，瑪律達利・阿波羅內奇便肆無忌憚地大笑起來。我們依然站在涼臺上。這的確是個美妙的黃昏。

僕人把茶給我端來了。

「請問，」這時我才問他，「瑪律達利·阿波羅內奇，搬到河谷後面大路邊上的那幾戶人家是您的農戶嗎？」

「是我的……有什麼不合適的地方嗎？」他有些迷惑不解地問。

「您怎搞的？這可要怪您，瑪律達利·阿波羅內奇。給他們分的房間太狹小，太不乾淨了，那裡上不著天下不著地，一片荒蕪的景象，沒有魚塘，水井也只有一眼，再說那一眼井怎麼夠用呢？難道天要絕我生路嗎？……聽說，您把他們以前的大麻田也要回去了？」我的話語裡充滿了對他們的同情。

「我還能怎麼辦呢？劃地界劃過來的呀。」瑪律達利·阿波羅內奇理直氣壯地答道：「這樣劃地界我也弄不明白呢。（他指指自己的腦袋。）不明白這樣劃的原因。至於我要回來的大麻地，也沒有在那裡挖魚塘啊——這些事嘛，我自會理論。我是個講規矩的人，要按著老規矩來辦。在我看來，老爺無論何時都是老爺，農民無論何時都是農民——這是天經地義的。」

他的措辭無懈可擊。

「再說了，」他又往下說：「那些農民都不是什麼好東西，他們自討苦吃。特別是他們那裡有兩戶釘子戶，先父——祝他升入天堂——尚在人間的時候，就討厭他們，很不喜愛他們。跟您說句貼心話，這是我深有體會的：老子是賊，兒子也一定是賊，這是誰也改變不了的……唉，這是本性，是遺傳，亙古不變的嘛！實話告訴您，我已經把那兩家給拆散了，他們的小子還不應該去當兵呢，我就把他們弄去當兵了，這邊派一個，那邊塞一個，看他們還有什麼花招！可即使這樣，還是沒辦法斬草除根呀，他們這些人很能生孩子，一個接一個生起來沒個完，真可惡！」他的語氣很是輕蔑，充滿了憎惡之情，彷彿談論一件令人作嘔的事情一樣。

此時周圍十分寂靜，只有風一陣陣吹來，馬廄那邊時常傳來有節奏的時斷時續的敲擊聲。瑪律達利・阿波羅內奇端起了茶碟，先張了張鼻孔——大家都明白，道地的俄羅斯人喝茶時都有這樣的習慣——但是他又停下來，側耳傾聽，點點頭，細細地品了口茶，然後就把茶碟放在桌子上，彷彿是情不自禁地附和著那種敲擊聲，滿臉的安詳寧靜，輕聲地和著：「啪嗟嗟！啪嗟！啪嗟！」

「哪裡來的什麼聲音啊？」

「這是我交代他們幹的，教訓一個不守規矩的人……就是那個管餐室的瓦夏，您認識嗎？」

「瓦夏？」

「就是前幾天伺候咱們吃飯的滿臉絡腮鬍子那個人。」

儘管十分憤怒，瑪律達利・阿波羅內奇那明亮又柔和的目光讓人無法拒絕。

「您這是怎麼啦，年輕人，您怎麼樣？」他搖晃著腦袋說道：「你的眼睛看得我十分不舒服。怎麼，難道我是個壞蛋？這就是恨鐵不成鋼嘛，打他也是為他著想，想必您也該清楚。」

不一會兒的工夫，我就起身告辭。我乘車路過村子時，正好碰見了管餐室的瓦夏，他正邊吃核桃邊逛街呢。我停下車把瓦夏叫了過來。

「喂，夥計，今天被責罰了嗎？」我問他。

「您怎知道的啊？」瓦夏反問一句。

「你家老爺說的。」

「老爺親口說的？」

「你為什麼被他罰呀？」

「都怪我，先生，我自找的。我們這裡從來不隨隨便便打人，從不這樣，我們老爺可是講理的人，我家老爺……是個大善人。」

「咱們走吧！」我吩咐車夫。

「這就是老俄羅斯！」我在回家的路上一直在想。

一八四八年

# 列別江集市[1]

親愛的各位朋友，獵人主要好處之一，就是您既然要打獵，就必須從一個地方不停地奔波到另一個地方，這樣可以讓人身心舒泰。

當然，有時（特別是在雨天）也並不十分開心，比如，在鄉間的土路上奔波，或者在無路可尋的荒野中穿行，不管遇見誰，你都要叫住他問路：「喂，朋友，請問我們要去莫爾多夫卡，該怎麼走？」到了莫爾多夫卡，還要向愚不可及的鄉下婆娘（男人都下地去幹活了）打聽：怎樣能最快到達路邊的旅館？等到你坐在馬車上又走了十幾俄里，發現並沒有什麼旅店，只看到一個十分破敗的村子，是地主家的胡多布普諾沃村，您只好硬著頭皮向村裡走，不料卻驚動了一群大豬——牠們正在路中央的黑褐色爛泥裡打滾，絕沒想到有人會來驚擾牠們的安寧。接下來要走過一座座搖搖晃晃的小橋，再穿過一條條山谷，還要蹚過兩岸都是沼澤的小河，在泥沙和水中跋涉。幸而走上一條在綠色原野之中曲折向前的大路，又足足顛簸了一天一夜，甚至是幾天幾夜。或者——上帝保佑，千萬可別碰見——在一面寫著數字22，另一面寫著28的路程標前面，一下子又陷進了污泥，讓人無法動彈，這十分讓人鬱悶了。還有更讓人感到悲哀的是：一連幾個星期頓頓是雞蛋、牛奶和人們讚不絕口的黑

1 俄羅斯城市，位於頓河畔，屬利佩茨克州，當地的馬市十分有名。

麥麵包……但是這些麻煩和不快，卻可以換來只有獵人才能體會到的不同尋常的樂趣。題外話就此打住，接著說正事。

由於上述那一番話，我這裡就不再囉嗦了，四五年前，我是怎麼來到列別江最熱鬧的集市的呢？我們這些打獵愛好者一向漂泊不定，居無定所，通常都是一時心血來潮，在某一天清晨就乘上馬車出發，離開故鄉，並計畫好次日晚上回來。但是，有時向前走著走著，一路上一直射獵著鷸鳥，結果就不自覺地走到了恍若仙境的彼喬拉河畔，況且，大凡愛養狗的人，都十分寵愛駿馬——因為馬是世界上最為高尚可貴的動物，因此，我就到了列別江，先在旅館小憩一會兒，收拾停當，便去集市了。

（旅店的一名茶房，高高瘦瘦的小夥子，二十來歲，以悅耳的鼻音告訴我，一位公爵大人，某團的馬匹採購員，就下榻在這家旅館。另外還住著許多紳士。又說，每天晚上都有茨岡人唱歌，戲院正在上演《特瓦爾多夫斯基老爺》[2]。還說馬都是一些寶馬良駒，價值連城。）

在集市廣場上，停著不計其數的大車，排著長龍大隊。大車後面就是種類各異的馬匹：大走馬、養馬場的馬、比秋格馬[3]、拉貨車的馬、驛馬，還有一般的農家馬，另外還有一些肥壯的馬。全照毛色在那裡分類展示，馬背上披著色彩繽紛的馬衣，一匹匹都用短韁繩牢繫在木架上，怯懦地斜眼看著馬販子手中那為牠們所熟知的馬鞭。草原上的貴族們從一兩百俄里之外送來家養馬，一個老頭和三個傻瓜一樣的人看著。

2 十九世紀俄國作曲家威爾斯托夫斯基所作的歌劇。
3 俄羅斯名馬，因產自比秋格河一帶而得名。

這些馬搖著長脖子，踏著馬蹄，不耐煩地啃著木樁子。一匹匹黃褐色的維亞特卡馬緊依在一起，有大走馬，馬尾呈波浪形，蹄肘毛茸茸的，臀部胖得圓滾滾的，顏色各異，灰色帶圓斑點的，鐵青的，棗紅色的，都像雄獅般威嚴沉穩地站著，伯樂們一個個聚精會神地站在這些上等馬面前，品頭論足，很長時間不願離去。

在排著大車的街道上，三教九流各色人等來往穿梭，各種各樣身分地位的、不同年齡的、長相各異的、膚色不同的，全都彙集此處。有身穿藍上衣、戴著高筒帽的馬販子，鉤心鬥角地相互打量著，都是一副心懷鬼胎的樣子，等候著買主光臨。有生著鼓眼泡、滿頭捲髮的茨岡人，他們像猴子一樣來回跳著，片刻看看馬的牙齒，一會兒又扳起馬腿或拉起馬尾上看下看的。他們總是一副繁忙的樣子，又吵又罵，又做仲介人，又幫著搖籤抓鬮，對某一個戴軍帽、身穿海狸皮領軍大衣的採購員被人糾纏著。看，那個膀大腰圓的戈薩克，高高地騎在一匹脖子同鹿一般的瘦瘦的馬上，非要「完整」地賣不可，也就是說把馬鞍和籠頭同馬一起賣掉。

有些農民也來逛馬市，衣衫襤褸，玩命地在人群中到處擠，一窩蜂地擁向套著「試用馬」的大車。或者，在邊上什麼地方，靠著精明強幹的茨岡人的幫助，費盡口舌而不厭其煩地討價還價，買賣雙方接連擊掌一百次，末了還是沒有達成一致意見，不歡而散。這時他們爭論著價錢的對象——一匹披著破席子的蹩腳馬——在那兒悠然自得，彷彿此事壓根兒就與牠無關似的。事實也是如此，挨誰的馬鞭還不是一樣？

有幾個寬額頭的染了鬍子的地主，臉上流露著威風凜凜的神情，頭戴波蘭式四方帽，呢子外衣半套半披在身上，一副不可一世的架勢，正同一個戴絨帽子和綠手套的大肚子商人談話。各種各樣的兵種和團隊的軍官們也到這裡來閒逛。一個身材高大的德國籍裝甲兵也在這兒，正在冷淡地問一個瘸腿馬販子：「這匹栗毛馬怎麼賣？」一個十八九歲的淺黃色頭髮的驃騎兵忙得不亦樂乎，為一匹瘦瘦的溜蹄馬挑選拉套的馬。一個驛站車夫，頭上戴著一頂裝飾著孔雀毛的矮帽，身上穿著褐色上衣，一雙皮手套掖在窄窄的綠色腰帶上，正在挑選一匹轅馬。

馬車夫們也都沒閒著：有的在為自己馬的尾巴編辮子，有的給馬的鬃毛上淋水，有的又在費盡心思討好著為主人出主意。交易成功的人，有的跑進大酒店海吃海喝，有的到小飯館去坐一坐，這要由各人的經濟狀況而定。……人人都在這裡奔跑著、叫喊著、爭吵著，推推搡搡，爭執和解，每個人都十分匆忙，腳上、腿上，滿身都是污泥。

我想為我的四輪馬車挑三匹良駒，因為我的馬都不好使喚了，年紀都大了。我已經相中了兩匹，第三匹卻還沒有挑選好。我吃過晚飯，但現在我不願描繪牠（埃涅阿斯[4]早就明白，回憶往昔的悲哀是多麼不快之事）。之後我便走到那個被人們稱為咖啡廳的地方，這裡每晚都有馬匹採購員、養馬場場主和一些外地來的客人聚會。在彌漫著草灰濛濛的煙霧的桌球室裡，有二十幾個人在玩耍和閒談。其中有浪蕩的青年地主，身上穿著騎馬短上衣和灰褲子，留著相當長的鬢髮，小鬍子上塗了油，一幅意氣風發的樣子。還有幾個哥薩克穿著的貴族，脖子顯得很短，浮腫著眼睛吭吭嗤嗤地喘著粗氣。商人們則坐在一邊兒，即所謂的「另席」上。幾個軍官悠閒地閒聊著。打桌球的人中有一位是公爵，此人大概二十二三歲，表情讓人高興而又稍微高傲，身上穿著一件敞開的長禮服，露出紅色綢襯衣，下身穿一條肥大的絲絨燈籠褲。和公爵對壘的是退職陸軍中尉維克多·哈羅巴科夫，他

4希臘神話中特洛伊的英雄，在特洛伊城淪陷時，他背負父親從火海中逃生。

們兩個正戰得酣。

這個退職中尉維克多・哈羅巴科夫大概三十歲，皮膚黑黑的，身材瘦小，滿頭黑髮，深棕色的眼睛，臉上趴著一個扁扁的獅子鼻，每到選舉和集市，他都必然到場，對此還異常熱心。他走起路來可笑至極：猴子一樣上躥下跳，意氣風發地甩著兩隻弧形的手臂，歪戴著帽子，把深灰色的紅棉布襯裡的軍大衣袖子也捲了起來。

哈羅巴科夫很會諂媚和巴結彼得堡巨富的紈褲子弟，陪他們一起吸煙、喝酒、玩牌，總之，竭盡諂媚之能事。這些紈褲子弟為什麼賞識他呢，讓人很想不明白，他既不滑稽，也不適於供人尋開心。的確是這樣，他們對待他只是像對待一個木偶玩具一樣，隨便和他玩玩而已，所以和他混上兩三個星期之後，就不再搭理他了，連招呼都不打，他也知趣，就不再糾纏他們了。

這個陸軍中尉哈羅巴科夫有一個特點，就是這一兩年裡，總是重複一句他自認為是一句很逗趣的俏皮話，實則無趣至極的話。然而令人驚疑的是，鬼才明白為什麼大家聽了還都發笑。八年前他無論走到何處，都要說這麼一句話：「我謹向您致敬，衷心感謝。」那時他所諂媚的那些人每次都笑個不停，甚至東倒西歪，還要一遍遍地重複「謹向您致敬」。後來他又改成一句較為複雜的話：「不，您真是的，這是什麼[5]──結果，結果就是這樣了。」不想這一句極其無聊的話，竟然無往不利。過了兩三年，他又發明了新的俏皮話：「且勿著急，神癡之人，都裹著羊皮。」就像這樣的廢話，卻為他掙得了吃穿用度。（他的財產早就揮霍一空，現在只能靠狐朋狗友混日子。）

5原文為法語和俄語混雜使用的一句話。

這些問題應該讓我們關注一下，除了上述拙劣表演，此人就毫無用處，沒什麼本事可以為別人效勞。好，他又是一個大煙鬼，一天能抽一百支「茹科夫」煙。而且打桌球的姿態十分難看：右腳抬得比頭還高，瞄準時發瘋地把桌球桿在手裡走來走去——這些動作畢竟不合所有人的口味。他又很能喝酒……但是在俄羅斯想靠喝酒出名可不容易……一句話，他能混到這般地步，真令人費解，我覺得完全是個謎。只是，他尚有一點可取之處：他為人很當心，從不把他人的隱私到處傳揚，不揭別人的老底，不說別人不好的話。

「嘿，」一看到哈羅巴科夫，我就立刻想到，「他現在又有什麼新的口頭禪了？」

公爵很幸運地擊中了白球。

「三十比零。」一個臉色發黑，眼睛下面有黑圈的患肺癆的記分員高聲喊道。

「砰」的一聲，公爵又把一個黃球擊進桌球桌邊的袋子裡。

「嗨，神助的一桿！」一個胖商人從丹田之處發出讚揚聲，喊過了，他卻又不好意思了。他坐在角落裡的一張晃悠悠的單腿桌子邊上，他發現沒有人注意，他便放鬆了下來，伸手摸摸鬍子。

「三十六比零！」記分員用鼻音大聲喊道。

「喂，老兄，打得如何？」公爵問哈羅巴科夫。

「怎樣？不用說了，打得十分好，勒勒勒拉卡利奧奧昂的確勒勒勒拉卡利奧奧昂！」

公爵情不自禁一笑，並問道：

「嗯？怎麼回事，再說一遍！」

「勒勒勒拉卡利奧奧昂！」退職中尉自鳴得意地驕傲著又重複了一遍。

「噢，這是他如今的口頭禪了！」我心裡想道。

公爵又把一個紅球一竿子打進袋子裡。

「哎呀！別這樣，公爵，別這樣，」一個小軍官嘴裡小聲地嘟囔著，這個傢伙紅眼睛，小鼻子，淺黃色頭髮，一臉的迷糊睡相，「別這樣打……應該是……別這樣！」

「究竟應該怎麼樣？」公爵回過頭去問他。

「應該……那樣……雙回球的打法。」

「是嗎？」公爵不耐煩地從牙齒縫裡擠出這句話。

「公爵，今晚去聽茨岡人唱歌嗎？」這個小軍官驚慌失措地接著說：「斯焦什卡要唱呢……還有伊柳什卡也唱……」

公爵對他的話置若罔聞。

「老弟，勒勒勒拉卡利奧奧昂。」哈羅巴科夫狡黠地瞇起了左眼。

公爵卻開心地笑了起來。

「三十九比零。」記分員報告說。

「零就零……看，我來打進這個黃球……」

哈羅巴科夫又在手裡轉了幾下桌球桿，瞄準了打去，卻滑桿了。

「唉，勒拉卡利奧昂！」他十分地生氣。

公爵又大笑了起來。

「怎麼，怎麼，怎麼？」

哈羅巴科夫沒有重複他的口頭禪，應該讓他們開開眼界了。

「您滑桿了，」記分員說：「讓我在球桿上塗些白粉……四十比零！」

「對啦，各位先生，」公爵對所有在場者說，沒有針對某人，「你們明白嗎？今晚在戲院裡一定得叫維爾熱姆比茨卡婭出來謝幕不可。」

「當然，當然，肯定要叫維爾熱姆比茨卡婭出來……」好幾個紳士爭先恐後地喊起來，都為有機會回答公爵感到無上光榮。

「維爾熱姆比茨卡婭是一個出色的演員，比索普尼雅科娃強多了。」屋角裡一個戴眼鏡，蓄著小鬍子，一副讓人可憐樣子的人尖聲尖氣地說道。這個人真讓人可憐！他本來打從心眼裡就很愛慕索普尼雅科娃，但是公爵對他卻不屑一顧。

「茶房，把煙斗拿來！」一個身材高高大大，容貌端端正正，氣宇不凡的紳士從系著領帶的喉嚨裡迸出這句話。從他的表現看得出來，這是一個真正的賭棍。

茶房跑去拿煙斗了，他回來稟告公爵大人說，驛站車夫巴克拉格要見他。

「啊！好，叫他等一下，先讓他喝點酒。」公爵吩咐道。

「好的。」

正如後來有人告訴我，巴克拉格是個青年驛站車夫，相貌很好看，很討人喜愛。他很受公爵青睞，公爵送給他馬，和他一起賽馬，有時竟到了寸步不離的地步——一連幾天幾夜都和他在一起……公爵本來是一個花花公子，揮金如土而放蕩不羈，現在卻判若兩人了……他散發著一身濃烈的香水味兒，衣服整潔筆挺，氣宇軒昂！他忠於職守，忙於公務，最主要的是，他為人處世十分謹慎。

屋裡的煙草味嗆得我眼睛不舒服，我最後一次聽過哈羅巴科夫的叫聲和公爵的大笑聲之後，就回去休息了。我的茶房正在為我收拾床榻，給我在一張窄的有個彎形的靠背、棕墊也有些塌陷的長沙發上鋪好被褥。

翌日，我便去各家院子裡看馬，先從馬販子西特尼柯夫家開始，因為他是個小有名氣的馬販子。我進到了一個鋪著沙子的院子裡。老闆西特尼柯夫正好站在敞著門的馬廄前，他已經上了年紀，是個身材高高大大的胖子，穿著一件有高翻領的兔皮外套。他看到我來了，就緩緩迎上前，雙手把帽子舉在頭頂呆了片刻，拖長了聲音說道：「啊，您好，可能是來看馬的人吧？」

「對，我來買馬。」

「請問，要什麼樣的馬？」

「你能讓我看一看您都有些什麼樣的嗎？」

「嗯，好的。」他一邊說著一邊走著。

我們一道走進馬廄。乾草堆裡站起幾條白色哈巴狗，搖晃著尾巴向我們跑來。一隻長鬍子的老山羊不情願地走到了一旁。三個馬車夫，身上穿著硬梆梆的滿是油污的皮襖，默默地向我們深深地鞠了一躬。左右兩邊，在一個個墊得高出地面的馬欄裡，拴著三十幾匹馬，匹匹膘肥體壯，渾身刷洗得十分乾淨。一些鴿子咕咕叫著在拴馬的橫木上到處飛。

「你買的是什麼用途的馬啊？是騎的，還是做種馬？」西特尼柯夫問我。

「不但能騎還能做種馬。」我答道。

「明白了，明白了，我知道你的意思了。」馬販子一字一頓地說：「彼佳，把銀鼠牽出來，讓這位先生看一看。」

我們進了院子。

「要坐嗎？不想坐？……那就隨便吧。」

馬蹄咚咚地叩打著地板，馬鞭「啪」的響了一聲，一匹體態勻稱的灰馬從馬廄裡被牽了出來，彼佳四十來歲，膚色黑黑的，一臉麻子。彼佳讓馬揚起前蹄直立了片刻，又帶著馬在院子裡遛了兩圈，接著嫺熟地勒住馬讓人觀看。銀鼠伸腰挺直了身子，打了兩個響鼻，翹起尾巴，擺了擺腦袋，瞟了我們一眼。

我想：「這傢伙訓練得倒還好！」

「讓牠隨便活動一下，別管牠，讓牠隨便好了。」西特尼柯夫說著，專心致志地注視著我。

「您看，這匹馬怎麼樣？」末了他問我，話語中充滿了自信的詢問。

「馬倒是好，只是兩條前腿不怎麼靠得住。」

「腿絕對沒問題！」西特尼柯夫信誓旦旦地答道：「還有臀部……您認真看看……寬得像炕一樣，在上面歇息都行。」他誇著自己的馬說道。

「蹄腕骨稍微長了一點兒。」我挑剔地說。

「一點兒都不長！良心做證！讓牠跑一跑，彼佳，讓牠跑一跑，要大步，對，大步，大步跑……不要讓他跳。」

彼佳又牽著銀鼠在院子裡跑了幾圈。我們都沒言語，只是靜靜地看著。

「把銀鼠牽回去吧。」西特尼柯夫說：「把老鷹牽出來給我們看看。」

老鷹是一匹荷蘭種公馬，全身黑亮得如同甲蟲殼一樣，臀部下垂，腰身纖細但強健有力，看樣子，的確要比銀鼠好一點兒。這匹馬屬於獵人們常說的「一劈一砍一抓」那一類，也就是說，走起路來，前腿向左右兩邊扭來甩去，卻很少向前踢腿。中年商人都十分喜愛這種馬，因為牠跑起來如同腿腳靈便的茶房正經的走路姿勢。飯後出去閒逛或吹風，用這種馬單獨拉車是很合適的。拉著粗制的輕便馬車，走起來姿態優美大方，彎著脖子又很捨得下力氣。車上坐著飽得動不了的車夫，胃燒得不舒服，胖得喘氣的商人，以及身上穿著淺藍色綢外衣，頭裹淺紫色頭巾的商人老婆，全身的肥肉隨著車的顛簸而顫動如同波浪。我也沒要這匹老鷹，西特尼柯夫又另外給我看了幾匹馬……

最後，我相中了一匹灰色的沃耶科夫種的壯馬，馬身上帶有圓斑點。我十分高興，不自主地拍了拍馬脖子。西特尼柯夫立刻擺出一副冷淡相。

「怎樣，這匹馬拉車行嗎？」我問。（說到大走馬時，常常都不說跑得如何。）

「行。」馬販子鎮定地答道。

「能不能試一試？……」我探詢地問道。

「沒問題。喂，古茨亞，把追風套上車。」

古茨亞是一個高明的馴馬師，驅馬駕車輕快如風，在我們身邊來回跑了三四趟。這匹馬果真跑得很好，腳步毫不凌亂，臀部也不顛，抬腿輕便，運蹄自如，伸展著尾巴，一直保持著闊步前行的姿勢。

「你這匹馬怎麼賣？」我志在必得地問。

西特尼柯夫要了一個很高的價格。我們就在大街上討價還價，突然有一輛三套驛車從街道拐彎處轟隆隆飛奔而來，好馬配好車，跑到了西特尼柯夫家門口，氣態非凡地停了下來。在這輛豪華的狩獵用的馬車上就坐著那位公爵先生，哈羅巴科夫坐在他身旁。駕車的就是巴克拉格……真夠神氣的！彷彿他駕著這輛車連耳環都鑽得過，好傢伙！兩匹拉套的棗紅馬小巧而靈活，又黑又亮的眼睛，黑油油的腿，神態活躍，身輕體健。只要一聲呼哨，就會風一般的跑出去！深褐色的轅馬像天鵝一樣高傲地仰著脖子，挺著胸脯，四條腿站得像箭一樣筆直，一直搖頭晃腦，驕傲地瞇著眼睛……總之一句話，好看極了！堪與伊凡雷帝[6]復活節出遊時乘坐的馬車相互媲美！

「歡迎光臨，大人！」西特尼柯夫驚呼起來。

公爵跳下馬車，哈羅巴科夫從馬車的另一邊慢悠悠地爬下車。

「你好，夥計……還有好馬嗎？」

「大人要馬，怎麼會沒有呢？請進吧……彼佳，把孔雀牽出來讓大人看看！叫人把那匹人人誇也備好，先生，顧不上你了，」他轉身對我說：「明天再說吧……福姆卡，拿一張凳子給尊敬的公爵大人。」

彼佳從我剛才沒留意的一間比較特殊的馬廄裡牽出了那匹孔雀，這是一匹深紅色駿馬，跑起來四蹄騰空。西特尼柯夫有意別過頭去瞇起眼睛。

「啊，勒拉卡利昂[7]！」哈羅巴科夫十分高興地大聲呼喊起來，「瑞姆薩[8]（太好了）！」

尊敬的公爵大笑了起來。

6 十六世紀俄國沙皇。
7 即流氓。
8 為法語「我喜歡」的俄語音譯。

費了好大勁才勒住孔雀，牠拖著馬夫在院裡跑個沒完沒了，直逼到牆邊才制服牠。孔雀打著響鼻，全身打顫，緩緩被馴服了，但是西特尼柯夫卻又來招惹牠，衝牠揚起馬鞭。

「往哪裡跑？看我怎麼收拾你！吁！」馬販子親熱而又威嚇地說，一面興奮地讚賞著自己的馬，就像讚賞一件心愛的價值連城的寶貝。

「多少錢？」尊敬的公爵問。

「既然大人要買，五千好了。」

「三千吧。」

「不行啊，尊敬的公爵，請原諒……」

「實話跟你說，就三千，勒拉卡利昂。」哈羅巴科夫插嘴道。

他們的交易尚未談妥，我就走了。在這條街的盡頭拐角處，我看見一所灰色小屋，門上貼著張大白紙。紙上畫著一匹尾巴像煙囪一樣直豎、脖子很長的馬，馬蹄下有幾行古體寫法的幾行文字：

此處出售各種各樣馬匹，都是坦波夫地主阿納斯塔謝・伊凡內奇・契爾諾拜之著名養馬場運至列別江市集來的。此處馬匹皆體態優美、本領卓著、性情溫馴。各位買主若惠顧，請直接和阿納斯塔謝・伊凡內奇本人聯繫；若阿納斯塔謝・伊凡內奇不在，則請接洽馭者納扎爾・庫貝什金。各位買主，請對老人家多加關照。

我站住，心裡想，那我就來看看大名鼎鼎的草原養馬場場主契爾諾拜先生的馬吧。

我本來想從便門走，但是不想便門閂上了。於是，我只好敲打房門。

「誰呀？……是買馬的嗎？」傳來了女人的尖聲問話。

「是買馬的。」我答道。

「就來，先生，馬上就來了。」

便門打開了。一個五十多歲的婦人，不戴帽子，穿著靴子，皮襖敞開著出來了。

「請進來，主顧，我現在就去報告阿納斯塔謝·伊凡內奇……納扎爾，喂，納扎爾！」

「什麼事？」馬廄裡傳來一個七十來歲的老漢模糊不清的聲音。

「把馬準備好，買主來了。」

老婦人快步急匆匆地跑進了屋子裡。

「又是買主，買主，」納扎爾小聲埋怨地說：「我馬尾巴還沒洗完呢。」

「啊，日子過得真夠悠閒的！」我想。

「你好，先生，歡迎光臨。」悅耳的聲音從我身後傳來。我回頭一看，一個中等身材的老頭兒站在我面前，身上穿著藍色大衣，滿頭白髮，一雙好看的藍眼睛閃爍著機智和聰慧，笑容可掬，倍顯親切。

「你要買馬嗎？好吧，尊敬的先生，好吧……請先去我那裡喝杯茶吧？」

被我謝絕了。

「好，請便吧。尊敬的先生，請原諒，我是按舊禮節行事。（契爾諾拜從容地說）要明白，我這兒什麼都很隨便……納扎爾，喂，納扎爾……」他沒有提高嗓門，只是拉長了聲調。

納扎爾，一個皺紋叢生的小老頭兒，生著一個鷹鉤鼻子，蓄著山羊鬍子，出現在馬廄門口。

「尊敬的先生，你要什麼樣的馬呀？」契爾諾拜先生接著問。

「不要太貴，能拉帶篷馬車就可以了。」

「好，拉車的馬也有，好吧……納扎爾，把那匹灰馬牽給老爺看看，你明白，就是最邊上的那一匹，還有那匹額帶白斑的棗紅馬，就是美人兒生的那一匹，明白了嗎？」他吩咐道。

納扎爾又回到馬廄。

「你就拉著籠頭把馬牽出來吧，」契爾諾拜先生在他身後喊。「尊敬的先生，」他用閃亮而親切的目光望著我的臉，又說：「我這兒可和那些馬販子不一樣——他們太讓人可惡了！什麼花招都使得出來，薑、鹽和酒糟都用上了，[9] 真是活見鬼！」他有些憤憤地說。

牽出來的兩匹，我都相不中。

「好，那就牽回去吧，」契爾諾拜說：「再牽兩匹馬來給我們看一看。」

又牽出來兩匹馬，最後我選了一匹較為便宜的。我們就開始談價錢，契爾諾拜尊敬的先生不急，說話很得體，還鄭重地向上帝發誓，這使我不得不「多多關照這位老人」了——於是我就付了訂金。

「好吧，」契爾諾拜尊敬的先生說：「請讓我按老規矩，把馬韁繩從我的衣襟裡交到你的手裡……你會因為買到好馬而對我感激不盡……真是一匹寶馬！結實得像核桃一樣……還沒上過套的……不折不扣的草原馬！用什麼馬具都可以。」他像不忍心捨去心愛的寶貝似的。

9 馬食用鹽和酒糟的話會比較容易長膘。

他畫了個十字，然後將自己的大衣襟托在手上，牽住馬籠頭，把馬交到我手中。

「現在這匹馬歸你了……喝杯茶吧？」他客氣地邀請道。

「不，多謝，我該回去了。」

「請便吧……現在就讓我的馬夫跟你送馬去吧？」

「好，若是方便，現在就送去吧。」

「好的，老弟，好的……瓦希利，跟這位尊敬的先生一起去吧。把馬送去，收了錢帶回來。那麼，再會了，尊敬的先生，上帝保佑你。」

「再會，阿納斯塔謝•伊凡內奇。」

瓦希利給我把馬送到了旅社。我翌日一看，這匹馬原來有氣腫病。我想把牠套上車，但牠拚命後退。用馬鞭抽牠，牠卻強了起來，連踢帶踹，而且乾脆躺在地上不起來了。沒辦法，我只得去找契爾諾拜尊敬的先生。

我問：「契爾諾拜尊敬的先生在家嗎？」

「在家。」

「您怎搞的，」我問道：「您怎麼賣給我一匹有氣腫病的馬？」

「有氣腫病？……哪有這麼回事！」他故作十分驚疑地問。

「還是癱腿的，而且脾氣可倔啦。」我十分不滿地說。

「癱腿的？我可不明白，肯定是你的車夫不知怎麼的弄傷了牠……我在上帝面前發誓……」他信誓旦旦地說。

「按理說，阿納斯塔謝・伊凡內奇，您應該立刻收回這匹馬。」

「這樣不行，尊敬的先生，您可別見怪，這是規矩。馬一牽出門，事兒就完了，你應該先看看明白才對。」

我當時完全糊塗了，只好自認倒楣，苦笑一下就走了。所幸的是，這次教訓讓我付出的代價還不足以致命。

幾天後，我就離開了列別江，一周以後，我在歸途中又經過列別江市。我又來到咖啡廳，碰見的還是上次看到的那些人，又看到了那位尊敬的公爵在打桌球。但哈羅巴科夫尊敬的先生沒有逃脫自己的宿命，淺黃色頭髮的小軍官已經取而代之，得到了尊敬的公爵的寵幸。那位讓人可憐的中尉哈羅巴科夫又當著我的面試了一次他的口頭禪，還以為可能會像從前一樣博得別人的歡心，沒想到尊敬的公爵不但沒有發笑，反倒皺起眉頭，還不屑一顧地聳聳肩膀，哈羅巴科夫自討沒趣地低下了頭，獨自一人蹲到屋角，悶著頭給自己裝著煙斗……

一八四八年

# 塔吉雅娜·鮑里索夫娜和她的侄兒

我那充滿了激情的讀者，讓我們攜起手來乘車去郊遊一番吧！今天的天氣好極了，五月的天空湛藍如水。爆竹柳的新鮮葉子油滑亮澤，閃閃發光，像剛剛洗過一樣。大道寬闊而平坦，長滿了綿羊愛吃的紅色小草。大道的兩側，有一座座平緩的小丘。在小丘那很長的坡上，綠油油的黑麥在微風中搖曳著它們的綠色衣裳，一朵朵雲彩在天空中飄遊，投下來一片片淡淡的陰影，擁抱著那無邊無際的黑麥田。

舉目眺望，一片片黑魆魆的樹林，一方方粼波閃閃的池塘，一座座橙黃色的村莊像畫上的一樣，漂亮而生動，成群結隊的雲雀飛舞著，遮天蔽日。牠們發出婉轉好聽的啼鳴，突然，又俯衝下來，站在一座座小土堆上，伸長脖頸向四處觀望。一隻白嘴鴉就像是禮儀接待一樣站在路邊，歡迎著您的到來，牠直望著您，身子緊貼在地面上，給你行著注目禮，直到你的馬車遠去，才蹦跳兩下，十分不情願而又笨拙地飛到一邊。在河對岸的山坡上，一個農夫正在耕田。一匹短尾花斑的小馬駒，搖晃著蓬鬆的鬃毛，撒著歡兒地追著一匹母馬，經常發出尖細的嘶鳴聲。

我們走進一片美麗的白樺林。樹林裡散發出的清新氣息撲面而來，令人心曠神怡，只想永遠沉醉其中。我們的馬車接著向前行進，村莊的寨牆已出現在我們眼前。車夫跳下車來，馬兒打著響鼻，幫拉套的馬一直回頭張望，轅馬甩著尾巴，頭貼在軛上……寨門吱吱嘎嘎地打開了，車夫重新坐回他的位置說：「走吧！我們的眼前就是村莊了。」大約經過了五六個院落，我們向左拐去，走進一片窪地，接著又駛上一條堤壩。在一片小池塘邊，有蘋果樹和丁香樹圍成的一個個圓形樹冠。在樹冠後面，我們看到了一座紅色的屋頂已經褪色的木屋，上面豎著兩根煙囪。車夫趕著馬車沿著圍牆向左走，碰見了三條很老的長毛狗，牠們發出了嘶啞的狂叫聲。

車駛進了院子裡，神氣活現地在院子裡兜了個圈子。經過馬廄和庫房板棚時，我們看到一位老態龍鍾的婆婆費力側著身子跨過高門檻，走出敞著門的儲藏室，她是個老管家，車夫十分有禮貌地向她鞠了一躬。他勒著馬韁繩，在一間小屋子的臺階前停下車，小屋有著明亮的窗戶，屋的牆壁如同夜的顏色，黑呼呼的……我們來到的地方，正是塔吉雅娜·鮑里索夫娜的家。讓人驚訝的是，她還親自打開了通風窗，在向我們點頭致意呢！

「伯母，您好啊！」我們一齊高聲而有禮貌地問候她。

塔吉雅娜·鮑里索夫娜是一位有著一對灰色的金魚眼，大大的，向外突著的約五十歲的婦人，她的鼻子扁扁的，面色紅潤，雙頰豐滿，形成自然而富態的雙下頦，使得她的臉上越發流露出親切和藹又慈祥的神情，她很年輕就結婚了，很不幸的是，不久她就死了丈夫。

塔吉雅娜·鮑里索夫娜是一位極有修養安靜貞潔的女人，她安靜而快樂地住在自己的小莊園裡，從不外出遊玩，和鄉鄰們也很少交往，但她十分喜愛接待年輕人。她出身沒落的地主之家，沒有上過什麼學，這可能就是她不會講法語的緣故吧。她的視野很狹窄，甚至連莫斯科都不曾去過。雖然有這些不足，但她為人卻樸實善良，思想和感情都是那樣純潔大方，很少沾染那些小地主婆娘的臭毛病，這著實令人讚嘆。說老實話，一個女人常年住在偏遠的鄉村房舍裡，從不指手畫腳，從不搬弄是非或怨天尤人，與人為善、不卑不亢，遇事從來不焦躁，也從不因為充滿好奇而驚慌失措，是一件讓人驚奇的事情！

平常她總是穿一件灰色的塔夫綢連衣裙，頭上戴著一頂配有雪青色飄帶的白色便帽。她十分喜愛吃點零食，但很有節制。蜜餞、乾果以及醃菜等事，她都交給女管家去操辦。那麼您可能會問，她成天都幹什麼事情呢？看書嗎？不，這位塔吉雅娜•鮑里索夫娜很少管理家務。冬天的時候，她就安靜地坐在家裡做些針線活，夏天就到花園裡去逍遙：種種花、澆澆水、餵餵鴿子，或者逗貓玩，一連幾個鐘頭都興致盎然。如果有客人來了——特別是她十分喜愛的年輕人，到她家裡來玩，塔吉雅娜•鮑里索夫娜就心花怒放了，她會殷勤熱情地邀請客人入座，款待客人喝茶，興致勃勃地聽客人講話。

她總是滿面春風，有時還親切地拍拍客人的臉，但她自己卻很少說話。所有人要是碰見不幸或者不順心的事，都願意向她傾訴，她完全把自己的思想和感情融入了客人們之中，幫客人們排憂解難。年輕人都十分樂意向她訴說家中的難言之隱和個人秘密，他們很信任她，激動起來還會伏在她的肩上痛哭呢。她十分喜愛和客人面對面坐著，胳膊悄悄地支著頭，十分同情地望著客人的眼睛，親切地微笑著，令客人情不自禁地想著：「您是一位多麼可敬討人十分喜愛的女人啊，塔吉雅娜•鮑里索夫娜！聽聽我的心裡話吧！」

在塔吉雅娜•鮑里索夫娜家裡有幾個不大但卻很安適的房間裡，人們總是感到舒適和溫暖。我們可以這樣說話——她家的天氣總是晴朗的。換句話說，她家裡的氣氛總是歡快得春暖花開的。

塔吉雅娜・鮑里索夫娜真是一位惹人喜愛的女人，但卻沒有人對她感到不相信不解。她頭腦靈活，性格堅強，舉止大方，對別人的不幸總能給予熱情的關注，對別人的喜悅也總是衷心地表示歡喜和祝賀。總之，她的一切美德，彷彿與生俱來一般，她不必再花費精力苦苦地思考。人們對她絕對沒有不滿或異議，所以，得到她熱情相待的人也無須向她酬謝些什麼。

她特別十分喜愛看著年輕人嬉鬧和玩耍。她把兩隻手相交著抱在胸前，仰著頭，瞇著眼，笑容可掬地坐著，只是偶爾忽地嘆一口氣，說道：「哎呀，我的孩子們，孩子們呀！」這時，人們都很想走到她的面前，握住她的手，從心靈深處向她說：「聽我說，塔吉雅娜・鮑里索夫娜，您不明白自己的價值，儘管您非常質樸，儘管您並非學識淵博，但是您卻絕非等閒！」只要一提到她的名字，人們就會產生一種回到家裡的感覺，溫暖舒心。

人們都十分喜愛說起她的名字，她的名字能給他們帶來微笑。例如，有好多次我在途中向莊稼人問路：「大哥，到格拉喬夫村該怎麼走啊？」那莊稼人會脫口而出地說：「尊敬的先生，您先到維亞佐沃耶，再從那裡到塔吉雅娜・鮑里索夫娜家。當你走到了那裡的時候，無論是誰都會給您指路的。」農民提到塔吉雅娜・鮑里索夫娜時，都會若有所思地點頭讚許。

塔吉雅娜・鮑里索夫娜的房子不是很大，所以僕人並不多，這和她的處境以及身分很相稱。她把院落、洗衣房、貯藏室和廚房都交給女管家阿嘉菲婭去料理。阿嘉菲婭原來是她的奶娘，一個心地善良但動不動就哭的牙齒已經掉光了的老太婆。她的手下還有兩個健壯的姑娘，兩個人的紅潤光澤，緊繃繃的臉龐都像安東諾夫蘋果一樣。年近古稀的波里卡爾普擔任侍僕，是女管家的助手，他還兼管廚房的事務。這個老頭子是個古怪的人，他見多識廣，是一個退職的小提琴手。他很崇拜維俄提[1]，同時又非常痛恨拿破崙——用他自己的話說就是：「波拿巴季什卡[2]是與我不共戴天的敵人。」

他非常喜愛夜鶯，他在自己的房間裡餵養了五六隻夜鶯。早春時節，他夜以繼日地蹲在那裡，企盼著第一聲鶯啼。守候到第一聲鶯啼時，他便激動得用雙手擋住臉，接著就吟唱起來：「唉，讓人可憐哪，讓人可憐的小夜鶯！」唱罷，他會淚如泉湧。

波里卡爾普的孫子瓦夏是他的一個幫手。這個小傢伙是個十二三歲的小男孩，有著迷人的捲髮，還有一雙機靈的大眼睛。波里卡爾普十分疼愛自己的小孫子，一天到晚和他嬉笑、玩鬧，用心地呵護著他。他還教他讀書寫字，講做人的道理。

「瓦夏，」他對他的孫子說：「你說，波拿巴季什卡是個壞蛋，是個大強盜。」

「那你會給我什麼獎勵呢，爺爺？」他的孫子問。

「獎勵你些什麼呢？嗯……什麼也不給你。你是哪兒的人呀？難道你不是俄羅斯人嗎？」

「我是阿姆岑人[3]，爺爺，我是在阿姆岑斯克那裡出生的啊。」

「呵呵，乖孫子！阿姆岑斯克又在哪兒？」

「那我怎麼明白。」

「阿姆岑斯克就在俄羅斯呀，小傻瓜。」

「在俄羅斯怎麼了？」

1 十八、十九世紀間著名的義大利小提琴演奏家、作曲家。
2 俄國人對拿破崙輕蔑的稱呼。
3 俄羅斯民間稱呼姆岑斯克城為阿姆岑，稱那裡的人為阿姆岑人。阿姆岑男子具有十分勇敢的口碑，我們那裡的人常對仇家說：「阿姆岑人就要上你家的門了。」——作者原注。

「怎麼了？已故的斯摩棱斯克尊敬的公爵大人米海洛・伊拉利奧諾維奇・戈列尼舍夫・庫圖佐夫在上帝的幫助下，把可惡的強盜波拿巴季什卡驅逐出了俄羅斯。為慶祝這次大勝利，俄羅斯人民還編了一支歌：『波拿巴特沒法跳舞了，他把吊襪帶跑丟了。』你要明白，是尊敬的公爵庫圖佐夫拯救了你的祖國。」

「這些事情關我什麼事呢？」

「哎呀，你這個小傻瓜，太傻了！若不是庫圖佐夫尊敬的公爵大人把波拿巴季什卡那個大不好的蛋趕跑了，現在準會有法國佬拿著大棍子敲打你的腦袋，法國佬會走到你的面前說著法語：『你好嗎？』突然就把你暴打一頓。」

「那我就用拳頭搗他的肚子！」小傢伙倔強地說。

「那他就用法語嘰哩呱啦叫起來：『你好，你好，到這兒來。』然後他就會揪住你的頭髮，兇狠地揪你的頭髮。」

「那我就踢他的腿，兇狠地踢，使勁地踢，踢他那長滿疙瘩的麻稈腿。」說著還手舞足蹈地比畫著。

「這倒不假，他們的腿像麻稈似的又細又長。喂，那他要是捆住你的手，你該怎麼辦？」

「我哪有那麼聽話啊，我就會叫馬車夫米海伊來幫我。」

「但是，瓦夏，要是你和米海伊都對付不了法國佬，你會怎麼辦？」

「不可能發生的事情！米海伊可有勁兒了！」

「啊，那你們打算把他怎麼樣呢？」

「我們就往死裡打他的屁股。」

「那他要是喊『別打了，別打了，饒了我吧！』了呢？」

「那我們就對他說：『就不饒你，你這個該死的法國佬！』」老人十分開心地誇獎道：「瓦夏，我的寶貝孫子，真是好樣的！啊，那你就高聲地喊：波拿巴季什卡是個強盜！」

「那你可得給我糖啊！」小傢伙討價還價地說。

「好小子！」老人無可奈何地哈哈大笑起來。

塔吉雅娜．鮑里索夫娜很少與別的女地主交往，她們也都不十分喜歡到她家裡來。她不善於也不願意和她們周旋，聽著她們絮絮叨叨的索然無味的瞎扯，然後就會打瞌睡。即使她強打精神或振作一下，使勁兒睜開眼睛，那也毫無辦法，用不了多大的工夫，還是想要打瞌睡。總之，塔吉雅娜．鮑里索夫娜就是不十分喜愛這種女性朋友。

在她的男性朋友中，有一個性格溫柔和順的好小夥子。他有一個三十八歲半的老處女姐姐。這位老處女心地很善良，但是性情乖僻，很容易突然發作做出些古怪行為來。她的弟弟經常把塔吉雅娜．鮑里索夫娜的情況說給她聽。

一天早晨，這個老處女心血來潮，二話不說就吩咐僕人給她備馬。她穿著一條連衣裙，頭上戴一頂帽子，蒙著綠色面紗還披散著捲髮，爬上馬背就來到了塔吉雅娜．鮑里索夫娜家，沒有通報女主人的家僕，就直接闖進了前廳。

塔吉雅娜．鮑里索夫娜抬頭望見一個人猛地衝進來，嚇得手足無措，本想站起來應酬，但卻被嚇得雙腿發軟。

「塔吉雅娜‧鮑里索夫娜，」客人用祈求的聲調說：「請原諒我的唐突，我明白我突然造訪有失禮貌。我是您的朋友阿列克謝‧尼克拉耶維奇‧克某某的姐姐，我從他那裡聽到許多有關您的情況，所以決心前來拜訪，真心結交你這位朋友。」

「榮幸之至，歡迎光臨寒舍。」被嚇到六神無主的女主人一時還沒回過神來。

客人摘下帽子丟到一邊，稍微撫弄了一下捲髮，緊挨著塔吉雅娜‧鮑里索夫娜坐了下來。

她握住女主人的手說：「啊，這就是她了，」她一副見到聖人的樣子，「這就是那位善良、開朗、高尚的女聖人了！我太高興了！這就是那個淳樸而又有深刻思想的女人了！今後，我們會和睦相處的！我真的不虛此行！她正如我想像的那樣。」

她凝望著塔吉雅娜‧鮑里索夫娜的眼睛充滿了渴望而微帶一絲愧疚地輕聲地補充了一句，「你真的沒生我的氣嗎，我的親人，我的好人？」

「客氣了，我很高興認識您。您喝點茶吧。」

客人很有禮貌地微微一大笑。

「多麼真誠，多麼爽朗。」她喃喃自語。「親愛的，擁抱一下吧！」

這個老處女在塔吉雅娜‧鮑里索夫娜家裡足足坐了三個鐘頭，那張嘴一直嘮叨。她竭盡全力地向這位新認識表明自己的身價。這位不速之客走了以後，精疲力竭的女主人立刻去洗了個澡，喝了幾杯椴樹花茶，然後就躺到床上歇息。但是翌日，老處女又來了，一坐就是四個小時，臨別之際信誓旦旦地說，以後要天天來拜訪塔吉雅娜‧鮑里索夫娜。您瞧瞧，她是想讓這位宅心仁厚的人得到全面發展，並彌補她在教育方面的欠缺。如此看來，她非把塔吉雅娜折磨個半死才會甘心。

幸好不久情況有了變化。

過了兩三個星期，她對她弟弟的這位女友完全失望了。不久，一個過路的青年學生勾走了她的魂，立刻跟他熱烈而頻繁地通起信來。她在信中總是給他美好的祝福，她希望這位年輕人能表示「完全」奉獻自己的決心，只要他能稱自己為姐姐，她就很知足了。她還在信中大段大段地描寫自然風光，談論歌德、席勒、培堤那，還有德國哲學等——這一切最終使那個讓人可憐的青年人陷入悲觀絕望。但蓬勃的青春活力還是戰勝了絕望。有一天早晨他醒來時，突然感到非常憎恨他的「姐姐及好友」，盛怒之下，狠打了自己的侍僕一頓，以消心中的鬱結和憤怒。自從受到老處女的折磨後，此後很長一段時間裡，只要聽見有人談論或是提到崇高而又純潔的愛情，他就噁心得翻腸倒胃，就會對那個人恨之入骨，塔吉雅娜・鮑里索夫娜比從前更疏遠那些鄰近女人了。

世事無常，我講述給各位的這位善良女地主的種種瑣事，已經成為過眼雲煙，過去籠罩著她家的那種寧靜和諧的氣氛被永遠地破壞了！如今，她的一個侄兒住在她家裡。他是從彼得堡投奔來的一個美術家，在她家裡已經住了一年多了。這件事情是這個樣子的：

七八年前的樣子，塔吉雅娜・鮑里索夫娜家曾撫養過一個父母雙亡的孤兒，這個孩子當時有十二三歲，是她的侄子，名叫安德里沙。安德里沙有一雙水汪汪的閃閃發亮的眼睛，眼睛明澈如同夜空的星星，一張小嘴巴很是能說會道，端正的鼻子，高高大大的前額，顯得很好看。他的聲音悅耳好聽，他穿戴整齊，舉止彬彬有禮，對待客人殷勤熱情，經常懷著感恩情感親吻姑媽的手，常常你剛一進門，他就會立刻給您端過椅子來。他從來不調皮淘氣，平日裡總是一副文靜的相貌，行走坐臥也都是靜悄悄的。他總愛坐在屋角裡看書，文靜又溫順，甚至都不靠在椅子背上。若有客人走進來，安德里沙便自動起立，彬彬有禮地大笑著，而且還會羞紅了臉。客人告辭了，他又在原地坐下，從兜裡掏出帶小鏡子的梳子，認真地梳理著自己的頭髮。

他從小就十分喜愛畫畫。只要弄到一張紙，他立刻就向女管家要來一把剪刀，認真地把紙裁成長方形，並在四周畫上花邊，接著就開始畫起來。更多的時候他會畫一隻瞳孔很大的眼睛，或者畫一幢帶煙囪的房子，或者畫一個又高又直的鼻子，煙囪裡還冒出嫋嫋炊煙，或者畫一條像長板凳一樣的「側面」的狗，或是一棵落著兩隻鳥的小樹，並在畫下題款：「安德列・別洛夫佐羅夫，某年某月某日，畫於小布勒基村」。塔吉雅娜・鮑里索夫娜命名日將臨之際，他專心致志精描細畫地忙乎了兩三個星期。

到了命名日，他捧上了一個繫著粉紅色綢帶的紙卷，第一個上前向敬愛的姑母表示祝賀。塔吉雅娜・鮑里索夫娜歡欣地吻了小侄兒的額頭，然後解開了紙捲兒。展現在姑母面前的，是一座圓形的、十分有創意的殿堂：堂前有一排廊柱，中間有一個放著一顆燃燒的心的祭壇，邊上還有一頂花冠。在彎曲的封帶上，工整地寫著：「獻給我最親愛的姑母塔吉雅娜・鮑里索夫娜・波格達諾娃，以表真摯的敬愛。您的侄兒。」

塔吉雅娜・鮑里索夫娜為這種創造感到驚疑，同時又被他的孝心感動得熱淚盈眶，吻了吻他的額頭，並賞給他一個銀盧布。

她對他並不十分喜愛，因為她不喜愛這個孩子奴顏婢膝的性情。隨著安德里沙年紀的增長，塔吉雅娜・鮑里索夫娜又開始為他的前途操心。一個意外的機會解決了她心頭的愁苦。

事情的經過是這樣的：

大約七八年前，有一天，一位同時也是勳章的獲得者的六等文官，拜訪塔吉雅娜・鮑里索夫娜。此人姓捏奧利安斯基，名字和父稱是彼得・米哈伊雷奇。捏奧利安斯基尊敬的先生曾在鄰近的縣城裡當過官，那時他也常來拜訪塔吉雅娜・鮑里索夫娜。後來他升職調任到彼得堡並進入了內閣。因為工作的原因，他經常出差。有一次他想起了這位舊識，就順便來她家拜訪，打算好好地休息放鬆一下，在幽靜的鄉村生活的懷抱中洗去職場的辛苦疲倦[4]。塔吉雅娜・鮑里索夫娜一如既往地熱情接待了他，於是這位捏奧利安斯基尊敬的先生……但在接著講述這個故事前，親愛的讀者，還是讓我先介紹這位新登場的人物吧。

尊敬的捏奧利安斯基先生胖乎乎的，身材中等，有一張溫柔和善的臉。他的兩條腿短短的，有著兩根粗壯的手臂，他常身著一件肥大考究的燕尾服，雪白的襯衣上繫一條又寬又長的領帶，一條金鏈掛在襯衣的綢面背心上。他的食指上戴著一枚寶石戒指，頭上戴著淡黃色的假髮，言談懇切而又溫文爾雅，步伐輕鬆愉快，從不發出任何聲響。他笑容滿面，雙目炯炯有神，眼珠子總是讓人高興地轉動著，然後他會愉快地把領帶埋在雙層的下頷裡。

總而言之，他是一位開朗的正人君子，上帝賜給他一副慈悲心腸，聽到難過事就熱淚盈眶，聽到喜悅之事也很容易激動。他很熱衷於藝術，可以說他的身上燃燒著一股樸實的熱情——一股真正的樸實的熱情，這可能是因為尊敬的捏奧利安斯基先生沒有太高的藝術修養——不客氣點說，就是他對藝術一竅不通。

說來這也倒是一件怪事。他的這股熱情從何而來，又是有著什麼樣神秘莫測的緣由，真是讓人

4 典出普希金長詩《葉甫蓋尼・奧涅金》第七章。

難以理解。照這個樣子看，他彷彿是一個實事求是的正人君子，但他事實上是一個平凡庸碌之輩。在我們俄國，諸如此類的人物多不勝數呢。

像他們這樣十分喜愛藝術的人和藝術家，身上常常沾染著一種令人作嘔的味道。同他們交往，與他們交談，實在是一件讓人煩膩的事，因為他們給你的感覺彷彿是塗了蜂蜜的木偶人，讓人渾身上下不舒服。比如，他們從來都不叫拉斐爾[5]為拉斐爾，也從不稱柯勒喬[6]為柯勒喬，卻是常常說成是「神聖的桑齊奧，舉世無雙的德・奧萊格力」，說起話來還總把「歐」全都發成「奧」的音。他們把那些粗俗可鄙、平庸無能、傲慢自誇、才思匱乏的畫家都吹捧為天才。他們口口聲聲說的都是「義大利的碧空、南國的檸檬、布倫塔河畔馨香的氣息……」或是「啊，瓦尼亞，瓦尼亞，」要麼就是「啊，薩沙，薩沙，薩沙」之類的無聊感嘆。他們時常激情滿懷地商量著說：「我們應該到南國一遊，到南國一遊！要明白，就心靈而論，我們都是希臘人，尊貴的古希臘人！」

在展覽會上，我們可以看到他們在部分俄羅斯畫家某些作品前的精彩表演（應該讓人明確的是，這些人物大都有著強烈的愛國心）。他們忽而倒退兩步，仰起頭來讚賞，忽而又移走到畫前認真觀看。他們的眼睛精光四射，甚至忍不住熱淚盈眶「啊，上帝啊！」觀賞到最後，他們會激動不已地顫抖著驚呼，「太有感情了，太有感情了！啊，栩栩如生，真是栩栩如生啊！妙筆傳神啊！真是妙筆傳神啊！……構思實在是太精巧了！匠心獨運啊！」

可他們在自己客廳掛的畫又是一些什麼貨色呢？每天晚上到他們家品茶聊天，聽他們高談闊論

---

5 十五、十六世紀間義大利文藝復興時期的著名畫家、建築家，擅長畫聖母像。

6 與拉斐爾同時期的義大利畫家，也是文藝復興鼎盛時期的代表。

的又是什麼樣的美術家呢？他們呈獻給這類美術家觀賞的透視景物又是什麼呢？右邊是一把地板刷子，擦得亮堂堂的地板卻堆放著垃圾，窗戶旁邊的桌子上放著一個被熏得黃乎乎的茶炊。主人身上穿著晨衣，頭上戴著一頂小壓髮帽，兩邊的腮幫子還油光閃亮。

再看看那些來訪者究竟是些什麼貨色吧！男的是一些蓄著長髮的繆斯門徒，一群狂熱不羈、輕蔑大笑鬧之徒，女的則是些面色蒼白的嬌小姐，而且還在主人家的鋼琴旁發出尖叫，表現得幼稚無知庸俗可笑！然而在俄羅斯的上流社會裡現今正盛行這樣的風氣：一個人不能只是迷戀一種藝術，而應對所有門類的藝術都稍知一二，當然精通所有是再好不過的，所以當你聽到這些所謂的藝術家還對俄羅斯文學特別是戲劇很有鑑賞力時，你也就無須為怪了。戲劇《查科鮑・撒納扎爾》[7]就是為他們創作的，然而這類所謂的文學都是千篇一律地描寫天才生不逢時或者壯志難酬的不幸遭遇。也只有這類天才與人類乃至全世界進行鬥爭的「歷險記」才能打動「藝術家們」的心。

捏奧利安斯基尊敬的先生來到的翌日，在喝茶閒聊之後，塔吉雅娜・鮑里索夫娜便吩咐她的侄兒把他的畫拿給客人看。

「他在您這兒畫的嗎？」捏奧利安斯基頗驚疑地問道，同時滿懷關心地轉過身去望著安德里沙，眼睛裡充滿了偽裝的讚賞，就彷彿發現了新大陸一樣。

「可不是嘛，他會畫畫。」塔吉雅娜・鮑里索夫娜大笑著答道，言語裡頗是自豪，「他非常喜愛畫畫！更難得的是沒有老師教他，所有的都是他自學的。」說這話的時候，她的語氣滿是誇耀，就彷

7 十九世紀俄國作家庫克裡尼克的一部戲劇。

佛那是一件極為自豪的事情，而且相信別人也是這樣認為的。

「啊，好，快給我看看，快給我看看。」捏奧利安斯基尊敬的先生連忙說，充滿了急切，就像急於讚賞一件稀世珍寶。安德里沙臉都羞紅了，不好意思地大笑著把自己的畫冊遞給了客人。

捏奧利安斯基擺出一副行家的樣子翻閱著畫冊。「畫得太好了，小朋友。」最後他說：「真棒，畫得棒極了！」於是他撫摸了兩下安德里沙的頭，安德里沙急忙吻吻他的手。

「您看，太有才華了！恭喜您，塔吉雅娜•鮑里索夫娜，恭喜您。」他極力奉承道：「但是彼得•米哈伊雷奇，想給他在這兒請一個老師是沒法請到的。城裡的要價又太高。我們的鄰居阿爾達莫諾夫家裡就有一位畫家，聽說很有水準。但是女主人不讓他給別人講課，她說，這樣做會損害自己的藝術修養。」

「嗯，」捏奧利安斯基隨即低下頭，像在思考什麼，忽而抬眼望著安德里沙。「好，我們等一下再商量這件事吧！」他突然冒出來這麼一句話，搓了搓雙手站起身來。

同一時間，他請塔吉雅娜•鮑里索夫娜和他單獨商談。他們倆關起門來，過了大約半個小時，他們把安德里沙叫了過去。安德里沙走進屋裡，看見捏奧利安斯基站在窗前，興奮得滿面紅光，兩眼熠熠生輝。然而，我們善良和漂亮的塔吉雅娜•鮑里索夫娜卻坐在屋角裡擦著眼淚。

「唉，安德里沙，」她最終開口了，「快謝謝彼得•米哈伊雷奇尊敬的先生！他要關照你，帶你去彼得堡。」安德里沙高興壞了，一下子驚呆了。

「你老實對我說，」捏奧利安斯基尊敬的先生用威嚴的聲調，以長輩的口吻說道：「小朋友，你是不是想成為一個美術家，你是不是明白要對藝術肩負起神聖使命？」

「我的夢想是成為藝術家，彼得・米哈伊雷奇。」安德里沙滿心歡喜，抑制不住內心的激動，顫抖地答道。

「既然如此，那我就非常高興了。」捏奧利安斯基接著說：「我明白，讓你離開你所敬愛的姑母，是很難過的事情。你對她肯定懷有一種極深的感激和依戀之情。」

「我非常尊敬和熱愛我的姑母。」安德里沙打斷他的話，像要急於表達自己的感情一樣，事實上的確如此，說完，他一直眨著他那雙大眼睛顯出一副乖順的相貌。

「當然，當然，這是再明白不過的事啦！這是值得讚揚的。只是，你好好想想，等以後你取得成功，你的姑母將會多麼高興啊！」捏奧利安斯基滿意地點頭大笑道。

「安德里沙，乖孩子，快擁抱我一下吧。」善心的女地主低聲地說道。安德里沙撲過去摟住她的脖子。

「好了，現在快去謝謝你的恩人吧！」女主人說。安德里沙便抱住了捏奧利安斯基的大肚子，踮起腳尖，費了好大力氣才夠到他的手。恩人已經把手縮回去了，想了想不能如此拒絕一個孩子，總得使這個孩子開心吧。既滿足一下他的心願，同時也可以娛樂一下自己，為什麼不這樣做呢？於是他又把手伸出來，握了一下安德里沙那期待著的小手。兩天之後，尊敬的捏奧利安斯基先生便帶著他那個剛剛收養的孩子回彼得堡了。

在安德里沙走後的三年裡，他的姑媽還能常常收到（附寄有畫作的）從彼得堡來的信。捏奧利安斯基有時也提筆附上幾句，大多數都是誇讚安德里沙。後來安德里沙很少寫信了，到了最後根本什麼都不寫了，整整一年，塔吉雅娜・鮑里索夫娜都沒有收到一點關於侄子的消息。塔吉雅娜・鮑里索夫娜開始有些擔心了，正在她焦急不安的時候，有一天她收到了一封短信，信是這樣寫的：

我最親愛的姑母：

就在三天前，我的保護人彼得·米哈伊雷奇不幸去世，最後的庇護者十分不走運的死於嚴酷的中風。當然，現在我已經虛歲二十了。七年來，我的學業已經有了十足的長進。我相信自己確有才華，可以賣畫度日。我並未失意灰心，但是如果可能，還請盡速匯給我二百五十盧布。

吻您的手，駐筆，餘不盡述，云云。

塔吉雅娜·鮑里索夫娜想都沒有想就匯給侄兒二百五十盧布。剛過兩個月，侄兒又來信要錢。她把僅有的錢湊齊又匯去了。第二次匯款剛寄走不到六個禮拜，這個寶貝侄兒第三次來信要錢，理由是要為作畫買顏料，而這個畫就是早已經給捷爾捷列舍涅娃畫預訂過的肖像。但這次塔吉雅娜·鮑里索夫娜已身無分文了，侄兒沒接到匯款，便給她來信：「既然如此，我想回您的村子休養身體。」這位花花公子倒是言出必行。就在這一年五月份，安德里沙果然回到小布勒基村。

塔吉雅娜·鮑里索夫娜剛見到他時，根本不相信眼前的人就是自己的侄兒。她從他的來信推斷他瘦弱多病，此刻看到的卻是一個身強力壯的大小夥子，長得膀大腰圓，一張紅紅的大臉盤，一頭油光發亮的捲頭髮。羸弱的安德里沙，變成了健壯的安德列·伊凡內奇·別洛夫佐羅夫。

他的變化不僅是形體方面的了，他的性情舉止也全變了。當年那個靦腆、拘謹、膽怯謹慎並且整潔文秀的小男孩，現在卻變成一個粗暴蠻橫、狂放不羈、髒得一塌糊塗的莽漢。他走起路來搖頭擺尾，起臥沒有個規矩，想坐便往安樂椅上一仰，或往桌子上一趴，伸胳膊抬腿都是懶洋洋的樣子，衝著人就張大嘴打哈欠。不管是對待姑母還是對待僕人，他的態度都極其粗俗無禮。

他還大言不慚地說：「我是藝術家！自由哥薩克！我們就該與眾不同！」他常常好幾天不摸筆，所謂的靈感一旦驟然而至，他就苦悶折磨、煩躁不安、拿腔捏調地亂蹦狂跳，如同喝醉了酒，兩頰燒得通紅通紅的，眼睛也模糊了。他大談自己的天分與成功，談自己如何發揮才能，如何獲得卓越的成就。但實際上，他充其量也就只是湊合著畫一些低級的肖像。

他是個十足的大草包，不學無術。他從不好好地讀書——是啊，藝術家還用讀書嗎？大自然、自由、幻想——就是他所謂的生存的基礎，整天只要搖搖捲頭髮，聽聽夜鶯鳴轉，吧嗒吧嗒地抽著「茹可夫」煙就足矣！豪邁勇敢的俄羅斯人是很值得稱讚的，但並非每個人都問心無愧。而那些沒有才能的諷刺作家所創作的平庸作品，更是讓人鬱悶至極。

安德列・伊凡內奇在姑媽家就這樣安營紮寨地住了下來。顯然，不花錢的麵包，他吃起來會覺得更津津有味。他常使客人尷尬和厭煩。他還常常坐到鋼琴前（塔吉雅娜・鮑里索夫娜家裡也有一架鋼琴）用一個指頭敲著《勇敢的三套馬車》，或是奏著和絃，要麼就是敲打著鍵盤。有時他還整天鬼哭狼嚎地唱著瓦爾莫夫[8]的情歌《孤松》或《醫生請你不要來》，眼睛胖得能擠出油來，腮幫子也像鼓皮一樣的閃閃發光。突然間，他嚎叫起《平息吧，激情的波濤》來。這個時候，塔吉雅娜・鮑里索夫

8 十九世紀俄國作曲家、歌唱家，擅長浪漫曲。

娜就會嚇得全身發抖。

「真奇怪，」一天，塔吉雅娜・鮑里索夫娜對我說：「如今的歌曲怎麼都是一些哭喪嚎叫的呀？我們那時可不這樣的，創作出的歌曲也有哀傷的，但是聽起來卻是那麼悅耳感人。」

她低聲唱起來：「快來吧，快來到草原上吧，在這兒我已把眼睛望酸。快來吧，快來到草原上吧，在這兒我已等得淚水漣漣。唉，等你來到我身邊，我最親愛的朋友，已為時太晚！」

塔吉雅娜・鮑里索夫娜調皮而不失含蓄地大笑了一下。

「我好苦——悶，我好悲——傷。」侄兒安德列又鬼哭狼嚎起來。

「夠了，別唱了，安德里沙。」塔吉雅娜・鮑里索夫娜最終開口制止他。

「離別時，我心悲傷。」這位歌手仍然嚎叫著。

塔吉雅娜・鮑里索夫娜無可奈何地搖了搖頭。

「唉，真是折磨死人的藝術家！」

從那時起到現在已經有一年了，到現在，安德里沙還賴在姑媽家裡，儘管他一直聲稱要到彼得堡去。他在鄉下已經吃胖了很多，又有誰料得到，姑媽白白對他傾注一腔心血和疼愛，鄰家的姑娘甚至還迷戀上了他。

現在這位女主人門庭冷落了，從前的許多朋友都不再來拜訪塔吉雅娜・鮑里索夫娜了。

一八四八年

# 死亡

我的一位年輕的地主鄉鄰也十分喜愛打獵。七月份一個晴朗的早晨，我騎馬去拜訪了他，並邀請他一道兒去打松雞。他欣然應邀，但立刻又提出：「只是，咱們先去我那片小樹林，然後再趕往祖沙也不遲。我碰巧順路去看看那片恰普勒吉諾樹林，您可能聽說過，那是我的一片橡樹林，如今正在被砍伐呢。」

「好吧，我們出發吧。」我答應了他的提議，於是他吩咐備馬，穿上了一件綠色長禮服，青銅鈕扣上飾有野豬頭，背上一個用毛線繡花的獵袋和一個銀水壺，扛上一支新購置的法國獵槍。而後他又興致勃勃地在鏡子前顧後盼地照了一番，像在讚賞一件偉大的藝術品，呼喚著他的愛犬艾斯蘭斯。這是他表姐送給他的，這位表姐是個頭髮全掉光了的老處女，但她的確是這樣一個心腸極其善良的老太太。

都準備好了，我們便出發了。和我們同行的還有他帶的另外兩個人，一個是甲長阿爾希普。這個人長著方臉盤，顴骨很高，是個矮胖的農民。另一個是新雇來的管家尊敬的戈特里勃・封德爾科克先生。他來自波羅的海沿岸的某個省，十九歲的樣子，身材瘦削，淡黃頭髮，一雙近視眼，塌肩膀上頂著個長脖子。我的鄉鄰接管這片領地沒有多久，這片地是他不久前從伯母那裡繼承的，這位伯母是五等文官的太太，名叫卡爾東・卡塔耶娃。她是一個胖得驚人的老婦人，即便安臥在床，喘起氣來也都很費勁兒。

策馬來到一片小樹林，這時我的鄉鄰埃爾達里昂・米海雷奇對與我們同來的人說道：「兩位請在這塊空地上稍候一小會兒。」那個德國管家行禮致意，表示聽從主人的吩咐，他立即飛身下馬坐在了一片樹叢下，從衣兜裡掏出一本小書，看樣子彷彿是約翰・叔本華的小說，農民阿爾希普依舊站在太陽地裡，一口氣站了一個多小時。

我和鄉鄰埃爾達里昂・米海雷奇在灌木叢中轉了片刻，連個鳥窩的影子都沒有。我的同伴對我說，他想去另一片林子，這正中我的下懷。我對今天能打到獵物已經沒有了信心，正好散心。

我們返回那片空地時，德國管家立刻標記好書的頁碼。他站了起來，把書放回衣兜，又費了好大一番周折，才騎上那匹蹩腳的短尾巴母馬。這匹小母馬十分倔強，一碰牠就亂踢亂跳，還仰頭嘶叫個不停。甲長阿爾希普騎的那匹馬也受到了驚嚇，但他緊緊拉住兩條韁繩，腿緊緊地夾住馬背，猛地一抖韁繩，那匹馬放開四條短腿，箭一般竄了出去，我們幾個便一同策馬前行。

對埃爾達里昂・米海雷奇的這片樹林，我瞭若指掌。回想當年，我常和我的法國家庭教師尊敬的德齊雷・弗勒利先生[1]到這片樹林中玩耍（這位法國佬心地善良，但他每天晚上卻要服一種名叫列魯阿的藥水，這種藥不好，把我的身體給毀了。但這是後話）。這片樹林子有兩三百株橡樹和白蠟樹，每一株樹都高高大大，樹幹粗壯筆直，稍微呈墨綠色，它們矗立在榛樹和花楸樹那點綴著金鍛般的

1 原文為法語稱呼。

綠葉叢中，顯得格外的挺拔。再仰頭觀賞，高聳於空中的樹冠向四面展開繁密的枝葉，彷彿是一個個拔地而起的華蓋，大得可以遮蔽天日，令人嘆為觀止。蒼鷹、青燕、紅隼等鳥兒在巍然不動的樹冠上遊戲玩樂，牠們飛旋著，鳴啼著。長著五顏六色羽毛的啄木鳥盡情地用喙敲打著厚厚的樹皮，黃鸝在繁枝密葉中發出婉轉的啼鳴，百靈鳥也不甘示弱放喉歌唱起來，樹林中迴響著悅耳的鳥鳴。

在樹下低矮的灌木叢中，知更鳥、黃雀和柳鶯也都來競顯歌喉，啾啾唧唧地叫著唱著。蒼頭燕雀在小路上飛快地奔跑著、跳躍著，雪兔謹慎地蹦跳出來，在樹林子邊兒上尋覓著屬於自己的快樂，紅褐色的松鼠歡快地從樹上蹦到樹下，又從樹下躥到樹上，並常常把很長的尾巴放到頭頂上，悠閒地蹲了下來，彷彿一個貴婦。

草地上，在形似高塔蟻窩的四周，羊齒植物伸展開雕飾有漂亮花紋的大葉片，為茂密的花草奉獻著一片綠蔭。紫羅蘭和鈴蘭花競相怒放，傘蕈、乳菇、卷邊乳菇、橡蘑、紅色的蛤蟆菇支起色彩繽紛的傘。在無邊無際的草地上，一顆顆鮮嫩欲滴的草莓點綴其間。那時如果能在樹林中的綠蔭下小憩，應該十分讓人開心！特別是在正午陽光最毒辣的時候，那裡卻像夜晚一樣寧靜而涼爽，空氣中彌漫著醉人的芳香，真好似人間仙境！

在恰普勒吉諾樹林那裡度過的美好時光和那美妙的景色一起銘刻在了我的心中。如今再次來到這裡，我不由自主地見景思情。

一八四〇年的那個冬天，嚴寒與風雪給這片樹林帶來了毀滅性的災難。冷酷無情的風雪摧殘了我的老朋友——橡樹和白蠟樹。那一株株挺拔的參天大樹，如今只剩下了乾樹枝。有的老樹在稀疏的枝幹上還吊著幾片綠葉，淒涼地殘留於新生的幼林之中，但與幼樹相比，它們依然傲然挺立，從高空俯瞰「取而代之」的幼樹[2]……有一些大樹已經斷了枝幹，即使樹幹下部長著新鮮葉子，仍然失去了蓬勃的生命力。僅長著稀稀疏疏的幾片新鮮葉子，大樹帶著絕望的神情呆呆地守望在那裡，讓人不由得感到心酸和哀傷。還有一些樹長著粗枝，枝子的頂端已經乾枯、死去，即使樹上長著一些新鮮葉子，但遠不如往日那麼濃密，所以也無法給人以慰藉。還有一些樹幹的皮已經脫落，像人的肢體一樣一絲不掛地裸露在外，任憑風吹日曬。還有一些樹幹已經翻倒在地，淒慘如同被暴屍荒野，經受著種種磨難，並開始腐爛，真是滿目淒涼，慘不忍睹。那時又有誰會想到這場浩劫呢？如今在這片恰普勒吉諾樹林中，竟找不到一片綠蔭了！

我十分驚疑地望著那一株株掙扎在死亡線上的大樹，望著這些殘枝斷葉，心中哀傷地責問：「或許你們此時該羞愧與悲傷了吧？」此時，我不由得想起了柯爾卓夫[3]的詩句：

那豪言壯語，
高傲的威力，
帝王的偉業，
隱遁在哪裡？
那蒼翠蓬勃的生機，

2 一八四〇年的冬季十分嚴酷，一直到十二月底都沒有降雪，秋種的秧苗全部凍死了，許多茂盛的橡樹林也在這個殘酷的冬天裡被摧毀。很難有新的樹木代替它們：因為土地的肥力下降了，在捧聖像所走的空地上，代替之前的貴重樹木生長的是生命力頑強的白樺和白楊；而我們並沒有另一種造林的方法。——作者原注。

3 十九世紀的俄國詩人，下面的詩句選自他的《森林》一詩。

如今全然不見蹤跡！

……

此景讓我深感不解，便好奇地向我的鄉鄰問道：「怎麼，埃爾達里昂・米海雷奇，當年為何不砍伐這些樹呢？如今的價錢可是便宜很多了。」

他沉默無言，只是聳聳肩膀。

「這事可要問我的伯母，許多商人曾多次來過，還帶著鈔票來，糾纏著要買。」沉默了一會兒，他終於開口了。

「我的天呀！」封德爾科克驚嘆地說：「多麼荒唐！多麼荒唐！」

「怎麼荒唐？」我的鄉鄰苦笑著問。

「你誤會了，我是說太可惜了。」

特別使他惋惜的是那些橫七豎八倒在地上的橡樹，這些橡樹是當時有些磨坊主想出高價買走的，甲長阿爾希普卻置若罔聞，無動於衷。令人怪異的是，他反而感到很開心，在這些倒下的樹上蹦去跳來，甚至他還用馬鞭抽打它們取樂。

我們來到了伐木地點，突然，一株大樹轟隆一聲倒地了，隨後傳來了一陣叫喊聲和喧鬧聲。沒過片刻，一個年輕的農民從密林處向我們跑了過來。他的狀態十分狼狽，顯得異常驚慌。

「怎麼？你往哪兒跑？」埃爾達里昂・米海雷奇問。

他突然站住。

「哎呀，老爺，尊敬的埃爾達里昂‧米海雷奇老爺，不好了！」

「出什麼事兒了？」埃爾達里昂‧米海雷奇趕緊問道。

「老爺，馬克沁讓樹砸著了。」

「這是怎麼回事啊？是那個包工頭馬克沁嗎？」

「正是他，老爺。我們正伐一棵白蠟樹，他站在旁邊看呢，看著看著，突然走向井邊，可能口渴了吧。就在這時，那棵白蠟樹咯巴咯巴地響起來，正好朝著他倒了下去。我高聲地喊著：『快跑！快跑！快跑呀！』他如果向旁邊跑就好了，誰想到他卻朝前面跑去。他肯定是被嚇昏了，樹頂上的枝子就砸著他了。說來也怪，樹倒得那麼快，真是沒想到！可能是因為樹心爛空了吧。」

「這麼說，馬克沁被砸得很嚴重了？」

「那還用說，老爺！」

「死了嗎？」

「沒死，老爺，他還活著呢，但是他的胳膊和腿全給砸斷了。我正趕著去給他請醫生呢。」

埃爾達里昂‧米海雷奇馬上打發甲長騎馬去村裡請謝爾維里斯特奇醫生，自己也縱馬朝著伐木的地點飛奔而去。我緊隨其後。

我們看到不幸的馬克沁躺在地上，四周站著十幾個農民，我們下馬朝他走去。他疼得沒法呻吟一聲，只是偶爾睜開眼睛，帶著驚魂未定的神情向四周張望，嘴唇都咬得發青了，下巴不住地打戰，疼得他大汗淋漓。他的頭髮緊貼在前額上，胸部隨著呼吸起伏不定的，但可以看出他的呼吸已經倉促了，看樣子他已經奄奄一息了，一株小菩提樹羸弱的影子隨著風向在他的臉上輕微地擺動著。

我們俯身看他，此時的他尚能認出來埃爾達里昂·米海雷奇。

「老爺，」他聲音已經非常小了，「您快叫人……去請……牧師吧！……上帝……懲罰我……胳膊、腿，全斷了……今天……是星期天……唉……但是我……這不是……還沒有讓兄弟們歇息。」

他很久沒有說話，呼吸越來越困難了。

「請把我的工錢……交給我老婆……老婆……扣除欠的……哦，奧尼西姆明白……我欠……欠誰的錢。」他斷斷續續地又吐了一些字。

「我們已派人請醫生去了，馬克沁，」我的鄉鄰說：「可能還有救。」我們想安慰他。

他使勁睜睜眼睛，費勁地揚起眉毛，睜開了眼瞼。

「不，我不行了，肯定會死了，這不是……看……死神來了……來了……兄弟們，寬恕我吧……要有什麼對不住……」

他還未說完，周圍的人便打斷了他。「上帝會寬恕你的，馬克沁·安德列伊奇。」

農民們一起安慰他，並都摘下帽子。

「請你原諒我們。」突然他極其悲傷絕望地搖搖頭，痛苦地把胸挺起來，但立刻又有氣無力地縮了回去。

「但是無論如何也不能讓他在這兒等死啊！」埃爾達里昂·米海雷奇焦急地高聲說道：「夥計們，快把馬車上那領席子拿來，我們送他到醫院去。」

兩三個人立即跑向馬車。

「我昨天……在謝喬夫村買了……葉菲姆……」這個垂危的人模糊不清地說：「一匹馬……交了

訂錢……那匹馬是我的……也把牠……交給我老婆。」

幾個人小心翼翼地把他抬到席子上，他卻像中彈的鳥一樣，全身猛烈抽搐，折磨片刻就突然直挺挺不動了。

「死了。」抬他的幾個農民低聲地說。

我們都沉默不語，上了馬，離開了伐木地。

馬克沁的不幸慘死，讓我情不自禁陷入了沉思。俄羅斯農民死得多麼怪異！他們在離開人世之前的心境，既不能說是冷淡無求，也不能說麻木不仁，他們赴死如同參與和完成一種儀式。他們死了，死得那麼冷靜安詳，樸實從容。

數年前，在我另一個鄉鄰的村子裡，我看到有個農民在烘乾房裡被火燒傷了，他險些在火中喪命，幸好一個過路的城裡人把他救出烘乾房。他被燒得十分厲害，那個過路人見義勇為，自己先在一個大木桶裡用水把全身泡濕，然後衝進火堆裡把他救了出來。

聞訊，我跑到他家去看望他。屋裡的光線十分微弱，煙霧彌漫開來，嗆得我只是喘氣。我趕緊問道：「受傷的人在哪？」

「在那，老爺，在炕上。」一個農婦聲淚俱下地對我哭訴。

我走到炕邊，看見病人躺在那裡，蓋著一件皮襖，費勁兒地呼吸著。「你覺得身上不舒服嗎？」我滿是關心地問道。

他聽到問話以後，想掙扎著坐起身，但全身都是傷，而且傷勢很重，無法動彈，他的樣子很危險。

「別動彈，躺著吧，躺著吧。怎麼樣啊？嗯？」

「當然很不舒服了。」他滿是痛苦地答道。

「很疼吧？」

他沒說話。

「你想要點什麼？」

他仍不說話。

「要喝點兒茶嗎？」

「不喝。」他最終應了一聲，很費勁的樣子。

我扭過身走到一旁，在一張板凳上坐下來。一刻鐘、半小時過去了，屋裡毫無生氣，沒有一點聲音。

在屋角擺放著一張桌子，桌子正上方是一張聖像，桌子旁邊有一個五六歲的小女孩，正躲在那兒吃麵包，她媽媽不時吼她兩句，過道裡有人在走動、說話，不知敲什麼弄得叮叮噹噹亂響。病人的妻子在切白菜。

「喂，阿克西妮婭！」最終，病人喊一聲。

「啥事？」

「我要喝點格瓦斯。」

阿克西妮婭聞聲，拿給他一瓶格瓦斯。

長時間的安靜，於是，我靜悄悄地問阿克西妮婭道：「給他行過聖餐禮了嗎？」

「行過了。」啊，看來一切都準備妥當，只等死神索命。等著，等著，我實在太不舒服，便衝出門外……

我見此，情不自禁又想起另一件類似的事情：

有一天，我順道來到了紅山村醫院去探望我的朋友、助理醫生卡皮爾，他也是個打獵迷。從前這家醫院是地主院落的一間廂房，而這家醫院正是這個女地主自己創辦的。她親自吩咐下人在門框上釘上一道淺藍色牌子，木牌上寫著幾個白色大字「紅山醫院」，然後她又親自交給卡皮爾一本好看的冊子，作為專門用來登記病人名字的花名冊。在花名冊扉頁上，由一個奉承、追隨這位善女的仰慕者用法語題寫如下幾行詩句：

在歡聲大笑語的仙境中，
美人親手創建這座殿堂；
讚美她，紅山村的居民們，
你們的主人何等慷慨豪爽！

在下面還有另外一位紳士寫了一句附筆：

我也熱愛大自然！
伊凡・科貝稍微特尼科夫敬上

助理醫生自己掏錢買了六張病床，滿懷一顆慈悲之心開始救死扶傷。除他外，醫院裡還有兩個人，一個是精神並不十分正常的雕刻師，名叫巴維爾，另一個是一隻手殘疾的廚娘，名叫梅利基德蕾莎。這兩人管調製藥劑，把藥草烘乾或浸濕，同時他們還要看護發熱病的人。精神不大正常的雕刻師整天鬱鬱寡歡，不輕易開口說話，但是一到夜裡，他就扯著嗓門唱起《漂亮的維納斯》等歌，而且還纏著每個過路的人，要求人家准他跟那個早不在人世的姑娘瑪拉妮婭結婚。而一隻手殘疾的廚娘又常打罵他，非讓他去照看火雞。

有一天，我正和助理醫生卡皮爾聊天，我們剛談到最近一次打獵，突然一輛大車跑進院子。拉車的是一匹膘肥體壯的灰色馬，這樣的馬只有磨坊主才養得起。大車上坐著一個身體很結實的農民，我驚疑地發現他的鬍子中夾雜著幾種不同的顏色，他身上穿著一件新上衣。

「啊，瓦希利・德米特利奇，」卡皮爾望著窗外跟他打招呼，「歡迎，歡迎！」接著卡皮爾低聲對我說：「這是留波夫希諾的磨坊主。」

那個農民嘰裡咕嚕地說著話下了車，他一進醫生的房間就開始舉目找聖像，找到後他在胸前畫了個十字。見此情景，卡皮爾不由得怪異，他問：「怎麼了，瓦希利・德米特利奇，有什麼新鮮事嗎？喂，您可能哪裡不舒服吧？您氣色可不大好。」

「就是，就是，卡皮爾・季末非奇，我是覺得有點不得勁兒。」他焦急地說。

「怎麼回事？」

「唉，幾天前我進城買了幾塊磨盤拉回家裡，可能是在卸車的時候用力過猛，只覺肚子裡咯登一下，有啥彷彿斷了一樣……從那天起就一直不對勁，特別是今天覺得更不舒服。」

「嗯，」卡皮爾應了一聲，聞聞鼻煙，「這麼說，可能是疝氣吧，您有多長時間不舒服了？」

「已經十天了。」

「十天了？」助理醫生咬著牙倒吸了一口氣，又搖了搖頭，「讓我來檢查一下。」

「唉，瓦希利・德米特利奇，」卡皮爾檢查後說道：「你這個大好人呀，真讓人讓人可憐，看情形可不太妙啊！您這病肯定要費點心了。你就住在這吧，我會盡全力給您治，只是也不敢擔保肯定治好。」

「真有這麼嚴重嗎？」磨坊主既十分驚疑，又有些不相信地問道。

「是的，真的不輕，你要是早來幾天，就啥事兒也不會有了，但是現在患處都已經發炎了，這就不好辦了，很快就要變不好的疽了。」卡皮爾神情凝重。

「哪兒能呢？會那麼嚴重嗎？卡皮爾・季末非奇。」磨坊主無法裝飾內心的極大的驚疑與慌張。

「我對您說的可都是實話。」

「這不大可能吧？（助理醫生無可奈何地聳了聳肩。）就這麼一點小毛病還會要了我的命？」

「我可沒說會要了你的……我只是請你住下治病。」

磨坊主思索了一陣，往地上瞧瞧，又看看我們，撓了撓後腦勺，最後他伸手拿起帽子。「你要去哪兒，瓦希利・德米特利奇？」卡皮爾想拉住他。

「去哪兒？還能去哪兒？——回家去唄！既然病得這麼嚴重，就該回家料理後事了！」

「那你可就要害了自己呀，瓦希利・德米特利奇。得了，快別動了。你怎麼能來我這兒，我都納悶兒。別走了，住下來吧！」皮卡爾情不自禁地為他擔心。

「不，卡皮爾・季末非奇老弟，既然快死了，那也該死在家裡，死在這兒成何體統！——明天明白家裡還會出什麼事兒呢？」他沒有一點害怕的神色。

「病情發展還說不定會怎樣呢，瓦希利・德米特利奇，但病情很危險了，這是肯定的。所以你最好還是留在這兒。」卡皮爾一直挽留。

磨坊主仍舊搖頭：「不，卡皮爾・季末非奇，我不能住在這兒。您倒是可以給我開個藥方。」

「老是吃藥解決不了問題。」

「那我也不留在這，我已經說過了。」

「啊，既然如此，那就隨便了……只是，以後可不要埋怨我！」卡皮爾無可奈何地順從了。

助理醫生從記事本上撕下一頁，給他開了個藥方，並一直囑咐注意事項。這個農民接過藥方，給了卡皮爾半個盧布，便走出醫院，坐上車準備回家。

「再見了，卡皮爾・季末非奇。過去要是有什麼讓你不如意的地方，請多原諒。萬一有什麼不測，請多多關照我可憐的孩子們！」

「唉，還是留在這兒吧，瓦希利！」卡皮爾試圖說服他，那個農民仍舊搖搖頭，用韁繩抽了一下馬，便趕著大車走出院子。我也來到街上，望著他的背影逐漸地遠去。道路很不好走，坑坑窪窪的路面上都是爛泥。磨坊主嫻熟地趕著車，小心地駕馭著馬匹，從容不迫地走著，還不停和過路的行人打招呼。但到第四天，他便一命嗚呼了。

唉，總的說來，俄羅斯人的死令人感到驚疑和費解。如今常有許多過世的人縈繞在我心頭。當然，我也常想起你，我昔日的好朋友，尚未完成大學學業的阿維尼爾・索羅科烏莫夫。你是一個多麼傑出高尚的人啊！此時此刻，我彷彿又看到了你那張因肺病折磨而憔悴蒼白的臉，你那稀疏的淡褐色的頭髮，你那和藹可親的大笑容，你那激情四溢的眼神，你那瘦弱頎長的身軀。我彷彿又聽到你那聲音低微但熱情洋溢的話語，當時你住在大俄羅斯地主古爾・克魯比亞尼科夫家，給他的孩子弗法和焦琪婭講俄語、地理和歷史課。你總是大度又痛苦地忍受著主人古爾仗勢欺人的戲耍，管家粗俗的待遇，男孩子們不懷好意的惡作劇。你總是大笑著去滿足閒極無聊的女主人那刁鑽的要求。但是每天吃過晚飯以後，當你解脫了一天繁雜瑣碎的事情之後，你又是多麼輕鬆，多麼悠閒呀！完成了應盡的職責，該清閒清閒了。這時你便坐在窗前，抽一點煙，想著心事聊以自慰。有時你會專心致志地讀起書來，那是和你一樣還是單身的土地丈量員從城裡給帶來的好大一本殘缺的沾滿了油污的雜誌。你如饑似口渴地讀詩歌和小說，你的感情是多麼豐富啊！你多愁善感，常常被感動得涕淚滂沱，或者欣喜若狂。你有孩子般純真的心，充滿了對人世間的熱愛，充滿了對美好事物的嚮往，充滿對人間不平高尚可貴的同情！

我們是莫逆之交，應該實話實說。請允許我做出客觀的評價：你並不很聰慧機敏，你既沒有天生的好記憶力，也沒有與生俱來的刻苦勤奮。在大學裡讀書時，你被看成是一個不求上進的劣等生，你上課時居然能酣然入夢，你考試時面對考卷不知所云，但是品德高尚的你卻為同學的優異成績和進步而由衷地歡欣祝賀，甚至高興得忘乎所以！

阿維尼爾呀，你總是真心真意地讚賞朋友們的聰明才智，真心誠意地誇讚他們、維護他們。你從不嫉妒自己的朋友，你從不慕圖虛榮，而是為朋友濟困解危樂於助人，總是友善對待他人。更難能可貴的是，對那些你本該不屑一顧之人，你仍然能以禮相待。如此真誠待人、寬宏大度之人是誰？那就是你，我的故友阿維尼爾呀！

我還記得，在你應聘赴職即將遠行時，面對著即將告別的朋友時，你是何等的悲傷！你預料到了未來的坎坷與不幸……不出所料，你到了窮鄉僻壤的荒莽之地，那兒沒有可以讓你崇敬或虛心求教的人，沒有讓你傾慕思念的人。草原上的居民和缺乏教養的地主對待你這樣一個教師，態度粗魯，毫無禮貌可言。你的相貌算不上出類拔萃，你又不是口若懸河賣弄辭藻的人。一直膽小怕事、靦腆怯懦的你一跟人說話就面紅耳赤，滿頭大汗，一著急就心跳加快還會口吃。草原鄉野裡的清新空氣也未能使你的病情好轉，反而使你日益消瘦，你如同蠟燭一樣垂淚耗油般燃燒著自己的生命。

你呀，多麼讓人可憐啊！是的，雖然你的房間有面朝花園的窗戶，雖然那些李樹、蘋果樹和菩提樹常把散發著清香的花瓣灑落在你的桌上、書上和墨水瓶上，雖然牆上懸著一個繫著藍色綢子的掛鐘墊子，它是那個金髮碧眼的德國女教師臨別時送給你的，那一個善良溫柔又漂亮多情的女郎贈予你墊時鐘用的，雖然有時同窗好友從莫斯科來看望你，並為你熱情地朗誦他們自己或他人的詩篇，給你友誼與慰藉、愉悅與歡欣，但這些並沒有消除你長年的孤獨。處境的尷尬，心情的壓抑，無法擺脫的哀傷，以及周而復始的秋冬歲月給你不斷增添磨難，那糾纏不休的病魔更是讓你痛苦不堪……最後，最終把你……讓人可憐的阿維尼爾，好讓人可憐啊！

就在阿維尼爾去世前不久，我還曾專程探望過他。當時他行動已相當不便了，甚至都不能走動。地主古爾・克魯比亞尼科夫沒有趕他出家門，但是已不再支付給他薪水。他給女兒焦琪婭另請了一名教師，把兒子弗法送進中等武備學堂。那時，阿維尼爾半倚半坐在一張舊的伏爾泰式安樂椅上。

那天天氣非常好，晴空萬里，秋風輕拂。在一排深褐色的菩提樹不多的光禿枝上還掛著幾片金色樹葉，在陽光下閃閃發光，隨著微風悄悄顫動，彷彿在簌簌地低聲絮語。已經結冰的大地在陽光下升騰出稀薄的霧氣，彌漫開來，這像極了春天雪化凍消的時節。嫣紅的夕陽以微弱的光芒照射著那些已被冰霜打蔫的野草，空中還隱約迴響著劈啪聲，花園裡傳來園丁們清晰響亮的談笑聲。阿維尼爾呆呆地坐在那兒，穿著一件已經十分破舊的布哈拉長袍，頸上圍著一條綠色的圍巾，這使他那張臉顯得更憔悴，更令人感到心酸。一看到我來了，他顯得非常興奮同時也很開心，立刻伸出枯瘦蒼白的手。他高興地說了起來，全然忘了自己還在病中。但殘酷的是，他常常被劇烈的咳嗽打斷，我撫慰他一陣兒，便緊靠他身邊坐下。

阿維尼爾的膝上放著手抄本的柯爾卓夫詩集，抄寫得極為工整美觀。他苦笑著拍拍那本詩集說：「這才是真正的詩人。」他盡力忍住咳嗽，憋著氣說出這幾個字，然後就用含混不清的難以聽清的聲音朗讀起來：

「莫非鷹的雙翅
已經被縛住了？
莫非一條條大路
全都被封閉了？」

我勸他別念了，因為醫生不允許他說話，讓他多歇息。我想明白怎樣才能使他開心。阿維尼爾從不像人們常說的那樣，去「追蹤」科學的發展資訊，只可以說他對當代大學者們取得的成就都很感興趣。他常在路上或屋角拉住一個同學，認真詢問有關情況。他總是耐心地傾聽，表現出驚喜，不僅相信別人的話，還接著別人介紹的情況來講述。

他對德國哲學情有獨鍾。所以此刻，我就專門跟他聊黑格爾。雖然這都是老掉牙的往事，但阿維尼爾依舊極有興致地聽著，興致勃勃地搖著腦袋，容光煥發地微笑著，還輕聲說道：「我明白了，明白了！啊！妙極了，妙極了！」他雖然已經病入膏肓，掙扎在地獄門口，但這個無依無靠即將成為孤魂野鬼的人，仍然有著孩子般強烈的求知欲，這使我感動得熱淚盈眶。應該強調的是，阿維尼爾同每個害肺病的人不同，他從不隱諱談論自己的病，絕不矇騙自己和他人。但是又能怎樣呢？儘管他從不傷感悲嘆，從不怨天尤人，甚至從不向別人嘮叨或傾訴自己的病痛，我明白他很快就要離開這個世界了。

他勉強打起精神，聊起莫斯科，聊起同學們，也談論普希金、戲劇和俄羅斯文學。他也回憶我們的宴飲嬉戲，我們小組的激烈爭論，還深懷惋惜地談到了兩三個已不在人世的摯友和知己……

「你還記得達莎嗎？」最後他又問我，「她的心像一顆金子！她是我的心肝！她又那樣地愛我！她如今怎麼樣？這個可憐人，恐怕瘦多了吧？太勞神操心了吧？」

我不想給他潑冷水，說實話，何必讓他不高興呢？事實上，如今他的達莎發胖了，整天和商人康達奇科夫兄弟鬼混，學會了濃妝豔抹，連說話也變得怪裡怪氣的，還學會打情罵俏了。

但是我望著他那沒有血色的臉，思忖著是不是讓他搬出這兒更好些呢？或許換個地兒能醫好他的病……但阿維尼爾根本就不讓我說完。

「不必了，老兄，謝謝你。」他神志清醒地說道：「在哪兒死不還一樣。無論如何我也只能挺過冬天了，何必給人家添麻煩？在這兒我已住慣了，雖然這家人……」

「都對你不好嗎？」我接著他的話問道。

「不，說不上好不好的，個個都像冷漠的木頭人，但我也不恨他們。這兒倒有個鄰居，地主卡薩特金有個女兒，一個有教養的好姑娘，她溫柔善良，平易近人……」

說到這兒，阿維尼爾又咳嗽了起來。

「我反正什麼也不在乎，」他稍停一會兒，接著說：「能讓我抽幾口煙該多好啊！我可不願就這麼死去，我要過足了煙癮！」他頑皮地擠擠眼睛，補充了一句：「謝天謝地，我活得夠本兒了，結識了這麼多的好人！」

「不管怎樣，你也該給親人們寫封信哪。」我打斷他的話，勸慰道。

「沒必要給他們寫信。尋求幫助嗎？他們才不管呢！我死了以後，他們自然會明白。唉，何苦說這些事呢？還是請你給我說說你在國外的見聞吧。」

我答應了，便和他講了起來。他專心致志地看著我，滿是渴望，聽得津津有味。直到晚上，我才依依不捨地與他告別。

十幾天過了，我收到了克魯比亞尼科夫尊敬的先生的一封信：

有幸敬告閣下知悉：

您的朋友阿維尼爾·索羅科烏莫夫尊敬的先生，即寄居舍下的大學生，已於三日前下午二時左右去世。今日由在下出資，將他安葬於本教區之禮拜堂內。您的朋友曾囑我轉上書籍及筆記，所以隨信一同交給您。他遺下現金二十二盧布半，這將連同其他遺物送交給他的親屬。您的朋友臨終時神志清晰，且安然自若，與舍下親眷訣別之際，也無哀怨之色。我的妻子克列奧巴特拉・亞歷山大羅芙娜囑咐向閣下順致安好。您的朋友不幸辭世，讓她深為傷痛。至於我，託老天庇佑，粗健無恙。

敬頌

大安。

古爾・克魯比亞尼科夫敬上

此外還有許多類似的事，縈繞於胸懷，我無法一一列舉。趁此機會不妨再舉一個例子吧。有一個年邁的女地主，我親眼所見她臨終的情景。牧師已經在病榻前為她念送終祈禱，突然發現這個老婦人立刻就斷氣了，便趕緊遞過十字架讓她吻。女地主卻很不高興地轉過頭去：「你幹嘛這麼著急，牧師，」她的舌頭已不靈便了，「還來得及……」然後她虔誠地吻過十字架，剛把手伸到枕頭下面，就沒氣了，原來在枕頭下面放了一枚銀盧布，這是她原先準備好給神父的酬金……

真的，俄羅斯人個個都這樣慷慨赴死，真令人驚疑！

一八四八年

# 酒店

科洛托夫卡是一座不大的村莊，先前的主人是個女地主（此人是個潑辣的女人，所以鄰近村莊的人就送給她一個綽號「刁婦」，真名實姓反倒沒人記得了）。現在這個村莊屬於彼得堡的一個德國人了。

這座小村莊有一個寸草不生的山坡，山坡被一條可怕的河谷從上到下切分開來。這條河谷如同一道萬丈深淵，帶著到處都是的崩塌或沖毀的痕跡彎彎曲曲地從街道中心穿過。它比河流更加粗暴地把這座小村莊橫切為兩段。之所以這樣說，是因為河流上至少還可以架橋搭索。幾叢枯瘦的爆竹柳戰戰兢兢地掛在黏土質谷坡上。在乾涸得像銅般發黃的山谷底部，是大塊大塊橫七豎八的黏土質石板。當然這種景象談不上美觀，倒是顯得非常淒涼。但旁邊村民都很熟悉通往科洛托夫卡村的道路，所以他們還很十分喜愛到此地遊逛。

河谷上方，在距河谷剛開始裂縫處幾步遠處，孤零零地豎立著一座四方形的小木屋。說它孤零零，是因為它和其他房屋相隔較遠。屋頂是用麥秸蓋的，還豎著個煙囪，一扇窗戶像一隻銳利的眼睛，直勾勾地注視著河谷，在嚴冬夜裡，人們從很遠的地方透過朦朧的寒霧便可以看到這扇燈光閃爍的窗戶。它如同一顆指路星一樣為許多過往的行人指路。在小屋的門框上釘著一道藍色木牌，上面寫著幾個大字「安樂居」。噢，原來是家酒店。這家店裡的酒價並不比法定價格便宜，然而到這來的顧客卻比其他酒店的顧客更多，原因是這家酒店的老闆尼庫拉・伊凡內奇善於招攬顧客。

尼庫拉・伊凡內奇當年是一個身強體壯、一頭捲髮、面色紅潤的小夥子，如今卻已變成了一個頭髮花白的大胖子。他的臉彷彿浮腫一樣，胖得如同發酵的麵團，一雙機靈而和善的眼睛，讓這張臉顯得並不可怕，他肉滾滾的前額爬滿了一道道細皺紋，這也怪異，他在科洛托夫卡村已經住了二十幾年了。

尼庫拉・伊凡內奇像大多數酒店老闆一樣，是一個精明的人。他對人並不特別親熱，也不口無遮攔地多說，但他卻有吸引顧客和挽留顧客的本事。顧客坐在他的櫃檯前，在這位溫和的老闆那種安詳和藹有些銳利的目光下卻能感到愉快開心。他有許多真知灼見，他既熟悉地主和農民的生活，又很熟悉市井小民和商賈遊人的生活。人們碰見困難或難以排解的憂愁時，他都能及時地給他們出化解困難的好主意。

但他又是個謹小慎微之人，他有些自私自利，遇事常常是置身事外，最多也只是說些無關痛癢的話。他對俄國人喜愛，對感興趣的問題或事情都很通曉，比如，他對馬匹和家畜、對森林和土地、對石塊磚瓦、對器皿家什、對毛布匹呢和皮革製品、對歌曲和舞蹈，不說是樣樣精通，也可以說事事在行。在沒有顧客時，他總是盤著兩條細腿，像裝滿穀物的麻袋一樣坐在自己的門前，和街上所有過往的人熱情地打招呼，然後親熱地聊上幾句。他這一輩子可以說見多識廣。他眼看著幾十個常常光顧他酒店的小貴族相繼告別人世。他明白方圓一百俄里內發生的各種各樣的事情，連最為精明機警的警察局局長想要明白但又無從得知的種種秘聞要事，他都瞭解得一清二楚。但他從不隨便亂說，而是裝作一無所知，他總是沉默寡言地待著，面帶微笑地擺弄酒杯。

左右村莊的人都很敬重他，哪怕是縣城裡最有身分的地主，同時也是高等文官的舍列別津科，每次路過他的門口時，都要恭敬地同他打招呼，或者點頭以示敬意或友好。尼庫拉・伊凡內奇在這一帶也算一位頗有聲望的人。一次，一個臭名昭著的盜馬賊偷了他朋友的一匹馬，他要這個盜馬賊把馬還回來，這個賊便乖乖地送還了馬。鄰村農民不服從新來主管人，他也說服了這些人。諸如此類，不勝枚舉，恕我不一一贅述了。但是，不要以為他搞這些是出於正義感，不要認為他是一個古道熱腸的人，願意見義勇為、拔刀相助。根本不是那麼回事！他只是為息事寧人，儘量防止意外事故，更是為了不讓這些事或人影響他的寧靜安閒，不要影響他的生意。

尼庫拉・伊凡內奇已經成家立業娶妻生子了，他的妻子是一個幹事麻利、為人爽快的人，尖尖的鼻子，一雙明亮的大眼睛。她出身市商之家，人到中年的她也和她的丈夫一樣有些發福。尼庫拉・伊凡內奇做什麼都很信賴她，她的確也是個賢內助，家裡的收支帳目由她收藏，錢財也由她掌管。那些醉漢和耍酒瘋的人都很怕她，因為她很不喜愛這號人物，這些人除了瞎胡鬧，不能使酒店增加多少收入，還要帶來許多麻煩，沉默寡言的顧客倒很受她歡迎。尼庫拉・伊凡內奇的孩子們都還年幼，早生的幾個孩子相繼夭折了，活下來的幾個長得都很像父母。看著這幾個天真活潑又健壯討人十分喜愛的孩子，再看著他們聰明稚嫩的小臉蛋，安享天倫之樂也可算是人間一大快事。

七月裡一個酷熱難耐的日子，我帶著我的獵犬，順著科洛托夫卡村的那條河谷漫步閒遊，不由自主地向安樂居酒店走去。

太陽在空中熾烈地燃燒著，像在大量地噴火，使地面和空氣像火一樣的炙熱。空氣中到處彌漫著令人呼吸困難的灰塵，簡直窒息得要命。羽毛閃光發亮的白嘴鴉和烏鴉張開嘴喘息，讓人可憐巴巴地望著來往行人，彷彿在乞求同情和救援。只有麻雀無憂無慮滿不在乎地抖著羽毛，比平時叫得更歡。牠們嘰嘰喳喳叫個沒完，一會兒在牆上嬉鬧玩耍，一會兒又從塵土飛揚的大路上飛起，像一團團小烏雲一樣在如同綠色大海的大麻地上空來回飛。

我熱得有些口乾舌燥，但是旁邊卻沒有水。和其他的草原村莊一樣，在科洛托夫卡村，因為沒有泉水、井水或其他水源，村民們只好喝池水塘裡的渾水。但又有誰能把這種難以入口的東西稱為水呢？突然我靈機一動——還是到尼庫拉·伊凡內奇的安樂居要一杯啤酒或克瓦斯喝喝吧。

老實說來，科洛托夫卡村一年四季都無令人賞心悅目的景色，特別令人感到心酸的是，七月份炎炎烈日炙烤下，你能見到的只是破舊不堪的褐色屋頂，一眼望不到邊的河谷，曬得發蔫枯黃又蒙著很厚灰塵的草場，絕望地躑躅著的瘦弱的長腿雞。灰色的白楊木屋只剩下空架子，窗戶也變成一個個黑洞，這是從前地主邸宅的殘骸。

此時的木屋已長滿了蕁麻、雜草和苦艾。池塘的水面上漂著許多鵝毛，被曬得發燙的水已變得黑乎乎的了，池塘周圍都是像濃粥一樣的爛泥，堤壩也歪向一側。綿羊在曬成細灰的土地上走著，熱得氣喘吁吁，還一直打著噴嚏，牠們忽地緊緊擠在一起，悲哀地互相偎依著，十分讓人可憐地盡力將頭向地面低垂，像是在垂頭喪氣地企盼著這難熬的炎熱急忙過去。

我拖著疲憊的雙腿，最終來到尼庫拉·伊凡尼奇的安樂居門口。我的來到照例引起人們的驚疑，他們充滿好奇地睜大眼睛，呆呆地望著我。這樣的反應引起幾條狗的不滿與憤怒，牠們用狂叫聲來表達這種情緒，高聲不斷，狂叫得十分兇狠。那嘶啞的狂叫聲如同是內臟爆裂而發出來的聲音，以至於狂叫一陣後，連牠們自己也嗆得喘氣。

正在此刻，酒店門口突然出現了一個身形高高大大的男人。他光著頭，身上穿著黑呢大衣，腰上低低地束著天藍色的腰帶。一看這身穿著，就知此人是個家僕。他一頭亂蓬蓬的灰色長髮又濃又密，還向上直立著，蓬亂的頭髮下面是一張乾癟的佈滿了皺紋的臉。他站在那兒揮舞著雙手叫喚著一個人，那兩隻手揮動得超過了預期的想像。顯然，他是喝醉了，在耍酒瘋呢。

「來，你快過來！」他使勁地挑動著兩道濃密的眉毛，嘰嘰咕咕地喊叫起來，「來呀，眨眼兒，來呀！老兄，瞧你，像個娘們一樣！真不像話，老兄！人家在等你，可你看看你這個磨蹭勁兒……快來呀！」噴著滿嘴的酒氣。

「哎，來了，來了。」一個顫抖的聲音說，接著從屋子右面走出一個又矮又胖的瘸子來。他穿一件乾淨整潔的外套，但卻只有一隻袖子，戴著高高大大的尖頂帽，一直壓到了眉毛，這使他那圓圓的胖臉更加滑稽可大笑。他那雙黃色小眼睛賊溜溜地轉著，兩張薄嘴唇總是露出不自然的微大笑，顯得很拘謹。他的鼻子又尖又長，像船舵一樣難看地向前伸著。

「來了，夥計。」他說著，歪歪斜斜地向那醉鬼走去，「你幹嘛叫我？誰在等我？」

「我叫你幹嘛？」穿厚呢大衣的人責備地說：「眨眼兒，你太奇怪了。老兄，叫你到酒店來，你還問『幹嘛』！我們好多人都在等你一個人！土耳其的雅科夫，還有「古怪老爺，還有來自茲拉德的包工頭。雅科夫在和包工頭打賭，賭一大瓶啤酒——看誰能贏，換句話說就是，看誰唱得好！清楚我們的意思了嗎？」

「雅科夫要唱歌了？」綽號「眨眼兒」的人興沖沖地說：「你沒有撒謊吧，『傻瓜蛋』？」

「我才不撒謊呢，」「傻瓜蛋」一本正經地回答，「你自己在瞎扯，既然打了賭，當然要唱，你這蠢貨，你這騙子，『眨眼兒』！」

「好，那我們去吧，『傻瓜蛋』。」「眨眼兒」興奮地答道。

「那麼，至少你也該吻我一下，我的寶貝。」「傻瓜蛋」張開兩隻胳膊，滿嘴胡言亂語。

「瞧你這嬌氣的伊索。[1]」「眨眼兒」輕蔑地說，接下來，他們弓著身子，走進低矮的門裡。

聽到這兩個人的對話之後，我情不自禁產生了強烈的好奇。我已不止一次聽說過，土耳其人雅科夫是這一帶最好的歌手，現在竟然讓我碰見了這千載難逢的機會，何不去看看他和另一名歌手的比賽呢？於是我小跑了幾步，來到了酒店裡。

在我的讀者中，可能沒多少人光顧過鄉村酒店，但我們這些獵人，有什麼地方沒到過！這種酒店的結構很簡單，它們多數都是由兩部分組成——一間黯淡的前屋，一間有煙囪的正屋。正屋用一道板壁隔成裡外兩間，裡面的那間十分秘密，不許外人隨便進出。在這道板壁邊上放著一張寬大的橡木桌子作為櫃檯，桌子上方的板壁上被打開了一個長方形的大洞。酒店老闆就在這張桌子上賣酒。

大洞正面的架子上，並排擺著各式大小不一的酒瓶，酒瓶還都是密封的。正屋的前半部分是用來接待顧客的，在這狹小的空間裡擺著一些長條板凳，兩三個空酒桶，屋角裡還放著一張桌子。這裡的鄉村酒店都是這樣，屋子裡黑乎乎的。在用圓木壘起來的牆壁上，你根本就看不到什麼版畫，和高檔一點的酒家的牆壁上掛的那些五光十色、琳琅滿目的版畫相比，真是天壤之別。

---

1 古希臘寓言作家，在俄國被用來指稱行為怪異的人。

我踏進安樂居酒店時，裡面已經聚集了許多人，櫃檯後面照例站著酒店老闆尼庫拉・伊凡內奇，他的寬闊的肩背把牆上的洞全給擋住了。只見他身上穿著印花布襯衣，胖臉上帶著懶洋洋的笑容，他正用白胖的手給剛進來的顧客「眨眼兒」和「傻瓜蛋」兩個杯子裡斟酒。

在他身後的角落裡，靠近窗戶的地方，站著他那位有著一雙機靈大眼睛的妻子。房間中央站著土耳其人雅科夫，他身材有些瘦削，但十分挺拔勻稱，他二十三四歲，身上穿著一件藍色土布長襟外衣。看樣子，他像是一個活躍在工廠裡的職工，身體並不那麼健壯，面頰稍微乾癟，一雙灰色的大眼睛調皮地轉著。他的鼻子很端正，額頭又白又平，淡黃色捲頭髮向後梳著，雙唇稍厚卻很好看，極富表現力。

他的五官臉表明他是個感情豐富、熱情洋溢之人。此時的他很激動，一直眨動著眼睛，呼吸急促，兩隻手一直抖動著，彷彿發熱病一般。他這樣的確是在發熱病。一個人當眾講話或唱歌時，由於過度緊張而表現出惶惑不安會使他像發熱病一樣顫抖起來。他身邊站著一個男人，四十歲左右，肩背寬闊，高顴骨，低額頭，一雙像韃靼人一樣的狹長眼睛，鼻子又扁又短，方下巴。一頭烏黑發亮的頭髮像鬃毛一般又粗又硬。他臉黝黑而稍微呈鉛色，嘴唇顯得很蒼白。

他的那副面相要不是因為此刻沉著安靜的話，可以說是又凶又狠。他站在那兒紋絲不動，帶著那種像一頭套在軛下的公牛般鎮定的神情，緩緩地環顧四周。他身上穿著一件舊的長禮服，銅鈕扣光滑閃亮，一條舊的黑綢圍巾圍在他那粗壯的脖頸上，他綽號叫「古怪老爺」。在他正對面的聖像下面的一條長板凳上，坐著雅科夫的競賽歌手——從茲拉德來的包工頭。他三十來歲的樣子，個頭不大，長得卻很結實健壯。

他一臉麻子滿頭捲頭髮，嘴巴上方貼著一個扁扁的獅子鼻，栗色的眼睛靈活地轉動著，有一撮稀稀落落的鬍子。他把雙手塞到大腿下面。他的腳上穿一雙帶滾邊的好看的長筒皮靴，悠然自得地晃著，常常發出相撞的響聲。他穿著一件嶄新的灰色呢子上衣，帶著棉絨領子，內穿一件紅色襯衣，他的襯衣的扣子一直扣到喉嚨，在棉絨領子襯托下，紅色顯得更加鮮豔醒目。在他對面靠屋門的右邊一張桌子邊坐著個農民，穿著一件灰色的舊長袍，長袍的肩膀處有一個破洞。

太陽抛出一條稀薄的金黃色光帶，穿過兩扇積滿灰塵的小玻璃窗射進屋裡，但這點光線不足以戰勝總是盤踞於屋子的黑暗，屋子裡的所有對象依然沉寂在黯淡裡。屋子裡很涼爽，我一跨進門，那種在烈日下躁動的炎熱和氣悶就立刻消失了。

我看得出來，我的到來起初使尼庫拉・伊凡內奇的顧客們稍微顯驚疑不安，但當他們看到酒店老闆像對熟人一樣跟我打招呼時，也就全都安下心，不再用驚疑的目光注視我了。我要了一杯啤酒，便在屋角裡坐下，正好挨著那個身上穿著破舊長袍的農民。

「喂，好了！」「傻瓜蛋」一仰脖把一杯酒一口氣喝完，突然喊起來，還舞動著兩隻手來配合他的叫喊聲，顯然這麼手舞足蹈使他連一個字也講不出。「還等啥呀？要唱就唱，何必像個娘們一樣！雅科夫，快！」

「可以開始了，開始吧！」尼庫拉・伊凡內奇在一旁給他們鼓勁。

「好吧，我們就開始唱吧。」包工頭十分自信的微笑，冷靜地說道：「我已經準備好了。」

「我也可以開始了。」雅科夫顯得興奮而激動。

「那好，開始吧！夥計們，開始吧。」「眨眼兒」尖著嗓子叫道。

雖然大家都說立刻開始，卻沒人開始唱，包工頭兒仍舊穩當地坐在凳子上——大家都彷彿在等待著什麼。

「開始吧！」那個「古怪老爺」威嚴而陰沉地說道。

雅科夫聽了，心頭一凜，包工頭也乖乖站起身，掖了掖腰帶，咳嗽了幾聲。

「但是誰先唱呢？」包工頭用稍微有些異樣的聲音詢問「古怪老爺」。「古怪老爺」仍然一動不動地站在屋子中央，他那兩條粗壯的腿大大地劈著，並把兩隻有力的大手插在褲兜裡，差不多快要沒過胳膊肘了。

「你先唱，你先唱，包工師傅。」「傻瓜蛋」低聲地說：「你先唱吧，老兄。」

「古怪老爺」緊皺眉頭，瞟了他一眼。「傻瓜蛋」悄悄嗯了一聲，乖乖低下頭，顯得有些尷尬。他望望天花板，聳聳肩膀，沉默了。

「抓鬮吧。」「古怪老爺」老練而嚴肅地說：「把酒放到櫃檯上。」

尼庫拉·伊凡內奇彎下身，從地板上費力地把酒拿起來放到了櫃檯上。

「古怪老爺」看了看雅科夫，說：「抓鬮吧！」

雅科夫把手伸進衣兜裡，掏出一枚半戈比的銅幣，用牙在上面咬了一下作為記號。包工頭從懷裡掏出一個新的錢包，從容地解開帶子，把許多零錢倒在手掌上，選出一枚新的半戈比銅幣。「傻瓜蛋」摘下掉了帽檐的舊帽子，放到「古怪老爺」手中。雅科夫放進去自己的銅幣，包工頭便拿起自己的銅幣投了進去。

「你先抓。」「古怪老爺」對「眨眼兒」說。

「眨眼兒」得意地微笑了一下，就雙手捧著帽子搖動起來。屋子裡一下子靜悄無聲了，只聽到兩枚銅幣互相碰撞發出的輕輕的叮聲。我認真向周圍看了看，發現每個人臉上都顯出一種緊張期待的神情。「古怪老爺」也眯起眼睛，連那個穿破長袍的農民也很焦急，充滿好奇地伸長了脖子。

「眨眼兒」把手伸進了帽子，摸出的是包工頭的銅幣。大夥兒都長出了一口氣。雅科夫紅了片刻臉，包工頭則用手摸了摸頭髮。

「我說過了，就該你先唱！」「傻瓜蛋」高聲叫道，像是強調自己的重要性一般，「我說過了。」

「好了，好了，不要廢話了！」「古怪老爺」煩躁地揮了揮手，「開始吧。」說完，他向包工頭點頭示意。

「我應該唱哪一首歌呢？」包工頭興奮地問。

「唱你最愛唱的好了。」「眨眼兒」幫助出主意，「你隨便吧。」

「當然，唱你最愛唱的歌。」尼庫拉・伊凡內奇慢悠悠把兩隻手相交到胸前附和道：「這事別人不好給你指定，你還是愛唱什麼就唱什麼吧，但是得好好地唱，然後由我們大家憑良心說話。」

「當然要憑心啦。」「傻瓜蛋」接過話，一邊端起酒杯舔了舔空酒杯的邊。

「夥計們，清清嗓子了。」包工頭用手摸了摸上衣領子。

「好啦好啦，別磨磨蹭蹭的了——開始吧！」「古怪老爺」嚴厲地說道，然後低下了頭顯得很是不耐煩。

包工頭稍加思索，昂首挺胸向前走兩步，雅科夫瞪大眼睛出神地注視著他。

但是，在我描繪這場比賽之前，我認為有必要先把這篇故事中每個登場人物介紹一下。其中幾人的情況，我在安樂居酒店碰見他們時就已明白，另外幾個人的情況，我後來才瞭解到。

還是先從「傻瓜蛋」說起吧。他真名叫葉甫格拉弗・伊凡諾夫，但旁邊一帶的人都叫他「傻瓜蛋」。他自己也默許了這個綽號，所以這個綽號也就人盡皆知了。的確，這個綽號對他再合適不過了。他本就是一個吊兒郎當之人，幹什麼都慌慌張張冒冒失失的。他是一個光棍家僕，浪蕩成性，嗜酒如命，整天遊手好閒，所以原來的主人把他趕走了，他沒有拿到一點兒工錢，可他卻有能耐每天都揮霍別人的錢去買酒來喝。

他認識許多人，他們都請他喝酒喝茶，這些人自己也搞不清楚為何對他如此慷慨大方。他不僅不能給大家開心取樂，相反，他愛無聊地饒舌，他那煩人的糾纏，輕狂不羈的舉止，拿腔捏調的大笑，都使他們感到不快甚至厭惡。

他既不會唱歌也不會跳舞，可能生平就不曾說過一句聰明的話，也不曾說過一句有用的話。他總是嘮叨、胡言亂語、廢話連篇，是一個十足的傻瓜蛋！然而令人大惑不解的是，在這方圓四十里內，凡是酒席宴會，你都可以看到他那瘦高的身影在客人中間擠來晃去。人們對他已經習以為常了，如同逃避不掉的災禍一樣遷就他、容忍他。雖然大家都鄙視他，但是誰也制服不了他，誰也制服不了他的狂妄不羈和胡說八道，除了「古怪老爺」。只有他才能讓傻瓜蛋乖乖聽從吩咐，不敢胡作非為。

「眨眼兒」和「傻瓜蛋」毫無相像之處。「眨眼兒」這個綽號對他也算實實在在，儘管他眼睛眨得不比別人多。大家都明白，俄羅斯人是給別人取綽號的好手。雖然我千方百計打聽眨眼兒的經歷，但一直沒有收集到更多情況，也就是說，在此人的人生經歷中，尚有許多未知之處，許多人也都覺得「貶眼兒」像一個未解開的謎。正像書上說的那樣，有一些東西隱沒在不可知的深淵中，便成了永久的秘密了。

我只是探聽到他曾給一個無兒女的老太太趕過馬車，但卻把老太太託付給他的三匹馬拐走了。整整一年，他消失得了無蹤跡，後來可能受不了流浪生活的顛簸，又自動回來了，但是他卻變成了瘸子，他向女主人下跪磕頭以求寬恕，在後來的幾年中，勤懇地幹活，以贖自己的罪過，逐漸地討得女主人的歡心。他最終得到了女主人的充分信任，居然還當上了管家。女主人謝世後，不清楚是怎麼回事，他竟獲得了自由，搖身一變成為市井小商，向鄰人租地種瓜做起生意來。後來發了財，日子過得倒也舒心稱意。

他是個見多識廣但又詭計多端的人，儘管他不是狠毒之徒，卻也非慈悲為懷的善良之輩。此人頗有心計，精於世故，他能依人行事，見菜下碟，他行事當心謹慎，像狐狸一樣機靈狡猾。他像老太婆一樣十分喜愛嘮叨，可從未因說走了嘴而暴露本心，卻又有本事套出別人的秘密來。他不會佯裝癡呆愚笨。況且他想要這樣也十分困難——我從未見到有誰的眼睛比他那雙小眼睛更狡猾的了。他那雙眼睛從來都不是簡單地看看就罷了，而是帶著張望、探詢或窺視的神態。

在「貶眼兒」看來，即使是簡單的事，他也要深思熟慮好幾個禮拜。有時他會心血來潮，去幹些荒誕不經的事情，旁人都以為這下他該要倒大楣了，可事實並非如此——他常常大功告成。他是個很走運的人，他也相信自己很有運氣，相信預兆。總之，此人相當迷信。人們都很不喜愛他，因為他從來沒有關心過他人，但人們又都尊敬他——更準確地說是敬而遠之吧。

他只有一個寶貝兒子。他非常嬌慣這一個獨生子，兒子受到父親如此這般的教導，想必今後會像他老子一樣光耀門楣。「小眨眼兒和他老子長得一模一樣」，如今，在夏日晚上，有些老年人坐在牆根下聊天的時候，就會低聲地議論著他們父子倆。大家都心照不宣，一切盡在不言中。

有關土耳其佬雅科夫和包工頭，便不可能有更多可以奉告的事情。雅科夫綽號土耳其佬，因為他由一個被俘的土耳其女人所生。從他的心裡來看，他的確是這樣一個藝術家，但就其身分而言，他只是一家私人造紙廠裡的一名汲水工。我們的包工頭很是神秘，我至今尚未搞清他的身世。我只覺得他是一個精通世事人情的世俗之人，可有關「古怪老爺」的情況，倒是值得細細說來。

此人那副長相給人的第一印象是粗俗蠻橫、笨拙敦實。但卻有一種無法抗拒的蠻勁。他身材笨拙，就像人們常說的，是一個「傻大粗」，卻顯示出不可制服的威嚴與剛健。而且，說來也怪——他那像狗熊一樣壯碩的身體並不缺乏某種優雅，這種優雅彷彿來自他那鎮定自若的自信與威力。

初次見面，很難判斷這個貌似希臘神話中的大力士[2]之人究竟屬於哪個階層。他不像一般的侍從，不像尋常的市井小民，不像退職書吏，也不像領地不多或是破了產的貴族的獵犬師或打手，無法判斷出或是猜測出他的身分來歷，他簡直成了一個特殊人物，無從知曉。

他究竟是從何處流落到我們這個縣城裡來的？據傳聞，他曾是個獨院地主，以前彷彿還在什麼地方擔任過官職。但是有關這些情況，僅僅是道聽塗說，真實情況沒人明白，也無從得知。從別人那兒打聽不到，從他嘴裡就更難打聽到了。因為他一直都是沉默寡言，守口如瓶。至今也沒有人能夠準確地說出他究竟靠什麼過日子，會哪門手藝，從什麼地方來。

2 指希臘神話中的赫拉克勒斯，他一生完成了十二項英雄功績。

不，他沒有任何手藝，也從不外出遠遊，也不去別人家拜訪或串門，差不多不和任何人來往。但是他卻有錢。錢雖不多，但卻花不完。他並非一個謙謙君子——因為他根本沒有必要謙恭，但是他倒很安詳持重。他安閒度日，逍遙自在，根本不去關注周圍的人。他也沒有必要關注任何人因為他不需要任何人，所有事情都是他自己一個人來打理。

「古怪老爺」（這是他的綽號，他真正的姓是彼列夫列索夫）卻是方圓幾公里的頭面人物，特別是在附近村鎮一帶。雖然他無權對任何人發號施令，但是人們總會心甘情願地服從他。他自己也決不聽從任何人的指使，從來沒有過。他說什麼，人們就做什麼，他那無形中的威嚴總能發揮作用。他滴酒不沾，也不同女人交往，但他非常喜愛唱歌。

這個人有許多神秘之處，一種巨大的力量似乎潛藏在他的身上，他自己也像是明白這一點，這種力量一旦控制不住爆發出來，就會使他和他碰見的一切遭受滅頂之災。如果說這種力量在他的生活中不曾有過爆發，如果說他不是因為倖免於難接受沉痛教訓才時時刻刻嚴格約束自己，那我說的就全是廢話了。特別令我驚疑的是，在他身上混雜著一種與生俱來的兇殘性和高尚性，這種複雜的混合，我在別人的身上還從來沒有看見過。

現在我們再轉回來看歌手比賽。只見包工頭走過來，微閉雙目，用高亢的假聲開始唱了起來。他的聲音雖然有些沙啞，但是卻非常好聽。他歌聲悠揚婉轉，音樂像陀螺一樣不斷旋轉變化，一直由高音滑向低音，接著又從低音轉向高音。回復到高音以後，他又盡力地保持了好長時間，才逐漸減弱下來。突然他又以熱情奔放而又鏗鏘有力的氣勢重唱剛唱過的曲調，他的曲調極富創意和欣賞之處，但這樣唱法使內行人聽起來非常過癮，倘若是德國人聽了，非氣死不可，這是俄羅斯的抒情男高音，和德國人的唱法很是不同。

他唱的是一支歡快的舞曲。稍微去掉裝飾音，附加的輔音和哼嗚，我只聽清下面幾句歌詞：

雖然我年紀幼小，卻要開出這片農田，
雖然我年紀幼小，要讓花兒開得鮮豔。

他興致勃勃地唱著，大家都全神貫注地傾聽。他顯然明白這是演唱給內行人聽的，所以使出吃奶的勁兒來。的確是這樣，在我們這一帶，人們對唱歌都很在行，難怪奧加爾大道上的謝爾蓋夫村以其村人那悠揚悅耳的歌聲，讓全俄羅斯的人民敬佩不已呢。包工頭唱了好長時間，卻沒在聽眾中引起特別強烈的回響，可能是因為缺少伴唱和和聲。最後，當他在一個轉折的地方唱得特別成功時，連「古怪老爺」都滿意地大笑起來。

這時傻瓜蛋也高興極了，竟然忍不住叫喊起來，引得所有在場的人也都振奮起來。眨眼兒和傻瓜蛋開始低聲地附和地唱起來，時而又高聲喊叫幾聲：「棒極了！加油啊，好小子！加油，再使點勁兒！鬼東西，再加油，再使點勁兒！你這個鬼東西！再來一段更精彩的！快啊，要不然魔鬼也不會放過你的！」顛來倒去，他們喊的都是這一套。

老闆尼庫拉・伊凡內奇站在櫃檯後聽得出了神，還帶著誇讚的神情隨著節拍搖晃著腦袋。最終傻瓜蛋忍不住了，跺著腳，踏著小碎步，扭動著肩膀，興奮地跳起舞來。再看看土耳其人雅科夫，兩眼像炭火般燃燒起來，不由自主地大笑了起來。這使得他全身上下像樹葉一樣顫抖著，只有「古怪老爺」的臉上沒有什麼變化，站在原地一動未動，但他凝視包工頭的目光卻柔和了，雖然他嘴邊的表情仍是十分輕蔑。

包工頭看到聽眾們都很滿意，就愈發興奮起來，他的勁頭兒更足了，他使出渾身解數將整首歌推向了高潮。他唱起了花腔，拼命增加裝飾音，像鶯囀鶯啼一般的賣力演唱，打鼓一樣彈動著舌頭，一直轉換著音調。唱啊唱，他面色蒼白，累得筋疲力盡了。他全身大汗淋漓，於是身子向後猛地一仰，唱出了最後一個高音，形成餘音繚繞的效果。此時全體聽眾爆發出雷鳴般的掌聲，他博得了眾人的喝彩。傻瓜蛋撲過去摟住他的脖子，骨瘦如柴的長臂把他摟得差一點兒喘不過氣。

尼庫拉・伊凡內奇的胖臉也頓時變得紅撲撲的，這使他看上去年輕了許多。雅科夫像發瘋似的大叫起來：「太棒了！太棒了！真是頂呱呱！」

連我鄰座的那個穿破舊長袍的農民也控制不住自己的情緒了，激動地向桌子上擂一拳，大聲喊道：「哎呀！好極了，真他媽好極了！」喊完他覺得不過癮，還使勁兒地往旁邊吐了一口唾沫。

「嘿，夥計，太棒了！」傻瓜蛋緊抱著筋疲力盡的包工頭，大聲喊道：「痛快，沒話可說了！你贏了！你贏了！夥計，恭喜你——來，把這杯乾了！這是你的！雅科夫與你差得實在是太遠了！」他先乾為敬，又接著大聲喊道：「我跟你說，他跟你差遠了，你就相信我吧，沒錯！」他又使勁兒把包工頭往懷裡摟了摟。

「喂，好了，快放開，別纏著他了！」眨眼兒實在看不下去了，氣呼呼地說道：「讓他坐在板凳上休息片刻，清靜一下吧！看，他都累得快死掉了。你這個傻瓜，夥計，你真是個大傻瓜！為什麼死死地纏著他？」

「好，好，就讓他坐下歇息一會兒吧，但是，我還是要為他乾一杯。」傻瓜蛋說完，就走到櫃檯前。「你請客，夥計。」他回過頭來對包工頭說。

包工頭點點頭，坐在長凳上，從帽子裡邊拿出一條毛巾，開始擦起臉來。傻瓜蛋立刻貪婪地把酒喝乾，嗓子眼裡咯咯作響，標準的酒鬼習性，然後他又佯裝出一副悲天憫人的樣子走回來。

「唱得真棒，夥計！真棒。」尼庫拉・伊凡內奇誇讚包工頭，又轉身親熱地對土耳人說道：「該你唱了，雅科夫。要沉著，別膽怯，讓我們來看看究竟誰能贏。包工師傅唱得真好，實在是好。」

「妙極了！」尼庫拉・伊凡內奇的妻子隨聲附和道，然後滿眼都是微笑的衝著雅科夫看了看。

「妙極了！」我鄰座的農民輕聲重複了一遍。

「啊，窩囊廢波列哈！[3]」突然傻瓜蛋叫了起來，然後走到衣服肩上有洞的農民前面，手指著他，上躥下跳地大笑，「波列哈！波列哈！哈！吧！滾出去！窩囊廢！你來幹什麼？」他一邊狂笑不止，一邊盛氣凌人地衝那讓人可憐的農民叫道。

農民被弄得有些惶惑不安，打算站起趕緊溜掉，突然，他聽到了「古怪老爺」那亮如洪鐘般的聲音：「你這個畜生怎麼這樣討厭呢？」他怒氣衝衝地說道。

「我沒，沒有幹什麼……」傻瓜蛋囁嚅地說：「我沒幹什麼……我只是……」

「好了，閉上嘴巴！」「古怪老爺」厲聲訓斥，「雅科夫，快唱吧！」

雅科夫用手掐住喉嚨，「夥計，怎麼有點……有點……噢……真不明白，怎麼有點……」

3 指波列西耶地區的居民。南波列西耶是一片狹長的森林地帶，這裡的居民生活方式、風俗習慣、語言大體類似。因為他們多疑、倔強，被大家看作窩囊廢。——作者原注。

「哎，算了，別慌張嘛。真不害臊！幹嘛像個娘們一樣？想怎麼唱就怎麼唱嘛。」「古怪老爺」說完，便低頭等他唱。

雅科夫不再說話了，只是望了望周圍，用一隻手擋住了臉。在場的人都睜大了眼睛緊張地注視著他，特別是包工頭。包工頭臉上帶著他常有的自信，又在剛才的喝彩聲中受到鼓舞，他更顯得得意非凡，但他的臉上也不由得有些忐忑。他把身子靠在牆上，再次把兩隻手塞到大腿底下，但這回他的兩條腿不再擺動了。

雅科夫最終露出了臉，那張臉慘白得有些可怕，他那兩眼透過垂下的睫毛閃射出輕微的亮光。他深吸一口氣，便唱了起來。他的起音是微弱的，微微地顫動，彷彿不是從胸腔裡發出，而像是來自遠方的聲音不經意間飄進屋子裡來。這顫抖的卻帶著金屬質感的聲音，讓我們所有在場的人著迷。

我情不自禁開始望向屋子裡的人，尼庫拉•伊凡內奇竟然筆直地挺著身子。緊接著起唱之後是一個堅定而悠長的聲音，隱隱約約還是在顫抖。那種感覺如同是琴弦突然被手指頭猛勁一撥，發出錚錚的響聲之後，還要顫動片刻，並且迅速地變低音調一樣。進入第三個音後，淒涼的歌聲逐漸地激昂起來，情緒轉向豪放亢奮。他唱著：「原野裡的小路，一條又一條……」聽著他優美的歌聲，大家都如飲甘泉般心曠神怡。

說實話，我很少聽到這樣的歌聲。剛開始，這種歌聲有些像金屬器皿碎裂的聲音，後來又有金玉鏗鏘之聲，甚至帶有暮鼓晨鐘的哀傷淒婉。但是在這歌聲中帶有真摯而深沉的感情，有青春蓬勃的氣息，有生機盎然的萌動和甜蜜甘美的情調，同時又有一種懾人心魂的悲涼寂寥。俄羅斯人那顆真摯而熱情的心在歌聲中激蕩著、迴響著。這歌聲能緊緊地抓住你的心，撥彈著俄羅斯人的心弦。

雅科夫自己顯然也已經沉醉其中了。他不再怯懦了，完全沉醉在幸福之中。他的歌聲如同一根金屬絲一樣微微顫抖。但這也就彷彿是箭一樣穿入聽眾的心靈中，隱隱地發出內在的震顫。這聲音越發地激昂慷慨了。隨著他的歌聲，我不由想到有一天黃昏時分，那正是大海退潮的時刻，遠處傳來了海浪漲潮的轟鳴。我在平緩的黃沙海灘上看到一隻大白鷗落下來，牠如同石雕一樣一動不動，那絲綢一般閃著光澤的胸脯映著晚霞的紅光，向著熟悉的大海，迎著酡紅的落日，緩緩展開牠那對很長的翅膀。我聽著雅科夫的歌聲，竟情不自禁地想起了那隻白鷗。

雅科夫唱著，唱著，身心完全沉醉在歌聲之中，似乎忘記了他的競爭者和所有在場的聽眾。但我想他還是受到我們這無聲的、熱情的共鳴帶來的鼓舞，如同游泳的人受到波浪的推擁一樣，會感到精神煥發。他的歌聲給人一種異常親切而又無限壯闊的感覺，就彷彿一片熟悉的大草原在你的面前展開，伸向一望無際的遠方。他的歌聲使我熱淚盈眶了。

突然旁邊響起了一陣喑啞的低咽，我大吃一驚，立刻回頭張望，原來是酒店老闆的妻子把胸脯俯在窗上，激動得哭泣。雅科夫很快瞥了她一眼，唱得比先前更好聽更甜美悅耳了。尼庫拉・伊凡內奇低下頭，眨眼兒把臉轉向一旁，傻瓜蛋癡迷地呆站著，嘴巴張得老大，穿灰色長袍的農民也在屋角動情地低聲地啜泣，一邊悲傷地低語一邊悄悄地搖頭。就連「古怪老爺」那緊鎖著的濃眉下也是熱淚盈眶，從他那鋼鐵般堅毅的臉上漫漫滾落下來。包工頭用握緊的拳頭撐著前額，坐在那兒一動不動，要不是雅科夫在一個極高且尖的音上驟然停下，我真不明白在場的聽眾該怎樣從癡迷的狀態解脫。

沒有人驚呼或喝彩，甚至沒有人動一下。大家彷彿還在等待，看雅科夫是否還唱，但他只是睜大眼睛，彷彿對我們大家的沉默感到十分驚疑，用詢問的目光掃視了所有聽眾之後，他才看出他的歌聲把所有人征服了。他獲勝了。

「雅科夫！」「古怪老爺」叫了他一聲，並意味深長地把一隻手放在他的肩上，然後就是長久的沉默。

我們大家彷彿都癡呆了。只見包工頭緩緩地站起身，走到雅科夫面前。「你，是你，你贏了。」他最終很費勁地說出這番話，說完便衝出了屋子。

他快速而果斷的行為把大家從癡迷的狀態中喚醒，所有人一下子歡笑著喧鬧起來。傻瓜蛋縱身一跳，嘴裡嘰嘰呱呱地叫著，兩隻胳膊掄得像轉動著的風車一樣。眨眼兒一瘸一拐地走到雅科夫面前，激情澎湃地親吻起他來。

這時候，尼庫拉・伊凡內奇站起身來，鄭重其事地宣布，他再犒勞自己一杯啤酒。就連「古怪老爺」也顯得那麼和藹可親，我根本沒想到他臉上也會出現這樣迷人的笑容，身上穿著灰色長袍的農民一直用兩隻衣袖擦著眼睛、面頰、鼻子和鬍鬚，在角落裡不停地說：「啊，好，真好！我發誓，真好！」尼庫拉・伊凡內奇的妻子因激動而滿面通紅，於是趕緊起身走開。

雅科夫因為自己的勝利，一下子變得像孩子一樣喜氣洋洋。他那張臉不再緊張蒼白，而是容光煥發，神采奕奕，特別是他一直閃耀著幸福的光芒的眼睛。幾個人興沖沖地把他簇擁到櫃檯前，爭先恐後地祝賀他。他把仍在哭泣的農民也拉到櫃檯前面，又打發酒店老闆的兒子去找包工頭，但是一無所獲，於是大家開始舉杯暢飲。

「你再給我們唱幾支吧，一直唱到晚上！」傻瓜蛋高舉著雙手，激動地一直重複著這個請求。

當我再次看雅科夫時，他已不聲不響地走出了酒店。我也不想接著待在這裡，擔心破壞了我美好的印象。

天氣仍然十分悶熱，大地依舊籠罩在厚實而悶熱的氣層中。此時已是晚上，深藍色的夜空中，似乎有許多小星星在幽暗的灰塵中閃爍著、迴旋著。四周一片寂靜。在大自然這種疲憊不堪的深沉寂靜之中，我的身心十分壓抑。我走進了一家乾草棚，躺在剛割下不久的草堆上，草堆差不多要乾了，非常適合用來歇息，但我卻很長時間不能入眠，耳旁仍舊迴響著雅科夫那令人心醉的歌聲。但最後，還是那因酷熱而引起的疲倦占了上風，我睡著了，而且睡得十分香甜。一覺醒來，天已經完全黑透了。身下的乾草散發著它獨特而濃郁的香味，但因為被我壓著，部分地方有點發潮了。破舊的棚頂是用一根根細木條搭成的，透過那些木條，我可以看到星星也在瞌睡地眨著眼睛。

我走出了乾草棚。天邊殘留著晚霞那隱隱發白的餘暉，剛才這裡還是一片炙人的熱氣，而現在，已彌漫著夜晚的涼氣，雖是如此，我多少還感覺有些熱烘烘的。我非常渴望能有涼風吹拂一下啊！然而，沒有一絲風，也沒有一片雲，整個天空黯淡而清澈，只是有數不盡的星星，數以萬計的眼睛調皮地眨著，靈活地閃爍著，忽隱忽現。村子裡已經燈火闌珊，燈光在夜幕中時隱時現。從旁邊燈火輝煌的酒店傳來一陣又一陣的喧嘩聲，我彷彿聽到了其中有雅科夫的聲音。那裡常常還爆發出讓人高興的粗狂的大笑聲。

我充滿好奇地走到窗前，把臉貼在玻璃上往裡看。我看到了一個讓人尷尬的熱鬧場面：屋裡的幾個人全都喝醉了，從雅科夫開始，一個個都醉醺醺的。雅科夫袒胸露乳地坐在一條板凳上，一面用嘶啞的聲音哼唱著一支低俗的舞曲，一面懶洋洋地撥彈著六弦琴。他那汗水淋漓的頭髮一綹一綹地披散在蒼白得恐怖的臉上。在酒店中央，傻瓜蛋也是一副袒胸露背的樣子，他像一個瘋子一樣折磨著，在農民面前跳著花樣舞。再看看那個農民，他也拖著已經發軟的腿在跺著跳著，同時咧開蓬亂鬍子下的大嘴傻傻地笑著，還常常揮起一隻手，似乎想要說：「就這麼著！」

他的那副樣子簡直惹人發笑。不管他怎樣賣勁地揚自己的眉毛，他那兩張眼皮一直顯得非常沉重，怎麼樣也不肯向上抬，直蓋著那雙無神而又帶著甜蜜的眼睛。他已爛醉如泥，處在無意識狀態之中了，無論哪個過路人看到他這副嘴臉，肯定會說：「好傢伙，夥計，好傢伙！」他全身紅得像大蝦一樣，眨巴著眼睛，張大鼻孔，在屋角裡輕蔑地笑著。屋裡精神還算正常的只有尼庫拉・伊凡內奇，他畢竟是個久經江湖又見多識廣的酒店老闆，只有他依舊保持著一貫的冷靜。屋子裡又增加了許多新來的客人，但是我卻沒有看到「古怪老爺」的身影，這裡是一片紙醉金迷的景象，人們在縱情地尋樂。

我從酒店外邊的窗戶處轉過身來，加快了腳步，走下科洛托夫卡村所在的小山岡。這座小山岡的腳邊展開了一片遼闊的平原，一望無垠如同一片大海，在茫茫夜霧的籠罩中，平原顯得更加遼闊了，似乎已和黑夜籠罩下的天空渾然成為一體。

我正順著河谷旁的大道大步往下走，突然聽到從平原的另一頭傳來一個男孩子清脆的呼喊：「安特羅普卡！安特羅普卡！啊……啊……」我聽出了他呼喚聲中滿是絕望和哀傷，但是他仍然頑強地呼喊著，而且把最後一個音拉得很長很長。

沒有等多大一會兒，接著又呼叫起來。他的聲音在沉悶的令人昏昏欲睡的空氣中震盪著。他一遍遍地呼喚安特羅普卡的名字，一直呼喊了三十多次。這時從平原的另一端，又傳來了模糊的答應聲，如同是來自另一個世界的回音一樣：

「什麼事——事——事？」因為距離遠加上曠野廣闊，說話便有了回聲。

男孩子立刻用歡快又氣惱的聲音叫起來：「快到這兒來，你這鬼東西——鬼——東——西！」

「幹——什——麼呀——什麼呀？」過了好一會兒，那個人問道。

「爸爸要——打——你。」喊人的那個男孩子急促地說。

回話的孩子再沒說話，喊人的男孩子再次不安地叫起來。但是他喊的次數越來越少了，聲音也越來越低沉了。天色完全黑下來了，此時我還能模模糊糊地聽到一點。這時我已走到離開科洛托夫卡村四俄里遠的那片環繞著我村子的樹林了。

「安特羅普卡！啊，安——特——羅——普——卡！」這個呼聲一直在夜色漸濃的空中迴響。

一八五〇年

# 彼得·彼得洛維奇·卡拉塔耶夫

五六年前的秋季的某一天，我從莫斯科前往圖拉，由於租不到驛馬，我在驛站的屋子裡差不多滯留了整整一天。這一次我是打獵歸來，因為考慮不周，便把自己的三匹馬先打發回去了。

驛站長是上了年紀的人，他總是臉色陰沉，頭髮散亂得都快要蓋到鼻子上了，他的眼睛小小的像是還沒睡醒的樣子，慵懶地打量著一切。不論我如何哭訴、如何求情，他都是一邊不耐煩地發著牢騷，一邊氣勢洶洶地把門摔得砰啪直響，彷彿在抱怨自己這倒楣的事，再不然，他就走到臺階上去罵手下的車夫來出氣。

車夫們無動於衷，依舊捧著沉重的馬軛在泥濘的地上磨蹭著，或者坐在板凳上耍賴，完全把上司的咒罵和斥責當作耳邊風。我只好靠一遍又一遍的喝茶打發時間，都已經喝了三四壺茶了，好幾次我都想歇息，但總是睡不著，只好把牆上和窗戶上的題詞看遍，無聊透頂，心情煩悶至極。

我正懷著絕望的心情望著我的馬車那豎起來的轅子，突然聽到遠處傳來一陣馬鈴聲，就如同在沙漠中長途跋涉突然看見了綠洲一樣，心境廣闊起來，我抬頭一看，只見一輛套著三匹馬的中型馬車停到了驛站的臺階前。那三匹馬已經累得大汗淋漓、精疲力竭了。

來客跳下車來，高聲地喊著：「急忙換馬！」便走進了房間。就在他聽到驛站長說「沒有馬」

時，臉上露出了驚訝而失望的表情。就在這段時間裡，我懷著煩躁無可奈何而又好奇的心情，把這位新同伴從頭到腳地打量了一遍。他大概三十歲，臉上留下了得過天花的痕跡，那張臉枯黃消瘦，透著令人壓抑的紫銅色。他滿頭青黑色的長髮一縷一縷地懸在衣領上方，兩鬢上則長著神氣活現的捲頭髮，眼睛由於還帶著腫眼泡更顯得毫無生氣，最逗的是他上嘴唇那稀稀疏疏的鬍鬚，居然直挺挺地向上翹著。

他的穿著像一個趕馬市的霸氣十足的地主。一件沾滿油垢的花上衣，脖子上吊著條褪色的雪青色綢領帶，上身套著一件帶銅鈕扣的背心，下身穿著一條大喇叭口的灰褲子，髒兮兮的靴子尖兒。他身上散發著令人討厭的煙酒味。在他那勉強露出袖子、又紅又粗的指頭上面，戴著一枚銀戒指和一枚圖拉戒指。俄羅斯到處可見這樣的人物，見怪不怪。說心裡話，同這號人物交往，無一丁點兒的情趣可言，然而，儘管我對他不屑一顧，但他臉上表現出的親切和善和真誠熱情打動了我。

「看，這位尊敬的先生已經在這兒等了一個多鐘頭了。」驛站長最後只得搬出我做例子。

我心中有點不滿，這個傢伙在拿我開心呢，我等了很久了。

「那或許，這位尊敬的先生並不那麼著急吧？」新來的人試探性地問道。

「這我們可就不明白了。」驛站長陰陽怪氣地答道。

「真的嗎？真的一匹馬都弄不到？」他還是不相信。

「千真萬確，一匹馬也弄不到。」驛站長冷冷地說道。

「唉，只好等了，實在是沒有辦法了。」新來的人最終投降了。

於是他在板凳上坐了下來，把帽子丟在桌子，然後用手攏了攏頭髮。

「喝茶嗎？」他問我。

「不用了。」

「給個面子啦，再陪我喝兩杯，好嗎？」他遞給了我一隻茶杯。

盛情難卻，我只好同意了。那個高高大大的棕紅色茶炊已經是第四次擺到我面前的桌子上了。我拿出來一瓶羅姆酒[1]。看他的行為舉止，我推斷他是一個領地不多的貴族，果然不出所料，在交談中，我得知他叫彼得•彼得洛維奇•卡拉塔耶夫，是個小貴族。

我們閒聊了起來。他來了還不到半個小時，就開始毫無顧忌地向我說起他平生的經歷了。

「去莫斯科。」他在喝第四杯茶時這樣對我說：「現在，在鄉下我已經沒有什麼事情可幹了。」

「為什麼呀？」我問。

「咳，家業敗落了。說實話，那些讓人可憐的莊稼人也都讓我給搞破產了，年景不好，禍不單行，不僅糧食歉收，還碰見了一樁樁倒楣事，天不保佑我啊。」回憶起過去，他心灰意冷地向旁邊望了一眼，接著說：「說實在的，我過得十分鬱悶！」

「究竟為什麼呀？」我不由得更加充滿好奇。

「算了，」他不理睬我的話，說道：「哪有像我這號的當家人！」他把頭轉向一邊，一直吸著煙，接著說：「您看我，您可能以為我是一個……」他停住了，嘆了口氣又說：「但是，說實在的，我是個中產階級，請您見諒，我性情直爽，而且……」

1 一種甘蔗製造的烈酒。

他還沒有說完，就擺了擺手，聳了聳肩，然後接著吸煙，看樣子他不打算再說下去了。我便開始勸慰他，勸他不該這麼想，並告訴他，我很高興與他相遇，並能如此開誠佈公地聊天等等。後來我又向他指出，經管產業重要的是一個人的品德與頭腦。

「我有同感，」他答道：「我同意您的意見，只是從事這類工作總還是需要一種比較特殊的管理方法和不能用權力隨意欺壓人的能力！有的人隨心所欲地壓迫莊稼人，居然也無所謂！但是我卻實在不能這樣做。對了，請問，您是從彼得堡來的還是從莫斯科來的？」

「彼得堡來的。」我答道。

他從鼻孔裡噴出了一股相當長的煙霧，像在聽我接著講完。

「到莫斯科去找差事。」

「想找什麼樣的差事呢？」

「到了莫斯科再說吧。說心裡話，我怕擔任公職，因為一擔任公職就不自由了，您明白的，擔任公職就要負責任，我一直住在鄉下，您明白，我已經住慣了，但是實在別無選擇，太窮了！唉，真是窮得受不了啦。」他又使勁地吸了一口煙，一副無可奈何的樣子。

「你想留在京城？」我被他的真誠打動了，滿懷同情地說。

「京城？唉，我也不明白，京城裡有什麼好的。暫時住住看吧，可能，京城也好，或許能多些機會，但是，我覺得沒有什麼會比鄉下更好的了。」他流露出對鄉下的懷念與不捨。

「難道您在鄉下再也住不下去了嗎？」我情不自禁為他難過。

他長長地嘆了一口氣，不再說什麼。片刻後他才又說：「不能住下去了，我破產了。」

「究竟是怎麼回事呢?」我問。

「那兒有一個好心腸的人——一個鄰居他掌管了——一張票據——」他吞吞吐吐地說了些無關痛癢的詞,臉上露出無可奈何之情。

讓人可憐的彼得・彼得洛維奇抬起手摸摸臉,想了一下,搖頭苦笑道:「唉,還有什麼好說的呢?」他停頓了一小會兒,接著說:「但是,說實在的,這一切都怨不得別人,全怪我自己。我就是閒不住!真他媽的見鬼了!勞碌的命。」

他又狠吸了幾口煙,一副懊惱的樣子。

「你以前開心嗎,在鄉下?」我問他。

「尊敬的先生,」他注視著我的眼睛,認真地答道:「我有十二對獵狗,說老實話,這樣好的獵狗是不多見的(他拖著長音說出最後一句話)。我這十二條獵狗逮起兔子來,我敢保證兔子是逃不掉的。至於對付那些珍貴的獸類,牠們的表現更加突出,甚至有時像蛇一樣兇猛,毫不留情。還有我的寶馬,更是優秀非凡。但是,這都是往事了,現在的我沒有什麼可以誇耀的了,曾經我也常常背著槍去打獵,我有一條叫康捷斯卡的獵犬,牠棒極了!發現獵物時牠伏在那裡,那種伺機而待的姿勢好看極了!您不明白,牠的嗅覺靈敏得很。通常情況下,我一邊向沼澤地走去一邊吆喝道:『快追!』如果牠不想去找,你就是再帶上一打狗去找,也一無所獲!如果牠去找了,那就非要找到,決不善罷甘休!在家裡又非常懂禮貌,而且很通人性。如果你用左手給牠麵包,並且說:『猶太佬吃過的』,牠就不吃;如果你用右手拿麵包給牠說道:『這是小姐吃的』,牠就叼過去吃了。

「我還有一條棒得出奇的小狗,我本來打算把牠帶到莫斯科去的,但是我的一位朋友把我這條狗和獵槍一併要了去，他對我說：『老兄，你到莫斯科去還要這些玩意兒幹嘛呢？老兄，那裡完全是另外一個世界啦，這些玩意兒統統用不著了。』於是，我就把那條心愛的小狗和槍都送給了他。實不相瞞，這樣一來，我就什麼都沒有帶走。」

「莫斯科也可以打獵呀。」我建議。

「算了，還打什麼呀？也沒有那份勁兒頭了。以前不明白節制自己，自己釀的苦酒只能自己喝，現在這樣我也只好忍受了，初來貴地，還請您指教呢。在莫斯科生活開銷怎麼樣，很大嗎？那裡的東西是不是很貴呀？」

「不，花費不是很大的。」我搖搖頭微笑著說。

「不太大嗎？」他有些吃驚，「那莫斯科有茨岡人嗎？」

「茨岡人？」我問。

「就是在集市上的閒人啦。」他有些不好意思。

「嗯，有的，在莫斯科……」

「哦，太好了！我十分喜愛茨岡人！真是怪異了，我就是十分喜愛他們！」他顯得十分激動。

彼得・彼得洛維奇的眼中流露出豪爽而歡快的神情。但他突然變得有些不安穩了，彷彿有什麼心事，一直走來走去的，接著就陷入沉思，並且把手中的空杯向我遞過來，說道：「請把您的羅姆酒倒給我一些，可不可以啊？」

「但是茶已經喝光了。」我猶豫著，畢竟羅姆酒酒性太烈，我有點擔心他會喝不習慣。

「沒關係，有酒就行，不用茶。唉！」他長嘆道。彼得・彼得洛維奇用兩隻手托住頭，把胳膊撐在桌子上，我靜靜地看著他，等待著醉酒的人最常發出的那種帶著深深哀傷和嘆息聲，還有那在酒精作用下流出來的眼淚。出乎預料的是，待我抬起頭來再看他時，他的臉上呈現的卻是一種沉痛而凝重的表情，這使我感到頗為意外。

「沒事吧？」我關心地問。

「沒事，我只是突然想起了一段往事，一段讓我刻骨銘心的風流韻事，很想說給您聽，但是我又有些難為情，不知是否適合在這種情況下說。」他臉上露出一絲靦腆和羞澀。

「哪兒的話，您怎能這麼說呢！」我有些意外的驚喜，好奇心讓我急於想明白他那些事。

「啊，那就好，」他舒了一口氣，說了下去，「世上常常有這樣稀奇的事，我也親身經歷過。如果您感興趣，我就講給您聽，但是我實在不明白……」

他有些猶豫，用試探的目光徵詢著我的意見。

「那就講吧，我最親愛的彼得・彼得洛維奇。」我有點迫不及待了。

「這事或許有點……啊，是這麼回事。」他開始說：「但我實在不明白……」他又猶猶豫豫的。

「好了，別磨蹭了，快講吧，我最親愛的彼得・彼得洛維奇。」我有點不耐煩了，只想快點聽他講故事。

「好，那我就講了，我經歷了這樣一件事。我當時住在鄉下，不經意間就喜愛上了一個姑娘，可能就是那種一見鍾情。啊，那是多好的一個姑娘啊！長得很好看，又聰明機靈，而且心地善良！她的名字叫馬特廖娜。可她是一個平民百姓家的姑娘，您明白嗎？準確地說，她是個農奴，唉，說白了她是別人家的一個奴僕。最大的問題就在這裡，我們門不當戶不對的，身分地位很是懸殊。

哦，我就愛上了她——真的！這在我們那兒的確是一件新鮮事——她也愛上了我，所以，馬特廖娜就一再請求我去找她的女主人為她贖身，而我自己也在考慮這件事。但是，她的女主人卻是個財大氣粗而又蠻不講理的老太婆，住在離我家十五六俄里的地方。

「有一天我最終拿定主意，我吩咐僕人給我備一輛三套馬的馬車。我的轅馬是一匹溜蹄馬，那是特種亞細亞馬，所以我把牠叫作爾道斯，我穿了一身考究的衣服，特意把自己打扮了一番，坐上馬車就去拜訪馬特廖娜的女主人。我到那裡一看，她的房子十分氣派，還配有廂房和一座大花園。馬特廖娜在大路拐彎處等著我，本來想和我說說知心話，最終她只是吻吻我的手，含情脈脈地凝視了我片刻，眼睛裡滿是期待和渴望，然後就匆匆忙忙地走開了，於是我走進前屋，問道：『主人在家嗎？』

「一個高大的僕人說：『請問尊姓大名，怎麼通報？』

「我說：『夥計，你就通報說地主卡拉塔耶夫有事想要跟主人面談。』僕人進去了。我就在那裡等著，心裡琢磨著：不會有什麼問題吧？可能這個鬼老太婆會敲我的竹槓，漫天要價。這世道啊，真是越有錢的人越貪心，說不定她一開口就要五六百個盧布，心裡正想著如何對付這個老太婆，那個僕人回來了，說道：『請進。』我跟著他走進客廳，安樂椅上坐著個身材瘦小臉色發黃的老太婆，眼睛眨個不停，滿是狡詐。

「『您光臨寒舍有何貴幹？』她話雖客氣可態度依然傲慢，一副盛氣凌人的相貌。

「起初，我認為我應說幾句『有緣結識，不勝榮幸』之類的話，但當我說完後，她卻說：『您搞錯了，我只是她的親戚。您有何貴幹呢？』我便和她說，我要和女主人談點事。

「『馬利婭・伊里尼奇娜，她身體欠佳，今天不會客。您究竟有何貴幹？』我心裡想，沒辦法，只好把我的事情對她說了。

「老太婆聽我說完，便問：『馬特廖娜，你說的是哪個馬特廖娜？』

「我說：『馬特廖娜・費多羅娃，就是庫里克的女兒。』

「『啊，費多爾・庫里克的女兒呀。』她像是突然記起了什麼，『那您是怎樣認識她的呢？』她慢悠悠地問道。

「『偶然的一次機會認識的。』

「『她明白您的心願嗎？』話語裡滿是猜測，她問。

「『明白。』

「老太婆沉默了一小會兒，突然說道：『這個賤貨，看我怎樣收拾她！』她說這話的樣子，就像是捉住了什麼見不得人的事一樣，充滿了憤怒。

「聽到這裡，我不由得非常吃驚，連忙說：『這是為什麼？何必難為她呢！我誠心誠意為她贖身，您說個價錢吧。』

「這個老妖婆怪聲怪氣地叫起來：『您可別把贖身當法寶，我們可不稀罕您的錢！您瞧好吧，看我怎麼整她，我要，我要整整她的騷氣！』老太婆發狠得直咳嗽，『怎麼，在我這兒她還嫌不好？哼，這個小妖精，上帝原諒我嘴上無德！』她狠狠地罵道。

「我這一下子可真發火了：『為什麼你要狠心整這個讓人可憐的姑娘呢？她有什麼錯？』

「老太婆在胸前畫了個十字，兇狠地說：『哎呀，我的上帝，主耶穌基督！難道我就不能處置我的奴僕嗎？』她的眼睛像一匹母狼，兇狠而殘暴。

「『她又不是你的奴僕！』我更火大了。

「『這是馬利婭・伊里尼奇娜的事，尊敬的先生，不用您操心！我要叫馬特廖娜看看我的厲害，叫她明白她是哪家的奴僕！』

「她說這話的時候，就像是獅子將要蠶食獵物，說實話，當時我氣得差一點兒衝過去教訓這個可惡的老妖婆了，但是一想起馬特廖娜，我才強忍下這口惡氣，把已經舉起來的雙手緩緩地放了下來。當時我心裡真是又焦急又無可奈何，那種感覺簡直無法形容，讓人痛不欲生。沒有辦法，只得央求起這個老妖婆：『價錢你來定。』

「『你為什麼要她呢？』老妖婆明知故問。

「『我深深地愛上了她，老媽媽，請發發慈悲，成全了我們吧，請允許我吻吻您的手。』上帝啊，不可思議的是，我真的吻了這老妖怪的手！

「老妖婆說道：『那好，就讓我去和馬利婭・伊里尼奇娜說，一切就看她怎樣吩咐了。你等兩三天再來吧。』於是我只好惶惑不安地告辭了。

「我愈發感覺這件事辦得太魯莽了，我不應該讓她們明白我對馬特廖娜的癡情，這樣反而會害了她。但是我已經追悔莫及了！」

「度日如年地挨了兩天，我又到馬特廖娜的女主人那裡去了。此次僕人把我領進了書房。屋裡擺放著許多她們自己養的鮮花，房間的陳設也極為奢華，女主人威嚴地坐在一把十分考究的安樂椅上，頭靠在一個軟墊上。上次見到的那個老妖婆也坐在那兒，她的身旁立著一位身上穿著綠色連衣裙的姑娘，長了一頭淡黃色的秀髮，只可惜嘴巴有點歪斜。這可能是女主人的貼身侍女吧。

「女主人用很重的鼻音對我說道：『請坐。』我忐忑不安地坐了下來。她詢問起我來，問一些年齡多大，在哪裡供職，到她家來有什麼事之類的問題，很讓人厭煩。她說話時的樣子很傲慢，像是對一個下人一樣。為了馬特廖娜，我只好一一作答，表現得畢恭畢敬的樣子。

「這個老太婆從桌上拿起一塊手帕，在自己面前揮動著，然後指著身旁的老妖婆說：『卡捷琳娜・卡爾波芙娜已經把您的意思轉告過我了。』停了片刻，她又接著說：『但是我立過一條家規：不放任何一個僕人去伺候別人。您要明白這種事有失體面，對大戶人家來說是多麼不成體統！這種事有傷風化，是件敗壞家風的事，只是這件事我已經處理好了，您就無須勞神費心了。』

「我生氣了，說：『不要虛偽了，您是離不開馬特廖娜・費多羅娃吧？』

「『不，』她說，『我不需要她。』

「我壓抑著滿腔怒火：『那你為什麼不賣給我啊？』

「『因為我不願意，不願意就是不願意，如此而已，我已經把她打發到草原村莊那邊去了。』

「我一聽，如同五雷轟頂。老太婆用法語和那個穿綠衣服的姑娘咬了一會兒耳朵，那個姑娘便走了出去。這個可恨的老太婆又說：『我身體羸弱，您還年輕力壯，而我卻已近風燭殘年，所以我有資格對您規勸。您最好還是找個正經差事，娶妻生子，成家立業，找妻子應該找一個門當戶對的。有錢的未婚女子不多，但小家碧玉品德賢淑的姑娘還是很多的。』

「我愣愣地望著這個老太婆，完全沒聽到她在胡言亂語些什麼，只聽到她在說成家立業，我的耳朵裡一直縈繞著『草原村莊』這幾個字，還成家立業呢！全是胡扯！」

卡拉塔耶夫說到這兒突然停了，過了片刻，他看了看我，問道：

「您有妻室了嗎？」

「沒有。」我失神地隨口應道。

「哦，是的，看得出來，您這麼年輕。

「我實在是忍不住了，就怒氣衝衝地說：『老媽媽，您胡扯些什麼？我只想問您，您肯不肯把馬特廖娜姑娘讓給我？』

「老太婆皺著眉頭說道，『哎呀，你這個人真是讓人討厭！哎呀，叫他快走吧！哎呀！快走！』

「她的話語讓人作嘔，這時她那個親戚跑到她身邊，衝著我高聲斥責起來，可那個老太婆仍然在長吁短嘆地抱怨個不停：『我怎麼這麼倒楣呀？這麼說來，我當不了自己的家啦？哎呀，唉呀呀！』

「聽到她不斷地哼哼唧唧，我再也受不了了，她的哼哼唧唧像一隻蒼蠅在我的耳邊飛來飛去，讓人厭惡得無法忍受，我抓起了帽子，瘋了一樣跑了出來。

「或許，」卡拉塔耶夫又接著說道：「您會責備我，怎麼會如此強烈地愛上一個出身下層的姑娘。我也不想多做解釋，不就是這樣嗎！您相信嗎？我不論晝夜都在想著這件事，終日心神不寧。我真的非常痛苦！我一直自責，我傷害了一個無辜的姑娘！一想到她穿著粗布衣衫去放鵝，一想到她在主人威逼下遭受凌辱，受著穿塗柏油靴子的魯莽農民出身的村長嘮叨的辱罵和痛苦的折磨，我就焦急得渾身直冒冷汗。忍無可忍了，打聽到她被發配的那個村子後，不顧一切地騎上馬闖到那兒去。

「一路上我心急如焚，恨不得肋生雙翅立刻就飛到那裡，但路途遙遠，直到翌日晚上才趕到那兒。他們顯然想不到我會做出這樣的行為，所以根本就沒有採取什麼防範措施。我化裝成一個鄉郎，直接找到村長家裡。我走進院子一看，馬特廖娜剛好在那兒！她坐在臺階上，用手托著頭滿臉的憂鬱。一看到我，她激動得想叫喊，我趕緊打個手勢叫她不要出聲。我環顧周圍，然後往後院那邊的原野一指，示意她過去。我走進屋去，裝模作樣地和村長閒扯了幾句，編了一套瞎話把他蒙住了，然後我就伺機去找馬特廖娜，我那可憐的姑娘驚喜交加，一下子摟住我的脖子。

「我讓可憐的心上人馬特廖娜瘦多了，臉色蒼白。我心疼不已，趕緊對她說：『沒事了，馬特廖娜，不要緊，快別哭。』然而，說這些話的時候，我自己卻已淚流滿面。後來連我自己也覺得難為情，就對她說道：『馬特廖娜，光哭是沒用的，眼淚沖不走痛苦，我們必須採取堅決的行動。私奔吧，是的，這是最好的辦法了。』

「馬特廖娜一下子驚呆了：『那怎麼行啊！那我就完了，他們非要了我的命！』她的語氣滿是驚怕，就像一隻落進冷水的天鵝。

「『你真傻，誰能找到你呢？』

「她的臉上滿是驚恐：『他們準能找得到，準能找得到！謝謝你的一片苦心，彼得・彼得洛維奇！我今生今世也忘不了你的深情厚誼，你的大恩大德，但這樣不行，你還是丟下我別管了！看來，我是命該如此，我也只有認命了！』

「我著急了：『哎，馬特廖娜！』我明白她在為我著想。馬特廖娜性情剛烈堅強，她有一顆高尚的心，一顆金子一般的心！『這裡是地獄！日子是沒法過的了，逃跑可能還會跳出火坑！難道說，村長的拳頭你還沒挨夠嗎？啊？』

「這時，馬特廖娜的臉刷地一下紅了，嘴唇哆嗦著，『但是，我不能連累我家裡的人。他們會沒命的。』她擔憂地說。

「『怎麼，他們會把你家裡的人都流放了嗎？』我吃了一驚。

「『會的！他們準會把我哥哥流放到更苦的地方。』

「『那你的父親呢？』

「『啊，您放心，他們不會趕走他，因為他是這裡唯一的一個頂呱呱的裁縫。』

「『那就好了，即使你哥哥遭到流放，也不會就完了。』我努力著說服她。您信不信，我費了好多口舌才說服她，但是她又像突然想起什麼似的，說將來這件事會給我招來麻煩。我勸她說：『你就別想這麼多了，不必管這麼多。』我最終還是在一天夜裡，坐著馬車去到那兒，想辦法帶她走了。」

「把她帶走了？」我問。

「帶走了。真的，我就讓她住在我的沒有她原先的女主人那麼大的房子裡，也沒幾個僕人，但是，我坦白告訴您，我的僕人個個都很尊敬我，個個都很忠實可靠，不管別人出多少錢，或者要弄什麼樣的陰謀詭計，都不會出賣我，我們無憂無慮地在家中過了一段安靜美好的日子。討人喜愛的馬特廖娜經過一段時間的歇息和調養，身體也逐漸地康復了，我們倆日日夜夜耳鬢廝磨，如膠似漆，更加難分難捨了。

「她真是一個不可多得的好姑娘啊！她多才多藝，不知她那麼多的才藝是怎麼學來的！她能歌善舞，精通六弦琴！我們秘密行事，怕人多嘴雜走漏了風聲。我有一個莫逆之交，叫戈爾諾斯塔耶夫・潘傑列伊，您是否認識他？他很仰慕馬特廖娜，如同對待貴夫人一般吻她的手。我告訴您，戈爾諾斯塔耶夫是和我大不一樣的人，他是個學識淵博的年輕人，普希金的著作他全看過，偶爾同馬特廖娜和我一起聊天，聽著他說話，我們都著了迷，他還教會馬特廖娜寫字，他這個人可真怪！

「我儘量把馬特廖娜穿著得時尚，穿戴得簡直比省長太太還講究，我給她訂做了一件莫斯科一家時裝店的女店主親手製作的毛皮鑲邊的大紅色絲絨外套，她穿在身上顯得既得體又精神！這件外套還帶著褶邊呢，那但是當時最時髦的樣式了。但是這個馬特廖娜可真怪！有時她會坐在那兒沉思起來，可能是想心事吧，一連幾個鐘頭不聲不響，眼睛直直地注視著地板，連眉毛也不動一下。於是我也坐在那兒，專心致志地看著她，她可真是個百看不厭的大美人啊！我看著她，如同是頭一回見到她一樣。她看到我，就嫣然一笑，我們不由自主地感到歡欣愉悅，就好似有人在給我撓癢癢一樣想要跳起來，有時她又突然朗聲大笑還跳起舞來，她會讓人高興地向我跑來，和我說笑逗樂，然後熱情地擁抱我，抱我抱得緊緊的，真把我弄得神魂顛倒如醉如癡了。

「我常常整天冥思苦想：我該怎麼使她更讓人高興更開心呢？信不信由您，我每次送給她禮物，都只是為了看看我這個心肝寶貝兒開心快樂，我十分喜歡見到她收到禮物時歡天喜地的樣子，她的臉蛋變得紅撲撲的，討人喜愛極了。她試穿我給她買的新裝那高興勁兒呀！再看著她穿上新裝後是那樣興高采烈地來擁抱我、吻我，幸福極了。

「不知怎的，她父親庫里克打聽到她在我這兒，老頭兒便跑來看我們。他哭得特別厲害，但是那是因為高興才哭的。您明白嗎，我們儘量地安慰他，使她寬心。我們還感謝他，給了他一些錢。後來，當我最親愛的馬特廖娜親自把一張五盧布鈔票放到他手裡時，老人出人意料地『撲通』一聲跪在地，給她磕了個頭——這個老頭兒太奇怪了！我們倆如同度蜜月一樣在一起過了將近半年。我多希望能今生今世都跟她在一起啊！天有不測風雲，命運偏偏跟我作對！」

彼得・彼得洛維奇頓住了，臉上露出十分難過的神情。

「怎麼了？」我滿懷同情而又滿是關心地問道。

他愧疚而又無可奈何地擺擺手，說道：

「全怨我，全怪我，是我害了她。我的馬特廖娜十分喜愛乘雪橇出去兜風，而且她常常親自駕雪橇出去玩。她興致所至，便激動得跳起來，快速穿上外套，戴上托爾若克式的繡花手套，然後就駕上雪橇飛一樣地走了，一路瘋狂地叫喊。我們倆總是在晚上或夜間才出去，您明白，這是為了避免碰見什麼認識的人。

「有一次，我們選了一個好日子，那天天氣很冷，天空晴朗無雲，我們駕著雪橇出發了。馬特廖娜拿著韁繩駕馭。我就靜靜地看著，看她究竟要把雪橇趕到什麼地方去。看著她駛去的方向，我心裡嘀咕，難道她要到庫庫耶夫村去？也就是說，她要到她的女主人的村子裡？的確是這樣的，她真是要到庫庫耶夫村去。我嚇了一大跳，趕緊對她說：『你瘋了，傻ㄚ頭，你要去哪裡？』

「她轉過頭看看我，大笑著說：『讓我去冒一次險吧。』

「我拗不過她，只好答應：『好，就闖一次吧，豁出去了！』於是我們駕著雪橇從女主人的院落旁邊跑去。

「我的溜蹄轅馬一直跑得很平穩，兩匹拉套的馬，告訴您，那速度快得完全像旋風一樣。過了一小會兒，我們就看到了庫庫耶夫的禮拜堂了。這時，我們突然看到一輛老式的綠色轎車沿著大路慢悠悠地朝我們駛過來，一名僕人站在車後的腳蹬上，車上坐著的正是女主人！天啊，那正是女主人坐的車！我當時魂飛魄散，有些怕了，想趕快調過頭去。誰知我的馬特廖娜卻拿著韁繩猛抽了幾下馬背，我們的雪橇像離弦的箭一樣朝著轎車衝了過去！

「那車夫看到一輛雪橇迎面飛奔而來，嚇傻了，本想躲開，但由於他轉得太急了，轎車突然翻倒在雪堆裡。轎車車窗也摔碎了，只聽到女主人不要命地吼叫起來：『哎喲，哎喲，哎喲！哎喲喲，哎喲喲，哎喲喲！』她的女侍伴也痛哭地尖叫：『停車！停車！』我們乘機溜之大吉。

「我一邊疾馳著，一邊想：『糟了！肯定被她們認出來了！我實在不應該讓馬特廖娜到庫庫耶夫村來！』結果果然不出所料，那個老妖婆認出了馬特廖娜，也認出了我，於是這個老妖婆逢人就說，她的逃亡女僕藏在了貴族卡拉塔耶夫家裡，她還向縣警察局送了一大筆賄賂金，買通了好些層關係。沒過幾天，縣警察局局長斯潘傑・謝爾蓋伊奇・庫佐夫金來找我。他是我的一個熟人，表面上看起來他是個好人，但事實上，他是個不折不扣的孬種，他剛一進門就說了一大堆教訓我的話。他說：『彼得・彼得洛維奇啊，你是怎麼回事啊？這件事非同小可，你要明白，私藏逃亡的奴僕是很嚴重的事情，法律對此是有嚴格規定的。』

「我就對他說：『是的，我明白。關於這件事，我們要認真談一談的。只是，您一路上風塵僕僕太辛苦了，是不是先吃點東西再說呢？』

「他同意了，可同時他又說：『吃是吃，但我們還是要公事公辦。彼得・彼得洛維奇，你自己好好思考一下吧。』

「我趕緊答道：『那是自然，要公事公辦，那是自然——只是，我聽說，您有一匹鐵青色小馬。您想不想用牠來換我那匹名馬蘭布林道斯呢？至於您說的那個姑娘馬特廖娜・費多羅娃，根本就不在我這裡。』

「『嗯，』他說：『彼得・彼得洛維奇，那個姑娘的確是在您這裡，這你就不要瞞我了。你想清楚了，我們是在俄羅斯，不是住在瑞士，至於你說的要用我的馬換蘭布林道斯，這個主意不錯。或者，我就先帶走蘭布林道斯也行。』

「這傢伙，真不愧是個老滑頭！我費了好大勁兒才算把他應付過去了，但是那個老妖婆怎麼也不肯死心，她比上一次鬧得更凶了。她還聲稱，就是花上一萬盧布也在所不惜，肯定要討個公道。您猜這個老妖婆為什麼不肯甘休呢？您明白嗎，說來搞笑，頭一回看到我時，她就異想天開，希望我娶她身邊那個穿綠色連衣裙的女侍——這也是我後來才明白的，正因為我十分喜愛馬特寥娜，這個老妖精才那麼生氣。

「唉，真是讓人難以理解！可能是她們鬧得太無聊了吧。我的情況越來越糟，我決定不惜傾家蕩產也要反抗到底，決不把馬特廖娜交出去。我還把她藏了起來，可這也不是長久之計啊！他們老是死死纏著我不放，我如同兔子被獵狗緊緊追蹤一樣。為此我惶惶不可終日，不僅負債累累，身體也被拖得日漸衰弱。

「有一天夜裡，我正在床上輾轉反側，心裡想：『天哪！我幹嘛要受這份罪呢？但是我不想拋棄、不想背叛馬特廖娜，那我究竟該怎麼辦呢？唉，不能，決不能把她交出去！』正在此時，馬特廖娜突然跑進我的房間。當時我已經把她藏到離我家兩俄里遠的一個農莊裡，她的出現，使我大吃一驚，我焦急地問道：『怎麼，被發現了嗎？』

「『沒有，彼得・彼得洛維奇。』她說：『在布勃諾沃村沒有任何人來打擾我，只是，這件事不能再這樣拖下去了，我的心亂極了，痛苦極了。我最親愛的彼得，我很心疼你。我最親愛的彼得，我今生今世都忘不了你。但是，我不能這樣拖下去了，我會把你拖垮的！彼得，我實在不忍心，我來和你告別。』

「『你怎麼了？怎麼了？你瘋了嗎？什麼告別，告別什麼呀？』

「『我要去自首！』

「『你瘋了嗎？你這個傻丫頭！不許胡說了！你再這樣想，我就把你鎖到閣樓裡。你想毀了我嗎？你想要我的命嗎？你說呀！』

「這個傻姑娘頓時不說話了，眼睛呆呆地望著地板。

「『你說話呀，說呀！』

「『我不想再拖累你了，現在這情況已經夠你受的了，彼得！還要我接著看你為我受苦嗎？』

「唉，看樣子，她已經鐵了心，我沒辦法說服她了。『但是你明白嗎，傻丫頭，你這是自己往火坑裡跳哇！你瘋了，你明白嗎，這是跳火坑！你真——瘋了——』」我痛苦地深深地嘆息。

說到這裡，彼得・彼得洛維奇再也控制不住自己的感情，難過地嗚咽起來。

「後來……」他用拳頭往桌子上猛地砸了一下，接著說下去了。此時的他緊皺著雙眉，淚水從他那通紅通紅的面頰上滾滾而下，「馬特廖娜這個傻姑娘真去自首了，真的去自首了……」

「備好馬勒！」驛站長走進房間，鄭重其事地對我們說。

我們應聲而起。

「後來馬特廖娜怎麼樣啊？」我很想知道後來的情況。

卡拉塔耶夫只是擺擺手，沒有回答。

一年後，我因偶然機會再次來到莫斯科。

有一天，在午餐前，我來到了獵人市場後面的一家咖啡廳——這是莫斯科一家別具風情的咖啡廳。咖啡廳帶著桌球室，在桌球室裡，煙霧彌漫，隱隱約約可以看到一張張通紅通紅的臉，一撮撮小鬍子，一堆堆蓬鬆散亂的頭髮，一件件老式的匈牙利外衣或是最時髦的斯拉夫外衣，幾個瘦削老頭穿著樸素的長禮服在角落裡看俄羅斯報紙。侍僕們端著茶盤，腳步輕快地走在綠色地毯上，穿梭於各種各樣的客人之間，商人們懷著忐忑不安的心情喝茶，一副不舒服的神色。

這時，我看到從桌球室裡走出來一個人，他的頭髮有些散亂，腳步也有點踉蹌。他把兩隻手插在褲兜裡，低垂著頭，偶爾默默地抬起頭，茫然地環顧一下四周。我驚疑地發現，那正是彼得・彼得洛維奇！

「哎呀，哎呀，哎呀呀！彼得！你還好嗎！」我激動地迎上去。

彼得・彼得洛維奇見到我，驚喜萬分，他差一點就撲上來摟我的脖子了。他拉住我，微微地搖晃著身子，然後就把我拉進了一個小單間。

「就在這兒吧，」他一邊說著，一邊親熱地把我拉到一把安樂椅上坐下，「您坐在這兒會舒服一些。茶房，拿啤酒來！不，拿香檳來！哎呀，真是想不到，實在是想不到啊！您來了很長時間了嗎？準備住多久？這真是有緣千里來相會啊！」

彼得洛維奇肯定是太激動了，一個勁兒地說個不停。

「是的……」我剛一開口，又被他打斷了。

「怎麼會不記得，不會忘記的，」他搶著說：「是過去的事了，過去的事了。」

「啊，那您如今靠什麼過日子呢?我最親愛的彼得，這一年來您過得怎樣?」

「這不是嗎，我就是在這裡混日子呢。這裡的人都殷勤好客，我在這兒過得很舒適。」他吁了一口氣，然後抬起眼睛望著天花板。

「擔任什麼公職了嗎?」我問。

「還沒有，我打算過一段時間就任職去，只是當差又有什麼意思呢?對我來說廣交朋友才最重要，在這兒我高朋滿座啊!」

一個童僕用一個托盤端著一瓶香檳，恭敬地走了進來。

「看，這也是個好人……是不是，瓦夏，你是好人吧?為你的健康而乾杯!」

那個童僕站了一小會兒，很有禮貌地搖搖頭，笑了一下，就走了出去。

「是這樣的，這裡人都很好，」彼得・彼得洛維奇接著說:「都有人情味，都有美好的心……您想結識嗎?都是些出色的朋友……他們也都會很高興的。我告訴您……鮑布羅夫去世了，真讓人難過。」

「誰，鮑布羅夫?」

「就是謝爾蓋・鮑布羅夫，他可真是個大好人，曾關照過我。戈爾諾斯塔耶夫・潘傑列伊也離開人世了，都死了……」

「您一直都待在莫斯科嗎?」我問。

「回去幹嘛?我的村子已經被賣掉了。」他一臉沮喪。

「賣掉了?」我十分驚異。

「是拍賣掉的——可惜您沒買!」他失望地看看我。

「那麼以後您怎麼辦呢，彼得？」我不由得為他感到擔憂。

「我不會餓死的，上帝保佑！我沒錢不要緊，我的許多朋友會有錢的，錢算什麼？錢只是糞土！黃金也只是糞土！」

他瞇起眼睛，把手伸進衣兜摸索了片刻，掏出兩枚十五戈比的硬幣和一枚十戈比硬幣，堆在手掌上給我看。

「這是什麼？是糞土！（他憤然地把錢丟到地板上）唉，您最好還是告訴我，您看見過波列扎耶夫[2]寫的那些詩嗎？」

「看過。」我有點怪異地答道。

「莫恰洛夫[3]扮演的哈姆萊特呢，看過嗎？」他又問。

還未等我答道，他就自言自語地說：「我沒看到過，沒看到過。」

卡拉塔耶夫的臉頓時變得煞白，眼神也變得惶惑不安。他把臉扭過去，嘴唇悄悄地顫抖了一下，「啊，莫恰洛夫，莫恰洛夫！『死了——睡著了』。」他低沉地說道：

「不能再忍受了，假如一夢可解千愁，
消除心靈的創痛，血肉之軀所受的磨難，
從此跳出人生的苦海，那才是

2 十九世紀俄國詩人，因寫作批判君主制的詩歌被流放。
3 十九世紀俄國演員，以演出莎士比亞、席勒的悲劇而出名。

求之不得的歸宿。去死吧——在夢中長眠……」[4]

「長眠，長眠！」彼得・彼得洛維奇喃喃自語，不斷重複這句話。

「請問，」我正想問他，可他立刻又慷慨激昂地背誦下去：

「有誰甘願忍受塵世的鞭刑與嘲弄，
受權勢者欺壓，對傲慢者俯首聽命，
忍受愛情被踐踏的痛苦，法律的推搪，
官吏的殘暴，還要忍氣吞聲受小人的欺凌，
只要他敢舉起鋒利的匕首引頸自刎，
就能了卻這苦不堪言的殘生？
啊，女神哪，在你祈禱之時，
千萬不要忘記替我懺悔我的罪行。」[5]

到這裡他突然停住了，頭無力地垂向桌子。他開始語無倫次了。

「再過一個月！」忽地他重新打起精神念道：

4 莎士比亞悲劇《哈姆雷特》第三幕第一場中的段落。
5 莎士比亞悲劇《哈姆雷特》第三幕第一場中的段落。

「就這麼短短的一個月前，
她哭得死去活來，淚人一樣，
就連給我那可憐的父親送葬之時，
穿的那雙鞋依然閃光發亮，
啊，上帝呀！就是一隻無理性的牲畜，
也不會這樣快就忘記了哀傷……」

這個時候，他把那杯香檳酒舉到了唇邊，但是他沒有喝，而是接著念道：

「為了赫古芭？只為赫古芭？
那麼赫古芭和他有何相干？
或者他與赫古芭又有什麼關係？
他卻要為赫古芭哭地嚎天！
但是我，成天只知垂頭喪氣，
活像個愁眉苦臉的傻瓜笨蛋。
我是個懦夫嗎？誰說我是惡棍？

誰曾當面斥責過我說我撒謊欺騙？
媽的！我活該挨罵，自作自受，
因為我是膽小如鼠的無能之輩，
只知逆來順受的蠢貨笨蛋！」[6]

卡拉塔耶夫的酒杯從手中滑落到地上，他拼命地揪扯著自己的頭髮。彷彿傷透了心。

「唉，算了，」最後他說道：「何必舊事重提呢？難道不是嗎？」他自嘲地笑道：「來，為您的健康乾杯！」

「您打算長住在這裡？」我問他。

「我肯定會死在莫斯科！」他語氣十分堅定地說道。

「卡拉塔耶夫！」有人在隔壁房間叫他，「卡拉塔耶夫，快到我這來，我最親愛的人啊！」

「有人在喊我呢，」他說著費力地起身，「再見吧！改日再聊，歡迎光臨寒舍。」

但是因為突發情況，翌日我必須離開莫斯科，也就再沒有和彼得•彼得洛維奇•卡拉塔耶夫見面了。

一八四七年

6 莎士比亞悲劇《哈姆雷特》第二幕第二場中的段落。

# 約會

金秋九月，秋風送爽，我在白樺林中席地而坐。細雨霏霏，秋雨連綿，透過樹梢，太陽也星星點點地透射出溫暖的光芒，天氣忽晴忽陰。天空中會常常地飄蕩著輕柔舒卷的白雲，雲朵飄過之後，你就會看見蔚藍色的晴空，天藍似水靜候。

我悠閒地坐在那兒，舉目四眺視野很是廣闊，側耳傾聽樹葉在我頭上低聲地絮語，聽著樹葉發出的聲響便可以推斷出一年四季。這不像春天生機蓬勃時樹木展枝吐葉的歡鬧聲，也不同於夏天濃密的林間新鮮葉子們輕柔的私語聲，也不是深秋來到的令人戰慄的呼嘯聲，此時發出的這種聲音，是那樣隱約可聞而又分辨不清，催人入眠。

片刻輕風曼舞，枝葉發出窸窸窣窣的聲響。葉子上的雨滴，在陽光下奕奕閃光，彷彿是一粒粒的珍珠，片刻又像披上了霧裳一般，沐浴著細雨的樹林不斷變換著自己的景色，有時日光明媚，林中的一切彷彿都綻放了笑容，那些稀疏的白樺樹的細幹發出綢緞般柔潤的白光，那一片片落在地上的小樹葉剎那間變得金黃耀眼。

那些高高大大而茂盛的齧齒類植物，譬如伸展著的寬大的長莖，像是熟葡萄一樣，紫色的莖蔓在陽光下閃耀著瑪瑙一樣的光澤，蔓藤參差交錯，目不暇接。周圍的一切，淡青還藍。奢華盡去，白樺失去了光澤，又變回到原初的白色。那白色，就如同剛剛飄落下來還未見到陽光的雪花一樣，無瑕純淨，攝人心魂。

毛毛細雨像是有意捉弄人一樣，靜悄悄地飄灑下來，在樹林中發出輕柔的淅瀝聲。白樺樹的新鮮葉子儘管不再煥發出金色光澤，但是它們全部呈現出淺綠色。除了遠處某些地方立著那麼一棵孤零零的小白樺，紅色或金色的新鮮葉子，細心看去，當燦爛的陽光一下子照射到這些剛沐浴過晶瑩雨水的濃密的新鮮葉子時，那棵小小的白樺樹顯得是那樣的光彩奪目。此時，萬籟俱寂。鳥兒們都躲進巢裡，默默地等待著雨過天晴，樹林中只有一向不安分的山雀偶爾放開銅鈴般的歌喉，嗚囀幾聲，像在嘲笑那些不出聲的同伴。

我在來到這片一向不安分的白樺林之前，曾帶著我的獵犬穿越過一片高高大大的白楊林。老實說，我並不十分喜愛白楊樹。我不愛看它那白中透紫的樹幹，也不十分喜愛它那一個勁兒往上躥的、在高空中不斷向上伸長又不停顫動著的閃著金屬般灰綠色光澤的新鮮葉子，而那些風中的新鮮葉子如同是貴婦人的團扇在不停地招搖。

我也不十分喜愛那些傻乎乎吊在細枝上的橢圓闊葉，它們總是給人零亂的感覺。只有在夏日的某些天，太陽即將落山時，我可以看見它沐浴著落日紅色的餘暉，孤傲地立於一片低矮的灌木叢，它的根到樹冠都披上了一層橘紅色，紅光閃動著，攝人心魂。或者是在晴朗的天氣裡，微風清徐，白楊的整個樹冠在清澈的藍天中盡情地搖擺，像是戀人間溫柔的絮語。每片新鮮葉子彷彿焦急地等待展翅高飛的那一刻，它們，飛呀飛，飛向高遠的晴空。——只有在這些時候，我才喜歡白楊。

但是總的來說，我仍然不十分喜愛白楊林，所以從不在白楊林中歇息，而選擇白樺林作為我的歇息地，我想像著在一株枝條濃密而低矮的小白樺樹下避雨該有多愜意呀！我悠閒地觀賞了片刻四周的景色，便逐漸地進入了夢鄉。這種安適而又甜美的夢境，只有獵人才能享受得到。不知睡了多久，當我睜開雙目時，整片樹林光華璀璨，樹葉在澄澈的藍天中讓人高興地喧鬧著，這一切真是令人心曠神怡！雲朵被逐漸地強勁的風吹散了，消失無蹤。碧空如洗，空氣中蕩漾著一種怡人的清爽氣息，讓人感覺神清氣爽，精神矍鑠——這就是秋天常有的景色。連綿細雨之後，寂靜的山林會給你一個晴朗溫馨的夜晚。

在我正想站起來抖擻一下精神，再去碰碰運氣時，突然看見一個靜止的人影。定睛細看，原來是一個年輕的村姑。她坐在離我大約二十步遠的地方，垂著頭，滿腹心事地在沉思。她的雙手放在膝上，一隻手半握著的一束五顏六色的野花，正隨著她呼吸的頻率一點點地從花格子裙裾上滑落。

她身著一件雪白的領口和袖口都繫得很整齊的襯衣，襯衣的皺褶緊裹著她豐滿的腰身，她圓潤的脖子上垂掛著由大顆黃珍珠串成的項鍊，項鍊繞了兩圈墜飾在胸前。她的模樣很是俊俏，有一頭濃密好看的淺色金髮，一條細長的紅髮帶將那柔順的金髮束成兩個整齊的半圓形，髮帶紮得很靠下，把那象牙一樣白皙的前額差不多全遮住了，她臉龐的其他部分稍微呈暗金黃色，可能是太陽曬的吧，但也只有皮膚細嫩的人才會被曬出這種顏色。

我沒看清她的雙眸，因為她一直不曾抬頭。她有著高高細細的雙眉和十分討人喜愛的很長的睫毛，睫毛上還掛著淚珠。她的面頰上有流淚的痕跡，在陽光的照射下十分清晰。除了鼻子稍微顯大了一點，她的整張臉都長得很秀美，只是這無傷大雅。我特別關注她面部的表情，她是那樣的憨厚溫柔，憂傷中不乏優雅，看她的神色似乎對自己的憂愁充滿了天真稚氣的困惑。

從她這副表情，我推斷出她是在等待一個人。

正在此時，林中傳來了一陣輕微的沙沙聲，她立即抬頭向四周循望，認真地尋覓著什麼。正由於她的抬頭，她那雙晶瑩的大眼睛映入我的眼簾——那眼神，像麋鹿一樣膽怯，在透明的陰影中靈動而機警。

她把那雙明眸睜得大大的，聚精會神地注視著發出響聲的地方，又細心地傾聽了片刻，什麼也沒有發現，她深深地嘆了一口氣，又緩緩把頭扭回來，低下頭撫弄著那束野花。我看到她的眼圈發紅了，雙唇難過地顫動了幾下，靜默地坐著，漸漸地一顆顆晶瑩的淚珠從濃密的睫毛上滾落下來，潸然不止，在陽光照射下發出閃閃的亮光，就像寶石一樣晶瑩漂亮。

這位村姑靜靜地坐在那兒，就這樣過了好長一段時間。她有時會苦悶而又無可奈何地揮揮手，但她一直都在悉心聆聽著。

突然樹林裡又傳來了響聲，她的精神為之振奮。響聲接著傳來，而且聲音越來越近，越來越清晰，最終變成堅實而急促的腳步聲了。她立刻挺直了胸脯，但隨即又顯出一副怯懦的神情。她專注的目光中帶著顫動，流露出無比期待的神情。

她專心致志地望著聲音傳來的方向，這時一個男人的身影從密林中顯露出來。村姑凝神地注視了片刻，那張蒼白的面頰上立刻飛起了紅暈，雙唇立刻綻放出幸福的微笑。她本想立刻站起來，但又立刻把頭低下，臉上的紅暈也消失不見了，顯得緊張而慌亂。直到那個男人走到她面前收住腳步，她才又抬起眼睛，用懇求的目光望著他。

我充滿好奇，靜悄悄地把這個男人打量了一番。說實話，我對這個人並沒有產生什麼好感。他的儀態衣著表明他只是大地主雇用的一個年輕侍僕或親信。他那身穿著給人一種追求時髦且輕狂放浪的壞印象。他身上穿著一件古銅色的短大衣，可能是主子的或賞給他的，鈕扣一直繫到下巴頦，他戴著一條兩頭卻是雪青色的粉紅色的領帶，頭上扣著一頂黑色絲絨帽，還鑲著金邊。他壓得很低的帽子把眉毛都蓋住了。

他那白襯衫的圓領漿得硬硬的，支著他的兩隻耳朵，還緊緊地夾著他的腮幫子，他雙手蓋著漿硬了的袖口，只露出紅潤的戴著兩枚戒指的手指頭，一枚金一枚銀，上面還鑲著勿忘我草形狀的綠松石。那張臉長得倒是很紅潤光鮮，但是不知怎的卻給人一種卑鄙無恥的感覺。這種臉男人看了便會反感，而女人一見卻會著迷，顯然，他正竭力使他那副粗俗的蠢相表現出一種鄙視、厭煩和倦怠。

他那對乳灰色的小眼睛一直瞇著，一邊緊鎖著眉頭一邊撇著嘴，做作地打著呵欠，有意裝出一副滿不在乎的樣子，但他瀟灑不上來，片刻伸手撫弄一下自以為捲曲得很好看的火紅色的鬢角，片刻又捻一捻厚嘴唇上的黃色髭鬚——總之，他表現出的盡是一副拙劣得令人作嘔的醜態。

他在這位年輕的村姑面前，就立刻拿腔捏調地表演起來。他懶洋洋地邁著方步走到她的面前，站了一小會兒，聳了聳肩膀，大模大樣地把雙手插進衣兜裡，佯裝不睬地掃視了那個讓人可憐的姑娘一眼，便冷淡地就地坐了下來。

「怎麼，」他心不在焉地開了腔，眼睛仍舊望著別處，還搖晃著雙腿打著呵欠說：「你在這兒等了很久了？」

村姑沒有立刻答話，過了片刻才說：「是的，維克多•亞歷山大雷奇。」她用低得差不多讓人聽不到的聲音答道。

「噢！」他摘下帽子，十分傲慢地用手撫弄兩下差不多從眉毛邊上就開始生長的濃密的捲髮，神氣十足地看了一下周圍，小心翼翼地把帽子蓋在他那寶貝腦袋瓜子上，「我把這事給忘了，你看，天一直在下雨！」他又打了個呵欠，「事情多得要命，我這麼忙，搞不好又要挨主人罵了，我們明天就離開這裡了。」

「明天就走？」村姑驚慌地問道，目不轉睛地看著他。

「明天就走。哎，得了得了，別哭了，」他看到她全身顫抖地把頭低下，就立刻惱怒地吼道：「阿庫麗娜，別哭了，行嗎？我最煩的就是你這一套！」他皺起他那圓鼻頭又說：「你再哭，我立刻就走！你真蠢，哭什麼！」

「好，我不哭，不哭了。」阿庫麗娜趕緊說著，拼命把淚水擦乾忍住，「真的嗎，明天就動身嗎？」她停了片刻又小心翼翼地問道：「那我什麼時候才能再和您見面呢，維克多・亞歷山大雷奇？」

「後會有期，或許就是明年，反正會再見面的，老爺可能要去彼得堡任職。」他帶著重重的鼻音滿不在乎地答道：「我們可能還要去國外一趟。」

「那您肯定會把我給忘的，維克多・亞歷山大雷奇。」阿庫麗娜傷心地說著，眼淚就要下來了。

「不會忘記你的，怎麼會呢，以後我不在，你得學著機靈點，要聽你爸爸的話。我不會把你忘了的，絕對不會，相信我。」他接著伸了個懶腰，打了個呵欠，好像很不耐煩的樣子。

「你一定別把我給忘了啊，維克多・亞歷山大雷奇！」她又重複地近乎哀求地說：「我非常愛您，我的一切都是您的！維克多・亞歷山大雷奇，您剛才說我要聽我爸爸的話，可我怎麼做才是聽他的話呀？」

「什麼？」他把兩手墊在後腦勺下，仰面躺在地上，他那副不耐煩的樣子，使得他的問話彷彿是從胃裡冒出來的。

「該怎麼聽呢，維克多・亞歷山大雷奇？您又不是不明白……」她又不說話了。

維克多一直擺弄著錶鏈子，過了好久，他終於開口了：「阿庫麗娜，你很聰明，所以就不要說傻話了，我也是為你好，難道你還不明白我的用心嗎？當然了，可以說，你都不是一個鄉下人。你媽媽也並不總是個鄉下人的樣子，只是你沒有念過書，所以不論別人怎麼說你，你都應聽話。」

「但是這多麼可怕呀，維克多・亞歷山大雷奇。」阿庫麗娜低聲地打顫地說。

「哎，別亂說，我最親愛的！有什麼可怕的呢？你手上的是什麼？」他靠近了一點看了看，問道：「是花嗎？」

「是。」阿庫麗娜無力地說道：「這是我親自摘的艾菊。」她稍微打起精神說：「牛犢吃最好了。還有，這種花也叫鬼針草，能治療瘰鬁腺病呢。還有您看，這種花多美啊，我從來都沒有見過這麼美麗的花呢，這枝是勿忘我，還有香堇菜……這些花都是我專門採來要送給您的。」

她一邊說，一邊從黃色的艾菊下面拿出一小束捆好的淺藍色矢車菊，「您要嗎？喜歡嗎？」她滿臉紅暈，透露著激動的心情，熱切地期待著維克多的反應。

維克多卻愛理不理地伸手把花接過來，不以為然地聞了聞，然後隨意地轉動著花束，又是一副滿不在意的樣子傲慢地望著天空。

阿庫麗娜認真地望著他，她那哀傷的目光中飽含著溫柔、順從、傾慕和不盡的愛戀。她愛他，但她滿腔的委屈又不敢哭訴出來，她想和他依依惜別，又想和他最後一次分享她的愛戀，然而維克多卻像土耳其蘇丹一樣趾高氣昂地躺在那兒，擺出一副寬容忍讓且屈身低就的姿態來接受她的傾慕。說老實話，我看到他這樣的行為和那副令人作嘔的表情，十分憤怒，特別是他那胖臉上顯出的裝模作樣的神態沒有一點真情可言！最氣憤的是他有意表現出的那種鄙視和冷淡的醜態，那種自我陶醉狂傲自負的樣子。

然而此時此刻阿庫麗娜表現得真誠癡情，她百般信任地把整顆心都奉獻給了他，戀戀不捨地期求得到他的體貼和憐愛。但是他呢？他隨意地把矢車菊丟擲在草地上，從大衣的兜裡掏一個鑲銅邊的圓玻璃片，想放在一隻眼睛前，但是不管他怎麼擺弄，不管他是皺眉、鼓腮，還是擠眼、挺鼻子，那個鏡片就是放不上去。費了半天勁，那個玻璃片還是滑落下來，掉在他的手裡。

「什麼東西啊？」阿庫麗娜忍不住充滿好奇地問。

「這是單片眼鏡。」

「幹什麼用的？」

「看東西的，戴上能看得更清楚。」

「我想看看。」阿庫麗娜膽怯地懇求他。

維克多又不耐煩地皺皺眉，可還是遞給了她。

「別打碎了，當心點。」他又加了一句。

「放心好了，不會打碎的。」她怯生生地把玻璃片扣到一隻眼睛上，「我怎麼一點也看不到呀？」她天真地說道。

「你得把一隻眼睛閉起來才行。」他鄙視地說道。

阿庫麗娜把扣著玻璃片的那隻眼睛閉了起來。

「不是那隻！真笨！是另一隻眼睛！」他大聲地叫著，沒等她再試一下，就把單片眼鏡奪了回來。

阿庫麗娜羞紅了臉，但她絲毫沒有埋怨維克多的粗魯，只是微微一笑地把臉扭了過去。

「這些玩意兒我們不配使用。」她囁嚅地說道。

「就是嘛！」維克多又懶懶地躺下了。

可憐的阿庫麗娜沉默了一會兒，深深地嘆了一口氣。「唉，維克多・亞歷山大雷奇，您走了，我該多痛苦！我們的婚事……」

維克多用衣襟擦了一下單片眼鏡放回了衣兜。「是啊，是啊。」他最終又搭腔了，「的確是這樣，走的時候的確是這樣，會非常不好受。」

他自以為是又故作體貼地拍了拍她的肩膀，這時，她悄悄地從肩上把他的手拉過來，羞怯地吻了吻，然後羞紅著臉望著他。

「哎，是啊！你的確是個好姑娘，」他誇耀地大笑著說：「但是又有什麼辦法呢？我也是身不由己呀！你想想就明白了！我和老爺是絕不會待在這兒的。眼看冬天就要到了，在這鄉下過冬，你也明白的，我怎麼能受得了呢！在彼得堡那才叫棒呢！像你這樣的傻丫頭，就連做夢也夢不到。那裡的高樓大廈是多麼好看啊！一條條筆直的街道，來來往往的行人，現代文明會讓你目不暇接的，那才叫絕了！」

阿庫麗娜孩子一般的微微張著嘴貪婪地聽著，聽得出神。

「只是，」維克多在地上翻騰著身子，「唉，我幹嘛和你說這些？對牛彈琴。」他露出滿臉的鄙夷。

「說啊，維克多・亞歷山大雷奇，我聽得懂，我全明白。」阿庫麗娜紅撲撲的臉激動地問。

「傻樣！」維克多又擺出一副傲慢的神情。

阿庫麗娜難為情地低下了頭。

「您從前和我說話可不是這種腔調，你怎麼了？維克多・亞歷山大雷奇。」她低下頭帶著哭腔地說。

「從前？從前！說什麼從前！從前！」他突然怒吼起來。

於是他們兩個都不再說話了。

「好了，我該走了。」維克多說罷，便用臂肘把身子支起來。

「再陪我多待一小會兒吧。」阿庫麗娜懇求著說。

「還待個什麼勁兒？我們都告別過了。」維克多並不理睬，不耐煩地說。

「求求您再多待一小會兒吧。」阿庫麗娜又懇求一次。

他無奈又躺下來，逕自吹起口哨並不理她，阿庫麗娜戀戀不捨地望著他。我看得出來，她焦急地期待著什麼，她的雙唇不住地顫動，蒼白的面頰又湧起了紅暈。

「維克多・亞歷山大雷奇，」她鼓足勇氣結結巴巴地說：「您變了，您真是太狠心了！維克多・亞歷山大雷奇，真的。」

「我怎麼狠心了？」聽到這話維克多皺著眉，轉過頭對她說。

「你太狠心了，維克多・亞歷山大雷奇。就要分別了，你至少也該和我說幾句貼心的話呀！哪怕一句半句也行，你也該可憐可憐我這個苦命人呀。」阿庫麗娜帶著幾分埋怨和懇求說道。

「你想要什麼貼心的話呢？」維克多挑起眉毛問。

「我不知道，您自己應該知道，維克多・亞歷山大雷奇。您就要走了，總該說上一句半句的關心話吧，以後就我一個人了，我怎麼會落到這樣的下場啊？」阿庫麗娜感到萬分悲戚。

「你這是什麼話了！你都不知道，我怎麼知道該說什麼呢？」維克多不屑地甩甩手。

「你至少該說句貼心的話呀……」阿庫麗娜膽怯地重複道。

「哼，又來這一套！」他氣呼呼地說著，站了起來準備要走。

「我也只是說說，您別生氣，維克多・亞歷山大雷奇。」她使勁忍著淚水趕緊撫慰他。

「我沒生氣，只是你太死心眼了。你究竟想要怎樣？你休想讓我娶你！你記住了，我不會娶你！這是不可能的事情，這你是明白的，還想怎樣？」他伸長了脖子掰著手指頭，彷彿在等著她答道。

「我沒想怎麼……沒想怎麼樣，」她戰戰兢兢地答道，同時壯著膽子向他伸出顫得厲害的手，「在分別之時，哪怕你就說上一句貼心話也好啊……」

她再也忍不住了，眼淚如泉水般湧了出來。

「瞧你！別這樣，唉，你怎麼又哭了。」維克多態度冷淡且極不耐煩地說道，說完，他把帽子使勁往前一拉，把眼睛蓋上了。

「我並沒想怎麼樣。」她抽泣著，用手把臉擋住接著說：「您叫我今後怎麼在家裡待呢？我今後的日子可怎麼辦啊？我這個苦命的人啊，以後會怎麼樣呢？他們會逼著我嫁給一個我不喜歡的人……我的命怎麼就這麼苦啊！」

她開始大哭起來。

「老是這一套，煩死了！」維克多倒換著雙腳，很不耐煩地嘮叨。

「說一句，哪怕一句貼心話也好……你就說，阿庫麗娜，就說，我……」她突然間失聲地痛哭起來，再也說不下去了，一下子撲倒在地，臉緊緊地貼著地面，無比哀傷地痛哭起來。她全身痙攣般抽搐著，腦袋也不停顫抖著，壓抑了許多的痛苦像衝出閘門的水一樣，在此刻全部奔湧而出。

維克多此刻面無表情地站在她面前，十分不耐煩地等了一會兒後，聳了聳肩膀，就來了個急轉身，溜之大吉了。

過了片刻，阿庫麗娜才止住哭聲。她抬起頭一看，發現他不見了，「噌」的一下子從地上跳了起來。她轉頭四顧，這才驚慌地把雙手一甩，想追趕上去，但是她又雙腿一軟跪在了地上。我實在於心不忍，便朝著她飛奔過去，誰知她一看到我，突然間一使勁，站了起來，悄悄地驚叫一聲，迅速地鑽進密林中去了，只有那些野花散落在草地上。我呆呆地站立了一小會兒，彎腰拾起那些散落在地的矢車菊，走出樹林，來到原野上。

太陽低低地垂掛在淡白而澄澈的天空中，它的光芒不再那麼強烈。此時的天有些涼了，陽光如雨漫灑，格外舒適爽快。再過半個多小時，黃昏就要來臨了，晚霞尚未染紅西天，陣陣秋風吹來，掠過枯黃的莊稼。我沐浴在風中，捲曲的枯葉迎風飛揚，飄過大路，在樹林邊上飛旋。朝著原野邊的大樹枝葉迎風搖曳起來，反射出細碎的陽光，那光亮忽隱忽現。在草地橙紅色的蔓莖上，在金黃色的麥秸上，飄蕩著數不盡的蜘蛛絲，在陽光下發出一閃一閃的亮光，煞是迷人。

我停住了腳步，迎風而立，哀傷愁緒來回飛在我的心頭，親眼所見這萬物凋零的淒涼景色，即使秋高氣爽也難以展現大笑容。再看看那在秋風中西沉的夕陽，我不由得感覺到凜冽的寒冬和那令人毛骨悚然的暴風雨即將來臨。一隻老鴉孤獨地來回飛在天空中，扇動著沉甸甸的翅膀，哀號著從我的頭頂上高高飛過，飛著飛著，牠突然轉過頭來向我斜睨一眼，然後越飛越高。

遠處傳來了牠的叫聲，牠的身形逐漸消失就在樹林後面了。一大群鴿子從打穀場上像急馳的雲朵般飛了過來，牠們頃刻之間來回飛成圓柱形，紛紛落在了原野上——這就是秋天的標誌！遠遠望見有個人趕著一輛空馬車從荒蕪的小丘後面走了過去，一路上馬車發出喀登喀登的響聲……

我回到家裡，但讓人可憐的阿庫麗娜那憂傷的身影卻一直在我腦海中浮現，她丟棄的那些矢車菊早已枯萎了，但我一直將它們珍藏到現在，就算是對這段往事的見證吧。

一八五〇年

# 希格羅縣的哈姆萊特

有一次我在遊獵途中受邀到名叫亞歷山大・米哈伊蕾奇・格某某的有錢地主家赴宴。這個地主，也是一個愛打獵的同道中人，我們可以說是志趣相投。他的村子離我當時住的那個小村子五六俄里遠，我穿上了燕尾服，應邀去了亞歷山大・米哈伊蕾奇家。

我奉勸各位，凡是要外出，就算是出去打獵，最好也要帶著燕尾服，這樣讓你可以隨時保持紳士風範。

宴會定在六點鐘，我提前一個小時到達。我到達時已經有許多的嘉賓了，他們都是些貴族，有的穿制服，有的穿便服，還有的穿著叫不出名稱的服裝，但都顯得氣質不凡。主人十分熱情地出來接待我，但他又急匆匆地朝餐室管理人員的房間跑去，好像是出了什麼事。後來我才明白，他正在等待一位大人物。但他這種心情和他那種無須依靠別人的社會地位及財富完全不相稱。

亞歷山大・米哈伊蕾奇從未涉過情事，光棍一條。和他交往的那些人也都是單身漢。他過日子奢華至極，揮金如土，還把祖傳的房舍大規模地擴建並裝修得富麗堂皇。每年他都從莫斯科訂購大約一萬五千盧布的美酒。他是這裡的郡望。

亞歷山大・米哈伊蕾奇很早以前就退休了，但他沒獲得任何榮譽頭銜。究竟是什麼原因讓他非要請這位高官光臨不可呢？他又為什麼在舉辦宴會的這一天從清晨起就如此激動呢？讓人很是想不明白。這正如我所認識的一位司法緝查官，當別人問他會不會接受他人樂意奉送的財物時，他所答的是：無可奉告。

我和主人分開以後，就到各個房間隨意轉了一轉。差不多所有的客人都是陌生人，其中的大部分根本就沒見過面。已經有二十幾個人圍在牌桌上了。在這些牌迷之中，有兩個軍人。他們氣質高雅，但相貌顯得衰老憔悴。有幾個文官領帶繫得又緊又高，鬍鬚還染過色，但也只有剛毅果斷且安分守己的人才會留這樣的鬍鬚。

他們認真地理著紙牌，沒有像其他人一樣搖頭晃腦地左顧右盼，只是側目掃視著過往的人。有五六個縣城裡來的官吏，一個個大腹便便，腦滿腸肥，他們的兩隻腳規規矩矩地併攏著。這幾位尊敬的先生說話的聲調都軟綿綿的，溫和地向周圍的人微笑致意，並把紙牌緊緊拿在胸前，出王牌時也不會大呼小叫地敲桌子，相反的是，他們用波浪式的動作把紙牌飛彈到綠呢子桌面上。

在收取贏牌的時候，他們的動作也是極輕柔極斯文的，悄無聲息。餘下的貴族，有的坐在長沙發上，有的簇擁在門口或窗戶旁邊。

有一個稍微顯老相的、言談舉止有點像女人的地主站在屋角裡，他全身顫抖著，臉色紅撲撲的，正忸怩不安地擺弄著掛在自己懷錶上的小飾物，像個害羞的姑娘，正自得其樂。還有幾位穿著圓形的燕尾服和格子紋褲子的尊敬的先生，他們的衣服都是在莫斯科製作的，出自一流的裁縫高手菲爾斯・克留辛之手。他們在那兒高談闊論，旁若無人地搖晃著他們那一顆顆油光光的肥腦袋。還有一個二十歲左右的青年人，眼睛近視，滿頭淺黃色的頭髮，他穿著一身黑色的服裝，顯得很羞怯，然而他臉上的微笑卻很刻薄。

我看著這些，逐漸感到寂寞無聊。正在此時，有一名叫韋尼津的人突然過來和我打招呼。他是一個尚未畢業的青年學生，寄宿在亞歷山大・米哈伊蕾奇家裡，他究竟是個什麼樣的人還很難說。但他的槍法很準，又善於馴狗，我在莫斯科時就與他認識了。他是那種在五花八門的考試中「呆若木雞」的青年。也就是說，不管教授們提出什麼問題他都答不出一個字！說得好聽點，大家常把這類人稱為「留連鬢鬍子的人」。

各位可以想像得到，這已經是很久以前的事了，通常情況是這樣的：比如，輪到韋尼津去應試了，在未去應試之前，他會挺直了身子老老實實地坐在自己座位上，渾身大汗淋漓，眼睛茫然四顧。當聽到有人喊他的名字時，他會「噌」地站起身來，趕緊把制服扣子扣好，側身走到考試桌前。

「請抽一道考題。」教授總是和顏悅色地對他說。於是韋尼津把手伸了過去，手腳顫抖地去摸那一大堆考題。

「請不要隨意挑選！」這是一個來參加監考的外系教授，他是一個愛激動的小老頭兒，他突然討厭起這個不幸的「連鬢鬍子」，用生氣而威嚴的語調對他說道。韋尼津只得聽天由命了，隨便拿了一道考題向教授報告號碼，然後就走到窗前坐了下來，等待著他前面那個考生答完問題。

韋尼津坐在窗前專心致志地注視著自己的考卷，偶爾像剛才那樣緩緩地環顧一下四周，身體仍然一動不動。等到他前面那個考生答完了，教授們說：「好，你去吧。」或者是：「很好，答得好極了。」之後便輪到韋尼津答題了。

他站起身來，步伐堅定地走到主考老師的桌前。「請把你的考題念一遍。」教授對他說。韋尼津把考卷捧到鼻前，緩緩地念完，然後把手緩緩垂下來。

「現在請你答題吧。」那位教授懶洋洋地說著，把身子向後仰了一仰，兩隻手相交抱在胸前。但是沒有一點回音，考場上安靜極了。

「你怎麼啦？說話呀！」教授說。

韋尼津還是不出一言。

外系來的那個小老頭焦急起來，說道：「多多少少你也要答一點啊！」

我們的韋尼津仍舊一言不發，如同是突然間傻了一樣。全班同學都向他投去充滿好奇的目光，幸災樂禍地看著他那剃得光光的又一動不動的後腦勺。

外系來的那個小老頭氣得瞪大了眼睛，眼珠子差不多都鼓出來了。他簡直恨透了韋尼津。

「這倒是怪異了，」另一個監考教師也忍不住說道：「你怎麼像個啞巴一樣傻站著？你是不是答不上來呀？要是真的答不出來你就說嘛！」

「請允許我另拿一道考題。」讓人可憐的韋尼津低聲地請求道。

教授們互相交換一下眼色。「好，你另拿一道吧。」主考人揮揮手不耐煩地說道。

韋尼津重又抽了一道考題，又走到窗前，過了一小會兒他走到考試桌前，但是仍然一聲不響。

外系來的那個小老頭頓時氣得火冒三丈，恨不得一口把他活吞下去，結果考試的老師們只好趕走他，給了他一個「大零蛋」。

各位認為此時他該走了吧？不，沒有！他仍舊回到自己座位上，一動不動坐著，直到考試結束。他往外走的時候還高聲抱怨道：「唉，真倒楣！考題太難了！」

整整一天，他在莫斯科大街上浪蕩，常常狠命地抓住自己的頭髮，痛苦地詛咒自己的不幸。儘管如此，他仍不開始苦讀，甚至連書本都懶得去碰一下，就這樣日復一日地混下去。

就是這個韋尼津主動來和我打招呼的，於是我們便聊了起來，我們聊了一些有關莫斯科的事，又聊到了打獵。突然，他對著我耳朵小聲地說：「要不要我給您介紹一下此地最愛說話的人啊？」

「好哇，請吧。」我欣然同意。

韋尼津便帶著我去見一個矮小的人，這個人額髮倒豎，留著鬍鬚，身上穿著一件咖啡色燕尾服，還繫著條花領帶。他的雙唇不斷地歪扭，常常掠過一種蔑視人和譏諷人的大笑來。他那長短不齊的睫毛下有一雙黑黑的小眼睛，眼睛瞇起來的時候更顯出一種魯莽狂放的神色。

他身邊站著一個肩膀寬闊的地主，他神態柔和而甜蜜，是一個道地的甜爺們兒，但卻是一個獨眼龍。

他沒等那個矮小的人說話，就先「哧哧」地大笑了起來，高興得全身筋骨都酥軟了一樣。韋尼津把我介紹給這位愛說俏皮話的人。我們就算認識了，彼此表達了初次見面的敬意。

「請允許我向您介紹一位我的朋友，」盧比欣——也就是愛說俏皮話的人，拉住那位地主的手，大聲地說：「不要走嘛，基利拉・謝里發內奇。」他接著又說：「人家又不會吃了你，來吧。」

基利拉・謝里發內奇——也就是那位地主被弄得十分尷尬，一個勁兒地鞠躬致意表示歉意，他的肚子隨著他的動作不斷使勁兒往後縮，「來，我來介紹一下，這是一位鼎鼎有名的貴族。五十歲以前，他身體一直很健康，但是有一天，他心血來潮要治一治自己的眼睛，一隻眼睛就這樣不幸失明了。後來，他給自己的農夫看病，也取得了同樣的效果。無須說，他的農夫們也對治眼睛表現出同樣的熱忱。」

「你這個人怎麼這麼說話啊！」基利拉・謝里發內奇不好意思地說著，隨即又大笑了起來。

「您說下去呀，我的朋友！哎，您說下去呀。」盧比欣接著說：「恐怕人家要選你當法官了，放心，肯定會選上的。您就瞧好吧。那時就會有人給你出謀劃策了。到時候，陪審官就會替你出主意，但是無論如何您總得說話呀，哪怕說說別人出的計謀也好。萬一省長光臨，就會怪罪：『這位法官怎麼說起話來結結巴巴的呀？』別人就會答道：『他得了麻痹症。』省長就會說：『那就給他放放血吧。』這是和你的地位不相稱的，您自己可要弄明白這一點。」

這話使甜蜜地主笑得前俯後仰。

「瞧他笑得多起勁。」盧比欣眼睛兇狠地望著基利拉・謝里發內奇那上下顫動著的大肚皮，「他怎麼會不大笑呢？」

盧比欣轉身對我說：「他每天酒足飯飽，又無病無災，又沒有孩子拖累，他手下的農夫又沒典押出去——他還為他們治病呢——他的太太又呆頭呆腦。」

基利拉・謝里發內奇聽到這句話把臉往一旁扭過去，裝作沒有聽見的樣子。但是他仍然在大笑。

「我也要發大笑，因為我老婆和一個土地測量員私奔了。」盧比欣齜著牙齒裝作發大笑，「您不明白這回事吧？可不是嘛！她不顧一切地跑了，還留給我一封信。她在信中說：『我最親愛的彼得・彼得洛維奇，請原諒我吧！愛情使我發昏，所以我跟我的心上人走了。』這個土地測量員之所以能迷住她，只是因為他不剪指甲，而且穿緊身褲。您覺得怪異嗎？您會說：『這人真坦率。』唉，我的天！我們鄉下人就是直腸子，有啥說啥。但我們還是一邊兒去吧。不要緊挨著未來的法官站著說出這番話。」

他挽住我的胳膊，我們便走到窗前。

「這裡人人都說我愛說俏皮話。」在聊天中他對我說：「您不要相信這種話。我只是一個性情浮躁的人，稍不順心我就會高聲罵街。人們都說我狂放不羈，只是說實話，我幹嘛要規規矩矩的呢？不管是誰的看法，我都認為一文不值，只是我也別無所求。我是個惡人——但這又有什麼關係呢？惡人至少不需要太多智慧，您可能不會相信當惡人是一件很開心的事吧。喏，比如說，您就看看款待咱們的主人吧！天啊，他幹什麼要跑來跑去的呢？你看他還一直看錶，強顏歡笑，忙得大汗淋漓還硬要擺出煞有介事的神氣勁，但是他卻讓我們餓肚子呢！何苦呢？一個顯要人物，有什麼稀罕的！有什麼好奇怪的！你看，你看，他又跑起來了，還一瘸一拐的，您看看呀。」

說著，盧比欣扯著嗓子尖大笑起來。

「有一點美中不足，就是缺少太太們。」他深深嘆了口氣，接著說：「這是單身漢的宴會，要不然，我們這些人該有多開心啊。您看，您看！」他突然叫起來，「尊敬的科捷爾斯基公爵來了。就是那個身材高高大大的，留著鬍子，戴黃手套的，一看就明白他曾出過國，他總這樣姍姍來遲。我坦白地告訴您，這個傢伙是個大傻瓜！如同商人對馬一樣什麼都不明白。要是在別的場合，您就可以看到他和我們這些人說起話來總是顯得寬宏大量，但在回答那些如饑似渴的貴婦小姐的恭維之時，他又笑得那麼慷慨、那麼大方！他有時也會說說俏皮話，他只是順路在此暫住一陣，但是，他說的都是些什麼俏皮話呀！那簡直如同用鈍刀子割纖繩一樣。雖然他很討厭我，但我還是要過去跟他打個招呼。」

於是，盧比欣便跑去接待這位尊敬的公爵。

「唉，我的冤家對頭來了。」突然他又跑到我這兒來說道：「您看到了嗎？就是那個胖子，臉色紅得發紫，頭髮像刷子的硬毛一樣豎起來的那個人。對，就是那個手裡拿著帽子，貼著牆根走路，眼睛像狼一樣賊溜溜地到處張望的人，我一匹價值一千盧布的馬，他只給了我四百盧布。這個傢伙可有充分的權利蔑視我了，其實這個傢伙頭腦簡單，不善於思考。特別是在喝早茶以前，或是剛剛吃過飯，你要是對他說一聲『您好』，他就會答道：『什麼事？』啊，將軍來了！」

盧比欣不知疲倦地接著說著：「這是個退役的將軍，一個破了產的將軍，他有一個做甜菜糖的女兒和一個生了瘰鬁病的工廠。啊，對不起，我說反了。唉，反正您是聽明白了。啊，建築師也來了！他是個留著小鬍子的德國佬，最讓人不屑的是他對自己的業務是大外行！真是怪事！但話又說回來了，他不用熟悉自己的業務，他要能拿些收受的賄賂，為我們這些貴族多豎起幾根柱子就再好不過了！」他尖酸而又滔滔不絕地說。

說完，盧比欣又哈哈大笑起來。但是突然間，整個房間裡的人都興奮得騷動起來，顯要的大人物來了！主人飛奔前庭，幾個忠實的奴僕和熱心的客人也跟著飛奔而去，喧鬧的言談笑語立刻就變成了輕柔而歡快的絮語，那種情景就彷彿春天裡的蜜蜂在蜂房裡發出的嗡嗡聲，只有一隻嘮叨且不知勞累的黃蜂——盧比欣和一隻趾高氣揚的雄蜂——科捷爾斯基沒有把聲音放低。

「蜂王」最終大搖大擺地進來了——顯要的大人物最終進來了。大夥兒一個個都心花怒放，歡呼雀躍著去接待他，在座的所有人都紛紛起立，就連那個以低價買了盧比欣馬的地主，也把下巴緊貼在胸前。

那位顯要大人物昂首闊步，意氣風發。他一面高傲地仰著頭，又彷彿是在點頭一樣，說了幾句讚許之詞。他的每句話都用拉長的鼻音說出「啊」用來作開頭。他帶著極其憤怒的神情看了看大鬍子的科捷爾斯基公爵，並把左手食指伸給那個有女兒和工廠但已經破了產的將軍。在後來的幾分鐘裡，那位顯要的大人物把他沒有遲到而感到特別開心的話重複了兩三遍，然後大家都走向餐廳，當然，有權勢的大人物都走在了前面。

我就不用囉嗦了：大家如何恭請那位顯要的大人物就座首位，也就是坐在退職的將軍和省首席貴族之間。省首席貴族面帶隨和嚴肅的神情，這種神情同他那穿得筆挺的胸衣、異常寬大的背心以及裝著法國煙絲的鼻煙盒十分相稱。也不用介紹我們的主人是如何忙碌地為客人們敬酒，在經過貴賓大員身邊時，他又是怎樣地衝著他們的脊背微笑，如何像小學生一樣站在角落裡，匆忙地喝一碟子湯或者吞兩塊牛肉，然後就指揮侍僕的領班端來一條一俄尺半長的魚，魚的嘴裡還插著一朵花。也不用介紹那穿制服的僕役又是如何板著臉，例行公事般給每一位客人敬獻各種各樣的香醇美酒。酒的品種豐富多樣，忽而是馬拉加酒，忽而又是馬德拉酒，我也不用描繪近乎所有的貴族，特別是上了年紀的那些人是如何勉為其難，像盡義務似的乾了一杯又一杯，最後，他們又是如何砰砰打開香檳酒，不斷地舉杯互敬健康——這一切，我想讀者都是再熟悉不過的了，所以就不再贅述了。

然而，我認為有一件事特別值得說上一說，那就是大人物在全體賓客歡快而不失莊嚴的氣氛中所講的逸聞趣事。

有那麼一個人，彷彿是那位破產的將軍，他很熟悉新文學，提到它對女性，特別對青年女性所產生的普遍影響。

「是的。」那位大人物接過話，「是這樣的。對青年人我們就應該嚴加管教，要不然，他們一看到女人的裙子就要發瘋發狂。」

他說完，在場的全體賓客都露出孩子般幼稚而歡快的微笑，一個地主的眼睛中竟然流露出感激之情。

「因為年輕人都是那麼愚蠢無知。」可能這位大人物是為了顯示自己的尊嚴，有時會有意地改變某個單詞通行的重音，「就拿我的兒子伊凡來說。」他接著說：「傻小子才二十歲，但是有一次他卻突然對我說：『爸爸，讓我娶個老婆吧。』我就和他說：『傻小子，你還是先去當兵鍛煉鍛煉吧。』於是他就傷心至極、難過絕望，整日哭天號地的，但是我呢，我才不管他這一套呢。」

大人物說：「我才不管他這一套呢。」這句話彷彿不是從嘴裡說出來的，而像是從肚子裡出來的。他沉默了一小會兒，然後趾高氣揚地看了看坐在他身邊的那位退役將軍。他神采飛揚。這位退役將軍愉快地稍微轉了一下頭，對著大人物擠了擠眼。

大人物接著又說：「結果怎麼樣？現在他自己給我寫信：『父親大人，謝謝你的教誨，你教導了我。』事情就應該這樣辦。」所有的客人當然對他這番高談闊論十分讚賞，所有人都為受益匪淺而快樂興奮。

宴會結束之後，賓客們一齊擁向客廳。儘管他們發出更大的嘈雜聲，但是依舊有節制，彷彿是在進行著這種場合下特許的喧鬧，他們坐上牌桌開始玩牌了。

我耐著性子熬到晚上，便交代我的車夫明早五點半為我套車，然後我就去歇息了。就在這一天，我又結交了一位值得關注的人物。

由於賓客太多了，誰都不能獨佔一個房間。亞歷山大・米哈伊蕾奇僕役的領班帶我走進一個小房間，房間的牆壁還有些潮濕，顏色是綠色的。這裡已經安排了一位客人，他已經準備就寢了。一看到我來，他迅速地鑽進被窩裡，把被子一直拉到鼻子下。他在鬆軟的鵝絨褥子上輾轉反側地折磨了片刻，就躺著不動了，但是他卻用那雙機靈的眼睛從布睡帽的圓邊下注意著我。

我走到另一張床前（這間屋裡只有兩張床），脫了衣服躺進有些發潮的被窩裡準備睡了，同房的那個人在床上又翻來覆去了，我向他道了聲晚安便不再說話。

過了半個多小時，我還是沒睡著。我越想入睡，卻越不能入睡，許多模糊不清又毫無意義的念頭一個接著一個朝我湧來，那情景如同排著見不到盡頭的長隊，固執而又單調地在我的眼前擺動，如同是運水車上的水桶接連不斷地往車下搬一樣。

「您似乎還沒睡著吧？」那個人問我。

「是啊。」我答道：「您也沒睡著吧？」

「我從來都不想歇息。」他說。

「為什麼？」我不由得充滿了好奇。

「誰明白呢，事實就是這樣，我自己也不明白平時都是怎麼睡著的，我就這樣躺著躺著，不知不覺地就睡著了。」

「既然您不想睡，幹嘛上床這麼早呀？」我覺得怪異。

「可不上床又能做什麼呢？」他答。

我沒有回答他的問題。

的呀？」

「我覺得很奇怪。」他沉默了一會兒突然說道：「為什麼這裡沒有跳蚤呢？我感覺應該哪裡都有的呀？」

「您彷彿很喜歡跳蚤噢。」我更覺得眼前的這個人怪異了。

「不，那倒不是，我不是喜歡牠們，我只是喜歡一切事物都合乎正常邏輯罷了。」

「真沒想到他還會用這樣的字眼。」我心裡想。

接著他又沉默了。

「您想不想和我打個賭？」他突然高聲問我。

「幹嘛要打賭呀？」我納悶了，開始覺得這個同屋人有點意思了。

「哎，為什麼？就為您當我是個傻瓜。」他很肯定地說。

「哪有這種事？」我吃驚地辯駁道。

「您把我當鄉巴佬了，把我當大老粗了，您就實話實說吧，別隱瞞了。」他有些憤慨又有些得意。

「我很有幸結識您，」我答道：「為什麼您就能夠斷定我……」

「為什麼？僅是憑您說話的語調我就能斷定，您如此漫不經心地應付我，難道不是因為您覺得我是傻瓜嗎？但是，我完全不是您所認為的那種人。」他打斷了我的話道。

「請聽我說……」我想解釋。

「不，還是請您聽我說吧。首先，我法語講得不見得會比您差，德語甚至比您講得還要好些；其次，我在國外待過三年，單單是在柏林我就住了八個月之久。我研究過黑格爾，還有，我最親愛的尊敬的先生，歌德的作品我可以說是倒背如流。不僅如此，在德國時，我還一直愛戀著一位德國教授的女兒，回國以後，我娶了一位人品引人注目的小姐。雖然她患了肺病，頭髮也掉光了。換句話說，我和您是一類人物，所以我並不是您所認為的那種鄉巴佬，但是我也常常猶豫不決，我這個人一點也不坦率。」

我抬起頭，更加認真地端詳著眼前這個怪人。在寢室黯淡的燈光下，我勉勉強強能看明白他的相貌。

「哦，您現在這樣的眼神看我，」他擺弄了一下自己的睡帽接著說：「您可能在問自己，『我今天怎麼沒注意到他呢』，對吧？我來解釋吧——因為我從來都不高聲說話。我總是躲在別人的身後，或是站在門背後，不發一句話出來。僕役領班端著盤子從我身邊經過時，事先就把胳膊抬得和我的胸脯一樣高。這是為什麼呢？有兩個原因：第一，我窮；第二，我很馴服，與世無爭。請您老實回答我，您的確沒有注意到我對吧？」

「很抱歉，我的確沒有注意到。」我有些難為情。

「對啦，對啦，」他打斷我的話說道：「我就知道是這樣的。」

他突然從床上坐了起來，兩隻胳膊相交著抱在胸前，他那睡帽投在牆上，很長的影子打了個彎兒一直伸到天花板上。

「請您坦白地對我說。」突然他斜視了我一眼說道：「您肯定覺得我是一個古怪的人，一個很特殊的人，是吧？可能比這更糟——可能您以為我是一個特立獨行的人，對吧？」

「可我根本就不認識您呀。」我辯解。

他低下頭靜默了一小會兒。

「為什麼我跟您，一個我素不認識的人，如此冒昧地說起這些來呢？天明白，只有天明白！」他嘆了一口氣，「並不是因為我們心靈相通！你我都是正派的人，都是利己主義者，我們毫不相干，難道不是嗎？但是我們兩個人都睡不著。為什麼不可以聊一聊呢？我現在很有興頭談談天，這在我來說也是極其難得的。您可能也看出來了吧，我這個人膽子很小，膽小倒不是因為我是外省人，或者是個沒有一官半職的人，也不因為我是一個貧窮的人，而是因為我是一個極有自尊心的人。有的時候，在一些我不確定的情況下，我的膽怯會徹底消失，比如現在讓我就是同喇嘛面對面坐在一起，我也會毫不膽怯地向他要點鼻煙聞聞。啊，可能您困乏想歇息了吧？」

「不，正好相反，很精神，」我趕緊答道：「我很高興能和您聊一聊。」

「您是在說我能給您帶來快樂嗎？太好了！好，那就讓我講給您聽吧。這裡的人都覺得我是個怪人，有些人在談論別人時偶爾提到我，就是這樣叫我的，他們沒有一個人關心我，他們只是想刺激我、嘲笑我、侮辱我。唉，我的天哪！他們怎麼會明白真實情況呢？我之所以遭到滅頂之災，正是因為我一點兒也不古怪，除了有時我會顯得有一點兒魯莽和冒失，正如我現在和您聊天一樣，只是這種魯莽是最不值錢的，是一種廉價而且最低級的怪癖。」

「善於體諒人啊！」他突然喊了起來，「我認為一般來說，只有異人在世界上才能過得好！也只有他們才有權利活在世上。」

他又用法語說：「有人說我的杯子不大，但是我用的杯子是我自己的。您看，」他低聲又得意地插了一句，「我的法語說得多棒！即使你的腦袋很大能裝得下許多東西，即使你學識淵博，並且能與時俱進，但是如果你沒有一點自己的獨特的東西的話，就等於一無所有！你只是人世間一個多餘的堆放普通貨色的倉庫！可誰能在倉庫中獲得令人快樂的東西呢？沒有！就算你很愚蠢，也要有自己的特色，這一點至關重要！您可能認為我對這種特色要求得很高，完全不是這樣！奇特的人多得很，不管您往哪看，到處都是奇特的人，任何一個人都是奇特的人，但是其中就是沒有我！」他有些激動。

「其實，」他沉默了一會兒又接著說：「我年輕的時候也曾雄心壯志啊！我在出國之前和回國初期，也曾有著遠大的抱負！當時我是多麼清高啊！在國外，我儘量使自己機靈聰慧，一直踏實刻苦獨立地鑽研課題，做得很好。我們這些人就應該如此！不是嗎？我們一直刻苦鑽研，可到最後我們卻啥也沒有搞通！」

「奇特的人！奇特的人！」他帶著責備的口氣搖著頭說，好像受到了極大的委屈一樣。「大家都說我是個奇特的人，可事實上，人人都比我奇特。可能我生來就是為了去模仿別人。的確如此！我活著也彷彿是為了模仿，我研讀過各種作家。我活得好累，好累呀！我也曾求學，也曾愛戀過女人，最後還結了婚，但這一切都不是我心甘情願的，我只是履行一種義務，或者說是在接受一種教訓——但誰能分辨得清呢！」

他伸手把睡帽摘了下來，丟到了床上。

「您想不想聽聽我的生活經歷呢？」他用忽高忽低的語調問我，「或者我生活中一些值得一提的事情呢？」

「好啊，那就請您講一講吧。」我答道。

「要不我給您講我結婚的事吧。婚姻是一件大事，它是一個人全部生活的試金石。婚姻也是一面鏡子，能反映出……啊，這種比喻太迂腐了！抱歉，我要聞一聞鼻煙了。」他從枕頭下取出鼻煙盒來，一面用手搖著已經打開的鼻煙盒，一面又接著說：「親愛的先生，我明白您很體諒人，那就請您站在我的角度為我想一想吧。我能從黑格爾的百科全書中得到什麼益處呢？您認為，這部百科全書和俄羅斯的現實生活有什麼關聯之處呢？那再請問您，我們怎麼能把這部百科全書——不單單是它，還有德國哲學——進一步說，甚至把德國的全部科學都結合到我們的日常生活中來呢？」

他很興奮竟從床上跳了起來，還咬牙切齒地嚷道：「啊，原來如此，原來如此呀！那為什麼我還要去國外呢？為什麼不在家裡研究現實生活呢？這樣就可以瞭解生活的需求、生活的前景，也可以搞明白自己應該肩負的使命了。但是，算了吧，」他換了一種語調，就彷彿是在為自己辯護，而且有點膽怯了，「書裡還沒有著述過的東西，我們這些人又如何研究呢？我倒是願意求助於俄羅斯的現實生活。但是它，我的寶貝，它卻不肯開口啊。它沉默不語，卻又彷彿在說，你就這樣來理解我吧。但我又沒有這種本領。您來給我做個結論吧，幫助我得出一個論斷吧！有些人說，你聽聽我們莫斯科人說話吧——都說俄羅斯人說話像夜鶯一樣。這就是一個結論。但是倒楣就倒楣在這裡！他們像庫爾斯克的夜鶯一樣啼鳴著，可畢竟說的不是人話啊！所以我左思右想，我認為：『科學可能到處都一樣，真理也是如此。』於是我就拿定主意到國外去，到異教徒那裡去。有什麼辦法呢？我血氣方剛，傲慢自負，我是不願意在還不到發福的年紀就胖起來的，雖然大家都說發胖是好事。只是話又說回來了，假如造物主不賜給你肉，你想胖也是胖不起來的！」

「等等，」他稍微停了一下又說：「我似乎說過要給您說一說我結婚的情況對吧。那就請您聽吧。第一，我要告訴您，我的妻子已經不在人世了；第二，第二嘛，我還是把我的青年時代的情況說給您聽好了，要不然您一點也不瞭解——啊，您可能想歇息了吧？」

「不，不想睡。」我充滿好奇地說。

「啊，那太好了，那就請聽好吧。唉，隔壁房間裡鼾聲如雷，那個尊敬的叫康塔格留欣的先生太不高雅了！我出生在一個雙親家庭，家境並不殷實。我之所以說雙親，是因為據說我除了有一個母親，還有一個父親，但我不記得他了。據說，他並不是一個十分聰明的人，長著一個大鼻子，長了一臉的雀斑，頭髮是火紅色的。他用一個鼻孔吸鼻煙。在我母親的臥室裡掛著他的一幅肖像。上面的他身上穿著紅色制服，黑色的衣領一直豎到耳朵根下。他的相貌非常醜陋，我常常被揪著站到他的肖像旁邊去接受懲罰，這種情況下，母親總是指著他的肖像說：『要是他活著的話，往死裡打。』您可以想像，這對我是一種多麼大的恩賜。

「我既沒有兄弟，也沒有姊妹。說老實話，我有過一個短命的弟弟，由於後腦生了一種從英國傳來的不治之症，剛出生不久就被痛苦地活活折磨死了。這種英國病怎麼會被帶到庫爾斯克省希格羅縣來呢？讓人很是費解，但是真正的問題卻不出在這裡。我的母親像其他鄉下女地主一樣，懷著滿腔期望來教導我，從我剛來到人世那個輝煌時刻開始，她就盡心盡力，一直到我年滿十六歲。您是否還在聽我講呢？」他突然問道。

「當然啦，我在聽，請講吧。」我趕緊說。

「啊，好的，那我接著。我年滿十六歲時，我母親毫不遲疑地辭退了我的法語家庭教師。那是一個從涅仁市來的一個名叫菲里波維奇的德國人，母親把我帶到了莫斯科，還給我在大學裡報名註冊。在把我託付給了我的親叔叔照看後，她就魂歸天國了。我這個叔叔科爾東・巴布拉是一位法院監察官，他是一個著名的人物，不僅是在希格羅這樣一個縣裡，而且名聲在外。我這個親叔叔，法院監察官科爾東・巴布拉，把我的財產搜刮得一乾二淨，但是問題也並不出在這裡。

「我剛上大學的時候——我理應為我的母親說句公道話——在她的教導下，我已經具備相當好的素養了，但就在那個時候，我的身上暴露出缺乏個性這個致命弱點。我的童年跟其他人沒有一點兒不同，我也是稀裡糊塗地、懵懵懂懂地長大，就彷彿是被包在羽絨被子裡捂大的一樣。我從很小的時候就開始記那些詩篇，也開始了憂鬱煩悶，還美其名曰『愛幻想』。幻想什麼呢？啊，對了，幻想美好的事物。我在大學裡並沒有走別的路，入大學的第一天，我就加入一個社團。那個時代與現在可大不一樣，可能您不明白社團是怎麼一回事吧？我還清楚地記得席勒在一首詩裡曾說道：

喚醒獅子可非常危險，
考慮的牙齒更令人膽戰心驚。
可人世間最為可怕的，
是一個人的神經錯亂！

「我可以向您斷言，席勒想說的並不是表面看到的這個，他想說的是莫斯科城裡的『社團』！」

「您認為社團有什麼可怕之處嗎？」我奇怪地問道。

我的這位同屋從床上抓起睡帽戴在了頭上，他戴得那麼起勁，快拉到鼻子上了。

「怕什麼呀？」他喊道：「我認為社團——就是毀滅一切獨立發展的場所，是社交、女性和醜陋不堪的生活替代場所。社團——唉，且慢，還是讓我告訴您，社團究竟是什麼玩意吧！社團就是閒散懶惰之人和過著萎靡不振生活之人的港灣，但有些人卻偏偏給它加上正當合理的名義作為光鮮的外衣。社團用推理爭論來代替閒聊，教唆你養成高談闊論卻沒有任何結果的不良習慣，它不讓你從事有創新的有益工作，而是讓你沾染上文學疥瘡，最後剝奪了你心中蓬勃的朝氣，社團只是打著團結和友愛的旗號搞一些庸俗無聊的東西而已。它以真誠坦率和友愛照顧為藉口，進行相互打擊、相互詆毀的活動。

「在社團裡，每一個人在任何時候都有權把自己不乾淨的手指直插進同伴的心靈深處，從而使每一個人的心靈都不再完美如瑕，而是傷痕累累。在社團裡有那種專門推崇誇誇其談，妄自尊大目空一切的人，還有些少年老成或是未老先衰的人，以及主張金玉其外的平庸詩人。在社團裡，十六七歲的男孩子竟然大談特談女人和愛情問題，而且還談得頭頭是道，但是他們在女人面前卻噤若寒蟬，即使和她們談話也像對著書本念詞一樣，不知所云！社團裡盛行詭辯空談，社團裡成員之間相互跟蹤，相互監視，他們的本領真可以說勝過專門搞這種活動的員警和密探。啊，社團啊社團！你不是什麼社團，你就是一個魔法圈套，這個圈套毀滅了何止一個正派的人！」他說得激情澎湃。

「喂，請允許我插一問話——言過其實了，這太誇張了。」我打斷他的話說道。

我的同屋默然看了看我，接著說：

「可能是吧，天曉得，可能是吧。我這種人也只剩下一件可以開心的事情了，那就是愛誇張。所以，我就這樣在莫斯科混了四年。尊敬的先生，我真是無法向您描繪這四年的時光過得多麼快，那真是快得可怕！此刻回想起來，我感到既悲憤又懊惱，如同是早晨一起床，就坐著雪橇從山下滑下來一樣，一眨眼的工夫，已經飛到了山腳下。這時太陽也落山了，於是一個睡眼惺忪的僕人幫你穿上長禮服，你穿戴整齊懶洋洋地到朋友那裡，抽幾根香煙，喝幾杯淡茶，聊聊德國哲學、愛情、精神之類的永恆話題，有時再扯到一些其他的問題。

「但是在那裡，我也碰見過一些奇特而又有獨創精神的人，有的人無論怎樣被摧殘、被壓制，卻能一直保持著自己的本性不變。而我卻是個不幸的人，如同捏柔軟的熔蠟一樣被捏來捏去，可我那讓人可憐的本性居然絲毫不反抗！當時我已經二十一歲了，我承繼祖業，或者更準確地說，我接管了家產中我的保護人認為有必要留給我的那一部分，剩下的呢，我讓一個已經贖身的家奴瓦希利・庫德里亞舍夫看管全部領地，然後我就出國了，到了柏林。

「在國外，如同剛才我和您說的那樣，過了三年，但是又怎麼樣呢？我在國外依舊是一個很不引人注目的人，首先——這自然不用說了，我對歐洲的歷史和生活一點兒都不瞭解，我只是在德國聽聽德國教授講過課，讀一讀德國的書籍罷了，和在國內不同的也就僅此一點。我過著孤獨無依的生活，像個修道士一樣，我和幾個退役的俄羅斯陸軍中尉整天廝混在一起，他們也和我一樣，為渴望知識而傷神，然而遺憾的是他們頭腦不開竅，理解力很不好，而且口嘴笨拙。後來，我又結交了從奔薩省等物質豐富的省分來的幾個人，但他們的頭腦也都是不怎麼機敏，有時我到咖啡館裡去坐坐，有時看看雜誌，晚上去看看戲。

「我和當地人很少交往，和他們談起話來也會顯得緊張，所以他們也沒有和我怎麼交往。只是有那麼兩三個猶太裔的不務正業的壞小子，常常糾纏著來找我借錢——他們都認為我這個俄國佬比較好騙。後來，一次奇遇讓我來到了我的一個教授家裡，事情的經過是這樣的：我本來是報名到他那兒去聽課，意想不到的是，他熱情地邀請我參加他的家庭晚會。這位教授有兩個女兒，年紀都是二十六七歲，天啊，她們兩個人的身材都是又矮又粗壯，鼻子長得很好看，滿頭捲髮，眼睛是淺藍色的，手柔軟紅潤，指甲潔白剔透。她們一個叫林亨，另一個叫明亨，從那以後，我就常常到教授家裡去。

「直言相告，這位教授並不愚笨，但是他精神上彷彿受過刺激，這使得他講起課來思路清晰，但是在家裡就有些糊裡糊塗的了，而且還老是把眼鏡放在額頭上。只是他真是個學識淵博的人。您猜怎麼樣？突然有一天，我覺得我愛上了林亨，而且整整有六個月，我都沉迷在這種感覺之中。雖然我很少和她交談，聊天也只是全神貫注地望著她，但我常常給她讀各種各樣的動人故事，然後靜悄悄地握一握她的手。到了晚上，我就和她一起幻想，我們專心致志地望著月亮，或者仰望著天空。呵，她煮的咖啡太香了！

「如此看來，一切似乎都心滿意足了，但有一點使我忐忑不安——在那種所謂妙不可言的幸福時刻，不知道為什麼，我的心口總是隱隱作痛，胃裡也覺得不舒服發堵，我還會一陣陣打冷顫。我想我可能沒有福氣享受這種幸福，於是就逃之夭夭了。此後，我在國外又待了整整兩年，我去過義大利，曾在羅馬觀賞過《基督變容》，又在佛羅倫斯見識了『維納斯』。那時，我突然陷入了一種過分狂熱的狀態之中，如同著了魔一般！一到晚上，我就詩興大發，而且從那時開始每天都寫日記。總之，那個時候，我的言行舉止也和大家一樣。但是，您看，就這樣，我算得上是一個有個性的人了！但其實我對繪畫和雕塑根本就一竅不通——這一點我本應該坦率地說出來——但是不，那怎麼能行啊？還是找個導遊去流覽一下壁畫吧。」他嘮叨地說著。

說到這裡，他又低下了頭，把睡帽摘了下來。

「我最終回到了祖國。」他用疲憊嘶啞的聲音接著說下去，「我回到了莫斯科。在莫斯科，我的性格發生了驚人的變化，在國外我是那樣沉默寡言，但是到了這裡，我又突然變得能言善辯了，天知道，我竟然也變得目中無人起來。我碰見了一些寬容厚道的人，他們差不多把我抬舉成天才，貴婦小姐們饒有興致地聽著我高談闊論，任憑我信口開河，但是我卻不擅長保持自己的聲望。一個晴朗的早晨，出現了誹謗我的流言蜚語。那是誰瞎編出來的，我並不明白，可能是一個變態的老處女傳出來的——這樣的老處女在莫斯科隨處可見。

「流言蜚語一旦出現，就會像毒草一樣遍地蔓延，我被糾纏住了，想跳出來，我想掙脫斬斷纏在我身上的絲網，但是不論我怎樣努力就是掙不脫、斬不斷。實在無可奈何，我只有躲開。這也表明我是一個沉不住氣的人，我本該平心靜氣地等待這一陣攻擊成為過去，如同害蕁麻疹一樣，沉住氣忍一忍也就挺過去了。到時候，那些寬厚憨實的人又會張開懷抱歡迎我，那些貴婦小姐也會滿面笑容地聽我滔滔不絕。

「但是糟就糟在這裡，我不是奇特的人，您明白嗎，我的良知突然覺醒了，我不好意思再信口開河，不好意思再在眾人面前胡言亂語了。昨天在阿爾巴特瞎扯，今天在特魯巴街胡說，明天又到西夫采夫，符拉日街去發表言論，其實吹來吹去都是老一套，但是有些人就十分喜愛這一套，又該怎麼辦呢？您就看看那些所謂的憑舌頭闖蕩江湖的英雄好漢吧！他們對這類行為滿不在乎，恰恰相反，他們迷戀於精通此道，整天樂此不疲。有的人二十幾年就靠著這種本事混飯吃，他們顛來倒去賣弄的都是老一套，這就是所謂的自信心和自尊心！

「我也有過自尊心，而且現在也沒有完全泯滅，但是我卻要說，糟就糟在這裡！我必須重複一遍，我並不是一個奇特的人，我總是停留在中庸之道上。造物主應該賜予我更多的自尊心，要麼他就完全不給。在最初那些日子裡，我的確是這樣的驚慌失措。加上我旅居國外，把我的財產耗費一空，但我又想娶一個年輕的、身體像果凍一樣綿軟的商人的女兒，在這種情況下，我只好一走了之，躲回我自己的那個村子裡去了。」他又斜著眼睛看了我一下，接著說：「至於我到農村生活的最初感受，以及大自然的美景、清幽孤寂生活的魅力等等，我就無須向您一一贅述了吧。」

他的語氣仍然是渴望得到我肯定的答覆，他說話的欲望仍然十分強烈。

「隨便。」我答道。

「況且，」他接著說：「這些都是胡言亂語，至少我所接觸過的都是如此。我在鄉下的生活過得百無聊賴，如同一條被關起來的狗一樣，渾身不舒服。雖然，在我歸來的途中，頭一回在春天裡經過我熟悉的白樺林時，我差不多有些暈眩了，我的心中突然萌發了一種朦朧的甜蜜的期望，我的心『怦怦』地跳了起來。然而這種朦朧的期望，您明白的，永遠都不可能實現。相反，生活中常常會出現完全不可預見的情況，比如獸疫啦、欠租啦、拍賣啦，諸如此類。由於我有總管雅可夫的協助，我一天一天將就著混日子。這個總管代替了原來那個總管，可到後來，他侵吞了我的財產，竟變得比原來的總管更加貪婪！另外，他那雙塗柏油的長筒靴子散發出的難聞氣味更讓我不能忍受。有一次，我突然想起了一戶熟悉的鄰村人家——一個退役上校的夫人和兩個女兒，便吩咐套車前去拜訪她們。半年之後，我就娶了這位上校的次女為妻了！所以這一天應該是值得我永遠紀念的日子！」

「只是，」他滿懷熱情地接著說：「我真不願讓您對我的亡妻有任何不好的看法，絕對不可以！

她是個品德極其高尚、心地極其善良的人，她是一個仁厚慈愛和無私奉獻的人。我應該對您說老實話，如果我沒有遭遇喪妻之痛，今天肯定不會跟您說這番話了！我家庫房裡那道房梁還在那兒，我很多次都想在上面懸梁自盡！」

「有些梨子，」他稍微沉默一小會兒之後又說了起來，「要在地窖裡放一段時間再吃，才能品嘗到它們的真正滋味。我那亡妻可能就是屬於這樣一類人吧。她是上天的寵兒。到現在，我才能為她說上一句真正的公道話，比如說當我回憶起結婚前與她共同度過的那些個黃昏時，那時的歡樂非但沒有勾起我一點兒的哀傷，反而使我感動得潸然淚下。她的家庭並不富裕，家裡的房舍也都是老式的木質結構，但是住著卻很舒適。

「房子坐落在一座小山岡上，一個荒蕪的花園掩蓋在草木叢生的院落裡。山腳下流淌著一條小河，透過繁密的枝葉，隱隱約約地可以望得到波光粼粼的河水。房子帶有一個大涼臺，從屋子一直通向花園。涼臺前是一個橢圓形的種著五顏六色的玫瑰花的大花壇，花壇裡的花兒是那樣的鮮豔奪目。花壇的兩端種有兩株相思樹，它們那已故的主人在它們還幼嫩的時候，就把它們盤繞成了螺旋形。在稍遠處，荒蕪的野生馬林果樹叢環抱著一個涼亭。亭子內部粉刷得很精緻，但是外邊卻已經衰敗不堪，很是淒涼。

「涼臺上有一扇玻璃門通向客廳，客廳裡的陳設很能引起人們的好奇心和觀賞的興致。屋角裡有瓷磚砌的壁爐，屋子的右面擺著一架略顯古老的鋼琴，上面還堆放著一些手抄的樂譜。客廳裡還有一張上面罩著已經褪色的淺藍色底白花紋的緞套長沙發，房間裡還放著一張圓桌，兩個裡面陳列著葉卡捷琳娜時代的瓷器和琉璃球玩具的玻璃櫥櫃。牆上掛著一幅有名的肖像畫，上面畫的是一個胸前抱著一隻鴿子的金髮少女，眼睛注視著前方，桌子上放著一個花瓶，裡面插著或是怒放或是含苞欲放的玫瑰花。

「您看，我描繪得多麼細緻呀，我愛情的全部悲喜劇就是在這間客廳和那個涼臺上上演的。上校的夫人是一隻母老虎，不僅撒潑放刁，連說話也是兇狠的，她時常嘶啞地吼叫著，不僅蠻橫而且總愛吵鬧。她有兩個女兒，一個叫薇拉，她同縣城裡一般的小姐沒有什麼兩樣；另外一個叫索菲婭，我愛上的就是這個索菲婭，姊妹兩個共用一個臥室，裡面擺著兩張木質單人床，還能見到黃色的紀念冊，一盆木樨草，還有畫得很差勁的鉛筆肖像畫，畫的都是青年男女。其中有一位尊敬的先生的肖像很惹人注目，他面部表情充滿青春活力，而畫上的簽名更是瀟灑有力。在年輕時代，他肯定曾使人們對他寄予很高的期望，但是其歸宿可能和我們大家一樣——庸庸碌碌，一事無成。

「房間裡還有席勒和歌德的半身塑像，一大堆德文書籍，以及已經乾癟的花冠和其他一些留作紀念的物品。雖然難得造訪這個閨房，但是我也不十分喜愛進去，在那裡我總有一種憋悶的感覺。說來也怪，當我背對索菲婭坐著時，或者當我在涼臺上時，特別是在黃昏時刻，當我思念著她或是幻想著她時，便覺得她可愛極了。那時，我眺望著晚霞，望著那些在有些黯淡的玫瑰色天空下還能清晰可辨的一片片小小的綠葉，陪伴著或者思念著我的心上人，那一刻，我的心彷彿融化在了蜜糖裡面。

「那是多麼幸福啊！在客廳裡，索菲婭坐在鋼琴前，不斷地彈奏著她十分喜愛的貝多芬作品中某一個充滿激情的樂章，那個刁蠻兇狠的老太婆就坐在長沙發上打瞌睡，還發出如雷的鼾聲。在夕陽映照下，薇拉在廚房裡忙著煮茶，茶炊歡快地嘶嘶叫著，像碰見了什麼喜事，掰開脆餅時發出了讓人高興的清脆聲，勺子碰見茶杯時發出了叮噹聲，金絲鳥一整天都在不知疲倦地啼鳴，然而現在牠安靜了下來，偶爾啾啾地叫上幾聲，彷彿在等待著什麼，透明而輕柔的薄雲中偶爾會稀稀疏疏地掉下些雨來。我坐著坐著、聽著聽著、望著望著，心胸也覺得越來越廣闊了。

「我越發覺得我真的愛上她了，於是，就在這種黃昏美景的感召下，我最終壯著膽子向老太婆請求，希望她答應把女兒嫁給我。大約過了兩個月，我真的和她結了婚，我如願以償了！當時我覺得自己是愛她的，但是時至今日——我本應該早就明白——時至今日，我仍然不能確定我究竟愛不愛索菲婭。她是一個心地善良、聰明賢慧又穩重大方的人，她有一顆溫情脈脈的心。只有老天明白，為什麼她的心底深埋著一個無法癒合的傷口。可能是因為久居鄉下，或者是別的什麼原因，這處創傷——還是說傷口吧，一直在流血，在潰爛，無法醫治，不管是她自己還是我，都講不出這個傷口的名字來。

「當然，這個深埋著的傷口是我在結婚以後才逐漸地發覺到的，儘管我費了好多心思幫助她醫治，還是一點效果也沒有！這讓我想起了我在童年時代養過的一隻黃雀。有一次牠被貓給逮住了，雖然我及時把牠解救出來，給牠醫好了傷。但是我這隻讓人可憐的黃雀再也不能康復如初了，牠終日鬱鬱寡歡，越來越憔悴，而且再也不啼鳴了。結果一天深夜裡，一隻大老鼠鑽進開著的籠子裡咬死了牠，徹底地一命嗚呼。

「不知一隻什麼樣的貓把我的妻子給抓傷了，所以她也終日鬱鬱寡歡，越來越憔悴，如同我那隻不幸的黃雀一樣。有時，雖然她自己也想打起精神來，在清新的空氣裡或是在溫馨的陽光下，輕輕鬆鬆地自在片刻。然而她剛一振奮，立即就又萎縮了。她是真心愛我的，她曾經多次向我傾訴心聲說她很幸福，有了我她再別無他求了——呸，見鬼！她的眼睛仍然沒有一絲光彩。我不明白是不是她從前碰見過什麼不愉快的事情，我千方百計地尋找原因，但是一無所獲。

「哎，那麼請您判斷一下吧，如果我是一個奇特的人，或許只需聳一聳肩膀嘆兩口氣，就會像什麼也沒發生過一樣，照樣過平靜的生活，但事實上，我卻不能，我不是一個奇特的人，所以我就想到了懸梁自盡。我的妻子已經深深地沉迷在老處女的那種習氣之中了——她就喜愛貝多芬，還好夜遊，而且十分喜愛養木樨草，她還常常和朋友通信，搞紀念冊等等，以至於無法改變原來的生活方式，所以也就無法適應其他生活方式，特別是不適於做家庭主婦。但是，一個已經出嫁的女人整天都沉陷於無名的不耐煩與惆悵之中，一到晚上就開始唱『你在凌晨時刻不要喚醒她』，這不是太荒唐太可笑了嗎？」

他停了一會兒又接著說：「請看，我們就這樣一起安享了三年和樂美滿的生活。到了第四年，索菲婭因為難產而丟掉了生命。說來也很怪異，我彷佛早就預料到她不可能為我生一個女兒或者兒子，她不會賞給人世一個新的公民。現在，我還能明白地記得為她舉行葬禮時的情景。那是一個春天。我們教區的禮拜堂並不大，而且已經破舊不堪了。懸掛聖像的牆壁也已經發黑了，其他幾面牆也光禿禿的，沒有任何裝飾物，石灰已經斑駁雜亂，有些地方磚都露出來了。每一個唱詩班的席位上都供奉著一幅古老的大聖像，棺木抬進來之後就被擺放在聖幛正門前的中央，罩上褪了色的蓋棺布，周圍再擺上三個蠟燭台。

「儀式開始了，一個老邁的教堂執事在讀經台前悲傷地誦讀經文，他的腦袋後面拖著一個小髮辮，綠色的腰帶繫得非常低。神父也是一副老態龍鍾的樣子，但他顯得慈眉善目，雖然有些老眼昏花了。他身上穿著一件有黃色花紋的紫色法衣，兼當祭司和助祭。在一扇扇敞開著的窗戶外面，縱橫交錯的白樺樹枝吐出了嫩芽，在風中發出『簌簌』的響聲。院子裡飄來陣陣青草的氣息，沁人心脾。蠟燭紅色的火焰在明媚的春光中顯得既蒼白又黯淡，麻雀『喳喳』的叫聲在禮拜堂裡迴響著。屋頂上常常飛下來一隻燕子，發出嘰嘰啾啾的叫聲。

「在金色粉塵般的陽光裡，幾個淺褐色頭髮的農民在向死者鞠躬致哀，他們的頭一起一伏如同海浪，熱誠地祈禱著，香爐孔洞裡吐出的縷縷淺藍色的煙在空中繚繞。我看了看妻子那張毫無生氣的臉，她真的死了！死了，死神真的來了！就是死也沒有醫好她的創傷，沒有使她得到徹底的解脫。她的面部仍舊是那樣一副痛苦悲哀、膽怯懦弱的表情，她即使躺進了棺木也依然很不輕鬆、很不開心。我心如刀絞！她是一個多麼溫柔善良的人啊！但是為了讓她得到解脫，死或許是最好的方式！」

他激動得滿臉通紅，熱淚盈眶。

「最終，」他又接著說：「我從妻子死亡的悲哀和頹喪中解脫了出來，我想振作起來幹一番事業，我在省裡謀了一份公職。但在公職機關的大辦公室裡，我的頭卻開始劇烈地疼痛，視力也越來越不好。這時剛好發生其他事情，我便乘機辭去了公職。我籌措不到錢，所以我原打算去莫斯科便沒有去，而且——方才我已經跟您講過，我過慣了與世無爭的平靜生活，這種生活追求可以說是心血來潮，也可以說不是心血來潮。

「從精神方面來說，我早就想過與世無爭的平靜生活了，儘管我仍然不肯俯就。我以為我的感情是淳樸的，這是鄉村生活的經歷和那些不幸的往事所造成的結果。從另一個角度來說，我早就看出來，幾乎我所有的鄉鄰，不論男女老少，最初都很敬仰我的學識，羨慕我出國留學、敬佩我的教養和舉止還有其他一些優越條件。現在呢?他們不僅對這些習以為常，而且居然對我怠慢和輕視起來，他們對我的談論已經不感興趣了，跟我說話也不再那麼客氣了，不再用恭敬的言語了。

「啊，我還忘記告訴您了，剛結婚的時候，因為寂寞無聊，我曾經嘗試從事寫作，我還給雜誌社寄去過一篇文章。要是我沒記錯的話，當時我寫的是一部中篇小說。但是過了不久，我收到了編輯的退稿信，其中有一段話是這樣寫的:『毫無疑問可以看出閣下是很有學識的，但是缺少寫作的才華，而從事文學創作最需要的正是才華。』不僅如此，我還聽人家說，有一個迷失了方向的莫斯科人，是一個很善良的青年人，他在省長家的晚會上無意中議論起了我，說我江郎才盡，毫無用處。但是我仍然半夢半醒地混著，不願給自己一個『大耳光』以便讓自己清醒一些。

「最終有那麼一天早晨，我才真正清醒過來。是這麼回事:縣警察局長來到我家提醒我，我的領地上有一座橋塌了，然而當時我完全沒有經濟能力對這座橋進行修復或重建。這個社會秩序的維護者和監督者倒是很寬宏大量，他一面就著一道鱘魚乾喝著白酒，一面以長輩的口氣責怪我太散漫，然而又體諒我的處境，勸我只要吩咐農戶們在上面堆些糞土也就能敷衍過去了，只要這麼做就算沒有這回事了，說完此事，他就無憂無慮地吸起煙葉，還和我聊起即將舉行的選舉之事。

「當時有一個姓奧爾巴薩諾夫的人打算競爭這個省首席貴族的榮譽稱號，正在積極活動著。這個人不僅是個信口開河的大騙子，而且還是一個貪污分子，他也並不特別富有，更談不上有什麼崇高的威望。我這個人心直口快，便對他發表了一通議論，甚至說得毫不客氣。說老實話，我很看不起尊敬的奧爾巴薩諾夫先生。

「警察局局長聽完了我這番議論，看了看我，又親熱地拍了拍我的肩膀和氣地對我說:『哎呀，瓦希利・瓦希利耶維奇，這樣的人物可不是您我應該議論的呀！我們哪有這個資格呀？還是安分守己少發些議論為好，我們都應該有自知之明啊。』

「『得了吧，』我憤怒地反駁說：『我和奧爾巴薩諾夫有什麼不好呀？』

「聽到這裡，警察局局長把煙斗從嘴裡拿開，睜大了眼睛，然後突然大笑起來：『哎，您這個人可太有趣了！』最後他大笑得眼淚直流說道：『你這個人說話真逗！哎呀！你真會開玩大笑！』

「他離開之前一直在嘲笑諷刺著我，還常常用胳膊肘捅捅我，說起話來也很隨便，毫無敬重之意。最後，他最終走了。我差一點兒就跟他發火了。我心裡很不是滋味，在屋子裡來來回回地轉了好幾圈，最後站在了鏡子前，很長時間地凝視著自己那張因發窘而狼狽不堪的臉，緩緩地伸出舌頭，苦笑著搖了搖頭。這時，我眼球上的白翳脫落了，蒙著眼睛的迷霧消散了，我更明白地看到——而且比看鏡子還要明白地看到，我是一個多麼空虛無聊、渺小無用的人，一個絲毫也不奇特之人！」

說話的人又沉默了一小會兒，像在思索什麼。

他十分頹喪地接著說道：「伏爾泰在一齣悲劇裡寫道：有一個貴族因為墮落到不幸的極限而感到歡欣。我老實跟您說，雖然我的命運沒有遭遇太大的不幸，我也有這樣的感受。我在絕望時也產生過麻醉的狂喜。我曾經整個早晨都有氣無力地躺在自己的床上，詛咒著自己的命運，這時我居然感到非常甜蜜。

我還不能一下子就安於與世無爭的平靜生活，況且請您想想看，我因為窮困被迫待在我本來就痛恨的那荒蕪僻遠的沒有產業、公職、文學的鄉村，啊——所有一切我都失去了。我竭力回避和地主們交往，讀書也覺得厭膩了，那些搖晃著捲頭髮的又肥又胖的整天多愁善感地談論『人生』這個字眼的太太小姐，早已令我不感興趣。這些肥婆胖妞就再不理我了，因為我不再口若懸河了。

「我不習慣過離群索居寂寞冷清的生活，您猜一猜怎麼樣？我就常常到鄰居家裡去走訪。我像是沉溺到自輕自賤的地步了，常常有意去招惹各種各樣的屈辱和鄙視，可我得到的是什麼呢？參加宴會時，或與某些人同桌進餐時，僕人常常在斟酒上菜的時候把我晾在一邊，或者他們乾脆有意漏掉我。人們對我既冷淡又傲慢，到後來乾脆就不理我了，甚至和他們閒聊時，我都不能說話。於是我就有意地躲在角落裡，對某一個我在莫斯科時，讓這種人舔一舔我皮鞋上的灰塵，讓他摸一摸我的大衣邊他都會欣喜若狂的，像狂妄而又愚蠢的牛皮大王低三下四地吹捧，我甚至強迫自己不要去想，這些，只能沉淪在諷刺譏笑帶來的苦澀裡。唉，見鬼去吧！在孤獨淒涼的境遇中，還談什麼諷刺呢？我就這樣混了好幾年，時至今日還這樣混著。」他悲觀無可奈何地說著，語氣裡滿是消沉。

「這可有點兒太不像話了！」隔壁房間裡的康塔格留欣尊敬的先生帶著朦朧的睡意，惱怒地說道：「是哪個蠢貨在大半夜還絮叨個沒完沒了？」

我同房間的人立刻「哧溜」一下鑽進了被窩，戰戰兢兢地伸出頭來望著，並且在嘴邊豎起一個指頭來警告我不要說話了。

「噓——噓——」他低聲地提醒我。接著，他向傳來康塔格留欣聲音的方向，畢恭畢敬地賠禮道歉：「明白了，明白了，真是對不起！」繼而他又低聲地說：「應該讓他歇息了，他需要歇息，我們應該讓他好好歇息一下，至少我們讓他明天吃起東西來胃口還是那麼好，我們沒有理由打擾他。況且，我要說的似乎都說完了，您肯定也想歇息了，祝您晚安。」

他說完立刻轉過臉去，把頭埋在枕頭裡。

「請您告訴我，」我說：「您貴姓？」

他立刻抬起頭來，快速地說：「不，看在上帝的分上！請不要問我姓什麼，也無須向別人去打聽。讓我成為您的記憶中一個永遠不明白姓氏的倒楣蛋兒吧。」

「您只要明白我名字叫瓦希利・瓦希利耶維奇就好了，而且，我不是一個奇特的人，也就不配有一個奇特的姓氏，但是如果您要給我一個什麼稱呼的話，那您就把我叫作——就把我叫作希格羅縣的哈姆萊特吧。不管在哪個縣，這樣的哈姆萊特都很多，但是除了我，您可能還沒有碰見過別的哈姆萊特。為此，只好請您原諒了。」說完他再次鑽進羽絨被窩裡。

翌日清晨，僕人把我喚醒的時候，已不見他的人影了。

一八四九年

# 切爾托普哈諾夫與涅多皮尤斯金

盛夏裡烈日炎炎的一天，我打完獵乘坐馬車回家。葉爾莫萊坐在我的身旁快快地打著瞌睡。兩條獵犬睡在我們的腳邊，像死了一樣隨著馬車不住地顛簸卻一點反應也沒有。車夫不斷地揮動馬鞭，驅趕著馬身上的馬蠅。馬車不停飛奔，車後揚起了白茫茫的灰塵，像輕雲一樣飄散開去。

我們的馬車駛進了灌木叢，道路變得難走了，路面坎坷不平，車輪還時常被樹枝纏住。我們都很無可奈何地前行著，在這烈日之下，我的讓人可憐的馬也只能低頭只顧著腳下的道路，彷彿也失去了疾馳的興致。我無法快樂地暢談或是讚賞美景，這樣的天氣讓我的心情跌到了谷底，再也興奮不起來了。

葉爾莫萊強打起精神，向四周看了又看。「哎！」他開腔了，「這兒肯定有松雞，咱們就在這兒下車吧。」於是我們下了馬車，走進了繁茂的樹林。我的獵狗發現了一窩松雞，我立刻開了一槍準備再裝彈藥，突然身後傳來了響亮的「唰唰」聲，只見一個騎馬的人用手撥著樹枝，向我直奔而來。

「尊敬的先生，」他神情傲慢地責備我，「是誰給了你權利在這兒隨意打獵的呢？」

這個陌生的人雖然說話斷斷續續的，但是語速卻很快，鼻音很重，我掃了他一眼，我平生還從未看見過這樣的人。我最親愛的讀者，讓我給你們描繪一下這個人吧！他個子矮矮的，滿頭淡黃色的頭髮，一個大獅子鼻紅紅的，留著很長的火紅色鬍子，頭上還戴著一頂大紅色尖頂波斯帽，帽子一直戴到眉毛上，把整個前額都蓋住了。他的身上穿著一件破舊的黃色短上衣，胸前掛著一個黑色波斯絨彈藥袋，全身的衣邊上都鑲著褪了色的銀條帶。他肩上背著一個號角，腰帶上挎著一柄短劍，騎的是一匹瘦骨嶙峋，兩個鼻孔向外翻著，還一個勁兒地踢著蹄蹦跳著的棗紅馬，兩條波扎爾亞獵狗拐著瘦得讓人可憐的彎腿，也在馬旁邊一直繞著圈子打轉轉。

這個陌生人的臉、目光、聲音及全身的每一個動作，都表現出從未看見過的傲慢勁，十分讓人討厭。他那一雙淡藍色的眼睛晦暗無神，像酒鬼一樣滴溜溜地亂轉，他斜著眼睛看人，神氣十足地仰著臉鼓著兩個腮幫子，鼻子還「嗤嗤」地發出響聲。他全身直顫抖，竭力想顯示自己的高貴與神氣，那副令人大笑的樣子活像一隻吐綬雞。

他又重複了一次剛才說過的問話。

「請原諒，我不明白這兒是禁獵區。」我立刻答道。

「尊敬的先生，」他接著又說道：「您這是在我的領地上呀。」

「實在對不起，我立刻就走。」我轉身就要離開。

「請問，」他又問道：「您是貴族嗎？」

我報了名字和姓氏。

「啊，原來如此！請多見諒！那就請隨意打獵吧。本人叫潘捷列伊・切爾托普哈諾夫，也是一個貴族，很高興能為您這樣的貴族效勞。」

他俯下身子大吼一聲，並兇狠地在馬脖子上抽了一馬鞭，那匹馬痛苦地搖了一下頭，立刻揚起前蹄朝一旁衝去，踩住了一隻狗的爪子，那條狗疼得嚎叫起來。切爾托普哈諾夫嘴裡嘟嘟囔囔地說著什麼發起火來，同時像閃電一樣快地揮起拳頭在馬的兩耳之間兇狠地打了一下，他飛身跳下馬來，認真地察看了一下被踩傷的狗的傷勢，並且在傷口上抹了抹他的唾沫，然後朝狗肚子上猛踢了一腳，制止牠的嚎叫。隨後他抓住馬鬃，一隻腳剛伸進馬鐙，那匹瘦馬便昂首嘶鳴，揚起尾巴側著身子「嗖」地向灌木叢奔去。他的另一隻腳跟著馬蹦彈了幾下，最終飛身坐到馬鞍子上，他發瘋似的揮舞著馬鞭，吹著號角急馳而去。

切爾托普哈諾夫的突然出現使我驚愕，尚未等我回過神來，另一個有四十來歲，長得胖乎乎的，騎的是一匹黑馬的人從灌木叢中走了過來。他走到我的面前勒住了馬，然後摘下綠色的皮帽子，用尖銳但又柔和的聲調問我是否看到一個騎棗紅馬的人，我立刻說我看到過。

「那位尊敬的先生往哪個方向去了？」他用同樣的聲調問道，而且沒有把帽子戴上。

「去那邊了。」我指了指方向。

「多謝，打擾您了。」他把嘴「吧嗒」了一下，兩條腿輕輕地夾了夾馬肚子，朝著我指的方向，馬兒踩著碎步「得得」地走了過去。

我目送他直到他那頂多角的帽子消失在濃密的樹枝叢中，這個胖乎乎的人和方才那個陌生人在外表上完全不一樣。他有一張胖乎乎的臉，人長得滾圓滾圓的，活像一個大肉球。他表現得靦腆、溫順、和善。他的鼻子又胖又圓，但上面卻佈滿了青筋，這表明他肯定是個愛尋花問柳之輩，他前面的頭髮都已掉光了，後腦勺上翹著稀疏可數的淡褐色捲頭髮，他那一雙眼睛小得讓人可憐，如同是用蘆葦新鮮葉子拉出來的一樣。

他一直眨巴著小眼睛，倒是顯得很親切，他那兩片紅潤潤的嘴唇微微抿著，顯得很和善。他身上穿著一件破舊的長禮服，硬領和銅鈕扣卻很齊全，而且十分潔淨。下身穿著一條呢褲，褲子吊得很高，一雙鑲黃邊的長筒靴上面則露出他那滾圓的小腿肚子。

「這個人是誰呀？」我問葉爾莫萊。

「他哪，是切爾托普哈諾夫家裡的一個食客，叫吉洪・伊凡內奇・涅多皮尤斯金。」

「這麼說，他肯定是很窮了？」我說。

「可以這麼說吧！他沒有什麼錢，但切爾托普哈諾夫也是身無分文啊。」

「那為什麼他還要寄住在他家裡呢？」我迷惑不解地問。

「呵，您不明白，他們倆好得很！不論在哪兒，他們兩個人總是寸步不離！真是穿一條褲子都嫌肥呀！」

說著說著，我們已走出了灌木叢，突然聽到旁邊傳來了兩條獵狗的狂叫聲。這時我們看到一隻肥大的雪兔連蹦帶跳地進了一塊長得相當高的燕麥田裡，幾條芒恰亞獵犬和波爾札亞獵犬從灌木叢中躥了出來緊緊跟隨其後。

切爾托普哈諾夫已經累得上氣不接下氣了，跟在狗的後面也衝了出來。他並沒吆喝，也沒讓狗去追，他張大嘴巴發出斷斷續續的聲音，他兩隻眼睛瞪得圓溜圓溜的騎在馬上，他再次發瘋似的揮舞著馬鞭，抽打著那匹讓人可憐的棗紅馬，急急追趕了過去。

幾條獵犬眼看就要追趕上那隻雪兔，雪兔卻十分狡猾，把身子一蹲，來了個急轉彎，如同箭一樣從葉爾莫萊身邊跑了過去，然後一下子鑽進了灌木叢裡，幾條獵狗同時追趕上來，卻撲了個空。

「快——追！快，快——追！」獵人急得慌張地喊著，口齒已經變得不清晰了，「老兄，快，快幫幫忙！」

聽到求助，葉爾莫萊開了一槍，中彈的雪兔在平坦的枯草地上打了幾個滾，向上猛地蹦了一下就栽倒在地，被一條追趕上去的獵犬死死地咬住，讓人可憐的雪兔發出淒慘的哀號，其餘的幾條獵犬紛紛地圍攏過去。

切爾托普哈諾夫像翻筋斗一般飛身下馬，立刻拔出短劍，甩開兩條腿衝到獵犬的旁邊，怒不可遏地叫罵著。他從獵犬的嘴裡把兔子奪過來時，兔子已被撕得破碎了，他氣得臉部痙攣，用短劍刺向兔子的喉嚨，一直深深地刺到只見得到劍柄處之後，他便哈哈地大笑起來。這時吉洪•伊凡內奇也從樹林子邊走了過來。

「哈哈哈哈——哈哈哈哈！」切爾托普哈諾夫再次得意洋洋地大笑起來，他的好友吉洪也跟著大笑起來。

「說實在的，夏天是不適合打獵的。」我用手指著被踐踏的燕麥，對切爾托普哈諾夫惋惜地說道。

切爾托普哈諾夫氣喘吁吁地答道：「沒關係的，這是我的田地。」

他把兔子的爪子割了下來丟給獵狗吃，然後把死兔子拴到了馬鞍子後面的皮帶上。

「老兄，非常感謝你的那一槍。」他對葉爾莫萊說道：「還有您，尊敬的先生，也多謝您了。」

他重新蹬上了馬，又轉過身來說道：「啊，請問——我忘了——您的尊姓大名？」

我再次把我的姓名說了一次。

「非常榮幸結識您，如果您有時間，歡迎來舍下一敘。」說完，他又氣呼呼地問：「那個福姆卡又跑到哪兒去了？吉洪．伊凡內奇，追獵雪兔的時候，他為什麼不在這兒？」

「他騎的那匹馬垮掉了。」吉洪．伊凡內奇笑眯眯地答道。

「垮掉了？奧爾巴桑完蛋了！嘿嘿！那匹馬現在在哪兒呀？在哪兒？」

吉洪．伊內凡奇指了指林子說：「在那邊樹林後面。」

切爾托普哈諾夫朝馬臉上抽了一馬鞭，那匹馬一聲長嘶便急馳而去。吉洪．伊凡內奇向我連鞠兩躬——一躬是為自己，一躬則是替他的同伴，然後他就邁著穩健的步子走進了灌木叢。

這兩個人物引起了我強烈的好奇心，兩個性格差別如此之大的人靠什麼結成如此堅固的友誼呢？我決心弄個明白。

後來，我瞭解到如下情況。潘捷列伊．葉列美奇．切爾托普哈諾夫是這一帶遠近聞名的危險人物，他是個性情乖戾胡作妄為而又極其傲慢的莽漢。早年他曾在軍隊裡混過一段很短的時間，但因為犯下了「不愉快的事件」而被逐出軍隊，以一個「可有可無」的軍銜退職了。他出生於一個先祖生活得很闊綽的家境殷實的家族。按著草原居民的風俗習慣，不管是邀請來的還是不請自來的客人，他們一律都盛情接待，十分豪爽殷勤，他們不僅讓客人吃飽喝足，還要贈給客人的車夫每人三匹馬和一俄石燕麥。他先祖的家裡養著一大幫食客以及一大群狗還有樂師和歌手。逢年過節他們更是豪爽，款待大家放開肚皮地喝葡萄酒和麥酒，一到冬季，他們便坐著自家的大馬車到莫斯科去消遣。有的時候，他們也會一連幾個月都身無分文，此時只能靠著家禽勉強糊口度日。

到潘捷列伊．葉列美奇的父親時，繼承下來的只剩衰敗的家業了，最後又被他父親揮霍得所剩無幾了，到他臨終的時候，留給兒子的家產也只剩下已經抵押出去的別索諾夫村，三十五個男農奴和七十六個女農奴，還有柯洛布羅道沃荒野上十四又四分之一俄畝無法耕種的土地，只是在其先祖的地契文件中卻沒有任何有關這片土地的契約。

可以說，他的先祖是以一種極其荒唐的方式破產的，是「經濟核算」害苦了他。他有著自己的想法，主張貴族們不應該依賴商人、市井小民諸如此類的人物，在他眼中這些人都是「強盜」。他在自己的領地上辦起各種手工藝作坊。他常常說：「這樣做既體面又合算，這就是經濟效益！」他一輩子都堅信這種極其錯誤的想法，就是這種想法耗去了他所有的家產，但是他活得卻非常開心，各種奇思怪想他都試過了。

為了實踐他那怪異的想法，有一次他甚至還製造了一輛家用馬車。馬車非常大，卻很笨重，他召集了全村的馬匹和牠們的主人一齊上陣來拉這輛笨重的大馬車，就在他們剛把這輛馬車拖到第一道斜坡上的時候，馬車便翻到溝裡摔得零零散散的。

事情折磨到此還沒結束，葉列美・盧基奇——潘捷列伊的父親——又突發奇想，讓家人在這個斜坡上建了一個碑，來紀念這個事件。他心中沒有一點兒懊惱，相反心安理得得很。後來，他又心血來潮想修建一座禮拜堂，而且是親自設計圖樣。為了燒磚製瓦，他燒光了整片樹林，他把地基打得大到足以建成一座城裡的大教堂了！耗費了極大的人力最終把牆砌好了，接著就開始架設大圓屋頂，但是圓屋頂卻塌了下來。第二次再建時又塌了下來。可他仍不死心，第三次重建依然沒有成功。

三次失敗讓這位葉列美・盧基奇開始一直琢磨，他認為這件事肯定是有巫婆從中搗鬼，於是他下了一道極為荒唐的命令——用馬鞭抽打全村的老太婆，村裡的老太婆可倒了大楣，一個個都挨了毒打。毫無疑問，圓房頂仍舊蓋不起來。

接二連三的失敗並沒有讓他停止過胡思亂想，他又想出了新的花樣。他要全面改建農戶的住房，他認為這一切都是經濟核算的，他把每三家農戶拉在一起，然後把住房按三角形來佈局，在三戶中間立起一根裝著一個油漆過的椋鳥籠子和一面掛旗子的高竿子。

就這樣，有時他讓農戶們用牛蒡葉來熬湯喝，有時又把馬尾巴剪下來給家奴們做帽子，有時他用蕁麻來取代亞麻，有時又用蘑菇來餵豬，總之千奇百怪，他差不多每天都能想出一個新的花樣來，他不僅僅是在經濟上瞎折騰，某一天，他突然又關心起他手下人的生活福利。

有一次，他在《莫斯科時報》上看到了哈爾科夫地主的一篇關於農民日常起居中的道德問題的文章。他一看如獲至寶，翌日便發佈命令：他管轄下的農民們都必須把哈爾科夫這位地主的文章背得爛熟於胸，農民們誰敢違抗這個「古怪老爺」的命令？他們只好把文章都背熟了。

這位地主老爺嚴肅地問：「他們已經把文章都讀懂了嗎？」

管家只好含混不清地答道：「怎麼能不懂呢？」

為了維護秩序，便於他的經濟核算，他又下令把手下所有的農夫都編了號，並且讓每個人都把自己的號碼縫到衣領上，編好號碼以後，無論誰再見到主人，都必須高聲通報：「××號到！」然後主人便和顏悅色地答道：「非常好，你去吧！」

然而，不管這位尊敬的先生如何地講究經濟核算，怎樣注重秩序，葉列美・盧基奇還是一樣走進了死胡同，他最終陷入了極其困難的境地。最初，他把自己的幾個村子全都抵押了出去。後來實在沒有辦法了，他只好又把它們一個一個地全部賣掉。最後就連他祖居的家園，也就是那個尚有一座未建禮拜堂的村子也未能倖免，他的一切都被官府賣掉了。

值得慶幸的是，這件事是發生在荒唐的葉列美・盧基奇去世後的兩個星期，要是在他生前發生的話，他肯定經受不了這樣的打擊。不管怎麼說，他總算是在自己的祖宅中壽終正寢的，死在自家的床上，臨死時，家裡的人守護在床前，還有自己的私人醫生來診治照料，總算是件幸事。折磨到如此地步，他那唯一的讓人可憐的兒子潘捷列伊所繼承下來的，也就只有一個別索諾夫村了。

潘捷列伊已經在軍隊中任職了，當他得知父親生病的消息時，他只有十九歲，那會兒正是上述那件「不愉快的事件」鬧得最兇的時候。他一直在他那位心地善良但又愚蠢至極的母親瓦希利薩・瓦希利耶芙娜的呵護下成長，從童年起就不曾離開過家獨立生活，以至於他後來成了一個嬌生慣養的紈褲子弟。她一個人包攬了他的教育。他的父親葉列美・盧基奇只是沉醉於自己的經濟設計，根本無暇照管兒子，雖然曾經有那麼一次，因為他最心愛的一條好狗在樹上撞死了，他又著急又心疼，他藉故兒子讀錯了字母，親自用馬鞭打了他一頓，把兒子當作了出氣筒。但是事實上，瓦希利薩・瓦希利耶芙娜對兒子潘捷列伊的關心和教育，也就那麼一次罷了。

她費盡周折給兒子請來曾是阿爾薩斯的一個退伍軍人，名叫比爾科普甫家庭教師。一直到她去世，她都對這位家庭教師畢恭畢敬的，一見到他還總是膽戰心驚，生怕這個人辭職不幹了。她總是在心裡一直嘀咕：「啊，要是比爾科普甫不幹了，那可就不好了！那樣的話，我該怎麼辦呢？我能到什麼地方去請家庭教師呢？即使是這個家庭教師，我也是費了九牛二虎之力才從鄰村一個女地主家裡搶過來的呢！」

比爾科普甫是一個精明老練的傢伙，他明白怎麼利用自己享有的比較特殊的地位作威作福。他整天都不要命地喝酒，一天到晚只知道睡大覺，根本就沒把潘捷列伊的學業放在心上，潘捷列伊也就此馬馬虎虎地結束了「學業」，然後他就直接到軍隊中服役去了。這時，他那愚蠢至極的母親瓦希利薩・瓦希利耶芙娜已經去世了，她是在夢見一個全身都穿著白衣服還騎著一頭白熊，胸前戴著「基督的叛逆」標誌的人那場噩夢的驚嚇中致死的。不久，葉列美・盧基奇也追隨著賢妻歸西了。

潘捷列伊得知父親病重的消息後，日夜兼程地騎馬趕回家裡時，一切都已經來不及了，父親臨終也未能與他見上一面。當這個原本可以繼承一大筆財產的富人，獲悉他一下子變成了一個一無所有的窮光蛋的時候，簡直驚呆了！這種劇烈變化幾乎沒有人能承受得了。受到打擊之後，潘捷列伊的性情變得異常粗俗，心腸也變得冷酷無情，他原來雖然驕縱任性，但卻仍是一個正直樂善好施心地善良的人，如今卻真正變成了一個狂妄自大又粗暴無禮的莽漢。

從此他不再與鄉鄰們來往了。他既羞於見有錢有勢的人，又十分厭惡窮人。他對所有人，甚至是地方上的當權者的態度都是那樣粗暴無禮。他的口頭禪是「老子是世襲貴族」。有一次，警察局局長來到他家，沒有摘下帽子就走進了他的房間，一怒之下幾乎開槍把他打死。當然，地方上的當權者是不會輕易放過他的，一有機會他們就找他的碴，讓他明白當權者可不是好惹的。他們不斷給他苦頭吃。

然而潘捷列伊周圍的人還是很怕他，他的脾氣暴躁得像火藥一樣，見火就著。有時哪怕一句話合不來，他便要與人玩命，不是操槍就是動刀子。如果有誰敢不順從或者頂撞了他，潘捷列伊的蠻勁就會上來。那時，你就會看到他一雙眼睛瞪得溜圓，還滴溜溜亂轉，說話也是斷斷續續地喊叫「哎呀，呀——呀——呀——呀」。「我這條命豁出去了！」他簡直到了喪失理智的程度！但他仍是一個潔身自好的人，從來不搞那些烏七八糟的事，沒有一個人會走訪古怪性情的他。

儘管如此，他的心地還是很善良的，可以說他還是有光明磊落之處。他好打抱不平，特別庇護他手下的農民。「怎麼，」他常常使勁地敲著自己的腦殼說：「誰敢欺負我的人？想欺負我的人？休想！除非我切爾托普哈諾夫不明白！」

吉洪・伊凡內奇・涅多皮尤斯金的身世就沒有潘捷列伊・葉列美奇那麼光彩了，也沒有什麼值得炫耀的。他的父親是個經過了四十年的服役之後才取得了貴族的地位的獨院地主，老涅多皮尤斯金也和世上那些走背運的人一樣，災難如同夙敵一樣一直追逐著他，死纏著他不放。他實在是一個讓人可憐的人，從出生到離開人世，整整六十年漫長的時間裡，一直跟小人物必須經歷的一切貧困、疾病和災難進行搏鬥。他像一條落在冰上的魚，一直拼命掙扎著，可還是食不果腹衣不蔽體。他披星戴月地奔忙勞碌，因貧困而憂愁，因勞累而憔悴，為掙得一個銅板而積勞成疾，為恪盡職守而疲於奔命。最終他因勞累過度悲慘地死在閣樓裡，或者是在地窖裡，但誰明白呢？他雙手空空撒手而去，卻沒為子女掙得可以糊口活命的家業，命運女神如同一條獵狗一樣折磨著他。

他是一個善良而正直的人，儘管如此的貧困，即或有時他收受點賄賂，也只是從十戈比到兩個盧布，從未貪贓枉法。老涅多皮尤斯金娶了一個患肺病的瘦得弱不禁風的女人做妻子，她卻是一個多產的婆娘，給他生了一大堆子女，但讓人可憐的孩子一個接一個地夭折了，最後只剩下吉洪和一個名字叫米特羅道拉、綽號叫「自來俏」的女兒，經過了許多可笑而又可悲的波折之後，她總算嫁給了一個退了職的司法監察官。

老涅多皮尤斯金先生為了給兒子找一個可以養家的職業，傷了許多腦筋，花了很多心血。功夫不負有心人，在命歸西天之前，他為他找到了一個事務所編外辦事員的職務。但是吉洪在父親去世後不久，便辭掉了這個編外辦事員的職務。於是他天天為衣食發愁，時時刻刻在饑寒交迫中痛苦掙扎。

他看到並經歷了生活的磨難，他的母親整天都是愁眉苦臉，父親憂心忡忡地奔忙勞碌，拼命掙扎，同時還要受店主和房東粗暴的辱罵和欺壓。自從懂事以來，他便經歷了這些令人膽戰心驚的苦日子的折磨，所以，他的性情也變得十分抑鬱，一見到上司的身影他便嚇得全身發抖，就彷彿是一隻被捉住的小鳥，所以他只好辭職不幹了。

可能是造物主的粗心大意又愛搞惡作劇，在賦予人們各種各樣的本性和愛好時，常常不考慮他們的社會地位和財產。僅僅憑著自己第一感觀的關愛和體恤，把吉洪這個窮困卑微的官吏的兒子塑造成了一個多愁善感、懶惰成性但又溫和善良的人。吉洪根本不明白和命運抗爭，對一切都逆來順受。結果他只明白享樂，他有著極敏感的嗅覺和味覺，所以好吃懶做，造物主把他塑造好了之後，就讓他去品味酸白菜和臭魚的滋味了。這個造物主的傑作就在貧困中長大成人開始了所謂的「生活」。

命運女神把他的父親老涅多皮尤斯金折磨得飽受辛酸疾苦，現在她又毫不留情地來折磨他的兒子吉洪。這個老妖婆顯然是把他們折磨出滋味來了！她對吉洪的折磨改變了花樣，她並不是讓他憂愁痛苦，而是把他當作玩物一樣耍弄，開心取樂。命運從來不讓他在絕望中掙扎，從來不讓他去遭受忍饑挨餓或是遭受由饑餓帶來的痛苦和恥辱，而是逼迫他在俄羅斯大地上到處漂泊流浪，從大烏斯襖格到皇科克舍斯克。

他從一個可卑可笑的職務換到另一個諸如此類的職務，有時命運女神會發善心，讓他在一個脾氣暴躁又嘮叨的貴族女人家裡當「管家」，有時又把他安置到一個非常富有但卻極其吝嗇的商人家裡當食客，或者讓他跑去給一個長著一雙魚眼睛、剪著英國式樣頭髮的尊敬的先生家當秘書；有時命運女神又派遣他去給一個養獵犬的人充當半家僕半小丑的角色。總之，命運驅使著讓人可憐的吉洪過顛沛流離的生活，一滴一滴地品嘗著施捨的苦酒。

他一輩子都在為作威作福的貴族老爺效命，竭盡全力地去滿足他們惡毒而又無聊的要求，還要成為他們無聊時開心取樂的對象。不知有多少次，那些百無聊賴的客人把他當作小丑一樣地戲謔玩耍、開心取樂之後就讓他滾回自己的房間。每到此時，他都羞得無地容身，眼裡飽含著辛酸而淒涼的淚水。他暗暗地發誓不再供人驅使玩耍，翌日肯定要擺脫這種屈辱的生活走得遠遠的。

他滿懷期望地跑到城裡去碰碰運氣，就算能混上一個小小的抄寫員也可以，或者索性硬著頭皮餓死在街上也行。終究，他還是下不了決心。首先，他沒有這種骨氣；其次，他已經怯懦成性了；最後，他對他們仍存有幻想，他總覺得還能想辦法為自己弄到一個滿意的職務。然而他該去求誰呢？他冥思苦想還是沒有辦法。「人家是不會用我的。」這個讓人可憐的人常常在床上輾轉反側地想辦法，但最後只好無可奈何地低聲嘀咕著「人家是不會用我的！」於是，翌日他仍然厚著臉皮重操舊業，像從前一樣任人驅使。

他之所以淪落到如此地步，還有一個極其重要的原因。那就是造物主雖然對他關懷備至，卻沒有賦予他一點點當小丑吃滑稽飯的才能和本事。他沒有反穿著熊皮大衣跳舞一直跳到累倒為止的能力。他也不善於在別人揮舞著馬鞭的情況下給人們開心取樂或者獻媚邀寵。他更不敢冒著零下二十度的嚴寒脫光了衣服供別人大飽眼福，因為這麼做很容易傷風感冒以致病倒。他的胃也很不給他面子，他吃不消摻了墨水或者其他汙物的酒，更消化不了用醋拌的小蛤蟆菇和紅菇。

他最後的命運還是多虧了他的一位大恩人。一個發了橫財的專賣商突然大發慈悲，興高采烈之餘他在遺囑中為他多寫了一筆。要不然他真不明白窮困潦倒的吉洪怎樣混過下半生呢。那個專賣商在遺囑裡寫道：「我自願將我自購的別謝林傑耶夫村及其所屬的田畝贈送給焦洛亞（也就是吉洪）以作為他永久世襲的產業。」幾天之後，這位大恩人在喝鱘魚湯時猝然中風死去了。

專賣商的猝然死亡立刻引起一片混亂，法院來了人把商人的財產全都嚴密查封了。專賣商的家裡人和親戚們也都聞訊趕來。他們打開遺囑宣讀了後，立刻派人去找涅多皮尤斯金，涅多皮尤斯金只好跟著來了。

聽遺囑時，在場的大部分人都明白涅多皮尤斯金在他的恩人這兒幹的是什麼不好的事，所以全都起鬨。他們吵吵嚷嚷地叫喊著，用諷刺嘲弄的口氣來接待並祝賀他：「快看哪，地主來了，新地主大駕光臨了！」有一些繼承人也會跟著這般叫喊。

「真的，」一個愛說俏皮話的滑稽傢伙也接著叫嚷起來，「的的確確是他！一點兒也沒錯，就是這個寶貝！可以稱之為——繼承人。」周圍的人都打趣地大笑起來。

涅多皮尤斯金大半天都無法相信這從天而降的福氣，於是人們便把遺囑拿給他看了。他激動得滿臉通紅，感激得熱淚盈眶。後來他竟然揮舞著雙手號啕大哭起來。人們大笑得更起勁了，結果形成了大笑聲喊聲混雜在一起的大合唱。

別謝林傑耶夫村一共才有二十二個農奴，沒有什麼人會為失去這個村子感到可惜。既然如此，為什麼不趁此機會鬧一鬧，尋尋開心呢？

只有那麼一位從彼得堡來的名叫羅斯季斯拉夫·阿奇梅奇·什托別爾的繼承人，他長著希臘式鼻子，有著高貴的面部表情，氣宇軒昂，他壓抑不住充好奇心，也想來耍一耍威風。只見他側著身子走到涅多皮尤斯金的面前，十分傲慢地瞟了他一眼。

「尊敬的先生，據我所知，」他語氣輕蔑而冷淡地說道：「您就是已經過世的可敬的費奧多爾・費多羅維奇家裡那個專門給人充當取樂小丑的家奴吧？」

這位彼得堡來的紳士這番話說得極其明白而又尖酸刻薄。涅多皮尤斯金被天降之喜弄得心慌意亂，根本就沒有聽明白這位陌生紳士所說的話，但是其他人聽到他的話全都沉默不語了，那個愛說俏皮話的人也佯裝清高地微笑了一下。這位彼得堡來的紳士搓了搓手，把他的問話又重複了一次。這回涅多皮尤斯金聽懂了，他驚恐地抬起雙目，驚慌失措地張大了嘴巴。得逞的紳士不懷好意地瞇起眼睛注視著他。

「恭喜你呀，尊敬的先生，恭喜你！」他接著說道：「當然了，用這種卑下的方式為自己賺來可以活命的口糧，並不是每個人都心甘情願的。但話又說回來了，人和人不一樣，每個人有每個人的謀生方法。你說對不對？」他的話語滿是譏嘲。

後面一個人聽了這番論調竟然興奮地尖叫了一聲。但他的尖叫速度非常快，但並不辱沒斯文。

「請問，」這位紳士得到了眾人大笑聲的鼓動，更加來勁了，「你有什麼比較特殊的本事，能毫無愧色地接受這種恩賜呢？你來說說看。不要難為情嘛，這兒的人可以說都是自家人。真的是自家人，是不是，這位尊敬的先生？我們全都是自家人對吧！」

彼得堡的紳士突然向另外一個人問了這番話，可惜的是，那個人對法語一竅不通，所以只是結結巴巴地哼了一聲以表贊同。但是另一個繼承人，一個額上長著黃斑的年輕人，趕緊接著說道：「是的，是的，沒錯。」

「可能，」彼得堡紳士又問涅多皮尤斯金，「你會雙手倒立走路嗎？」

涅多皮尤斯金苦惱而窘迫地望了望四周——在場所有的人都幸災樂禍地冷笑著，有的人還大笑得流出了眼淚。

「好，可能你會學公雞打鳴吧？」

周圍立即爆發出一陣刺耳的哄笑，但很快就安靜下來，一個個都豎著耳朵等著聽更為精彩的下文，等著看下面會有什麼樣的惡作劇。

「或許，你能在鼻子上……」

「住口！」一聲憤怒的高聲呵斥突然打斷了這位紳士的話，「你這樣欺負一個可憐的老實人，就不覺得臉紅和羞愧嗎？」

大家同時回頭看了看，門口站著的是切爾托普哈諾夫，他是已故專賣商人的一個遠房侄子，所以也收到了請帖來參加此次親戚聚會。在宣讀遺囑時，他同往常一樣，為保持自己的尊嚴，一直站在遠離人群的地方。

「住口！」他高傲地昂起頭，聲色俱厲地重複道。

那位趾高氣揚的彼得堡紳士也趕緊轉過身，看見一個衣著寒酸、其貌不揚的人，便低聲地詢問身邊的人（當心謹慎一些總歸有好處）：「這人是誰？」

「切爾托普哈諾夫，不是什麼了不得的大人物。」那個人湊到他的耳邊說。

這位彼得堡的紳士一聽，立刻擺出一副盛氣凌人的樣子。

「你是什麼人，竟敢在此發號施令？」他瞇起眼睛有意做出一副神氣的姿態，用鼻音擠出這句話，「請問，你算哪路英雄，竟敢在這裡撒野？」

切爾托普哈諾夫一聽，如同火藥碰見了火星一樣，只氣得咬牙切齒，差一點沒喘過氣來。

「哧……哧……哧……噗，」他的喉嚨彷彿卡住了東西一樣，哧哧地叫著，突然像雷霆一下子轟鳴起來：「我是什麼人？什麼人？我是潘捷列伊・切爾托普哈諾夫，老子是世襲貴族，我的先祖曾為沙皇立下過汗馬功勞，那你又是哪路神靈？」

「我是……我，我是……我是個……啊，啊！」

切爾托普哈諾夫立刻衝上前。彼得堡來的這位紳士嚇得膽戰心驚，接連倒退。在場者都向這位怒氣衝衝的地主圍攏過來。

「決鬥，決鬥！現在就隔著一道手帕開槍決鬥！」潘捷列伊怒不可遏地高聲吼道：「不然必須得向我賠禮道歉，也得向他賠禮道歉！」

「還是賠禮道歉吧，賠禮道歉吧，」驚慌的繼承人們在彼得堡紳士的周圍極力勸說：「他但是什麼也不怕，動起肝火來就要舞刀動槍的，實在不得了！」

「對不起，請原諒，我不明白底細，」彼得堡紳士囁嚅道：「我真的不明白底細……」

「還得向他道歉！」切爾托普哈諾夫依舊不依不饒地高聲吼道。

「那也請您原諒。」彼得堡的紳士央求涅多皮尤斯金，這時涅多皮尤斯金正在如發瘧疾一樣全身打顫。

切爾托普哈諾夫這才恢復平靜，邁步走到涅多皮尤斯金面前，拉住這個讓人可憐傢伙的手，昂首挺胸地望了望四周，壓根無視別人的表情，在一片被震懾得寂靜無聲的氣氛中，領著這位死者恩賜的別謝林傑耶夫村的新主人大踏步地走出房間。也就從這一天開始，這兩人便成了寸步不離的莫逆之交。（別謝林傑耶夫村距別索諾夫村只有八俄里。）

涅多皮尤斯金對他的好友真是感激涕零，崇拜得無法形容。而且不只是崇拜，簡直就是卑躬屈膝地順從。膽小怕事、柔弱順和而又不完全真誠的涅多皮尤斯金，從此拜倒在這位膽量包天而又鐵面無私的潘捷列伊腳下，對他言聽計從，任其驅使。

「真了不起！」涅多皮尤斯金有時在心裡嘀咕，「他跟省長說話居然毫無懼色，還敢直視他的眼睛……真的，絲毫不假，直視省長的眼睛！」

涅多皮尤斯金崇拜切爾托普哈諾夫如同崇拜神明一樣。對他的讚嘆和崇敬到了令人不敢相信的程度，認為他大智大勇、聰明絕頂、學識淵博。當然，切爾托普哈諾夫所受過的教育，再怎麼不好，比起涅多皮尤斯金，還是光彩得多。其實，切爾托普哈諾夫唯讀過一丁點俄文，法文也學得實在不怎麼樣，或是相當不好。

有一次，一個瑞士家庭教師問他：「尊敬的先生，您會說法語嗎？」他卻答得令人哭笑不得，洋相百出。可他總算還記得世上有一個極為智慧博學的作家伏爾泰，記得腓特烈一世是普魯士的國王，戰功赫赫。在俄羅斯作家中，他特別崇拜傑爾查文，還推崇馬林斯基，所以給他最好的一條獵犬取名阿瑪拉特・貝克……

我和這一對朋友初識之後，過了幾天，我去別索諾夫村拜訪潘捷列伊・葉列美奇。大老遠就看見他那座小房子。這座房子位於距村子半俄里遠的一片荒地上，實實在在的「孤零零」地立在那裡，有如荒野上的一隻蒼鷹。切爾托普哈諾夫的院子共有四個大小不一的房子，都已破舊不堪了，分為廂房、馬廄、板棚和澡堂。每一座房子都各自獨立，自成一體，但全沒有圍牆，也沒有大門。我的馬車夫猶豫不決地把馬車停在一口井旁邊，井口已倒塌淤塞，井欄桿也爛倒了半邊。

板棚旁邊，有幾條瘦弱的全身亂毛的獵狗在撕扯著一匹死馬，可能這就是前面所說的那匹奧爾巴桑。有一條臉上沾滿血的狗抬起頭，匆匆狂叫了幾聲，又去啃那些剝露出來的肋骨。死馬旁邊站著一個十六七歲的小家奴，黃黃的臉彷彿浮腫了一樣，身上穿著侍童服裝。他正精心照看著交給他看管的狗，有時揮鞭抽打最饞的狗。

「老爺在家嗎？」我向他問道。

「誰明白呢！」小家奴漫不經心地答道：「您敲敲房門就明白了。」

我跳下馬車，舉步走到階前。

切爾托普哈諾夫尊敬的先生的住宅十分荒涼，一根根圓木都已經發黑了，而且有些彎曲地向外凸出，煙囪也快傾圮了，屋角散發著黴味，牆壁都已經歪斜了，天藍色小窗在已經蓬鬆低垂的屋簷下耷拉著，顯得無精打采，如同某些老淫婦那失神的眼睛。我上前去敲敲打房門，卻沒有人答應。

我聽見裡面傳出很大的聲音。

「……喂，跟我念，笨傢伙！」

聽到這裡，我又敲了敲房門。

剛才那個聲音在屋裡大聲喊道：「進來，是誰？」

於是我便走進前屋，小小的，空蕩蕩的，從敞開的門看得見切爾托普哈諾夫的身影了，他穿著一件油污斑斑的長袍，下身是一條肥大的燈籠褲，頭上戴著一頂紅色小便帽。他在一把椅子上坐著，一隻手抓著一條小獅子狗的腦袋，另一隻手則拿著塊麵包，在狗鼻子前面搖晃著。

「啊，」他鄭重地說：「歡迎，歡迎，請坐，請看，我在訓練這條文佐爾狗……」接著他又高聲喊道：「吉洪・伊凡內奇，快來這邊，有客人來了。」

「立刻來，立刻來，」吉洪・伊凡內奇從隔壁房間答道：「瑪沙，給我把領帶拿來。」

切爾托普哈諾夫又轉身對著文佐爾，還把那塊麵包放在牠的鼻子上。在這個房間裡，有一張可活動的桌子，有十三條長短不一、歪歪斜斜的桌子腿，邊上還有兩把被坐塌了的麥稈椅子，除此之外再沒別的傢俱了。藍色的牆壁上帶著星形斑點，許多地方的石灰已經剝落，一看就明白許多年沒有粉刷過了，兩扇窗戶中間掛著面大鏡子，紅木鑲框，玻璃已經裂得模糊不清了，就像是老太婆那滿臉的皺紋，屋角牆根處放置著幾支長煙袋和獵槍，天花板上佈滿了粗黑的蜘蛛絲，有的還掉下來了。

切爾托普哈諾夫緩緩念著，突然生氣地叫喊起來：「……該死的蠢東西！……」

這隻讓人可憐的獅子狗渾身簌簌發抖，卻一直不肯開口。牠依然捲著尾巴坐著，痛苦地歪著腦袋，無可奈何地眨著眼睛，後來乾脆瞇起眼，彷彿在說：「隨便您折磨！」

「吃吧，來！抓住！」切爾普哈諾夫一直嘮叨。

「您嚇壞牠了。」我說了一句。

「那好，讓牠去吧！」他無可奈何地說。

他踢了狗一腳，這條讓人可憐的小東西緩緩站起來，抖了下鼻子上的麵包，十足委屈地踮著腳尖溜向前屋，牠著實很不高興，生客初次來訪，主人竟如此折磨牠。

有人小心翼翼地把通往另一個房間的門打開了，原來是涅多皮尤斯金滿面笑容地走了進來，立即鞠了一躬，我也立刻起身回禮，鞠了一躬。

「不敢當，不敢當。」他很謙卑地說。

我們兩人都坐下來，切爾托普哈諾夫卻去了隔壁房間。

「您在我們這裡待了很長時間吧？」涅多皮尤斯金用手捂著嘴悄悄咳嗽了一聲，或許是出於禮貌，把嘴捂了一會兒以後，才柔聲細語地問。

「大概有一個多月了。」我答道。

「啊，原來如此。」

我們兩人都沉默了一會兒。

「近幾天天氣都好啊，」涅多皮尤斯金接著說，而且用感激的神情望著我，彷彿天氣好是由於我的來到，「莊稼也長勢喜人。」

我點點頭，以表示我也有同感，我們又都不言語了。

「昨天潘捷列伊・葉列美奇的獵犬抓到兩隻灰兔，」涅多皮尤斯金抖擻了一下精神，顯然是要把話說得更為生動有趣，「是啊，一下抓住了兩隻肥兔子。」

「切爾托普哈諾夫的狗很好吧？」我誇道。

「好得不能再好了！」涅多皮尤斯金興沖沖地答道：「可以說，在全省也是頭等的。（他湊近了我一些）啊呀！潘捷列伊・葉列美奇真是了不起！只要他打算幹什麼，只要他想要什麼，他都能做得到，弄得到手，什麼事都難不倒他！我告訴你吧，潘捷列伊・葉列美奇可不是普通人……」

這時，切爾托普哈諾夫進來了。涅多皮尤斯金笑了一笑，不再說話了，只是遞了個眼神讓我好好看一看他，彷彿是在說：「您自個兒觀察一下，就清楚了。」接著我們又談起了狩獵的問題。

「您想看看我的獵犬嗎？」切爾托普哈諾夫問我，還沒等我回答，就喚卡爾普過來，應聲走進來一個身強體壯，穿一件綠色土布外衣，淺藍色的衣領，還有標誌著號碼的鈕扣小夥子。

「去跟福姆卡說，」切爾托普哈諾夫吩咐，「讓他把阿瑪拉特和賽伊佳那兩條狗帶來，要收拾乾淨，聽明白了嗎？」

卡爾普笑容可掬地答應了一聲，隨後就快步走出房間。一小會兒之後，福姆卡便走進來了，頭髮梳得油光發亮，穿得整潔筆挺，腳蹬一雙長筒靴，還牽著幾條獵犬。為禮貌起見，我誇讚了幾句這些蠢笨的畜生（這些品種的狗都是蠢貨）。切爾托普哈諾夫往阿瑪拉特的鼻孔處吐了幾口唾沫，顯然那條狗對此舉不是十分歡迎。涅多皮尤斯金也走過去，在牠背上撫摸了幾下。我們接著又閒談起來，切爾托普哈諾夫的神色逐漸地溫和了一些，不再那麼氣勢逼人了，面部表情也開朗了許多。他抬頭望了望我，又看了看涅多皮尤斯金……

「哎，」突然他又叫起來，「她自個兒呆坐在那兒幹什麼？瑪沙！喂，瑪沙！到這邊來！」

只聽見走動的聲音從隔壁房間裡傳來，卻沒有人作答。

「瑪——莎，」切爾托普哈諾夫又親暱地大聲喊道：「這兒來。別怕，快過來呀，沒什麼。」

門悄悄地打開了，我看見一個二十歲上下的女人走進來，她身材窈窕，修長勻稱，有一張茨岡人黑黝黝的臉，黃褐色的雙眸滿是溫情，腦後盤著一條黑油油的長辮子，豐滿紅潤的雙唇，一口潔白碩大的牙齒閃閃發亮。她身上穿著一件潔白的連衣裙，披著一條淡藍色的披肩，在脖頸下方用一根金別針扣著，這條大披肩把她那光滑圓潤的兩臂遮起一半。她露出鄉村女子那種羞澀不安的神情，向前跨上兩步，就站住不動了，低垂著腦袋。

「好，我來介紹介紹，」切爾托普哈諾夫說：「說是妻子，卻又不是妻子，但是又和妻子沒什麼區別。」

瑪沙立刻羞紅了臉，局促不安地笑了笑，我向她深鞠了一躬。儘管初次見面，我卻對她頗有好感。她那小巧玲瓏的鷹式鼻子，半透明的張開的鼻孔，兩道高高大大的濃密的眉毛，稍微凹陷而蒼白的雙頰——整個相貌，顯露出一種毫無顧忌的任性和熱情，有一種野性的美。很長的髮辮下，脖子上披散著兩排黑亮的短髮——這標誌著茨岡血統和剛勁的特徵。

她走到窗前坐下，我不想再使她窘迫，就與切爾托普哈諾夫聊起了天。此時，瑪沙地扭過頭，羞澀地偷偷瞟了我兩眼，她的目光像蛇信子一般閃動著。涅多皮尤斯金坐到她身旁，俯向她耳畔悄聲說了些什麼，她微笑了一下，笑時稍皺起鼻子，嘴唇也往上翹了一下，使她的臉孔顯出了一種既像貓兒又像獅子的表情……。

「啊，瑪沙，你真像一株含羞草。」我心裡想，同時也偷偷看了一看她那窈窕而柔軟的身軀，起伏而富於彈性的胸部。

「喂，瑪沙，」切爾托普哈諾夫問，「拿點什麼來招待一下客人吧，好不好？」

「我們家有果醬。」瑪沙答道。

「好吧，那就拿果醬，順便再拿些白酒。還有，瑪沙，」他衝著她的背影說道：「把六弦琴也一起拿過來吧。」

「為什麼拿六弦琴?我又不願意唱歌。」

「為什麼?」

「你在說什麼呀?你會唱的,只要……」

「只要什麼?」

「只要請你唱,你就會唱的。」切爾托普哈諾夫有些難為情地說。

「啊!」

瑪沙走出房間,過了一會兒就拿來了果醬和白酒,仍舊坐在窗邊,但眉頭卻皺了起來,兩道濃眉也一起一伏,一皺一開,如同是黃蜂的觸鬚……各位讀者,你們可曾看見過黃蜂發怒時那副凶相?「哎呀,」我想,「暴風雨就要來了。」聊天也無法接著下去了,涅多皮尤斯金一聲不響,尷尬地大笑著。切爾托普哈諾夫氣呼呼地高聲喘氣,滿面通紅,兩眼瞪得圓溜溜的。我一見情況不對頭,就打算告辭……。

這時,瑪沙突然站起身,使勁打開窗戶,然後伸出頭去,怒氣衝衝地向一個過路的農婦大吼一聲:「阿克茜尼婭!」可把那個娘們嚇了一大跳,原想轉過身,不想腳底一滑,撲通一聲重重地摔倒在地。瑪沙向後一仰身子,哈哈大笑,切爾托普哈諾夫也跟著大笑了,涅多皮尤斯金大笑得更來勁,竟還高興地喊出了聲。我們幾個的心緒立刻轉佳,都很興奮,閃電過去了,「大雷雨」也就這麼過去了……沉悶的氣氛也歡快起來了。

過了半個鐘頭,誰都不認識我們了,我們像小孩子一樣嬉戲玩樂起來。瑪沙鬧得最為起勁,切爾托普哈諾夫一直專心致志地看她。瑪沙已經累得臉色蒼白,鼻孔也放大了,那雙眼睛一會兒矍然閃爍，一會兒黯淡無光。這個村野女郎鬧得發瘋了，涅多皮尤斯金拐著兩條粗短的腿緊跟著她轉悠，就如同公鴨追逐著母鴨般寸步不離，連那條獵狗文佐爾也閒不住了，從大板凳下爬出來，看看我們，有如湊熱鬧似的，也歡蹦亂跳地狂叫起來。

瑪沙閃電般地飛奔到另一個房間，拿過來一架六弦琴，往下一甩披肩，迅速坐下去，抬起頭，高唱起茨岡歌謠。她的歌喉嘹亮而又悅耳，有些發顫，就像一隻帶裂紋的玻璃鈴那樣清脆，歌聲真是悠揚好聽，時而高亢，時而低吟……讓人聽來美妙甜蜜而又驚心動魄。

「啊，燃燒吧，唱吧！」切爾托普哈諾夫也跳起來，涅多皮尤斯金也跟著跳，又是跺腳，又是飛快地移動著小碎步。瑪沙扭著身子，如同是在火裡燃燒著的樺樹皮。纖細的手指靈巧地彈撥著六弦琴，淺黑的喉部在雙股琥珀項鍊下方一起一伏地滑動，有時歌聲又戛然而止，她疲憊地坐下，彷彿並非心甘情願地撥動琴弦。

切爾托普哈諾夫也不跳了，只是聳動肩膀，站在原地倒換雙腳，涅多皮尤斯金彷彿中國的瓷器人一樣機械地搖著腦袋。有時瑪沙又瘋狂地扯著嗓子唱起來，身板兒挺得直直的，胸脯也挺了起來，於是切爾托普哈諾夫又蹲下身跳起來，一蹦一跳的，差不多都要碰見天花板了，像陀螺般旋轉著，靈巧而又快捷，嘴裡還高喊：「快！快！……」

「快，快！快，快！」涅多皮尤斯金如同機關槍一樣地跟著喊。那晚一直折騰到後半夜，我才離開別索諾夫村。

一八四九年

# 切爾托普哈諾夫的末路

時光飛逝！自從那次去拜訪潘捷列伊・葉列美奇・切爾托普哈諾夫之後，兩年過去了。但這兩年中，切爾托普哈諾夫卻遭到了一連串的災禍——真的，遭到了一連串不幸。此前他碰到失意，挫折，甚至不幸，但他並不把這些事往心裡去，仍然按照自己的方式悠閒自在地瀟灑度日。最先襲來的災難，也是最令他痛苦難過的不幸：瑪沙拋棄了他。

瑪沙在他家裡彷彿已經習慣了，那麼她究竟為什麼要棄他而去呢？——彷彿很難說清。切爾托普哈諾夫到死一直認為瑪沙背叛他的緣故，全要怪鄰村的一個年輕人，此人是一個退伍的槍騎兵大尉，外號叫雅弗。用切爾托普哈諾夫自己的話來說，這個傢伙之所以能得到瑪沙的垂青，只因為他總是一直捻著小鬍子，塗了好多胭脂香水來招搖，還總是別有用心地哼著小曲。然而，說實在的，更主要和根本的原因是瑪沙的茨岡血統。

不管是什麼緣故吧，反正一個夏日的黃昏，瑪沙把一些零碎的東西收集起來，捆成一個小包裹，就離開了切爾托普哈諾夫家。

瑪沙出走之前，約有三四天都一直躲在屋角，全身瑟瑟發抖，靠在牆上，如同一隻受傷了的狐狸，跟誰也不說話，只是一個勁地轉著眼睛，陷入沉思與夢幻的狀態，有時抖一下眉毛，微微張開嘴露出牙齒，有時又緩緩抬起雙手，彷彿要遮蓋住自己，諸如此類的心情和行為，她從前也有過，但卻從未像這次持續這麼久。切爾托普哈諾夫也瞭解她的這種種表現，但是並未為此擔憂，也從未去搭理她。

然而，當養獵犬的僕人向他報告最後兩條獵犬的死訊之後，他急忙到狗棚去看了一下，回來時碰見了一個女僕。那個女僕戰戰兢兢地向他報告：瑪麗婭・阿金菲耶芙娜（即瑪沙）叫她向主人轉達致意，並轉告他，瑪沙祝他幸福，但從此再也不回到他身邊來了，切爾托普哈諾夫聽了，如同晴天霹靂，急得原地亂轉，繼而扯著嗓子吼叫起來，立刻箭一般飛奔去追這個不告而別的叛逃者，隨身還帶了一把手槍。

他一直追到離家兩俄里的地方，在一片白樺林邊上，在通往縣城裡的大道上追趕上了她。此時太陽已經低垂，餘暉把周圍一切都染得紅彤彤的。

「你去找雅弗！去找雅弗吧！」切爾托普哈諾夫一看見瑪沙，便無力地嘟噥起來，「你去找雅弗！」他一直嘟噥著，幾乎一瘸一拐地撲向她。

瑪沙停住腳步，轉臉毫無懼色地望著他。她逆著光站著，所以全身黑乎乎的，彷彿是用烏木雕成的一尊塑像，只有眼白顯得很突出，像是銀色扁桃仁，黑眼仁就顯得更黑了。她把包裹往邊上一丟，兩隻胳膊交叉著穩穩地站著。

「你想去找雅弗？不要臉的娘兒們！」切爾托普哈諾夫說，一邊想去抓她的肩膀，但他一看到她那毫不畏懼的目光，便有些膽怯心虛了，只是心慌意亂地站著。

「我根本不是去找雅弗，尊敬的先生，潘捷列伊・葉列美奇，」瑪沙鎮定地低聲答道：「但是我堅決不再跟你在一起了。」

「為什麼不能和我在一起了呢？究竟為什麼呀？難道我哪裡對不住你了？」

瑪沙毫不遲疑地搖搖頭。

「你並沒有哪兒對不住我，潘捷列伊・葉列美奇，只是我在你的家裡待膩了……過去你待我很好，我感激不盡，但我不能再在你家住下去了——絕對住不下去了！」她的話語冷若冰霜。

切爾托普哈諾夫不僅大吃一驚，感到不可思議，更在自己的大腿上狠狠拍了一下，暴跳如雷。

「那麼究竟是怎麼回事呢？咱們在一起過得快快活活的，現在你突然就過膩了！不耐煩了，丟下我就走，什麼也不說，抬腿就走，紮上頭巾就一走了事！你在我家享受的待遇和尊敬，難道比不上一位尊貴的夫人嗎？」

「我對這些滿不在乎。」瑪沙打斷了他的話。

「滿不在乎？從一個茨岡賤貨變成了一位夫人，可算平步青雲了！還說什麼不在乎，你真是天生賤貨！這麼說能叫人信嗎？你肯定見異思遷了，變心了！」切爾托普哈諾夫氣得哼哼哧哧的。

「我從沒想過什麼見異思遷，也沒變過心，從沒有變過心！」瑪沙用她那清脆嘹亮的嗓音反駁道：「我已經給您說明白了，住膩了，厭煩了。」

「瑪沙！」切爾托普哈諾夫大吼一聲，捶打著自己的前胸，「唉，別再這麼折磨了吧，算了，你可把我折磨苦了……唉，夠了！真的夠了！你想想看，吉洪會怎麼說，你至少也該讓人可憐可憐他吧！」

「那你就替我向吉洪・伊凡內奇問好，就和他說……」

切爾托普哈諾夫驚慌失措地揮舞著雙手。「不行，別瞎說了，你走不了！你那個雅弗是枉費心機！」

「尊敬的雅弗先生，」瑪沙正打算接著說……「什麼尊敬的雅弗先生，」切爾托普哈諾夫粗暴地打斷了她的話，還模仿著她的腔調說：「他算啥！他是個不折不扣的流氓，是個徹頭徹尾的騙子，就會搞陰謀詭計，看他那副嘴臉，活像個猴子！」

切爾托普哈諾夫足足糾纏瑪沙半個多鐘頭，他一會兒走到她跟前，一會兒又跳回來，像隻猴子，一會兒揮拳想打她，一會兒又卑躬屈膝地哀求她，又是痛哭，又是咒罵……。

「我實在忍受不住了，」瑪沙難過地說道：「我太痛苦了……煩悶死了。」她臉上逐漸地表現出一種十分冷淡的神情，竟還表現出一種有氣無力昏昏欲睡的樣子，切爾托普哈諾夫看到她這副相貌，竟滿是關心地詢問她，是否有人給她吃了迷魂藥。

「我厭煩極了！」她第十次複述著這句話。

「那我就打死你，怎麼樣？」他突然大吼，而且從兜裡掏出手槍！

瑪沙毫不在乎地大笑，面部表情也活躍起來。「這又有什麼了不起的呢？你打死我吧，潘捷列伊・葉列美奇，隨你的便，我反正不會回去的。」

「真不回去了？」切爾托普哈諾夫擺弄著扳機。

「真不回去了，我最親愛的尊敬的先生。即使一死，我也永遠不回去了。我一旦拿定了主意，決不會改變！」

突然切爾托普哈諾夫把槍塞進她手裡，撲通一聲坐到了地上。

「既然這樣，那你就一槍打死我吧！你走了，我也不想活了，你討厭我，我也厭倦了世上的一切一切！」

瑪沙彎腰拾起自己的包裹，順手把手槍放在草地上，但是轉過槍口，不朝著切爾托普哈諾夫，然後挨著他身邊坐了下來。

「唉，我的好人，幹嘛要難過呢？你難道不瞭解我們茨岡女人嗎？我們性情天生如此，我們已經習慣漂泊的生活了，只要『厭煩』這個挑撥者一到，魂就被勾走了，心就飛到遠處去了。哪還想留下來呢？記住你的瑪沙吧，你再也找不到這樣的伴侶了。我不會忘記你的，我的好人，但咱倆的緣分結束了，不能再在一起過日子了。」

「我一直很愛你，瑪沙。」切爾托普哈諾夫雙手擋住臉，透過手指縫深情地說道。

「我也一直愛著你呀，我的貼心好友潘捷列伊・葉列美奇！」

「我過去愛你，現在更愛你，愛得發狂，愛得神魂顛倒！我們日子過得和和美美的，你卻無緣無故地要離開我，就這樣絕情地拋棄我，非要到處去流浪漂泊，這就讓我想，如果我不是一個讓人可憐的窮人，可能你就不會拋棄我吧！」他的話語萬分傷心。

瑪沙聽了後，不以為然地大笑。

「從前你不是說過，我是個不貪財的女人嗎？怎麼現在又變了！」說完這句話，她使勁兒拍了一下切爾托普哈諾夫的肩。

「既然如此，怎麼也得讓我給你一些錢，一個子兒都沒有怎麼行呢？只是，你最好還是打死我吧！這樣就了無牽掛啦。我跟你說實在的，你還是一槍打死我好了！」

瑪沙堅定地搖了搖頭。「打死你？我的好人兒，好讓人流放我到西伯利亞去嗎？」

切爾托普哈諾夫聽了，全身猛地一震。「原來是這樣啊，你怕去服苦役……」

他再一次悲傷地撲倒在草地上。

瑪沙站在他身邊，很久沒有言語。

「潘捷列伊・葉列美奇，我很憐憫你，」她一聲長嘆，「你是一個好人，……但實在沒辦法，緣分已盡，只得從此分手了！」

她轉過身，走了幾步。夜幕已經來臨，到處籠罩著黑黝黝的暗影，切爾托普哈諾夫從地上一躍而起，從後面抓住瑪沙的雙臂。

「你就真的這麼走了？狠心的娘兒們！去找雅弗吧！」

「再見了！」瑪沙感情深厚而又毅然決然地說了一遍，掙開他的雙手，毫不遲疑地走了。

切爾托普哈諾夫目送了片刻她的背影，然後又匆匆跑到放手槍的地方，伸手抓起手槍，瞄準她的背影放了一槍……只是扣扳機之前，向上抬了一下槍口，所以子彈從瑪沙頭頂掠過。她走著，一邊又回頭來望望他，接著又從容地接著朝前走去，還有意搖擺身軀，彷彿存心招惹他生氣。

他無可奈何地擋住臉，絕望地跑掉了……但他剛到五十米處，突然就停了下來，像釘在那裡一樣一動不動地站著。突然傳來了他再熟悉不過的、聽慣了的聲音。啊，是瑪沙在唱歌。只聽她唱：「青年時代，美好的時光……」每個音都震盪在昏暗的夜空中，悲愴哀怨又熱烈動人，切爾托普哈諾夫迷醉地傾聽著，歌聲逐漸地遠去了，有時隱約可辨，有時高亢火辣，有時又低沉婉轉……

「她有意來激怒我，」切爾托普哈諾夫心裡想，但他卻又哀痛地呻吟起來：「唉，不是！她這是在和我訣別！」想到這裡，淚水像決堤般一發不可收拾。

翌日，他滿腔怒火地來到了尊敬的雅弗先生家裡。尊敬的雅弗先生長期混跡於交際界，壓根過不習慣這種淒清的鄉下生活，因而住在城裡，正如他自己所說，能夠離「娘兒們近一些」。切爾托普哈諾夫撲了個空，據雅弗的侍僕說，他前一天就去莫斯科了。

「果真不出我所料！」切爾托普哈諾夫怒沖沖地大聲喊道：「他們肯定串通好了。瑪沙肯定跟他私奔了……但是，別想做美夢，走著瞧！」

盛怒之下，他闖進年輕騎兵大尉的書房，完全不顧雅弗侍僕的阻攔，在書房裡的長沙發上方，掛著一幅雅弗身上穿著槍騎兵制服的油畫肖像。「嘿，你這禿尾猴，在這兒抖什麼威風！」切爾托普哈諾夫吼叫著跳上沙發，揮拳把油畫打了個稀爛。

「告訴你那個混帳主人，」他對那個侍僕吼叫著，「我沒找到他那醜惡嘴臉，所以貴族老爺切爾托普哈諾夫就毀了他的肖像，如果他要求賠償，就讓他去找我，他知道切爾托普哈諾夫的家在哪兒！要不然，我就親自找他！就是上天入地，我也要找到這個無恥的壞蛋！」

切爾托普哈諾夫說完之後，便跳下沙發，耀武揚威地出去了，但騎兵大尉雅弗並未找他索賠——甚至從未看見過他。切爾托普哈諾夫也沒再想去找他的「情敵」，他們的事也就不了了之了，但是瑪沙從此杳無音訊，誰也沒再看見過她。切爾托普哈諾夫起初成天借酒消愁、爛醉如泥，後來不知為何「清醒」了，不再酗酒，但災難又接踵而來。

切爾托普哈諾夫的密友吉洪・伊凡內奇・涅多皮尤斯金的病逝，是他的第二次災難。他去世前兩年身體便每況愈下，他得了氣喘病，長時期總是昏睡不醒，即使醒，神志也不能很清醒，縣裡醫生診斷他得了「輕度中風」。瑪沙出走前的三四天裡，即她「不耐煩」的那幾天，涅多皮尤斯金患了重傷風，在自己的別謝林傑耶夫村裡臥病在床。瑪沙那幾天的折磨和出走，對他來說，甚至比切爾托普哈諾夫所受的打擊還重，因為他天性怯弱又過於和順，所以除了對他的密友兼恩人盡力討取歡心和憐憫，並沒有表露出別的什麼……然而他卻心灰意冷，心緒全亂了。

「她挖走了我的心。」他坐在自己十分喜愛的漆布沙發上，撥弄自己的手指頭聊以解悶，自言自語地說。甚至切爾托普哈諾夫從沉迷中恢復之後，涅多皮尤斯金仍舊陷於「內心空虛」之中。

「唉，就是這裡空了。」他指著胸部中間說道。

他就這樣煎熬度日，一直拖到嚴寒的冬天。天剛開始轉冷時，他的氣喘病似乎好轉了，誰知緊接著襲來的病魔已不是輕度中風，而是不折不扣的中風。但是，他並不是立刻就失去知覺，那時他還能認出來自己的密友切爾托普哈諾夫，還能聽得懂好友那絕望的呼喚：「吉洪，你怎麼了？你怎麼能不經我允許就和瑪沙一樣拋下我？」當時，他還能用僵硬的舌頭答道：「我，潘……捷……列伊．葉……奇，我……永遠……都……聽……你的……」可他就在這一天丟下好友，甚至沒等到城裡的醫生就告別了人間。

醫生看著他那尚未完全冰冷的屍體，只能懷著人生無常的感慨，要了些「白酒和鱘魚乾」。當然，很顯然的，吉洪．伊凡內奇將他的遺產全部贈給了自己最為尊崇的恩人和無私的保護者潘捷列伊．葉列美奇．切爾托普哈諾夫。可這筆產業並未給他最尊崇的恩人帶來什麼實際好處，因為這筆遺產很快就被拍賣掉了——其中一部分得款用來支付墓碑和雕像的費用。

雕像是切爾托普哈諾夫（他繼承了他父親的性格）力主豎立在他的好友墓前的。他是從莫斯科訂購來的，本來應該塑一尊祈禱的天使，但是人家給他介紹的那個經紀人，明白外省很少人能夠讚賞雕塑，所以沒有給他塑天使像，而是給他弄來了一尊多年來一直聳立在莫斯科旁邊的一座廢棄了的葉卡捷琳娜時代的花園裡的司花女神像，而這位經紀人一文沒花就搞到了。但是這尊雕像的工藝和樣式俱佳，是洛可可風格的——圓潤的手臂、蓬鬆的捲頭髮，赤裸的前胸雕飾著玫瑰花環，體態優美。這位神話中的女神至今還在吉洪•伊凡內奇墓前聳立，還優雅地抬起一隻腳，以真正的蓬帕杜夫人式的嬌媚姿態眺望著在她四周悠閒漫步的牛犢和綿羊——牠們是我們鄉村裡拜訪墓地的常客。

切爾托普哈諾夫自從失去了最忠實的朋友，便重新借酒消愁，長醉不醒了，而且比以前更加嚴重。經濟日益拮据，差不多傾家蕩產。他已經沒有經濟力量去打獵了，錢也差不多花光了，剩下的最後幾個僕人也都走掉了，潘捷列伊•葉列美奇已經完全孤立無援，周圍連聊天的人也沒有，更不用說向誰傾吐衷腸了。只是他仍舊那麼傲慢，可以說絲毫未改，恰恰相反，他的處境愈不好，他愈發孤傲不馴，而且愈是傲慢自大，就愈是使人難以接近，如此一來，他不僅變得孤僻，而且更加粗俗。

此時，他稍微可聊以自慰的，是得到一匹他愛若珍寶的絕妙坐騎——頓河種的灰馬，他叫牠瑪拉克•阿捷爾，此馬堪稱一匹寶馬良駒。

他得到這匹馬還有如下一段逸聞：

一次，切爾托普哈諾夫騎馬路經鄰近的一個村子，聽見有一群農夫在一家酒店旁邊大吵大鬧。在人群中間，幾隻粗壯的手臂在同一地方一起一落地揮舞。

「那邊出什麼事了？」他用官氣十足的口氣問一個站在自家門口的中年婦女。

這個中年婦女倚著門框，彷彿是在打瞌睡，又睡眼惺忪地伸著脖子望著酒店那邊。一個小男孩坐在她的兩隻樹皮鞋中間，滿頭淺髮，穿著印花布襯衣，袒露的前胸上掛著個柏木十字架，叉開兩條小腿，還緊攥著小拳頭，旁邊有一隻小雞啄食一片看上去硬得像木頭一樣的麵包皮。

「誰知怎麼一回事，老爺，」中年婦女隨口答道，然後彎下腰來，把一隻佈滿皺紋的黝黑的手放在小男孩頭上，「聽說我們的一些年輕人在打一個猶太人。」

「猶太人？什麼樣的猶太人？」

「誰明白，老爺。我們這裡來了個猶太人，誰也不明白打哪兒來的！瓦夏，快來媽媽這兒……噓，噓，這個畜生！」

中年婦女把小雞趕走了，瓦夏拉住了媽媽的裙子。

「他們一直在打他，我的老爺。」

「一直在打他？為什麼？」

「不明白，總有原因吧。再說了，猶太人也該挨打呀！老爺，您明白，就是猶太人把耶穌釘上十字架嘛！」

切爾托普哈諾夫聽了，一聲大吼，揮鞭抽了一下馬脖子，就向那群人衝過去。衝入人群後，也沒問一聲，不分青紅皂白地揮動馬鞭左右開弓亂抽起來，那些人被抽得抱頭鼠竄，他嘴裡還斷斷續續地喊著：「真是……無法……無天了！無法……無天了！有罪……也得……依法……行事呀！怎麼能……隨便……動刑呢！法律！法律！法律！」不到兩分鐘，人群四散逃走了，這時才看見酒店門前躺著一個瘦小而黝黑的人，身上穿著土布外套，亂蓬蓬的頭髮，滿身塵土，臉色白得讓人害怕，張著嘴巴，直翻白眼……怎麼了？嚇昏了，還是被打死了？

「你們為什麼下此毒手？為什麼這樣毒打這個猶太人？」切爾托普哈諾夫聲色俱厲喝道，依舊一直揮著馬鞭。周圍的人都含混不清而膽怯地起鬨，有的撫著肩膀，有的揉著腰部，有的人還摸著鼻子。

「打得真狠！」後面有人說。

「誰也受不了馬鞭抽！」另一個人接著說。

「為什麼非要往死裡打這個猶太人？告訴我，你們這幫野蠻人！」切爾托普哈諾夫追問。

還沒問明白究竟是什麼緣由，那個躺著的人掙扎著迅速站了起來，跌跌撞撞地跑到切爾托普哈諾夫身後，全身顫抖地揪住他的馬鞍邊緣。

人群哄然大笑起來。

「真經打，不會輕易丟命！」後面有人說：「如同貓一樣！」

「大人，請為我主持公理，救我一命吧！」這時猶太人整個前胸都緊貼在切爾托普哈諾夫的一條大腿上，苦苦哀求，「不然他們會打死我的，肯定會打死的，大人！」

「他們為什麼要打你啊？」切爾托普哈諾夫問。

「我也不明白究竟為什麼！聽說他們死了些家畜……就猜是我……但是我真……」

「好！這件事我們以後會查明白的！」切爾托普哈諾夫打斷了他的話，「現在你抓住我的馬鞍，跟我走吧。」他又轉臉跟周圍的人說：「喂，你們聽好了，我是地主老爺潘捷列伊・切爾托普哈諾夫，就住在別索諾夫村，你們要是想控告我，就去告吧！隨便了，還可告告這個猶太人！」

「有什麼好告的呢，」一個神態酷似一位古代的家族族長、鬚鬚全白的老農鄭重其事地說。（儘管剛才他打猶太人時並沒比別人手下留多少情。）「尊敬的潘捷列伊・葉列美奇先生，我們久聞您的大名，我們會把您剛才的一番教誨謹記在心的，我們都向您致敬，謝謝您！」

「幹嘛控告呢？」有人又接著說：「說到那個背叛基督的異教徒，我們會懲罰他的！反正他逃不出我們的手心！我們有辦法收拾他，如同對付原野裡的兔子……」

切爾托普哈諾夫捻捻小鬍子，神氣地哼了一聲，騎著馬，揚眉吐氣地帶著那個猶太人慢悠悠地回去了。他路見不平救出這個猶太人，重演了當年解救吉洪•涅多皮尤斯金的壯舉。

沒過幾天，切爾托普哈諾夫家裡唯一剩下來的家僕跑來報告，來了一個騎者，想和主人說上幾句話，切爾托普哈諾夫便走上臺階，才發現原來是他搭救的那個猶太人。只見他騎著一匹頓河種的高頭大馬，那匹馬十足威風地昂著頭，一動不動地站在院子中。那個猶太人為了表示尊敬，已經摘下帽子，夾到腋下，他的兩腳插在馬鐙的皮帶裡。他那件破外套的衣襟散在馬鞍兩邊，他一看見切爾托普哈諾夫，便激動地吧嗒著嘴唇，雙肘抽動，雙腿搖盪，不知應該說什麼。

切爾托普哈諾夫勃然大怒：「這還了得，這個卑微的猶太佬竟敢如此大搖大擺地騎著這樣一匹寶馬……真是膽大包天，是個什麼樣子！」

「哎，你這狗東西！」他怒氣衝衝地大聲喊道：「還不快滾下來！不然我就要把你摔進爛泥坑！」

猶太人如同聽到聖旨，立即聽話地從馬鞍上連滾帶翻地下來，如同一個糧食口袋似的。他一隻手輕握著韁繩，滿面堆笑地鞠躬致意施禮，然後走到切爾托普哈諾夫面前。

「你來幹什麼？」潘傑列伊•葉列美奇聲色俱厲地問他。

「大人，請您看看，這匹馬如何？」猶太人一直鞠著躬。

「嗯……很好，是匹寶馬。你是從哪兒搞來的？準是偷來的吧？」

「怎麼這樣說呀，大人！我是個守規矩的老實人，絕對不是偷的，我是專門弄來孝敬您的，我說的都是大實話，我費了許多勁才弄來。這是一匹一等一的寶馬！整個頓河地區，也沒有第二匹。大人，請您快看看，這是一匹多好的馬！請到這兒來！吁……吁！……轉頭，側身！我們卸下鞍子吧。怎麼樣，大人，太棒了，太帥了吧？」

「真是一匹駿馬。」切爾托普哈諾夫有意裝出一副很冷淡的樣子，實際上他心裡喜愛得要命。他愛馬如命，相馬十分在行。

「大人，您試試摸摸牠！撫摩一下牠的脖子，那可夠舒服的！嘿嘿嘿，對，就是這樣！」

切爾托普哈諾夫好似很不情願地把手放在馬脖子上，輕拍兩下，然後用手從鬃脊一直順著馬的脊背摸了過去，直摸到腎的上部某處地方，像個行家一樣悄悄按了兩下。那匹馬立刻拱起脊背，黑眼睛高傲地睥睨了切爾托普哈諾夫一下，噴了一口氣，揚了揚前蹄。

猶太人大笑了起來，興沖沖地拍手說道：「牠認主人呢，大人，牠認主人了！」

「哎，別胡扯，」切爾托普哈諾夫有些惱火地打斷了他的話，說：「我要是買你這匹馬吧……我又沒錢；要是送給我吧，我非但沒有接受過猶太人的禮物，就連上帝的饋贈也不曾接受過！」

「我怎麼膽敢送您啥？沒那麼回事！」猶太人高聲說：「那您就買好了，大人……錢的事以後再說。」

切爾托普哈諾夫盤算起來。

「你要多少錢？」他最後從牙縫中擠出了這句話。

猶太人聳聳肩膀。「就按我買的價錢吧，兩百盧布。」

如果按質論價，這匹馬恐怕價錢要翻兩倍，可能翻三倍都不止，所以說買這匹馬是很合算的。

切爾托普哈諾夫扭過臉，異常激動地打了個哈欠，心裡高興得很。

「那麼……什麼時候……付錢呢？」他問，有意緊緊皺著眉頭，卻沒敢看猶太人。

「大人，隨便，您什麼時候方便，就什麼時候付錢。」那個猶太人巴結地說。

切爾托普哈諾夫興奮地向後一仰頭，卻沒有抬起眼睛。

「這不能算回答，你要弄明白，你這伊羅德的龜孫子！怎麼，難道你要我欠你的情不成？」

「那好，咱們一言為定，」猶太人急忙說道：「六個月以後吧……您說行嗎？」

切爾托普哈諾夫沉默著。

猶太人察言觀色地注視著他。

「行嗎？那我就把馬牽進馬廄裡去了！」

「馬鞍子我不要，」切爾托普哈諾夫又斷斷續續地說：「卸下鞍子，明白了嗎？」

「好，好，大人。我拿走，我拿走。」猶太人興沖沖地說，好像辦成了一件大事一般，並取下馬鞍子扛在肩上。

「錢嘛，」切爾托普哈諾夫說：「六個月後結清。但不是兩百，而是兩百五十，用不著多嘴！兩百五十，我說了算！這是我欠你的。」

切爾托普哈諾夫一直難為情抬眼看猶太人，因為他的自尊心從未被如此嚴重地傷害過。「很顯然這是變相贈送，」他思忖著，「他為了報恩才這麼做，這個鬼東西真機靈！」他真想擁抱這個猶太人，卻又想打他。

「大人，」猶太人壯壯膽，咧著大嘴大笑著，接著說：「要按照俄羅斯的風俗嗎？用衣襟裹著韁繩，手把手地交給您……。」

「你還真想得出來！你這個猶太佬……還說什麼俄羅斯風俗！喂！誰在那兒？好，把馬牽過去，牽到馬棚裡，再餵牠些燕麥，過一會我要親自去看。好吧，給牠取個名——就叫牠瑪拉克‧阿捷爾吧！」切爾托普哈諾夫的話語裡掩飾不住的興奮。

切爾托普哈諾夫剛走上臺階，突然又轉過身，跑到猶太人面前，緊緊握了握他的手，滿懷感激。猶太人受寵若驚，彎下身子，努起嘴唇，想去吻他的手了，可切爾托普哈諾夫忙閃到一邊，低聲地說道：「可別對任何人說！」便邁步走進屋，好像生怕有人發現似的。

從得到這匹馬的那一天起，瑪拉克‧阿捷爾就成了切爾托普哈諾夫生活中唯一的大事、唯一的樂趣，他把所有的心思都傾注在了這匹寶馬身上。他十分喜愛這匹馬，比當初愛瑪沙還要深，還要迷醉。他對這匹馬的親暱，比對他已故的好友涅多皮尤斯金還要親密。

難怪他如此癡迷，這匹馬著實太引人注目，太惹人喜愛了！這匹馬性如烈火，真像火藥般暴烈，但牠又莊重沉穩，頗有貴族風範！牠從不知疲倦，從不偷懶，吃苦耐勞，而且對主人總是百依百順，唯命是從。餵養起來也很省事，從不讓主人傷腦筋。倘若沒什麼飼料填肚子，牠甚至能用蹄子刨些泥土來充饑。牠慢步徐行時，如同把你抱在懷中那樣平穩；牠快步疾走時，如同讓你坐在搖籃裡那樣逍遙；牠揚蹄飛奔的時候快過疾風！你騎在牠的背上從不顛簸，舒服至極！無論怎樣飛奔，牠從不喘氣顫抖，因為牠的出氣孔多。四條腿有如鋼鐵般堅強！跌跌撞撞，那是從來不曾有過的！至於說跨越壕溝、跳過欄桿，那就更不在話下了。

而且這匹馬又極通人性！只要你一聲呼喚，牠就會應聲而至。如果你讓牠停在那兒，你盡可以放心走開，牠就會紋絲不動地在原地等你。只要一聽到你回來，牠就會低聲地嘶鳴，彷彿在說：我在這兒。牠無所畏懼。在黑漆漆的夜裡，牠也不會迷失了方向；在暴風雨中，牠也不會走錯路；不會讓陌生人靠近牠，倘若有人打牠的鬼主意，牠會嘶鳴咬牙！狗也別想靠近牠，否則，牠就揚起前蹄踢向狗頭，那條狗就會立刻沒命！這匹馬的自尊心很強。想讓牠趕路或疾馳，不用馬鞭趕，對牠來說，馬鞭只是一種裝飾品，只要用馬鞭在牠頭頂一揮即可，壓根用不著抽打牠！真的，何必多說呢，一句話，牠是無價珍寶，世間少有的寶馬良駒！

切爾托普哈諾夫一說起自己這匹寶馬瑪拉克・阿捷爾來就會眉飛色舞，讚不絕口！他對牠真是愛護備至！牠全身皮毛閃爍著鮮亮耀眼的銀色，而非暗淡無光的，銀灰色的光澤。如果你用手撫摸一下，如同是在撫摸絲絨綢緞！馬鞍、鞍墊、籠頭——所有的用具和飾品都裝備得恰恰好，美觀大方而又清爽利索，全都讓人賞心悅目！切爾托普哈諾夫對牠真是愛到了無以復加的地步，無可挑剔！他親自動手給牠編額鬃，親自用啤酒給牠清洗鬃毛和尾巴，甚至不止一次親自用滑潤油來塗抹牠的四蹄……。

他常常騎著自己的寶馬出去兜風——但是仍舊不去鄉鄰家，仍舊不與他們交往——而是趾高氣揚地從他們的土地上，從他們的院落門前繞過……如同在說：你們這些鄉巴佬，快來讚賞我的良駒吧！有時他聽到有人在某處打獵——是闊綽的地主老爺打算到遠處原野上打獵——他立刻縱馬飛奔而去——一展雄姿，讓所有觀賞者都驚嘆和羨慕寶馬的神采和飛速，但卻不讓任何人走到他跟前。

一天，一個富貴的尊敬的公爵來打獵，竟帶著他的全部侍僕和人馬去追切爾托普哈諾夫。切爾托普哈諾夫卻有意催馬急馳躲開他，於是這位富翁便死命緊追，並且還高聲喊道：「喂，聽我說！

把你的馬賣給我吧，多少錢都行，幾千盧布都行！就是把老婆孩子給你也行！就算給你我的全部家產，我也毫不可惜！」

切爾托普哈諾夫突然勒住了瑪拉克・阿捷爾。那個打獵者便飛奔而來。

「尊敬的先生！」那位尊敬的公爵死纏爛打地大喊，「你說吧，究竟要什麼，親爹啊！」

「就算你是皇帝，我也不賣！」切爾托普哈諾夫平靜地說（其實他平生從未聽到莎士比亞），「就算用你的王國來換我的馬，我也不換！」說完，便縱聲大笑，然後一提轠繩，讓馬揚起前蹄，單單用後腿像陀螺一樣在空中轉上兩圈，接著像離弦的箭一般疾馳而去！

只見那匹馬閃電般地在收割了的原野上疾馳。那個打獵者（聽說是個豪富的尊敬的公爵）把帽子向地上一甩，然後撲倒在地，把臉埋進了帽子裡！而且不肯起來，一直躺在地上有半個多鐘頭。

切爾托普哈諾夫怎能不愛他這匹寶馬呢？此外，他還有什麼優勢能向鄉鄰炫耀呢？只有這匹馬，是他最顯著的，也是最後一招了！這匹馬才是他的撒手鐧！

但是時間無情，一天天飛逝過去，付款的日期也緩緩逼近了，切爾托普哈諾夫非但湊不足二百五十盧布，甚至連五十盧布也湊不足。可怎麼辦呢？想個什麼辦法好來付帳呢？思前想後，他最終拿定了主意：「這又有什麼關係？要是那個猶太人不講情面，一定得到期付款的話，那我也只得一不做，二不休了，乾脆就給他我的房舍和土地，我自己就騎上瑪拉克・阿捷爾到處漂泊流浪！寧願餓死，也決不把這匹馬還給他！」

想到這裡，他心情異常激動，不再心煩意亂，憂心忡忡了。然而天無絕人之路，命運頭一回，但也是最後一次對他發了慈悲——命運向他微笑了。他遠方的姑媽，切爾托普哈諾夫甚至都不明白她的名字，竟在她的遺囑中留給了他一大筆款項，足有兩千盧布！而且他收到錢的時候，正像熱鍋上的螞蟻一樣著急——正好是猶太人來討債的前一天。

切爾托普哈諾夫欣喜若狂，但他並未想到用酒來慶賀自己的歡樂。自從他得到寶馬瑪拉克・阿捷爾，他就滴酒未沾，而是把全部心思都用在這匹馬身上。他發瘋般地跑進馬廄，捧起馬頭就吻，吻他的好友的鼻子兩側，又吻了馬的皮膚最為柔軟之處。「現在我們永遠在一起，再不分離了！」他高聲呼喊著，同時拍拍瑪拉克・阿捷爾的脖子，牠那梳得齊齊整整的鬃毛也隨之興奮地搖擺。

隨後，切爾托普哈諾夫又興高采烈地回到自己的房間，數出兩百五十盧布，用紙包好。然後便仰躺在床，吸著煙，一面又在心裡打算怎樣開銷剩下來的錢——也就是說，他要去買什麼樣的狗。要買純種柯斯特姆狗，而且肯定要帶紅斑點的！他甚至還和唯一的侍僕別爾費什卡友好地聊起了天，允諾買給他一件鑲黃絲帶的哥薩克上衣。然後便心滿意足地入夢了。

他做了一個噩夢：夢見自己出去打獵，但騎的並不是瑪拉克・阿捷爾，而是一頭像是駱駝的怪異的牲口，迎面跑來一隻雪白的狐狸……他想揮馬鞭，想吆喝狗去追捕，突然手裡的馬鞭變成了一道樹皮，那隻狐狸卻逍遙自得地在他面前跑著，還伸著舌頭引逗著嘲笑著他。他想去追，但是跳下駱駝之後，又被啥絆倒了，跌了一大跤……不想卻摔到了憲兵手裡。憲兵便把他帶去見總督，誰知那個總督卻是雅弗……

切爾托普哈諾夫一下驚醒了。屋裡黑沉沉的。公雞剛啼過第二次……。馬的嘶鳴從遙遠的地方傳來，切爾托普哈諾夫猛地抬起頭，細細傾聽……馬的嘶鳴又傳來了，但是已經十分微弱。

「是瑪拉克・阿捷爾在嘶鳴！」他心裡想：「……是牠的嘶鳴！沒錯！可為什麼這麼遙遠呢？哎

呀，我的老天！……不可能的……。」

切爾托普哈諾夫突然嚇出一身冷汗，噌地一下子跳下床，摸到靴子和衣服，胡亂穿上，又從枕頭下面抓起馬廄的鑰匙，一路歪歪斜斜地跑進了院子。

馬廄就在院子盡頭，有一堵牆面向原野。切爾托普哈諾夫把鑰匙弄了大半天，就是插不進鎖孔，因為他的手一直在發抖，也無法立即扭轉鑰匙……他只得屏住呼吸，靜站片刻，好讓自己平靜下來，但馬廄裡竟沒有絲毫動靜！

「瑪拉克！瑪拉克！」他低聲地呼喚著。卻沒有一點應聲——一片死寂！切爾托普哈諾夫不由得轉了一下鑰匙，那扇門吱呀一聲開了……原來門並沒有鎖上。他立即跨進屋，又呼喚了兩聲自己的心肝寶馬，就像呼喚自己的親人一樣，滿含著深情，這次還是叫的全名：「瑪拉克・阿捷爾！」

但卻沒聽到他忠實夥伴的答應聲，只有一隻老鼠在草堆裡窸窸窣窣地響了兩聲，這種感覺就如同刀絞一樣，像分別的離苦，更似生死離別，就彷彿隔著天地呼喚自己最親最愛的人，熱切卻沒有答應。切爾托普哈諾夫不假思索地衝進有三間槽房的馬廄中拴著瑪拉克・阿捷爾的那一間裡，就彷彿白天一樣，這條路對他來說太熟悉了。

雖然馬廄裡黑得像鍋底一樣，他還是無誤地到了那一間，準確得就好像燕兒歸巢，魚入大海，就彷彿回到愛人的懷抱那樣準確無誤……可瑪拉克・阿捷爾已經沒有影子啦！他的腦袋裡嗡地一響，覺得天旋地轉，四周白茫茫一片。他本想說些什麼，但是嘴裡卻嘶嘶作響，悲痛的心情讓他失語，於是他伸出手上下左右地摸索，彎著雙膝，直喘粗氣，哪裡都摸遍了，他希冀著自己的夥伴是睡著了或是有意給他開玩笑，不答應他的呼喚。又從這一個馬欄摸到另一個……最後摸到乾草，那些乾草一直堆放到天花板，他撞上了一堵牆，躲過以後，又撞上了另一堵牆，還跌了一跤，摔了個跟斗，趕緊掙扎著爬起，猛地從半敞著的門衝進院子，他絕望了，心如同掉了一樣……

「遭小偷了！別爾費什卡！別爾費什卡！馬被偷了！」他失聲大喊起來，嗓音裡滿是悲慟，就彷彿丟了魂一樣，應該比丟了魂更嚴重。

侍僕別爾費什卡聽了十分吃驚，身上只穿一件襯衣，從他歇息的儲藏室裡慌忙飛奔到屋外，襯衣的扣子沒有扣上……主人和他唯一的僕人在院子中央撞上了，兩人像醉漢一樣撞了個滿懷，踉踉蹌蹌地倒在了地上，然後跌跌撞撞地爬起來，他們發了瘋似的面對面兜起圈子。主人急得說不明白是怎麼一回事，僕人也弄不明白為何把他叫出來，他們就像被打暈了的兔子。

「糟了！糟了！」切爾托普哈諾夫不住地嚷著。

「糟了！糟了！」那個僕人也不由得跟著他一齊喊起來。

「拿燈來！拿燈來！快把燈點著！火！火！」從切爾托普哈諾夫那因過度緊張而麻木的腦中，迸出這些話來，這是他意識裡唯一的清醒，就如同沙漠中口渴暈倒的人對水的渴望，別爾費什卡飛奔進屋裡，就彷彿得到了指令一樣。

但是要點燈，得找到火呀，到哪兒去找呢？當時在俄羅斯，黃磷火柴還算稀罕。再說，廚房裡餘燼早已熄滅。真是急死人了！費了好大勁才找到了火刀和火石，卻又不怎麼好用，古人說得好：越是著急越是出亂子，切爾托普哈諾夫怒氣衝衝地從別爾費什卡的手裡奪過火刀和火石，這時僕人已嚇得魂不附體，就彷彿面臨著滅頂之災。他親自動手打火，火花四射，可就是點不著，氣得切爾托普哈諾夫不斷咒罵和焦急哀嘆。

真是活見鬼！火絨不是點不著，就是剛點著立刻就又滅了，就彷彿有意和他作對一樣。四個腮幫子和兩張嘴使盡氣力，合作得很好，卻還白費勁，怎麼折磨都點不著，上天彷彿在有意地作弄著他們。這樣忙了有五六分鐘或許更長的時間，突然靈機一動，何不直接去點提燈底部的蠟燭頭？感謝上帝，終於點著了！於是切爾托普哈諾夫由僕人陪著，一起衝進馬廄，把提燈高舉在頭頂，把裡面認真查找了一遍……哪有寶馬瑪拉克・阿捷爾的影子！這下子最後的一點希冀也破滅了，他們不得不接受這個殘酷的現實了，寶馬丟了！

切爾托普哈諾夫又急忙跑進院子，把院子的每個角落都找遍了，就差掘地三尺了，就是沒找到這匹馬！

他院落四周的籬笆早就破爛不堪了，許多處已經歪斜，有的地方已經倒在地上了……馬廄旁邊有一俄尺長的地方，就和沒有籬笆一樣！顯然是有人破壞過的，別爾費什卡還把這一段指給切爾托普哈諾夫看。

「老爺，您看這兒，今天白天可不是這種樣子。看，木樁都從地裡拔出來了，很顯然這是有人有意拔出來的。」他說這話的語氣就像彷彿發現了新大陸，滿含著邀功的味道。

切爾托普哈諾夫提燈跑來，往地上照了照。

「馬蹄印，馬蹄印，馬掌印，是的，是新鮮的印跡！」他氣急敗壞地嘟噥著，「對，是打從這裡牽出去的，就是這兒，沒錯！」他說這話的樣子令人恐怖，滿是憤怒。

他飛身跳出籬笆，高聲疾呼：「瑪拉克・阿捷爾！瑪拉克・阿捷爾！」人和聲音一起飛奔向原野。

別爾費什卡驚慌失措地呆在籬笆旁，提燈的光圈立刻從他眼前消失了，沒入黑沉沉的夜幕，夜色一片黑漆。

切爾托普哈諾夫那悲痛絕望的呼喊愈發嘶啞微弱了，逐漸地沒入了黑沉沉的天際……

切爾托普哈諾夫回到家裡時，朝霞已經升起。他簡直都沒人樣了，渾身是泥，臉上流露著令人毛骨悚然的神情——粗俗得可怕，兩眼癡呆地望著，空洞洞的，陰森森的。他累得散了架，頹然坐到了門邊一把椅子上，使勁敲打自己的頭，那個樣子讓人覺得既讓人可憐又可怖。

「被偷走了！……被偷走了！」他語無倫次地重複著這句話，像丟了魂一樣。

可這個盜馬賊是怎麼偷走瑪拉克・阿捷爾的呢？馬廄鎖得好好的，更何況，三更半夜怎會一點兒聲響都沒有呢？讓人覺得好怪異，而且瑪拉克・阿捷爾白天都不准任何人靠近，況且是夜裡呢？怎麼會這樣悄無聲息輕而易舉地失盜了呢？一聲犬吠也沒有，這究竟為什麼？又該如何解釋？誠然，只有兩條看家狗，兩條小狗還迫於饑寒在地上蜷縮——可總也應該有所發覺啊，總該狂叫上幾聲啊！他越想越糊塗了，越想越理不出頭緒來了。

「現在瑪拉克・阿捷爾不見了，沒有了，我該怎麼辦呢？我該怎麼活呢？」切爾托普哈諾夫心裡想。「現在我失去了最後的慰藉和歡樂——說明我已經死期臨頭了。現在幸好還有錢，是不是要再買一匹馬？可到哪兒才能找到這樣的寶馬？」

「潘捷列伊・葉列美奇！潘捷列伊・葉列美奇！」門外傳來了膽怯的呼喚。

切爾托普哈諾夫一聽，一下子跳了起來。「是誰？」他大聲喊道，聲音激動得都變了，好像突然間明白如何找回自己的寶馬了。

「是我，您的小廝，別爾費什卡。」一個顫抖的聲音。

「你有什麼事？找到馬了？還是牠自己跑回來了？」

「不，潘捷列伊・葉列美奇。是那個猶太人，就是賣馬的那個……」他的語氣渾身打戰著。

「嗯？」

「他來了。」

「呵呵呵呵！」切爾托普哈諾夫大叫道，猛地打開了門。「給我把他拖到這兒來！拖到這兒來！拖到這兒來！」就彷彿抓到了犯人一樣。

別爾費什卡背後站著的猶太人一見他「恩人」那副蓬頭垢面，怒氣衝衝的相貌，那副兇狠野蠻的神情，立刻轉身想溜之大吉。但是，切爾托普哈諾夫突然猛地向前跨了兩步，追趕上了他，像餓虎撲食一樣死死地掐住了他的喉嚨。

「哼！你是要錢來了！要錢來了！」他扯著嗓子嘶啞地大吼道，似乎他不是掐住別人的喉嚨，而是別人掐住了他的喉嚨。「夜裡馬剛被偷走，白天你就來要錢，啊，是不是？」滿是絕望的語調。

「哪裡的事，大……大人？」猶太人哼哼唧唧地說，聲音就彷彿從一條縫裡擠出來一樣。

「你告訴我，我的馬在哪？你把馬弄到哪去了？又轉賣給誰了？快說，快說！」他吼著。

猶太人被掐得只是喘氣了，連恐怖的表情都從憋得發紫的臉上消失了，雙臂垂直地耷拉著。他那被切爾托普哈諾夫猛烈搖晃的身子，前後擺動如同暴風中的蘆葦。

「錢我會照付給你，全數付給你，一個戈比也不少給你的，」切爾托普哈諾夫嚷道：「但是，如果你不立刻坦白交代，我就掐死你，如同掐死一隻小雞一樣把你掐死……」

「您已經掐死他了，老爺。」別爾費什卡恭順而又膽怯地說。

切爾托普哈諾夫這時才清醒過來，他急忙鬆手，放開了猶太人的脖子，猶太人便撲通一聲倒在地上。切爾托普哈諾夫把他扶起，坐在凳子上，然後往他喉嚨裡灌了一杯酒，好讓他清醒過來。過了一小會兒，猶太人蘇醒了過來，然後就跟他說瑪拉克·阿捷爾被盜之事。原來有關瑪拉克·阿捷爾被盜的事情，猶太人壓根就毫不知情，他費了好大力氣為他「最尊敬的潘捷列伊·葉列美奇」弄來了這匹好馬，他幹嘛又偷走牠呢？這又是何苦呢？他怎麼會這麼幹呢？他是絕對不會這樣幹的！

於是切爾托普哈諾夫領他進了馬廄裡。他們倆又把馬欄、食槽、門上的鎖都察看了一遍，把乾草和麥秸又認真翻了一通，然而這一切都是徒勞的，然後回到院子裡。切爾托普哈諾夫把他領到籬笆旁，把馬蹄印也指給他看——這時，切爾托普哈諾夫突然恍然大悟地往自己的大腿上猛拍一下，高聲說道：「對了！你在哪買的這匹馬？」彷彿突然想明白了一件事情。

「在阿爾漢格爾斯克縣的維爾霍辛集市。」猶太人答道。

「從誰手上買的？」

「一個哥薩克。」

「這就對了！這個哥薩克是青年還是老年？」他緊接著追問。

「是個中年人，看上去老實巴交的。」

「他是什麼人？長什麼樣？恐怕是個狡詐的騙子吧？」他的話裡滿是不相信。

「說不定，沒準是個騙子，大人。」

「那個騙子和你怎麼說的？這匹馬他養了多久？」

「他彷彿說過，養了很長時間了。」

「噢，那肯定是他偷走了馬，別人偷不走，肯定是他！你想想看，你走近些，告訴我……你叫什麼名字？」他說話的樣子恐怖極了，眼睛裡閃著狼一樣的螢光。

猶太人嚇得渾身打了冷戰，抬起那雙烏溜溜的小眼睛，呆望著切爾托普哈諾夫。

「您問我叫什麼名字嗎？」他重複了一遍，然後咽了一口吐沫。

「哎，是的，問你叫什麼名字？」

「我叫莫舍爾・列伊伯。」

「喂，列伊伯，好朋友，你是聰明人，認真動腦筋想想，除了原來的主人，還有誰能盜走瑪拉克・阿捷爾呢？牠是不會聽別人的話的！偷馬賊居然能給牠放好鞍子，戴上嚼環，還脫去馬衣！不是原先的主人，又能是誰呢？你看，馬衣就丟在了乾草堆上！……如同在自己家裡那樣從容不迫！除了原來的主人，別人非讓瑪拉克・阿捷爾給踢死不可！若是換了陌生人，牠會發怒的，牠會高聲嘶鳴，甚至還會驚動整座村子！你看，我說得在理吧？」他很為自己的思辨驕傲。

「對極了，對極了，大人……」那個猶太人一個勁地奉承著。

「這樣說來，我們先得要找到那個哥薩克！」

「但是，大人，我們去哪裡找他呢？我只見過他一次，誰知道他現在在哪裡呢？又不知道他的名字，可怎麼找呢？哎呀呀，哎呀呀！」猶太人焦急地說，悲戚地搖著兩鬢垂下的長髮。

「列伊伯！」切爾托普哈諾夫心急如焚而又暴躁地說：「你快看看我，我都失去理性了，難以自制！……如果你不幫我一把，我只好自殺了！……」

「但我怎麼……」他無可奈何地說。

「你跟我一起去吧，我們一起去找那個盜馬賊！」

「那我們到哪去找呢？」

「到集市上，到大路上，到小路上，到偷馬賊那兒，到城裡去，到村鎮去，到農莊——哪怕走遍天下也要找到！至於盤纏，你不用擔心。老弟，我得了一筆遺產！哪怕花掉最後一個戈比，也要找到我的寶馬，找到我的好朋友！那個哥薩克，這個孬蛋，絕對逃不出我們的手掌心！他到哪，我們就追到哪！就是上天入地，我們也要找到他！要是他跑去魔鬼那兒，我們也追到魔王那兒！」他忘情地說。

「哎，找魔王幹嘛？」猶太人膽戰心驚地問：「不去找魔王也行。」

「列伊伯，你這猶太佬，」切爾托普哈諾夫搶著說：「列伊伯，雖然你是猶太人，是個異教徒，但你的心腸好過有些基督徒！你就讓人可憐我吧！我自己單槍匹馬去不行，我一個人辦不成這件事，因為我性子急、脾氣不好，但你卻有頭腦，你辦事機靈，會動腦筋！你們就是這麼一個民族：不僅做事機靈，而且還能無師自通！什麼辦法都想得出來。你可能不信，心裡犯嘀咕：他哪兒有錢？他在瞎吹呢。好！到我房間去，我把所有的錢都拿給你看。你把錢都拿走吧，把我脖上的十字架拿走也行——只要能把瑪拉克•阿捷爾找回來就行！肯定找回來，肯定找回來！」他已經完全不顧一切了。

切爾托普哈諾夫如同發瘧疾一樣，全身瑟瑟發抖，汗珠子如同小河一樣從臉上淌下去，淚與汗混在一起，濕透了小鬍子。他緊握著猶太人的手，苦苦哀求，甚至還要吻他……這時，切爾托普哈諾夫已到了癲狂的程度。猶太人本來想勸慰他、婉拒他，想跟他說，他沒法跟他走，他不能離開這兒，他有事要辦……但完全沒用！切爾托普哈諾夫什麼都聽不進去，再說什麼都沒用了，可憐的猶太人只好無可奈何地由他了。

次日，切爾托普哈諾夫和猶太人駕著一輛農家馬車，從別索諾夫村出發了。猶太人看上去有些驚慌失措，一隻手扶著車欄，那有氣無力的身子隨著車子搖搖擺擺地顛簸，就像風中的垂柳。他把另一隻手放在懷中，緊攥著那個用報紙包著鈔票的包，如同攥著自己的命，生怕他丟了似的。切爾托普哈諾夫像個木頭人一樣呆坐在那裡，兩眼癡癡呆呆地，深深地嘆息著。腰間還別著把短劍，手緊握著劍把。

「哼，該死的偷馬賊，想盜走我的夥伴，這下我們可得好好較量！」馬車剛上大路時，他嘟囔著，好像要去決鬥一樣。

切爾托普哈諾夫把院落託付給家僕別爾費什卡和廚娘，廚娘是個失聰的老太婆，無依無靠，主人看她可憐，就收留了她。

「我肯定會騎著瑪拉克•阿捷爾回來見你們，」切爾托普哈諾夫上路時對他們高聲說：「要不然我就永遠不回來了！」他滿懷著自信，就彷彿出征打仗肯定會凱旋一樣。

「你乾脆嫁給我好啦！」別爾費什卡用肘部捅捅廚娘的肋部，嬉皮笑臉地開玩笑，「反正咱們老爺不回來了，這樣就不會無聊了！」

十二個月過去了……整整一年，潘捷列伊•葉列美奇音信全無，老廚娘也死了。別爾費什卡已經盤算丟下這裡的院落，準備進城去一家理髮店當學徒，他的堂兄曾經多次叫他過去，他一個人守在這裡著實憋悶，也不明白主人什麼時候能回來，能不能回來。

突然有消息傳來：主人切爾托普哈諾夫就快回來了！教區執事收到了切爾托普哈諾夫的一封親筆信，信中說他很快就回別索諾夫村，並請執事轉告僕人做好準備工作，接待他的凱旋。別爾費什卡認為這些話只是想讓他打掃一下灰塵，整理一下房舍，並沒有完全相信主人真的要回來。然而，幾天後，切爾托普哈諾夫果真騎著瑪拉克・阿捷爾回到了自己的家園，他這個時候才相信執事所說的話是真的。

別爾費什卡立刻飛奔向主人，扶鞍捧蹬，想攙他下馬，不想主人自個兒飛身跳下馬背，身形很是利索，還意氣風發地環顧四周，興高采烈地高聲說：「怎麼樣！我說過的，肯定會找到瑪拉克・阿捷爾，果真就找到了，我終究戰勝了仇敵和命運！」別爾費什卡過來吻了吻他的手，切爾托普哈諾夫卻沒怎麼在意僕人的忠實和熱情，他完全沉浸在凱旋而歸的喜悅中。

他拉著轡繩，趾高氣揚地把瑪拉克・阿捷爾牽進馬廄，別爾費什卡認真地打量了主人一番，有些十分驚疑和擔心了：「哎呀，他這一年可瘦了許多，也老得多了，臉色也更為陰沉可怕了！」潘捷列伊・葉列美奇按理說應該心滿意足了，應該高興了，因為他最終實現了願望，而且他著實很高興……別爾費什卡心裡卻不是很踏實，膽戰心驚，甚至覺得恐怖可怕，切爾托普哈諾夫把馬拴到原來的槽頭，愛撫地拍拍牠的臀部，深情地說：「好了，你又回家啦！從此可要當心點！」

當天他又忙著從免除賦役的孤苦農夫中雇一個可靠的人來看管這匹馬，他又重新在家裡一如既往地安心度日……。

但是已經不能一如既往安心度日了……只是，現在先不談這個問題，後面會說到的。

切爾托普哈諾夫回家的翌日，便叫來別爾費什卡，因為沒有別人可以談，就把他找到瑪拉克・

阿捷爾的經過講給他的僕人聽，他急於找個人傾訴，讓人恭維，急於與人分享自己的成就感——當然，說時保持著他的尊嚴，而且還是以意味深長的語調。在講述時，切爾托普哈諾夫的臉一直朝著窗戶坐著，用長煙管抽著煙，一副無憂無慮成功的相貌。

別爾費什卡倒背著雙手，站在門檻上，恭恭敬敬地望向主人的背影，聽他從頭至尾敘述一遍，一副佩服得五體投地的樣子。講他是怎樣到處奔波、苦苦尋找，最後最終在羅姆內的一個馬市上找到了瑪拉克•阿捷爾。那時只剩他一個人，猶太人列伊伯沒有陪著他。這傢伙膽小，經不起這樣的奔波和風險，丟下他偷偷逃跑了。他講到在第五天，他已打算離開羅姆內馬市了，卻在最後一次往返查於一排排馬車時，意外地在其他三匹馬中發現了一匹車轅下的馬，正是瑪拉克•阿捷爾！他一眼就認出來牠來了，瑪拉克•阿捷爾也立即認出來了他，搖頭擺尾地嘶鳴、掙扎，用蹄子一直在地上亂刨，顯得很是興奮。

「這匹馬不在哥薩克那兒，」切爾托普哈諾夫接著說，自始至終都沒有轉過頭來，仍然以那樣意味深長的語調，「而是在一個茨岡馬販子手中找到的。當然，我一看見瑪拉克•阿捷爾，立即死死抓住我的馬不放，想把馬硬搶過來，但那個茨岡人如同被火燙了一樣大喊大叫，驚動了整個馬市，他還一再賭咒發誓，說他這匹馬是從另一個茨岡人手中買來的，還聲稱要找那個人來對質……我壓根沒搭理他這一套，也不想再和他糾纏，就大方地付錢買下這匹馬，其他我都不管了！對我來說，找到了我的好朋友，這才是最重要的，這樣我才能安心，精神也才能得以安寧。

「中間還發生這樣一件事，我在卡拉契夫縣，聽信了猶太人列伊伯，把一個哥薩克錯認為那個偷馬賊，誰知他是一個牧師的兒子。我打了他一耳光，人家要我賠償名譽損失，我無可奈何下只得賠他一百二十盧布。這又有什麼關係?這叫花錢消災,況且千金散盡還復來,最要緊的是找回了我的寶馬瑪拉克‧阿捷爾!我現在時來運轉,我很幸福,可以過安寧日子了。但是,別爾費什卡,我要特別囑咐你一句:你要是在這旁邊一帶發現那個哥薩克,你千萬別言語,趕緊跑回家把槍拿給我,我明白自己該怎樣對付他!」他絮絮叨叨地說。

雖說潘捷列伊‧葉列美奇這樣吩咐別爾費什卡,嘴上這麼說,但心裡並不像他說的那樣輕鬆安然。是啊!在他內心深處,他並不完全相信他帶回的馬就是瑪拉克‧阿捷爾!嗚呼,這匹馬依舊是他最大的心病!他無法擺脫這個陰影。

潘捷列伊‧葉列美奇‧切爾托普哈諾夫真正受苦的日子開始了!說實話,他差不多沒有享受到一天的安寧和快樂!每到心情安寧和快樂之時,他便覺得心中的不相信是荒唐的,這時他能夠像驅趕一隻纏著他不放的蒼蠅一樣,趕走這個荒唐的念頭,甚至對此加以嘲笑。然而更多的卻是痛苦和折磨的日子。那時,那個沉重的念頭總是頑固地來回飛在心頭,揮之不去,如同老鼠一樣鑽出來死死撕扯他的心,咬噬他的心,抓撓他的心——於是他撕心裂肺般的疼痛,除此之外還感到苦悶難熬。

在那個可紀念的日子,也就是找到瑪拉克‧阿捷爾的那一天,切爾托普哈諾夫的確心花怒放,的確幸福快樂,但是,在他找到這匹寶馬良駒,並在牠身邊守護一夜之後,當他在旅店低矮的屋簷下給牠裝配馬鞍子之時,有什麼彷彿在他心裡猛刺了一下,他心裡一陣劇痛……他只是搖搖頭,但卻埋下了不幸的種子。在回家旅途中(走了大約一個多星期),他心裡很平靜。但他剛一回到自己的別索諾夫村,一來到以前那匹真正的瑪拉克‧阿捷爾棲身的槽頭,他就不相信了,心中的不安更為強烈了……

在回鄉的途中，他總是騎著瑪拉克緩步徐行、逍遙自得，放眼四望，讚賞自然風光，悠閒地吸著一支短煙管，無憂無慮，只是有時暗暗思忖：「哼！沒有什麼事是我切爾托普哈諾夫做不到的，無論幹什麼，想怎樣就怎樣，說到做到！」於是洋洋自得地大笑著。但一回到家，心情就全變了。

這一切當然深藏在他心裡，僅就自尊心而言，他也絕不會透露內心的不耐煩和恐懼。不管是誰，哪怕是婉轉的猜疑或暗示，說這匹馬似乎不是起先的瑪拉克・阿捷爾，都會置他於死地。有時在路上遇見一些人，人家都恭喜他「成功找回馬」，他無可奈何地接受這種恭喜。但他自己從不主動尋求這種恭喜，而且現在比以往任何時候都不願同別人交流了！

他無時無刻不在測試這匹新找回來的瑪拉克・阿捷爾（如果可以這樣說），他有時騎牠到原野裡去考核，或是不聲不響地走進馬廄，鎖上門，靜悄悄站在馬的槽頭，凝神望向馬的眼睛，輕聲問道：「你真的就是瑪拉克・阿捷爾嗎？真是你嗎？是你嗎？」或者是不聲不響地望著牠，一連幾小時都專心致志地看地觀察牠。有時心花怒放地自言自語：「是的，沒錯，就是牠！」有時他又不相信起來，甚至到了極度惶惑驚恐的地步！

新買回的瑪拉克・阿捷爾和原來那匹瑪拉克・阿捷爾在體態外形上不好區別，並沒有怎麼讓切爾托普哈諾夫惶恐不安。因為這兩匹馬的區別卻並不顯然。原來那匹瑪拉克・阿捷爾的尾巴和鬃毛彷彿更稀疏，耳朵更尖一些，蹄腕骨更短一些，眼睛更明亮一些——但這也可能只是一種感覺，是一種錯覺。

最使切爾托普哈諾夫不安的，實際上是馬的精神氣質方面的差異，也就是說，現在這匹馬和原來那匹習性迥異。比如說，原來那匹習性如下：每當切爾托普哈諾夫走進馬廄，牠總要回頭張望，還要輕聲嘶鳴起來，彷彿親切地打招呼一樣；但現在這一匹只是好像沒事地低頭吃草，或者垂下頭來打瞌睡。每當主人跳下馬鞍子之時，兩匹馬都是靜靜站著不動，但每當主人呼喚之時，原來那匹馬會立刻應聲而至，而現在這匹卻呆立不動像個木頭樁子。原來那匹馬跑起來非常快，跳得更高更遠；現在這匹馬慢步徐行時雖然也輕鬆自如，然而快步奔馳時，卻搖晃得相當厲害，而且馬蹄有時還會撞在一起。原來那匹從未有過這種醜態，絕對不曾有過！

切爾托普哈諾夫也覺察到：現在這匹總是豎著耳朵，蠢頭蠢腦；而原來那匹則不一樣，一隻耳朵總是向後倒，總是以這種姿態注視主人，好似時刻聽候主人命令！原來那匹馬一看到周圍不乾淨，立刻會用後蹄踢馬欄的牆壁；可現在這匹卻毫不在乎——即便糞堆一直頂到肚子也無動於衷。如果讓原來那匹馬迎風站立或者奔跑，牠會立即用整個肺部來呼吸，而且全身都在抖動；而現在這匹馬呢，只是打打響鼻。原來那匹馬忍受不了雨水潮濕，現在這一匹則對此毫不在乎……這一匹馬較粗魯一些，準確地說粗魯得多！也沒有原來那匹馬的瀟灑風度。說到駕馭起來，也不那麼敏捷機靈了，那匹馬可招人疼了，而這匹……唉，還能說什麼呢！他不敢再接著想下去了。

這就是切爾托普哈諾夫常常想到、常常比較的問題，他一想到這些問題就痛苦不堪。但是在另外一些時候，比如說當他在剛耕作過的原野上縱馬急馳之際，或是策馬飛越鴻溝，或是從最陡峭的坡底向上飛躍之際，他簡直興奮得如癡如狂，嘴裡還不斷高聲呼喊，這時他覺得，的確是這樣覺得，他胯下這匹馬就是不容置疑的真正的瑪拉克・阿捷爾，因為除真正的瑪拉克・阿捷爾之外，還有哪匹馬能如此傑出？

即便這樣，切爾托普哈諾夫還是無法避免災難和不幸。長期尋找瑪拉克・阿捷爾使他花掉了好多錢。至於買什麼良種獵犬，他已不存奢望了，只是一如既往的，獨自騎著馬在旁邊走來走去，尋找著些許的安慰。

一天早上，切爾托普哈諾夫在離別索諾夫村五俄里的地方，碰見了那位尊敬的公爵的獵隊，也就是一年以前堅持要買他的瑪拉克·阿捷爾的那位尊敬的公爵。而且恰好又出現了與上次同樣的情況：這一天和那一天一樣，一隻灰兔從斜坡上的田埂上跳出來，正好跑到獵犬的面前！「快追，快追，逮住牠！」整個獵隊疾風般地追獵過去。

切爾托普哈諾夫也縱馬追了過去，但卻沒有和尊敬的公爵的獵隊一起，而是在離他們二百多米之處，正如同上次一樣。追著，追著，一條曲曲彎彎的水溝出現在斜坡上，橫在他們的面前，擋住了切爾托普哈諾夫的去路。水溝越往上去就越窄。但是就在他要跨越之處——正巧一年半以前就是在這兒跨越過去的——同樣是八九米寬，兩俄丈深左右。切爾托普哈諾夫滿懷著成功展示神馬英姿的預兆——多巧妙的重演，又一次成功展示輝煌，他意氣風發地揮舞著馬鞭，誇耀地大笑起來。

那個獵隊的人們一邊策馬追趕，一面專心致志地讚賞著這位英勇的騎手和這匹奇妙的良駒。切爾托普哈諾夫縱馬箭一般疾馳著，水溝已經近在眼前——快！快！如同上次那樣，一躍而過！他多麼希望這匹馬能夠縱身躍過這道鴻溝啊，他太渴望了。

沒想到現在這匹瑪拉克·阿捷爾卻突然停下步子，猛轉向左，順著溝沿跑走了，切爾托普哈諾夫不管怎麼向橫越水溝的方向扭轉馬頭，都白費力氣。也就是說，這匹馬膽怯了，自認失敗了，而且不要臉地臨陣脫逃了，這是多麼大的恥辱啊！這時，切爾托普哈諾夫羞得簡直想鑽進地裡，繼而轉為滿腔怒火，淚水盈眶，差不多都要失聲痛哭了。他放鬆轠繩，策馬飛奔，一直跑到山裡，遠遠避開那群狩獵者，只求不要聽到他們的嘲諷，只求快些躲開他們那如針如刺的惡毒的目光。

這匹新買的瑪拉克・阿捷爾身上遍佈鞭痕，是主人惱羞成怒打的，累得口吐白沫，大汗淋漓地跑回家。切爾托普哈諾夫下馬後，立即把自己關在房間裡，自顧難過去了。

「不對！這不可能是真正的瑪拉克・阿捷爾，不是我原來那個忠實的好朋友！要是原來那匹馬，即使是搭上命，牠也會縱身躍過的，是絕不會出賣我——讓我當眾出醜的！」

下面發生的這件事，徹底把切爾托普哈諾夫逼上了「絕路」。有一回他騎著瑪拉克・阿捷爾，來到別索諾夫村所屬教區的禮拜堂鄰近的僧侶村後面。他把皮帽子戴得很低，差不多都快蓋住眼睛，他想遮著臉不想讓人認出他來，彎著腰盡可能地不讓人認出他來，雙手扶著馬鞍，慢悠悠地走向前去，一副垂頭喪氣的樣子。

他有些心煩意亂。突然聽見有人叫他，他立即勒住馬，抬起頭，看見呼喚他的人就是跟他送信的那個教堂執事。執事在他那編成辮子的棕髮上戴著一頂同是棕色的風帽，身上穿著一件黃色土布外套，腰束一條藍色腰帶。他出來轉轉，專門來察看他家的禾堆，他看見潘捷列伊・葉列美奇，覺得應向他表示敬意，順便也想從他那裡打聽一些事。大家都明白，教會裡的神職人員如果沒有事，他們不會隨意和俗人交談的，但切爾托普哈諾夫卻並無和教堂執事交談的心情。他不得不向他答禮致敬，湊合著應付了一聲，就揮動馬鞭，想趕緊走掉……

「您的馬可真英俊！」教堂執事急忙接著說：「這匹馬可真值得誇耀。說實話，您真是一位足智多謀的男子漢，如同一頭英勇的獅子一樣！」

這個執事一直以伶牙俐齒、能言善辯聞名，這一點很令牧師嫉恨，因為他笨嘴拙舌，不善言談。

「唉，雖然您遭到不好的人的算計，失去一匹好馬，」教堂執事接著說：「卻毫不灰心，反而更加信仰天意，歷盡磨難又為自己弄回一匹好馬，一點兒也不比原來那匹差到哪裡，甚至比原來那匹還要出色……所以……」

「你胡說！」切爾托普哈諾夫不高興地打斷他的話，「什麼另外一匹？分明就是原來那一匹馬！這匹就是瑪拉克・阿捷爾……我費了好大力氣才把牠找回來，不要瞎說！……」他有些慌不擇言了。

「唉！唉！唉！唉！」教堂執事彷彿有意和他為難，從容有意拉長了腔調說著，同時用手指撫弄著鬍子，又用他那雙明亮而又多疑的眼睛死死盯著切爾托普哈諾夫。

「這是怎麼回事啊，尊敬的先生？你想想看，我記得可明白了，您的馬是去年聖母節後約兩個星期被偷走的，現在都已經是十一月底了。」

「嗯，好，那和此事又有何關係？」他追問道。

教堂執事照舊用手撫摸著鬍子，又開口說道：「也就是說，從丟馬的時候到現在，都過去一年多了，而那時您的馬是灰色的，還有圓斑，現在卻絲毫沒變，顏色甚至更深了一些。這是怎麼回事呢？不大對吧，因為一年內，灰馬的毛色要變淺一些才對呀！」他意味深長地說。

切爾托普哈諾夫全身顫抖了一下……就彷彿有人用長矛猛刺了一下他的心窩。灰色皮毛是要變淺的！這麼明白的道理，他怎麼竟一直沒想到呢？

「討厭的傢伙！給我閉上你的嘴！」切爾托普哈諾夫怒火三丈地吼道，發狂似的瞪圓雙目，立刻策馬從執事面前飛奔而去，風一樣消逝得無影無蹤了。

「唉，全完了！」他痛心地深深地嘆息著。

現在的確全完了，所有幻想都破滅了！最後一張王牌也輸掉了！就因為這一句「顏色要淺」，一下子就把切爾托普哈諾夫逼上了死路！

灰馬的毛色是要變淺的呀！跑吧，跑吧，該死的畜生！這句話就判了你死刑！他特別痛恨這匹馬，他的惱羞成怒讓他喪失了理智。切爾托普哈諾夫氣急敗壞地跑回家，又把自己關進了房間，他不想見任何人。

現在全明白了。這匹沒用的駑馬壓根就不是瑪拉克·阿捷爾！這匹馬和瑪拉克·阿捷爾毫無一點相似之處。任何人，只要稍有頭腦，一眼便看得出來。而他，切爾托普哈諾夫卻用最不光彩的方法騙人——是的，他是在自欺欺人，他是想辦法欺騙自己，蒙蔽自己的眼睛，安慰自己那顆急切需要安慰的心靈，可現在，這一切全穿幫了！

切爾托普哈諾夫在屋子裡團團亂轉焦急得像熱鍋上的螞蟻，每當走到牆根，便用同樣的方式一轉，那樣子真像一頭關在籠中的猛獸。

由於自尊受到了嚴重傷害，他忍受著徹骨的痛苦折磨。然而又不僅只是自尊心受傷害而痛苦。他灰心絕望，又怒火熊熊，心中產生了強烈的復仇之念，但是憎恨誰？向誰復仇？向猶太人，向雅弗，向瑪沙，向教堂執事，向偷馬的哥薩克，向所有鄉鄰，向天下所有人，還有他自己？他不明白，他的心智錯亂了，神志不清了。最後的一張王牌也輸光了！（他十分喜愛這麼比喻。）他又變作一個最卑下的小人，最讓人輕視之人，變成一個受人嘲笑的對象，一個十足滑稽的小丑，一個愚蠢至極的傻瓜，被教堂執事嘲笑的人物！……他想像著，他清楚明白地想像著：那個可惡的猶太佬會怎樣對人們談起這匹灰馬，談起這匹馬的蠢主人……唉，真該死！

切爾托普哈諾夫想抑制住心中的怒火，卻是徒勞無功。他一直試圖說服自己，這匹馬……儘管不是真正的瑪拉克．阿捷爾，但是……還算一匹引人注目的好馬，牠還是可以侍候他許多年，還是可以陪他打發寂寞的日子的，想到這裡，他立即打消了這個念頭，彷彿這種想法是對先前那匹瑪拉克．阿捷爾的一種新的侮辱，再說他本來就已對不起原來那匹寶馬瑪拉克．阿捷爾了……難道不是嗎？他真是個睜眼瞎，窩囊透頂的大笨蛋，他在心中千遍地責罵著自己，所以才把這麼一匹沒用的駑馬當作了先前那匹寶馬！竟還把牠們一視同仁！

是啊，現在，這匹劣馬倒還可以侍候他多年……難道他還想騎牠嗎？不！他絕對不會再騎牠了，永遠不再騎牠了！他覺得騎上牠對自己是一種羞辱……把牠送給韃靼人吧，把牠丟給狗吃了吧，他想儘快把這匹馬處理掉，總之，牠再沒什麼價值了……對！就是這個主意！這麼處理牠最好！

就這樣，切爾托普哈諾夫在自己的房間裡走來走去，足有兩個多小時！像一條憋瘋了的獅子，狂怒，焦躁，又無可奈何。

「別爾費什卡！」他突然高聲呼喚侍僕，並命令道：「你立刻去酒店，給我買半桶白酒！聽到了嗎？買半桶，立刻就去！立刻把酒給我放在桌上！」他想讓酒精麻醉自己的神經。

別爾費什卡很快把酒打來，切爾托普哈諾夫重新灌起了酒。當時無論何人，只要看到切爾托普哈諾夫，只要親眼見到他一杯接一杯酗酒的那副陰鬱而兇狠的相貌，肯定會不由自主地驚駭打顫。

夜幕已然來臨。桌上點著的蠟燭閃著昏暗的光。切爾托普哈諾夫不再在屋裡走來走去。他呆坐在那兒，臉泛紅紫，兩眼發直又毫無生氣，一會兒看看地上，一會兒又死死注視著黑漆漆的窗戶，片刻又站起身，斟上一杯酒，一口氣喝完，再次坐下，又目不斜視地死死注視著一個地方，又癡呆呆一動不動了，整個人彷彿失去了理智，事實上他已經完全失去了理智。只是呼吸愈發急促，臉也愈來愈紫紅。

彷彿在默默下著決心。但這決心使他自己也惶恐和害怕，可他卻逐漸地對這個決心以及其形成的心理狀態習以為常了。就是這同一個念頭一直糾纏他，像毒蛇一樣噬咬著他，就是這麼一個念頭在他眼前變得愈發清晰了。而在他內心深處，在不斷發作的酒勁的強烈作用下，憤恨之事已變作一種極為殘忍的復仇心理，於是他的唇邊閃出一種令人毛骨悚然的大笑……

「哦，該動手了！」他用一種煞有介事而又急不可耐的語調說：「應該當機立斷了！」

他仰頭飲盡最後一杯白酒，走到床頭抄起手槍——就是他打瑪沙的那支手槍，裝好彈藥，又多拿幾個引火帽裝進衣兜，以防萬一，留作備用，然後便走向馬廄。

在切爾托普哈諾夫開馬廄門之時，那個看馬人正要跑去看個明白，但他卻對看馬人高聲怒吼：「是我！你難道沒看見嗎？走開！」

看馬人只得往邊上微微躲了一下。

「你去歇息吧！」切爾托普哈諾夫又衝他吼道：「這裡不用看守了！牠算什麼稀罕，更不是什麼寶貝！」說著，他走進馬廄。瑪拉克・阿捷爾……那個假的瑪拉克・阿捷爾正無憂無慮躺在草墊上。切爾托普哈諾夫一見牠便氣不打一處來，上前猛踢了牠一腳，到現在，他還對這匹馬十分憎恨，大喊：「快起來，蠢貨！」隨後從槽頭上解下馬籠頭，脫去馬衣，氣急敗壞地朝地上一丟，粗暴地拉著這匹馴順近乎愚蠢的馬在欄裡轉了個方向，把牠牽進院子，又從院裡牽到原野上。

弄得那個看馬人驚訝不止，百思不得其解，怎麼也弄不明白，主人幹嘛半夜三更拉著不戴馬具的馬呢？要去哪兒呢？究竟要幹什麼？當然他沒敢問，只是眼巴巴地望著他的背影，一直目送他，看見他在通往鄰近樹林邊上的大路轉彎處一拐，就再也看不見了。

切爾托普哈諾夫大步走著，頭也不回。瑪拉克·阿捷爾——我們姑且這樣叫牠吧，就一直這樣叫吧——順從地跟他走著，順從得像一條狗。

這天夜裡並不很黑，只是顯得有些昏暗，切爾托普哈諾夫還能看見前面一片黑乎乎的樹林，也能看清樹林那像齒輪狀的輪廓。他覺得深夜還有些涼，若不是……若不是他的全部身心都沉醉在另一種強烈的情感中，他肯定會因飲酒過量而爛醉如泥。他愈來愈覺得頭重腳輕，血在喉嚨和耳朵裡直撞，弄得兩耳嗡嗡作響，但是兩條腿走起路來，尚未打晃，而且心裡也還明白前進的方向。

他下了狠心要打死瑪拉克·阿捷爾，他腦中一整天都在考慮這件事……現在他下定決心要動手了！

他好像沒事似地幹這些，不但鎮定自若，而且義無反顧，毫不遲疑，如同履行應盡的義務。他覺得「幹這種事」再「簡單」不過。幹掉這個冒牌貨，就一了百了啦，把「一切」都償還乾淨了。既懲戒了自己的愚蠢，又能夠向那位真正的好朋友謝罪，同時又能夠向所有天下人（切爾托普哈諾夫很注重「天下人」）表明：他切爾托普哈諾夫是決不能容忍弄虛作假的，他是一個光明磊落的人……但最主要的是，他要將自己和這個冒牌貨一起毀掉，要不然他再在人世間苟延殘喘，又有什麼意義？

這一切荒唐的想法如何浮現在他的腦海裡，為什麼這件事又讓他覺得如此簡單——那是很難解釋的，別人也無從知曉，但又並非完全不可解釋，好像是隱隱中的宿命。

因為他滿腹委屈，形單影隻，身邊沒有一個親朋好友，家業破產了，錢也花光了，一文不名了。再加上借酒澆愁愁更愁，烈酒使他的血如潮湧，使得他神經錯亂。而神經錯亂了的人，把最荒誕不經的行為、最乖張可笑的舉止，都看作是有道理的，是合乎邏輯、正確無誤的。這時切爾托普哈諾夫正是如此，他認為自己百分之百正確。所以，他才不假思索，心急火燎地要去懲罰罪犯——把那個罪犯槍決掉。可他卻沒完全明白，他心中所指的罪犯究竟是誰呢？……說實話，他對自己所要做的事並未經過深思熟慮。

「幹掉牠，必須幹掉牠！」他只是頑固而又冷酷地重複著這句話：「必須幹掉牠！」

那個無辜的罪犯馴順地邁著小碎步，跟在他的背後……但是，切爾托普哈諾夫對牠竟無絲毫的憐憫。

切爾托普哈諾夫將他的瑪拉克・阿捷爾牽到一片樹林旁邊，這兒有一條小山谷，山谷裡一半的地方都是繁茂的橡樹叢。切爾托普哈諾夫走向山谷下邊……走著，走著，瑪拉克・阿捷爾不知被什麼給絆了一下，正好壓倒在他身上。

「想壓死我？你這該死的畜生！」切爾托普哈諾夫咬牙切齒地喊了起來，還不由得從衣兜裡掏出手槍，彷彿是為了自衛，這時，他感覺到的已不是冷酷無情了，而是一種特別的麻木之感——據說，一個人犯罪之前只受這種麻木感的支配。但他自己的聲音卻使他覺得膽戰心驚：這種聲音在黑漆漆的繁密枝葉掩蓋下，在樹林和山谷裡的枯枝敗葉腐爛發霉的氣味中，在令人窒息的潮濕氣息中，顯得十分怪誕而又殘忍！

此刻，突然一隻大鳥在他頭頂的樹枝上拍打著翅膀，彷彿特意答應他的叫喊……切爾托普哈諾夫全身為之一震，並且瑟瑟發抖。這隻鳥讓他驚醒，牠是他想幹的事情的唯一見證者——這是在哪兒呢？在這個荒僻處，他不該碰見任何活物的呀！

「走吧，畜生，想去哪兒就去哪兒吧！」他從牙縫裡擠出這句話，隨後放開了瑪拉克・阿捷爾的韁繩，並使勁用槍柄在牠肩上敲了一下。瑪拉克・阿捷爾立即轉過身，從河谷裡往上爬去……揚蹄擺尾地跑掉了。過了不大片刻，就聽不到牠的蹄聲了，突然一陣風吹來，把所有聲音都湮沒和帶走了。

切爾托普哈諾夫無精打采地緩緩爬上山谷，走到樹林邊上，沿著大路慢悠悠地往家裡走，心境極是鬱悶。他對自己很不滿意，心中那一種沉鬱的感覺，逐漸地蔓延到他的四肢。他走著，走著，愈發氣惱和鬱悶，心中很不高興，肚中又饑腸轆轆，似乎有誰凌辱了他，搶奪了他的獵物和食品……只有未能按計劃行兇或是自殺未遂的人，才體會得到這種感覺。

突然啥碰了一下他的後肩。他猛地回過頭一看……瑪拉克・阿捷爾正站在路中間，牠一直跟著主人走到這裡，還用鼻子碰了碰他……彷彿是向他報告牠來了……。

「啊！」切爾托普哈諾夫立即喊了起來，「原來是你，你這不是自己找死嗎？好，那就來吧！」一瞬間，他掏出手槍，扣動扳機，槍口對準瑪拉克・阿捷爾腦門開了一槍。

讓人可憐的瑪拉克・阿捷爾猛地跳向一旁，揚起前蹄，後蹄直立起來，跳躍了十幾步，就沉重地摔倒在地，痙攣地打著滾，嘶啞地哀鳴著。

切爾托普哈諾夫雙手擋住耳朵，發瘋般地奔跑起來。他雙腿發軟，像篩糠一樣。他的酒勁、他的仇恨、他愚不可及的自信——都像皮球撒了氣一樣，一下子消逝無蹤了！剩下的只有羞愧的感覺——還有一種意識，一種異常清晰的意識——這下子連他自己也完了，他不知自己幹了什麼，該去幹些什麼了。

大約過了五六個星期，碰巧區警察局局長從別索諾夫村路過，侍僕別爾費什卡認為他應將主人的情況報告局長，他很為他的主人擔心，於是他大著膽子攔住了他。

「你有什麼事？」這位維持治安的執法者問他。

「大人，請到我們家看一看吧，」別爾費什卡深鞠一躬說：「我家主人潘捷列伊・葉列美奇的情況很不好的，估計肯定會死，所以我很是擔心。」

「怎麼？真的肯定會死啦？」警察局局長問，語氣裡有平淡也有驚訝。

「是啊，起初成天灌白酒，到現在只能躺在床上了，瘦得都不成人樣了。我想，這個時候他什麼也不明白了，什麼話也不會說了。」

警察局局長下了馬車，幽幽地說道：「這麼說來，至少應該請過牧師了吧？你的主人懺悔過了嗎？行過聖餐禮了嗎？」

「沒有。」他遲疑地說。

警察局局長聽了，皺起眉頭。「你怎麼搞的，夥計？怎麼能這樣幹呢，啊？難道你不明白，這種事……責任重大呀，啊？」

「前天和昨天我都問過他，」侍僕怯懦地說：「我說，『潘捷列伊・葉列美奇，我要不要去請牧師呀？請你吩咐。』可他卻說，『閉上你的嘴，笨蛋。不歸你管的事，你就別管。』可今天我再和他說話，他來回地看看我，微微動動鬍子。」

「他喝了許多白酒嗎？」警察局局長審視著他問道。

「太多了！大人，還是勞您大駕，去房間裡看一看他吧！」他懇求地說。

「好，那你帶路吧！」警察局局長無可奈何地吩咐，就跟著別爾費什卡走了。

一個令人震驚的場面在等待警察局局長光臨。

就在那間潮濕而又陰暗的後房裡，切爾托普哈諾夫躺在一張簡陋的破床上，床上只鋪著馬衣，枕頭是用毛茸茸的氈斗篷捲成的，他的臉色已不再蒼白，而是如同死人一樣泛著青黃。更為可怕的是深陷在眼窩裡的、毫無生氣的、暗淡無光的眼睛。鬍子亂蓬蓬像一堆乾草一樣，鼻子更顯得尖了，簡直就像刀削的一樣，還因充血而有點兒發紅。

他還是穿著那件一年到頭不換的短上衣，胸前還佩戴著那個彈藥袋，還是穿著那條契爾凱斯樣式的藍色燈籠褲。額上戴著大紅頂的毛皮高帽子，直壓到眉毛近旁。切爾托普哈諾夫一隻手緊攥著獵鞭，一隻手裡握著個繡花荷包——這是瑪沙送給他的最後的禮物。床邊一張桌子上放著個空酒瓶子。兩幅水彩畫掛在床頭牆上：其中一幅的上面畫的是個胖子，手拿六弦琴，仔細一辨認，彷彿是涅多皮尤斯金；另一幅畫上畫著個策馬疾馳的騎手……那匹馬很像孩子們畫在牆上的神話中的坐騎。但那畫得非常精細的鬃毛，塗抹的圓斑，還有騎手胸前的那個彈藥袋，他腳蹬的尖頭長筒皮靴和亂蓬蓬的鬍子，一看就明白畫上肯定是騎著瑪拉克•阿捷爾的潘捷列伊•葉列美奇。

警察局局長見狀驚慌失措。房間裡一片死寂。

「他已經死掉了吧？」他心裡有點驚懼地想，於是高聲呼喚：「潘捷列伊•葉列美奇！喂，潘捷列伊•葉列美奇！」

這時令人意想不到的情景出現了。切爾托普哈諾夫緩緩睜開眼睛，黯淡無神的呆滯的眼球先是從右往左轉了一下，接著又從左往右轉了一下，目光最後停留在訪客身上，注視住不動了……在兩隻黯淡的白眼球裡彷彿有啥閃爍了一下，似乎射出了視線。兩片青紫的嘴唇也張開了一點，並且發出一種嘶啞的、奄奄一息的聲音：

「世襲貴族潘捷列伊・葉列美奇・切爾托普哈諾夫快死了，誰能阻攔他呢？他不欠任何人的債，他一無所求……用不著你們來管他！走開吧！」他的話絕望而又無可奈何，還有悲傷。

他想要舉起那隻執鞭的手……但卻是徒勞的掙扎！兩片嘴唇又合起來了，眼睛也闔上了——切爾托普哈諾夫挺了挺身子，挺直後就不動了，又把雙腳向一起靠攏，便在他那張堅硬的床鋪上直挺挺地躺著，等待著死神的光臨。

「他死了以後，來通報我一聲，」警察局局長從房間裡往外走，低聲地吩咐別爾費什卡，「我看，立刻就該去請牧師了，必須按規矩辦，得給他塗聖油。」隨即別爾費什卡就去把牧師請來了。翌日清早就通報了警察局局長，昨夜潘捷列伊・葉列美奇就病故了。

殯葬之時，只有兩人護送他的棺材：一個是侍僕別爾費什卡，另一個是猶太人列伊伯。不知是誰把切爾托普哈諾夫病故一事告訴猶太人的，他不能忘記自己的恩人，所以特地跑來送葬，以表最後的感激。

一八七二年

# 骷髏

長期受難的故土——
你這俄國人民的土地！
菲・丘特切夫

有句法國諺語：「乾漁夫，濕獵人，樣子真慘。」

我一向不十分喜愛捕魚，所以也就無法體會一個漁夫在烈日炎炎之時的心情。漁夫在陰雨連綿的日子裡捉到許多魚時，那種喜悅之情能大大超過被淋成落湯雞的苦楚。但對於獵人來說，碰見雨的確是件倒楣透頂的事情。

有一天，我和葉爾莫萊到別廖夫縣去打松雞，正好就碰見這種倒楣事了。

雨一大早就淅淅瀝瀝地下個沒完，老天彷彿有意和我們作對似的，我們便只好千方百計地避雨！我們用橡膠雨衣把頭都包起來，為了儘量少淋雨，我們還躲到大樹下面……雨衣不透水，可下雨天又怎能開槍射擊呢！

站在樹下，起初還算好，彷彿淋不著了，但是時間一長，越來越多的雨水聚集在樹葉上，到頭來乾脆一起傾瀉而下。一股股冰冷的水一直鑽進脖頸裡，順著領帶和後背流下去，那種感覺就像泡在了水窖裡，不舒服極了。如同葉爾莫萊所說，這才是再倒楣不過的事。

「不行，彼得・彼得洛維奇，」葉爾莫萊著實忍不住叫了起來，「這樣可不行！……今天是打不成獵了。獵犬的鼻子一旦淋濕，嗅覺就不靈了，槍也沒法打火了……呸，可真晦氣！」

「那又能怎樣？」我無可奈何地問。

「只好這樣吧，咱們去阿列克謝耶夫村。可能您也明白，有這樣一個村子，還是您家老夫人的領地，不很遠，離這兒也就八九俄里的樣子，咱們就在那邊湊合著過一夜吧，等到明天……」

「明天還回這邊嗎？」

「不，不回這邊了……阿列克謝耶夫村那邊好多地方我都很熟……在那兒打松雞比這兒要好得多！」

我也沒有詳細詢問我忠實的夥伴，為什麼起初不帶我去那裡，既然事到如今了，問明白了也於事無補，不如不問還省得傷了和氣。

也就是這一天，我們才頭一次來到我母親的這塊領地，說實在的，此前我壓根不明白母親還有這麼一塊領地。田莊裡有一間廂房，房子已經很破，沒有人居住，但還不算很髒，我就在這兒睡了一夜，也還安靜。

翌日我起得很早。太陽初升，天空萬里無雲，一切景物都顯得格外的明朗清新，這可能是朝陽的輝映和昨日一場大雨的洗滌所致吧。我趁著備車套馬的工夫，便舉步走進花園，想觀賞一下景致。這座小花園以前是一個果園，如今已經荒廢了，這間廂房便掩映在芬芳翠綠的樹叢之中。

啊，在這新鮮的空氣中，在這晴朗的天空下，真是妙不可言！渾身的舒坦。雲雀在天空中啼鳴，聲音清脆如同銀珠落玉盤！雲雀的翅膀上還沾著朝露，如同珍珠一般璀璨，再認真傾聽牠們那曼妙的歌喉，如同沐浴朝霞一樣令人神往。我甚至興奮得摘下了帽子，讓大腦來感受一下晨風的清爽，深深地呼吸著。

在一條深淺適中的溪穀斜坡上，在一道籬笆牆近旁，我到了一個養蜂場。有一條羊腸小徑通向那裡，小路蜿蜒曲折，沿途有茂密的野草和蕁麻，還有眾多深綠色的大麻枝幹聳立其間。

我信步走上這條小路，不知不覺就到了養蜂場。養蜂場旁邊有一間用樹條編成的棚子，通常稱作過冬蜂房，也就是說，冬天把蜂巢貯存在這裡，可以保暖。我透過那半遮半掩的門，往裡看了看，一片漆黑，靜寂無聲，棚子裡彌漫著一股薄荷和蜂蜜花的馨香。棚子的角落擺著一張硬板床，床上彷彿有一個瘦小的人，身上蓋著被子……我正想轉身離開……

「老爺，喂，老爺！彼得・彼得洛維奇！」我突然聽見一聲無力而又嘶啞紓緩的呼喊，和風吹水草發出的沙沙聲差不多。

我立刻停了下來。

「彼得・彼得洛維奇！請您過來！」從角落裡那張板床上傳來的呼喚聲。

於是我邁步走到床前一看，差不多嚇昏過去，床上躺著一個人，可那副相貌實在太恐怖了，腦袋已經乾癟得沒有一點人形了，完全成了青銅色——和古畫中的聖像一個樣。鼻子乾枯得像刀刃那樣成了一個窄條，嘴唇已經看不到了——只有白皙的牙齒外露著，還能看到一雙深深凹陷下去的眼睛，腦袋上還蓋著頭巾，幾綹稀疏的黃髮散在額上。被子一直蓋到下巴，瘦骨嶙峋的小手還一點點撫弄著。

我靜下心來認真一看，真是不敢相信，但這副恐怖景象就活生生地在我眼前！那副臉曾經肯定很嬌美——但如今看了卻令人不寒而慄。特別是那副臉容，讓人感到恐懼和心酸，青銅色的兩頰竭力想擠出笑容，卻力不從心。

「您不認識我了嗎，老爺？」顫悠悠地一個聲音說，從嘴裡竭盡全力擠出來。「是啊，怎麼可能認得出來呢！我是露凱莉雅……您記起來了嗎？在斯巴斯克村您家老太太那兒，那個領跳輪舞的……記起來了嗎？我還當過領唱的呢！」

「露凱莉雅！」我懷疑地失聲驚叫起來，「真是你嗎？怎麼可能是你呢？」

「是我，老爺，真的是我，我就是那個露凱莉雅。」她肯定地說。

突然間，我真的不知應該說什麼才好了，呆呆望著她那張黝黑死寂的臉龐，她那雙明亮卻又呆滯的眼睛死死地注視著我。怎麼可能有這種事呢？眼前這具乾屍式的人竟是露凱莉雅！

當年她是我家所有女僕中最為美貌的一個，她身材窈窕，胸脯豐滿，皮膚白裡透紅，細嫩光滑，她就是往昔那個能歌善舞的露凱莉雅！

露凱莉雅呀，聰明機靈而又活潑愉快的露凱莉雅，令我們當年的這些年輕人為之傾倒的露凱莉雅！那時我年方十六，但也曾暗戀過露凱莉雅！

「我的老天，露凱莉雅，」我如夢初醒般地問道：「你究竟是怎麼回事呀？怎麼變成這副相貌了？」

「我倒大楣了！你可別嫌棄我呀，老爺，千萬別因為我遭遇劫難而討厭我。請您坐近一點，就請您坐在這個小木桶上，不然您聽不清我的話……您試一試，我沒勁兒高聲說話了！……啊，我多麼高興能見到您啊！您為啥來阿列克謝耶夫？」露凱莉雅說話聲音很低，還有點發抖，但卻不結巴，很連貫，顯得思路很清晰。

「獵人葉爾莫萊領我過來的。還是請你跟我說一說……」

「講一講我苦難的遭遇？好吧，老爺。這是很長時間以前的事了，大概六七年了。那時，我剛剛和瓦希利・波利亞科夫訂婚——您還記得嗎？就是那個很英俊的小夥子，一頭捲頭髮，在餐廳裡服侍您家老太太的？但那時您已經不在鄉下了，去莫斯科念書了。我和瓦希利深深相愛，時時刻刻不在想念他。不料春天就出事了。有一天深夜……不，都快早晨了……不知為何，我翻來覆去就是睡不著。夜鶯的歌聲從花園裡傳來，好聽極了！……我忍不住了，就爬起來到涼臺上去聽，夜鶯唱啊，一直唱啊……突然，我聽到似乎有人在叫我，認真一聽，原來是瓦希利，聲音很低：『露凱莉雅！……』我一高興，急忙轉身一看，可能是因為沒睡好覺，腦袋還迷糊，剛抬腳就踩空了，一下子就摔下了臺階，撲通一聲摔在了地上！當時沒覺得怎樣，立刻就爬起來回到自己屋裡，只覺得身子裡不太對勁，內臟像有什麼斷了一樣……讓我先喘口氣……歇息片刻……老爺。」

露凱莉雅停下不說了，我吃驚地望著她。特別令我吃驚的是，她述說自己的悲慘遭遇時，是那樣的輕鬆平靜，既不哀嘆，也不呻吟，毫無哭訴和抱怨之意，更沒向別人乞憐，就好像在訴說一件和自己毫無關係的事情一樣。

「從摔跤的時候開始，」露凱莉雅接著說：「不知為何，我逐漸地消瘦了下去，全身無力，渾身皮膚也越來越黑了，走路很是費勁，雙腿無力，到後來壓根就不聽使喚了，站不得、坐不得，整天只得在床上躺著。吃不下飯，連水也不想喝，身體越來越不好了。您家老太太真慈悲，心腸可好了，不僅給我請醫生，還送我去醫院看病，但我的病絲毫沒見好轉，哪個醫生也診不出我究竟得了什麼病，甚至連名字都叫不出來。醫生想盡辦法診治我：用烙鐵給我燙背，把我放在冰裡……什麼辦法都試過了，全治不好。到最後我全身都僵硬了。……那些尊敬的先生無計可施，只好說：『她的病沒辦法了。』但主人家怎麼能養一個生活不能自理的殘廢呀……沒辦法，只好把我安置在這兒，這也得感謝主人的恩德，況且這兒還有我的親戚照應呢。您也看到了，我還活著。」

露凱莉雅又不言語了，而且拼命地想擠出點微笑來。

「你真是太慘了！唉，太可怕了！」我實在忍不住了，悲嘆地說道，真不知如何去安慰她，只得硬著頭皮問：「瓦希利・波利亞科夫沒過問此事嗎？」

問過後，我才覺得太莽撞了。

「波利亞科夫怎麼過問？他也難過了很長時間，但過了一段時間，就娶了另一個姑娘，她是格林村的。您明白這個村子嗎？離我們這不遠。那姑娘名叫阿格拉菲娜。波利亞科夫本來很愛我，可他畢竟還年輕，總不能一輩子不結婚呀。我不能誤了他一輩子呀，我還怎麼能和他成親呢？聽說他這個妻子很好，心腸也好，他們都已經有孩子了。他給鄰村一戶人家當管家——您家老太太給他辦了身分證，容許他走的。感謝上帝，如今他日子過得挺好。」

「你一直這樣躺在這裡嗎？」我又問道。

「是的，我這樣都已經六七年了，老爺。夏天我躺在這小棚子裡，天冷的時候，我就躺在更衣室裡。」

「有人照看侍候你嗎？」

「這裡有幾個好人，他們都來照顧我，再說我也不需要關照。比如飯食，我什麼都不吃；水呢，喝的也很少，況且杯子裡總是有水，還是新鮮泉水。我自己能拿杯子，因為我的一隻手還能用。再說了，這兒還有一個小姑娘，是個孤兒，時常來照看我，我真不知該怎麼感謝她才好。您來時沒見到她嗎？她剛剛還在這兒呢……這孩子很好看，小臉蛋白白的，很討人喜愛。她常常送些花給我，我十分喜愛花，太愛看花了。現在我們花園裡沒有花了——從前這兒的花可多了，只是野花也很好，比自己養的花還要美，還要香呢，就拿這種鈴蘭來說……又香又漂亮！」

「我可憐的露凱莉雅，你就不難過、不煩悶嗎？」我難過地問。

「那又怎麼辦呢？跟您說實話吧，剛生病時又難過又著急呀，但到了後來，就挺過來了，習慣了，到現在也沒有什麼是不能忍受的了。我也該知足了，有些人還不如我呢！」她自我安慰道。

「這話怎麼說？」

「有的人連個棲身之處都沒有呢！還有人雙目失明或是雙耳失聰的！但是我呢，感謝上帝，兩隻眼睛都不賴，兩隻耳朵也都好使。連田鼠在地底下打洞，我都能聽得見。不管什麼氣味，即便一點點，我也聞得出來！田裡的蕎麥一開花，或是園中的菩提樹開花了，即使沒人告訴我，我也能第一個聞出來。只要有一絲風吹過來就足夠了。那我為何要埋怨上帝呢？世間比我悲慘的人多了去了。再說，有些沒病沒災的人還可能犯罪，那我呢？就一定不會再造什麼孽了。前些天，牧師阿列克謝來給我授聖餐時對我說：『不必懺悔了，你都病成這個樣子了，怎麼還會犯罪呢？』但我卻答道：『如果有犯罪的念頭呢，牧師？』他聽了後，大笑著說，『這算不得罪過。』」

「但是，我連犯罪的念頭都沒了，」露凱莉雅坦誠地說：「因為我早就習慣了，壓根什麼事也不想，特別是不想以前的事，這樣日子就好過多了，就覺得時間過得快些了。」

說實在的，我聽後十分驚疑又難過。

「露凱莉雅，你總是獨自躺在這兒，多孤獨，多寂寞呀，又怎麼能讓自己的腦袋什麼也不想呢？莫非你就成天歇息嗎？」

「可不是，老爺！哪有那麼多覺啊，哪能一直睡得著呢。儘管身上不怎麼難過，但是肚子裡總是發疼發酸的，骨頭也是，總是又酸又疼，躺著就更不好受，這樣哪還能睡著哇！……我只能這麼呆躺著，就這樣躺著，什麼也不想。心裡只明白我還活著，還在呼吸，還在喘氣——這就夠了。我的心願就是，能用眼睛看，能用耳朵聽。還有看見母雞帶著一群小雞雛啄麵包渣，麻雀飛翔，蝴蝶翻飛，聽著蜂房裡蜜蜂的嗡嗡聲，屋頂上鴿子的咕咕聲，——那時我都覺得很高興，很開心！前年竟還有燕子飛到棚子角上築巢，輕聲呢喃，還孵出小燕子，真是好看極了！看吧，一隻燕子飛進來，落在巢上，餵過小燕子，就飛出去了。再一看，另一隻燕子飛進來替換牠。有時燕子不飛進來，只在門口飛來飛去，那些小燕子立刻嘰嘰喳喳地叫了起來，還把一張張小嘴張得很大……第二年，我還總盼著燕子飛來，但卻沒來，聽說，本地有一個獵人射殺了牠們。這個獵人多貪心呀！一隻燕子才多大？比甲蟲大不了多少！……你們這些獵人心腸也太狠啦！」她有些責備地說。

「我可從來不打燕子。」我趕緊辯白道。

「一天，」露凱莉雅接著說：「真好玩！一隻兔子跑進來了，真的！肯定有狗追牠，牠一頭就闖進來了……氣喘吁吁的，就蹲在我眼前，還待了好一陣子，鼻子不停翕動著，鬍子也一翹一翹的——那樣子真像個軍官！牠專心致志地望著我，彷彿明白我不會害牠。再後來，牠就站起來，蹦蹦跳跳地跑出去了，到門口還回頭望了我一眼，便又飛快跑掉了！多好玩啊！」

露凱莉雅望了望我……那神情彷彿在問：「是不是很好玩呀？」

為表示分享她的讓人高興和給她安慰，我就笑笑。她咬了咬乾澀的嘴唇。

「是啊，每到冬天我就難過了，因為棚子裡陰暗寒冷，一直點著蠟燭挺可惜的，再說又有什麼用？我雖然認字，又一直都十分喜愛看書，但是看什麼書呀？這兒什麼書都沒有，就算有書，我也沒辦法拿著看哪。牧師阿列克謝為了讓我找點事幹，解解悶，一回帶給我一本曆書，但他一看我沒辦法讀，就又拿回去了。只是，雖然棚子裡很暗，但暗也沒什麼，我還能用耳朵聽：蟋蟀的叫聲，或是老鼠找東西刨地的聲音。每到這時，我就能什麼也不想了！」

「要不我就祈禱，默念祈禱詞，」露凱莉雅歇息了一會兒，接著說：「但我能背的祈禱詞不多。我又一想，幹嘛總打擾上帝呢？我又能向祂祈求什麼呢？我需要什麼，上帝比我更明白，祂賜給我一個十字架，表明祂愛我，每當我誦念《大家的主》《聖母頌歌》《讚美一切受難者》時，或是念完以後，我都能心平氣和起來，我就能躺得更安穩，也不亂想了，不，壓根什麼都不想了。」

她又沉默了兩三分鐘。我也沉默著，呆坐在小木桶上，一動不動。躺在我面前的這個活人多麼不幸啊！她那石化的僵直的狀態，彷彿也傳染了我，我彷彿也僵硬不動了。

「聽我說，露凱莉雅，」我忍不住又說話了，「聽我說，我給你拿個主意好嗎？我派人送你住醫院，送到城裡一家很好的醫院，你想去嗎？在醫院裡或許能把你的病治好，省得你一個人躺在這裡熬……」我的嗓音有些哽咽了。

露凱莉雅雙眉聳動了一下。「唉，不勞您費心了，老爺，」她既感動又憂傷地說：「不勞您送我住醫院了，別挪動我了。如果送進醫院去，我會更不舒服。再說了，我這種病哪兒也沒辦法，治不了了！……一回請來個醫生，想給我檢查一下。我就求他：『看在耶穌的面子上，別折磨我了。』他不管三七二十一就折磨起我來了，把我翻過來倒過去，又揉搓我的胳膊和腿，連抽帶拉的……醫生說，『我是在進行科學實驗，我是科學工作者，這是我的天職！你不能阻止我做研究。為此我得過動章。我這麼辛苦，就是為服務你們這些糊塗蟲。』他翻來覆去地折磨了我老半天，還告訴我病名——很難懂的一個病名——說完後，他甩了甩袖子就走了。折磨了這一次之後，整整一個星期我全身疼，特別是骨頭。」她嘆了口氣說。

「您說我老是一個人，很孤獨。不，不完全這樣，也總有人來我這兒。這樣也好，我安下了心，不打擾別人。偶爾也來幾個村姑，那我們就聊聊天。有時會來一個女香客，她跟我說關於耶路撒冷、基輔，或是說說聖城的一些事。再說了，即使只有我自個兒，我也不怕。倒覺得很清閒，真是這樣！……老爺，我明白您一片好心，謝謝您，請別費心了，用不著送我去醫院。只要別再搬動我，我就稱心滿意了，我的好老爺。」她誠懇地說。

「好吧，我聽你的，隨你的便吧，隨你的便吧，露凱莉雅。但你要明白，我也是為你好呀……」

「我明白，老爺，您是為我好。但是，我的老爺，幫一個人好幫，可誰幫得了一個人的心呢？這就叫：幫人易幫心難啊！歸根結底，一個人，還是得自救呀！自助者天助啊！我要說出來，您恐怕不信，有時候我自個兒靜靜躺著，彷彿就感到全世界除了我就再沒別人了，只有我獨自活在世上！這種感覺很奇妙也很美好，於是我的腦子裡就思緒萬千，充滿各種各樣的奇思妙想——太妙了！」

「那你都有什麼奇思妙想呢，露凱莉雅？」

「這些想法嘛，老爺，沒辦法全說出來。就是想說也說不清，而且想過後，很快就又忘記了。思潮翻騰的時候，就如同天上白雲朵朵，舒卷著，漂流著，顯得是那麼美妙、那麼新奇、那麼討人喜愛，但究竟是什麼，我也弄不清，也說不清！我只明白一點：如果我身邊有別人，我就犯不著這麼想了，那時我就會覺得，除了我的不幸之外，再沒有別的感覺。」

露凱莉雅賣勁地嘆了口氣，她的前胸和全身一樣，都不聽她使喚了。

「老爺，我看您的神態，」她接著說：「您真的很憐憫我，但我求求您，用不著那麼讓人可憐我，真的！比如說，現在我有時……您記得嗎，從前我是一個多麼活潑的人呀，還算是個無憂無慮的姑娘！……您猜怎樣？就是到現在我還唱歌呢！」

「唱歌？……你還能唱歌？」我有些驚疑地問，不太相信她說的話。

「是的，唱歌，唱古老的歌，唱輪舞歌，還唱覆盆歌及聖歌，唱各種各樣的歌曲！從前我會唱的歌曲可多了，到今天也沒忘記，只是現在我不唱伴舞歌了。您看我現在這副相貌，已經沒資格唱這種歌了。」

「那你怎麼唱？……在心裡默唱嗎？」我有些心顫地問，生怕打擊了她的自尊心。

「在心裡默唱，也唱出聲來，要是高聲唱，我可唱不出來，但是總唱得能讓人聽見聽懂。方才我告訴您，一個小女孩常來我這兒，是個孤兒，挺聰明機靈的。我常常教她唱歌，她也十分樂意和我學，都學會了四支歌了。您可能不信吧？等一下我就唱給您聽……」她說得都有些累了。

露凱莉雅深吸了一口氣，在用勁兒……我聽到一個病重垂死的可憐人要唱歌，心中情不自禁發生出一種憐憫而恐懼的感情。然而，還沒等我說出什麼，就聽到了一種悠長而細膩的、準確而清晰的歌聲，歌聲顫巍巍的……一聲接一聲地唱了起來。她唱的是《牧場之上》……她唱的時候，臉上依舊是那種石化的呆滯的神情，一雙眼睛也是凝滯不動的。

她竭盡全力地唱著，歌聲如同輕煙縷縷，如同輕風絲絲，飄動著，讓人為之迷醉，她似乎要把心中的美好感情全都傾瀉出來……

我不再有任何恐懼感了，只是心裡溢滿了一種只可意會的無限憐愛和撕心裂肺的痛楚。

「啊呀，我唱不了啦！」突然她無可奈何地說：「我一點勁也沒了……我見到您太高興了。」她說話的聲音很是疲憊。

她靜靜闔上了雙目。我伸出一隻手悄悄撫摩著她那枯瘦而冰涼的小手……她向我望了一眼——她那如同古代雕像的鑲著金色睫毛的黑眼睛，重又閉了起來。一小會兒之後，那雙眼睛又在陰暗中映射出星星亮光……啊，點點淚珠閃爍在那裡。

我依然呆坐在那裡。

「我這個人可真是！」露凱莉雅突然以不可思議的勁頭說，眼睛也睜得大大的，竭力想擠掉眼中的淚水。「這多難為情啊，怎麼回事呀？我很久沒哭了……唉，自從去年瓦希利・波利亞科夫來過之後，我就沒再哭過。他坐在這兒跟我說話時，我覺得很正常，但等他一走，我就哭起來了，哭得還很兇，連我自己也弄不明白，哪來這麼多的眼淚呢？……但我們女人的眼淚從來就不值錢，老爺，」露凱莉雅問我道：「您肯定帶手帕了吧……請別嫌棄我，幫我擦擦眼淚吧。」她的語氣有點害羞地懇求道。

我忙給她擦乾眼淚，並把手帕也送給了她。剛開始她無論如何也不肯要……還說：「我要這樣的禮物有什麼用呢？」

這是一條極普通的白手帕，但還很新。後來她就收下了，瘦弱的手抓住手帕就不放了。棚子裡面依舊很暗，我已經習慣了，已經能看清她的面貌表情了，這時我還看見她那青銅色的臉上泛起了一片紅暈，我甚至能依稀發現她昔日俊美的風采。

「老爺，方才您問我，」露凱莉雅又提到剛才的話題，「我是不是成天歇息？說實在的，我的確是這樣睡不了多少覺，但是，我只要一打瞌睡就會做夢，還都是好夢呢！我可一次也沒夢到過自己生病。在夢裡，我總是年輕又健康……只有一點讓我很不舒服，每當我醒來，想舒舒服服地伸展一下身體，但全身都像被釘牢了一樣。有那麼一回，我做的夢真叫奇妙呢！要不，我就講給您聽聽，可以嗎……好，那我就講給您聽。」

「我夢見自己站在原野之中，周圍都是長得高高大大的黑麥，全都熟了，麥浪金光閃爍，彷彿等待著被人採摘、收穫！我似乎還領著一條火紅色的狗，這條狗可兇了，一個勁兒想咬我。我手裡彷彿還拿著一把鐮刀，還不是一把一般的鐮刀，就跟月亮一個樣，也就是鐮刀形狀的月牙兒。我得用這個月牙兒割完黑麥。但是我全身如同火烤一樣的難耐，而且月牙兒刀照花了我的眼睛，我就覺得全身疲倦，四肢乏力。突然我周圍又出現了好多矢車菊，每一朵都碩大無比！那些矢車菊還都轉過頭望著我，於是我心裡想，我就先採些矢車菊吧。瓦希利說他肯定會來這兒，我先給自己編一個花冠戴吧，不會誤了割黑麥的。想著，想著，我就動手採集起來，但不知為何，矢車菊一到我手中就消逝不見了，無論怎樣都採不到手！也就沒法給自己編花冠了！」

「這時我聽見有人向我走來，走著，走著，快走到我跟前了，還在喊我：『露凱莉雅！露凱莉雅！……』我焦急地想：『哎呀，糟了，來不及編了！別管了，我就把月牙兒戴在頭上，來代替矢車菊花冠吧。』於是，我就把月亮戴在頭頂，如同戴頭巾一樣，結果我全身上下立刻光彩四射，把周圍的原野全都照得燦爛輝煌。我驚疑萬分，定睛一看，有一個人踏著麥穗飛快地向我走來——但他不是瓦希利，而是基督親臨！」

「我為什麼一下就認出來是基督呢，那我就不明白了——和畫像上的基督並不一樣——但我卻明白這就是基督！沒有鬍子，身材高大，顯得非常年輕，一身白衣，腰繫一條金光閃閃的腰帶。他把手伸向我，說道：『不用害怕，我穿著節日盛裝的姑娘，請跟我走吧。請你到我的天國裡去領跳輪舞，還要唱天堂之歌。』於是我緊拉住他的手。那條狗立刻跟在我的腿旁……一瞬間，我們就騰飛了起來！他在前面引導……他在空中展開了巨大的雙翅，如同巨型海鷗那龐大的翅膀——而我緊跟在他的身後！那條狗不能去，只得離開我。這時我才如夢初醒，這條狗就是糾纏我的病魔，是不會容許牠去天國的。」

露凱莉雅似乎累了，又歇息了一小會兒，然後又接著說：

「我還做過這樣的夢，但可能是我的幻覺——那我就不明白了。彷彿我就是躺在這間小棚子裡，我那已故的二老，也就是我的父母，到了我這兒，您說怪不怪，還深深地給我鞠起躬，但是兩人都不說話，我就開口問他們：『爸爸，媽媽，你們為什麼要給我鞠躬致意呀？』他倆就一齊答道：『你在這人世間吃了太多苦，你不僅解救了自己的靈魂，也為我們贖了罪，這樣，在陰間，我們就不會再遭那麼多罪了，你已經把自己的罪全部贖清了，現在正在為我們贖清。』我雙親說完這番話，又給我鞠了個躬，然後就消逝無蹤了，棚裡四壁空空。後來我心中一直迷惑不解，究竟怎麼回事呢？因為一直想不通，我就在懺悔時把這件事講給了牧師，他聽後，肯定地說這不是一種幻覺，因為只有超脫塵世的神職人員才會有幻覺。」

她講完了這個故事依然興致盎然，又津津有味地講了起來：

「除此之外，我還做過這樣一個夢：我夢見自己坐在大路邊上一株柳樹下，手裡拿了根光滑的手杖，背著個包袱，頭上戴著頭巾——樣子如同朝聖的女香客！我要到很遠的地方去朝聖。許多朝聖的香客走過我身邊，但個個都磨磨蹭蹭，彷彿並不情願去，而且都朝著同一個方向走去。他們個個愁容滿面，而且相貌大都相同。我發現有一個女人在人群中走來走去，個子很高，比別人足足高出一頭，她的服裝也與眾不同，不像是我們俄羅斯人的穿著。還有，她的長相也很怪異，板著臉，陰森森怪可怕的。周遭都繞開她走，或者乾脆就避開她。誰明白她卻猛一個轉身，直向著我走過來，到了我面前停下了，死死注視著我。那雙眼睛如同老鷹的眼睛，黃黃的，瞪得溜圓，可亮了。於是我問她：『你是什麼人？』她立刻答道：『我是你的死神。』按道理說，我聽了以後應該膽戰心驚才是，沒想到，我反倒很高興，竟然還畫起十字來！這個女人，也就是我的死神，又對我說：『我很可憐你，露凱莉雅，但是我卻沒法帶你走。再見吧！』天哪，我可悲痛了！哀求她：『帶我走吧，媽媽，我的好媽媽，帶我走吧！』我的死神見了，又轉過身對我說——我明白她是在限定我的死期，但是卻說得很模糊不清，我也沒聽明白，也沒弄明白——說是在聖彼得節之後……這時我就醒了……我老是做這種怪異的夢！」

露凱莉雅向上翻了翻眼睛，陷入了沉思……

「只有一件事很叫我苦惱：有時一連六七天，我一點兒都睡不著。去年，有一位太太從這裡路過，看到了我，送給我一小瓶治失眠的藥，她告訴我一次服用十滴。我吃了後還真好，真的睡得著覺了。但那一小瓶才能管多久，早就服完了……您可能明白吧，這是什麼藥，在哪裡，或者怎麼才弄得到？」

那位路過的太太給露凱莉雅的藥，準是鴉片，這一點我十分確定。我答應設法弄給她一小瓶，而且，我一再向她坦白，我極為佩服她的。

「哎呀，老爺，」她感動地說：「您怎麼能這麼說呀？這點痛苦又算得了什麼呀？聖西蒙的忍耐才叫偉大呢！他在圓柱頂上站了整整三十三年！還有一位聖徒，叫人把他埋在坑裡，一直埋到胸口，無數螞蟻叮咬他的臉龐……還有一個熟讀經卷的人給我講了這麼個故事：從前有那麼個國家，被阿拉伯人侵略了，所有民眾都遭到迫害和屠殺，全體民眾都奮起反抗，但總沒法解放自己的人民和家鄉。這時民眾中湧現出一位神聖的貞女，手握一柄巨大的寶劍，身上穿著兩普特重的鎧甲，英勇地迎戰阿拉伯人，把侵略者全部趕到大海對岸。等到她把敵人趕過了大海，就告訴他們：『現在你們把我燒死吧，因為我曾發過誓：我要為自己的人民葬身火海。』於是，阿拉伯人果真把她抓起來，殘酷地燒死了她。她雖然在烈火中犧牲了，可她的人民卻得到了解放和自由，這才是一個真正偉大的人！我和她相比多麼渺小，多麼不值一提啊！」

我聽了後，心中十分震驚，不知為何法國的聖女貞德的故事竟會傳得如此遠，而且會演變成這般。我們倆都沉默了片刻，還是我先問露凱莉雅：「今年多大了？」

「二十八歲……可能是二十九歲……反正不到三十。還問年齡有什麼用？我還要跟你說一件事……」她可能很久沒有說話了，所以傾訴的欲望很強盛。

露凱莉雅突然劇烈咳嗽了一聲，聲音憋悶而嘶啞，然後又長嘆了一口氣……

「你說話太多了，」我暗示道：「對你的身體不太好吧？」

「是的，」她的聲音微弱得都快聽不見了，「咱們的確是說得太多了，但這也沒什麼，等您走了，我就可以好好歇息了，至少，今天我把積在心底的話都說出來了……。」

於是我便向她告辭，並且一再表明：肯定要把藥給她送來，並且再次問她，是否還需要別的什麼。

「我不再需要什麼了，感謝上帝，我什麼都足夠了。」她滿懷感激費勁地說：「願大家身體都好！啊，對了，老爺，您最好勸勸您的母親大人，請她老人家發發善心，減輕他們的代役租吧，哪怕減輕一點也好！他們的田畝很少，又沒有別的謀生之路，這裡的莊稼人都很窮，真的……只要能減輕一點兒……他們都會為您祈禱上帝的……我倒什麼都不需要了，一切都滿足了。」

我向露凱莉雅保證，肯定實現她的心願。我已經到了門口，她又把我叫回來。

「您還沒忘吧，老爺，」她又說，而且這一瞬，她的眼睛和嘴角都現出一種令人感動的神情，「從前我的辮子多好看啊！您記得吧——直到膝蓋那麼長！我很久下不了狠心……多長多好的頭髮！但是怎麼梳洗呢？特別是我現在這樣！……沒辦法，我只得把頭髮剪掉了……嗯……好了，再見，老爺！我不能再多說了……。」

就在這一天，出發打獵之前，我和村子裡的甲長談起露凱莉雅。從他那裡我明白，村裡人都叫她「活屍」，但大家並不嫌棄她，因為她從不哭訴，也從不抱怨，也不給別人添什麼麻煩。

「她從來沒要求過什麼，反倒對一切都很感激，她真是個本分的老實人，一個善良的大好人，或者，是一個非常忠厚老實的姑娘，」甲長蓋棺定論地評價她，「可能前生有罪，才受到上帝這般懲罰吧。要說她不好，卻沒有人責難她，不，也不能說她怎麼不好，我們都不責難她。由她去吧！」

露凱莉雅幾個星期之後離開了人間，看來，死神還是沒有放過她……而且的確是在聖彼得節後。聽說，她在臨終那一天聽到鐘聲一直在響，但是從阿列克謝耶夫村到禮拜堂有五六俄里，況且，那一天也不是禮拜的日子，聽露凱莉雅自己說，鐘聲不是從禮拜堂裡傳來的，彷彿是「從上面」傳來的。

我揣測，她可能不敢說是「從天上」傳來的。

一八七四年

# 車輪聲響

「我得向您報告一件事：咱們的霰彈全都用完了。」葉爾莫萊走進小屋，鄭重地對我說。

這是七月中旬的一天，天氣酷熱難耐。這一天打松雞收穫頗豐，就是搞得太累了，所以午飯以後，我就立刻躺在了行軍床上，本來打算好好歇息一下，這不，葉爾莫萊就跑來報告。

我聽他說完，立刻一躍而起。

「霰彈用沒了！那怎麼可能？我們從村裡出來時帶了滿滿的一口袋，足有三十俄磅呀！」

「一點不假，而且裝了那麼一大口袋，足足能用兩個星期，真不清楚是怎麼回事兒！口袋漏了個洞，霰彈反正著實沒有了……最多還剩十多發。」

「那我們現在怎麼辦？前面就是打獵的好地方——明天我們還想打到六窩鳥呢……」

「那麼您就派我跑一趟圖拉吧，沒多遠的路，最多四十五俄里。只要您點個頭，或者一聲吩咐，我立刻就去，保證能買回一普特霰彈。」

「那你打算何時出發呢？」

「我立刻就出發，幹嘛拖拖拉拉呢？但是，先得雇幾匹馬。」

「幹嘛要雇馬呢？不能用咱們自己的馬嗎？」

「自己的馬不能用了，轅馬的腿瘸了，走路總是拐！」

「什麼時候開始瘸的？」

「幾天前就瘸了——讓馬車夫牽去釘鐵掌了，馬掌倒是釘好了，但馬卻瘸了，估計是碰見了一個半調子鐵匠，到現在，這匹馬的一隻蹄子都沒法落地。還是一隻前蹄，好讓人可憐呀，整個前腿老是縮著，同狗一個樣。」

「那可怎麼辦才好？至少，也先該把鐵掌弄下來呀？」

「沒有，還沒弄下來。倒還真應該把鐵掌弄下來，可能是將釘子釘進肉裡去了。唉，真是胡鬧！」

我當下吩咐叫馬車夫來。葉爾莫萊果然是對的，轅馬的一隻前蹄不敢著地了，我立刻吩咐把馬的鐵掌弄下來，讓馬站在濕軟的泥土地上。

「打定主意了嗎？讓我雇馬去圖拉嗎？」葉爾莫萊問道，催促我作答。

「這麼個荒山野嶺的，還能雇到馬嗎？唉！」我高聲說道，逐漸地有些急了。

我們暫時落腳的這個村子，偏僻而荒涼，每家每戶都很窮，就看現在我們借住的這家農舍吧，連煙囪都沒有，能找到這麼一個地方，已經算是走運了。

「準能雇到。」葉爾莫萊一如往常很有信心地答道：「您說這個村子很荒僻，的確不假。但是，這裡以前有個農民，精明能幹，家境也很殷實！他自己就有九匹好馬，如今已經不在了，現在由他的大兒子當家。這個小子真是個蠢材，只是還沒有把他爹留下的家產折騰光，我估計從他那兒可能能搞到馬。是不是讓我把他給您叫來……他有兩個弟弟，據說很是聰明能幹……但一家之主啊，還是由他說了算。」

「那又是為什麼？」

「就因為他是老大呀！做弟弟的，當然得聽哥哥的了！」葉爾莫萊趁機斥責了弟弟一通，言詞激烈而難聽，在此我也就不複述了。「我現在去叫他來。他這個人老實忠厚，和他準能談妥！」

葉爾莫萊去叫這個「老實忠厚」的人了，這時我突然靈機一動，我親自去一趟圖拉，豈不更好？理由如下：第一，我得吸取教訓，不能完全信任葉爾莫萊，一天我交代他去城裡買東西，他一口答應，擔保一天內準能把事情辦妥就回來。但是結果怎麼樣，他把買東西的錢全都買酒喝了。本來是坐著競走馬車去的，卻靠兩條腿走回來了。第二，我在圖拉認識一個馬販子，可以找他去買一匹馬來代替我那匹瘸了腿的轅馬。

「這事就這麼辦吧！」我暗自在心裡說道：「親自跑一趟，路上還能乘機睡會兒覺，歇息歇息——坐四輪馬車肯定不會顛簸。」

「把人叫來了！」過了一刻鐘，葉爾莫萊闖進了屋，後面跟著一個高大的農民。他身上穿著白襯衣，藍褲子，腳蹬一雙樹皮鞋，淡黃色頭髮，瞇著眼睛，留著褐色的山羊鬍子，鼻子又長又大，嘴巴咧得大大的。多「老實」的相貌！

「您自己跟他談吧，」葉爾莫萊對我說：「他有馬，願意出租。」

「是的，喏，我……」這個農民嗓音嘶啞地說，搖著黃髮稀疏的腦袋，手指不住地擺弄著手裡的帽檐。「我，就是……」

「你叫什麼？」我問他。

這個人低著頭，似乎在想什麼心事。

「我叫什麼名字呀？」他有點怪異地自言自語道。

「對，你叫什麼名字？」

「我的名字叫費洛菲。」

「啊，這樣，費洛菲，夥計，我這輛車很古怪，我聽說你有馬，你去牽三匹，然後套在我的四輪馬車上，這幾天月亮很好，趕車亮堂而又涼爽，你給趕車，咱們到圖拉去一趟。你們這兒的路好走嗎？」

「路嗎？倒也不難走，從這裡走到大路，一共有二十多里，只是有一個地方……不太好走，其他地方都還行。」

「哪兒不太好走呢？」

「要過一道弄不好還得涉水過河的淺灘。」

「這麼說，您要親自去圖拉呀？」葉爾莫萊突然插嘴道。

「是的，我要親自去一趟。」

「噢！」我的忠僕搖搖頭，不以為然地說：「噢！」他重複一遍，不很高興地啐了一口，便轉身出去了。

他認為這件事和他無甚關係，所以也就沒什麼好操心的了，看來他對圖拉之行已經沒有一點兒興趣了。

「你對這條路熟嗎？」我又問費洛菲。

「我怎麼會不熟呢！但是，就是說，聽任你吩咐了，但總不能……因為太過突然……」

原來葉爾莫萊去叫費洛菲時，就已經跟他說明白，讓他放心，會付工錢給他這個傻瓜……事先就說了這麼一句！按照葉爾莫萊的說法，費洛菲儘管沒心沒肺，但對這句話，他卻很相信或是滿意了，所以，他一張口就向我要五十個盧布，這真是獅子大開口。我還了他十個盧布，於是我倆就這麼講起了價。費洛菲一開始就不肯降價，但到後來還是讓步了，儘管依舊不是很痛快俐落。

在我們倆討價還價的過程中，葉爾莫萊進來過一次，待了片刻，還一直和我說：「他是個傻瓜。」費洛菲聽到後，低聲說：「瞧，他就十分喜愛這樣說話！……他壓根就不會算，不明白多少錢。」

他同時還提到另一件事：「可能是二十年前吧，我母親在兩條大路的交叉口處，一個相當繁華的地方開設一家旅店，但很短的時間就倒閉了，就是因為當時派去管理這家旅店的老僕人不會算帳，不懂得看錢幣面值，只知錢多就是好。比如，常常把一枚二十五戈比銀幣當作六枚五戈比銅幣（其實當時一枚十戈比銅幣只等價三個銀戈比）付給人家，不僅大大地虧了本，而且還得和人家狠狠吵上一通。」

「嘿，你呀，費洛菲，好個費洛菲！」葉爾莫萊最終忍不住嚷了起來，氣呼呼地把門一摔，揚長而去。費洛菲沒有反駁他一個字，他可能意識到自己叫費洛菲這個名字實在不怎麼樣，有那麼一個人應該為起這個名字而受到譴責，雖然實際上應該責怪那個牧師，可能在施禮的時候，沒有很好地酬謝他。

經過一番講價，我付給他訂金二十盧布。費洛菲便回家牽馬去了。一個小時以後，他總共牽來五匹馬以供我挑選。看上去，五匹馬全都很好，遺憾的是，鬃毛和尾巴都很亂，肚子很大，如同鼓一樣繃得緊緊的，費洛菲的兩個弟弟也跟來了，樣子跟哥哥完全不同，都是矮個子，黑眼睛，尖鼻子，看相貌的確是「精明」一些，說話像放連珠炮一樣又多又快，正如葉爾莫萊說的那樣，「嘰裡呱啦」地沒完，但是兄弟倆唯大哥之命是從。

他們從棚子裡拖出四輪馬車，忙著套馬備車，一直忙活了一個半小時，套繩不是勒得太緊，就是弄得太鬆，兩個弟弟非要用「灰斑馬」來當轅馬，因為這匹馬「下坡時會煞勁兒」，但是費洛菲卻堅持要用「粗毛馬」當轅馬，最後還是套上「粗毛馬」來駕轅。他們還在車篷裡鋪了許多乾草，並把原來那匹瘸腿的轅馬的軛塞進座位下面，準備在圖拉買到新馬的時候用……趁著忙活的工夫，費洛菲還回了一趟家，穿上了他父親那件肥大的白色長袍，戴上了一頂高高大大的氈帽，腳上穿上了亮皮的靴子。這副穿著很讓他高興，神氣十足地跨上了駕馭座，我緊跟著上了車，看了下錶，十一點一刻。

葉爾莫萊和我有意賭氣不來告別，在打他那條獵犬瓦特列卡出氣。

費洛菲抖了抖韁繩，扯著嗓子尖聲吆喝起來：「嘿，走哇，鬼東西！」他的兩個兄弟從邊上跑了過來，往兩匹馬拉套的馬肚子上抽了兩馬鞭，馬車就駛動起步，出了大門就到了街上。駕轅的粗毛馬還想回家，但是費洛菲抽了牠幾馬鞭——我們的馬車就出了村子，走上了那條平坦的大道，路旁都是高高大大茂密的樹木。

多麼寧靜的夜晚啊，明月當空，走起夜路來，令人心曠神怡！微風遊動在繁茂的枝葉之間，簌簌作響，就像蛇在草叢中穿梭，一會兒又寂然了，萬物靜默無聲。幾朵銀色雲彩掛在空中，彷彿是在那兒靜靜小憩，澄澈的空中皓月高懸，向大地潑灑著銀輝，天地間一片澄淨，令人如同身處世外桃源，我躺在乾草之上，四肢舒展，正要入夢……突然想起那段「不太好走的道路」，便像碰見冷風般打了個冷戰。

「哎，費洛菲，離河灘還有多遠哪？」

「不很遠了，還有八九俄里吧。」

「八九俄里，」我尋思著，「還得一個多小時的路程，正好趁此睡一覺。」

「費洛菲，你熟悉這條路嗎？」我還是不很放心地問。

「放心吧，這條路我早跑熟了，又不是頭一回走。」

他接著又說了幾句，但是我已經混混沌沌了……就睡著了，我本來打算安穩地睡上一個小時，到時自然就會醒來，但是不想這會兒有一種聲音把我驚醒了，只聽一種不很大但卻很明白而又奇異的嘩啦嘩啦聲，於是我抬起頭來。

真是莫名其妙！我依舊躺在馬車裡，但馬車周圍全都是水！平靜的水面上波光粼粼。我舉目前望，費洛菲正低著頭，弓著背，呆坐在駕馭座上，如同一尊雕像一樣。再往前看，在潺潺水流上，是彎彎的馬軛、馬頭和馬背，周圍一切都凝滯不動，沒有一點其他聲音，彷彿進入了幻境，進入了夢鄉，進入了神話王國……究竟到了哪裡？我撩起車篷往後一看……啊，我們正待在河水裡……距河岸不過三十幾步遠了！

「費洛菲！」我大聲地驚叫了一聲。

「怎麼了？」他反問我一句。

「怎麼？你還好意思問！我問你，咱們這是在哪兒啊！」

「在河裡啊。」

「我明白在河裡！我們待在這兒，片刻非被溺水身亡不可。你就這麼過河？哼！你準是睡著了，費洛菲！你倒是給我說明白！」

「我走偏了一點兒，」我的車夫說道：「就錯了一點，就偏了一點，現在我們要稍微等一下。」

「怎麼還要等啊！還要等什麼呢？」

「讓這匹轅馬好好認一下路，等牠辨認明白了，牠朝哪兒轉頭，我們就朝哪走。」

我無可奈何地從乾草上坐起身。那匹轅馬的頭卻在水面上安靜得如同石雕的一樣，明亮的月光下，只見馬的一隻耳朵悄悄地動著，時而向前，時而向後，彷彿在探求著前進的路，但同時也透著一種安靜的恐懼。像是在思考，又像是被周圍的浩波大水嚇破了膽，周圍一片寧靜，沒有一絲的聲響，除了馬很低的呼吸聲，靜謐得讓人窒息！一切都彷彿睡著了一般，我們就這樣，被困在這片寧靜中不得動彈。

「看來，您這匹轅馬睡著了！」

「不是的，」費洛菲肯定地說：「牠在聞水呢。」

我們不說話了，周圍又靜下來了，只有河水在潺潺流動，我驚慌失措地呆坐不動。皎潔的月光，幽靜的夜色，粼粼的河水，還有置身河水中的我們……

「什麼聲音？」我問費洛菲。

「這個聲音嗎？是蘆葦叢中的小鴨子……可能是蛇。」

轅馬突然搖了一下頭，豎起兩隻耳朵，緊接著打了個響鼻，全身動了起來。

「喔……喔……喔……喔！」費洛菲突然放開嗓門吆喝起來，挺直身子，揮動馬鞭。轅馬全身一用勁，馬車離開了原地，橫跨著流水衝向前去，搖晃著行進了起來……

起初，我覺得馬車似乎在下沉，可顛簸了幾下，跨越了幾處坑窪後，河水彷彿突然變淺了，而且越來越淺，馬車彷彿突然鑽出水一樣——快看，車輪和馬尾也都看得一清二楚了。瞧，那三匹馬奮力揚蹄猛衝向前，濺起一大片水花，水花在朦朧的月光中飄灑飛舞，折射出鑽石般的光澤，不，不是鑽石，而是藍寶石那絢麗的光澤。

幾匹馬同心協力地把車拉上河岸，然後又爭先恐後地揚起水淋淋的四蹄奮力向前衝去，在月光下還閃閃發亮，向著高坡飛奔而去，直衝上大路。

我心中嘀咕，費洛菲可能會說「您瞧，我說得沒錯吧」或一些諸如此類的話，但是他卻沒言語，所以我也就不想再責怪他的粗心了，只想躺在乾草上再睡上一覺。可我卻怎麼也睡不著了。倒不是由於沒有打獵而不疲倦，也不是由於河中的一場虛驚趕走了我的睡意，而是由於我們駛入了一個夜色奇妙而誘人的境界。

這是一片廣闊無垠、碧綠肥美的草原，草原上又散落著無數小草地、小湖泊，一條條小溪蜿蜒曲折，河灣裡遍佈柳樹林子和茂密的灌木叢。這才是真正漂亮的俄羅斯景色，是俄羅斯人民鍾愛的自然風光，彷彿真的到了古代傳說中的聖境——勇士們騎著駿馬射獵白天鵝和灰鴨子的地方。

平坦的大道如同一條金色綢帶蜿蜒曲折，伸向遙遠的天際，三匹馬精神煥發地向前疾馳。令人目不暇接的美景從眼前飛掠過去，我早已沒有絲毫睡意，瞪大眼睛，讚賞美不勝收的景色，呼吸著清新的空氣，甚至連眼睛都不捨得眨！生怕錯過了什麼漂亮的景色，連木頭似的費洛菲也激動了起來。

「我們叫這裡聖葉格爾草原，」費洛菲回過頭興奮地告訴我，「再走一段路，前面就是大公草原，這樣美的草原，你在全俄羅斯再也找不到第二片……太美了！」

不知為何，轅馬突然打了個響鼻，全身顫抖了一下，牠可能也為這漂亮的景色激動吧。

「上帝保佑你！」費洛菲莊重地低聲地說：「太美了！」他又讚嘆了一句，隨後又輕鬆地深呼一口氣，高興地說：「就快要割草了，等到把割下的草收集在一起，那可多得不計其數！河灣裡的魚也許多，特別是鯿魚，鮮美得不得了！」他像唱歌一樣，「說句心裡話，活在這世上可真好！」

說著，說著，他突然舉手一指，感慨地說道：「喂！快看！看湖面上，彷彿有一隻蒼鷺在那兒站著！蒼鷺難道晚上也在啄魚嗎？哈哈！分明是樹枝，哪是蒼鷺呀！我看走眼了！唉，是月光搞的鬼。」

我們一路讚賞漂亮的夜色，邊走邊看，不知不覺就走到了草原盡頭，緊接著又是一片片小樹林，一片片耕種了的田畝，隱約出現了一座小村莊，只有兩三處有燈火閃耀——啊，快上大路了，可能只有五俄里了，這時我進入了夢鄉。

我睡得正香，費洛菲卻叫醒了我。

「老爺……喂，老爺！」

我急忙坐起身，馬車已停在了大路中央，這裡地勢平坦。費洛菲仍舊坐在駕駛座上，臉朝向我，兩眼瞪得圓溜溜的（我大吃一驚，沒想他的眼睛這麼大），神秘而驚疑地低聲地說：「大車來了！……」

「什麼？」

「我說大車來了！你彎下身認真聽聽，聽到了嗎？」

我從馬車裡伸出頭，屏住呼吸認真一聽——果然聽到了，從我們車後不遠處，的確是有大車輕微的走動聲，很像是大車輪子滾動的聲音。

「聽到了嗎？」費洛菲又問。

「嗯，聽到了，」我答道：「的確是有一輛大車駛了過來。」

「您再認真聽聽……聽！這是……鈴聲……還打著口哨……聽明白了嗎？您摘下帽子……能聽得更明白些。」

我沒有摘帽子，但卻聚精會神地聽著。

「嗯，對……可能是。可這又有什麼關係呢？」

費洛菲轉過頭，望著前面的馬。

「來的準是輛大貨車……彷彿沒裝什麼貨，輪子是鐵包的。」他有些緊張地說著，順手拿起韁繩，「老爺，肯定是不好的人來了，在這裡，在圖拉旁邊，常有攔路搶劫的……可多了！」

「別瞎說！你憑什麼斷定，來的肯定是歹人？」

「我說的沒錯，真的，凡是帶著鈴鐺……又坐著空車……肯定不是什麼好人！」

我雖然不是很相信費洛菲的話，但是心裡的確也有些打鼓，所以再也睡不著了。倘若果真是不好的人，那可怎麼辦呢？心裡突然煩躁不安了。我有些煩悶地坐起身——在此之前，我一直躺在車裡——開始張望著四周。

在我剛才睡著的時候，大地籠上了一層薄霧，而且緩緩升向空中，然後在空中飄浮，彷彿給月亮蒙上了一層面紗。月亮隱現在霧中，變成了一輪蒼白的圓盤，如同籠罩在煙幕中。一切都變得模糊不清了，只有貼近地面的地方才稍微清晰一點。周圍一切都有些淒涼了，坦蕩如砥的原野接連通向遠方。其間出現一片片的灌木叢，一條條山谷，再往前去，又是一望無垠的原野，未耕種的處女地、休閒地，稀疏的雜草連綿不斷。一派空曠荒涼的景象……死寂得連一聲鶺鴒的啼叫都聽不到。我們就在這毫無生氣中走了半個多小時。

費洛菲不停揮動著馬鞭，偶爾吆喝一兩聲。走著，走著，我們的車爬上了一個山岡，費洛菲突然又勒馬停車，而且有些緊張地說：「大車來了……大車來了。老爺！」

隨著他的話音我又把頭伸出車篷，其實在車篷裡面也聽得到。大車輪子的響聲、吹口哨聲、鈴鐺的響聲，還有馬蹄聲都越來越近，聽得也越來越明白，我還聽到了人們的笑語和歌聲。儘管逆風，可聲音還是越來越大，所以能夠斷定，後面追來的人，離我們越來越近了，大概只有一兩俄里遠。

我們倆不由得對視了一下——費洛菲使勁把帽子從後腦勺向額頭推了推，立刻俯身拉動韁繩，朝著馬猛抽了兩鞭。三匹馬飛奔起來，但沒有大步跑多久，就又從容地慢跑了。唉，該死的馬，真是不解人意呀！費洛菲仍然一個勁揮鞭抽馬。我們得快點逃走啊！

此刻，我自己也感到不可思議，為什麼最初對費洛菲的擔憂置之不理，現在卻又疑心後面追來的肯定是不好的人呢？若是早點提高警惕的話，何至於陷入現在這麼被動的境地呢？……此時我聽到的都是鈴鐺的響聲、空車軋軋的響聲、令人心煩的口哨聲和那不很清晰的言談笑語的嘈雜，此外什麼也聽不到了……

真的就是這樣的，事實證明，費洛菲的擔心是對的！他的話一點也沒錯！

又熬過了二十幾分鐘……就在這二十幾分鐘的時間裡，除了我們自己的馬車奔馳的轟轟聲以外，的確地聽到另一輛大車奔馳的聲音了，一清二楚！

「停車吧，費洛菲，」我毫無辦法地吩咐他說：「別跑了，反正在劫難逃了，要完就完吧！」

費洛菲膽戰心驚地把馬吆喝了一聲。三匹馬聞聲立刻收住腳步，似乎很開心，因為能歇息片刻了。天啊！我們身後頓時響聲大作：鈴聲、大車跑動的轟隆聲、刺耳的口哨聲、擾人的吵鬧聲、歌唱聲、馬打著響鼻彷彿在湊熱鬧，馬蹄敲打路面的得得聲，一片嘈雜……後面的大車真的追趕上來了！

「糟了！……」費洛菲神色緊張地低聲地說，接著猶疑地吧嗒著嘴，又想吆喝馬接著跑。就在此刻，突然彷彿有啥爆裂了似的響了起來，一陣轟隆隆和匡的聲音從我們身邊飛快地掠過，一輛套著三匹馬的大車晃晃悠悠地跑來，旋風似的超過了我們，向前跑了幾步，放慢速度，就橫擋在我們面前。

「這就是攔路搶劫！」費洛菲聲音微顫地嘟噥了一句。

見此情景，我真嚇得啞口無言，不知如何是好……周圍黯淡的月光，迷濛的霧氣頓時也緊張起來。我鎮靜了一下，認真一看，就在我們前面的那輛大車上，亂糟糟地有六七個人，不是坐著就是躺著，有的穿著襯衣，有的則袒胸露懷。其中兩人還光著腦袋，幾條粗壯的大腿搭在車欄桿上，還搖來晃去的，一隻隻胳膊也揮來舞去，身子也是搖搖擺擺的……很明顯，這是一夥酩酊大醉的酒鬼，況且有幾個人還在亂喊亂叫，有一個人吹著口哨，尖銳刺耳，還有一個人在大罵什麼人。一個彪形大漢坐在駕駛座上，氣勢洶洶地趕著車。

他們那輛大車正從容地走著，就彷彿壓根沒有看到我們，看來是存心跟我們過不去，但我們又不敢超車，只得硬著頭皮跟在他們後面緩緩走著，心裡實在彆扭！但是有什麼辦法呢？

我們就這麼忍氣吞聲地走著，磨蹭了大約有四分之一俄里的路程，這種忍耐和等待太讓人無法忍受了！逃也逃不得，鬥也鬥不起。最好的辦法，就是大著膽子硬挺下去！他們有六七個人，個個虎背熊腰，可我們呢？甚至連一根木棍都沒有——赤手空拳！要是掉頭向後呢？這些傢伙準會立刻追趕上來。唉，真是進退維谷！我的腦海中突然浮現出茹科夫斯基的詩句（就是他在寫到卡敏斯基元帥被害處的詩句）：

強盜的斧頭是卑鄙可恥的……

也可能，用一條不乾淨的繩子往脖子上一套，隨便往溝裡一丟，如同被抓住的兔子一樣，在溝裡掙扎呻吟，多讓人可憐！

嘿，這可太過分了！

但是他們的大車仍舊慢悠悠地走著，壓根就不理會我們。

「費洛菲，」我低聲提示他，「不妨試試，往右邊一點，做出有意要超過去的樣子。」

費洛菲彷彿對我的話心領神會——立刻把車向右偏了偏，但他們那輛車也向右走過來，沒法超過去。費洛菲心有不甘地再試一下，把車又往左邊趕，他們彷彿有意要擋路似的，也把車向左邊趕，還居心叵測地大笑了起來，看來，他們不會讓我們超過去，肯定準備收拾我們了。

「沒錯，準是強盜！」費洛菲別過頭低聲罵了一句。

「那他們究竟在等什麼呢？」我也低聲地問道。

「啊，就在前邊不遠處，有一片窪地，一條小河上面橫跨著一座橋……可能他們是想在那裡對我們下手！這些強盜就是這樣，在那座橋旁邊。老爺，我們是在劫難逃了，再明白不過了！恐怕我們難逃一死了，他們一向是這樣，這就叫殺人滅口！老爺，我只心疼一件事：這三匹馬我保不住了

——我兩個弟弟也別想得到這幾匹馬了。」

他最後這句話令我非常驚疑，費洛菲在這生命攸關的時刻，他竟能不擔憂自己的生命，而是擔憂他的馬！說實在的，此時我顧不得想別的事情了，更沒心思去想什麼馬……

「他們真的會下毒手殺人嗎？」我一直琢磨著，「為什麼非要趕盡殺絕呢？我把身上所有東西都交出去，難道還不會放我一條生路？」我心裡一團亂麻！看，橋越來越近，越來越明顯地展現在眼前了。

突然如同啥炸開了似的，爆發出了刺耳的尖叫，前面那輛車發瘋似的疾馳起來，飛奔到橋邊，又一個急剎車，停在大路邊，如同是釘在了那裡一樣不動了，我的心一下子涼了，怦怦直跳。

「哎呀，費洛菲，夥計，」我脫口而出，「我們的小命難保了，寬恕我吧，是我害了你。」

「幹嘛要怪你！老爺，這是生死在天，在劫難逃！喂，粗毛馬，我的好夥伴，」費洛菲轉過身深情地對轅馬說：「走吧，我的好夥伴，往前走吧，你也算盡心了！反正都一樣……只求上帝保佑！」

於是，他放開韁繩，趕著三匹馬飛快跑了起來。

我們離那座橋，離那輛停著的大車，那令人心寒的大車愈發近了……那輛大車突然靜了下來，不再大笑吵鬧，也不再唱歌了，真像有意做給我們看一樣，四周也是一片岑寂，鴉雀無聲！大家都明白，梭魚、蒼鷹，所有凶禽猛獸，獵物來到旁邊時都是這麼靜靜地等待出擊，我們的大車最終和那輛大車並排了……

那個身上穿著短襖的大漢一下跳下車，直奔我們而來！他根本沒理睬費洛菲，但費洛菲立即機械地勒住轅馬，我們的大車也立即停下了。

只見那個彪形大漢雙手撐在車門上，把生著亂蓬蓬毛髮的腦袋伸過來。他齜牙咧嘴地開腔了，用一種拉著長音而又鎮定的語調，如同說行話一般說道：

「尊敬的先生，我們剛剛離開盛宴，吃完了喜宴才回來……也就是說，我們給自家好弟兄舉辦結婚典禮，把新郎新娘送進洞房，我們就回來了。我們這幾個哥們個個年輕力壯，還都是天不怕地不怕的好漢……都怪我們沒出息，都喝過頭了，都有點醉了，但又沒什麼可以醒酒的，就請您賞個臉，給我點零錢，讓我們弟兄再喝半瓶，就可以醒酒了！我們也會為您的健康乾杯，肯定會把您這位尊敬的先生的大方銘記在心，如果您不肯賞臉，那就甭怪我們毫不客氣了！」

「這是在搞什麼鬼呢？」我真糊塗了，我想：「是在拿我開心嗎？……還是玩什麼花樣？」

那個大漢仍低著頭站在那兒。就在這時，月亮從霧裡鑽了出來，清輝灑在了他臉上，他得意地大笑著——嘴角、眉梢、眼角全在笑，這張笑容可掬的臉沒有一點兒令人害怕和威脅的神情，只是一種警惕和戒備……露出一口白白的大板牙。

「好吧，好吧……請拿去……」我急忙答道，一邊趕緊從兜裡掏出錢包，取出兩枚銀盧布——那時俄國還通用銀盧布。

「那就多謝了！」大漢如同兵油子油嘴滑舌地說，粗大的手立刻抓走銀幣——並沒有搶我的錢包。「多謝！」他重複了一句，抖抖頭髮，便跑回那輛大車去。

「夥計們！」他興高采烈地大喊，「過路的那位尊敬的先生真好，賞了咱們兩個銀盧布！」他們六個一起哄然大笑起來，那個大漢立即坐到了駕馭座上。

「祝您好運！」他回過頭來大喊一聲。

他們瞬間就駕車疾馳而去！幾匹馬卯足勁，在大車的轟隆聲中衝上高坡，飛快奔向前去，在模糊不清的天地交接處一閃，就蹤影皆無。於是，車輪的轟隆聲、喧鬧聲、鈴聲也都消逝了，周圍頓時一片死寂，我和費洛菲仍舊沉浸在驚恐之中。

「哎呀，真滑稽！真滑稽！」費洛菲如夢初醒地摘下帽子，先打破了這沉悶的氣氛，畫著十字。

「真滑稽！」他重複了一次，然後高興地把臉轉向我，「看來，這傢伙還不壞，真的，喔——喔——喔！快走吧，鬼東西！你們沒事了！就是這傢伙不讓我們過，咱們都沒事了！是他趕車呢。這小子真逗！喔——喔——喔——喔！快走吧！」

我一直不言語，但心裡輕快多了。「我們沒事了！」我心裡也這麼想，我又躺在乾草上。「總算有驚無險！」

想著，想著，甚至我自己都覺得有些害臊了，為什麼剛才想起了茹科夫斯基的詩句呢？

這時，我突然又想起了另一個問題：

「費洛菲！」

「啥事？」

「你成家了嗎？」

「成家了。」

「有孩子嗎？」

「有了。」

「那為什麼你剛才沒有想到老婆孩子，卻單單想到你的馬，憐惜你的馬呢？難道你就不憐惜老婆孩子嗎？」

「我為啥要擔心他們呢？他們又不會碰見強盜。但說實話，我老掛念著他們——到現在也掛念……真是這樣的。」費洛菲停了一會兒沒說話，接著又說：「或許……就是因為掛念著他們，上帝才保佑了咱們。」

「可能這些人不是強盜吧？」

「誰又明白呢？又沒辦法鑽進他們心裡去！俗話說得好，人心隔肚皮哪！但是，心中總想著上帝，就會逢凶化吉！不，您可明白，我總是想著自己的親人……喔——喔——喔——喔，鬼東西，快走！」

我們來到圖拉城郊時，天已經大亮了，我還處於睡意朦朧之中……

「老爺，」費洛菲突然喊了我一聲，「快看，那夥人就在酒店裡呢，他們的大車就停在那兒。」

我立刻抬眼望去……對，正是他們，那是他們的大車，還有他們的馬！那個身上穿著短皮襖的大漢此刻正站在酒店門口。

「尊敬的先生！」他揮舞著帽子大聲喊道：「我們正拿您的賞錢喝酒呢！」他又向費洛菲打招呼：「趕車的夥計，你怎麼樣？」又點頭問道：「可能剛才受驚了吧？」

「這個傢伙太有意思了！」等我們走過那家酒店有一段距離之後，費洛菲便這麼說。

經過了膽戰心驚的一夜，我們最終來到了圖拉城。我買完了霰彈，順便又買了點茶葉和酒，再從馬販子手中買了匹馬。到了中午，我們就開始往回趕。

費洛菲在圖拉三杯酒下肚，便打開了話匣子，一路上說個不停，還給我講起故事來。當我們再次經過「遇險」的地方，也就是那輛大車追來的地方時，費洛菲不知為何大笑起來：「您還記得吧，老爺，我曾一個勁兒對您說：『大車來了……大車來了……大車來了！』」他用勁甩了幾下手……他覺得這句話說得太滑稽了。

這一夜，我們就凱旋。

我把我和費洛菲在路上的遭遇和葉爾莫萊說了一遍，儘管他並沒喝酒，卻也沒說半句同情話，只是哼了一聲——究竟是誇讚，還是幸災樂禍，可能連他自己也搞不明白。但是兩天之後，他又興沖沖地向我報告：就在我和費洛菲去圖拉的那天夜裡，就在我們走的那條路上，有一個商人不僅被洗劫一空，還送了命。

我乍一聽有些不太相信，但後來證實了完全是真的，區警察局局長都騎馬親自去調查此案了，因而不能不信了。我一直在想，可能那天夜晚，正是我們偶遇的那夥人幹的吧？他們不是說去參加「婚禮」嗎，可能就是要錢的那個彪形大漢所說的安頓好了「新郎」？他們回來時殘害了那個商人？

我在費洛菲的村裡住了五六天，只要一碰見他，我就會問：「哎，夥計，大車來了嗎？」

他每次都嬉皮笑臉地答道：「這傢伙太有意思了。」每次說完都要大笑一會兒。

一八七四年

# 森林和草原

……

於是他逐漸地嚮往過去，
回到村子，到幽靜的花園裡，
那一株株椴樹高高大大陰涼，
朵朵鈴蘭花怒放，散發著陣陣芳香，
一叢叢爆竹柳排成行，
從岸邊倒垂到水面上，
地裡生長著肥壯的橡樹，
還有大麻和蕁麻飄散著醉人的芬芳。

……

回去吧，快快回到那片無垠的原野，
那兒的泥土綿軟得像天鵝絨，油黑發亮，

再看看那一望無際的黑麥，
緩緩起伏，泛起如水的波浪，
天空中舒卷著朵朵潔白透明的雲朵，
傾瀉下沉甸甸的金色光芒，
回去吧，快快回去吧，
回到那令人神往的好地方！
……

——摘自欲焚的詩稿

我最親愛的讀者，我這些遊獵隨筆可能已經讓各位厭倦了。諸君大可放心，除掉已公之於世的幾篇片斷，保證不再贅述，但是與讀者告別之際，不得不再稍談幾句有關獵人的話題。

背著槍，帶著獵犬出去遊獵，本身就是一件其樂無窮的事。可能您生來不十分喜愛打獵，但您總該熱愛大自然，嚮往自由吧，所以，您也就不得不羨慕我們這些打獵迷了……那就請您再聽我贅言幾句吧！

比如說吧，您是否明白，春天，尚未破曉之時，乘車出去遊獵是多麼令人舒心快意嗎？穿戴整齊以後，您邁步走上臺階。舉目望去，昏暗的天空中，有些地方星星還在閃耀，溫和濕潤的輕風如細浪一般飄遊過來。常常傳來夜晚那時隱時現的絮語，一株株影影綽綽的樹木悄悄搖曳著枝葉，喧響著。僕人忙碌著鋪好車毯，把盛放茶炊的小箱子放在腳邊。兩匹馬拉幫套的馬尚未舒展開身軀，打著響鼻，氣宇軒昂地倒換著四蹄。一對睡意朦朧的白鵝，安靜地踱著四方步子扭過。在用籬笆圍住的花園裡，更夫打著鼾聲還在睡夢中，空氣似乎凝滯不動了，連那些最輕微的聲音也彷彿在空氣中凝結。

就這樣，您上車落座，幾匹馬便一併揚蹄起步，馬車立即發出震耳欲聾的隆隆聲……馬車經過教堂下了坡，然後向右拐彎，登上堤壩接著遠行……池塘上空籠罩著初升的薄霧，您突然感覺到凌晨的些許涼意，便豎起大衣領子遮住臉，又彷彿進入朦朧的夢鄉。馬蹄跋涉在水窪裡，發出響亮的濺水聲，馬車夫悠然自得地吹著口哨，不覺地已走出了四五俄里的路程……

東方欲曉，天邊逐漸地泛上了紅暈。寒鴉抖落了睡夢，呆頭呆腦地在白樺林中來回飛旋，麻雀在暗色的麥秸上嬉戲，吱喳亂叫。天空愈發明亮了，道路已然清晰可辨，空中的雲朵逐漸地泛白，原野裡翠綠一片。農舍裡燃起了松明，閃射出紅色的火光，從大門裡傳出人們剛剛睡醒的哈欠聲和說話聲。

看！朝霞已經燒紅了天邊，天空中閃耀著萬道金光，團團霧氣從山谷裡升騰起來，在空中繚繞。雲雀放開了歌喉，天地間迴響著牠們嘹亮的歌聲。拂曉前的清風徐徐吹來，紅豔豔的太陽冉冉升起，金色的陽光噴薄而出，像一條條湍急的水流一樣向四周迸射，您的心歡躍起來，如同鳥兒一樣。

此時，您舉目四顧，一切都那麼清新鮮活、賞心悅目，令人神清氣爽！極目遠眺，能夠看到天地相連的盡頭。看吧，一切都非常明晰地直映在眼前：一個村莊掩映在小樹林後面，稍遠處是矗立著一座白色的教堂的另一個村莊。山坡上有一片白樺林，再往前看去，是一片沼澤地，那就是您此行的目的地……

加油，快跑吧，馬兒，駕！駕！馬兒揚蹄飛奔起來！就快到了，最多只是三里地，太陽接著攀向高空，天空中萬里無雲，澄碧無瑕，萬物都像沐浴過那般清新——今天肯定風和日麗。

一群牲畜慢悠悠地走出村子，彷彿是專門來接待您的，您驅車登上高坡，造化的美景便展現在您眼前！一條河流宛若銀白色的緞帶，曲曲彎彎綿延十多俄里。流到遠方，透過朝霧，碧藍的河水隱約呈現在眼前。河岸邊綠草如茵，過了草地，是座座起伏不平的丘陵，但斜坡卻很舒緩。再望向遠處，就能看到鳳頭麥雞飛旋在沼澤地上空，常常發出咯咯的叫聲。陽光照射著濕潤的空氣，令遠方的景物更為清晰——不像夏天那般霧氣朦朧。

你可以敞開胸懷，深深呼吸這令人心曠神怡的空氣，精神為之一振，多麼自由！多麼舒暢！全身如同注入了新的活力，沉浸在這清新的春日氣息中，您會覺得四肢，乃至全身有使不完的勁兒，會感到從未有過的旺盛蓬勃！

您再體會一下夏天的風景吧。啊，夏日裡七月的清晨也是美不勝收！除獵人以外，又有誰能感受到凌晨時分漫遊在灌木叢的那種愉悅的心情呢？您舉步向前，踏在捧著銀色露珠的草地上，留下您那一行行的綠色足跡。您用雙手撥開沐浴著晨露的灌木叢的繁密枝葉，夜間積蓄下來的溫暖氣息撲面而來，空氣中到處飄逸著苦艾清新的澀味兒，還有蕎麥及三葉草甘甜的馨香。遠處有一片茂密的橡樹林，在耀眼的陽光中泛射著紅光，但此時的天氣還不很熱，炎夏就要來臨了，芬芳四溢，使人有些暈眩，灌木叢一片接一片，一望無際頭……遠處又出現了黑麥田，顯現著成熟的金黃色，還有一條條長帶狀的蕎麥田，呈粉紅色。

這時走來一輛大車，軋軋作響。一個農夫從容地走了過來，還沒等太陽升上高空，就先把馬牽到樹蔭下。您同他打過招呼之後，接著往前走去……鐮刀在您身後碰撞作響，陽光下飄蕩著熱浪。一小時過去了，又一小時過去了，天邊彷彿拉起了帷幕，空氣靜止不動了，噴射出灼人的熱氣。

「老弟，哪裡能搞到水喝呀？」您問割草的人。

「往那邊兒走，山谷裡有泉水。」

您順著那個人指的方向，橫穿過一片雜草叢生的茂密的榛樹林，一直走到谷底。啊，果真好，斷崖下方一股清泉潺潺流動著，橡樹枝葉有如伸開的手掌般傾覆在水面上，彷彿在貪婪地喝水。水下柔嫩的青苔，把那些大顆大顆珍珠般的水泡捧出水面，您立刻伏在地上，直接伸頭喝水，一直喝了個夠，頓時又覺得全身酥軟，不願再起身走動了。此時您就躲在陰涼處，貪婪呼吸著馨香瀰漫的潮氣，頓覺心曠神怡，但您對面的灌木叢在似火的陽光下，無精打采地站著，枝葉都變蔫變黃了。

喂，這是怎麼一回事？突然吹來一陣風，一下疾馳而去，凝止不動的空氣猛烈地顫抖了起來。緊接著傳來了轟隆聲，這不是雷聲嗎？您急忙走出山谷，只見鉛灰色的東西從天邊湧出，那是什麼呢？暑氣變濃了嗎？啊，不是，是團團烏雲翻滾？……啊，快看，一道道刺眼明亮的閃電……啊，暴雨要來了！雖然周圍還閃耀明亮的陽光，您還想接著打獵嗎？可以，但風起雲湧，烏雲滾滾，鋪天蓋地壓來，黑幕般遮蓋住整片天空。一瞬間，草地、灌木叢和周圍萬物，都突然沉入陰暗……快跑！那邊彷彿有一個乾草棚……快跑！您飛奔到那裡，剛走進去，好大的雨呀！道道閃電橫空而過，耀人眼目，雷聲震耳欲聾，大雨傾盆！驟雨打在草棚頂上，啊，大事不好，有的地方漏雨了，雨水流淌到香氣瀰漫的乾草上……但是，您不用焦急，您瞧，雨過天晴，太陽驅走了烏雲，天空藍如水。

一場暴風雨眨眼間就過去了，你又無憂無慮地走出草棚。天啊！經過暴風雨的洗禮，大自然中的一切都更令人賞心悅目：空氣澄澈清新，萬物綻放大笑臉，草地一片嫩綠，草莓更加紅潤，蘑菇還撐著色彩繽紛的小傘，雨珠兒還在閃閃發亮，空氣中飄蕩著沁人心脾的芬芳……

呵，時間過得多快呀！看，黃昏已經來臨，晚霞似火，太陽就要落山歇息去了。周圍的空氣澄澈得像玻璃般晶瑩。遠處飄蕩著輕柔溫和的霧靄。紅豔豔的落日餘暉襯著株株高高大大的樹木，片片濃密的灌木叢，堆堆乾草垛都拖著一個個很長的影子……太陽躲到山後去尋找甜夢去了。在為落日護航的火紅晚霞那裡，一顆晶瑩的星星顫顫地眨眼睛……火紅的西天逐漸地泛白了，天空也緩緩變得湛藍了，一個個很長的影子也逐漸地消遁了，空中逐漸地罩上了暮靄的輕紗薄幕。

天色不早了，該回去了，於是，你便走向那間臨時寄宿的村子裡的農舍。您背著獵槍，不顧一路跋涉的疲勞，快步往回趕，愈走天色愈黑，二十步以外就什麼都看不見了，黑暗中隱隱約約還能看得見狗的一身白毛。在一片片黝黑的灌木叢上空，天邊隱約發亮……那是什麼呀？著火了嗎？不，是月亮爬上了天幕。再往地上看，向右邊看，村子裡的燈火閃爍……看，您已走到了借宿的小屋前，您透過窗戶看到一張桌子，已經鋪好白桌布，蠟燭閃閃發光，滿桌擺好飯菜……

有時您來了興致，便立即吩咐備車套馬，乘上競走馬車，一路直奔樹林中獵松雞。車子走在一條窄路上，看著兩旁迎風波動的黑麥，搖著濃密而又沉甸甸的麥穗向您致意。多麼心曠神怡的事情啊！麥穗輕撫著您的臉，矢車菊嬉戲地纏著你的雙腿，鵪鶉在四周好似唱著迎賓曲地鳴叫著，馬兒您閒地踩著小碎步！您忘情自然山水之間。再看那一株株高高大大挺拔的白楊樹濃密的枝葉，彷彿在您的心頭溫存地絮語，白樺伸展著長枝，抖著翠葉，彷彿在為您鼓掌，歡迎您的蒞臨！一株粗壯而健美的橡樹，站在姿態優美的菩提樹旁，像一名威武的衛士。

您驅車接著前進，踏在綠草如茵的小路上。一隻金蠅在空氣中飛舞，一會兒就彷彿靜止了一樣，片刻突然又飛走了。成團的小飛蟲上下來回飛，在暗處閃閃發亮，光亮處又顯現出黑壓壓一片。鳥兒在悠然歌唱，知更鳥競展金嗓子，天真爛漫而又明亮歡快，和鈴蘭的馨香化作一體。再走遠些，再走遠些，去到密林深處……您會感覺到心中只可意會的寧靜，四周一切都彷彿投入了睡神的懷抱，靜謐極了。但是，風卻揮著翅膀翩然而至，樹頂的枝葉嘩啦啦作響，如同從高處跌下的波浪，某些地方，新長出的青草撥開去年褐色的落葉，身子挺得高高大大的，每只蘑菇都戴著一頂傘一樣的圓帽，靜靜地站在那裡，一隻雪兔連蹦帶跳出來遊玩，獵犬高聲狂叫著追了過去……

就是這同一片樹林，深秋時節，山鷸翩然而至之際，則是另一番美景！根據山鷸的習性，牠們不會在密林深處停留，要尋找牠們的蹤跡，您最好是沿著樹林邊去尋覓。風歇了，太陽還沒起床，周圍一片靜謐。空氣清新柔和，飄蕩著溢滿葡萄酒氣味的秋氣。遠處的原野金燦燦的，披上薄霧的紗巾。仰頭望過褐色的樹枝，就能看到寧靜發白的天空。菩提樹依舊伸展著枝幹，有些枝子上還掛著最後幾片金葉。雙腳踏在濕漉漉的土地上，覺得綿軟而富有彈性。野草高舉枯葉，靜靜地站著。長蛛絲纏繞在蒼涼的枯草上，閃閃發光，這時你深深呼吸幾口氣，頓覺心胸廣闊，心中卻油然而生一種奇異的感覺，不知是悵惘還是惋惜。

您接著沿著林邊走去，看著獵狗活蹦亂跳地歡跑，此時您頭腦中像過電影一樣：許多我最親愛的形影，我最親愛的面龐，有的已經離開人間，有的還健在世上，從眼前閃過，像過電影一樣，那些早已忘懷的往事，人們的音容笑貌突然間又活生生湧現在您的眼前，想像力如鳥一樣振翅高飛，一切都那麼栩栩如生、活靈活現。您那顆心驀然震顫起來，激情會催促著您回想，以至使您完全沉浸在往事之中，全部人生如同一幅畫卷飛快地展開。此刻，一個人能洞悉他全部的往昔年華，能洞悉自己全部的情感、才華和心靈。彷彿忘記了周圍的一切，不受任何干擾——不管是陽光、風還是聲響……

而在深秋時節，清晨峭冷，稍微有些寒意，那時您走進白樺樹林，一片金光閃爍，彷彿進入了一個神話世界，一株株白樺在蔚藍的晴空中，展示著它們那俏麗身姿。太陽剛剛出來，還沒有射出溫暖的光線，卻比夏日的太陽更加輝煌燦爛，小片的白楊樹林裡陽光充盈，似乎因抖落了細枝密葉而輕鬆愉快。谷底結著白霜，微風飄然而至，追著落葉嬉戲——這時河水奔騰，翻捲著青色的波浪，逍遙游耍的白鵝和鴨子此起彼伏地飄浮。遠處傳來掩映在柳樹叢中水磨的軋軋聲，一群鴿子在水磨上空飛快地畫著圓圈，在透明光亮的空氣中扇動著彩色的翅膀……

夏季，霧靄沉沉的時日也很愜意，儘管獵人不十分喜愛這種天氣，這種日子裡打獵無法準確射擊，即使鳥兒從您身邊或腳下振翅起飛，也會馬上消失在白茫茫的凝滯的霧中。然後，周圍一切便又陷入死寂之中，一點聲響都聽不到！一切都蘇醒了，但又都一聲不響，您走過樹旁，樹也是靜靜悄悄地站在那裡，擺出一副高傲的神氣，對您的來訪無動於衷。穿過瀰漫於空中的薄霧，您面前出現了大片又長又黑的陰影，您還誤認為那是一片樹林。

等您過去一看，卻發現原來是田塍上的一排苦艾高高聳立著，大霧瀰漫在您周圍，您頭頂的高空中……但是吹來一陣輕風——霧氣稀薄了，逐漸地露出一道藍色天空，燦爛的陽光也箭一般地射進來，形成一柱柱炫目的光束，瀑布般傾瀉在原野上，傾瀉在樹林裡——但頃刻間光束消失了，萬物都墜入了迷霧中。光與霧就這樣不斷較量、搏鬥，但最後還是光明主宰了大自然的一切！濃霧和薄霧都被強烈的陽光照射著，時而凝聚，時而疏散，時而繚繞上升，最終倉皇地逃往藍色天穹！天穹逐漸地柔和光亮起來，壯麗的驕陽肯定會高懸天空！

此刻，您又整裝待發，計畫到離莊園很遠的原野草原上去遊獵，您乘馬車在鄉村土路上疾馳了十多俄里，最終踏上了寬闊的大路。您一路交錯著超過了無數輛大馬車和大貨車，路過一家家敞開大門的旅店，能看得見水井，屋簷下有沸騰的茶炊，還有吱吱的水汽聲。穿過一座又一座村莊，馳過廣袤無垠的原野，沿著一片一片油綠的大麻田，您的馬車奔馳了很久。喜鵲歡跳著，啁啾著，從一株柳樹飛上另一株柳樹，農婦們手拿很長的草耙，笑語喧嘩地在原野上無憂無慮地走著。

一個過路人身上穿著破爛的土布外衣，背著一個背包，疲憊不堪地掙扎著趕路。一輛地主的馬車迎面駛來，是笨重的轎式馬車，六匹高頭大馬累得直喘。坐墊一角從車窗裡露出來，在車腳蹬上，一個身上穿著外套的侍僕手抓繩子，側身坐在一個口袋上，風塵僕僕，眉毛也濺上了泥。

這時您的馬車已經駛入一座小縣城，一幢幢東倒西歪的小木屋出現在眼前，歪斜的柵欄望不到頭，一家沒有主顧的石造店鋪，一座年久失修的古橋……接著往前，接著往前！……穿過小城，您來到了一片草原。您站在山岡上放眼望去——真是美如畫！望不到頭的丘陵，又圓又矮的，底部到頂部全變成耕地，就如同波浪翻滾。座座丘陵間都有灌木叢生的溝壑蜿蜒。一片片小叢林如同橢圓形的綠色小島星羅棋佈。一條條狹路小徑聯結起一座座村莊，每村都有白色禮拜堂。

柳叢中奔流著一條小河，河水閃閃發光，四五處還建有一道道堤壩。再望向遠處，許多野雁成群結隊地站在原野中。又看見一座地主院落，還附設有一些廂房和棚子，一個池塘岸邊有一座果園和打穀場，若是您的馬車接著向前，再走遠一些，丘陵愈發平緩矮小，而且差不多看不見任何樹木。到了，最終到了，快看！那是一片廣闊無垠的大草原！

冬天，您選一個好天氣，在高高大大的雪堆上飛奔，追獵兔子，刺骨的寒氣使您呼出的氣立即變成團團白氣，您如同噴雲吐霧一般。刺骨的寒氣給您的臉塗上玫瑰色的紅暈，您卻感到精神振奮、神清氣爽！柔軟的白雪在陽光下反射出耀眼的光芒，使您不得不瞇起眼來觀賞紅色的樹林，讚賞如洗的碧空！

這一切多麼令人嚮往啊！早春到了，無垠的白雪在明亮的陽光下，開始融化變暗了。一團團水汽從地面上蒸騰起來，土地也散發著濕氣。雪融冰消之處，陽光照射之下，雲雀活潑地放聲歌唱，多麼悅耳好聽！融化了的雪水匯成激流，歡樂地奔騰著，一路喧鬧地呼嘯著，從一處山谷疾馳向另一處……

一八四九年

（全書完）

經典新版世界名著：36

# 獵人日記【全新譯校】

作者：屠格涅夫
譯者：張曉林
發行人：陳曉林
出版所：風雲時代出版股份有限公司
地址：10576台北市民生東路五段178號7樓之3
電話：(02) 2756-0949
傳真：(02) 2765-3799
執行主編：朱墨菲
美術設計：吳宗潔
業務總監：張瑋鳳

初版日期：2025年6月
ISBN：978-626-7510-59-9
版權授權：鄭紅峰

風雲書網：http://www.eastbooks.com.tw
官方部落格：http://eastbooks.pixnet.net/blog
Facebook：http://www.facebook.com/h7560949
E-mail：h7560949@ms15.hinet.net
劃撥帳號：12043291
戶名：風雲時代出版股份有限公司

風雲發行所：33373桃園市龜山區公西村2鄰復興街304巷96號
電話：(03) 318-1378
傳真：(03) 318-1378
法律顧問：永然法律事務所 李永然律師
北辰著作權事務所 蕭雄淋律師

行政院新聞局局版台業字第3595號 營利事業統一編號22759935


定價：450元


國家圖書館出版品預行編目資料

獵人日記 / 屠格涅夫著 ; 張曉林譯. -- 初版. -- 臺北市 :
風雲時代出版股份有限公司, 2025.04 面； 公分
譯自 : Записки охотника
ISBN 978-626-7510-59-9 (平裝)

880.57 114001575